O LIVRO DA GRAMÁTICA INTERIOR

Obras de David Grossman publicadas pela Companhia das Letras

Alguém para correr comigo
Desvario
Duelo
Fora do tempo
Garoto zigue-zague
O livro da gramática interior
Mel de leão
A mulher foge
Ver: amor

DAVID GROSSMAN

O livro da gramática interior

Tradução do hebraico
Paulo Geiger

Copyright do texto © 1991 by David Grossman

A epígrafe foi retirada de *Cartas a um jovem poeta*, de Rainer Maria Rilke.
Tradução de Pedro Sussekind. Porto Alegre: L&PM, 2009.

Grafia atualizada segundo o Acordo Ortográfico da Língua Portuguesa de 1990,
que entrou em vigor no Brasil em 2009.

Título original
ספר הדקדוק הפנימי / Sefer ha-dikduk ha-penimi

Capa
Raul Loureiro

Foto de capa
Kurt Hutton/ Getty Images

Preparação
Ana Cecília Agua de Melo

Revisão
Mariana Zanini
Luciane Helena Gomide

Dados Internacionais de Catalogação na Publicação (CIP)
(Câmara Brasileira do Livro, SP, Brasil)

Grossman, David
 O livro da gramática interior / David Grossman ; tradução
Paulo Geiger. — 1ª ed. — São Paulo : Companhia das Letras, 2015.

Título original : Sefer ha-dikduk ha-penimi.
ISBN 978-85-359-2524-1

1. Ficção israelense I. Título.

14-12887   CDD-892.43
Índice para catálogo sistemático:
1. Ficção : Literatura israelense 892.43

[2015]
Todos os direitos desta edição reservados à
EDITORA SCHWARCZ S.A.
Rua Bandeira Paulista, 702, cj. 32
04532-002 — São Paulo — SP
Telefone: (11) 3707-3500
Fax: (11) 3707-3501
www.companhiadasletras.com.br
www.blogdacompanhia.com.br

Os que vivem mal e de modo falso o segredo (e são muitos) o perdem só para si mesmos, e no entanto o transmitem como uma carta fechada, sem saber.

Rainer Maria Rilke

1.

Aharon se ergueu na ponta dos pés para ver melhor o que acontecia embaixo: seu pai e sua mãe saindo para respirar um pouco de ar fresco ao fim de um dia de calor seco e sufocante. Tão pequenos vistos daqui. O gosto poeirento da persiana sobre seus lábios e em seu nariz. Seus olhos brilham. Não é legal olhar para eles assim. Assim como. Assim do alto. Daqui eles são mesmo pequeninos. Como dois bonecos. Um grande e gordo e lento, o outro pequeno e pontudo. Assim não é legal. Mas é engraçado. E o que tem de engraçado dá um pouco de medo também. O que irrita, principalmente, é que Tsachi e Guid'on, a seu lado, também estão vendo os dois assim. Mas ele não consegue se afastar do que vê. *Ial'la*,* se irrita Tsachi, o nariz grosso espremido na persiana, aquela dona já vai voltar e isso vai ser nosso fim aqui. Vejam, cochichou Aharon, o *grush vachetse* também está

---

* As notas de tradução, referentes sobretudo a termos em ídiche e nomes pouco familiares ao leitor brasileiro, estão organizadas em ordem alfabética, num glossário ao final deste volume. (N. E.)

saindo. Ele vai morrer logo logo, disse Guid'on, vejam como ele está amarelo, esse Kaminer, mesmo daqui a gente vê que ele vai morrer. O pai e a mãe se detiveram para falar com Ester e Avigdor Kaminer, do bloco A. Nem me perguntem o sofrimento que é isso, suspira Ester Kaminer. A gigantesca figueira sobre a calçada os ocultava e descobria alternadamente, e a conversa chegava entrecortada à janela do terceiro andar. Ele ainda vive por milagre, ela disse abanando a cabeça, que batia no peito de seu marido alto, e a mãe disse com um muxoxo, contanto que não caiamos nas mãos deles, só precisam de nós para estudar e conseguir um diploma, e enquanto isso nos cortam em pedacinhos; e Avigdor Kaminer, com sua estatura elevada, a cabeça sempre curvada, o rosto fechado, olhava para sua mulher falastrona, para as pernas grossas do pai de Aharon espremidas em suas calças curtas, para uma fileira de formigas carregando um besouro virado. E como tudo é caro, se lamentava Ester Kaminer, todos os remédios e dietas e isso de ter de ir de táxi especial para a diálise. Acho que a Kaminer'che já não tem mais paciência para esperar que o marido morra, disse a mãe para o pai quando retomaram seu caminho, Aharon via os movimentos dos lábios dela e conseguia ler o que dizia, ele já está saindo caro demais para ela, e quem será que ela imagina que vai fisgar depois dele, porque, apesar de todos os dotes de que ela dispõe há tanto tempo, agora o cabelo dela começou a cair todinho, e ela não engana ninguém mudando o topete de um lado pro outro, já dá para ver pedaços inteiros do couro cabeludo. O pai de Aharon sempre faz que sim com a cabeça quando ela fala, e depois que ela se cala também, e agora ele se curva para tirar alguma coisa da calçada, um jornal velho ou uma casca de fruta, é difícil ver daqui, e a mãe fica de pé, ereta, olhando para ele. Só não toque em mim com as mãos sujas dessa imundície, foi o que provavelmente lhe disse, pois as costas dela se esquivaram da mão dele, e olhe quem está chegando. Aharon viu o sorriso azedo nos lábios dela, vamos ver se esse esnobe vai nos cumprimentar, *shalom*, sr. Strashnov, e como vai a senhora? Olha aí, seu pai chegou, disse Aharon numa voz inexpressiva. *Ial'la*, Guid'on não se desgrudou da persiana: era o pai dele. Muito bem-vestido, como sempre. Calças de terilene e gravata, mesmo nesse calor. Em seu andar um pouco saltitante passou junto ao pai e à mãe de Aharon, acenou com a cabeça, sua boca pequena e carnuda sempre contraída, por um momento se curvou num gesto de hesitação, esse é seu cumprimento, mais do que isso não é do seu feitio, mas o pai de repente teve o impulso de detê-lo um pouco, "Voltando dessa... da universidade?", e o pai de Guid'on de novo entortou os lábios, estou indo, estou indo, Guid'on murmurou consigo mesmo, em silêncio, essa expressão do pai dele vinha sempre antes de qualquer fala, como o pigarrear de uma alma amargurada, ele balbuciou alguma coisa para o pai e a mãe de Aharon e voltou-se para ir embora. Ele não abre a boca nem mesmo para arejá-la um pouco — ah! ah! — o doutor, esse intelectualoide que não traz um centavo sequer para casa, e a mulher dele tem de quebrar os dedos na datilografia, resmungou a mãe consigo mesma, mas cumprimentou o sr. Strashnov educada e cordialmente, recuando um pouco, como que fugindo da frieza que o cercava.

Arik, lembre que eu disse pra você que precisamos dar o fora, disse Guid'on, e se afastou da persiana. Mas ainda não vimos nada, sussurrou Aharon, o que assustou vocês dois? Tsachi e Guid'on se entreolharam. Ouça, Arik, Guid'on começou a dizer num ímpeto, fitando as extremidades de suas sandálias, a verdade é que... eu já queria dizer a vocês antes, ainda antes da gente entrar — Agora não!, interrompeu Aharon com raiva, e seu rosto pequeno e afilado ficou vermelho, agora vamos fazer exatamente o que tínhamos planejado! E ele se virou e caminhou para dentro do quarto, que agora parecia ainda mais maravilhoso, e Tsachi e Guid'on foram atrás dele de má vontade, mas num instante eles também foram capturados por aquela respiração quase imperceptível do apartamento invadido, e pisaram em silêncio nos tapetes e tapetinhos macios que forravam o chão, passaram se esgueirando pelo leviatã negro — o piano escuro que, com suas mandíbulas abertas, reinava sobre toda a sala; quem poderia imaginar que no coração daquele prédio residencial, entre os apartamentos amontoados e apertados, fumegantes como uma sopa, flutuava silenciosamente um cubo de gelo azulado como este.

Aharon apontou com um dedo cauteloso os três homens negros esguios, ebúrneos, sobre a prateleira da estante de livros, e depois se deteve diante de um grupo de estatuetas de madeira que lá estavam, juntas, como que numa comunidade própria, sobre uma cômoda no canto do aposento. Homens e mulheres nus se dando as mãos enquanto dançam, um menino sentado com o queixo apoiado na mão, um busto todo feito de curvas femininas — e pensou em seu violão, que dorme já faz meio ano em seu estojo, rachado e com cordas arrebentadas; ele aprendera sozinho a tocar, e tocava tão bem, Iochi sua irmã dizia que ele tinha uma luz dourada nos olhos quando tocava. No momento eles não querem lhe comprar um novo, e ainda falta um ano e meio para seu bar mitsvá, e de qualquer maneira eles têm outros planos para ele. Com raiva, andou ao longo das paredes, parou com as mãos na cintura diante de um quadro grande, uma fortaleza fundida num bloco de pedra e os dois mergulhando dentro do mar, essa dona também tem pinturas, não dá para entender nada de pinturas assim, murmurou, e enquanto isso se entusiasmava, olhem só para isto, é como se um débil mental tivesse pintado para ela. Guid'on interveio sem muita vontade dizendo que o pai dele chamava isso, como se diz, de arte moderna, e Aharon imaginou estar ouvindo essas duas palavras da boca do pai de

Guid'on, do jeito que elas sairiam daqueles lábios, eu pegava um martelo e explodia esse quadro junto com as paredes, se enfureceu de repente e seus dois amigos olharam para ele, estão só enganando o serumano, só isso! Dizem que isso é arte, e é tudo enganação! E ao sentir dentro dele um som oco, estridente, chutou um dos painéis para dar ênfase a suas palavras e recuou assustado: teve a impressão de que o piano soara numa advertência.

Então, vamos dar o fora, reclamou Tsachi num gemido, já vimos bastante; não vimos nada e ainda não temos uma prova, respondeu Aharon sem se dirigir a ele; é só besteira isso que você diz, que ela não tem sombra, continuou Tsachi em tom monocórdio; claro que ela não tem sombra, disse Aharon distraidamente, olhando os livros nas prateleiras da estante, grandes e grossos volumes escritos em inglês. O fato é que nunca a vimos sem uma sombrinha no verão e um guarda-chuva no inverno, o fato é que sempre que a espiávamos ela só andava na sombra das casas, dos muros ou das árvores, é assim que ela engana todo mundo; Tsachi respirava ruidosamente, furioso, mexendo ora um pé ora o outro e juntando aflitamente os dois. Seu grande rosto, como uma batata descascada onde tinham sido cravados dois olhos de contas negras, irradiava raiva e rancor na direção de Aharon. Ele foi até a persiana, olhou entre as lâminas, e estremeceu.

Aharon, que percebera seu movimento, correu para olhar também. Embaixo, por entre as folhas da figueira, um homem gorducho mas de aparência frágil apareceu, observando à sua volta. Guid'on também se aproximou da persiana. O homem foi em direção a um pequeno Fiat verde e remexeu os bolsos procurando as chaves. Embora Aharon nunca o tivesse visto antes, soube imediatamente quem era e sentiu o coração bater mais forte. Quando tinha dez anos ouvira pela primeira vez que a mãe de Tsachi, Malka Smitanka, tinha um caso, "alguém mais". Ele então passou a segui-la ocultamente, e a observava com atenção toda vez que saía de casa, mas não constatou que tivesse "alguém mais". O sujeito ajeitou o cinto, alisou os poucos cabelos e entrou no carro. Os lábios de Tsachi se moviam o tempo todo, talvez xingando, talvez lançando um grito do coração até seu pai, na África, para que ele largasse imediatamente o buldôzer que dirigia para a Mekorot, a companhia israelense de irrigação, e voltasse o mais rápido possível para casa. Os três não se moveram da janela mesmo depois que o automóvel seguiu seu caminho, e Aharon sentiu uma ponta de tristeza por Guid'on também ter visto o tal "alguém mais", pois sabia quanto Guid'on era envergonhado e inocente nesses assuntos, nunca conversavam sobre coisas grosseiras, e quando Tsachi xingava, ou contava suas piadas, Guid'on e Aharon riam educadamente e não olhavam um para o outro. Passou um minuto, talvez mais um, e ainda estavam lá, com medo de cometer um erro ao fazer um gesto ou ao falar, até que a mãe de Tsachi saiu para a varanda, arrumando o roupão, e, gritando, chamou Tsachi para ir comer. Sua voz soava um pouco rouca e amarga. Ela serve almoço para o filho às cinco horas da tarde, disse a mãe de Aharon quando o Fiat verde passava por ela, não vou convidá-la para o bar mitsvá, só me falta ela apertar a minha mão logo depois da mão daquele cara. Ela está chamando você, disse Aharon baixinho, não é da sua conta, murmurou Tsachi, não estou com fome, venham, vamos continuar procurando.

Por mais alguns minutos eles vasculharam em silêncio a penumbrosa sala de visitas de Edna Blum, mal tocando nas coisas, e depois, como que sem intenção, como três peixinhos no sorvedouro de um rio, começaram a ceder à força de sucção do estreito corredor, e foram arrastados ao longo dele até o quarto de dormir, nele se espalharam em silêncio, tocando tímida e rapidamente na cama arrumada com esmero, no espelho redondo, na penteadeira enfeitada, na pequena pia instalada no quarto... Uma meia comprida de náilon repousava negligente sobre uma cadeira arredondada. Tsachi olhou para Guid'on e Guid'on olhou para Tsachi, e um certo rubor passou pelo rosto dos dois, mas Aharon não viu nada disso e não tocou em nada, pois fora subjugado por completo por um quadro gigantesco, que se estendia, como uma história complicada, na largura de meia parede. Tsachi fez um sinal para Guid'on, olhe só para ele, e Guid'on lançou um olhar ao quadro e a Aharon, foi depressa até ele e puxou-o pela mão, venha, Arik, você vai se complicar se ficar aqui, e Aharon displicentemente afastou a mão dele e ficou olhando para o cavalo que empinava no centro do quadro. Ele sentiu como, contra sua vontade, também seus lábios se dobravam sobre os dentes no esforço de uma respiração entrecortada; bobagem, isso é só arte moderna; mas seus olhos quase saíram das órbitas, como os olhos do cavalo sufocado, e assim como um afogado talvez entenda que o mar inteiro está se derramando dentro dele, assim ele entendeu o grande quadro. Olha o Arik, olha como ele ficou plantado lá. Arik, Arik! Mas seu olhar, com esforço, lentamente foi se estendendo, e agora ele também viu o homem morto estendido aos pés do cavalo, sua mão empunhando uma espada e a boca aberta num grito; viu a figura do touro, cujos olhos não estavam no lugar certo e assim mesmo estavam mais certos do que estariam em seu lugar natural; depois viu os torturados, os pedaços de corpos, e por fim achou também a mulher, sentira que estava ali ainda antes de tê-la visto, luminosa, carregando uma tocha. Por um momento ainda tentou se defender, do quê, de uma simples pintura, quer dizer, mera arte, andou pesadamente para trás, saiu do quarto em passos enregelados, onde estão esses dois, como é que fugiram e me deixaram sozinho aqui, e de novo se viu diante do quadro, e tornou a mergulhar dentro dele, nada aqui é como uma pintura deveria ser. Até eu sei fazer caras e pessoas e cavalos mais parecidos. Mas uma nova visão lampejou por um segundo — um homem alto, braços largados, de pé e encurvado, que parecia estar dobrado na ponta como a página de ontem de um diário, olhava de um canto. Até mesmo um boi eu sei desenhar melhor, depois de todas as vacas que copiei das capas da *Vaca verde*. Mas surgiram lágrimas em seus olhos, lentas, que tinham se formado, talvez, num saco lacrimal separado e oculto. O que há com você, seu bobo, por que você está chorando como uma garota. Não estou chorando. Se o seu pai te visse agora. Sim, sim, eu sei. Ele lhe daria aquela espetada. Que dê. Ele diria à sua mãe, que diga, Aharon ainda vai nos sair um ar-tis-ta! Intelectualoide!

Guid'on chamou-o da porta, impaciente. Não aguentava mais ficar naquela casa. Aharon não respondeu. Impotente, o olhar de Guid'on percorreu a penumbra do salão, se deteve um instante numa grande concha cor-de-rosa em forma de lábios que estava sobre a cômoda, onde é que ela compra todas essas coisas nojentas, e no íntimo pedia a Aharon que viesse logo, vão nos pegar, quase fugiu, parou, tornou a olhar com espanto para a concha que de repente lhe parecia uma criatura viva envolvendo fortemente com os lábios alguma coisa que estava no escuro dentro dela. "Já fui", gritou consigo mesmo e saiu rapidamente de lá, pulando os degraus de três em três, Tsachi correu atrás dele, sacudindo a angústia que lhe causava a casa dessa mal-aventurada com os quadros dela e os móveis dela, que parecem ter sido feitos por uma mosca, e os dois sabem que já vão levar uma bronca de Aharon por terem descumprido as instruções.

Mas Aharon ficou. Sacudiu com cuidado uma das esferas de vidro que havia lá, a neve caiu silenciosamente sobre um montanhista solitário e triste, e Aharon permaneceu a seu lado até a tempestade acalmar. Numa prateleira comprida, junto à porta de entrada, havia luxuosas bonecas vestidas em trajes típicos nacionais, quem também tem bonecas assim são Shimek e Itka, que viajam muito para o exterior, mas aqui há uma verdadeira exposição, vaidosos soldados da Grécia e da Escócia e da guarda da rainha da Inglaterra, e guardas da Turquia e da França, um exército internacional; e de vez em quando, como que por acaso, ele volta ao quadro. Fica diante dele com os braços estendidos, de olhos abertos, de olhos fechados, de frente, de costas, se entregando, e, quando sente que isso já lhe encheu os olhos, recua em movimentos singulares, como se estivesse dançando, e sai por um momento de um palco grande e iluminado, anda um pouco pelos outros quartos, vagando, perdido, uma pantera, um espião, depara consigo mesmo num espelho, se coça, toda a pele lhe coça por causa do quadro, dá uma olhada por trás do ombro, de repente tem a sensação de que ele desceu da parede e veio atrás dele, e, ao olhar aqui para baixo, vê-se uma flor que brota de uma espada quebrada na mão de um dos mortos, e também que o quadro está na verdade cheio de olhos, é preciso se afastar depressa, e de novo o corpo todo está coçando.

Para ele, a casa de Edna Blum era limpa e pura. Olha o rodapé, a mãe cuspiria nele, veja quanto pó em toda parte, até no bairro de Musrara eles teriam vergonha. Mas esse pó, para ele, parecia uma fina poeira estelar que repousava numa casa encantada e adormecida, até o dia em que viria um cavaleiro e romperia este silêncio, e então — Aharon ficou arrepiado, e abraçou a si mesmo.

Parou por um instante diante da geladeira. Hesitou. Porque uma geladeira não é um armário que se abre e fecha cem vezes por dia. Se você precisa de alguma coisa de lá — peça a mim. Segurou a maçaneta com força e abriu, e ficou surpreso. Uma geladeira faminta, a voz aguda dela lhe dizendo: geladeira de vegetariano, cozinha de mulher solteira. Como é que pode uma coisa assim. Realmente, como é que pode, ele sentia em todas as fibras de sua alma, como pode uma geladeira ser assim, vazia, branca, e onde estão a carne e os frangos e os ovos e as garrafas de leite, e onde os salames e as verduras e as frutas, até os remédios e os exames de fezes, e aqui — nada. Alguns pepinos magros e tomates pequenos. Um vidrinho de creme de leite e uma garrafa de leite. E uma maçã envolta num guardanapo. E queijo magro. Assim mesmo — até que é bonito. Puro. E lá ficou, atônito, diante da geladeira, e queria saber mais, mais: aprender essa língua, o *nazirês*, que se satisfaz com alusões e sinais. Você está se esquecendo de você mesmo. Ela vai voltar e pegar você aqui; ela não me fará nada. Meu cavaleiro, finalmente você veio. Alguma coisa despertou nele uma jubilosa alegria. Foi até o banheiro sem se preocupar e urinou longamente, e de repente pensou que até poderia se permitir evacuar sem medo, quem sabe, e para testar essa ideia abaixou as calças e se sentou por um momento, desfrutando docemente a sensação, balançando com alegria as pernas envolvidas nas calças curtas, e lá havia outra pequena figura colada na porta, um touro ajoelhado numa arena e uma mulher do público a acariciá-lo, sim, aqui ele conseguirá facilmente, aqui ele vai se permitir. Depois, deu a descarga com maestria, curtindo o fluxo da água na privada sem temer que de lá espirrasse algum tipo de porcaria.

 Antes de sair, foi até a janela e de novo olhou pelas persianas, viu o pai e a mãe voltando de seu passeio de todas as tardes, logo iriam desaparecer debaixo dele. E eis que, quando já estavam sob os galhos da figueira, ela veio ao encontro deles, Edna Blum, fuja, fuja, tão delgada, juvenil, o cabelo alourado, plumoso, através das folhas da figueira, este é seu fim, mais um minuto, vamos ver se eu tenho nervos de aço, boa tarde srta. Blum, boa tarde sra. Kleinfeld e sr. Kleinfeld, a senhorita parece cansada, srta. Blum, a senhorita trabalha demais, pois é, é preciso ganhar a vida, sra. Kleinfeld, mas veja como a senhora está pálida, você viu como ela fica vermelha quando olha para você; só na sua cabeça, Hindele, quem sou eu e quem é ela; a senhora precisa levar uma vida mais leve, srta. Blum, a senhorita ainda é jovem e tem a vida inteira pela frente, ela ja-já vai perder o trem; ela ainda é uma moça, Hindele; essas coisas você deixa eu resolver, Moshe, pode ser que você a veja como uma mocinha, mas eu olho para os dentes dela, e os dentes não mentem, ela tem pelo menos trinta e oito anos; quem sabe ela não quer saber de casamento nem de homens; não quer? ela não quer? você viu como ela olhou para você, como engoliu você com os olhos sem nenhuma vergonha, e ainda se faz de *lemele*, parece que vai desmaiar a qualquer momento, pshi pshi, então boa tarde, srta. Blum, e realmente se cuide, assim é uma pena; sim, a senhora tem razão, é verdade, e boa tarde para vocês também; e ela se afastou deles, ele a via de cima, distante, suave, agora tem exatamente quinze segundos para sair e trancar a porta com sua chave-mestra, mas como poderia se conter e não olhar para ela até o último momento e até depois dele, ela já entrou no corredor da escada, está subindo para o primeiro andar, fuja.

Espere.

Porque, depois de se afastar do pai e da mãe de Aharon, ela armou para eles, foi literalmente uma armação: não subiu logo para casa, pelo visto ficou esperando junto à escada até eles passarem por ela e se afastarem em direção à entrada do outro bloco, então voltou num passo cauteloso, ligeiro como o de um pássaro, o coração de Aharon exultou, ela também joga seus jogos, ela também tem segredos, e se deteve um momento ao lado da grande e ramosa figueira, de braços abertos, se oferecendo à árvore, sua noiva-menina, aspirando seu aroma adocicado, e fechou os olhos e abriu os olhos, e pousou uma mão delicada sobre o grosso tronco. Mas subitamente estremeceu. O pai estava a seu lado. Ele tinha voltado. Como é que ele sentiu. Cuidadosamente tinha se aproximado e se posto a seu lado. Duas vezes mais corpulento e mais alto que ela. Um boi e uma garça. E onde está a mãe. As largas folhas da figueira se moviam ocultando um pouco e revelando um pouco. Moshe? Ouviu-se de longe o grito. Os ombros do pai se encolheram e o pescoço recuou para dentro deles. Depois ele ergueu a mão e com delicadeza tocou em um dos galhos. Uma nuvem de pequenos insetos esvoaçou e oscilou no ar. Edna recuou. O pai não olhou para ela, e um estranho pensamento passou por Aharon, de que se o pai dele entrasse aqui, nesta casa, ela racharia em torno dele. Moshe, gritou a mãe, que já estava ao pé da escada, a chave na mão, aonde você foi? Olhe aqui, srta. Blum, disse o pai com algum espanto, e as folhas reverberaram suas palavras até a janela do terceiro andar, eu já tinha tido antes esse sentimento, que sentimento, sr. Kleinfeld?, ela inclinou um pouco a cabeça mas não olhou para ele. Um fino véu se avermelhou de repente em sua nuca branca, e só Aharon viu. A árvore está doente, disse o pai com simplicidade. Ainda não se olhavam, e se falavam através da árvore. Minha figueira está doente?, sussurrou Edna Blum com assombro e tristeza. Mas a árvore é de todos, de todo o prédio.

Quando a mãe voltou depois de alguns instantes, viu as três crianças e Edna Blum de pé junto à figueira. Bastou-lhe um único olhar. Algo escuro e opaco lhe turvou a vista. Olhou em volta e não viu o pai de Aharon. Voltou então o rosto para cima e descobriu os tornozelos grossos e avermelhados apontando de entre os galhos em suas sandálias de plástico preto. Com uma raiva contida chamou seu nome. Galhos e folhas se moveram farfalhando, e sua cabeça grande, solar, apareceu: Nem pergunte o que há por aqui, *Imale*, ele lhe disse, a árvore está coberta de feridas, é preciso limpá-la. Ela contraiu os lábios. Apertou a gola da blusa em sua esquálida garganta. Num movimento brusco, como quem fecha um canivete, girou sobre os calcanhares e foi para casa.

2.

No dia seguinte, depois de voltar do trabalho e de passar algum tempo com o farmacêutico romeno, o pai de Aharon tomou uma ducha, vestiu uma camiseta limpa e se sentou à mesa capenga na despensa para preparar o remédio da figueira. Ele misturou alguns pós e acrescentou água; esmagou uma cápsula fina e farejou seu cheiro amargo, movendo seu grande nariz sobre ela, para cá e para lá, o rosto grande e vermelho contraído em sua concentração. A mãe espiou por trás dele e soprou com desprezo, porque se uma árvore está doente, disse, basta pegar uma faca e cortar-lhe os galhos doentes, tchik tchik, sem misericórdia, e só aí vão poder crescer galhos saudáveis por baixo. Quem tem um pingo de juízo e de instinto compreende isso sozinho. O pai acenou lentamente concordando, a língua presa entre os dentes da frente num sinal de seu esforço, e pingou num pires algumas gotas de uma garrafinha.

Depois trepou no Frantchuski alto e bambo, e vasculhou o espaço no *boidem*, fazendo cair ondas de poeira no chão da cozinha. A mãe olhava para ele, e de repente lhe deu um aperto no coração, saiu correndo de lá e realmente encontrou a vovó Lili na varanda, debruçada na grade, mais meio corpo ela já estaria no outro mundo, ela quer me matar lentamente, e puxou-a pelo braço de volta a seu quartinho, junto ao salão; agora você vai ficar deitada aqui, *mamtchu*, ainda não está na hora do jantar, por que você está me olhando assim, sou eu, Hinda, que medo é esse, como se a gente fosse te degolar, aqui, levante as pernas, deite direito, nada de choro, você tem de deitar, deitar é bom pra você, olhe, veja que beleza você tem nessa parede, que lindas cores, papagaios, macacos e árvores, tudo isso foi você quem fez, *mamtchu*, é sua tapeçaria, agora olhe bem pra ela e descanse, e a mãe cobriu vovó Lili até o queixo com o cobertor quadriculado em vermelho e preto, e enfiou com força as beiradas do cobertor debaixo do colchão. Voltou com raiva para a cozinha. Que Deus nos proteja quando entra uma minhoca nova na sua cabeça, Moshe, extravasou enquanto ia colando nos ladrilhos, para que secassem, saquinhos de celofane molhados e um papel-manteiga que antes tinha embrulhado um tijolo de margarina, sua mãe quase pulou da varanda, e você aqui com suas bobagens, e, de tão teimoso que é, se cortarem você em mil pedaços cada pedaço ainda vai ficar pulando e gritando. Olhe isso, exclamou o pai do fundo do *boidem*, e surgiu de lá, a cabeça encaracolada toda enfarinhada, trazendo na mão uma tábua em forma de rim. Eu lembrava que tínhamos posto isso aqui.

Desceu cuidadosamente do combalido Frantchuski, limpou a velha paleta de Iochi da poeira e da tinta que tinham se acumulado nela. É melhor perguntar primeiro a Iochi se ela não precisa mais disso, cochichou a mãe, para que depois ela não faça um escândalo. Podem levar, podem levar tudo, gritou Iochi de seu quarto, já que pintora eu não serei mais, e nem bailarina, balbuciou, apalpando com raiva os coxões, pena que não continuei a desenhar, desenhar a gente pode mesmo tendo pernas grossas.

O pai saiu de casa, levando com cuidado diante de si a paleta, em cujas reentrâncias, destinadas às tintas, pusera os remédios que havia preparado. Lá fora, Aharon e Tsachi Smitanka brincavam de tráfego. Com rapidez e leveza, e com esquivas de *matador* Aharon desviava sua bicicleta da grande bicicleta de Tsachi; e tão concentrado estava em seus movimentos que não percebeu o rosto enrubescido de Tsachi, e subitamente se viu jogado com força na rua, com a roda de uma bicicleta grande enfiada entre as duas rodas da sua.

Imediatamente, o pai depositou a paleta de pintura sobre a mureta e correu para ele. Aharon berrava de humilhação, você está morto, seu sujo, seu imbecil, gritava, as lágrimas estrangulando a garganta, vou picar você em pedacinhos, e seus pequenos punhos se agitavam violentamente dentro da prisão dos braços do pai, suas pernas chutavam o ar, me deixe sair, me deixe acabar com ele; Tsachi, de pé, também brandia os punhos para disfarçar, assustado com o que fizera, xingando Aharon por estar zombando dele em vez de brincar legal. Você está me gozando? Ahn? Está? Você está me gozando? Repetiu várias vezes essas palavras, parou um pouco, tentando achar outras, e, quando não encontrou, ergueu um pouco mais os braços em suas investidas. O pai se curvou de repente, agarrou Tsachi com sua mão esquerda e o levantou, e assim os dois garotos ficaram aprisionados, cara a cara, no aperto de seus braços. Ele deixou que se atirassem um contra o outro, rindo muito, e tomando cuidado para que seus punhos não se encontrassem; Aharon se debatia com todo o seu pequeno e musculoso corpo, e despejava carradas de ofensas a Tsachi, a seus pais, a sua bicicleta, e Tsachi, na cara dele: Você está me gozando? Hein? Você está de gozação? E seu rosto um pouco estranho, que parecia estar sempre espremido contra uma vidraça invisível para ver melhor, ardia de humilhação. De repente o pai apertou com força os corpos dos dois garotinhos, e aquele súbito sufoco logo os fez calar. Rindo até as lágrimas deixou que escorregassem até o chão, tendo ainda o cuidado de afastar um do outro, mas isso não era mais necessário: o apertão em seus ossos apagara toda a belicosidade, e eles oscilavam, atordoados. Tsachi foi o primeiro a se recuperar, e voltou a reclamar com o pai de que Aharon estava zoando com ele, e zombando dele; Aharon começou novamente a ferver, que a brincadeira era assim, de chegar bem perto, dar um drible e se desviar, que culpa tem ele se Tsachi é babaca e lento e cágado e lesma e débil e tapado; por um momento o pai também ficou confuso e quase ofendido com esse turbilhão de palavras. "*Nu*, já chega! *Sha!*", exclamou, "já ouvimos você! Boca você tem!" Surpreso ele mesmo com a ira que sua voz expressava, se apressou em acariciar os cabelos dourados e macios de Aharon. Quando viu a tristeza nos olhos de Tsachi Smitanka, puxou-o também para si e coçou com prazer sua cabeça raspada, áspera. Assim ficaram alguns segundos, e as crianças absorviam tudo o que aquelas grandes mãos ofereciam. Tsachi chegou a mover furtivamente a perna, que com isso encostava na perna grossa dele e roçava nos seus abundantes pelos.

Agora vão brincar juntos, e que Deus os proteja se eu ouvir isso outra vez. Aharon livrou a cabeça do toque dele. O pai deu uma pancadinha amistosa no ombro de Tsachi e disse em ídiche: A *shokl, Itschuk*, mexa-se, Itschak, levante a bicicleta e vá em frente. Eu vou cuidar lá de cima para que tudo corra bem.

Então ele trepou na figueira e se ajeitou bem, sentado na ramificação mais baixa. Aharon segurou a roda de sua bicicleta entre os joelhos e tentou desentortá-la da pancada que tinha levado. De dentro da folhagem o pai chamou Tsachi e pediu para ele lhe trazer a paleta de cima do muro. Aharon apertou a roda com raiva, a ponto de o para-lama lhe deixar um sulco na carne.

Assim que se infiltrou entre as folhas, o pai sentiu o coração exultar. Ele se apoiou num galho grosso e encheu de ar os pulmões. As folhas, grandes como mãos abertas, acariciavam seu rosto, se espremiam nele como cabeças de cavalos buscando proximidade. O cheiro da figueira penetrou-o, e ele passou os dedos sobre o tronco cheio. Sem que sentisse, as sandálias de plástico se soltaram de seus pés. Tsachi, que se aproximara da árvore, pulou para trás como um gatinho.

Calmo e concentrado, como que dispondo à sua frente os instrumentos de trabalho, o pai começou a estalar as articulações dos dedos, uma por uma. Por fim se aprumou, se empertigou e se virou para olhar em volta. No galho à sua frente viu as primeiras feridas: fendas cheias de vermes esbranquiçados. As feridas se estendiam por todos os galhos da figueira, e o pai as seguiu com os olhos, erguendo a cabeça até dar com a janela de Edna Blum no terceiro andar. Teve a impressão de que uma banda da cortina estremecera lá. Cruzou os braços sobre o seu peito de barril, e matutou. Não seria uma tarefa fácil. Do bolso de suas calças curtas tirou um rolo de baetilha que trouxera de seu último exercício de reservista, e num ágil movimento de dois dedos destacou uma tira. Depois tocou cuidadosamente na ferida no corpo da figueira, e sentiu a profundidade do abscesso que apodrecera o lenho. Mexeu seu dedo, enrolado no pano, dentro da fenda, e o líquido amarelado, turvo, grudou na flanelinha. O pai farejou-o, abanou a cabeça como que surpreso, deu de ombros e jogou a tira de pano no chão. Tsachi Smitanka se aproximou cautelosamente, olhando preocupado para as pernas do pai penduradas em cima, e ergueu a flanelinha. Quando a cheirou pela primeira vez fez uma careta de nojo. Mas depois aproximou novamente o nariz e inspirou, concentrado e com um estranho respeito.

O pai enrolou o dedo numa nova tira de pano. Um tênue assobio começou a soar em seus lábios, insinuando uma melodia que algum dia, em sua origem, talvez tivesse sido sincopada, cigana, mas dele sempre vinha lenta e apática: logo logo a mãe espiou da janela, vigiando-o através das folhas. Sabia muito bem aonde o estavam levando os pensamentos quando assobiava assim. O pai moveu o dedo em círculos dentro do orifício na figueira. Um verme branco e inchado se debateu cegamente em sua mão, e ele o examinou bem, assobiando distraidamente. Quando o pai era muito jovem, ainda um moleque descalço, um comunista subversivo chamado Zioma Svatchniker convenceu-o a fugir para a Rússia e lá se alistar no exército, oi Zioma, Zioma, desgraçado, como você falava bonito. Com raiva, a mãe fechou a janela. Era do que menos precisava agora, essa história da figueira. Com dedos endurecidos pela cólera, de pé, polia os garfos e as facas para carne.* Só uma vez o pai lhe contara de sua infância na Polônia, e de sua fuga para a Rússia, dos três anos no exército, e do campo de prisioneiros em Komi. E quando ouviu dele a história de horror que fora sua fuga da taiga, e o caso da camponesa aprisionada na pequena cabana, se levantou e com sua mão pequena e forte cobriu a boca dele e disse até aqui, e basta, não quero ouvir mais nada sobre isso, Moshe, depois que eu morrer conte tudo isso a quem você quiser, corra pelas ruas e grite, escreva nos jornais, mas aqui em casa eu não quero ouvir essas coisas; e, obviamente, quando as crianças nasceram proibiu-lhe sob juramento lembrar aqueles tempos, eles não precisam saber que animal selvagem foi o pai deles, e ele lhe prometeu, com seu aceno paciente e lento, com a expressão conciliatória que tinha sempre pronta para ela; mas ela sabia ler os assobios dele. Então abriu de novo a janela e bateu o pano que tinha na mão contra o peitoril. Uma pequena nuvem cinzenta de pó se levantou e se dispersou. Por um instante o assobio cessou. A mãe tornou a

---

* Os seguidores das regras dietéticas da religião judaica separam os talheres e a louça que são para carne dos que são para laticínios. (N. T.)

desaparecer dentro de casa. O pai soprou com força na palma da mão. O verme branco voou e caiu no tronco. Com seu calcanhar descalço ele o esmagou, e depois, bem baixinho, o assobio voltou, e vibrou em trinados. E assim ficou trabalhando, séria e metodicamente, duas horas inteiras. Às vezes interrompia, para explicar a este ou àquele vizinho o que fazia na árvore, ou para responder aos chamados de Hinda na varanda. Às seis e meia ouviu-se dos apartamentos o sinal sonoro do noticiário vespertino, e o pai parou o trabalho para ouvir, preocupado, mas não houve notícia sobre desvalorização da moeda. Na rua, Aharon andava de bicicleta, sem dar atenção ao pai e a Tsachi. De vez em quando virava para trás sua cabeça loura e soltava um longo assobio para Gumi, que, invisível, perseguia a bicicleta. Tsachi não se movia de seu lugar debaixo da árvore, e juntava diligentemente as imundas tiras de pano que caíam dela. Não se devia abandonar um menino tão pequeno e viajar para a África para ganhar dinheiro, pensou o pai. Depois pensou em Malka Smitanka, que mandava o filho dela para a rua para poder transar com o cara. O que uma mulher como ela pode ter visto num babaca daqueles. Com certeza ele é um funcionário, ou talvez um advogado, o que importa é que ele tem um carro, pensou num suspiro, lamentando o desperdício. Lá de cima chamou por Tsachi e disse-lhe que fosse até Hinda e trouxesse o velho aparelho de clister feito de borracha, e quando ele foi ficou pensando na pinta que se vislumbrava no decote de Malka Smitanka, e nos pelos encaracolados, atrevidos, de suas axilas. Já trouxe!, gritou Tsachi embaixo da árvore, erguendo para ele o rosto rombudo e o aparelho de clister, e o pai de Aharon, que se assustara, num tom de repreenda mandou-o de volta para dizer a Hinda que daqui a pouco voltaria para casa.

Enquanto não voltava, o pai se recostou no largo galho, acendeu um cigarro e sorveu-o com volúpia. Do lugar onde estava nenhum pedaço do prédio cinzento era visível. Tampouco se via a rua estreita, tristonha. Dava para imaginar esta árvore plantada em outros lugares; e se o pai se mexia um pouco dava para ver uma janela, e uma banda de cortina que às vezes parecia estremecer. Ele não se mexeu. Era o mês de junho, e duras inflorescências dos frutos da figueira começavam a se formar nos galhos da árvore. Um doce aroma o cercava. Ele o inspirou em toda a sua profundeza.

Então Tsachi trepou agilmente nos galhos, para lhe entregar o aparelho vermelho de clister. O pai piscou para ele, para contemporizar depois da reprimenda, e novamente acariciou com prazer seu cabelo curto e espetado. Sente aqui e olhe bem, ordenou.

Ele soprou com o fole do aparelho dentro da primeira ferida que limpara até livrá-la de toda a sujeira. Depois tirou do bolso da calça um pincel, com o qual costumava lubrificar as dobradiças das portas de sua casa, e o mergulhou no remédio. Cuidadosamente, começou a untar as bordas da ferida. O menino olhava para aquela grande mão, a se mover gentilmente para cá e para lá, e, embevecido, sua boca aos poucos ia se abrindo. Embaixo Aharon andava de bicicleta, abria os braços, desafiava Gumi a correr para tentar alcançá-lo. O pai acabou de esfregar a ferida. Ele e Tsachi se entreolharam por um instante. O pai estendeu para ele o aparelho, agora você é quem vai fazer "fu", e eu vou passar a pomada. Tsachi agarrou o aparelho com firmeza e começou a acioná-lo, concentrado, mordendo a língua no esforço. Assim trabalharam juntos em silêncio, até que subitamente surgiu entre eles a cabeça dourada de Aharon, reclamando com amargura, por que só ele? Eu também quero.

O pai e Tsachi se afastaram um pouco um do outro, e o pai começou a falar em voz alta, para explicar a Aharon o que exatamente estava fazendo ali, e como devia se desenvolver todo o processo de cura. Tsachi se encolheu todo, calado e estalando nervosamente um dedo depois do outro. Aharon olhou distraído para os dedos, um leve e invisível tremor passou por seu rosto ao ouvir os estalos secos. E de repente teve uma ideia. Via-se nele que tivera uma ideia. Nem mesmo se deteve para contar a eles qual era. Escorregou até embaixo, arrancou do quadro da bicicleta a bomba de ar e tornou a subir, radiante. E a ideia da bomba foi mesmo muito boa, uma ideia excelente, e ele secou com rapidez e eficiência uma ferida depois da outra, antes vocês estavam fazendo isso devagar, explicou Aharon, aspirando e soprando com a bomba, mas antes estava tudo mais calmo, desabafou Tsachi num sussurro.

Trabalhavam agora aplicadamente, cada um limpando uma ferida, e Aharon falava, para romper o silêncio que se fizera, e até conseguiu fazê-los rir: ele sabia imitar vozes de animais e de pessoas, tinha talento para isso, e mesmo sendo sua voz a de um menino, bem, ele só tinha onze anos e meio, sabia imitar muito bem Eshkol e Sapir, e até mesmo Shmuel Rodensky com sua pronúncia engraçada. Quando começava a fazer graça e a falar era difícil fazê-lo parar, mas aos poucos foi se calando, se acalmou e mergulhou ele também na magia de curar.

A mãe saiu para a varanda e chamou por Aharon. O pai fez sinal aos meninos para que ficassem calados, e os três se esconderam atrás das folhas. A mãe chamou novamente, ela sabia que Aharon estava na árvore, espere só, você vai se ver comigo em casa. O pai cobriu a boca com a mão em concha e imitou a voz de um cuco. Os meninos quase explodiram num riso sufocado, e a mãe movendo vivamente a cabeça tentou descobri-los, de novo girou sobre os calcanhares num movimento brusco e desapareceu dentro de casa. O pai riu baixinho junto com os meninos, isso não é legal, isso não é legal. Ergueu os olhos para o céu. Com as duas coxas abraçava o calor da árvore.

3.

Durante sete dias o pai cuidou da figueira: desinfetou suas feridas, drenou-lhes o pus e untou-as com seu remédio. A mãe saía repetidas vezes para a varanda e o admoestava, propositalmente em voz alta, dizendo que ela não tinha mais de quem se envergonhar, que era uma idiotice ele não exigir do condomínio o pagamento total, um bom dinheiro, pelo duro trabalho que estava fazendo, pois a árvore pertencia a todos, não? Ele contemporizava com palavras suaves, e continuava na árvore. Tsachi, que sempre chegava tarde demais, via a pequena bicicleta de Aharon apoiada no tronco da figueira, como a escada de um desconhecido levando à janela de sua amada, e ficava rodando em infindáveis círculos ao pé da árvore, e não subia. Lenta e metodicamente o pai e Aharon iam escalando os galhos mais altos, se detinham diante de cada ferida, aproximavam a cabeça e se aconselhavam. Às vezes, quando o pai levantava os braços para alcançar algum galho, sua camiseta subia um pouco e revelava, na parte inferior de sua barriga avermelhada e pilosa, uma cicatriz lisa e pálida, um certo hiato no poderio de sua corpulência, e Aharon não gostava de olhar para ela. Ela certamente não é do campo de prisioneiros, de Komi, deixava escapar, como se não soubesse, em Komi com certeza você morreria de uma coisa assim. Desse jeito costumava, ardilosamente, começar a arrancar do pai, em finos jorros, as lembranças proibidas, e o pai ria, que Komi que nada, lá me deixariam morrer como um cão, isso ainda é da Polônia, quando eu era um pouco mais velho que você, quatorze ou quinze anos no máximo, da operação de apendicite, e já se esquecendo de si mesmo e do que prometera à mãe, contava a Aharon sobre o terrível inverno na taiga, nem conseguíamos enterrar os mortos, a terra era dura como mármore, e contava sobre os idiotas que tentavam fugir do campo sem ajuda externa, e como eram encontrados no dia seguinte, devorados pelos lobos, e como as pessoas enlouqueciam de fome e de medo, e perdiam a razão como se perde uma moeda, e os intelectualoides, e o pai dizia isso com uma ponta de sádica alegria, os intelectualoides que Stálin nos enviava para a taiga, esses eram os que enlouqueciam mais rápido, não só pelo que estavam sofrendo lá, pois todos sofriam igual, um corpo é sempre um corpo, mas porque... vejamos... e o pai encolhia os ombros, quem vai saber por que intelectualoides enlouquecem na taiga... talvez não tivessem imaginado como seria, talvez não imaginassem que tal coisa sequer existisse, talvez acreditassem que o mundo se arrumaria do jeito que eles imaginavam, ou seja, segundo o intelectualoidismo e não o stalinismo... O pai riu, Aharon, tenso, riu junto com ele, replicando a expressão de seu rosto.

Às vezes Edna Blum descia para um passeio vespertino, seu leve guarda-sol jogando sombra em sua cabeça, e chegava como por acaso ao pé da árvore. Por entre grandes folhas o pai percebia o andar deslizante dela em sua direção, afastava as folhas e a cumprimentava. Fazia isso todas as vezes, e todas as vezes ela ficava muito surpresa, e seus olhos se arregalavam para ele, como se lhe tivesse surgido um gigante assustador entre as folhas, mas ela logo sabia que ele era bom, um gigante bom. Oh, sr. Kleinfeld, o senhor me assustou, e ali ficava, olhando para ele, a mão no coração, num longo momento de silêncio, vazio de tudo, como se de repente Edna tivesse sido arrebatada para dentro de si mesma, e eles esperavam calados que ela lentamente voltasse de lá, sorrindo em sua fraqueza, engolindo em seco, interessada no bem-estar de sua figueira. Aharon achava que Edna era muito bonita, exceto por sua pele, que tinha uma aparência estranha, rósea, quase transparente, como a pele fina de um pintinho, que onde quer que você a toque logo sentirá o coração dele batendo sob seus dedos. Um dia ela lhes revelou que talvez fosse só por causa da figueira que continuava a morar aqui, neste condomínio; Aharon sentiu imediatamente que Edna tinha cometido um erro, mas não sabia qual era. No dia seguinte ela iria lhes confessar que sua alma estava ligada à alma dessa figueira, disse exatamente isso, e que, de sua janela, podia abrir seu coração quase que totalmente para essa árvore, e ele de novo se arrepiou, como se tivesse ouvido o guincho de um giz quebrado no quadro-negro, e pensou com um pouco de raiva que ela estava dizendo coisas que não se dizem a estranhos, talvez por não ter muita prática em falar com vizinhos, já mora com eles há treze anos mas sempre fechada e isolada, até a mim ela tentou impor limites, essa esnobe, disse a mãe, mas eu logo agarrei ela pela raiz e a obriguei a ser simpática e pelo menos cumprimentar. Aharon inclinou a cabeça, para que não lhe visse o rosto, e o pai balbuciou alguma coisa, o rosto ainda mais vermelho, e cutucou com sua grossa perna o joelho de Aharon, para que se contivesse. Edna Blum pareceu ter percebido seu erro, mas naquele dia estava de bom humor, e logo perdoou a si mesma e se despediu deles cordialmente, prometendo encontrá-los amanhã no mesmo lugar. E quando se foi, Aharon tentou captar o olhar do pai, para rir junto com ele, mas para sua surpresa o pai evitou seu olhar, também não fez nenhum comentário, só pediu para ele se concentrar de novo nas feridas.

Edna Blum subiu para sua casa e, ofegante, correu para a cortina. Uma brisa suave soprava, as folhas estremeciam, e suas sombras se projetavam nas costas e nos ombros do pai. Edna via seu pescoço grosso, sua nuca rija. Como nos testes de percepção em desenhos, vislumbrou um pedaço de seu bíceps, de sua panturrilha; quando uma vez ele girou a mão, viu sua queimadura atravessar as folhas como a pele malhada de uma serpente tropical. Nas suas poderosas pernas se apoiavam as pernas finas e lisas de Aharon, e Edna pensou em como esse menino ia crescer e se fazer homem. Uma rara centelha de malícia brilhou em seus olhos, e ela foi correndo para a cozinha preparar um jarro de limonada. Com um risinho, com um rubor e com um Edna-o-que-houve-com-você verteu a água gelada, a essência de limão e o açúcar e misturou com energia. Mas quando se aproximou da janela já hesitava. Como é que vai chamá-lo, como é que vai se debruçar, como é que vai passar a jarra cheia às mãos dele... Num instante sua ideia perdeu a graça. Ficou andando em seu quarto com a jarra na mão, para lá e para cá, decepcionada e irritada consigo mesma.

Um estranho silêncio desceu então sobre o prédio. Nas cozinhas fumegantes, mulheres com as faces coradas ergueram a cabeça com espanto e interromperam por um momento o que estavam fazendo. Homens de camiseta que descansavam em espreguiçadeiras nas varandas se enrijeceram, afastaram os jornais que lhes cobriam o rosto e prestaram atenção. Parecendo vir de longe, elevavam-se no ar e chegavam a eles os sons de uma mazurca de Chopin, e desciam do alto sobre o prédio cinzento, sobre os parapeitos enferrujados, sobre o áspero revestimento em chapisco, sobre as caixas de correio tortas, caíam e respingavam sobre a grama amarelada e doentia. Já fazia quase doze anos que Edna não tocava seu piano, e agora a música voltara para ela. Em cima da árvore, Aharon e seu pai se entreolharam por um momento, e logo desviaram o olhar, constrangidos. O pai limpava uma grande ferida, e sua mão lentamente escavava dentro dela. Quem sabe, afinal, poderia pedir um violão novo como presente de bar mitsvá. Uma vez a mãe ficou olhando para ele enquanto tocava, muitas e muitas vezes ele se lembrava disso, talvez aí residisse seu erro, ele não percebeu que ela entrara no quarto, provavelmente fixara nele um longo olhar e vira alguma coisa em seus olhos, e então arremeteu sobre ele e disse que ele estava deixando ela louca, que fosse brincar lá fora em vez de se sentar encurvado como um corcunda sobre seu violão, pois para isso lhe tinham comprado uma bicicleta que custara metade do salário do pai, e realmente a bicicleta é excelente, mas ele queria algo mais. Esse algo mais ele não sabia explicar o que era. Mais do que isto. Mais ainda. Mas como presente de bar mitsvá eles já lhe haviam prometido abrir uma conta de poupança, com a qual, dali a vinte anos, poderia comprar um apartamento para ele e a mulher dele. Que lhe importa a mulher. Quem sabe apesar de tudo eles acabam concordando com o violão. Seus dedos, automaticamente, tangeram o tronco, junto com os dedos de Edna Blum. Depois, tocaram distraidamente em seu queixo, no buraco que lá ficara por não ter resistido e coçado a espinha; o pai tinha a intenção de também lhe dar um presente pessoal pelo bar mitsvá: o conjunto para barbear, com o pincel, o aparelho e uma cuia de lata, que ele possuía desde a época em que combatera na operação do Sinai, mas o principal era o violão; e de novo seus dedos tangeram o galho, e de novo tocou com uma raiva distraída em seu queixo liso, e tornou a dedilhar a figueira, e por um instante se comparou a um escritor cuidadoso que mergulha sua pena numa tinta especial, escreve algumas palavras até a tinta acabar, e talvez assim esteja dando início a uma nova forma de talento.

Mesmo faltando ainda um ano e meio para o bar mitsvá, o pai e a mãe viviam mergulhados até os cabelos em cálculos e em economias. Eles estavam planejando algo grandioso, a mãe disse para ele com orgulho, e pretendiam alugar o majestoso salão Epirion, e contratar um fotógrafo profissional do caríssimo Photo Gwirtz, e não deixar por conta do tio Shimek, cujas mãos perderam a firmeza ultimamente, e que nas últimas festas da família fotografara a mãe de tal forma que ela saiu com uma cara de Moishe Grunim. Iochi, cujo bat mitsvá tinha sido muito modesto, no sábado, em casa, só para a família, ficou tinindo de ciúme, comigo vocês economizam, e a mãe lhe disse com uma ponta de sadismo que um bat mitsvá afinal não é um bar mitsvá, e que no casamento dela eles a recompensariam por tudo, mas antes precisamos saber onde é que estão todos os seus namorados.

Às vezes, à noite, quando Aharon se levantava para beber água, ele via seu pai e sua mãe debruçados sobre o grosso caderno que haviam comprado para isso, fazendo contas. A um canto da mesa, fechadas e envergonhadas, estavam as cadernetas vermelhas do *kupat cholim* do pai, da mãe e da avó. Nenhum deles lhes dava muita atenção agora, automaticamente colavam nelas os selos alaranjados, sem a mesma meticulosidade e dedicação de outros tempos: o caderno do bar mitsvá estava encapado com papel-celofane esverdeado, com uma etiqueta pequena e simples: AHARON — BAR MITSVÁ, e os pais costumavam registrar nele todos os cardápios servidos em festas de bar mitsvá para as quais eram convidados, avaliavam seus preços e acrescentavam notas sobre a qualidade da comida e o número de pratos, fazendo complicadas comparações. Exatamente dentro de um ano e meio vão terminar de pagar a hipoteca do apartamento, e assim poderão facilmente conseguir um bom empréstimo, e junto com o que conseguiram juntar — e na esperança de que Sapir não lhes passe uma rasteira desvalorizando a moeda — vão conseguir fazer para ele um bar mitsvá — e a mãe bateu palmas e apertou Aharon em seu peito, uma tênue e rara expressão de felicidade se espalhando em seu rosto — que vai fazer os olhos de todos saltarem das órbitas.

Ela sai agora para a varanda. Seus olhos perscrutam atentos, aqui e ali. Suas narinas se dilatam. O pai percebeu sua presença, e num movimento que nunca fizera antes, como o de um combatente subterrâneo, puxou Aharon para trás e recuou ele mesmo, de modo que as folhas os esconderam dela. De onde estava, Aharon só enxergava as articulações de seus dedos embranquecendo sobre o parapeito.

"Moshe!", seu grito irrompeu de repente, "quanto tempo você ainda vai ficar lambendo a meleca dessa árvore?" Fez-se silêncio. Até os sons do piano emudeceram.

O pescoço do pai se cravou entre os ombros. Mas logo voltou a se aprumar, vermelho e grosso, com uma veia azulada inchada e pulsando. Aharon se contraiu todo e observou-o apavorado, nunca o tinha visto assim, mas ele se controlou, o pai, cerrou fortemente seus grandes maxilares, e com movimentos pesados e muito cuidadosos voltou a untar delicadamente as feridas da figueira. A mãe esperou mais um instante. De repente suas mãos golpearam com força o parapeito da varanda: "Aha-ron!", e as volutas metálicas da grade da varanda o cercaram e caíram à sua volta como as argolas do jogo em torno da estaca, "venha imediatamente para casa experimentar as botas!".

"Mas ainda é verão!", Aharon sussurrou para o pai.

O pai acenou lentamente, concordando. Seus olhos ainda refletiam o susto e o perigo, mas em seu queixo já começara a emergir o refrão costumeiro em seu casamento: "É que a mamãe gosta que tudo fique pronto a tempo", disse baixinho, "e quem sabe já é necessário comprar um par novo este ano?".

Claro que é necessário. As dele já estão velhas e gastas. Já as usou durante dois anos, e estão cheias de buracos. Precisa de novas, sem falta: este ano ele tenciona começar com Guid'on e com Tsachi um sítio para criação de girinos e vendê-los para o Bonaparte, o primeiro restaurante francês a funcionar em Jerusalém.

"O que houve, Arontchik", disse o pai num sussurro de consolo, "que cara é essa de repente?"

Aharon virou o rosto, para que o pai não visse. "Olha só como ela fala comigo", reclamou amargamente.

"Não leve isso a mal, nem na cabeça nem no coração, Arontchik, ela ama você, e só fala assim porque se preocupa."

"Eu tenho exatamente a mesma altura do Guid'on, a mesma altura de metade dos garotos da minha turma."

"É que ela quer que você seja o melhor, o primeiro em tudo. Mãe é mãe."

"Ela ofende a gente."

O pai acariciou sua cabeça. Aharon se encolheu ao toque daquela mão. Lá em cima voltou a fluir a melodia, cuidadosa, tateante, veemente, como a primeira germinação após um incêndio. O pai não se mexeu. Só a mão continuou sua carícia. Ainda havia luz bastante no mundo para se enxergar as nervuras das folhas. A melodia oscilou levemente, tecendo delicados fios. Aharon afastou um grande ramo. O céu se revelou a ele. O céu azul profundo do entardecer. O pai encarou-o, até obrigá-lo a sorrir.

"E além disso", disse o pai, "ele também, como se chama, Napoleão, ele também era baixinho, e Zioma Svatchniker era um nanico, isso são fatos!"

4.

Na cozinha, Aharon viu os pequenos pés de sua mãe tremendo no alto do Frantchuski. Sua cabeça estava enfiada no *boidem*. Quando o ouviu entrar ela saiu de lá, uma touca de banho cor-de-rosa cobrindo a testa para protegê-la da poeira, não pense que eu não vi você lá na árvore, depois vamos acertar contas, agora vá buscar umas meias lá na gaveta das meias do armário grande. Meias de inverno?, reclamou Aharon, agora? No meio do verão? E como é que você vai experimentar as botas? Descalço? Mas meias de lã neste calor? Me obedeça, que eu sei muito bem o que estou fazendo.

Abriu com raiva a porta do armário grande no quarto dos pais. De trás da gaveta das meias caiu no fundo do armário um envelope pardo. Como esses que o pai recebia com convocações para o serviço de reservistas, mas sem nome nem endereço de destinatário. Numa caligrafia desleixada e desconhecida estava escrito: "Circo das gatas de Alfonso". Ele olhou dentro do envelope e viu uma coisa, uma pequena fotografia em preto e branco colada nas costas de uma carta de baralho. Soube imediatamente que estava olhando para uma coisa que nunca vira antes, e que era melhor não olhar. Olhou para outra foto que lá havia. Suas mãos começaram a tremer. Feche isso e vá embora, pensou decididamente. Era uma decisão instantânea e séria. Feche e vá embora, agora, murmurou para si mesmo, num comando de autopreservação. Enfiou de volta as cartas estranhas, fechou o envelope e devolveu-o ao lugar em que o achara. Seus dedos tremiam muito. Com dificuldade pegou um par de meias grossas de lã. Ficou lá por um momento, no quarto dos pais, o que é que eu vim procurar, e de novo disse a si mesmo em voz entrecortada — agora saia daqui depressa. E acrescentou num grito — N*u*, saia logo. Mas foi se deitar em sua cama, esperando que a mãe não encontrasse as botas no *boidem* antes que ele conseguisse se acalmar. Deitou de lado, se dobrou todo, tentando se encolher, e de uma só vez descobriu que já fazia algum tempo que não estava muito bem. E que esse tempo todo estavam se acumulando pequenos indícios e evidências bobas, talvez até o rompimento das cordas de seu violão fosse um desses indícios, talvez também suas recentes brigas com Tsachi; mas o que significavam tais indícios, eram evidências do quê, quem é que sabe, ele não compreendia, apenas sentia dentro dele que era uma espécie de momento, momento que se não chegasse a acontecer ainda seria possível fazer girar uma grande roda para trás, e os indícios e evidências desapareceriam, dissolvidos no grande e corriqueiro tumulto da vida. Não pensava, só ouvia dentro dele uma voz silenciosa e judiciosa afirmando com tristeza "isso não está nada bom", como a voz de um médico que inclina a cabeça olhando para uma ferida, "isso não está nada bom", e talvez ainda faça com a língua um "ts, ts, ts", Aharon teve medo, não daquilo que a voz dissera, mas daquele "ts, ts, ts" inexpressivo, pensativo, e talvez a voz tivesse abanado a cabeça em ponderada lástima, como o pai e a mãe quando viajaram com ele de ônibus para Tel Aviv e viram um grave acidente em Bab-el-Wad, e Aharon de repente se refez, isso não muda nada, levante, isso é só um estado de espírito que faz com que tudo pareça ser assim, mas mesmo assim ele não se levantou. A tarde caía sobre o condomínio, uma plácida tarde de verão espreguiçando-se em toda a volta. Dos apartamentos se elevavam o cheiro de frituras e o aroma de saladas sendo cortadas bem fininho, o orvalho fresco de pepinos sendo descascados e mergulhados em iogurte, ou em creme de leite, se disponível, e o cheiro de cebolas guarnecendo no pires os arenques, as omeletes pulando nas frigideiras, e fatias de pão de *kümmel* sendo cortadas na mesa. O céu de verão ia escurecendo lentamente em suas beiradas. Do terceiro andar subiam os sons do piano em novas melodias — num toque hesitante, de aprendizado, sons alegres executados propositalmente em ritmo lento, numa espécie de pausa prazerosa, e repentinamente se atrevendo num desenfreado batimento. O pai suspirou, juntou seus instrumentos de trabalho em cima da árvore. Olhou para as mãos, que a pomada tinha amarelado. Parou um instante e prestou atenção à música, e uma leve ruga sulcou-lhe a testa, no esforço de se lembrar, onde foi que a ouvimos, e depois deu de ombros. De dentro de casa se ouvia a voz de Hinda, que finalmente achara as botas de Aharon e o convocava a vir depressa experimentá-las. O pai desceu da árvore e viu Tsachi andando de bicicleta, taciturno. Tsachi exclamou: "O quê, você estava sozinho na árvore o tempo todo?". E contraiu o rosto em ingênua decepção. Vá para casa, disse-lhe o pai, já vai escurecer. E Tsachi cravou o olhar no guidom da bicicleta, e disse que ainda não estava com vontade de subir. Mas é perigoso andar assim, sem luz, Itschuk. Eu, eu não tenho luz, eu, o dínamo pifou. Me lembre amanhã, eu conserto, se Moishe vem, solução tem, e o pai fez um carinho no cabelo espetado de porco-espinho, mas estava absorto, pensando em outra coisa, e sua mão também, e Tsachi desviou a cabeça, ofendido, e saiu pedalando com rapidez, os lábios apertados, todo curvado sobre o guidom da bicicleta, e tomara que venha um automóvel a toda velocidade, com um farol ofuscante como um grande e repentino punho. Depois de uma curva, andou mais devagar. Parou. Olhou à esquerda e à direita, e com toda a força deu um chute na lanterna traseira do Fiat.

A mãe enfiou o braço até o cotovelo nas botas e tirou de dentro delas pedaços de jornais velhos. Aharon vinha pelo corredor, cansado e lento, tomando cuidado para que ela não percebesse, rezando para que tudo parasse agora. Que houvesse um longo intervalo. Que viesse alguém e explicasse tudo com muito vagar e muita paciência. Enquanto caminhava assim, com imensa lentidão, evocou de repente a figura de Dudu Lifschitz, um menino de sua turma, que andava assim: em passos tateantes e desorientados. Só a cabeça albina ficava pulando, de um lado para o outro. O pai veio da rua e abriu a porta, forçando a maçaneta com o cotovelo. Trazia seus instrumentos nas duas mãos, e até na boca. Aharon percebeu tarde sua chegada, e evitou-o. "O que houve, Arontchik, que cara de *Tishá be-Av* é essa?", sorriu o pai através do pincel espetado em sua boca, e Aharon olhou para ele e teve medo de que, Deus me livre, entrasse agora no quarto, fosse até a gaveta das meias de inverno e olhasse atrás dela. Mas o pai só passou por ele a caminho do banheiro, onde depositou sobre um jornal a paleta, os jarrinhos com remédio e as flanelinhas, eu vou só fazer a barba, *imale*, e depois comemos. Pelo menos não desconfiara de nada. As pernas de Aharon o levaram até o quarto dos pais e logo o afugentaram de lá. Agora não. Seus lábios estavam secos, endurecidos, como, como vai tirar as fotos de lá sem que os pais percebam. Pois a qualquer momento um deles pode ir até o armário, e o que acontecerá então.

A mãe saiu da cozinha, viu-o assim, encostado na parede do

corredor, e correu até ele: "O que aconteceu, Arontchik, por que você está assim?". Ele acenou com a mão debilmente. Está tudo bem. Pelo visto tinha se levantado muito rápido da cama e ficara um pouco tonto. Já ia passar. Ela o abraçou com o abraço que dá quando ele não se sente bem, apertando-o fortemente contra ela, até que ele sentiu através da carne dela uma pulsação assustada, preocupante, de uma frequência tão alta que por um momento lhe pareceu uma vibração mecânica. "Mãe, você está me sufocando!" Por um instante se afastou dele, suavemente, e ele voltou a grudar nela, sentindo as linhas de seu corpo, que já ficara mole e um pouco flácido em volta dos quadris, o peito arfante e o cheiro de suor em sua axila. De repente se arrancou dela, confuso, tomando cuidado para não tocar nela nem com a ponta dos dedos, e ela abriu os olhos e depois riu um riso estranho: "Você agora já é crescido demais para abraçar sua mãe? *Nu*, vá experimentar as botas, elas estão em cima da lata na despensa". E entrou no banheiro, rindo, para contar alguma coisa ao pai.

    Ele enfiou as mãos nas suas velhas botas, tirou mais alguns pedaços de jornais que a mãe pusera lá no fim do inverno passado. Abriu um deles para cobrir seu rosto e escondê-lo do mundo, seu olhar se deteve numa notícia dentro de uma vinheta em espiral, meio que leu sobre um sujeito, um jovem ferreiro de uma aldeia na Armênia que adoecera e morrera e fora enterrado num caixão, e à noite o guarda do cemitério ouviu umas pancadas surdas vindo de dentro da terra, e fugiu de lá, e de manhã vieram os guardas, abriram o caixão e encontraram o ferreiro completamente morto, mas seu rosto estava contorcido e suas unhas quebradas, e nos lados do caixão havia dezenas de profundos arranhões. "Meu Deus do céu", a mãe falou dentro mesmo de sua orelha, "quanto tempo ainda teremos de esperar por sua majestade? Experimente logo e pronto."

Sentou devagar no banquinho. Num gesto longo e demorado estendeu a mão à sandália que tinha no pé. Onde estávamos. O pai de Dudu Lifschitz trabalha no Ministério do Interior, ele é um figurão lá, por causa dele Dudu passa de ano sempre. De repente Aharon foi tomado por um sentimento de benevolência, e ele agora pensava em Dudu Lifschitz com largueza, como se tivesse daí em diante disponível um tempo longo e ocioso, no qual poderia pagar uma antiga dívida sua para com a sociedade. Gostaria de saber se quando ele dorme a cabeça também fica pulando para os lados, tak! tak! A cabeça grande demais, com aquela expressão desconfiada, os olhos dele espreitando como dois animaizinhos de dentro da toca... Só uma coisa desperta Dudu para a vida, e essa coisa é Anat Fish. Anat Fish, a bela e a malvada, que tem um namorado na quinta série. Durante as aulas Dudu a contempla, e fica sorrindo. Ele paga com sanduíches por um lápis dela, ou por uma página de seu caderno, e seus olhos ficam úmidos se lhe trazem um suéter dela para que ele o toque, o acaricie por um instante, o cheire. Em dias de inverno ele de repente se levanta e sai da classe, e quando soa a campainha ele está no corredor, abraçando o casaco dela. Mas ela, aquela malvada, nem mesmo olha para ele. Olhos ela tem, como os olhos das egípcias nos desenhos. Aharon mexeu lentamente na fivela da sandália. A porta da casa abriu e fechou com violência: Iochi voltava da aula de balé com Rina Nikova, se jogou na cama no quarto deles e irrompeu em choro. Nos últimos tempos ela chora toda vez que regressa de lá; pela janela do banheiro, acima de sua cabeça, Aharon ouvia o pai cantarolar enquanto espalhava no rosto a espuma do creme de barbear. Dentro de mais ou menos um ano e meio tudo isso vai passar para mim, pensou, o pincel e o aparelho e a brilhante cuia de lata, mas agora esse pensamento não lhe despertou qualquer expectativa, pelo contrário, a promessa e a certeza de que os receberia o deprimiram de repente e o afastaram do pai, e por um momento imaginou a figura do pai, uma mão invisível a lhe segurar o braço e a curvá-lo no ângulo certo para estender a Aharon o aparelho de barbear, e num relance a mãe estava ao lado deles, vestida a rigor, num estufado penteado-banana, toda refulgente, e enquanto sorria para os convidados seus dedos vinham buscar embaixo de seu queixo a cicatriz deixada pela catapora quando tinha sete anos, e ela anunciava em alto e bom som: "Não foi isso que eu falei? Os pelos já começam a cobrir isso aí!". Aharon afastava com raiva a cabeça dos dedos dela: mesmo quando ela lhe dissera isso pela primeira vez, assim que sarou da doença, algo nele se rebelara contra o tom da voz dela, como se ela o tivesse aprisionado na estreita cela do futuro, enquanto sacudia com euforia o molho de chaves que tinha na mão.

"Para mim, sem pão", disse Iochi, os olhos vermelhos, e se sentou em sua cadeira, toda trêmula em seu choro contido.

"Como é possível uma refeição sem pão? Como é que você quer viver sem pão?"

"Eu disse sem pão!", os lábios de Iochi tremiam, "você devia ter ouvido a xaropada que ela jogou em cima de mim, a Rina Nikova."

"Iocheved", disse a mãe adoçando a voz, em pé diante dela e enxugando as mãos no avental com o desenho do canguru, "Rina Nikova sabe dançar, isso é muito bonito, e eu sei o que é adolescência e o que é crescer."

"Olha, olha isso!", gritou Iochi com amargura, jogou a perna para um lado da mesa e deu uma palmada com a mão aberta na parte lateral da coxa, na junção da perna com a nádega, fazendo tremelicar um naco de carne rosada, estufada. "Isso é porque você só come de pé", explicou calmamente a mãe, "já lhe disse mil vezes —" "E hoje ela me passou para a segunda fileira."

"Iochi'le", disse a mãe baixinho, "é uma idade em que você

tem de construir a sua base para toda a vida. Depois você pode emagrecer, mas agora é o fundamento para tudo."

Iochi balançou a cabeça, numa negativa, mas não abriu a boca, com medo de chorar.

"Uma fatia só?", perguntou a mãe, "com manteiga e um pouco de arenque marinado?"

Iochi sacudiu com força a cabeça, e depois enterrou-a entre os ombros, como que esperando um golpe. Com uma expressão de indiferença a mãe abriu o vidrinho de arenque, sacudiu-o um pouco no ar e dispôs três belos pedaços num pratinho. Depois começou a passar no pão uma grossa camada de manteiga cheirosa. Iochi olhou para a parede. De onde estava sentado e invisível na despensa, Aharon via a erupção vermelho-amarelada das espinhas nas faces e na testa dela, breve vai ser um daqueles dias em que ela recebe a visita da titia, e novamente todos ficarão nervosos e apreensivos, já faz alguns meses que todas as vezes eles começam a se preocupar com a data da visita da titia, desde o dia em que Iochi jogou a titia na privada, e foi um deus nos acuda, pois no meio do jantar a mãe ergueu de repente a faca, apontando para a frente, seu rosto ficou lívido mas sua voz não saía, e todos se viraram para trás, e viram uma grande língua de água saindo do toalete, se arrastando e se alastrando pelo corredor até a cozinha, e o pai imediatamente deu um pulo e começou a mexer no registro ao lado, depois correu até a cozinha e pegou um alicate na caixa de ferramentas, e o tempo todo a privada continuava a transbordar, e o pai, segurando o alicate, enfiou nela o braço até o ombro, procurando o entupimento, e a privada borbulhava mais e mais porcarias e nojeiras, era impossível fazê-la parar, e por fim, espantado e sem compreender, ele conseguiu retirar uma massa rósea e molhada, que parecia um pedaço de carne viva, e a mãe arrancou dele o alicate e agitou com ódio aquela massa no nariz de Iochi, para dar uma bela bronca nela.

Todo mundo tem de se emocionar porque a princesa já recebe a visita da titia, milhões e milhões de mulheres passaram por isso antes de você, e isso aconteceu comigo também, graças a Deus, e no tempo certo, e todas no mundo souberam guardar esse assunto em segredo e privacidade, e só você precisa que todo mundo grite "Bravo!", e durante todo esse discurso continuava agitando aquela massa gotejante na ponta do alicate, como um cirurgião que tivesse extraído um tumor, gritando numa voz tão terrível que talvez tenha sido então que Iochi começou a ter o problema dos assobios nos ouvidos, e ela, que no geral não era nenhum cordeirinho, e até aquele momento sempre fora um perigo cair na boca dela, dessa vez calou a boca e ficou vermelha como sangue, mas o fato é que desde então ela toma cuidado com a titia, e aquilo não aconteceu de novo, e Aharon também aprendeu a tomar cuidado com essa privada, e a mãe disse *nu*, o que há com você, Aharon, quanto tempo ainda vamos ficar aqui de boca aberta, a mesa já está posta.

Aharon olhou para eles e pensou, distraído, em quanto a cozinha era agradável nessas horas, quando todos se sentam e comem e falam ruidosamente, e agora, de seu lugar, sentado na despensa, essa prazerosa imagem foi se encolhendo como uma fotografia sendo comida pelo fogo enquanto um frio e uma névoa polares se acumulam em suas bordas, e visões embaçadas, repulsivas, se desenharam por um momento na penumbra, aparecendo e desaparecendo, a figura de um corpo nu, uma confusão de membros, um enorme cão curvado em cima de uma mulher, e ele pegou a bota esquerda na mão, na qual já não havia uma só gota de sangue, tateou distraído seu interior desgastado, que exalava um odor desagradável, e lançou seu olhar tristonho sobre Iochi, sentada e inclinada para a frente, pescando com o mindinho migalhas de pão sobre a mesa e jogando-as na boca como uma ave bicadora, com agilidade e um rosto enrubescido, e dali conduziu seu olhar de despedida até a confusa vovó Lili, que de repente, e ela não tem nem sessenta anos, ficou senil, desorientada, andando pelos quartos, falando sozinha, até um ano atrás ainda era tão lúcida e alegre, até mesmo afoita e infantil, e de repente um cano minúsculo entupiu na cabeça e tudo acabou, e pensou comovido no enorme esforço dos pais, especialmente da mãe, para manter em segredo a doença da avó, e em como ela conseguia escondê-la de todo mundo, e até mesmo seus parceiros no carteado, que vinham nas noites de sábado, não tinham percebido, e se lembrou de que era terça-feira, e nas terças-feiras a mãe sempre prepara depois da refeição banana com creme de leite e açúcar, que serve a todos nos pratinhos cor de laranja dizendo: terça-feira é duas vezes bom,* e, mesmo não gostando tanto assim de banana amassada, gostava daquele momento, e da fisionomia da mãe, e seu coração ficou contrito, amargo e pesado, onde estávamos, no que pensávamos, na sua coleção de filmes, por exemplo, negativos que ele às vezes acha nos fundos da Foto Lichtman, ou simples pedaços de celuloide que encontra aqui e ali, até uma longa tira de filme de verdade ele tem, com a imagem de uma mulher alta, os buracos dos olhos brancos, os lábios brancos, cabelo negro e solto, o que significa que na verdade ela é loura, e ela está de pé numa porta falando com alguém que não aparece na fita, e na legenda ela diz: "Não se iluda, Rupert, ninguém é insubstituível", e o que vai ser quando a vovó morrer, ela também um dia foi uma menina, e mesmo havendo bilhões de pessoas no mundo não existe mais ninguém como ela, e ele pensou em verificar novamente, com cuidado, mas sabia que estava tudo perdido, que realmente

---

* Referência a uma popular crença judaica segundo a qual terça-feira é um dia de sorte, tanto que algo novo deve ser iniciado nesse dia da semana. (N. T.)

vira o que vira, e suspirou profundamente, nunca havia sentido quanto a vida simples e corriqueira deles era frágil e dependente de tanto esforço comum, de todos eles, e de uma lealdade absoluta, e sentiu muita pena deles, por sua complacente serenidade, e porque nem cogitavam do que tinha se infiltrado aqui, tão perto deles, atrás da gaveta de meias de lã. Num movimento lento e cuidadoso se curvou e tirou a sandália do pé, mas de novo pareceu ter adormecido por um longo momento sobre a perna estendida, i'a meu Deus, quem teria trazido tal coisa para dentro de nossa casa, e logo onde, dentro do quarto deles, e então lhe ocorreu mais um pensamento alarmante, pois agora, tendo descoberto as cartas com as fotos, ele também, Deus me livre, se tornava um pouco cúmplice do crime, talvez descubram suas impressões digitais nas fotos em que tocara por acaso, e pode ser que o espião que as introduziu na casa tente se aproveitar dele para alguma coisa, para fazer chantagem, às vezes os jornais publicam histórias assim, quem sabe do que um sujeito desses é capaz, e como é que Aharon vai provar que é realmente puro, inocente.

Tudo isso ele pensou em alguns instantes, mas Aharon sentiu que sua força vital se esvaía e se acabava, e que provavelmente lhe acontecera algo imenso, como acontece nos livros traduzidos de línguas estrangeiras, nos quais crianças indefesas são arrebatadas subitamente das casas dos pais e suas vidas passam a ser de abandono, presas do próprio destino. Seu pai veio do banheiro, o rosto cheio de espuma. Montanhas de espuma macia, engolindo sua boca. Aharon se encolheu, como que se escondendo, e sentiu a respiração ficar seca e insossa, como uma névoa desbotada que estremecia e se dissolvia até não ser mais que um fio fino dentro do seu corpo; com cuidado introduziu o pé na bota, seu pé branco, infantil, e percebeu de repente que todos cravavam nele seus olhos, Iochi também se voltara na cadeira, até a avó se aproximou e enfiou seu rosto, e Aharon se curvou e se encolheu ainda mais, seu pé ingênuo, inocente, e o sangue em todo o seu corpo recuou rapidamente de todos os órgãos, deixando atrás de si uma carne fria, insensível, e foi aspirado, sugado a um único ponto debaixo do coração.

Nu nu, falou o pai pesadamente; *nu nu* o quê?, disse a mãe em tom seco; *nu nu* que a bota entrou, falou o pai e seu lábio inferior subiu e cobriu o superior enquanto a testa se enrugava; estou vendo sozinha que entrou, disse a mãe, coisas assim, graças a Deus, a gente logo vê; talvez a meia seja muito fina, falou o pai, e sua boca se abria vermelha dentro das montanhas de espuma; é uma meia de inverno, disse a mãe, eu disse para ele de propósito que pegasse uma meia grossa de inverno; mas essas ele já está usando há dois anos, o pai levantou de repente a voz; vá dizer isso a ele, não a mim, disse a mãe sem olhar para Aharon; mas eu quero novas!, murmurou Aharon; só em sonho você vai ganhar novas, disse sua mãe, e arrancou a bota da perna dele, quando aqui nascerem pelos você vai ganhar botas novas, disse, indicando com suas furiosas sobrancelhas a palma da mão, e com um resmungo irritado enfiou dentro das botas os pedaços de jornais do ano anterior, *ial'la*, com um gesto mostrou que ele devia se mexer, vá lavar as mãos e venha para a mesa, só me falta agora você não comer o que estou lhe servindo aqui.

5.

Tinha a Rosalin, e tinha a Natalie, e a Lizzi, a do macaco, e a cega Angela, e Roxana, que Aharon respeitava mais e de quem gostava mais do que todas, e tinha Alfonso, o anão com o chicote, diretor do circo de gatas. Na parte de baixo de cada foto estavam escritas à tinta algumas palavras em hebraico, como se fosse uma legenda: "Dio! Para a corrida da paixão" estava escrito numa delas, onde se via Ringo, o garanhão negro, junto com Lizzi, a gordinha. "Agora com certeza ela está enxergando", estava escrito embaixo de uma foto na qual se viam juntos Fritz, o chimpanzé, e Angela, a cega, que tinha de apalpar tudo para reconhecer o que era. A caligrafia lhe era desconhecida, irregular, cheia de erros de ortografia que incomodaram Aharon e lhe causaram mais desgosto do que as próprias fotografias; a imoralidade parecia que se espraiava, como mofo, das fotos para as palavras, e nestas se mostrava ainda mais repugnante. Descobriu que as letras no jornal que Alfonso lia numa das fotos, enquanto Rosalin se curvava entre seus joelhos cabeludos, não eram em hebraico. Quando olhou com mais atenção, usando uma lupa, descobriu que também não eram em inglês: letras grosseiras e quadradas. Também era impossível descobrir a data do jornal, mas a lupa revelou impressões digitais grandes e gordurosas, que manchavam a maioria das fotos, especialmente aquelas em que Roxana aparecia. Com olhos de falcão, de detetive de homicídios, investigou aquelas fotos, e depreendeu que a situação econômica do circo era péssima: os sapatos de salto alto que a risonha Natalie calçava apareceram de repente também nos pés de Angela, a cega, na foto em que fazia uso da corneta prateada; o prato de ração de Fritz, o chimpanzé, aparecia também na foto em que Natalie servia de sela viva para Alfonso, que galopava montado em Ringo. Aharon corria para a gaveta das meias de lã toda vez que seus pais saíam de casa. Ele detestava olhar para as fotos, mas não conseguia se controlar. Passava por todas, uma por uma, e jurava, balbuciando consigo mesmo, que aquela seria a última vez, e alguns minutos depois já estava vasculhando novamente a gaveta das meias e olhando para elas, todas elas, passando por todas com rapidez, em movimentos bruscos, como se, Deus me livre, se enganasse e pulasse uma delas alguma coisa fosse acontecer, delas se ergueria subitamente uma mão gigantesca, desnuda, e o agarraria pela blusa, e depois ele as enfiava apressadamente no envelope pardo, e ficava ali sentado por mais um momento, perplexo, como se tivesse sido a primeira vez que olhava para aquilo, aqueles homens e aquelas mulheres nos quais não se percebia a menor gota de alegria ou de prazer, nada havia neles, como maus atores numa peça, como escravos de um imperador ausente, se atirando uns nos outros com seus membros desembainhados, nus, se enroscando e enrolando uns nos outros, as bocas abertas e os dentes expostos como num último sorriso e os olhos rasgados num ricto de —

Esses pensamentos o sugavam por dentro. Quem as introduziu na casa, e quem são essas garotas, e quem as fotografou e onde as fotografou, e será que esse circo ainda se apresenta, atualmente, e talvez num lugar perto daqui, e talvez numa rua lateral no bairro dos operários, e certos adultos ainda vão até ele, saindo de suas casas com um brilho conspiratório nos olhos, pagando um duvidoso pedágio àquele imperador... Uma noite ele acordou assustado: o barulho de uma explosão longínqua, como ar estourando no escapamento de um automóvel, o desperta, e ele fica deitado, petrificado em sua cama, sentindo com todo o seu ser como em algum lugar muito perto dele, bem junto ao prédio, alguém está erguendo rapidamente o mastro da tenda do circo, entre sussurros entrecortados e confidenciais, fantasmas puxando o mastro, submissos e com gemidos sufocados, para que se erga ereto durante a tumultuosa apresentação, e uma luz avermelhada brilha em algum lugar, e o círculo da arena parece um olho embaçado, vermelho, como o interior de uma grande boca, e o abominável Alfonso, quase totalmente oculto sob a cartola preta de mágico, estala uma vez seu longo chicote, e as quatro garotas, a pele untada de óleo, o rosto estrênuo e brilhante, pulam com prestimosa obediência por dentro do aro ardente...

A quem ele poderia contar aquilo? Tsachi e Guid'on eram seus melhores amigos, mas com Guid'on não poderia falar sobre isso. Como poderia romper de repente aquele silêncio orgulhoso entre os dois, como profaná-lo? E Tsachi, qual Tsachi, com Tsachi já é diferente, sempre foi diferente, e agora ainda mais. É preciso reconhecer isso, isso fica cada vez mais evidente, e o entristece, não por causa de Tsachi, mas, principalmente, por causa da própria mudança. Além disso, ele sente que Tsachi talvez esteja demasiada e perigosamente por dentro desses assuntos, e seria capaz, quem sabe, de dizer coisas grosseiras e descuidadas e tornar esse enigma ainda mais repugnante.

Na classe, Aharon fixa o olhar em sua carteira. A professora Rivka bar-Ilan está contando a história de um rabi que fugiu de

Jerusalém na época em que a cidade estava cercada. Sua voz é monótona, ela fala quase sem mover os lábios. "Vocês acham que o raban Iochanan ben-Zakai propôs que os judeus cercados se submetessem aos romanos porque ele era um traidor?" Ela olha o diário de classe que tem nas mãos e procura nomes. "Michael Karni. Responda." Aharon torna a mergulhar em seus pensamentos. Michael Karni senta longe dele. É um menino muito alto, mas fracote e molenga, parece que não tem coluna vertebral. A sorridente Rina Fichman, que senta a seu lado, tenta soprar a resposta para ele com o canto da boca. "Sem trabalho de equipe, por favor", diz a professora em sua voz cansada, varrendo as fileiras com seu olhar de pálpebras pesadas: "E então, Michael Karni?".

Michael solta um risinho aflito, "Raban Iochanan ben-Zakai", ele diz devagar, como se o simples pronunciar desse nome já lhe conferisse crédito junto à professora, mas ela só entorta a boca numa leve careta e anota algo no diário de classe. "Chanan Shviki." "O que é, professora?" Pobre Chanan, curvado, quase deitado em cima de sua carteira, desenhando com capricho, a cabeça pousada no braço esquerdo e a mão em concha sobre ela, como a cabeça de um papagaio. Aharon tenta organizar as ideias e se lembrar da pergunta. Estavam falando de um certo traidor. Mas quem. O cerco se apertava em torno dele. Essa professora Rivka. Você nunca a verá zangada. Fala sempre com o mesmo tom indiferente. Apenas marca uns pequenos sinais no diário, e quem acumular três X tem de se apresentar ao diretor.

É a quinta aula, e a penúltima. Depois desta, matemática e casa. Meir'ke Blutreich, na fileira junto à janela, focaliza os raios de sol com as lentes de seus óculos. Ele tem uma espécie de fio escuro, fino e comprido de penugem prolongando as costeletas, e às vezes, quando aponta para algo, Aharon percebe uma massa escura embaixo de sua axila. Tentou várias vezes olhar mais de perto no vestiário da aula de ginástica, e não conseguiu, e as novas leis estabelecem que só três vezes em plena luz é que podem ser consideradas uma prova definitiva, a qual temos de aceitar e com a qual devemos nos acostumar. Aharon espicha um dedo e toca em si mesmo cuidadosamente. Lá ele é liso e morno como um pintinho. A professora agora está perguntando a Tsachi Smitanka, e ele, é óbvio, não sabe. Mas quando ela marca o X em seu diário, ele se vira para trás e sorri tolamente para a classe, como se tivesse armado uma para a professora. Mais vinte e quatro minutos para o sinal tocar, dispara Guidi Kaplan para a turma, mostrando num gesto rápido dois dedos e quatro dedos acima da cabeça. Tem um penteado caprichado, como um artista de cinema, e as garotas dizem que depois de lavar a cabeça ele dorme com uma rede no cabelo. Aharon olha para os sulcos gravados em sua carteira. Vinte e quatro minutos já é depois do sulco do meio. Em seguida ele examina a segunda fileira: ainda faltam quinze dias para as férias de verão. Quinze dias vezes cinco horas são setenta e cinco horas. Não é tão terrível.

Chanan Shviki, o gozador, se curva por um instante, põe na boca um pedaço rasgado de um balão vermelho e suga. Depois se apruma com cara de inocente e começa a esfregar a bolha de borracha na parte de baixo da carteira. Isso já vai dar confusão. Alisa Lieber, a ruiva, tira os óculos e põe as hastes na boca. Aharon olha para ela, ela está sempre com as hastes na boca, e no mesmo momento ele compreende que ela faz isso tentando alargar sua pequena boca. Ele se endireita na carteira e fica mais atento, seu olhar mais concentrado, e por sorte a professora está agora ocupada com Guidi Kaplan, senão reagiria mesmo sem querer à centelha de interesse que nele se acendeu, um lampejo bem no coração do deserto que se estende diante dela. Disfarçadamente ele contempla Alisa Lieber: É isso! Ela fica o tempo todo alargando os cantos da boca! Tem vergonha da boca!

Ultimamente, parece que estão se revelando a ele muitas coisas interessantes.

Subitamente se ouve o som breve e forte de um estouro: o balão. Num instante a turma desperta e se agita. Crianças rindo, crianças reclamando em voz alta, Meir'ke Blutreich, o bagunceiro, corre encurvado ao longo de sua fileira e bate, para fazer doer, na nuca de Michael Karni, cujos olhos escurecem de lágrimas, e Rina Fichman, que senta a seu lado e sempre o defende e os dois sempre ficam rindo juntos como dois bananas, se levanta e repreende Meir'ke Blutreich aos gritos. Rivka bar-Ilan bate com seu diário na mesa. Não com raiva: uma batida dosada, ritmada, seca. Uma e duas e três. Em seus olhos só cansaço e desprezo por essa desenfreada balbúrdia. Inútil: a turma estala em erupções, a turma fervilha em falatórios, em impetuosos xingamentos trocados entre as fileiras, em explosões de riso, em ardentes olhares lançados de um garoto a uma garota, numa tempestade elétrica de raios com que a turma descarrega o tédio.

Aharon permanece sentado e calado. Ultimamente, e em tais momentos, ele tem sido o mais tranquilo de todos. Olha para eles de olhos bem abertos. Talvez isso até seja bom. Talvez seja um sinal de que ele está mudando. Amadurecendo. Guid'on também está sentado assim. Aprumado e silencioso. Mas em seus olhos a expressão é de crítica, e até de soberba. Um olhar que não agrada a Aharon. No ano que vem Guid'on vai ser instrutor no movimento juvenil *Hatnuá Hameuchedet*. Ele abandonou os *Tzofim* porque eles não são um movimento realizador, seu programa nem mesmo considera a ida para um ponto de colonização. Guid'on tem certos princípios, e tudo está planejado nos mínimos detalhes: dentro de seis anos e meio ele vai se alistar na Força Aérea e será um piloto, como seu irmão Meni. Depois vai ser um piloto civil na El Al. Tudo com ele tem sua importância inflada, exagerada, e assim mesmo ele é respeitado. Por exemplo, nunca atrapalha a aula, e todos sabem que não é por medo, mas por princípio. Às vezes Aharon fica imaginando onde Guid'on teria aprendido todas essas coisas, e quando se tornou tão responsável e decidido, e olha que em toda a vida deles, desde que nasceram, estiveram juntos.

A turma se acalmou. Guidi Kaplan dispara dezoito minutos. Pelo menos ganhamos alguma coisa com essa bagunça. "Então, raban Iochanan ben-Zakai não era medroso nem traidor", diz a professora, "e sim um pacifista, e, quando compreendeu que os habitantes da cidade cercada não iriam resistir à fome, tomou a decisão de sair em segredo da cidade e falar com o governador romano Tito Aspasiano. E agora, digam-me por favor como é que raban Iochanan ben-Zakai conseguiu fugir, eu estou vendo você, Tsachi, fugir da cidade cercada, sim, Tsachi, o que você quer."

Tsachi, que o tempo todo mantivera o dedo levantado com energia, o coração a palpitar, continuou em silêncio, a mão estendida perdendo lentamente o vigor. Envergonhado e com raiva de si mesmo, de sua mente obtusa, ele se dobra todo em seu assento e se cala. Rivka bar-Ilan olha para ele e suspira. Depois pergunta a outro menino, e Tsachi se vira para trás, e novamente sua boca se reveste de um riso bobo, como se tivesse conseguido pregar outra peça. Aharon examina os sulcos de sua carteira: aos dezessete minutos ele já está no sulco do cavalo. Faltam, em ordem de tamanho: burro; raposa; cão (os últimos minutos estão muito juntos um do outro); gato; coelho; rato; mosca (este é o último minuto, e agora meio minuto); mosquito; ameba; micróbio; átomo. E ao lado do átomo, que só é concebível na imaginação, num desenho grande, gritante, tem um enorme sino no qual se lê "nascido para a liberdade".

Mas ainda falta um tempo. Não pode se deixar arrastar. Só precisa pensar que nunca passará da fase do cavalo, e de repente

Guidi Kaplan cruza as mãos acima da cabeça e dispara: Surpresa! Treze minutos! Já estávamos na raposa durante todo um minuto e não sentimos.

Na última fila, junto à parede, se senta Dudu Lifschitz, sozinho. Sua grande cabeça fica saltando, todas as vezes para o lado esquerdo: tak! tak! Como um aspersor giratório. Uma cabeça enorme. Muito clara. Seu cabelo é quase branco. Aharon já desenvolveu um método de olhar para ele sem que percebam. Lança um longo e pensativo olhar para trás, e o absorve com os olhos: o rosto cor-de-rosa, sempre contorcido como em amargas piscadelas, e os olhos piscando com a luz sob as sobrancelhas brancas. Por que ele está sempre com tanta raiva? Às vezes, ultimamente, Aharon tenta adivinhar algumas coisas sobre ele: se em casa tem um quarto só para ele, por exemplo. E quando foi que começou a sofrer essa mudança, ou talvez sua mãe tenha se descuidado e olhado para alguém assim quando estava grávida dele, e se os pais gostam dele. De vez em quando lhe ocorrem questões como essas, e se a mãe dele soltou um grito quando descobriu que seu filho era uma aberração da natureza, e se ele tem um irmão ou uma irmã mais jovem que os pais tiveram para se consolar, e o que sente um menino quando seu irmão mais moço começa a ficar mais inteligente e mais normal do que ele. Aharon começa a se virar de novo, com cuidado, e torna a voltar a cabeça bruscamente. Por um momento tem a impressão de que Dudu Lifschitz percebeu. E daí, que perceba. Aharon se endireita na carteira e se concentra nos lábios da professora. Em sua coleção tem um filme que parece exatamente o negativo de Dudu: um menino com uma cabeça especialmente grande, e branca, sentado, um pouco curvado, junto a uma mesa. Às vezes Aharon ergue o filme escuro contra a luz e olha bem, procurando o halo nebuloso que quase todas aquelas figuras escuras têm: tenta imaginar como o pai de Dudu entra de repente no quarto, se aproxima de Dudu, que está reclinado sobre a mesa, e pousa a mão em sua cabeça saltitante, do mesmo jeito como às vezes o pai de Aharon também põe a mão em sua cabeça, mas por razões totalmente diferentes, é claro. Em casa, em frente ao espelho, Aharon põe a mão na cabeça e a faz saltar. É estranho, mas o toque da mão, da própria mão, logo o acalma e a cabeça para de pular. Outra vez: eis que o pai dele, o alto funcionário do Ministério do Interior, volta do trabalho para casa, se aproxima de Dudu, que está sentado, cismando, em frente à janela de seu quarto, olhando com inveja e raiva as crianças brincando, sentindo saudades de sua Anat Fish, e o pai põe a mão em seu cocuruto, e esse cocuruto ossudo, pontudo, pula uma vez, e mais uma, e o pai como que amplia a palma da mão até que ela repousa como uma cobertura quente sobre toda a cabeça, e aos poucos a cabeça do menino vai ficando macia, tranquila, os espasmos nervosos cessam, e a cabeça toda é atraída para a mão, pede seu carinho, e por um momento Aharon pode ver no espelho diante dele como vão se relaxando os irados traços do rosto de Dudu, como se tornam humanos e sequiosos de repouso. Ele encara admirado seu rosto afilado, ansioso por absorver, captar: este é você. Este é o menino que você é. É o rosto que lhe coube. Com todas as forças fecha os olhos e os abre como que surpreso, dá com seu próprio rosto, sabe que trapaceou um pouco, sabe que, premeditadamente, vestiu no rosto uma certa expressão, americana, e assim mesmo — não tem como se enganar: em seu rosto há uma coisa viva, expectante, o futuro está presente. E novamente contorce a fisionomia por um momento, fica assim e observa, como é estranho, basta uma leve contorção para descobrir que seu rosto, tal como é, já tem o rascunho dessa contorção, uma espécie de mapa de profundidade que por breve momento emerge e flutua. E ele leva a mão ao rosto e desfaz com força seus traços, apagando tudo que lá se desnudou.

Varda Kopler se vira o tempo todo em seu assento, procurando olhares para poder ignorá-los. É uma garota baixa e magra, mas já começa a ter um busto pequeno. E ela toda hora estica a blusa. Varda tem um rosto adulto, um nariz grande e agressivo e olhos grandes, ardentes de verdade, tudo isso montado num corpo de pintinho. Engraçado, é como uma fogueira numa cabeça de palito de fósforo. Seria interessante saber o que as meninas sentem em relação a seu busto, ou talvez não seja nada especial para elas como não é para ele, por exemplo, o próprio ombro, ou o joelho. Em cada dedo de Varda tem um anel. Ela já quer ser adulta, se corresponde com um soldado da brigada Golani e está a par de segredos militares. Kobi Kimchi, que senta a seu lado, olha para ela e suspira, e Aharon pensa com indolência — estamos juntos toda a nossa vida, desde o jardim de infância, e agora é como se nos afastássemos um pouco, contemplando uns aos outros com um novo olhar.

Mas por que ficou triste, o que o deprime? Na última excursão anual, toda a turma ficou sentada na margem do lago Kineret, à noite, depois que os professores adormeceram no albergue. As crianças fizeram uma fogueira, riam baixinho, ficaram conversando até quase de manhã, e depois adormeceram uma após a outra, amontoadas, um só corpo respirando ritmadamente, como se tivessem um só pulmão. Aharon foi o primeiro a abrir os olhos pela manhã. As águas do Kineret estavam lisas e límpidas, a aurora tremulava como uma corda musical ao primeiro toque. Por um breve momento deu para imaginar que cada um poderia tirar daquele monte o pedaço de corpo que quisesse...

Doze minutos.

Esta aula nunca vai terminar. E depois dela ainda tem aula de matemática. Cinquenta minutos. Começar novamente a contar para trás, desde o princípio. E no intervalo ele tem de copiar as respostas de duas questões que não teve tempo de fazer ontem. E assim não terá nem dez minutos de futebol. Um operário derruba uma parede em três dias, em quantos dias o operário vai demolir uma casa que tem... Ele se vira para trás, conseguindo se contorcer o bastante para ver as horas no relógio de Adina Ringel. Ainda doze minutos! Esta aula, eu lhe digo, vai durar para sempre. Ficarão sentados aqui a vida inteira, e enquanto isso outras crianças sairão nos intervalos, e irão para casa, e crescerão, irão para o exército, se casarão, e só a turma dele ficará aqui, será esquecida, e quando finalmente vier a campainha redentora eles terão de tatear seu caminho de saída, desorientados, piscando espantados, passarão como um grupo de velhos trêmulos pelo pátio iluminado, por entre a nova geração. Ele ri por dentro. Que não se perceba de fora o quanto está desperto. Dorit Alush, a imbecil que senta a seu lado, está olhando para ele com seus olhos embaçados de vaca. Mu.

Mas doze minutos ainda! E talvez os relógios tenham pifado. Talvez um mágico maluco tenha feito um "para tudo" geral. Como é que faz pra passar doze minutos inteiros. Novamente se descuidou e perceberam seu sorriso. Mas este realmente seria um bom método: ele é prisioneiro em Tel Mond, condenado à prisão perpétua. Nachman Farkash. Ou, melhor, ele é o pai. Na Ucrânia, no Exército Vermelho, guardando depósitos de armas durante três anos, na neve, congelando de frio, saltitando numa perna e na outra, mais um mês e finalmente dará baixa, mais uma semana, mais um dia, mais doze minutos, que felicidade, e de repente, ah, quem são esses, dois homens taciturnos pedem que os acompanhe por cinco minutos, e depois viajam durante oito dias num trem, e ele balança em seu assento para a frente e para trás, eles não falam uma só palavra, e em Moscou, e naquela prisão, Taganka, Lubianka, e torturas, e agressões, e Aharon lá está desfalecido, e o interrogador com um sorriso de anjo da morte faz de seu rosto um bife, e no que Aharon está pensando agora, o que o mantém vivo, somente suas lembranças da escola, de sua casa, é nisso que se agarra com o que lhe resta de lucidez, mesmo que o mandem para Komi, para a taiga gelada, que o mandem derrubar árvores para a ferrovia, ai, Zioma seu desgraçado, Zioma, como você falava bonito, e em volta dele homens morriam como moscas, de fome, de doenças, e perdiam a razão como se perde uma moeda, e ele golpeia com seu machado e pensa com saudade na sua querida turma, lá tinha uma, como se chamava, uma Varda Kopler, pequenina assim, olhos ardentes, e tinha um Guidi Kaplan, e Eli ben-Zikri o delinquente, sentávamos e estudávamos juntos, a sala de aula era bonita, com desenhos nas paredes, o mapa de Erets Israel, tudo era iluminado e aberto, havia recreios, e Aharon se sentiu reviver um pouco, realmente é um bom método, onde estávamos, em volta dele, gente morta por todos os lados, e aqui não se enterram os mortos durante todo o inverno, é impossível abrir um buraco na terra congelada, dura como mármore, e quem transgride a lei é posto por uma noite no depósito dos mortos, e isso é suficiente, lá de dentro só se sai maluco, uma noite inteira, oito horas, mas ele não vai quebrar, ele vai lutar, fecha-se todo por dentro, e agora, rápida, matreiramente, lá, no depósito nauseabundo, pode pensar depressa na guerra que tivera de travar uma vez quando era garoto, nem perguntem, alguém introduziu umas fotos dentro da casa dele, e Aharon não contava então com nenhuma ajuda, estava sozinho contra ele, o agente estrangeiro que se infiltrara, se ao menos pudesse ter falado sobre isso com Iochi. Nem pensar. Ele ri. Em casa não se fala sobre isso. Lá nunca se ouve um palavrão sequer. A porta do quarto do pai e da mãe nunca está fechada. Mesmo quando Aharon está sozinho com Iochi eles não conversam sobre essas coisas. Nem depois que tiraram a titia da privada. E então Aharon estava assustado e queria muito lhe fazer umas perguntas, e sentia que estava sendo um pouco desleal com Iochi, pois ele também fixara nela olhares de recriminação, não perguntara e não dissera nada, como se sentisse que nesse tipo de coisa era cada um por si. E, de fato, ele é obrigado a combater sozinho: nem mesmo sabe quem é o seu inimigo. Mas ele agora precisa, e depressa — escuridão, gelo, barulho de ossos rangendo, os mortos estão se mexendo, os ossos deles espocam com o frio, dá pra enlouquecer só de ouvir seus estalos secos, e olhe só do que ele tinha medo então, o que o preocupava então, algumas cartas com fotografias grosseiras, e uma vez, em seu pavor e desalento, montou uma armadilha para o inimigo, para o espião que agia na casa deles, colando um fio amarelo nas bordas do envelope antes de devolvê-lo a seu lugar. E durante todo aquele dia evitou sair de casa, observando em segredo quem quer que entrasse no quarto. E tentou ficar de ouvidos atentos para ouvir quem abria a porta do armário. E no dia seguinte correu à gaveta, se curvou, estendeu a mão e estremeceu: o fio não estava lá. E Aharon estava disposto a jurar que nenhum estranho entrara na casa. Ele se contrai, tenso, no banco. Lembre-se. Lembre-se de como era então. Sinta saudades. Abrace essa lembrança! E uma vez aconteceu, isso foi há alguns anos, Aharon tinha sete ou oito anos de idade, que ele entrou em casa correndo, e viu o pai empurrando a mãe contra a parede da sala de estar, num canto, abraçando-a e apertando-a com força, assediando-a, estranho que isso lhe viesse agora à memória, e ela percebeu Aharon por cima do ombro do pai e tentou afastá-lo dela num movimento brusco e num sussurro afiado como navalha, *o menino*, e ele não quis se separar, talvez não pudesse; Aharon já sabia então que coisas assim acontecem com cães, e seu pai também não conseguiu se apartar, a cabeça, sim, se afastou dela, mas o corpo ainda estava junto e colado, como se tivesse vida própria, como se o pai não fosse de todo responsável por seus atos e uma força superior o sacudisse, *nu, já chega, pare! o menino!*, ela dardejou para ele, e só então ele conseguiu finalmente se separar do corpo dela e ficou no canto da sala, corado e envergonhado e ofegante, e em seu rosto aflorou um risinho ladino, safado, como se em suas profundezas tivesse sido mergulhado num líquido abismal viscoso e turvo, e seus braços — que um minuto atrás pareceram a Aharon anormalmente compridos, pendentes como os braços de um macaco-homem — começaram a se contrair e voltar a seu tamanho anterior, mas desde então isso não tornara a acontecer, graças a Deus; verdade que Aharon sempre procura tossir bem alto quando entra em casa, um pequeno sinal, com o qual se acostumou tanto que só agora, neste momento, ele se lembrou de onde vinha e o que significava, e na verdade já podia abandoná-lo, pois aquilo não acontecera outra vez desde então, e nas noites de quinta-feira, quando eles fazem juntos a faxina básica, a mãe curvada com uma faca limpando os sulcos das lajotas do chão, Iochi limpando e branquejando latrinas e pias, a avó nas janelas e nos rodapés, o pai lavando o chão de lajotas da casa toda, Aharon, na cozinha, sentado em Faruk, o tamborete vermelho, descascando as *kartoflech* para o *tschulent* dos sábados, o coração bate disparado de medo e de compaixão por eles, mas o que fazer. O que pode ele fazer.

Onze minutos. Só passou um minuto? Mas ele já percorreu meio mundo nesse tempo. E foi só um minuto. Ele pressiona as costas contra o espaldar incômodo. A seu lado se senta Dorit Alush, por quem Tsachi está apaixonado e por quem Aharon nada sente, de bom ou de mau. Os dois não têm uma só coisa em comum. Sentam juntos há meses — Nitsa Kanoler, a orientadora, transferiu-o da fileira de trás para cá, pois de repente não conseguia vê-lo atrás de Chanan Shviki — e eles quase não se falam. Desde que o dia começa ela mastiga o mesmo chiclete, e em todas as aulas desenha a cara de um rapaz com cabelos compridos, lisos, caindo na testa. Essa é a cara que ela sabe desenhar, e ela a desenha mil vezes. Não lhe acrescenta nem um bigode. O que sabe ele sobre ela, quase nada. O pai dela tem uma bancada na feira, em cima dela uma bacia com água, e ele vende um boneco-mergulhador que, quando a gente dá corda, mexe os braços e as pernas, é invenção dele. Talvez toda a casa de Dorit Alush esteja entulhada de bonecos assim. Aharon tem vontade de pegar esse desenho dela e rabiscar nele com toda a força. A ponto de rasgar o papel. E o que acontecerá, por exemplo, se simplesmente acender um fósforo e lhe deitar fogo. Ela desenhará outro. Sim. Talvez dentro de alguns anos ela se esqueça completamente de que ao lado dela sentava um tal de Aharon Kleinfeld, talvez todo esse milhão de horas em que eles sentam juntos se apague da sua memória. De repente empurrou a carteira com o pé. Pelo menos a mão dela se mexeu, e ela olhou para ele zangada. Talvez ainda possa restar alguma coisa.

Dez.

No ano passado, nas aulas de inglês, eles estudaram o *present continuous*. Aharon até que se entusiasmou com essa invenção, que não existe em hebraico: *I am going, I am sleeping*. Guid'on não entendeu o porquê dessa admiração. Bem, ele é contra tudo que não é israelense e sionista, e então se irrita com esses ingleses que têm de nos complicar a vida até agora, e disse que se tivéssemos um pingo de orgulho nacional não estudaríamos a língua deles. Aharon quis discutir com ele e lhe provar que no hebraico também tem todo tipo de problemas e de exceções, mas ficou calado e falando consigo mesmo, prazerosamente, sem emitir som, *I am jum-ping*, e em pensamento armou um longo, longo salto, quase infinito, que no momento em que você o começa você já está mergulhado nele com total concentração e dedicação, e totalmente sozinho; *jum-ping*, como se você tivesse se encerrado numa bolha de vidro hermética, e os que estão de fora poderiam pensar erradamente: ei, ele *is* apenas *jumping*;

mas dentro, no interior da bolha hermética, estão acontecendo coisas, várias coisas estão acontecendo e neste mesmo momento, e todo segundo dura uma hora, e só você conhece os segredos que se revelam a quem sente o tempo como você, com a ajuda de uma lente de aumento, e tudo que lhe acontece lá é particular, e do lado de fora as pessoas olham, ficam batendo na bolha de vidro, admiradas com o que está acontecendo com você lá dentro: mas elas estão só do lado de fora, elas e o rosto delas e o cheiro de suor delas e a sujeira delas, e de novo se perguntou como iria se sentir muito em breve, daqui a cerca de um ano e meio, digamos que na época do bar mitsvá, quando também começar a ter pelos pretos e duros por todo o corpo, talvez os dele sejam amarelos, já que é louro, mas assim mesmo duros, como é que é quando isso começa, quando acontece com você, e será que existe uma força poderosa e oculta que empurra esses pelos de dentro, com força, como se empurram os *sabres*, os frutos do cacto, para fora da casca, com dois polegares, e será que esse empurrão e essa perfuração doem na pele, ele jurou que mesmo quando for adulto e crescido e cabeludo, com uma pele grossa e dura como seu pai, como todos acabarão sendo, ele se lembrará do menino que é agora, vai gravá-lo profundamente na memória, porque talvez haja coisas que se esquecem nesse processo de se tornar adulto, difícil dizer exatamente o quê, mas com certeza existe algo que faz com que todos os adultos se pareçam um pouco, não no rosto, é claro, nem no caráter, mas numa coisa que existe em todos, uma coisa à qual todos eles *pertencem*, e à qual até obedecem, e quando Aharon for assim, crescido como eles, vai sussurrar para si mesmo pelo menos uma vez por dia *I am go-ing; I am play-ing; I am Aharoning*; e assim se lembrará de que ele também é um pouco esse Aharon particular, por baixo de todas essas coisas gerais. Oito minutos. De tão absorto que estava deixou passar dois de uma só vez.

Tem garotos que estão com ele desde o jardim de infância e que ele na verdade quase não conhece. Alguns deles são uns bobocas, e alguns talvez sejam muito mais espertos do que ele. Shalom Shaharbani, por exemplo. Um menino que sabe como não se destacar. Um verdadeiro campeão em não se destacar. A ele nunca fazem perguntas. Mas quando a gente fala com ele percebe que de bobo não tem nada: é todo programado. Ele não quer continuar no ensino médio. O pai tem uma fábrica de lápides em Guiv'at Shaul, e Shalom vai trabalhar lá e ganhar muito dinheiro. Ao lado de uma criança como essa Aharon se sente um pouco um neném, como alguém que desperdiça seu tempo em bobagens. Às vezes, em apresentações da turma, quando Aharon faz as suas imitações, ou quando começou com seus truques de Houdini e todas as crianças ficaram entusiasmadas, ele sempre via diante de si a cara de Shalom Shaharbani, zombando dele porque parecia precisar de aplausos, porque se esfregava nesse amor efêmero e barato e não percebia nada do que a vida realmente é feita.

Lentamente ele passa os olhos pelas fileiras. É com isso que terá um dia de construir suas lembranças? Eli ben-Zikri, por exemplo. Ainda não tem doze anos e já tem todo o jeito de um meliante. Tem olhos apertados e suspeitosos que se agitam o tempo todo, rugas de verdade ao longo da testa, e a boca está sempre em atividade: a língua lambendo os lábios, ou segurando entre os dentes sua fina corrente de ouro, ou fumando a caneta como se fosse um cigarro; e o corpo se mexe, se vira, inquieto. Como um grande gato enjaulado. Que sei eu sobre ele. Nada. Só nos falamos uma vez na vida, quando me vendeu a chave-mestra, e mesmo então só falou grosserias. Até os professores têm medo de se meter com ele. Talvez um dia eu possa me orgulhar de ter estudado com este ladrão famoso.

Mas que serei eu. Quem vou ser. Quem é que sabe, talvez

exatamente agora esteja nascendo um bebê no mundo que dentro de vinte anos será minha mulher. Talvez já tenha nascido e esteja estudando em alguma escola, em algum lugar do mundo, não sabe nada de mim, nem imagina que eu abrirei uma conta de poupança para ela, talvez ela esteja até amando agora alguém sem saber que ele é só uma etapa, e lentamente meu destino e o destino dela começarão a nos mover um em direção ao outro, fazendo conosco seus pequenos truques. Ele sorriu e estremeceu levemente, tenso, com um prazer secreto, quem sabe, talvez já esteja agora totalmente envolvido em seu destino, eis que a mãe dele nada sabia do pai, ela em Jerusalém criando todos os seus irmãos menores, e ele trabalhando na taiga, no gelo, e aos poucos foram se aproximando até que de repente, como a centelha que voa quando duas estrelas distantes se encontram, ficou claro para eles que durante toda a vida estavam destinados somente um ao outro, e que sorte terem finalmente se encontrado.

Olhou à sua volta com cuidado. Gostaria de saber quem iria ser. Viu a gorda Noomi Feingold olhando para ele, imediatamente desviou o olhar e ficou vermelho. Às vezes tinha a impressão de que ela se interessava um pouco por ele. Na turma nunca se falavam, mas uma vez por ano, na excursão anual, Noomi toma coragem e dá um jeito de estar no grupo dele, o dos mais populares. Ele não simpatiza com ela: ela sempre, em qualquer situação, em qualquer grupo, começa a tagarelar e não para, até convencer a todos de que também é possível não prestar atenção nela, e só então se acalma e começa a se revelar como realmente é — uma garota que só quer que não a magoem. E come o tempo todo. E o tempo todo ri de si mesma, sem se envergonhar, de sua aparência, e de sua gordura, e de como é moleirona, e em alguns aspectos ela lhe lembra Iochi, as duas têm o mesmo nariz *kartofale*, nas duas o short deixa sulcos avermelhados nas coxas. Talvez esteja apaixonada por ele. Que lhe importa. E o humor dela o irrita, pois já sabe, por causa de Iochi, que essa autozombaria, que tanto entusiasma a todos e os faz dizer "Como é legal essa Noomi", é apenas a sua primeira linha de retirada, mas também a última, e depois dessa linha o que é que ela tem, só um coração ferido e humilhado, e talvez também ódio. E novamente olhou com cuidado e viu que ela fixava olhos sonhadores em Guidi Kaplan. Abençoado seja quem nos livrou desta, mas também sentiu uma leve pontada no coração.

Ou Anat Fish. Anatfish. É impossível dizer só o primeiro nome dela; ela vai lançar para você um olhar daqueles, como se você tivesse profanado sua intimidade. Anat Fish, que um garoto da quinta série, chamado Moish Zik, está paquerando, e até lhe propôs ir com ele nas férias até Eilat com um saco de dormir, toda a escola já está fofocando sobre isso, e Anat não tem pressa em responder. Aharon olha para ela apreensivo. Ela é muito desenvolvida, e tem, assim dizem, um sutiã com três ganchos atrás, para suportar todo o peso. Quando vai às festas dos quintanistas ela veste calças de *stretch*, do tipo "me come", ela não tem vergonha. Durante toda a aula ela senta totalmente relaxada, indiferente aos olhares furtivos que a procuram, indiferente aos bilhetinhos que Avi Sasson, o tapado, joga em cima dela. Até a professora fica perturbada com o olhar egípcio de Anat Fish. Aharon notou que ela, a professora, toda vez que Anat Fish olha para ela, toca na parte de trás do penteado para ver se está arrumado, e então, por um momento, dá pra ver que a professora também já foi uma vez uma menininha e estudou numa turma como esta, Aharon apoia a cabeça em suas duas mãos e a olha com mais atenção, uma menina que não era bonita, um nariz grande e um rosto pálido, com certeza zombavam dela, certamente na turma dela também havia uma menina bonita e fria como Anat Fish, com certeza, olhe só como ela toma cuidado para não olhar nos olhos de Anat Fish, agora tudo está se cruzando, todas as gerações, todas as caras, e gostaria de saber quem, dos adultos que conhecia, foi uma vez igual a ele. Pensou no pai, mas não, ele não.

Agora todos os traseiros se remexem nos duros assentos. Por baixo deles, pares de pernas se cruzam e descruzam, ansiosos. Olhares procuram o penteado de Guidi, acima do qual desponta, a cada minuto, uma mão que espeta cinco, quatro, três dedos. Varda Kopler e Kobi Kimchi travam uma luta de cotovelos numa linha de fronteira que fica no meio da carteira; quem passar, o outro morre. Tsachi Smitanka e Meir'ke Blutreich e Chanan Shviki levantam o dedo com muita energia, para corrigir a má impressão que tinham causado antes. Dorit Alush mastiga seu chiclete e anota no papel, em torno da tal cara desenhada: "Dorit Alush, 6º ano, classe 3, Escola Pública Beit ha-Kerem, Jerusalém, Israel, Ásia, Mundo, Galáxia...". Ergue os olhos, olha pela janela: o que mais tem lá fora? Michael Karni e Rina Fichman trocam bilhetes e riem como dois bananas. Noomi Feingold devora depressa, por baixo da carteira, palitos salgados. Anat Fish se vira lentamente e crava um olhar gelado de tubarão em Avi Sasson, que tinha atirado nela um elástico, até obrigá-lo a baixar os olhos, mas enquanto isso se acendeu na direção dela o olhar de Dudu Lifschitz, ele sorri para ela aquele sorriso infeliz e submisso dele, como fica horrível seu rosto com esse sorriso, e ela olha através dele, ele não existe para ela, se pelo menos ela lhe desse um sinal de que existe, se revolta Aharon, ele a odeia, jura se vingar dela, roubar dela algo que lhe seja caro e dar para Dudu Lifschitz, odeia, e assim mesmo a contragosto admira-a um pouco, por causa de sua beleza, por causa dessa frieza que emana dela, porque um menino maluco gosta dela assim, e enquanto isso raban Iochanan ben-Zakai entrou num caixão de defunto e seus dedicados discípulos o levaram, atravessando a guarda nos portais da cidade sitiada, e assim conseguiu sair dela, e depois fundou o novo centro em Iavne. Destruição do Templo, destruição do Templo, ecoam as palavras. Dois minutos. Alisa Lieber, a ruiva, se descuida e alarga a boca sem disfarçar. Miri Tamri tem um sinal cabeludo na palma da mão, e o tempo todo ela o esconde com a outra mão. Um olhar para trás. Aquela cabeça está pulando. Como se dentro dela houvesse um aparelho, uma mola que a faz saltar. "E depois da destruição do Templo raban Iochanan ben-Zakai ergueu em Iavne o novo centro espiritual." Campainha. Gritos. E um só e enorme menino, com seus oitenta braços e pernas, irrompe agora pela porta estreita, e a professora Rivka bar-Ilan recua, se põe de lado abrindo passagem, nos olhos um brilho turvo de medo.

Aharon gosta de Roxana mais do que de todas as outras. Ele simpatiza com Rosalin e com Natalie, e tem pena de Angela, apesar de sempre ter sabido que a missão de sua vida é casar com uma cega e ser os olhos dela — não pode ignorar o fato de que em algumas fotos viu uma insinuação de sorriso, um indício de satisfação em torno dos lábios de Angela. Ele tenta imitar com os próprios lábios esse sorriso insinuado, e logo para, com medo de que alguém do ruidoso grupo que marcha com ele para casa o perceba. Quinze meninos e meninas são do mesmo bairro que ele, o Bairro dos Operários, juntos passam pelo centro comercial e se comportam como um ciclone cujo olho, geralmente, é Aharon, e suas invenções, e suas imitações e piadas, e suas ideias, mas nos últimos tempos ele tem mais prazer em ficar olhando para eles de lado, ou de trás.

O grupo avança devagar, Guid'on e Tsachi e Dorit Alush, ela mascando chiclete e uma cabeça mais alta que eles; a pequena Varda Kopler, com seu rosto de adulta e anéis em cada um dos dedos, caminha como se já não pertencesse a eles; bem no fim vem Iaeli Kadmi, da turma mais atrasada, de quem prometeram tomar conta, mas com quem ninguém fala, e ela caminha atrás humildemente, só se veem seus cabelos negros; e Michael Karni anda como que se arrastando, alto e largado, como se o corpo comprido não tivesse coluna vertebral, só começa a sorrir e a falar quando está com Rina Fichman, e Aharon tenta sempre evitar seu olhar de coitado em busca de uma aproximação; e Alisa Lieber, a ruiva, que caminha ensimesmada, a língua o tempo todo a lamber os lábios... Olhe bem, Aharon fica admirado: cada um aqui parece centrado em si mesmo, mergulhado em pensamentos e calado, até mesmo triste, e no entanto nosso grupo como um todo é barulhento e parece alegre; eles entram juntos no supermercado pela nova porta automática, e Aharon tem sempre o cuidado de passar por ela junto com mais alguém, ele não confia em todos esses robôs, e o grupo passa pelas prateleiras, tantas cores aqui e nenhum cheiro, pensa Aharon, e todos se detêm juntos para ver como Babaiof mata uma carpa com um golpe, o corpo do peixe continua a pular como um autômato, e o grupo persegue o rabo pelos corredores entre as prateleiras altas, Aharon fica mais um instante para ver como aos poucos o corpo para de pular, e o gerente do supermercado, que não tem um braço e por isso sua manga esquerda pende oca, chega gritando com eles, Chhhhh!, e eles respondem em coro Chhhhh! Chhhuchu com chhhhhocolate! e saem de lá às gargalhadas, pela porta, e Aharon jura consigo mesmo que até o bar mitsvá ainda vai passar por ela sozinho ao menos uma vez. Na saída do supermercado ele avista Biniumin, o capenga, o filho do barbeiro, de pé na entrada da barbearia, xingando Aharon de longe: um ano atrás eles brigaram, e Aharon o moeu de pancada e ainda passou por cima dele, e agora Biniumin se vinga com xingamentos, tudo lhe volta à memória, que merda, e o grupo já está cercando Morduch, o mendigo cego, maluco, que ou abençoa ou xinga as pessoas, de acordo com a esmola. E novamente, como todo dia, Tsachi procura na rua um prego, ou parafuso, ou porca de metal, chega perto do mendigo e lhe diz numa voz grossa: "Aqui está e bom proveito, senhor Morduch!". O mendigo se anima, o rosto esperançoso procura a direção da voz, as mãos juntas e tremelicando sem parar. Tsachi joga o pedaço de metal dentro da lata enferrujada, ouve-se um leve tilintar, as feições do cego se iluminam: "Que o Senhor abençoe você e sua família! Que o Senhor lhe retribua em dobro tudo que você faz, saúde, filhos e sucesso em tudo!", e as crianças ficam em volta morrendo de rir, Guid'on já cansou de chamar a atenção de Tsachi por essa atitude, que se repete quase todo dia, e Aharon, que para não ofender Guid'on teve uma vez de se controlar para não cair na gargalhada, pensa agora em como à noite, em casa, se é que ele tem casa, Morduch despeja as moedas em cima da mesa e seus dedos tortos tateiam a féria do dia, e no que ele sente quando toca no prego de Tsachi. Tudo se desenha em seus olhos com admirável clareza, como se estivesse lá: o quarto imundo, as paredes nuas, as crianças famintas, os lábios de Morduch tremendo de decepção e humilhação... "Ial'la, vamos logo!", ele grita de repente, apressando o grupo, e começa a andar depressa, a cabeça erguida, e alguém olha para ele por trás e faz baixinho alguma observação, e outra voz, ou algumas vozes, soam como num riso contido.

Roxana é diferente de todas, ele acha, caminhando em passos resolutos à frente do grupo, pois ela transpira seriedade e uma tranquila responsabilidade que a fazem distinguir-se de seu ambiente. Em sua face direita ela tem um sinal comprido, que talvez comprometa um pouco sua beleza, mas que aos olhos de Aharon a torna ainda mais bela. Como se esse defeito fosse necessário para aproximá-la mais dele. E havia um retrato no qual Roxana, num hábito de irmã de caridade entreaberto, dá de mamar ao anão e a Fritz ao mesmo tempo. Aharon olhava para essa foto muitas vezes, e a cada vez a via de maneira totalmente diferente. Uma coisa era certa: o rosto de Roxana não expressa nenhuma paixão obscena, pelo contrário. Ontem ele beijou timidamente o retrato, viu a marca de seus lábios evaporar lentamente, e pensou que mesmo se talvez nem existisse esse circo, mesmo se tudo talvez fosse sujeira e falsificação por dinheiro, ainda assim existiria em algum lugar do mundo uma Roxana como essa, que foi fotografada, e essa garota vivia de verdade, e sem dúvida era uma pobre moça que por causa de sua pobreza, ou ingenuidade, ou autossacrifício caiu nas mãos do canalha do Alfonso, e se Aharon fosse mais maduro, se tivesse dinheiro e poder, dedicaria sua vida a salvá-la das unhas dele, pois quem sabe por quanto tempo seu caráter forte ainda resistirá no meio dessa podridão. E de novo percorreu os retratos um por um, talvez desta vez compreenda melhor, consiga decifrar, pare de sofrer tanto assim por causa deles.

Uma vez a cada três dias — nisso é meticuloso — ele se fecha com as fotos no banheiro, e lá, escondido, em movimentos delicados e amplos, usando o álcool setenta graus da mãe, ele limpa as grandes e gordurosas impressões de dedos que mancham principalmente as fotos *dela*. Com cuidado e carinho ele a limpa dos pés à cabeça. Já há quase duas semanas ele cuida dela. Nesses momentos ele pensa se não seria bom ele mesmo se esfregar, que é o que certamente se faz quando se tem fotos assim. Mas, quando leva a mão lá embaixo, sabe que seria falso. Ele na verdade não precisa disso. Ainda está vazio.

Parou: olhou para trás e viu que estava sozinho. Seus simpáticos coleguinhas tinham deixado que se adiantasse, e agora estava só. Que importa. Ou talvez tenham ido por outro caminho. Que vão. Por um instante ficou com raiva porque Guid'on tinha participado dessa manobra contra ele. Depois deu de ombros: no momento tinha assuntos mais importantes a resolver.

Mas à tarde, quando o pai trabalhava nos últimos galhos,

os mais altos, da figueira, a mãe e Iochi faziam compras e a avó estava deitada na cama bem coberta com o cobertor xadrez, Aharon correu até a gaveta, vasculhou-a com mão confiante, e seu coração derreteu: Roxana tinha desaparecido. Todas as garotas tinham desaparecido sem deixar sinal. Da noite para o dia o circo recolhera seu espetáculo e seguira caminho. O traidor mudara o lugar do esconderijo.

6.

Foi-se o verão e depois o inverno e veio a primavera. Quase um ano se passara. No meio de uma partida de futebol contra a outra classe do sétimo ano, a mãe de Aharon chamou-o pelo nome. A voz dela alcançou-o varando o espaço desde a casa até o fundo do vale. Ele se irritou e ficou envergonhado, mas também percebeu alguma coisa estranha e nova em sua voz, um tom desconhecido, e por causa dele deixou seus colegas e correu para casa, suado e agitado por causa do jogo. *Shvitz, shvitz,* disse-lhe a mãe em ídiche, enfiando-lhe dois dedos entre a gola e a nuca, *bren, bren,* olhe só com que cara você está, como um doido você — hu há — corre atrás da bola, não vi nem Tsachi nem Guid'on pondo o coração pela boca por uma bola, como você faz, bem, eles já são espertos, eles têm um jumento que faz todo o trabalho por eles, e podem ficar descansando e rindo de você por dentro, balbuciava como para si mesma, tentando abrir com as unhas o nó de um barbante que amarrava um grande pacote embrulhado em papel pardo, os dedos tremendo de uma raiva inexplicável, e por fim, fu, droga, começou a cortar o barbante com os dentes, sibilando enquanto isso frases cheias de ressentimento para com ele. Por que você está me olhando assim? Não estava olhando. Melhor que olhe para você mesmo. Mas eu não estava olhando para você, que pacote é esse. Daqui a meio ano vai ser seu bar mitsvá e ele ainda passa por baixo das mesas. De onde vem esse pacote. Endireita os ombros, levanta a cabeça, mesmo assim você é a metade do que devia ser. Finalmente conseguiu abrir o barbante e começou a tirar do embrulho blusas e calças de criança, que lhe pareceram estranhas mas também conhecidas. Passou pela sua cabeça a ideia de que pertenciam a alguém que já morrera. Ela enfiou em suas mãos uma blusa xadrez marrom e branca. Vá, experimente.

Que história é essa de experimentar. Eu não experimento roupas velhas. Ele lá estava, os ombros para trás em sinal de recusa, o rosto em fogo, todo ele em outro lugar, no campo de jogo, é mais do que certo que se ele os deixar por um minuto que seja eles já vão ter um progresso imediato e fulminante, vão aprender uma jogada decisiva tipo Stelmach, o Pelé israelense, e então uma dor surda e sutil começou a beliscar seu coração, apertando e afrouxando, e sua mãe disse Não são roupas velhas, Gutcha as mandou de Tel Aviv, eram de Guiora, *nu*. De Guiora? Como assim de Guiora? É que ele usou isso um só verão, *nu*, vista de uma vez, e vamos ver como fica.

E ainda olhava para ela sem compreender. Guiora era seu primo, e todo ano, nas férias de verão, Aharon ia para a casa dele, e durante algumas semanas dava pra pensar que ele já tinha nascido com aquela turma de Tel Aviv; aos nove anos os tinha ensinado a ver pequenos anjos luminosos: apertando com força os globos oculares e esperando um minuto; tem anjos que logo desaparecem, e tem uns que resistem mais, dependendo de até onde você está disposto a fazer o olho doer. Revelou-lhes confidencialmente que estava se preparando para ser o primeiro toureiro israelense. E no ano seguinte apresentou a eles a brincadeira jerosolimita chamada *alambulik*, e eles o ensinaram a brincar de pique-esconde na piscina, e ele os ensinou a voar como o goleiro Hodorov no jogo contra Gales, com o corpo todo esticado e paralelo ao solo, e a agarrar uma bomba chutada na direção da trave direita, na altura do joelho, e durante o mês que Aharon passou lá todos os goleiros davam esse salto, mesmo que chutassem no ângulo, e se o salto saía parecido com o original eles eram perdoados mesmo se levassem o gol. E no ano passado ele lhes contou sobre Houdini, o campeão de escapismo que vivia na América, e mostrou-lhes como ele mesmo sabia se livrar de cordas grossas que lhe amarravam braços e pernas; e quando não acreditaram, obrigou-os a enfiá-lo num freezer velho e fedorento na praia, amarrar o freezer com um cordel e ainda envolver tudo com sacos de açúcar vazios, então, ao seu comando, se afastaram cinquenta passos, e quando pensaram que já estava morto por falta de ar e começaram a se culpar uns ao outros por terem concordado com aquilo, viram-no sair de lá, rindo e ofegando e correndo ao encontro deles, esse seu Arontchik tem cada ideia, escreve a tia Gutcha para a mãe, *kein-ein-hore* dá para engordar de prazer só de ouvi-lo rir.

  E eles, por sua vez, o apresentaram ao mar. Verdade que na folga dos sábados Aharon viajava com a família e com os parceiros de carteado dos pais até a praia de Ashkelon, mas estava sempre abarrotada de gente e suja de piche negro, e contavam piadas sujas, e arrotavam alto, e Aharon não gostava de ver as pessoas que ele conhecia em roupa de banho e seminuas, e eles tinham a tradição de "não abandonar um kebab ferido", ou seja, não se voltava para casa com comida nas marmitas, e ele também era obrigado a comer até enjoar. Seu pai era excelente nadador, toda a praia sabia quando ele entrava na água por causa de suas imensas braçadas cortando as ondas, das suas guerras de respingos e das brincadeiras que fazia, atacando por baixo d'água seus amigos de baralho e tentando abaixar-lhes o maiô, ou dar caldo em suas mulheres, e elas voltavam à tona de dentro das ondas rindo e gritando até as lágrimas; e Aharon tomava cuidado para nunca estar na água quando o pai entrava, respeitando o pequeno juramento que fizera a si mesmo de que só um dos dois estaria dentro d'água de cada vez, e ele também suspeitava que o pai urinava na água, e que sua urina ia em busca de Aharon mesmo depois que o pai saía; e uma vez, no meio de uma nadada tranquila longe de todos, só ele e o céu aberto, de repente assaltou-o o medo, como se algo o estivesse seguindo na água, e mesmo sabendo que não podia ser, que ele estava imaginando coisas, sentiu algo passar por baixo dele nas sombras das ondas, escuro e escorregadio e ondulante, perscrutando as ondas, primeiro pensou que fosse seu pai nadando, submerso, embaixo dele, para assustá-lo, e por um momento teve mais medo ainda e começou a se debater com toda a força com as mãos e os pés, e a engolir água, sentindo de repente uma coisa forte e flexível se enroscando e se apertando em volta dos seus quadris, como um braço grosso e musculoso, como se um elefante gigantesco lá do fundo do mar lançasse sua tromba para arrastá-lo ao abismo, e quando finalmente chegou à areia, mal podendo respirar, sabia que não fora imaginação, que algo estranho tinha acontecido, e todos os amigos dos pais correram até ele perguntando o que houvera, de repente você se esqueceu de nadar, e o enrolaram em toalhas e esfregaram-lhe o corpo, e ele procurou o pai e não encontrou, o pai estava deitado à sombra de uma barraca lendo um jornal, e quando Aharon chegou envolto na toalha e sentou ele não ergueu os olhos, e Aharon disse numa voz trêmula de frio só tive uma contração no músculo, e o pai não respondeu, e Aharon num gemido disse isso pode acontecer a qualquer um, e o pai sequer olhou para ele, se virou para o outro lado e mergulhou no jornal.

Mas os garotos de Tel Aviv o levaram a uma praia deserta, só eles e as areias e as rochas lunares, e o ensinaram a nadar de verdade, não como um jerosolimita, e até a mergulhar de olhos abertos, e quando estava dentro desse mar sentia a alma se aprofundar e expandir, ilimitada. À noite, quando dormia na estreita varanda de Gutcha e Efraim, ouvindo o rumor das ondas através das persianas solares e da tela antimosquitos, continuava a movimentar braços e pernas e, semiadormecido, se sentia balançar para dentro e para fora na rede formada pelas ondas do mar. E sonhava de dia também: projetava um trem submarino; e espetáculos públicos de tourada, mas com tubarões; e passava dias inteiros experimentando queimar areia da praia para dela extrair vidro, como faziam os antigos fenícios; enviava mensagens dentro de garrafas do refrigerante Tempo, cartas a possíveis náufragos em ilhas remotas; deixava chamarizes para atrair as sereias. Todo verão os meninos de Tel Aviv se apaixonavam de novo pelo mar — graças a ele. Sua pele ficou bronzeada e seu cabelo louro se tornou dourado brilhante. Guiora, seu primo, era alguns meses mais novo que ele, tímido e calado fora de casa, mimado e caprichoso dentro de casa, e em suas cartas semanais para Jerusalém Gutcha insinuava que talvez ele estivesse com um pouco de ciúme de Arontchik, que cativa o coração de todos, mas não faz mal, escrevia a Hinda, sua irmã, que ele aprenda a se virar na vida, nosso filho único, acostumado a que todos façam tudo o que ele quer.

No ano passado, perto do final das férias, Aharon construiu uma balsa com os meninos de Tel Aviv. Trabalharam nela durante três semanas, da manhã à noite. Seguindo as ideias de Aharon eles a projetaram, fizeram navegar alguns modelos em miniatura, experimentaram diversos tipos de madeira para os mastros e roubaram lençóis e fronhas das trouxas de roupa suja para servirem de velas. No dia anterior à cerimônia de lançamento terminaram cedo o trabalho e entraram no mar para se refrescar. Então passou por eles uma canoa estreita, cinzenta, cortando as ondas como uma faca, quase os atingindo. Eles instintivamente se juntaram e olharam, surpresos: só raramente barcos vinham até a praia deles. Havia duas pessoas naquela canoa estreita: uma mulher jovem e um homem muito mais velho, de rosto enrugado e ossudo, sobre ele uma pele amarelada, fina e doentia, o homem apontou para eles e disse alguma coisa à mulher numa voz alta e desagradável, com sotaque estrangeiro, a boca rangendo as palavras. A mulher recolheu a barra de seu vestido verde, para que não se molhasse, e sorriu para os meninos bronzeados que estavam na água fria, juntos uns dos outros como os peixes de um cardume, parecia sorrir, mas não estava olhando para os meninos de verdade. Talvez fosse prisioneira dele, Aharon se sobressaltou, não pode ser que esteja com ele voluntariamente. De sua volumosa carteira o velho tirou e jogou na água uma moeda. Os meninos se entreolharam espantados. Alguém o xingou baixinho. O velho repuxou um sorriso silencioso que expôs seus dentes estragados. A mulher também sorriu, e Aharon sentiu uma leve amargura ao constatar que ela estava com ele por livre e espontânea vontade. O velho tirou mais uma moeda e disse em sua voz odiosa: "Isso é caro. Vale muito dinheiro!". Com o polegar, num movimento de jogador de cartas ou trapaceiro, lançou a moeda no ar, ela subiu rodopiando e caiu na água: como se fossem um só os meninos mergulharam, os olhos arregalados, e a sombra da canoa passou sobre eles. Foi Aharon quem achou a moeda revirando lentamente na água, e a pôs entre os lábios. Sentiu sua frieza na boca, e a recolheu sob a língua. Quando voltou à tona a canoa já havia desaparecido. "Se você achar alguma coisa, esconda logo no bolso e fique calado", sua mãe lhe havia ensinado, e quando uma vez achou uma bola de tênis no vale e Guid'on, que estava com ele, não viu, disse logo, antes que a lição de sua mãe o calasse, que a bola seria dos dois. E sentiu que a tinha vencido. Mas agora, por algum motivo, a moeda como que paralisava sua língua, e ele se calou, e na primeira oportunidade enfiou-a no calção de banho, aquela estranha frieza em suas vergonhas.

Um vento começara a soprar e a encrespar as ondas ao longe. De uma só vez o dia escureceu. Aharon, num ímpeto, propôs que lançassem a balsa ainda hoje. As crianças hesitaram, em dúvida, o vento poderia arrastá-la. Aharon sabia que eles tinham razão, mas mesmo assim sentiu que era sua missão animá-los, pois só ele entre todos era capaz, sozinho, de enfrentar o desânimo que tinha se instalado. Começou a tentar convencê-los, descrevendo com entusiasmo a primeira jornada no mar, e como a balsa cortaria as ondas, ele foi bem eloquente, e os meninos o ouviam, até os mais renitentes aos poucos se calaram e prestaram atenção, mesmo quando as nuvens começaram a se juntar no horizonte e o perigo de entrar na água agora já era evidente, o principal era que a força do espírito vencesse, que arrancasse essa porcaria de sensação que gruda na alma. Mas eles ainda não estavam convencidos. Todo o seu empenho não fora suficiente para vencer uma leve sensação de desalento. Eles lá estavam de pé, remexendo e chutando a areia com os dedos dos pés; oscilavam, coçavam a nuca e não olhavam para ele. Por um momento voltara a ser um estranho para eles, e era exatamente o seu discurso, apesar de tão eloquente, que parecia de repente separá-los, e ele sentiu essa estranheza, como se fosse uma fria tesoura, recortá-lo de um quadro claro e iluminado. Sentindo-se sufocar, pediu que o esperassem por um instante, que não saíssem dali, e correu até o quiosque do outro lado da colina, e comprou com o seu dinheiro, não com aquela moeda, uma garrafa de conhaque de verdade, voltou a eles e exibiu o tesouro: agora vamos lançá-la, exclamou com júbilo; em sua voz soava um vestígio de apreensão, mas eles foram seduzidos pela luz que brilhava em seu rosto.

A *Capitão Gancho* foi lançada ao mar às quatro e meia da tarde com a ajuda de uma garrafinha de conhaque, e afundou num redemoinho cinco minutos depois. Todos os meninos conseguiram escapar e chegaram à praia atordoados e deprimidos. Só tinha havido um momento de susto, quando Aharon e seu primo foram arrastados juntos para o olho do redemoinho. Aharon teve a impressão de que Guiora o empurrava para baixo, tentando salvar a si mesmo. O vento soprava forte e frio, e os meninos se encolhiam, abraçando o corpo e tremendo. Ninguém o culpou, mas ele sentia como se alguém, num quarto escuro e fechado, baixasse uma concha grande e fria sobre a chama de uma vela.

Mas isso vai ficar apertado em mim, balbuciou, olhando impotente e confuso para a blusa que estava sendo enfiada nele, no rosto dele. Ele sentia que algo se escondia por trás da irritação dela com ele, e que caso se apressasse ainda conseguiria voltar para o campo e colaborar para a vitória, não há ninguém que se compare a ele como finalizador, e nesse mesmo instante o pai chegou da varanda, e Iochi também veio mas só queira saber da mãe onde estava a cera, e de repente Aharon se lembrou de uma situação semelhante, no inverno passado, quando enfiara o pé numa bota pequena para ele. O suor já escorria em sua nuca. Depressa, pensou, antes que meus dedos comecem a tremer, e ele tirou a blusa suada e vestiu a outra, e tolhido por um momento dentro da sombra xadrez, se debatendo com braços tateantes em busca da abertura da gola, começou a respirar ofegante, como se alguém o estivesse oprimindo e asfixiando, e teve a impressão de estar vendo um menino estranho e mesmo assim conhecido através de uma espécie de névoa leitosa esbranquiçada, um menino distante, muito branco, conservado, que história é essa de "conservado", mas é a palavra que lhe ocorreu, e uma reverberação interna, como uma pequena onda, fina e fria, foi se alargando e espalhando devagar, envolvendo todo o seu interior, um menino branco, quase azulado de tanta e estranha brancura, mergulha lentamente numa paisagem rochosa, lunar.

Tentou bruscamente empurrar com a cabeça, não encontrou a abertura, seus braços se agitaram, são finos, são totalmente lisos, o pai e a mãe podiam agora vê-los sem interferência alguma, o feto humano da sala de ciências naturais na escola, que flutua no embaçado líquido conservante e se dissolve lentamente, por um instante abre suas grandes pálpebras de girino, antes coladas, e sua larga boca ri para ele. Com um gemido conseguiu se livrar e passar pela abertura da gola. O pai e Iochi tinham sumido. A blusa de Guiora desceu e cobriu Aharon como uma redoma, até a extremidade de suas calças curtas. Abaixo delas despontavam suas duas pernas, que de repente lhe pareceram palitos de fósforo pairando no ar.

Na breve carta que acrescentara ao pacote tia Gutcha contava que Guiorik, *kein-ein-hore*, já estava sobrando de todas as suas roupas, crescendo como se tomasse fermento, e até mesmo Efraim já parece uma passa ao lado dele, imagine só. E essas roupas, Hindele, estão em estado de novas, ele quase não as usou, seria uma pena jogar fora, e na nossa família não tem mais nenhum *mezinik* depois dessa geração dos cinco primos, que Deus os guarde, então quem sabe você as leva para a rabina Carasso, para que as dê aos pobres de Jerusalém, dos quais, afinal de contas, eu me sinto mais próxima, assim escrevia Gutcha, que crescera junto com a mãe em Jerusalém, onde conhecera a pobreza e a ameaça da fome, nos dias do cerco e do racionamento, e terminava com saudações a todos e com a esperança de ter Aharontchik de novo com eles em breve, no verão.

A mãe lá estava diante dele, de cara fechada. Sentiu de repente que precisava que o abraçassem, agora. Um abraço como quando era pequeno. Quando ela recuou, alguma coisa caiu e quebrou. Talvez seu cotovelo tivesse esbarrado em algum objeto. Talvez a blusa fosse amaldiçoada e tivesse crescido, como uma criatura viva. Não conseguiu de maneira alguma lembrar o que tinha quebrado e se feito em pedaços. Talvez o vaso com as maçãs douradas que Rivtche e Dov trouxeram para a inauguração da casa, mas ocorreu-lhe que o vira depois disso, inteirinho em seu lugar. Não conseguia lembrar. Talvez a travessa com o veado e a corça azuis, a se perseguirem num círculo, cada um tendo na boca a cauda do outro, que Shimek e Itka trouxeram de seu passeio na Holanda. Mas esta também tornou a aparecer exatamente em seu lugar de sempre, e não apresentava sinal de ter sido colada. Num último momento ainda lhe surgiu, congelada, a saudade de sua imagem no globo ocular da mãe, vitrificando-se aos poucos na frente dele. Era quase possível sentir como molas metálicas espocavam de dentro de sua pele tensa naquele instante. Ele viu como as faces da mãe, um tanto flácidas, se esticavam num movimento lento e involuntário, até descobrir as pontas de seus dentes posteriores. Então agora eu volto para o campo, está bem?, disse, dando um cauteloso passo para trás, tomando cuidado para não olhar para o chão, usando toda sua força de vontade para impedir os olhos de se dirigirem para lá, como um alpinista evita olhar para o abismo. Então agora eu posso voltar para o campo, tornou a perguntar, temeroso. Sua mãe lá estava diante dele, os cotovelos colados no corpo franzino, os lábios ficando pálidos. De fora se ouviram vozes cantando alto, é a turma dele, com certeza terminaram o jogo sem ele, e agora cantavam um canto de reconciliação com os jogadores do time adversário. Que história é essa de cantar junto com eles, desde quando se canta no fim do jogo, e ainda junto com o time adversário, e ainda uma canção como essa, comprida, uma música de coro, como é que tiveram tempo de ensaiar essa canção, e levantou olhos súplices para a mãe, e ao seu olhar a mãe foi rachando em todo seu comprimento, até que brotou de dentro dela o caroço branco de seu ódio. Eu realmente estou começando a achar, ela lhe disse, que você faz isso conosco de propósito.

7.

E uma ou duas semanas depois disso, no fim da tarde, Aharon, Guid'on e Tsachi estavam deitados sobre a pedra deles no vale, uma pedra marrom, gigantesca, cheia de protuberâncias, coberta de mato; o rosto de Aharon estava grudado nela com força, e a rocha lhe devolvia o calor de uma nova primavera.

Os três flutuavam preguiçosamente no crepúsculo, conversando em voz sonolenta, pela enésima vez, sobre o espião Mordechai Luc, que fora pego mais ou menos um ano antes no aeroporto de Roma dobrado sobre si mesmo e dentro de uma mala, e sobre o anel de ouro que levava no dedo, com o selo de um leão rampante, dentro do qual dava para esconder veneno, ou um microfilme, e Aharon se levantou um instante apoiado nos cotovelos, vocês já pensaram que ideia-bomba seria, na festa de fim de ano, fazer um número de Houdini escapando de uma mala fechada? E já conseguia entrever toda a façanha: Tsachi e Guid'on o trancam dentro da velha mala preta do tio Shimek, passam em volta uma corda, ocultam da plateia o que estão fazendo por meio de um grande pano de Bukhara e imitam tambores com a boca, as crianças da turma ficam olhando, e Aharon, dobrado ao meio dentro da mala, com dois dedos tira da sola do sapato o aparelho de barbear do pai e a lima de unhas que a mãe tinha perdido, e do grande punho de sua camisa a lâmina de serra quebrada, e então há alguns segundos de medo, pois os dedos ficaram escorregadios e a serra pode cair, vai você achá-la no escuro, e já tem garotas gritando que o tirem logo de lá, e alguns garotos já se põem de pé, e de repente ficam espantados de vê-lo do lado de fora, vivo, gritando com toda a força, livre. Tsachi começou a rir baixinho; agora ele tem esse riso de deboche, e aquela brasa nova nos intestinos de Aharon ardeu por um instante. Então, o que você acha, Aharon perguntou a Guid'on e tornou a deitar, o rosto colado na rocha para não estragar a imagem formada sobre ela, quem sabe eu começo logo a treinar esse lance para a festa? Vamos também chamá-lo de "O homem na mala". O que você acha. Guid'on disse que não tinha certeza se neste verão ia ter tempo de participar como no ano passado. Como assim não vai ter tempo, se assustou Aharon. Este ano estou organizando o acampamento das turmas mais baixas no Carmel, disse Guid'on. Mas até as férias de verão ainda falta um mês e meio, murmurou Aharon surpreso, e em toda festa da turma a gente sempre faz alguma coisa especial. Guid'on não respondeu. Tsachi disse que mais do que todas as apresentações e todos os números deles o que lhe interessava agora eram os jogos do campeonato da escola no ano que vem. Só nos falta terminar a oitava série sem nenhuma taça. O que tem uma coisa a ver com outra, gritou Aharon, a taça está garantida, não tem time melhor do que o nosso, mas e o nosso espetáculo de Houdini, e Guid'on disse veremos, veremos, não se irrite tão depressa, o que há com você nos últimos tempos.

Eles se calaram. Aharon fervia de excitação. O pior de tudo tinha sido a satisfação maldosa de Tsachi com a súbita tensão entre ele e Guid'on. Acalme-se e pense. Não os desafie agora. Não lhes diga, mas ele sim lhes disse, engoliu em seco e disse em voz alta e tensa que neste verão eles teriam de prender um espião. Tsachi soltou de novo aquele sopro seco que era seu riso. Aharon se conteve com todas as forças e disse que o país estava cheio de espiões estrangeiros, toda semana pegavam alguém que fotografara uma base militar ou reunira informações, e somente eles, os três, continuavam inertes, nada faziam, e no fim ainda se esclareceria que o estudante, o inquilino na casa de Guid'on, tinha uma rede de conexões com países árabes, eis que os três já tinham encontrado no lixo um jornal em árabe que ele tinha jogado fora, com marcações à tinta, e o que tinham feito com essa informação? Nada. Guid'on logo disse: Deixe-o em paz, ele só está estudando árabe, ele não é um espião. Guid'on falou com firmeza e com raiva. Ele odiava o inquilino deles, que entrara em sua casa como se sempre tivesse vivido lá e costumava rir alto e às gargalhadas, cantava a plenos pulmões na banheira, e por pura bajulação fazia todas as tarefas caseiras e às sextas-feiras ainda trazia flores para a mãe. Então, talvez, sugeriu Aharon já meio desanimado, se obrigando a estender o assunto, talvez o sujeito do apartamento vazio do terceiro andar venha este ano finalmente em visita à pátria, e vão descobrir que é um espião soviético. Ficou esperando, mas Tsachi o surpreendeu ao não abrir a boca para responder. Uma mudez pesada, um silêncio total, muito pior que seu riso seco. Aharon ignorou este silêncio também, e disse — como se já fosse uma decisão tomada por eles — então vamos organizar uma tocaia, em turnos, para observar o apartamento dele. Sim, este ano ele virá, sinto isso nos ossos. Finalmente Tsachi se ergueu nos cotovelos. Só me explique como é que mora lá um espião, pediu numa voz lenta e pausada, como é que mora um espião num apartamento em que não entra ninguém já faz dez anos, onde ninguém nunca levantou as persianas e para onde ninguém envia correspondência, e quase todo ano a gente desperdiça metade das férias em tocaias para observá-lo? Hein? Aharon mordeu os lábios e disse que tinha a forte sensação de que agora isso iria acontecer. Vocês vão ver que este será nosso ano de sorte, disse. Cla-ro, disse Tsachi, você e suas sensações; e Aharon sentiu certo alívio sem saber por quê, talvez porque Tsachi se agarrara à questão de suas sensações, e não à questão da sorte.

E porque, por um momento, Guid'on falou com os lábios apertados insistindo para que os dois parassem com aquilo, que já bastava, Aharon teve por um breve instante a esperança de que Guid'on voltaria a ele, à ideia dele, nem que fosse como um gesto de lealdade. Boboca. Você só está enganando a si próprio. Mas, quem sabe, assim mesmo. Talvez haja um milésimo de possibilidade de que sim? Ergueu-se nos cotovelos e olhou: entre os lábios colados de Guid'on só havia um comprido talo de funcho.

Pois há menos de um ano Guid'on ainda estava deitado aqui, o rosto colado, com devoção, na grande rocha. Seu queixo, com esforço, todo esticado para a frente, como o desenho de um jovem hebreu decidido e valente, e então ele se parecia muito com Meni, seu irmão. Isso tinha sido, como sempre, ideia de Aharon, que insistia nela já havia mais de um ano, mesmo tendo compreendido que aquilo era impossível, mas e daí? Desde que começara já sabia que era só imaginação, mas bem no fundo sentia que agora não podia sair perdendo, nem mesmo nessas bobagens. E sente também que alguma coisa está se passando em volta dele, que ele não sabe descrever com palavras, mas está acontecendo, e o tempo todo está aumentando e se complicando, mas com cuidado para não se revelar, e por causa dela Aharon tem de ficar firme e manter por enquanto todas as suas fortificações e trincheiras, até mesmo as mais insignificantes. E é por isso que agora ainda está lá deitado em seu lugar de sempre, o rosto um pouco inchado, uma das faces fundida na pedra, e às vezes se lembra de inflar um pouco a papada, e assim fica por alguns instantes, até que a conversa, ou a raiva que sente de Tsachi, ou a dor pela deserção silenciosa de Guid'on, o fazem esquecer suas obrigações, e a papada da mãe volta a ser gradualmente absorvida dentro de sua garganta.

Guid'on ergueu uma mão displicente e olhou para o relógio, daqui a pouco ele tem de correr para a aula com o rabino que lhe está ensinando a *haftará*. Tsachi já tinha feito seu bar mitsvá, e ele sorriu com conhecimento de causa e com descaso, disse que punha *tefilin* todo dia, e acrescentou rindo — bem no fundo do armário; a Aharon parecia que tudo que Tsachi dizia era dirigido a ele, como um manifesto. Tsachi se sentou com um gemido profundo e gutural, agora ele vai começar a estalar os dedos, e Aharon ficou zoando dentro da cabeça para abafar os estalos surdos, ele tinha um tom especial, alto e interior, para ocasiões assim, e Guid'on de súbito bocejou ruidosamente, se ergueu com um gemido e se esticou até a ponta dos dedos. Aharon olhou para ele, a quem ele quer impressionar com esses sons e essas esticadas. O rosto infantil e franco de Guid'on se vestira nas últimas semanas de uma gravidade obscura. Aharon não sabia o que o amargurava. Novamente arriscou um rápido olhar, perscrutador: ainda não tinha penugem. Mas sim, certamente, alguma consolidação interna, um endurecimento que parecia lançar uma sombra na luz da vela ardente da alma; e em seu maxilar, era como se novas linhas tivessem se formado, e sua mandíbula se projetava agora para a frente com ousadia, com força, já é quase o queixo de Meni, e os malares também pareciam ter começado a se mover por baixo da pele, mas nós estivemos juntos todo esse tempo.

Aharon se sentou, deixou escapar um leve gemido e o reprimiu assustado, então ergueu as meias, para que não se revelasse um pedaço de perna magro e careca entre as extremidades da meia e da calça. Sem muita decepção, notou que hoje tampouco se formara na rocha renitente um traço sequer do rosto de sua mãe, que durante todo o ano que passara ele tanto se esforçara por gravar e perpetuar. Nunca na vida vão sair disso imagens petrificadas, disse Tsachi, e Aharon estava pensando naquele mesmo momento que uma tarefa dessas deveria ser feita, se é que deveria, com muito mais convicção; que é difícil para ele fazer o rosto da mãe agora; que ele prefere se lembrar dela como era há dois ou três anos, suave com ele, amigável. Sua mão remexeu febrilmente um de seus bolsos — entre suas anotações, e as tiras de cebola podre para escrever com tinta invisível, e os pedaços de vela para poder decifrar essa escrita, e os tocos de cigarro que começara a juntar para aquele assunto dele — até encontrar lá uma carteira de fósforos achatada, como essas que distribuem nos aviões, arrancou dela um fósforo, e num movimento ríspido acendeu-o, riscando na rocha. Só ele sabia acendê-los assim, mas por que de repente tinha acendido agora, talvez como uma espécie de continuação da discussão. Olhou para a chama para se acalmar.

Tsachi Smitanka começara toda essa operação imitando o rosto do pai, o tratorista da Mekorot; assim você poderá realmente se lembrar dele, dissera-lhe Aharon, que exultara com a ideia de Tsachi e ficou contente com a oportunidade de compartilhar sua emoção. Tsachi se levantou então da pedra, olhou para ele com olhos subitamente escurecidos de raiva contida e disse então não vou imitar ele, vou imitar meu irmão. E passou a imitar o rosto de seu irmão mais velho, Chezkel, que tinha uma caminhonete de transportes e uma mandíbula especialmente proeminente; e, quando se cansou de transpor a mandíbula para a pedra, tentou nela imprimir os largos traços fisionômicos da mãe, a búlgara que arranjara um belo casamento, mas com ela ele só aguentou cinco minutos e logo passou para um tio dele, e assim durante alguns dias ele foi passando pelas fisionomias de todos os seus familiares e da maioria dos jogadores do time do Betar-Jerusalém, e dos três componentes do grupo musical Hagashash Hachiver, e de Itschak Rabin, o chefe do Estado-Maior, e de Sean Connery e Cassius Clay, e depois enjoou de se esforçar pelos outros e anunciou a Guid'on e Aharon que a partir de agora pretendia eternizar somente sua própria cara, para o bem ou para o mal. Para o mal, admoestou Aharon, isso ainda foi na época em que Guid'on ria das piadas dele, e desde aquele momento Tsachi parou com aquela história toda, começou a zombar da ideia e a instigar Guid'on, e já no dia seguinte Aharon ficou sozinho.

Guid'on olhou o relógio. Quinze para, disse com raiva. Como é que caiu para mim justamente a *haftará* mais comprida do livro. Aharon balbuciou para si mesmo: "E um dos serafins voou para mim, em sua mão uma brasa; com uma torquês ele a tirou do altar. E tocou em minha boca e disse...". Ele ainda não tinha começado a estudar com o rabino, mas já dera uma olhada em sua *haftará* e ela lhe agradara. Pensou: Logo será verão, e eles vão me obrigar a viajar para Guiora, em Tel Aviv, mas nem que me matem, este ano eu não irei. Os três ainda ficaram lá por um momento, em silêncio, balançando os corpos, mascando folhas de sálvia, como a se despedir de alguma coisa, eis aí, este seria o momento de perguntar para eles, como por acaso, se tinham ouvido algo de novo sobre Dudu Lifschitz, antes do *Pessach* ele ainda frequentava as aulas, e quando voltaram das férias sua carteira estava vazia, Nitsa Knoler, a orientadora, disse que ele os havia deixado e ido para um ambiente mais adequado, e não falaram sobre ele mais uma vez sequer, ninguém da turma se referiu a ele nem com palavras nem com sinais, como se tivessem feito um pacto, quem os havia ensinado a calar assim, antes havia um garoto e agora não havia mais, e Aharon, como na história da roupa nova do rei, teve medo de ser o primeiro a perguntar e levar todos a concluir que ele não se incluía no pacto. Tsachi estendeu a mão e colheu uma frutinha da pequena crássula que crescia ali ao lado e começou a mastigar e cuspir com grosseria. Aharon desviou dele os olhos e mirou longe. O vale lhe pareceu subitamente nevoento e estranho. Ergueu com força as calças dele, as calças de Guiora, porque ainda estavam um pouco grandes nele e também porque isso lhe dava a mesma sensação de repuxar o nariz para não chorar de repente. Então vou trazer uma mala grande, disse num tom inflexível. Vou pegar com meu tio Shimek a mala preta dele, e em volta passamos um rolo inteiro de corda, vocês me cobrem, e em três minutos estou do lado de fora. Sim, vamos fazer desse jeito. Quarenta e dois versículos, gemeu Guid'on, só de ler isso tudo com os olhos eu já fico rouco. Aharon imediatamente se lembrou, enfiou a mão no bolso e estendeu a bala de mel que havia comprado para ele; entre Guid'on e Tsachi brilhou um certo olhar. Guid'on afastou dele os olhos e disse baixinho que não precisava. Deixe de bobagens, Kleinfeld. Aharon devolveu a mão ao bolso se esforçando para não se ofender. Ele só tinha oferecido uma bala, nada mais. Vocês vão ver, esse vai ser o maior lance que eu já fiz, ele tentava se animar, e sentia estar escalando uma montanha escorregadia entalada na sua garganta, maior que o caixote de equipamentos dos soldados da ONU, maior que a fornalha no quarto da calefação, vocês vão ver; amanhã eu vou ver *Goldfinger*, disse Tsachi, como para si mesmo, fazendo saltar os músculos do braço e avaliando-os com interesse; mas é proibido até dezesseis anos, disse Aharon com espanto; você vem comigo amanhã?, Tsachi perguntou a Guid'on; mas não vão deixar vocês entrar, disse novamente Aharon, com certeza eles pedem carteira de identidade. Você vem amanhã ver *Goldfinger*?, perguntou Tsachi outra vez; vou pensar nisso, disse Guid'on cuidadosamente, evitando os olhares de ambos; essa gentileza tem um propósito, sentiu Aharon; chega, já comi umas cem, disse Tsachi, cuspindo uma casca de frutinha, estendendo a mão e oferecendo a quem quisesse: peguem. Guid'on pegou um punhado e começou a mastigar, pensativo. Aharon abanou a cabeça, recusando; mas uma vez você já gostou dessa frutinha, disse Tsachi, numa voz que soou artificial, acentuando o "mas"; uma vez era uma vez, disse Aharon; coma essas frutinhas, vão lhe fazer bem, disse Tsachi, e havia uma tonalidade nova, leve, em suas palavras, e ele enfiou a mão, mais e mais, quase que na cara de Aharon, que recuou, se afastando; *ial'la*, o que há com vocês, disse Guid'on em tom de advertência. Tsachi cerrou o punho e com toda a força atirou as frutinhas bem longe, rindo consigo mesmo. Aharon ficou perplexo.

Então Guid'on propôs que apostassem corrida até em cima. É impressionante a rapidez com que consegue mudar de assunto e de situação, antes ele não era tão rápido assim. Eles se agacharam com um joelho no chão e encurvaram as costas. Um momento, disse Aharon, e trocou de perna, e depois de um segundo pediu que esperassem e trocou novamente, e assim mesmo não ficou confortável, mas não pediu mais, só perguntou se eles se importariam que ele desse a partida de pé, não, não se importam, de qualquer maneira você vai ganhar, disse Guid'on, e ele ficou de pé, contraiu os músculos, e Guid'on recitou o prontos-preparar-corram, e os três saíram em disparada pela subida íngreme, Aharon como sempre liderando por todo o percurso, embora as pernas deles já estivessem mais compridas do que as suas, e enquanto corria ficou pensando no que diziam sobre o campeão de natação Gershon Shefa, que ele raspava as pernas antes de uma prova para que os pelos não aumentassem o atrito com a água, e talvez fosse por isso que Aharon era mais veloz do que os outros dois, de modo que até mesmo seus pequenos triunfos agora eram prova de outra coisa, humilhante, mas talvez ele esteja correndo assim impulsionado pela onda de pânico que o alcançou quando Guid'on disse "corram", pois então, pela primeira vez, e de maneira a não deixar qualquer dúvida, a voz de Guid'on fraquejava, capitulava.

8.

Toda quinta-feira à noite, depois da limpeza, o pai toma um bom banho de banheira. Quando sai dela seu rosto está vermelho e brilhante, e ele diz, sempre no mesmo tom, "Aaahh, como isso é bom". Depois deita de barriga para baixo no sofá da sala de estar, nu da cintura para cima e com uma toalha enrolada nos quadris. Aharon está então na cozinha, sentado no Faruk e tendo à sua frente uma pilha de batatas por descascar para o *tschulent* dos sábados. Ele é o especialista da casa para essa tarefa.

Enquanto isso a mãe e Iochi lavam as mãos depois de toda a faxina básica, vestem roupões confortáveis, trazem toalhas e algodão e álcool setenta graus, e se dirigem ao pai, que está deitado no sofá. Até a avó se junta a elas. Ela adora essa festa da limpeza, e gosta ainda mais de se ocupar com as costas do pai. É um pequeno milagre dos céus, diz a mãe, e seus olhos ficam úmidos, como nossa *mamtchu* simplesmente renasce em honra da faxina básica e das costas do pai. E realmente — uma luz se acende em seus olhos quando se começa a preparar os baldes e os panos e as esponjas e os rodos. Ela desce de sua cama e implora com balbucios e gestos que lhe deem a palha de aço para limpar as panelas. "Muito bem, *mamtchu*", lhe diz a mãe, e a conduz ao lugar dela, o canto da cozinha, embaixo do fogão e do forno, onde sempre se acumula uma sujeira gordurosa. Lá ela a faz sentar no tamborete e começa a guiar a mão dela em movimentos circulares de esfregação, assim, assim, muito bem, mais forte, até que de uma só vez aquele movimento entra no sangue da avó e ela começa a fazê-lo, e a limpar, sozinha. A mãe fica observando mais um pouco, para ver se a avó realmente está limpando e avançando ao longo de toda a parede. Acontece às vezes que ela para, fica sonhando e esquece, e então é preciso trazê-la de volta.

Depois, quando termina a faxina básica, todos os instrumentos de limpeza são reunidos na varanda da cozinha, vassouras, toalhas, lufas, paninhos, espanadores de penas coloridas, esponjas, palhas de aço brilhando um pouco com a centelha festiva que ainda carregam, panos de chão esticados na boca de baldes para secarem e ainda pingando seu suor, cansados de sua dança furiosa sobre o chão. O pai está deitado de barriga na sala de estar, a toalha nos quadris, as três mulheres amontoadas em torno dele, as cabeças se tocando. Elas confabulam, excitadas. A mãe tem olhos de águia e é capaz de descobrir um cravo a um quilômetro de distância. Aharon ouve então um breve grito de triunfo, e começa lá um debate geral sobre como se deve acabar com ele — apertando com um dedo, ou espremendo com as unhas, e de que direção deve-se atacar. A mãe espreme. O pai solta um grunhido de dor. A avó limpa com algodão, e Iochi desinfeta com o álcool setenta graus. Enquanto isso a mãe procura outro cravo. Quando elas encontram uma pequena ferida com uma ponta amarela, é uma verdadeira festa: elas a descrevem para o pai, a amaldiçoam, advertem quanto ao perigo que representa, aumentam-na bastante, repudiam-na com gritinhos excitados de nojo, e gozam de antemão com o alívio que o pai sentirá quando se livrar dela, e Aharon sente bem dentro dele, num leve farfalhar, toda essa excitação delas.

É difícil para ele se concentrar na tarefa de descascar batatas. Lenta e cuidadosamente ele vai *desaparecending* nos próprios pensamentos. Mas também o penetram os gemidos do pai, não só de dor, mas também de um profundo prazer. E depois que terminam com as costas dele o pai quer falar com ele, isto é — não é que realmente queira, mas a mãe já lhe perguntou três vezes com sua voz de mostarda, que ela espreme para fora como se fosse de uma bisnaga, foi Iochi quem inventou essa comparação, quando é que finalmente ele vai falar com Aharon, e Aharon já sabe exatamente sobre o quê, e para lá ele não vai nem morto.

Ele corta depressa, com raiva, meia batata vai embora junto com a casca. Ele não irá. Vai fugir deles, para a faixa de Gaza, na *Voz do Cairo* estão prometendo um paraíso para quem já se encheu da vida em Israel. Ele ri. Mas para Tel Aviv não irá. Eles já não podem despachá-lo de lugar em lugar como se fosse um menininho. Breve será bar mitsvá. Corta, pedaços e cascas de batata se espalham sob suas mãos. Do Pessach até o encerramento do ano letivo não lhe haviam falado uma só palavra sobre isso, já esperava que tivessem esquecido, ou desistido, e de repente, há uma semana, a mãe comunicou que ele iria e ficaria lá durante todo o período de férias, assim decidiu seu pai e está decidido; mas eu quero ficar aqui; não está mais em discussão, você tem de viajar para lá, para se fortalecer e ficar saudável; mas eu não estou doente; mas lá você vai apanhar sol, vai ganhar energia e se fortalecer, qualquer um em seu lugar, disse num tom de decepção, qualquer um que saiba dar valor às coisas agarraria isso com as duas mãos; ele ainda tentou regatear, o bar mitsvá vai ser no início do inverno, como é que teria tempo de estudar a *haftará*; uma cabeça boa até que você tem, disse a mãe com velada zombaria, com certeza vai dar tempo; Aharon foi para seu quarto e se sentou no peitoril da janela, uma das pernas, como sempre, apoiada no aquecedor Fridman protegido por um cobertor. Desarvorado, olhava para a rua, onde alguns meninos brincavam. Antes da festa de *Shavuot* chegara mais um pacote da tia Gutcha com roupas para os pobres, e as blusas de Guiora cobriam Aharon quase até os joelhos, sem falar nas calças, nas quais ele afundava totalmente. Os meninos foram embora, a rua ficou deserta. Ouviu de repente o som de passos rápidos atrás dele. Talvez a mãe estivesse vindo para lhe dizer que se arrependera, que tudo fora só um teste. Mas era só a vovó Lili, toda enrolada no cobertor quadriculado de preto e vermelho. Os lábios dela se moviam, mas não emitiam som. O rosto inteiro tremia. O que ela quer de mim. Vá deitar, vó, deitar faz bem a você. Assim você não se cansa. Ela lançou um olhar temeroso para trás, e logo se aproximou, pegou a mão dele e enfiou nela alguma coisa, o que é isso, empurrou a coisa bem fundo na palma da mão dele, depois retirou a mão e ficou na frente dele, fitando-o com orgulho, instigando-o com os olhos a ver o que era. Olhou. Mas sua mão estava vazia. Mostrou a ela. Agora quem sabe você vai descansar um pouco. O rosto dela se ensombreceu. Agarrou a mão dele com força e virou-a por todos os lados, tateando entre os dedos em meio a exclamações de tristeza e espanto. Ela queria me dar alguma coisa. Mas o quê. O que era, vó? Novamente lançou um olhar apressado e assustado para trás. Como tem medo da mamãe. Talvez tenha ouvido que a mamãe está me despachando para Tel Aviv. Talvez tenha me trazido algum presente de despedida. Mais uma vez agarrou sua mão. Inclinou-se e olhou-a de perto. A tênue respiração dela em sua palma, a avó velhinha fez um mingau de farinha. Mas ela nunca lhe fizera um mingau, não sabia cozinhar nada, nem paparicar, não é legal pensar essas coisas dela agora, quando ela já quase... Chega, vá deitar, vó, olhe a parede de seu quarto, olhe o seu desenho lá, a tapeçaria, venha, eu levo você lá. Mas os olhos dela súbito se iluminaram, e ela riu um riso largo e pueril e começou a remexer febrilmente no bolso do roupão, revirou-o, o que ela está cavando lá, curvando-se sobre si mesma, daqui a pouco vai entrar todinha no próprio bolso e desaparecer, e de repente emergiu de lá, o rosto radiante voltado para ele, segurando entre os dedos um fio minúsculo, só isso, um fio pequeno, talvez seja só uma sujeirinha do bolso, ou um fio que se desprendeu do roupão, mas o roupão é azul e o fio é amarelo, ou melhor, dourado, o que ela quer de mim, só falta agora a mãe ter um estalo e ver que a avó não está na cama, e pegar ela aqui com ele aos cochichos, porque ele está realmente cochichando, pega isso de volta, vó, eu não preciso disso. Ela empurra de volta a mão dele, zangada, que é isso, vó? É um fio especial? É para guardar? Mas a avó já não lhe respondeu; agilmente tornou a se enrolar no cobertor xadrez, se cobriu até a cabeça, pensando que assim a mãe não iria percebê-la, e em passos miúdos, saltitantes, voltou para sua cama, vai saber o que ela pretendia, talvez na mente dela isso seja um tesouro dourado. Ou quem sabe uma vez, quando era pequeno, pediu a ela que bordasse alguma coisa com um fio assim, e agora, com a confusão que ela tem no cérebro, esse pedido tornou a aparecer, como uma carta que durante anos ficou perdida nos correios. Mas eu nunca lhe pedi nada, pensou ressentido, esfregando o pedaço de fio dourado que ela lhe dera, mesmo antes de ela ter começado com os problemas na cabeça já era um pouco esquisita, só graças à mamãe é que deu para suportá-la, foi a mamãe quem fez ela virar gente, e ensinou-a a se comportar na companhia de estranhos, a não rir os risos dela em voz alta, a não dizer sempre a verdade para as pessoas, ela simplesmente ensinou-lhe modos, e, mesmo assim, um ano atrás ainda era parte da casa, a gente tinha se acostumado a ela, e agora ela não é mais, tem vezes que se passam dias inteiros e eu nem olho para ela, e toda a carga recai sempre sobre a mamãe, a gente deixou ela totalmente para a mamãe. O pedaço de fio de tão esfregado quase se dissolveu. Só uma penugem rala e dourada restava entre seus dedos, transparente, e uma leve apreensão a corroer o coração, pois talvez a vovó esteja sentindo que vai morrer, pode ser que as pessoas nessa situação tenham um instinto de animal, talvez quisesse me dar um presente, algo que fosse caro a ela. Sim, talvez seja uma espécie de herança, ou legado, ele riu aflitamente, pobre vovó, toda a sua vida ela bordou e bordou, e no fim o que ela me deixa de herança, um fio. E ele olhou entre os dedos e não viu nada, e mesmo assim, movido por um vago sentimento de honra e respeito, enfiou a mão no bolso, como se lá quisesse guardar alguma coisa.

"Quantas vezes eu preciso chamar você?", a mãe estava em cima dele, e ele, num movimento brusco, escondeu os dedos. "Por que se assustou assim. Você agora tem umas molas bem nervosas." Examinou-o por um momento com aquele seu olhar penetrante, e dentro dele, sem que ela soubesse, quartos iam sendo fechados, portas iam sendo batidas apressadamente, frestas se estreitando. "Por que você me olha assim." "Assim como." "Talvez você já esteja precisando de óculos." "Por que isso? Eu enxergo muito bem!" "Com os olhos assim? Como se fosse um chinês?", retrucou, balançando a cabeça, com sincera incredulidade. "Ai, eu pagaria todo o dinheiro do mundo para entrar uma vez nesse lugar em que você fica sonhando assim, com essa cara." De novo contraiu seu rosto diante dele; *sonhanding*, pensou, só eu estou lá. Somente eu.

"E olhe como você está descascando, que *zibelech* você está me deixando. Vou mandar servir um *tschulent* como esse no casamento de meus inimigos. Agora limpe isso tudo, não continue a descascar, limpe toda a sujeira que você fez, pois o papai quer lhe dizer algo, não é, Moshe?" O pai entrou na cozinha sem olhar para Aharon. A mãe saiu de lá e chamou Iochi para ajudá-la a pôr *mamtchu* na cama. Aharon juntou devagar as cascas de batata no jornal estendido no chão, e o pai se sentou enquanto isso junto à mesa de fórmica, puxou para si ostensivamente as cadernetas da *kupat cholim* e começou a colar, usando a saliva, os selos alaranjados dos últimos recibos, conferindo repetidas vezes se estava tudo em ordem, se cada um dos selos correspondentes aos últimos anos estava no lugar certo, se a cola não tinha saído, se não tinha pulado algum mês. Aharon terminou de juntar as cascas e ficou de pé, esperando. O pai, concentrado na caderneta, continuava calado, e ainda não tinha olhado para ele.

    E de repente Aharon soube que seu temor era inútil. Sim, que exatamente agora viria aquele momento tão ansiado: que seu pai se levantaria, olharia em seus olhos e lhe segredaria algo, a palavra-código que passa como legado de pai para filho, de rei para príncipe, ou que o tocaria num lugar secreto, que só pais conhecem, e isso vai doer um minuto, é claro, tem de doer, sem dor nada aconteceria, como na circuncisão, ele quase cerrou os olhos na expectativa, talvez seja como um golpe súbito no menino, talvez até mesmo como um soco diretamente na barriga ou no rosto, ou uma faca que faz um corte que vira rapidamente uma cicatriz embaixo da barriga, como a que tem o pai, sem anestesia, e isso dá uma dor aguda, terrível, mas aquele que suporta essa dor já pode começar a viver. Fazer seu próprio caminho. O pai se levantou, e Aharon se empertigou, ereto. O pai foi até o fogão e acendeu o gás. Talvez uma queimadura em algum lugar secreto do corpo, como num bezerro novo que passa a fazer parte do rebanho. O pai se inclinou sobre a chama no fogão e acendeu seu cigarro. Olhe, aprenda bem, e quando chegar o dia você saberá como fazer com seu filho. O pai finalmente começou a falar, e Aharon, no íntimo de sua alma, se dissolveu em gratidão por seu pai ser tão direto, tão cru nas palavras, tão simples, monobloco, não como outros pais que ele conhece, pais esquisitos, dúbios, bífidos como uma língua de cobra; o pai mencionava algo sobre Tel Aviv, sobre as férias, sobre o direito a viagens. Aharon inclinou a cabeça, humilde e aliviado. O pai se enredou em balbucios, em gestos desajeitados; Aharon tinha de ajudar a família, e ele já era crescido o suficiente para ouvir um pedido desse tipo; fez-se silêncio. Olhos parados espantados, e olhos evitando olhos. *Nu*, por que você está me olhando assim; assim como; como um não sei o quê, como isso, como um fiscal. Afinal, o pai queria que Aharon juntasse no caminho bilhetes usados de ônibus, na linha de ida e volta para Tel Aviv, o Comitê de Trabalhadores pagava por eles como ressarcimento de despesas, sem fazer perguntas. Era um bom dinheiro.

9.

Como temia, realmente não se divertiu em Tel Aviv naquelas férias. Guiora até que se esforçou bastante para eles serem amigos um do outro, e, como nas vezes anteriores — muito mais do que nas vezes anteriores —, literalmente não largou dele nem um minuto, foi atrás dele como uma sombra a todos os lugares, colando nele, falando sem parar naquela voz nova dele e exalando em sua direção o cheiro do seu novo suor, o tempo todo agitando as mãos e erguendo-as bem alto, quando precisava e também quando não precisava, de modo que até um cego poderia ver. Durante todo aquele verão Aharon tentou se livrar dele; recusava energicamente ir à praia para se encontrar com o antigo grupinho, e para seu espanto Guiora também estava disposto a abrir mão da praia para ficar com ele. Ele explicou a Aharon que havia toda uma linguagem de sinais que a turma da idade deles conhecia: se você dá a mão a uma menina e mexe com o polegar da direita para a esquerda dentro da mão dela, isso é um sinal. E se passa a língua da bochecha direita para a esquerda na frente de uma menina, isso também é um sinal. Quase tudo é um sinal. E tem meninas que parecem ser desenvolvidas como a Sophia Loren, mas na verdade elas usam sutiã com enchimento, e por baixo são uma tábua. A mãe veio para uma visita, e disse que era muito importante que Aharon continuasse aqui, para sarar e se fortalecer. Ela estava com um vestido florido novo, e com um odor de suor enrustido que Aharon não conhecia. Ela se sentou numa poltrona na frente dele e contou-lhe as novidades de casa. Tinham mandado estofar o sofá Purits, e estavam até pensando numa pequena reforma para o inverno, e tinham de tomar alguma providência com o bufê, não exatamente trocá-lo por outro, já está conosco há dezoito anos e parece novo, mas talvez dar-lhe uma retocada, e também temos de pensar em pintar a casa, metade do teto na sala de estar está coberta de manchas de umidade, ela lhe falava com sua voz de celofane, Iochi tinha inventado essa comparação também, era como se ela falasse com o vizinho na escada do prédio, enquanto o tempo todo segurava a xícara de café bem em frente à boca, e da escola de Aharon tinham informado que Nitsa Knoler continuaria a ser sua orientadora também no ano que vem, e isso era uma excelente notícia, e nossa Iochi está se preparando com todo o empenho para suas provas de conclusão, e a mãe já lhe trouxera todos os formulários e toda a parafernália da reserva acadêmica,* ela e o pai tinham decidido que o melhor para a avó seria ficar num lugar bom que fosse adequado a seu estado atual, onde saberão como cuidar dela e ao mesmo tempo proporcionar-lhe a cálida sensação de um lar. Aharon não se conteve e implorou-lhe que o levasse com ela na volta. Prometeu que a partir de agora iria ajudar com a avó. Até lhe daria banho. Até mesmo a limparia. A vovó você deixa comigo, ela disse de repente com sua voz antiga, você tem que se preocupar é com você mesmo. Gutcha ouviu a conversa,

---

* O termo se refere a um sistema que permite o estudo universitário em lugar de serviço regular no exército (com treinamento militar paralelo). (N. T.)

o rosto inexpressivo, e disse que tinha a sensação de que dessa vez, *epes*, por alguma razão, ele não estava se divertindo muito. Ele até estava achando melhor ficar em casa lendo do que sair com os amigos. A mãe ficou surpresa, as feições contraídas, como assim, lendo, nunca o vi com um livro na mão, e isso sem falar que não é capaz de ficar cinco minutos no mesmo lugar. Gutcha percebeu que a mãe estava preocupada, sorriu e disse que tinham certeza de que até o fim das férias tudo iria mudar.

Até o fim das férias ainda restavam quarenta e um dias. Uma vez a cada duas semanas a mãe ia visitá-los em Tel Aviv. Efraim cedia-lhe o seu lugar na cama de casal e ia dormir sobre um colchão no quarto de Guiora. Da cama das mulheres chegavam sussurros e conversas até o meio da noite. Em meio ao ruído que vinha do desconjuntado ventilador Aharon as ouvia fofocar em ídiche até mesmo sobre o pai dele e sobre Efraim. Nunca tinha ouvido sua mãe rir com um som gutural e repulsivo como esse de agora. Ele podia sentir — na lambida de fogo da brasa que tinha na barriga — quando a mãe cruzava, na ida e na volta, a parte descosturada da fronteira entre a mulher e a menina, e então lhe surgiam, num enjoo, as coisas que havia encontrado em casa quando procurava, em todos os cantos, Roxana e as outras garotas que tinham desaparecido. Oi Gutcha, a mãe dizia na despedida do dia seguinte, na hora do *mekisht-zich*, só com você eu ainda posso rir de verdade, como quando eu era jovem.

Guiora andava ao lado de Aharon e falava. Suas palavras rolavam uma dentro da outra e viravam um zumbido monótono. Nas ruas de Tel Aviv soprava o *chamsin* e a luz esbranquiçada do sol espocava às vezes em gotas vermelhas sobre os flamboaiãs. Todo ano eles florescem nessa época, pensou Aharon, todo ano nessa época as gatas estão no cio. Assim como só se abre uma torneira girando em sentido anti-horário. Assim como se aperta um parafuso para o lado direito e se desaperta para o lado esquerdo. Ou talvez seja o contrário. Ele apalpou no bolso a estranha moeda que tinha ganhado no ano anterior debaixo d'água: a moeda de um outro país, que o tempo, ou a mão do homem, tinha desgastado a ponto de não se distinguir nela qualquer figura ou escrita, uma moeda sem valor, decidiu Aharon, já há quase um ano ele a tem no bolso e mil vezes quase a jogou fora, e não teve coragem, e jurou que quando voltasse ao mar o faria e se livraria dela exatamente no mesmo lugar em que a recebera. Guiora caminhava depressa, muito animado. Ele mostrou a Aharon um recorte antigo e amassado da revista feminina *La-ishá*, que tinha sempre no bolso: "Em lugar da espuma de borracha, que até agora servia como enchimento de sutiã, novos materiais começam a ser usados: dacron costurado em padrão quadriculado, ou um sutiã cujo formato é moldado por uma fina camada de fibra de vidro". Isso foi na rua Ben Iehuda, e Aharon entrou numa cabine telefônica e ligou para o escritório do pai. Se você está aí miando como um gato, como é que vai ser quando estiver no exército, perguntou o pai, que nos últimos tempos não parava de lembrar a Aharon, numa estranha e vingativa alegria, aquilo que o aguardava no exército, onde finalmente fariam dele um homem de verdade. Guiora, que o esperava do lado de fora, continuou no ato sua leitura: "Os últimos sutiãs de Rudy Gernreich, o *designer* de moda que criou o monoquíni, virão neste verão em três cores: preto, branco e cor de pele natural". Aharon se deteve e olhou para ele com expressão de cansaço. Guiora riu e disse que o último trecho, esse com a cor de pele natural, consegue fazê-lo ejacular em um segundo, e o amigão aqui está disposto a emprestar para que você copie. Aharon recusou com delicadeza, e Guiora, sem ficar ofendido, dobrou o recorte cuidadosamente e pôs de volta no bolso, continuando a caminhar e a falar, e explicou a Aharon o que era um meia-nove, e que as mulheres têm dois orifícios na xoxota, um para mijar e o outro para o principal. Nos últimos minutos quase não prestava atenção, porque já começava a perceber que todas as falas e piscadelas de Guiora eram dirigidas a alguma outra coisa, ainda não muito clara. Guiora deu-lhe uma sorridente cotovelada de cumplicidade. As mulheres também têm sinais para mostrar que estão a fim, ele disse, se elas ficam pestanejando rápido, assim, isso é um sinal. Se ficam lambendo os lábios depressa, de um lado ao outro, é um sinal. E se as mulheres põem uma pena no chapéu, é sinal de que estão a fim mesmo. Contou-lhe de uma marroquina do bairro dele que era o colchão de metade da rua, e a casaram com um turista, e na noite de núpcias escondeu na bolsa um pombo vivo e lhe decepou a cabeça sem que o marido percebesse, para fazer o lençol ficar vermelho. Aharon ficou olhando para o rosto de Guiora, e não conseguiu entender o que era, talvez só uma coisa turva, uma leve opacidade da pele, ou algumas manchas disformes, maciças, em volta da boca, nas faces, pedaços de pele que de repente pareciam gelatinosos como cera, como se não pertencessem a Guiora, como se estivessem mortos; Guiora percebeu seu olhar, e como que tentou ajudá-lo, realçando ainda mais os sinais misteriosos. E se uma mulher põe uma corrente fina de ouro no tornozelo, é sinal seguro de que ela é homo. E se de repente aparecem espinhas no rosto de uma mulher, é sinal de que está naqueles dias. Ele olhou dentro dos olhos de Aharon, e um riso obsceno apareceu em seu rosto. Basta, se esquivou Aharon, vamos até a praia ver os seus amigos. Bem no fundo ele esperava que lá essa grossura de Guiora amainasse um pouco, mas, ao contrário, tudo ficou ainda pior. Os meninos de Tel Aviv haviam mudado muito. Alguns deles fumavam abertamente. E era como se as conversas, com a voz nova deles, tivessem ficado mais leves e provocantes. Aharon estava lá entre eles como um panaca, e sentia que eles o tratavam como um tio mais velho ou um turista que não entendia a língua que falavam. Secretamente alimentou a esperança de que pelo menos Guid'on continuasse leal a ele e se lembrasse de tomar diariamente as pílulas para os olhos que lhe deixara, mas toda vez que pensava em Guid'on fustigava-o a lembrança de seu último dia em Jerusalém, o dia seguinte aos certificados de conclusão, em que os dois tiveram o conceito médio de "muito bom", a tradição se mantivera, e Tsachi Smitanka levou para a rocha deles um lenço e o mostrou orgulhosamente a Guid'on; eu ainda não tenho um assim, amarelo, cochichou depressa Guid'on e lançou a Aharon um olhar envergonhado, olhar de peso na consciência; mostrem para mim também, mostrem para mim também, Aharon pulava atrás deles tentando olhar; Tsachi acenou-lhe por um breve instante mostrando o lenço amassado, e logo o escondeu; ultimamente ele de fato adquirira uma antipática autoconfiança, e tratava Aharon com desprezo, não havia outra palavra para isso, com desprezo e com ódio, como se há anos estivesse de tocaia, calado e rangendo os dentes, aguardando esta oportunidade, mas por quê, do que é que estão se vingando nele agora, todos; *nu*, poxa, deixa eu ver, gritou Aharon e estendeu a mão; ah ah, advertiu Tsachi com um sorriso, não toque na mercadoria! Aharon quase falou que ele também tinha um segredo desses, um tesouro que estaria disposto a revelar em troca — o primeiro dente de leite que lhe caíra, ou, ao contrário, o último dente de leite, que se recusa a cair, mas se calou a tempo. Guid'on pediu para olhar de novo o corpúsculo amarelado que jazia grudado bem no meio do lenço, e perguntou com certa relutância envergonhada se aquilo não doía quando passava; Tsachi borrifou-o com um sorriso lento e demorado, olhou de propósito para Aharon, e disse numa voz de filme de cinema que era mole e de deixar você doido quando passava; deixa eu tocar, deixa eu tocar, implorou Aharon, que já abdicara do amor-próprio; Tsachi abriu muito a boca e disse opa, a África desperta, e novamente deixou o corpúsculo lampejar um átimo aos olhos de Aharon, e lhe disse este é de ontem, fresquinho fresquinho, madame, e fez ele seguir atrás dele, e

Aharon continuou a andar, capenga e aos tropeços pisando em pedras e arbustos, os olhos pregados no lenço; aquilo parecia, talvez, um novo material, experimentou Aharon, em sua aflição; Tsachi começou a rir, e até pousou a mão na cabeça de Aharon, como um teto-para-o-menino-excepcional, e Guid'on virou de costas e seus ombros começaram a sacudir em seu esforço por se conter; quem sabe nós o indicamos para o prêmio Nobel de física, perguntou Tsachi alegremente, conduzindo Aharon em círculos atrás dele; onde você conseguiu isso, perguntou Aharon, e sabia que estava se humilhando e rebaixando cada vez mais; tem um monte desse tipo, gritou Tsachi com satisfação, talvez você queira ver a fábrica secreta; eu quero pegar, só pegar, implorou Aharon, e ouviu o feio som do riso contido por entre os lábios de Guid'on, e Tsachi parou de rir, e num gesto lento e provocante, como nos filmes, a língua lambendo o lábio inferior, aproximou o lenço de Aharon e permitiu que pegasse. Aharon pôs o dedo num corpo pequeno, duro, como seiva seca. Quando tocou, já entendeu tudo. Seu dedo tremia sobre o corpúsculo. Num instante esqueceu sua humilhação, aquilo não pertencia ao boboca do Tsachi. Isso Aharon já sabia, e eles não: aquilo pertencia a algo imenso, muito maior do que Tsachi. Com a nobreza de um mendigo orgulhoso, tratou de não pôr a perder, de si mesmo, aquele momento.

Agora estava todo vestido entre os garotos seminus de Tel Aviv, ouvindo o que diziam, com um sorriso oco no rosto. O grupinho deles, que no ano passado era só de meninos, agora estava cheio de meninas também. Quando os meninos conversavam entre si, de repente se davam um soco de fazer doer, exatamente no músculo do ombro, o lugar que mais dói, mas por sorte ninguém fizera isso com ele. Ali perto, dois garotos do grupinho tentavam, aos cochichos e com algumas risadas, convencer Guiora a roubar um frango inteiro do freezer de Gutcha, lembrando que cada um deles, em revezamento, já tinha levado um frango de sua respectiva mãe, e tinham usado e depois devolvido sem que ninguém soubesse. Aharon se levantou e se afastou deles, indo até a água, a mão apalpando o tempo todo no bolso sua moeda sem valor. Um garoto começou a cantarolar atrás dele a canção "Ping-pong Kiss", exatamente como Tsachi a cantava, e todo o grupo caiu na gargalhada, e Aharon foi até a água, como é que todo mundo em todo o país sabe exatamente as mesmas coisas, o que dizer e o que fazer, como se todos tivessem sido ligados na mesma corrente, o pássaro do céu conduziu a voz, essa frase lhe veio à cabeça, e imediatamente, para reforçá-la, surgiu-lhe a imagem do frango congelado, pernas encolhidas, depenado, com o buraco redondo aberto embaixo, a mão de sua mãe penetrando e se encurvando e arrancando de dentro dele com as mãos vermelhas de sangue a massa de suas vísceras, e ele balançou a cabeça com raiva, e com toda sua força interior lançou essa visão na onda que recuava naquele instante, e tirou do bolso a moeda desfigurada e se preparou para atirá-la ao mar, que você afunde em mil abismos e não suba mais, amém, mas de repente chegou alguém e se postou a seu lado, Guiora, e Aharon quase não conseguiu esconder a moeda na palma da mão.

Aharon não precisa se abalar com as bobagens deles, apesar de que o lance do frango, e Guiora riu, no começo foi ideia dele, um lance genial, e ele olhou de novo para Aharon, como se a palavra "genial" fosse uma espetadela disfarçada em Aharon, parte da vingança camuflada, mas Aharon naquele momento estava muito ocupado em pensar que talvez ele mesmo, ao limpar e desinfetar e lustrar as fotos com álcool setenta graus para tirar suas impressões digitais gordurosas e grandes, tivesse se revelado a ele, ao agente estrangeiro; com todas as forças quis expulsar também esse pensamento angustiante de dentro dele com a ajuda das ondas que se afastavam da areia. Mas Guiora, que também olhava as ondas, não deixou, e lhe contou que os jogadores de futebol da Itália tinham assumido o compromisso de não transar com mulheres nas vésperas de jogo para não ficarem sem forças, e de fato — veja o caso de Gianni Rivera, astro da seleção italiana, Aharon deu um pequeno passo para trás, para que a onda que se aproximava não molhasse as extremidades dos sapatos, que desde que ficou noivo de uma artista muito fogosa não parou mais de cair de rendimento, ele tinha de se concentrar com todas as forças no mar, e não prestar atenção nele e no palavrório dele, pensou Aharon, e se esforçou ao máximo por atirar nas ondas que se afastavam aquele mau humor que se acumulava na sua alma nos últimos tempos, tinha procurado por aquelas fotos durante semanas, vasculhara todos os cantos da casa, até subitamente encontrá-las, e se espantou com a ousadia e a fleuma do sujeito, do espião, que as escondera no fundo da caixa de ferramentas do pai, coisa de louco, na caixa de ferramentas em que o pai mexe pelo menos uma vez por dia, porque a todo momento tem alguma coisa para consertar e ajeitar na casa, e é uma sorte que o pai dele tenha jeito para essas coisas e saiba fazer tudo sozinho, manter a casa para que não se desmanche toda, eletricidade, torneiras e persianas, abre-se um parafuso para a direita, uma lâmpada queimada se desatarraxa no sentido contrário ao do relógio, assim como se abre uma torneira, teve uma época em que sabia tudo isso sem precisar pensar, leve isso, leve isso de mim, onda, e Guiora estava a seu lado, o rosto voltado para o mar, e lhe contava numa voz que se sobrepunha ao barulho das ondas sobre um cara do grupinho dele, Arnon Haksover, que pela primeira vez na vida tinha conseguido pôr a mão numa garota, mas, quando ela lhe disse que estava a fim mas que ela era uma droga, ele começou a consolá-la e a animá-la dizendo que para ele ela até que era cem por cento, Guiora riu mas assim mesmo não desviou o rosto das ondas nem por um minuto, como se fosse hipnotizá-las com o olhar para que voltassem até a praia, e Aharon a seu lado dizia afastem-se, vão embora, e como é que de repente as fotos desapareceram da caixa de ferramentas e como foram de novo encontradas, após uma semana de buscas frenéticas, no fundo da gaveta de documentos e recibos do pai, e como foram levadas de lá para o estojo de primeiros socorros na mochila de reservista do pai, Aharon as descobriu lá e rezou para que tão cedo não houvesse uma guerra, e ela continuou insistindo e lhe dizendo cara, eu hoje estou mesmo uma droga, e Haksover continuou discutindo com ela, quanto estava sendo cruel consigo mesma e exagerando para pior, Aharon gemeu alto, as ondas que Guiora trazia de volta se tornaram mais fortes, espumosas e escuras, mais e mais, e quanto mais Aharon recuava em passos minúsculos mais elas o perseguiam na areia e se jogavam em seus sapatos com toda a sua sujeira, algas e saquinhos de celofane e todo tipo de porcaria, e Guiora disse já vai começar a maré alta, e Aharon olhou imediatamente para ele, para ver se estava se referindo a algo, um certo acontecimento que tinha ocorrido no ano passado quando o mar subitamente ficara agitado, bem em seu íntimo suspeitava que então, naqueles momentos debaixo d'água, surgira o seu problema, talvez não tivesse chegado ar suficiente ao cérebro, ou algo assim, mas ele tinha medo de perguntar, pois o tempo todo espicaçava-o a ideia de que Guiora responderia sobre outra coisa, ou lhe revelaria algum segredo infecto, doloroso, ao qual está sempre se referindo com suas insinuações e seus risinhos, e com as manchas baças como cortiça espalhadas em sua face e em volta da boca, e no rosto que estava ficando compacto, avermelhado de tanta zombaria, e Aharon pôs escondida a moeda de volta no bolso, pois já sabia que mesmo se a jogasse no mar Guiora iria recuperá-la de alguma maneira, e disse debilmente que agora de fato tinha de voltar para casa, descansar um pouco. Vamos, disse Guiora, eu acompanho você.

Caminharam pelas ruas desmaiadas de calor, que estavam quase desertas. Aharon se arrastando, de cabeça baixa, e Guiora em seu passo largo e rápido, para avançar, alcançar, engolir, e a mulher que sai de repente da sala e vai ao banheiro com sua bolsa na mão, não é porque ela só quer se aliviar, ela tem na bolsa um algodão, porque está menstruada, olhou para Aharon e riu. Outra vez parecia que estava tentando romper a obtusidade de Aharon para fazer penetrar algo lá dentro, uma informação pelo visto importante e talvez perigosa, nunca se pode saber de onde isso virá, tudo pode de repente se revelar como outra coisa, estranha, ou outra pessoa, e Aharon voltou a se fechar com a ajuda do *pensing*, mergulhou nele bem fundo, evocando as outras coisas que havia descoberto quando procurava em todos os cantos da casa aquelas fotos que apareciam e desapareciam. Aquela caneta colorida, por exemplo, que achara num velho estojo de óculos na gaveta dos badulaques, na despensa, que tem desenhada dentro dela uma garota boiando num líquido, e quando se põe a caneta na vertical a cobertura do peito dela escorrega e aparecem os seios. E em outro lugar encontrou retratos antigos, amarelados, da vovó Lili. No verso havia algo escrito em polonês. Vovó Lili aparecia nas fotos em roupa de banho, abraçada com um homem desconhecido, semidespido, que apertava sua cintura com um gesto de paixão e de posse. Nos olhos e nos lábios dela, que se abriam para ele, havia alguma coisa insuportável. E também havia fotos dela num palco qualquer, com sapatos pretos de salto alto e um vestido florido, primaveril e ousado: um fio fino de saliva brilhava na boca de um desconhecido que a fitava da plateia; e nas profundezas do armário de remédios, no lado da mãe, achou um sutiã preto, macio, ornado de flores, que ele não conhecia, às vezes ainda ficava no quarto quando a mãe se despia, ela não o mandava sair, seus seios eram pequenos e brancos, olhava para eles disfarçadamente; ele os achava maravilhosos, uma espécie de halo lácteo pairava em torno deles, e Aharon ansiava por sentir o peso macio deles junto ao rosto, mas ela não os tratava com delicadeza. Como se vestisse outra pessoa: seu movimento era assim, impaciente, quando enfiava cada um deles dentro do sutiã; vislumbrou por um instante uma faixa azul-clara e fina entre os prédios da rua Ben Iehuda e se deteve como se alguém o tivesse chamado numa voz de enérgico comando, e começou a andar na direção do mar. Guiora olhou para ele e riu, panaca, você está indo na direção contrária. Não faz mal, balbuciou Aharon entredentes, tinha a sensação de que ia vomitar o almoço inteiro, e assim caminharam de volta para o mar, Guiora declamando a seu lado os versos que Meir'ke Blutreich gostava de escrever na capa de todos os seus cadernos, não tem coisa que se levante ante a vontade, mas tem coisa que a vontade faz levantar, e, apesar do que ouço da coisa, a coisa não tem osso, e também lhe contou que os lutadores de sumô japoneses treinavam durante anos, desde a infância, enfiando dentro da barriga os ovos deles para que os golpes não os atingissem, e exatamente esta última frase, de todas as besteiras de Guiora, lhe pareceu verdadeira e correta, gostaria de saber com que idade se poderia começar com esses exercícios, e enquanto isso Guiora falava e dizia ser capaz de identificar, só pelo cheiro, se uma mulher que estivesse passando por ele na rua estava ou não no cio, Aharon se arrastava atrás dele com as pernas juntas de tanta aflição, em pequenos passos, abanando a mão para refrescar o rosto, tomara que consiga chegar até as ondas antes de transbordar, e aquele pacote com borrachas gordurosas que exalavam cheiro de remédio, que encontrara todo enrolado nas meias de exército do pai, e o grande esconderijo das revistas *Haolam ha-zé*, que descobrira no forro do teto do toalete, e o exemplar no topo da pilha era da semana passada, metade das palavras cruzadas preenchidas com a letra da mãe; e uma carta antiga de Zahava, a melhor amiga de Iochi, que viajara com os pais para viver na América, e enviou de lá um pequeno tufo de cabelos, pretos e muito encaracolados, colados numa folha de papel, e do lado escreveu orgulhosa: "meu primeiro cacho!", tudo isso eram miudezas, não contavam; em cada um desses fatos, por si mesmos, não havia ameaça alguma, nenhum mistério muito grande. Mas era tão estranho o conjunto de todos eles, e tão apavorante o mistério comum a todos, e aquela consciência sombria de que em algum lugar, no recôndito de sua casa, estava estendida uma rede negra, neural mas também metálica, na qual estavam todos aprisionados, se revolvendo, pagando no escuro o imposto que, pelo visto, cada um estava devendo, e fazendo isso sub-repticiamente, com vergonha, e numa terrível solidão, não pensar nisso agora, essa hora ainda virá, ele agora não está num bom momento, ainda há tempo! A essa altura ele quase corria para o mar, e Guiora sempre adiante, o passo enérgico e o nariz projetado para a frente. Ele já anda exatamente como o tio Efraim, pensou Aharon. Olhe, essa aí está no cio, anunciou Guiora, quando passaram por uma dona com um chapéu de penas colorido, que espertalhão, disse Aharon consigo mesmo, você sabe por causa das penas; essa aí também está no cio, disse Guiora, e dessa vez realmente não havia penas, e essa aí também, e essa aí também. Então estavam todas no cio. Continuaram a andar numa meia corrida, quebrando para ruelas estreitas, entre casas que desmoronavam corroídas pela umidade, até que finalmente estavam na praia, uma praia imunda, semeada de sacos plásticos e pontas de cigarro e garrafas de cerveja vazias a despontar da areia, e imediatamente Guiora afastou os olhos de Aharon e fixou a atenção nas ondas, como que as dominando, atraindo-as para si, e explicou a Aharon que homens têm de transar pelo menos três vezes por semana, senão podem explodir por dentro de tanto acúmulo, e Aharon o repeliu, repeliu com todas as forças, mas Guiora não desistiu, tem um verso em inglês que Aharon tinha de aprender, *If you want to be a brother, put your father on your mother*, de repente estava falando com outra voz, calma e tensa, como a se aproximar cuidadosamente de alguma coisa, orientando Aharon com sinais e setas e está quente e está frio, para que entendesse alguma coisa, ou finalmente reconhecesse alguma coisa, mas o quê, e Guiora contraiu o rosto com impaciência e acrescentou com aquela mesma voz cautelosa e tateante que quando se transa com uma mulher de noite ela canta de manhã, isso é sabido, disse, e seu rosto exibia uma crosta de burrice galinácea, Aharon fitou-o suplicante, que dissesse logo, que revelasse o que estava insinuando, e Guiora não olhava para ele, tinha o olhar fixo nas ondas, e pelo visto por estar tenso começou a estalar os dedos, articulação por articulação, e Aharon se arrepiou por dentro, por um momento pôde imaginar Guiora desmontando uma a uma as articulações de seus dedos, tirando-as do lugar, knak após knak, e depois desmontando assim as articulações do punho e dos braços e depositando-os bem arrumados na areia, e as articulações dos ombros, das vértebras todas... Sim: de repente tudo parece passível de desmonte, aparafusamento, substituição geral, total, anônima, e numa voz estrangulada e desesperada deixou escapar que ele realmente ouviu uma vez, quer dizer — que lá em casa, ela, a mãe dele, quer dizer, ela cantava de manhã.

Num átimo para ele se voltaram os olhos de Guiora, como os olhos de um predador. O mar se acalmara, aquietara, baixara. Aharon se arrependeu de ter se rendido e contado. E logo para quem! Guiora aproximou dele seu rosto e perguntou: "Toda manhã? Toda manhã mesmo? O que ela canta? Hein? O quê?". E Aharon sentiu que estava conspurcando algo precioso, mas a fraqueza e a confusão dele, e também o ressentimento por ter sido relegado por eles assim, superaram seu escrúpulo. Toda vez que ela abre a persiana de manhã, contou, em meu quarto e no da

Iochi, ela canta "Boker bá la'avodá", "A manhã vem, o trabalho também". Guiora fez com a cabeça que não, como um professor tentando sinalizar a um aluno embotado que essa não era a resposta correta, e que com um pouco mais de esforço ele ia entender melhor e saber mais. "Juro", disse Aharon, "é isso que ela canta." "Mas se ela canta isso toda manhã", disse Guiora gravemente, "não pode ser das trepadas." Aharon se sentiu invadido pela repulsa por ouvir alguém falando assim dos pais. "Porém!", exclamou Guiora em triunfante alegria, como que incentivando Aharon a chegar mais perto na busca do tesouro oculto, "porém, talvez tenha dias em que ela canta outra coisa?" Aharon pensou, e de repente sentiu novamente aquela onda borbulhando dentro dele, e daqui a pouco ela vai crescer e finalmente ser expelida, e talvez isso o alivie um pouco. "Sim... às vezes ela canta, *nu*, da ópera... da *Carmen*, como se chama..." "Pare de embromar", se irritou Guiora, "de onde é que sua mãe conhece óperas?!" "Mas essa é uma ópera a que ela realmente assistiu uma vez", defendeu Aharon, "antes de se casarem... ela assistiu uma vez em Tel Aviv..." E como que emergindo do mar surgiu diante dele o grande rosto do pai, zombando, não dele, mas dela, era exatamente assim que ele parecia quando ria dela, da mãe que chorava seu desesperançado amor por óperas, como se assim ela quisesse contestar sua verdadeira natureza, e Aharon tentou agora afastar de si o rosto do pai, era especialmente o pai quem ele menos queria ter agora diante dele, mas o avistava entre as ondas como um gigantesco pano amarrotado, todo ele um rosto, afundando e se revelando alternadamente nas águas do mar, e como ele prestava atenção quando ela descrevia pela milésima vez como sacara suas míseras economias para comprar um bilhete de ônibus e um ingresso para a ópera, isso fora antes do estabelecimento do Estado e antes de encontrar o pai morrendo de fome nas ruas de Jerusalém, no tempo em que a viagem até

Tel Aviv era perigo de vida, e Aharon já via os olhos do pai se apertando, tramando, tocaiando o momento em que uma fina película de saudade vai cobrir o rosto da mãe; e ela descrevia numa voz delicada, tão agradável, tão rara, as luxuosas poltronas do teatro de ópera à beira-mar, a cortina de veludo vermelho com todas as suas dobras, Aharon a acompanhava movendo os lábios num balbucio, tão suave e bonita ela era quando dizia "veludo", os esplêndidos vestidos de noite e os imensos chapéus de toda a *shlachta* e das *ieketes*, uma centelha de maldade brilhava então nos olhos do pai: "Não olhem para sua mãe com esses olhos", dizia de repente em tom de zombaria, "na verdade ela é uma intelectualoide! Se não tivesse se casado comigo com certeza seria hoje alguma coisa importante na Boêmia, como esses Beethoven e Mozart, ou essa... Rubina". "Se você não entende de algum assunto", a mãe fuzilava, "você logo começa a pensar que é enganação, mas as pessoas têm muitas coisas que podem dar prazer a elas! Nem todos são como você!" "Cla-ro! Sentem prazer em ficar sentadas durante cinco horas, o tempo todo só ouvindo hihohihaaah! hihohihaaah!" E o pai então se inclina, aproxima o rosto do rosto dela, que se esquiva, e começa a gritar numa voz desagradável, contorcendo o rosto, hihahhiho! como que lembrando a uma traidora quem realmente ela é, de que estofo foi feita, e ele sorri para ela, mas não há nenhum humor em seus olhos, como se aqui entre eles assomassem coisas difíceis e profundas, hihohihaaah! hihohihaaah! empurrando o rosto cada vez mais contra o rosto dela, até que a mãe começa a ceder, os músculos menos espertos do rosto começam a tremer, a se debater, como o membro de uma tribo selvagem que não consegue resistir ao chamado do ritmo que vem do tambor primevo, hihohihaaah! ronca o pai, hihohihaaah!, como um burro indomado de cauda ereta a zurrar, e Aharon olha para ela e reza, não ceda a ele agora, não se renda a ele, mas através de suas lágrimas de humilhação e de raiva ela já começa a rir, já se prepara para o reconhecimento envergonhado de sua pretensão, de sua pobre manobra para desertar, para enfiar penas de pavoa em sua crista, e Aharon a seu lado, abandonado, o rosto dela junto ao rosto do pai, e da garganta dela agora também saem aos arrancos aqueles gemidos, zurros de jumenta, hiho, hiha, ela urra debilmente através dos soluços e das lágrimas, violentada, infeliz com a fraude da história da Carmen, hiho hiho, ela voltou submissa, e então os rostos dos dois, do pai e da mãe dele, rostos de dois selvagens, estão muito próximos um do outro, e por um momento estranho e terrível, Aharon vê, com os próprios olhos ele vê, aquela corda interior, seca e rouca, que somente seu pai sabe tocar, "e ela realmente cantava ópera, a sua mãe?", ouviu a voz de Guiora chegando a ele de muito longe, "às sete horas da manhã?".

De uma só vez, tudo ficou claro para ele: as mãos de seu pai lhe apareceram nítidas, como a se elevar de dentro das ondas, gotejantes de água e de algas entrelaçadas, suas mãos poderosas, que pendiam, caídas, como as mãos de um macaco-homem, e viu os dedos que acariciavam a cabeça de Aharon, que tocavam nas feridas da árvore, que deixavam marcas de manchas gordurosas, sim sim, nas fotos, e Guiora, que acompanhava com muita atenção todos aqueles esforços e convulsões expressos no rosto trêmulo de Aharon, disse então com um certo respeito: "Ouça, então seu pai é mesmo uma marreta".

Com um rugido amargo Aharon se lançou para bater nele. Guiora recuou assustado por um instante, mas depois começou a se esquivar, com um risinho e com expressão de fingido medo do pequenino Aharon que pulava diante dele, estendendo-lhe a mão e retirando-a agilmente, de vez em quando lhe dando um tapa na testa, de cima para baixo, um tapa pesado e doloroso, que nada tinha a ver com brincadeira ou diversão, um golpe cruel e frio, para fazê-lo se lembrar de uma ou duas coisas, enquanto lhe declamava no ritmo dos golpes "periquito meteu enfim na periquita no jardim", e Aharon girava como um bêbado, cegado pelas lágrimas, curto de braços, curto de pernas, nunca o haviam vencido em competições de luta, nunca soubera o que era medo físico, ninguém da turma ousava mexer com ele, e quando tinha oito anos tinha arrebentado Tsachi no meio da rua, foi assim, aliás, que começaram a ser amigos de verdade, Tsachi grudara nele desde então, mas agora Guiora lhe abria os olhos, numa aula rápida e curta, para tudo que o aguardava, para toda a trama de cuidados e subterfúgios que camuflavam os perigos, para a bajulação aos fortudos e para a autogozação, com espírito abatido e um sorriso torto, e para a própria fraqueza — num súbito movimento Guiora o agarrou por trás, torceu-lhe o braço, derrubou-o facilmente na areia e sentou em suas costas. Aharon ficou sem respiração, não por causa do peso, mas porque de uma vez só foi esmagado pela notícia de que um menino de sua idade podia ter tal peso. "Peça desculpas."

Aharon enterrou o rosto na areia quente e sufocou as lágrimas.

"Peça desculpas."

A dor no braço era insuportável. Ele ainda vai me quebrar a mão, e talvez então o mandem de volta para casa.

"Repita comigo", o rosto de Guiora se inclinou sobre o dele: "*If you want to be a brother, put your father on your mother*". Seu rosto estava vermelho de desprezo e de ódio. Por que ele me odeia assim. O que foi que eu lhe fiz.

"Juro que eu mato você aqui mesmo, repita comigo."

Aharon ficou calado, uma nova sensação cresceu nele como uma bolha venenosa: uma alegria sádica em relação a ele mesmo. Em relação a seu corpo. Que o façam doer. Que o esmaguem. Que o torturem.

"If you want to be a brother..."
Ele merecia isso. Ele merecia isso. Por ter revelado a Guiora sobre os pais, e por ter concordado em ouvir as besteiras dele, e por tudo, todos os seus erros, do início ao fim, um erro depois do outro, e ele mesmo era um erro, nas coisas grandes e nas menores coisas, como não ter querido ir com o pai ver *Catch* na televisão libanesa, na casa de Perets Atias, talvez lá tivesse aprendido uma tática para uma situação como esta, porque aqueles gigantes furiosos lhe davam náuseas, por tudo isso agora se vingavam nele, por intermédio de Guiora.

"Repita comigo, ou acabo com você aqui..."
Aharon gritou de tanta dor. O braço parecia ter se separado do ombro esquerdo. Guiora se assustou e pulou para trás. Depois se aproximou um pouco, para verificar se o outro estava vivo, e fugiu de lá. Por alguns minutos Aharon continuou deitado assim, vazio de pensamentos, a cabeça na areia imunda. Na linha d'água se reviravam para cá e para lá sacos de plástico vazios e algas enredadas e um tufo de penas de pássaro. Com um dos olhos aberto viu as nuvens que começavam a ganhar um tom róseo. Talvez algum dia ainda sinta saudade de um momento assim, quando estiver solitário, congelado, fugindo numa taiga coberta de neve, perdendo a razão no coração dos desertos de gelo, um gelo indiferente. Fechou os olhos e se impôs o silêncio.

Por fim se levantou com grande esforço, movendo cautelosamente o braço machucado e fazendo-o voltar à vida. Pelo menos não tinha pedido desculpas. Pelo menos não tinha repetido em voz alta aquela canção. Não tinha sujado a boca. Sacudiu o corpo para tirar a areia. Para enfrentar o futuro teria de praticar judô. Três ou quatro golpes lhe bastariam. Com pernas trôpegas começou a caminhar penosamente em direção à casa de Gutcha e Efraim.

Cinco semanas depois, ao fim de cinquenta e sete dias de férias, Aharon voltou para casa. E na estação central da Egued em Tel Aviv, recolheu do chão, submisso, vinte bilhetes usados e sujos, se curvando a cada vez, como um autômato.

Depois, enquanto seus olhos viam a paisagem de um amarelo uniforme rolar para trás, pensou no seu bar mitsvá, dentro de poucos meses, no início do próximo inverno, em que muitos convidados viriam vê-lo, e o olhariam muito de perto. O ônibus começou a sacudir na subida do desfiladeiro de Bab-el-Wad, e a avantajada religiosa que estava sentada a seu lado e o olhava de soslaio, irritada, de repente se dirigiu a ele e disse zangada que abrisse a janela, aqui está sufocante. Ele tentou abrir, não conseguiu, tinha perdido toda a força, e ela avançou, cercando-o, dois braços cabeludos e poderosos, e abriu num só impulso. Assim mesmo ele ficou ofegante, abriu o botão superior da blusa, e ainda não sentiu alívio. As altas montanhas o cercavam pelos dois lados, e as carcaças enferrujadas dos veículos da Guerra da Independência, nos dois lados da estrada, ficaram embaçadas em sua visão. A mulher se inclinou para ele e perguntou em voz alta se ele estava se sentindo mal. O motorista também olhou para ele pelo espelho, num olhar acusador por baixo da viseira de seu chapéu, e os passageiros começaram a cochichar entre eles, desconfiando dele, que não respeitava como devia a memória dos nossos mortos. Com toda a força ele tentou se conter, provar a todos como era leal, mas as sacudidas e as curvas levaram a melhor, e no último momento conseguiu tirar da mala o saquinho de papel marrom que tia Gutcha tinha lhe dado exatamente para isso. A mulher a seu lado se levantou, arregaçou a barra do vestido e foi sentar em outro lugar, enquanto o rosto de Aharon ardia. Depois, na estação central de Jerusalém, enquanto escondia o rosto no saquinho até que o último dos passageiros tivesse descido do ônibus, pensou de repente que já fazia muito tempo que os pais tinham deixado de mencionar o grande empréstimo que pretendiam tomar para financiar seu bar mitsvá, seu grandioso bar mitsvá.

10.

E três dias depois de sua volta o pai e a mãe internaram a avó Lili no hospital Hadassa. Planejaram tudo no maior sigilo, nem mesmo a Iochi tinham contado, tinham medo dela, marcaram a ambulância para a tarde, quando ela estava no balé; com pena de Aharon mandaram-no fazer uma grande compra no supermercado, mas ele voltou cedo demais, exatamente a tempo de ver como a mãe e o pai e o motorista tentavam fazer a avó subir na ambulância.

Já de longe ele percebeu a agitação, e imediatamente, como se tivesse se preparado para isso durante muitos dias, soube o que estava acontecendo. E assim mesmo não se aproximou. Em que poderia ajudar? Ela já estava perdida. Com o rosto fechado continuou caminhando e passou ao lado da ambulância. Eles também, a mãe e o pai, viram-no passar e não olharam para ele, e ele subiu para casa com as costas tensas e rígidas, os gritos e o choro dela a persegui-lo, depositou as cestas na mesinha de fórmica da cozinha, e então não aguentou mais e correu para sua janela, para observá-los por trás da cortina.

Ela se debatia, a avó Lili, jogando braços e pernas para todo lado, gritando e xingando e arranhando quem nela tocasse. Por um momento voltaram a ela suas antigas palavras, e era impossível saber se estava lúcida ou não, melhor acreditar que não: na rua, na frente de toda a vizinhança do prédio, gritava que eles a tinham abandonado, que todos esses anos ela tinha trabalhado para eles como uma escrava e que acabara com as costas bordando os *kishelech* que Hinda vendia por uma fortuna a todo mundo sem lhe dar um centavo sequer para comprar para ela um vestido novo ou um par de brincos; a mãe tentou acalmá-la, distribuindo sorrisos de susto e de desculpas para todos os lados, mas a avó a xingava com veemência, em hebraico e em polonês, durante vinte anos tinha se calado, bradou, mas se abrir a boca e contar coisas que nem Mauritsi, assim ela chama o pai, sabe, a polícia virá imediatamente para prender Hinda por assassinato.

Quando ela pronunciou essa palavra terrível, o rosto da mãe num instante ficou lívido como o de um cadáver, e depois se empertigou toda e abriu a boca para ela: "Você não tem um pingo de vergonha!", cuspiu as palavras para a avó, "do jeito que era aos dezesseis anos você continuou sendo aos sessenta! Você não aprendeu nada da vida, nada grudou em você!". E a avó fez para ela uma careta e disse acentuando as palavras, com clareza incomum, "E você — quando ainda aos dezesseis anos já tinha sessenta! Morta! Morta!". Aharon, que prestava atenção às duas, chorando de medo atrás da cortina em seu quarto, com os dedos enfiados bem fundo nas orelhas, sentiu que ambas tinham razão, principalmente a avó, que sua mãe realmente vivia assim, como a avó tinha dito, como se a vida fosse feita somente de uma mistura lamacenta de catástrofes. Pois o que é a felicidade, dissera a mãe certa vez a Iochi, no dia da grande queimadura, são apenas momentos. "E isso depois de todos estes anos em que mantive você comigo em casa e te dei de comer!", gritava a mãe, seu cabelo ralo esvoaçando como um cabelo de Górgona em volta do rosto. "E depois que te vesti, e te dei banho, e lambi sua bunda, é assim que você agradece?! É assim que agradece?!" O pai tentou apartar as duas, lançando olhares a esmo, para lá e para cá, mas as duas tinham se inflamado uma contra a outra como duas chamas primevas, na frente de todos os vizinhos, na frente das crianças, até Tsachi estava lá, apoiado na bicicleta, e Sophie Atias, a coisa-ruim, tinha de ir para a mercearia exatamente naquela hora, e ainda por cima calçando os sapatos cor-de-rosa dela, claro, para ver como os asquenazitas brigam, para eu festejar, na minha festa, e quando a ambulância finalmente saiu a caminho, o pai e a avó dentro dela, toda a rua mergulhou no silêncio, e Aharon desabou em sua cama, esvaziado.

    Ficou assim deitado e sem se mexer por longo tempo. Do outro quarto ouvia a mãe caminhar de uma parede à outra, murmurando algo em agitados sussurros, como se estivesse reclamando de alguma coisa com alguém, acusando, se justificando, assoando o nariz. Ele enfiou a cabeça embaixo do travesseiro, essa fronha também, como todas as fronhas de todos os travesseiros e almofadas da casa, foi vovó Lili quem bordou: centenas, e talvez mil fronhas grandes e pequenas, quem contou: papagaios multicores com longas caudas, palmeiras frondosas, borboletas em tons ardentes, peixes tropicais... Quando não estava bordando, parecia perdida, murcha, mas quando se curvava sobre suas linhas coloridas — era como se a tivessem ligado na eletricidade, assim dizia a mãe suspirando de pena, o que faremos com todas essas almofadas, *mamtchu*, quem vai comprar tudo isso, mas a avó não lhe dava atenção, bordava e bordava com entusiasmo, com afinco, e a casa se encheu de pequenas almofadas, macias e bojudas, o que mais ela tinha para fazer além disso, quase nunca saía de casa, toda a sua vida passava sentada no Purits, bordando, comendo chocolate, lambendo os dedos como uma menina, mesmo quando tinha visitas, ou lendo o *Psheglond* para acompanhar, emocionada, as fofocas e as peripécias de pessoas famosas. A mãe não permitia que fizesse qualquer tarefa caseira, só a deixava participar na limpeza, na cozinha não entrava, pois na cozinha dela havia lugar para uma só mulher. Mas como é que uma mulher como vovó Lili, como vovó Lili foi um dia, se dispõe a se fechar assim em casa e se ocupar o dia inteiro com as linhas e as fronhas dela, perguntou Aharon a Iochi um dia, quando a avó já tinha começado a decair, e Iochi lhe lançou um daqueles seus olhares de sabedoria, uma leve e breve centelha brilhou um instante atravessando o semblante fechado aprisionado em seu rosto, preste bem atenção, maninho, ela lhe disse, e veja como ela borda. Veja o rosto dela, veja as mãos dela, e, melhor ainda, veja os bordados dela. Aharon olhou então para Iochi e pensou em como ela era inteligente, e numa voz envergonhada ousou perguntar por que ela sempre se fazia disso, se comportava assim; assim como; assim, do lado da mãe, um pouco... como se fazendo de...; se fazendo do quê, não estou entendendo; se fazendo de, *nu*, de panaca, e ele se assustou com a própria petulância e se fechou em si mesmo. Mas de repente os braços de Iochi o abraçaram e ela o apertou em seu peito, ele sentiu seu cheiro agradável, caseiro, e ela lhe sussurrou algo abafado com os lábios colados em seu pescoço, você é um menino muito inteligente, Aharon, você é muito mais inteligente do que eu em um montão de coisas, mas eu sei uma coisa que você não sabe, ela riu, ou beijou, parecia que seu pescoço já era pouco para ela, eu sei como viver nesta casa.

  Silêncio. O pai não voltou do hospital. Iochi ainda está na aula. E a mãe caminha. De parede a parede. Ida e volta. Ele tornou a empurrar a cabeça embaixo do travesseiro dela, e quando cheirou as linhas entrelaçadas se lembrou de algo que aconteceu aqui, neste quarto, sobre a cama em que ele está deitado agora, ele tinha então seis ou sete anos, a mãe e o pai tinham viajado para o hotel Franck, como faziam todo ano, a avó Lili tinha ficado com ele e com Iochi para tomar conta da casa e deles, besteira, quem tomava conta era Iochi, ela tinha então dez anos e já era mais madura do que a avó, e ela, sua avó, fez então um teatro para eles, ele se retrai quando lhe vem essa lembrança, só devemos lembrar os melhores momentos dela, e aqui ela subiu na cama dele e lhes fez uma pequena representação, de como tinha sido libertada do campo de prisioneiros de Chipre depois da guerra e chegado ao país de navio, e como — e essa era a pior parte, como é que Iochi permitiu isso, por que não a interrompeu no ato — como encontrara a mãe pela primeira vez.

Aharon não se lembrava de como as coisas tinham acontecido, só guardava na memória a visão da avó Lili levantando a barra do vestido até os joelhos e subindo em sua cama com um risinho conspiratório, avisando em sua linguagem distorcida, em sua entonação infantil, que agora ia lhes mostrar como tinha se encontrado pela primeira vez com a sua Hinda'le.

Ele olhou então para Iochi, muito pequeno para dizer qualquer coisa, muito pequeno para entender até o fim, mas já preocupado com a expressão picaresca que de repente se estampara no rosto da avó. Iochi hesitou um pouco: já em sua infância fizera da avó sua confidente, não sem sentir certo prazer com a tristeza e a decepção que isso causava à mãe, e talvez também agora com alguma intenção secreta mordaz em relação a Aharon, quem sabe, talvez por isso queria que ele visse e ouvisse. A avó cobriu o rosto com as mãos, como que rezando e se afundando dentro da memória. Lentamente seu rosto apareceu, ela estava sorrindo, e começou a caminhar descalça sobre a cama, para cá e para lá. Mesmo na velhice se movia com altivez e feminilidade, evocando o tempo em que dançava no palco, "Vocês deviam ver o *tsop* que eu tinha então!", disse às duas crianças, "um *tsop* negro! Grosso! Descendo da cabeça até o *tuches*!". A mão deslizava com saudade na cabeça, cujos cabelos fazia anos eram cortados num formato arredondado, sem graça, a mãe cortava os cabelos dela também. "E como eu dançava a polca-valsa no café-teatro! E lá tinha um *cavalier*, Moritz Wolfin, e ele ria — essa *shikse* dança com um rabo de cavalo atrás dela!" Ela jogou a cabeça grisalha para trás e riu. Aharon chegou um pouco mais perto da irmã. "E Moritz Wolfin espalhava meu *tsop* na cama cabelo por cabelo, como um cobertor preto embaixo do meu corpo", disse a avó Lili com voz rouca, "e dizia esta é a noite, Lili, e você é minha lua crescente..."

Olhou para Iochi de boca aberta. Ela sorria, já conhecia as histórias dos licenciosos dias de juventude da avó Lili, que tinha fugido de casa com dezesseis anos e se juntado a uma trupe de atores, engravidado do pai sem *chupá* e sem sacramento, só faltava a mãe descobrir que eles estavam sabendo, pois até hoje os intestinos dela se revolvem com o fato de que na carteira de identidade do marido não aparece o nome do pai dele. "Agora olhem, *kinderlech*", disse Lili, "eu tinha quarenta e um anos quando cheguei a nossa Erets Israel. Quarenta e dois no máximo. E era uma belezoca, tão belezoca que mesmo depois de três anos dentro da *pivnitza*, embaixo da terra, sem luz lá com aquele polonês, e depois do campo no Chiprus, eu ainda era moça e cheia de sangue, meus olhos fogo, o corpo champanhe, todos os homens viravam a cabeça para olhar minhas curvas, e que peito eu tinha, Iochi! Assim! Em pé! E que perna eu tinha Iochi'le...", e novamente levantou um pouco a barra do vestido, olhou com saudade e complacência para sua perna, que ainda era muito bonita, "e até o tenente Stanley, o que me deu o certificado na barraca dele no Chiprus, disse que ele só acreditava no certificado do sorriso e da pele, e então eu cheguei aqui de navio" — ela deslizou, navegou um pouco sobre a cama, seu rosto pequeno de bebê a sonhar, "olho do navio para baixo e vejo lá, na terra, está o Mauritsi, e todos os cabelos cacheados dele, que ele tinha na Polônia — não tem mais! *Kaput*! E ao lado dele está a mãe de vocês, a Hinde'le", ela pronunciou o nome com um levíssimo sorriso; Aharon lançou a Iochi um olhar de protesto. Ela não devolveu o olhar. "E ele, Mauritsi, está lá com um paletó de velho, e eu não via ele desde que tinha dezesseis anos talvez, quando mudou de repente e em segredo virou comunista e fugiu para a Rússia, ele nunca escreveu uma carta, e a guerra toda eu não sabia, será que ele está vivo? Será que está morto? E eu olhei ele só uma olhada assim", esticou a cabeça, ergueu um olhar irado, perscrutador, relaxou de novo num sorriso, "e já vi que nosso Mauritsi *guestorbn*. *Kaput*. Que ele, na Polônia, era forte e até um pouco *meshiguener* ele era, pirado, animal, e *cavalier*, que bonito, e um sorriso e dentes de Jan Kipura, e, quando andávamos juntos *ungaze*, pensavam que éramos casados, e era forte, Iochi, e ele sabia dar pancada, e até o polonês não pensava que ele era *jidovsky*, e os pais dos *chniokes* vinham me ver chorando e gritando que ele ficava puxando neles o *kurkutshunguim*, os *peies*, mas agora no navio eu olhei ele uma só olhada!" De novo ela levantou um olho e o contraiu com maldade, "e eu já sabia: *Kaput*! E quando pus os pés na terra ele correu pra mim e disse mãe, mamãezinha, *mamtchu*, e eu logo pus a mão na boca dele: *Sha*! *Shtil*! Não diga *mamtchu*! Só diga Lili! Que eu não queria que todos saberem eu mãe desse *dervaksener*, que no Chiprus todos só me davam trinta e nove, no máximo. E ele, o Mauritsi, disse assim, numa voz coitadinha —", ela fez uma careta, arremedando com um talento maldoso o rosto rude, um tanto maciço, do pai deles; e Aharon riu sem querer rir, sentiu o coração acelerar e de novo lançou a Iochi um olhar suplicante, mas Iochi continuou a ignorá-lo, olhava para a frente com grande concentração, como se estivesse aprendendo algo importante e muito útil, "— agora conheça por favor minha mulher, que casei ela aqui em nossa Erets Israel, que ela é quase uma *sabres* e veio da Polônia com dois anos de idade, e chama Hinda Mintz, e agora Kleinfeld, nome que recebeu de mim". Vovó Lili se calou por um instante, fazendo sinal com a cabeça para si mesma, como a se lembrar, e reprimindo algo: "E a mãe de vocês pôs mão dela fria, molhada, dentro da minha mão, e disse agora eu também chamar você *mamtchu*, e favor lembrar que aqui, em nossa Erets Israel, agora chamam ele só Moshe e não Mauritsi. *Tfu*!". A avó Lili cuspiu um cuspe seco. O rosto se afilou com ódio. Aharon se retraiu e colou em Iochi. A avó viu a expressão de seu rosto e puxou um riso gutural, profundo e demorado. Ele não gostava desse riso dela. Novamente se sentiu espoliado por ter uma avó assim, assim como, assim, que não mima, não gosta, não tem carinho por ele. Um olhar estranho de conspiradoras ziguezagueava entre ela e Iochi.

Os olhos da avó se velaram de novo, numa tênue névoa de recordação: sua mão fina, escura, subiu distraída até seu pequeno cocuruto, e tocou com espanto em sua mecha tosquiada. "E foi assim que tudo começou", disse baixinho numa voz totalmente diferente que deixou Aharon abalado, "foi assim que conheci a mãe de vocês, essa gracinha", seu rosto se contraiu outra vez como num prenúncio de choro, "foi assim que a conheci, e foi assim que ela fez eu pequena como um lápis que põe atrás da orelha." Aharon sentiu como o braço de Iochi endurecia junto dele. "E ela era mais pequena que eu era, talvez tivesse vinte e seis anos, até hoje não dá para saber exatamente quantos anos tem, e a Mauritsi ela disse que tinha vinte e um, e ele engoliu direitinho, e eu tinha quarenta e dois no máximo, mas ela tinha o hebraico dela, a cabeça dela, a instrução dela, teria estudado talvez um ano no seminário de preceptoras de jardim de infância, mas chamam isso de instrução, e eu tinha o quê, Ioche'le? Só minha figura, e dentes bonitos, e *cavalieros*, e aí ela pegou meu *tsop* e cortou!" A avó disse isso com espanto, como se só agora compreendesse o que tinha acontecido. Iochi se levantou agilmente, foi até a vovó Lili que ainda estava de pé sobre a cama e abraçou a cintura dela. "Como ela pegou a tesoura e cortou! Tchik! Tchik! E como…", ela se engasgou com o choro e todo o corpo estremeceu, "e como ela ria dos meus *cavalieros* de Tel Aviv, onde morávamos! Casanovas! Criminosos! *Hochshtaplers*! Vão para casa, para a mulher e os filhos de vocês! E eles eram simpáticos… bons… gostavam de rir, gostavam de escrever poemas para Lili… e fazer olimpíada de poetas para Lili… beber champanha do sapato de Lili… Mas vão para casa boêmios! Casanovas! *Kleizmers*!" Com todo o seu mirrado corpo a avó se abraçou a Iochi, que só tinha dez anos. "E eu dizer a vocês mais uma coisa…", enxugou as lágrimas e o nariz com as costas da mão, como uma criança, "talvez só um em cada mil *kleizmers* acabe sendo um… este… Mozart… e só um em cada mil poetas vai ser um Mickiewicz, mas se aqui na casa de Hinda nascesse um Shakespeare, ou um Yehudi Menuhin, com certeza iam dizer dele que era um artista, um boêmio, e uma vergonha…" Aharon não sabia por que ela tinha dito isso, nem tentou saber, e só desejou que aquele espetáculo deprimente chegasse ao fim e ele pudesse fugir, descer para Guid'on e Tsachi.

"E ainda tem coisas, Ioche'le, que é proibido contar —" "Chega, chega, vozinha, chega de chorar, chega." Ele não queria ouvir, quem sabe que segredos a avó tinha revelado a ela nas noites em que Iochi se esgueirava para a cama dela e as duas ficavam cochichando e rindo até que a mãe punha um fim naquilo. "E saiba que sua mãe é uma pessoa forte demais… e tem que tomar cuidado com ela, ser bonzinho e pequeno com ela, e bom dia, Hinda'le, e boa noite, Hinda'le, e é isso, e uma vez ela me entrou aqui nos *kishkes* como se fossem, digamos, intestinos de galinha, não de gente viva..." Com um gesto brusco por trás das costas da avó Iochi fez sinal para que ele saísse. Exatamente agora tinha percebido na voz da avó um espessamento sombrio, um segredo amargo, algo que se movia lá, no vazio da cabeça dela, e lhe dizia para ficar, mas a mão de Iochi o varreu de lá com energia. Ele ficou junto à porta, a mão na maçaneta. "Como ela me levou com a mão assim forte, me pôs na banheira com água fervendo que saía fumaça, e agora Lili *mamtchu* vamos tirar toda a sujeira dos seus Casanovas..." A voz dela fraquejou e fortes arrepios passaram pelo seu corpo. Aharon escapou correndo da casa.

Uma porta abriu e bateu. Ele gelou: Iochi tinha voltado para casa. Deu dois passos. Parou. Podia imaginar como ela farejava o ar. De repente andou e entrou no quartinho da avó. Como é que percebeu. Ela não iria deixar eles se livrarem da avó assim. Por um momento reinou um silêncio absoluto. A porta do armário pequeno, o Hussein, se abriu no quartinho da avó, e se fechou lentamente. A mãe não se moveu em seu quarto. Então os passos apressados de Iochi se dirigiram ao quarto deles.

"Aharon."

"O que é."

"Olhe pra mim."

"O quê."

"Não. Levante a cabeça."

"Assim está bom?"

"Eles mandaram ela embora?"

"Me deixe. Não sei de nada."

"O pijama e o roupão dela não estão lá. Eles a expulsaram de casa? Você viu?"

"Não. Eu estava no supermercado. Me mandaram fazer compras."

"Cuidado. Tome cuidado para não mentir pra mim."

Ela não foi até o quarto da mãe. Não falou com ela sobre

nada. Nem mesmo perguntou aonde tinham levado a avó. Às sete horas o pai voltou, suado e calado. Um arranhão recente, profundo, sangrava em sua face, e ele não deixou que a mãe fizesse um curativo. Ele também não abriu a boca. A mãe pôs a mesa, o rosto vermelho e inchado, mas os olhos estavam secos. Iochi ficou sentada, calada, e Aharon evitava seu olhar. Vejam que boba eu sou, a mãe disse num sussurro, pus cinco pratos na mesa. E de repente se lançou de dentro de seu silêncio, o que você quer da minha vida, gritou para Iochi, por que você fica olhando pra mim desse jeito; Aharon se espantou, pois a mãe está proibida de gritar com Iochi, já faz quase dois anos que está proibida, porque isso provoca assobios no ouvido dela. Por vinte anos eu a mantive em casa! Me mostre outra mulher que estaria disposta a manter assim a *shveiguer*! E com que respeito! Quem teria por ela o respeito que eu tive! Quem sequer olharia para ela se soubesse quem ela era e o que ela era! Sua voz tremeu e sufocou, e ela escondeu o rosto no avental com o canguru, que não a vissem chorar. Mesmo agora você não está chorando, os olhos de Iochi perfuravam o silêncio, nem mesmo em homenagem à avó. Este prazer eu não darei a ninguém, especialmente não a você, Iocheved; e neste último ano, em que a cabeça dela pirou de vez, quem é que cuidou dela? Você não me olhe assim! Iochi ainda não tinha emitido uma sílaba sequer, só tampava a orelha esquerda com a mão, e continuou lá sentada com o semblante inexpressivo. E quem lavava as calcinhas sujas dela? Quem lhe fazia massagens nos pés cinco vezes por dia? E o que fez você por ela? O que fez você além de ler o jornal pra ela e contar todo dia as novidades do mundo, como se ela soubesse distinguir Nasser de Eshkol! Então não estou disposta a ouvir uma só palavra! Nem uma só palavra!

 E Iochi não falou uma só palavra. Nem mesmo tocou no garfo. A fumaça do purê embaçava seus olhos. O pai inclinou a cabeça sobre o prato, e ele também não olhou para a mãe. Aharon experimentou um pedacinho de algo, e a comida ficou entalada na garganta. Não ia engolir nem uma migalha. A mãe pelo visto percebeu, e pôs no seu prato um *pulke*. Dava para ver o formato da perna da galinha. Oxalá ele tivesse coragem para deixar de comer carne. Amanhã ele começará a ser vegetariano. Como é que se pode mastigar uma coisa que já foi viva. Ele mastigou de leve, armazenando na boca. Quem sabe onde ela está agora, e quem é que está cuidando dela. E o que ela está pensando. E será que está entendendo. Olhou de soslaio para a mãe. Ela esgravatava o prato com o garfo, sem comer, os lábios se movendo o tempo todo, argumentando. Tentou se conter, mas seu olhar escapava seguidas vezes para a cadeira vazia da avó Lili. Na presença de estranhos era proibido chamá-la de avó, só de Lili. Isso ela tinha ensinado quando ele ainda era pequeno. Iochi lhe revelara uma vez que esse não era seu nome verdadeiro, que ela inventara esse nome quando trabalhava no clube noturno. Esquisito que o pai tivesse insistido tanto para que ela morasse com eles. Às vezes dava para pensar que eles a mantinham lá só para que a mãe tivesse de quem cuidar o tempo todo, e a quem ensinar bons modos. E agora ela não estava lá. E exatamente agora eles sentiam a presença dela ainda mais, mas que tipo estranho de avó ela era, uma avó-menina, um tipo de massa que não assara o suficiente, e só quando bordava suas fronhas coloridas, só então virava uma pessoa diferente, dava medo de olhar, seus lábios murmuravam algo sem emitir som, seu rosto assumia então mil expressões, repulsa, medo, vingança, como se bordasse uma história sangrenta, e não uma floresta verde com papagaios e macacos e peixes azuis, em cujo ventre brilhavam pequenas esferas de ouro e púrpura, e a mãe ficava implorando mais devagar, *mamtchu*, não tenho mais para quem vender os *kishelech*, as lojas de artesanato já não estão encomendando, a avó nem olhava para ela, e a mãe ficava diante dela, entrelaçando com força os dedos num desânimo fora do comum, e por que com essas cores tão fortes, *mamtchu*, tentava às vezes convencê-la, por que não cores mais suaves, refinadas, por que o roxo e o turquesa e o dourado, como os *arabers*, são as pessoas da comunidade judaica que querem as almofadas para sua sala de visitas, *mamtchu*, não é para os *ciganers* que eu vendo. A avó só roncava para ela, descartando com um franzir do nariz as pessoas da comunidade judaica, e ele lembrou a centelha de zombaria que também se acendia em seus olhos e na ponta do nariz toda vez que a grande família se reunia em festas, e a avó se isolava, olhava de fora para eles, desdenhando dos melindrosos gritinhos de riso que as mulheres deixavam escapar quando Dov da Rivtcha contava uma de suas piadas grosseiras; leve isso em consideração, implorou a mãe debilmente, tomando cuidado para não se aproximar demais da avó, que tinha na mão a agulha de bordar, e pelo menos tente sem todo esse vermelho lambuzando tudo! Sobre a casa baixou o silêncio. A mão tremia ao cobrir a boca, e os olhos da mãe refletiam arrependimento. A avó parou de se mexer. A linha vermelha pairou mais um instante e congelou no ar. Ergueu lentamente os olhos. Dirigiu à mãe um só e único olhar, um animal ferido, no escuro, acuado na ravina, lançou seu rugido, e a mãe recuou, se encolheu, como se tivessem trazido até ela a antiga lembrança de um pecado.

Mesmo depois do jantar ninguém abriu a boca. Iochi se sentou à sua mesa e escrevia sem parar. Talvez as lições, talvez cartas a todos os seus amigos por correspondência, e Aharon estava deitado em sua cama. Que silêncio na casa. Onde estará a avó agora. O que entende ela do que lhe fizeram. Da varanda vinha o cheiro do cigarro do pai. Talvez o cheiro se eleve, decole e vá até longe daqui. Até a janela dela, no lugar novo dela. E ela vai sentir o cheiro, e como uma sonâmbula vai se levantar e começar a voltar. Talvez seja preciso mandar para ela mais cheiros da casa. Cheiro de *iuch mit lokshn*. Cheiro das bolinhas de naftalina nos armários. Cheiro do creme para mãos Anuga. Cheiro da pipoca que o pai costuma fazer. Banana com creme de leite das terças-feiras. Talvez devessem ter escondido pão no bolso do roupão dela, como na história de Hansel e Gretel, para que o esfarelasse em segredo pela janela da ambulância, e assim encontrasse depois o caminho de volta. Ou um fio para ir desenrolando atrás dela. Ele ouviu sons de raspagem vindos da sala de estar: mesmo não sendo quinta-feira, dia da básica, a mãe estava limpando a casa. Areando as panelas com palha de aço. Limpando com uma faca os sulcos entre as lajotas. O que vai ser agora das quintas-feiras, sem a avó. Pois na básica até a avó despertava para a vida. Pena que não a tenha amado de verdade.

"Iochi."

"O que é."

"O que você está fazendo?"

"Não é da sua conta."

"O que tanto você escreve pra eles?"

Silêncio. Ela escreve tão depressa que a gola da blusa estremece.

"Você está contando pra eles coisas daqui de casa? Coisas da vovó?"

"Me deixe, estou te avisando, me deixe em paz…"

"… senão você pode se dar mal." Ele completou a frase preferida dela em situações como esta. "Só me diga uma coisa", ele se cala com cautela, avaliando suas possibilidades, a zanga dela, e desiste.

"*Nu*! Minha língua já está secando."

"Não importa. Esqueci o que queria perguntar." Por que ela nunca se encontra com eles, com os amigos com os quais se corresponde. Mas agora é melhor ficar calado.

Tirou a roupa deitado, apesar de ser ainda muito cedo, se cobriu e tentou adormecer, afundar. A noite descia lentamente. Iochi também se despiu e foi para a cama. Do quarto dos pais chegavam agora sons abafados, que eles não conheciam. Aharon se assustou: o pai estava chorando. Um choro intenso e profundo vindo de dentro dele. Aharon ficou deitado, petrificado. Depois o choro abrandou, como se já tivesse atravessado muitas camadas de rocha. Aharon se levantou e ficou na janela, apoiando o rosto na tela contra mosquitos e sentindo na língua seu gosto metálico, amargoso. É a primeira vez que ouço meu pai chorar, sussurrou para si mesmo solenemente. Uma lua fina, pálida, pendia no céu, muito perto do prédio. "Nunca soube que ele era tão ligado a ela", falou baixinho. Iochi se soergueu um pouco entre os cobertores, o rosto fechado: "Ele não era", disse, "ele a deixou todinha para a mamãe. Desde o momento em que os três se encontraram, ele a jogou entre ele e a mamãe". "Então por que está chorando?" "Não é pela vovó, pode acreditar em mim."

Aharon fez que sim, sem compreender. Mas teve pena do pai que chorava, e sentiu se mesclarem dentro dele seus dois novos sentimentos de pena: da avó e do pai, e em ambos havia também a tristeza da despedida, e a despedida do pai estava impregnada de uma leve e obscura decepção, mas também de um novo alívio, como se um espaço tivesse sido aberto no mundo, alguém tinha se apequenado e encolhido, para que outro talvez pudesse respirar com desafogo.

Então a mãe saiu para a varanda. Aharon recuou instintivamente, num movimento silencioso, ensaiado. Olhou-a de trás da folha da janela: as mãos agarravam fortemente o balaústre, respirava pesadamente, aspirando a noite com todas as forças, o queixo atirado para cima, para o céu, e por um momento parecia que a fina lua se encolhia ainda mais, minguando, e que seria para sempre essa foice no céu.

Às quatro horas da manhã se ouviram de repente do outro lado da porta sons de pancadas e arranhões e um choro abafado. Imediatamente o pai se precipitou para a porta, os grossos lábios a balbuciar confusamente em polonês, e quando abriu deparou com vovó Lili, tremendo de frio no roupão do hospital Hadassa, de chinelos que não eram os dela, quem vai saber como chegara até aqui, quem vai saber por onde rodou a noite inteira, quem vai saber o que pensava deles nessas horas, desorientada e tomada de convulsões, nem o pai ela reconheceu, e quando ele estendeu a mão para abraçá-la ela o evitou, e quando a mãe chegou, pálida, olhos dilacerados, mas também com emocionado tremor de alívio, de alegria infantil pela vitória do bem, a avó soltou um grito curto, afiado como uma faca, e só quando Iochi chegou até ela deixou cair seus ombros erguidos, a cabeça se curvou um pouco, e ela desabou em seus braços, abraçando seu pescoço com duas mãos delgadas, ronronando como um bebê.

11.

Às cinco horas da tarde, como de hábito, Aharon jogava com Pelé na estreita faixa de asfalto atrás do prédio. Já estava jogando fazia mais de uma hora, e começava a se entediar. Guid'on não estava em casa, e não queria se encontrar com Tsachi sozinho. Sentou então nos estreitos degraus que levavam ao jardim da WIZO, Women International Zionist Organization, quebrando grandes pinhas na pedra e comendo sem muita vontade os pinhões secos. O tempo não andava. Não andava. No céu já havia as nuvens cinzentas de novembro e nos fios de eletricidade se juntavam pássaros com as plumagens infladas de tanto frio. No armazém de Atias jaziam desmontadas as telas contra mosquitos, e Avigdor e Ester Kaminer, no armazém deles, limpavam o pavio redondo do aquecedor Fireside. Aharon, um dedo na areia, tentou criar para ele uma assinatura bem bacana, uma que talvez um dia fosse colecionada por crianças amantes de futebol. Ele não gostava do próprio nome. Aharon, Aharon, Aharon, pronunciou várias vezes para si mesmo, centrado e concentrado, um nome difícil, com o som daquele *o*, que o envolvia como um pesado casaco, herança de um velho parente, Aharon, Aharon, e sentia como num leve latejar sua individualidade, viva, o chamava de lá, a brilhar na profundeza desse nome obscuro, como a pupila de um olho lampejante, como o pingo de um *i* rindo e se escondendo dentro de um *o*, mas aos poucos, à medida que tornava a pronunciar o nome, a pequena individualidade se afastava, ia indo e esmaecendo, tão depressa, depressa demais, como um pequeno fósforo que se acendeu, inflamou, e logo se apagou, esquisito, se obrigou a continuar o jogo, só como diversão, e repetiu a palavra ainda algumas vezes, tateando dentro dela em busca de uma cintilação, e chegou um momento em que Aharon disse Aharon e nada se moveu em seu coração, e então ele parou.

    Agora chamou algumas vezes "Guid'on". Talvez Guid'on já tivesse voltado. Depois assobiou para Gumi o invisível com aquele assobio que só os cães ouvem, e fez junto com ele algumas investidas avassaladoras atrás do prédio, e quando ficou ofegante se sentou de novo para descansar. Com certeza já eram cinco e dez. O tempo não andava. Tinham lhe prometido um relógio para o bar mitsvá, presente da avó Lili. Das economias dela. Do que a mãe tinha juntado vendendo as almofadas. Mas talvez ela nem saiba disso. Por quem mesmo ele está esperando? Sim, por Guid'on. Ou alguma outra pessoa estaria para chegar? Uma visita, um familiar que mora longe? Pela duração de sua espera devem chegar muitas pessoas. Multidões. Bobagem. Ele aconchegou Gumi sobre a barriga, escavou com prazer seu pelo macio e fez cócegas naquele ponto que faz as pernas traseiras dos cães sacudirem, eles têm lá esse reflexo, e mesmo que o cérebro do cão não queira mover a pata, dá para fazer ela se mover de fora, como se fosse um instrumento, depois ele fez um montinho de areia, olhou em volta furtivamente para ter certeza de que ninguém estava olhando, só um e meio centavo estavam no armazém deles mas de costas para Aharon, será que Kaminer vai viver o bastante para se esquentar com esse aquecedor, ou só vai ficar a Ester Kaminer, porque agora parece que ele está insistindo em continuar vivo para ela, e ele soprou rapidamente no montinho e disse faça-se o homem, mas como sempre soprou forte demais e a areia se espalhou voando para todos os lados. Nada dá certo em sua vida. Como é mesmo aquela questão? Será que Deus poderia fazer uma montanha tão alta que nem mesmo Deus poderia ultrapassá-la? Durante algum tempo ficou revirando a pergunta, até que enjoou. Ficou chamando consigo mesmo, sem emitir som, Guid'on, Guid'on. Se fosse religioso talvez rezasse a Deus para pedir que interviesse por ele naquele caso. Mas já fazia muito tempo que tinha deixado de acreditar, quando, ainda muito pequeno, viu que seus pais iam à sinagoga em Iom Kipur e Rosh Hashaná, mas não guardavam o *shabat*. Como é que é isso? E uma vez levou um tapa do pai, porque revelou a visitas que ele e a mãe comiam salame com manteiga, vai entender. Gostaria de saber a hora. Enrolou uma folha para fazer um assobio e tocou "Carneirinho chifrudo", e depois a melodia que já conseguira aprender da leitura entoada dos profetas em seu bar mitsvá, Isaías, capítulo seis; ele estava estudando com um rabino cabeludo de rosto compacto, que gritou com ele quando ousou lhe perguntar se Deus sempre fazia justiça. Guid'on, Guid'on, anda logo. Ele contava os dias: pelos seus cálculos, hoje ele ia comer *tahina* com atum, e também pão de ló. E amanhã, segundo seu cardápio, ia ter iogurte com legumes. Mas um *iuch* também cairia bem amanhã. Talvez realmente ele não esteja comendo bastante. Precisava de cenoura para os olhos, queijo para os ossos, frango para os músculos. Mas talvez precise de mais alguma coisa para incrementar a força de vontade, por exemplo. E como é que a gente se livra desse dente de leite que se agarrou à boca e não quer cair. Tirou do bolso traseiro um pequeno espelho, vermelho e redondo, olhou o dente. Lá estava enfiado, pequenino, muito branco, entre dois incisivos. Bem no meio da boca. Ele já sabe como sorrir sem que ninguém perceba o dente. Já tinha educado até mesmo seus sorrisos. Virou o espelho. Talvez grave nele com a faca o nome de Anat Fish e o leve à casa de Dudu Lifschitz. Tinha arriscado a vida para roubá-lo da pasta dela. Para isso ele tivera coragem, mas para ir à casa de Dudu Lifschitz, bater-lhe à porta e ver lá a cara do pai, aquele alto funcionário, e dizer isso é para o David, é da Anat Fish, para que ele tenha uma boa lembrança dela no lugar em que está agora, para isso já não tinha coragem. Olhou seu reflexo no espelho. Enfiou a língua entre os lábios. Assim eu tenho três lábios. Talvez faça um dia uma apresentação de arte labial. Entortou o rosto para cá e para lá. Por um instante sentiu os olhos frios, zombeteiros, de Anat Fish a fitá-lo, seus olhos egípcios, ela devia achá-lo um retardado. Que lhe importa ela. Com certeza já são cinco e vinte. Sentiu os lábios endurecerem. Interessante que não tem massagem para os lábios. Um tigre dois tigres três tigres. Palro e palrarei porque sou pardal pardo palrado. Nada mau. Tentou também quanto mais a pia pinga mais o pinto pia. Como um diabrete passou bem pelo a pia pinga, o pinto pia, pinga a pia, pia o pinto, como trabalham bem, no caso dele, os milhares de pequenos músculos da língua, mais alguns minutos vai subir e bater à porta de Guid'on. Talvez ele o esteja evitando. Não, era uma ideia imbecil. Assim mesmo correu até a entrada e por ela até a rua, em frente ao prédio; ali ficou andando por alguns minutos, um pé no meio da rua, outro na calçada, era uma boa maneira de andar, iria andar sempre assim, sabia exatamente como Guid'on ia olhar para ele, com que desprezo, como se ele estivesse envergonhando o próprio Guid'on, e parou, lançando como que casualmente um olhar à varanda de Guid'on. Não havia ninguém. Gostaria de saber se ele fora mesmo com Tsachi ver *Dr. No.* Voltou para os fundos do prédio e treinou umas quedas bem impressionantes de soldados quando são feridos com uma bala nas costas e com uma bala na barriga, e ficou prostrado no chão a sofrer cheio de autopiedade, até que de repente pulou de pé e costurou toda a região com sua submetralhadora. Será que algum dos tios estava para chegar? De Tel Aviv? Ou talvez de Holon? Seja como for, alguma coisa estava por acontecer. Viu Sophie Atias, a jovem mulher de Perets Atias, descendo com o lixo, em seus chinelos cor-de-rosa que provocam engulhos na mãe, se movendo pesadamente, as pernas um pouco abertas, está só no terceiro mês, ainda não tem barriga e já dá toda a impressão. Decidiu ser um cavalheiro e correu atrás dela, propondo carregar para ela a lata. Que é isso, Aharon, riu com todos os seus alvos dentes, deixe comigo, ele disse, eu sou forte, eu também, mas ele agarrou a alça metálica da lata, nunca tinha falado com ela tanto assim, deixe comigo, Aharon, ela disse sem sorrir, mas carregar peso não é bom pra você, retrucou, lutando com ela pela alça, tome cuidado, você vai me derramar tudo, gritou de repente Sophie com voz estridente e estranha, arrancou dele a alça e saiu andando rapidamente, e Aharon ficou plantado onde estava, um pouco assustado, só faltava ela abortar só porque ele quis ajudar. E logo correu e esperou fora do recinto das latas até que ela saísse, pálido, tenso, quase em posição de sentido, para ver o que aconteceria agora, e se ela olharia para ele. Ela saiu e passou por ele, que tinha o rosto contraído e voltado para cima, o que há com você, ela murmurou de repente, sem olhar, jogando as palavras com ameaçadora rudeza, não como um adulto falando com uma criança, não como uma vizinha casada, de repente dava para perceber como ainda era jovem, de repente surgia de dentro dela uma moça simplória e temível e selvagem, dizia-se que tinha enredado completamente Perets Atias, que era um solteiro idoso, senão como poderia ter uma casa mobiliada e com todos os eletrodomésticos; às vezes ela ficava com Perets, o pai, Aharon e o filho pequeno dela para assistir *Catch*, e uma vez disse rindo que era muito importante que Perets visse toda aquela pancadaria, que aquilo o esquentava, ela o beliscou no flanco e os três riram, e Aharon nunca cogitou que ela não era muito mais velha que ele, Aharon: só agora sentia algo, que ela tinha medo de que descobrissem o que ela era, talvez foi por isso que ela não olhou para ele, com certeza foi só por isso, essa primitiva. Acompanhou-a com os olhos enquanto se afastava, rebolando como uma pata, e recomeçou a andar para lá e para cá nos fundos do prédio, chutando levemente os bujões de gás, bebendo da alta torneira sem ter sede, só pelo ritual, assim como um cachorro mija na árvore, viu um besouro virado, brilhando, e uma fileira de formigas saindo dele, já fazia muito tempo que ele e Guid'on e Tsachi negligenciavam o Salachsha que ele tinha fundado, um comando para desviramento de besouros que tinham virado de costas; no início, com muita dedicação, eles andavam de poste em poste e os desviravam, salvando-os da morte, até que Tsachi enjoou e todo esse lance morreu e foi esquecido, e que se dane Sophie Atias, se é tão arrogante para aceitar ajuda. Tomara que durante nove meses só olhe para Perets Atias, e lhe saia um menino careca com um bigodinho ralo. Quem é que está para chegar, diabos, o que está para acontecer. Talvez hoje seja dia de sorteio. Talvez tenha esquecido que hoje é o grande dia de alguma loteria, ou sorteio de prêmios. Conferiu rapidamente de cabeça: não eram as tampinhas de Tempo, que davam direito a um fim de semana para casal no hotel Ondas do Kineret, nem os palitos do picolé Arctic com as letras para completar a palavra "bicicleta", e ainda faltavam três dias para a loteria esportiva, então não era sorteio. Cinco e vinte e cinco. E se eles foram mesmo ver o filme. Topou com um maço de cigarros El Al velho e amassado. Pegou o maço do chão. Examinou atentamente. Cheirou: não cheirava a cebola, mas nunca se pode saber. Acendeu um fósforo da caixa que o tio Shimek lhe trouxera do avião. Esquentou os lados do maço. Nada. Mas talvez se tratasse de uma escrita secreta do tipo teimoso. Achou no bolso traseiro a tira de cebola, esmagou-a nos quatro cantos do maço e esfregou-a em todas as faces, invenção particular dele, pois havia muito tempo sacara que, se a cebola oculta sentisse o cheiro da cebola visível, não poderia se conter e se revelaria a esta, mas o suco da cebola não fez aflorar qualquer sinal da tinta invisível, e talvez já seja preciso substituir sua cebola, que já está velha.

Três gatos passaram por ele em calculada corrida.

Estava deprimido, mas só até começar a correr atrás deles; como que por um instinto de menino, como que por uma confiança de menino. Eles passaram por uma brecha na cerca do jardim da WIZO, e Aharon escondeu sua bola sob uma camada de folhas caídas em volta das raízes do álamo e disparou atrás deles, apanhando durante a corrida duas pedras pontudas, até perceber que um dos gatos era a Mutsi-Chaim, e imediatamente conteve o ímpeto e parou para olhar. A mãe de Mutsi a parira fazia mais ou menos dois anos, no quarto da calefação do prédio, e os vizinhos tinham se juntado para assistir à cena. Mutsi foi o sexto filhote a nascer, muito pequeno e inerte, e todos estalaram a língua num muxoxo de pena, naquele estado talvez fosse melhor para ele ter nascido morto, disse Ester Kaminer em voz estridente, e todos sabiam do que ela estava falando. Mas o pai se curvou, apanhou o gatinho cego na palma da mão e correu para casa. Lá o deixou sob a guarda das mãos de Aharon, enfiou um pequeno conta-gotas na garganta dele e começou a aspirar delicadamente. O conta-gotas se encheu de um líquido amarelado e o filhote se contorceu e mexeu de repente. Precisamos lhe dar um nome, pensou Aharon, temos de lhe dar um nome agora mesmo. O pai repetiu o procedimento, as mãos ágeis como as de um virtuose. Aharon cavucou o cérebro procurando nomes, agora não tinha de pensar em nada a não ser em nomes, gritou silenciosamente para si mesmo, melhor não lhe dar um nome para não criar nenhum vínculo, mas não desistiu, ficou sussurrando, os lábios experimentando Pupi, Tuli, Xadrez (porque era preto e branco), Mitsi, o pai mandou que Aharon esfregasse com cuidado o pequeno corpo, e Aharon assim fez, devagar, emocionado, e por fim se decidiu por Mutsi, um nome não especialmente especial, um nome nada especial, mas não havia tempo, e ele ficou sussurrando esse nome Mutsi, Mutsi, e com toda a brandura transfundiu ao filhote seu próprio calor, e também soprou sobre ele piedosa, abnegadamente, como se sopra uma brasa que quase apagou; o gatinho expandiu de repente suas costelas salientes e ficou por um instante totalmente imóvel, e o coração de Aharon parou de bater. O pequeno filhote lutava com todas as forças contra algo oculto e enorme que tentava arrastá-lo para dentro, mas então ele se livrou, estremeceu, ronronou, e começou a respirar. O pai e Aharon trocaram olhares e sorriram. Depois disso, durante uma semana, continuaram a alimentar o gatinho com o conta-gotas, até ele ficar mais forte. Verificou-se então que era uma fêmea, e Aharon festivamente acrescentou a seu nome o termo *chaim*, como tinha feito o ministro Moshe Shapira quando milagrosamente escapou da morte.

Ela era realmente bonita, a Mutsi-Chaim. Flexível e cheia de corpo, preta e branca. Aharon ficou olhando afetuosamente para ela por mais um momento, fazia muito tempo que ele não a via, tinham se separado com briga, fazia muito tempo, agora já não tinha raiva dela, apenas a contemplou longamente e se virou para voltar, pois na idade dele já não se tem muito envolvimento com gatos. Mas a gata soltou um miado e de repente se deitou de costas e começou a se esfregar dengosamente na areia, e só então lhe ocorreu que os outros dois eram machos e estavam excitados, então riu e parou. Os machos não tiravam os olhos dela, e ela se sentou sobre o traseiro e começou a lamber a parte interna da coxa. Ele via agora as rechonchudas e róseas almofadas da pata dela. O macho amarelo miou lastimosamente. A gata olhou para ele e passou a língua por toda a pata e toda a coxa, até que sua boca foi beijar a pequena boca que estava aberta ali. Aharon limpou a garganta, que tinha ficado seca. Podia sentir, dentro dele, como se eriçava todo o ser de um macho à vista daquele interior cor-de-rosa. O macho preto, o maior, se levantou e aproximou dela, num andar arrastado e ritmado. Seu corpo parecia estar preso numa crosta quase militar de precisão e prontidão. Mas sua cauda se mexia lentamente, e Aharon sentiu os movimentos dessa serpente tigrina se enrolarem e deslizarem em sua própria cintura. Curvou-se lentamente até ficar ajoelhado. Afastou com as mãos o capim e olhou para os bichos.

Por um momento eles não se mexeram. Aharon ouvia os sons do entardecer vindos do prédio atrás dele. Tilintar de pratos, uma música no rádio, água correndo no banheiro. Ouviu Edna Blum conversando ao telefone com seus pais em húngaro, levantando a voz, e logo abaixando, como sempre. Ouviu janelas sendo fechadas, persianas sendo baixadas. Então o amarelo deu um pulo e deu uma patada no preto, embaixo do olho, e os dois rolaram na poeira, violentos e sombrios, sabendo o que tinham pela frente, um rasgando a carne do outro e arrancando do outro lamentos profundos, impregnados de treva, e Aharon estava de quatro, a suspirar surpreso e agitado, e até mesmo sua mente implicante e irritante se inundou um momento de um sangue vital e espumante, que seu coração tinha retido por longo, demasiado tempo. Por fim o preto foi vencido, se agachou e recuou, deixando atrás de si sua humilhação, a humilhação de todos os futuros derrotados, e o amarelo, todo ofegante e excitado por causa do combate, se aproximou da gata e começou a miar perto da sua orelha. Mutsi-Chaim afastou um pouco seu rosto do dele, parecendo hesitar, mas ao cabo de um instante lhe devolveu um miado gêmeo, de onde ela tirou esse som, e de repente ele se lembrou novamente, veio-lhe uma cena do tempo em que Mutsi-Chaim ainda era muito jovem, um filhote comprido e delgado e flexível, toda ela como se fosse um só músculo esticado tendo numa extremidade uma cabeça triangular que dava para envolver com uma só mão, e Aharon tinha resolvido então criá-la como vegetariana, e não deixou que ninguém lhe desse carne ou ossos, atacara-o então a loucura de provar que isso era possível, que um gato pode deixar de ser predador, até pensou em treiná-la para se apresentar com dois pombos, para diversificar seu número de Houdini, os pais riram dele, e como riram, Guid'on tampouco achou que isso fosse possível, e é claro que Aharon insistiu, se alguma coisa era impossível ele sempre teria de provar o contrário, e durante algumas semanas, talvez meses, trancou Mutsi-Chaim no abrigo antiaéreo do prédio, ele mesmo levava comida para ela, e viu orgulhosamente como ela se ligava a ele, só a ele buscando com os olhos, se esfregando prazerosamente em suas pernas, e tudo isso sem que lhe desse um só pedacinho de carne; e um dia chegou no abrigo e não a viu, e descobriu um buraco na grade da abertura de ventilação, mas ainda confiava nela, e brigou até as lágrimas com a mãe e o pai que gostavam de provocá-lo por causa disso e se divertiram ao lhe descrever como, pelas costas dele, ela atacava as latas de lixo, de noite fazia uma festa com coxinhas de galinha, e quando ele gritou que estavam mentindo para ele e começou a se debater no chão com pernas e braços, riram e disseram venha, vamos fazer uma experiência, qual é o problema, chame a sua vegetariana e vamos ver, e ele recusou, mas o pai abriu a porta e fez psss, e ela veio logo, a cauda erguida, toda gatice, se esfregando entre suas pernas a ronronar, e ele começou a ter um ataque, que a deixassem em paz, mas o pai o agarrou com uma sonora risada, aprisionou-o em seus braços, só as pernas ainda se debatiam, e a mãe riu também, um riso estranho, um riso gargarejado do fundo da garganta, tirou da geladeira um pedaço de fígado vermelho, a pingar, Aharon ficou louco ao ver que ela estava disposta a desperdiçar fígado com um gato e gritou desesperado para Mutsi-Chaim que tomasse cuidado, que aquilo ia envenená-la, e ela se aproximou e farejou o fígado, que estava num prato ordinário da baixela de Gamliel e Ruchale, e de repente suas feições se aguçaram, uma espécie de sussurro elétrico saltitou ao longo de todo o seu corpo, da cabeça à ponta da cauda, e ela agarrou o fígado com dentes arreganhados, para ele não pareciam ser os dentes normais dela, o pai então o soltou com um sorriso mudo, trocando olhares com a mãe, os dois olharam para ele como que para verificar alguma coisa, e ele se aproximou de Mutsi-Chaim e se assustou ao ouvir de dentro dela, não da boca, mas de dentro, um som que ainda não conhecia nela, um uivo gutural, de repente parecia ter se tornado um gato estranho, segurando o fígado entre os dentes cada vez mais arreganhados, as orelhas apontadas para ele, o dorso se encurvando, e assim, se arrastando para trás, se afastou e saiu de casa, e ele irrompeu em amargo choro, correndo para cá e para lá, chorando pelo número de Houdini que assim tinha ido para o espaço, esbarrou num corpo macio, sua mãe, que o perdoava, pelo quê, por tudo, abraçou-o e achegou-o a seu corpo com pena, com amor, para apagar a lembrança daquele dorso tenso e encurvado na frente dele, aquele som profundo, que agora tornara a ouvir tão perto dele, mas agora sem se abalar com isso. As orelhas dos dois gatos agora se esticavam muito para trás, como se alguém invisível tentasse escalpelá-los, descascando seus couros, e Aharon rastejou em sua direção, o rosto passando pelo capim alto, o gato e a gata aproximaram suas cabeças triangulares uma da outra, sua canção se aprofundou e enrouqueceu, e para Aharon ficou difícil se controlar. Mutsi-Chaim voltou para ele sua cabeça, e ele abafou um gemido em sua garganta, envergonhado. A gata piscou com raiva, deu um salto e correu, o macho atrás dela, e Aharon atrás dos dois. Uma avó que brincava com os netos junto à caixa de areia olhou para ele de longe e ele se fez de menino, um menino que corria atrás de gatos, e mergulhou atrás deles num emaranhado de arbustos de alecrim. Lá tornou a encontrá-los, um ao lado do outro, muito juntos, como dois namorados tristes.

Quando, desajeitado, invadiu o território deles, se voltaram para ele, com uma lentidão exagerada e artificial, seus triângulos peludos, suas cabeças que tinham se aproximado e fundido numa só, e depois apareceram as duas, uma atrás da outra. Examinavam-no com frieza, e ele se curvou e se prostrou ante os cetros imperiais que lhe surgiram nas pupilas deles. Então os gatos começaram a andar e passaram por ele.

Os três corriam. Cruzaram caminhos, pularam cercas. Aharon — respirando ofegante, pare, o que deu em você, por que você de repente está perseguindo gatos; e os gatos, com serenidade, numa calculada sincronização de seus dorsos, acharam de novo um cantinho para se isolarem, para se esconderem dele, e ele, por um momento sofrendo pela humilhação, quase caiu sobre eles num perfumado esconderijo de madressilva. Os dois cravaram nele um olhar surpreso. Depois olharam um para o outro, e Aharon percebeu, vencido e resignado, como ele agora era visto por eles. Um olhar lampejou ali. Orelhas vibraram, uma para a outra. Algo tinha sido combinado. De uma só vez saíram correndo para a rua. Aharon resolveu parar imediatamente com aquilo. Na idade dele, que lhe importam os gatos. Olha só como você já rasgou a blusa. Mas com todas as forças deu um salto e correu atrás deles.

Correu atrás deles ao longo da rua Hechalutz, fez uma curva e desceu com eles para a rua do Vale, e se surpreendeu quando desceram até o vale. Por que estão indo para lá, gatos nunca descem até lá. Corria quase sem respiração, o rosto em fogo, em seu íntimo lhes pedindo que parassem, estava rápido demais para ele, e também sabia que o que estava fazendo não era coisa que se fizesse, simplesmente isso não se faz, mas também reconhecia que já era incapaz de parar. Os gatos pararam por um momento, agora vire e volte, perca honrosamente, e tornaram a correr, Aharon atrás, perdendo rapidamente camada após camada, algo se avolumando e recuando nele em ondas e lhe inundando a mente, mas já não se importa, e essa Mutsi-Chaim já esteve uma vez entre suas mãos, toda aconchegada em uma delas, e agora ela corre à sua frente, a cauda ereta, e quando ela estica a perna às vezes aparece aquele cor-de-rosa, e o gato amarelo aponta com suas orelhas para essa boca rósea, pelo menos esperem um pouco por mim, tenham consideração, e eles não paravam e no máximo se detinham um pouco para permitir que ele se aproximasse um pouco mais, para depois fugir de novo, e assim passaram em sua corrida pelo terreno fuliginoso no qual todo ano os escoteiros fazem a fogueira de recepção aos alunos do quarto ano, e pelo campo de futebol, e ao lado da grande rocha dele com a escavação que ele faz nela às vezes; ele já não enxergava nada, mal respirava, forçou a vista procurando na luz do crepúsculo os olhos que a todo momento se voltavam para ele, gotas amarelas, densas como resina pestanejando e piscando para ele de cada emaranhado de arbustos, até perceber que não estavam correndo mais à sua frente, mas a seu lado, de ambos os lados, como um par de carrancudas escoltas de um condenado, e assim o conduzindo entre eles até depois do estreito rio do esgoto, até o terreno do ferro-velho, e lá ele desabou.

Quando recuperou o fôlego viu que os gatos tinham desaparecido, se confundindo com a escuridão da noite e mergulhando nela. Ficou estirado no chão, o peito subindo e baixando. Acima dele via a silhueta redonda do velho carro Topolino. No ano passado tinha treinado nele um pouco, mas ele não era um desafio para valer. Era muito fácil sair de qualquer uma de suas portas, e desistiu de seu plano de rebocá-lo até o meio do vale e se apresentar nele na festa de fim de ano. Tentou se arrancar daquela posição e se apoiar no carro, ou na geladeira fechada que estava ao lado dele, mas não teve força suficiente. No ano que vem já iria mostrar para eles o que era capaz de fazer. Conseguiria uma mala com fechaduras de ferro e se exercitaria nela. Ou talvez se evadisse de um barril que seria fechado a pregos e envolvido numa lona. Talvez de um grande tanque de vidro. Começou a rir: que idiota ele era, correr assim atrás de gatos. Pesadamente se pôs de pé, subiu devagar pelo atalho até o condomínio. Que coisa tudo aquilo, que divertido. Ele tinha realmente hipnotizado aqueles gatos.

Subiu até a calçada em frente ao prédio. Olhou para todos os lados, nem sombra de Guid'on. Estranho. Cruzou a entrada e foi até os fundos. No asfalto, junto às latas de lixo, escreveu seu nome e o começo do sobrenome até acabar o xixi, isso porque o nome dele era muito comprido. Como tinha assustado os gatos. Que força de vontade, que perseverança. Sacudiu uma vez, duas vezes, a última gota sempre vai para as calças.

E de repente, sem que sentisse, já estava batendo à porta no segundo andar, e Meni, irmão de Guid'on, abriu vestido com uma camiseta esportiva e disse que Guid'on não estava em casa, mas entre e espere, com certeza ele já vai chegar. Aharon disse que só tinha dado um pulo para checar, Meni lançou para ele um rápido olhar e disse claro, claro, e voltou a se exercitar no tapete. Aharon se sentou no sofá grande, sentindo agora como estava extenuado de tanto que correra antes. Não faz mal. É bom para manter a forma. Folheou distraidamente o *Guinness Book* em língua inglesa, e de vez em quando dava uma olhada para ver a dança dos músculos pequenos e nuciformes de Meni, que tentava melhorar a forma para ser piloto da Força Aérea. Aharon leu com esforço as legendas sob as ilustrações do livro: o homem mais rápido do mundo; a maior omelete; o homem que deixou crescer a unha mais comprida. Guid'on não voltava. Dedi, o inquilino estudante que morava com eles, já tinha aberto a porta duas vezes para perguntar se Mira já havia chegado. Ele está esperando por Mira exatamente como eu por Guid'on, pensou Aharon, e deitou no sofá fechando os olhos, e esperou *sonhanding*, pensando em Mira, mãe de Guid'on, pequena e sorridente, cujo rosto está sempre coberto pelos óculos de grau escuros, sempre se fazendo modesta, mas o que Aharon via agora era sua boca, vermelha e larga e de aparência macia, que horas já são, vinte para as seis.

As expirações ritmadas de Meni o enervavam. *Uala*, que atleta animal é esse Meni, disse para si mesmo, do jeito que falavam na turma. Mas esses termos não combinavam com ele. As orelhas de Meni eram exatamente iguais às de Guid'on e às da mãe deles. Pequenas, empinadas, pontiagudas. O cheiro do suor de Meni era forte e concentrado, como o cheiro na sala de ginástica depois que o oitavo ano acabava de se vestir. A maioria dos meninos de sua turma ainda não tinha um cheiro assim de verdade. Avi Sasson já tem, Chanan Shviki tem, e claro que Eli ben-Zikri, o delinquente, tem, talvez com esses isso aconteça mais rápido, mas veja, Meir'ke Blutreich também, e Meir'ke Gantz... ele contava nos dedos. Na verdade, não são poucos. Então precisa acrescentar também o cheiro naquela lista que está preparando de memória, puta que o pariu. Por que esse palavrão, se repreendeu, por que de repente você fala palavrão como um não sei o quê. Como eles. Mas no relógio grande do bufê já era quinze para as seis, e talvez Guid'on tenha mesmo ido à primeira sessão do *Dr. No*.

"Oi, Aharon, estou vendo que você veio hoje também", disse o pai de Guid'on, que tinha entrado de repente envolto num roupão de banho, as pernas finas, compridas e cabeludas despontando, "Guid'on ainda não chegou. Quem sabe você quer tomar uma boa xícara de chá?"

O pai de Guid'on pronuncia Aharon como oxítona, como se fala no rádio, e isso soa engraçado, quer dizer — ridículo. Uma vez Aharon ouviu ele dizer a Guid'on: "Eu sempre amarei você como um pai, mas se você quiser também minha amizade, você deve merecê-la". Seu corpo todo estremeceu ao ouvir essas palavras, que foram ditas no meio de uma discussão comum e boba entre Guid'on e seu pai. Como é que pode isso, Aharon estava chocado, como se pode falar assim, com uma clareza assim, como é que se pode dizer em voz alta uma coisa dessas a outra pessoa, e daí que ele é seu filho.

"Tome, coma, não fique com vergonha." De uma gaveta oculta o pai de Guid'on extraiu uma caixa comprida de línguas de gato. Aharon encolheu os ombros, educadamente, como lhe tinham ensinado. Exatamente aqui, neste lugar, a educação lhe agradava. Aqui não era a hipocrisia de sempre. Aqui era civilidade.

"Coma. Coma. Guid'on também gosta muito deste chocolate. Só come deste aqui."

"Chocolada", foi como ele disse, numa voz artificial, a voz de alguém que preza muito a si mesmo, mas também ri de si mesmo, e o tempo todo ele parecia tenso. Tramando. Não tem um minuto sequer de abstração. De descanso. Como é que Guid'on se arranja com ele. E além de tudo, ele também não trabalha. Não está disposto a trabalhar das oito às quatro, como todo mundo. Por isso eles são obrigados a ter um inquilino, e a mãe de Guid'on, Mira, tem de arruinar seus dedos datilografando. Guid'on contou uma ou duas vezes que o pai sim trabalha, prepara algo já há alguns anos, alguma pesquisa, ou um livro com uma nova ideia, mas no condomínio se sabe que ele é um zero à esquerda. Às vezes, em horas matinais, ele é visto caminhando em seu andar de bailarino, atravessando o vale em direção à universidade, para talvez ficar lá na biblioteca. Mas em geral ele fica o dia inteiro fedendo em casa, e até cozinha as refeições, passa e pendura roupa, nem que me matassem, diz a mãe de Aharon, eu ia querer ter em casa um homem que se ocupa com panelas e fica o dia inteiro zanzando em volta de mim.

É um homem magro e alto, o pai de Guid'on, de corpo frágil e um pouco largado, a pele do rosto precocemente envelhecida e caída nas faces, mas sua boca é pequena e bonita e tem um formato incomum, apertada e contraída como se a qualquer momento pudesse escapar dela um segredo. Ele não se envergonha de chamar da varanda "Guid'-on!", com uma dicção igual à de Moshe Chovav, como se fosse o Guid'on da Bíblia, e não só um garoto do condomínio, "Guid'-on!", mesmo que todo o condomínio ouça, especialmente o pai de Aharon, deitado na varanda com o jornal *Maariv* cobrindo o rosto, refrescando os pés depois do trabalho. Aharon então vai logo para casa e vê como o *Maariv* se mexe sobre o riso de seu pai, e amaldiçoa intimamente o pai de Guid'on.

Mais uma coisa estranha: quando olham para ele na rua, pensam que é um esnobe. Que olha os outros de cima para baixo. Contorcendo a boca em vez de cumprimentar. Mas quando estão sozinhos na cozinha é quase agradável estar com ele. Ele trata Aharon muito bem, serve-lhe chá de um bule de cerâmica colorida, e com toda a seriedade lhe faz perguntas sobre ele mesmo e sobre suas ideias quanto a vários assuntos. Por um momento daria até para acreditar que os adultos realmente se importam com o que se passa com as crianças e quais são suas ideias e pensamentos. Não que Aharon fique feliz de estar assim meia hora na cozinha esperando Guid'on, talvez por engano não peçam para eles lá a carteira de identidade e os deixem entrar, mas assim mesmo é um tanto agradável estar com o pai de Guid'on, com aquele chá de boa qualidade e as línguas de gato que derretem na língua e deslizam docemente para dentro dele, e ele sente como se tivesse vencido a competição Rainha Por Uma Noite da companhia Vita, e como se alguém famoso, ou um ator representando alguém famoso, estivesse ali para recebê-lo para uma conversa de igual para igual.

O inquilino deles, Dedi, enfiou a cabeça cacheada na cozinha e perguntou se Mira ainda não tinha voltado. Aharon se virou para vê-lo melhor. Dedi explicou que estava precisando do material que tinha dado a ela para datilografar. Aharon teve a impressão de que ele estava explicando um pouco demais. O pai de Guid'on olhou para o inquilino com olhos um pouco zombeteiros: "O senhor estudante está um pouco impaciente hoje... Quem sabe se digna a tomar conosco uma boa xícara de chá?". O estudante, constrangido, balbuciou alguma desculpa. "Claro, claro", disse o pai de Guid'on com sua voz sonora, arrastada: "O senhor procura Mira, precisa de Mira, e eu lhe ofereço chá, pediu leite, daremos água...". O estudante fez um gesto de descarte, sorriu um sorriso sem jeito, desapareceu. Aharon viu o sorriso dos lábios do pai de Guid'on se apagar. Fez-se silêncio.

Ao cabo de alguns minutos Aharon não conseguiu se conter e se virou para olhar o relógio sobre o bufê. Seis e meia. É hora de se pôr a caminho se for para chegar a tempo na primeira sessão. Agora estava hesitando, sim ou não. Rapidamente pegou mais uma língua de gato, mastigou com força e engoliu, sem apreciar muito o sabor. E logo comeu mais uma, o rosto sem expressão. Olhou para a caixa vazia, se assustou e se desculpou. Que modos. O pai de Guid'on acenou com a cabeça, desta vez sem maldade, até mesmo com certo interesse: "Não faz mal,

Aharon, eu sabia que você ia gostar disso". Como é que sabia? Baseado em quê? Aharon queria se enterrar de tanta vergonha. Todo ele estava cheio e abarrotado de chocolate. Uma massa doce e líquida que ia se grudando em sua barriga, e o pai de Guid'on disse em sua voz sonora: "À medida que a gente cresce, a gente vê como a vida é complicada e não muito alegre, não é?". Aharon olhou para ele, sem acreditar no que tinha ouvido, certo de que não tinha ouvido bem. O pai de Guid'on tem um jeito enervante de dizer coisas que depois é preciso raspar da alma durante horas, como merda que grudou no sapato. Com que direito ele se mete na minha vida, Aharon fervia. "Aah", disse o pai de Guid'on, e olhou diretamente para dentro de Aharon, cuja alma tinha começado a se debater e a tentar escapar, "Não é fácil, não é fácil. Lembro disso eu mesmo, de minha própria experiência: vistos de fora, parece que todos esses anos passam só em conversas e brincadeiras, colegas e diversões, como se todos estivéssemos ouvindo exatamente a mesma melodia, e depois fica claro que uma vida inteira não será suficiente para digerir o que nos aconteceu então, e a solidão, sim, e a humilhação. E eis que Guid'on acaba de chegar", disse numa voz totalmente diferente, para o espanto de Aharon, "Você toma conosco uma boa xícara de chá, Guid'on?"

Guid'on tinha voltado irritado e cansado. Ele era tão próximo a mim, e não percebeu o que se passa comigo. Aharon lançou-lhe um único olhar e logo soube que Guid'on não tinha cedido, afinal, à insistência de Tsachi para que fossem ver o filme. Ainda dava para ver em seu rosto a conversa que tivera com Tsachi. Dava para sentir o cheiro. Então desta vez Aharon tinha vencido o cabo de guerra secreto, mas não houve nenhuma alegria nisso. Pelo contrário: parecia que a simples visão de Aharon era o suficiente para irritar Guid'on. Ele jogou para um canto o *kitbag* azul que tinha adotado nos últimos tempos, recusou o chá e bebeu água em grandes goles. *Guerguele*, pensou Aharon, e registrou na memória, *guerguele* outra vez, e em plena luz. E também essa excitação toda, que tem muito de sofreguidão, ou destrutividade. Preciso lembrar disso também.

"Vou descansar um pouco", disse Guid'on, viu a caixa de línguas de gato, vasculhou nela um pouco, decepcionado olhou interrogativamente para seu pai, que manteve o rosto sem expressão, e foi embora. Aharon se levantou e começou a lhe dizer algo, mas tornou a sentar, envergonhado. "Guid'on me parece abatido ultimamente", disse seu pai, e Aharon desviou imediatamente o olhar. "Talvez você saiba o que está havendo com ele?" Ele se esquivou o mais que pôde de responder, engoliu em seco, balançou a cabeça energicamente, negando. *Purifiquing*, pensou sem alegria. "Ele boceja o tempo todo, o tempo todo está meio adormecido", disse o pai de Guid'on, e os olhos ficaram inquietos e embaçados. Guid'on *purifiquing*, pensou Aharon torpemente, ressentidamente. "Diga-me", o pai de Guid'on se inclinou, se aproximando dele e baixando a voz, "conte-me, por favor: meu Guid'on já sai com garotas?" Ele riu de repente um riso amargo, submisso, e foi como se se descascasse em seu rosto a tênue máscara de crueldade, a película de sua vergonha. "Ele não me conta muita coisa, o Guid'on, você sabe como é, com certeza você também não conta tudo para seus pais, mas é importante que eu saiba, como ele é com garotas? Ele se interessa por elas? Pode ser que ele faça um programa com elas e nos conte que esteve com você e com Tsachi?" Ele falava excitadamente, enfiando o rosto cada vez mais na cara de Aharon, que recuava e o olhava com apreensão. Em certo momento, num relance, Aharon viu diante de si algo que parecia o negativo da figura do pai de Guid'on: os buracos dos olhos brancos, leprosos, os lábios embranquecidos de pânico. Havia alguma coisa opressiva, inexplicável — como o mistério de uma doença profundamente enraizada — naquilo que lhe chegava daquele homem. Aharon não sabia o que responder. Não conseguia compreender o que o preocupava tanto, e quase chegou a dizer que ele e Guid'on não tinham o menor interesse por essas coisas. Tem tempo, gritou para si mesmo, tem tempo!

Guid'on voltou à cozinha, se movendo com os mesmos movimentos rápidos, agressivos, que amedrontavam Aharon. "Vem, vamos descer para a rocha", ordenou. "Guid'on", o pai dele começou de novo, suavemente. "Eu volto logo", interrompeu-o Guid'on, e Aharon pensou: logo. Ele não tem tempo para mim. Só quer me afastar daqui. Me separar do pai dele. Mas de qual de nós dois Guid'on tem mais vergonha. "*Ial'la*, estamos indo", Guid'on saiu, voltou e pegou seu *kitbag*, por que será que ele está levando o *kitbag*, pendurou-o no ombro e saiu de casa. Aharon saiu atrás dele, sorrindo como desculpa, com estranha solidariedade para com o pai de Guid'on, que agora deixava transparecer sua total impotência.

12.

Desceram as escadas, Guid'on pulando os degraus de três em três, numa agressividade contida. Depois passaram sem uma palavra pelo tronco da figueira, que os fiscais da prefeitura tinham podado um dia, dizendo que alguém chamado Aizen havia telefonado para pedir que viessem cortar uma árvore doente, mas não havia nenhum Aizen no condomínio, e atravessaram a rua correndo, Guid'on passou simplesmente sem olhar à direita ou à esquerda, e Aharon lembrou como uma vez, não há muito tempo, eles salvavam um ao outro nas ruas, um deles às vezes até se arriscando, mas sem demonstrá-lo, para que o outro o salvasse no último momento e ele pudesse lhe agradecer com o coração disparado. Desceram correndo para o vale. Um vento frio de inverno soprava em seus rostos. Guid'on ia na frente, em passos largos e pesados, curvado ao peso de seu *kitbag* idiota. "Ele foi ver *Dr. No* outra vez", se dirigiu a Aharon em tom de acusação, sem voltar o rosto para ele. "Mas ele já viu duas vezes", gritou Aharon atrás dele, tentando alcançá-lo, e os dois sabiam que nessa nova disposição de arrastador-arrastado estava sendo declarado um novo estado de coisas, as pernas de Aharon estavam sendo vencidas, e ele pensou: minhas pernas são curtas.

De uma só vez, bruscamente, Guid'on se virou para ele. Por um instante Aharon esperou que ele tivesse a intenção de restabelecer os vínculos que tinham se esgarçado entre eles, mas Guid'on jogou em sua cara: "Veja, Kleinfeld —".

"Arik! Arik!", gritou Aharon em voz tão amarga que Guid'on esfriou na mesma hora, reconduzido imediatamente a sua antiga lealdade, a seus quatro pactos de sangue, à pedra de basalto que uma vez esconderam no fundo da gruta.

Sentaram-se então no lugar em que estavam, no caminho que levava à rocha, transmitindo à terra aquele estremecimento que tinha atingido ambos. "Mas seu nome também é Kleinfeld, não?", disse Guid'on com uma ponta de cautela.

Aharon, com areia escorrendo entre os dedos, ficou calado. Sentia que se falasse agora sua voz ia tremer. Nos últimos tempos os meninos de sua turma estavam se chamando pelos sobrenomes. Em Tel Aviv isso já tinha começado durante as férias de verão, e agora tinha chegado até aqui. Strashnov e Smitanka e Blutreich e Shviki — e toda uma gama de materiais até então muito bem misturados para formarem um bolo fresco e maravilhoso começou devagarinho a dar para trás, para constituir cada um o diferenciado, o particular, e também o decepcionante: Riklin e Shaharbani e Kolodni. Nomes que fazem parte de envelopes de cartas oficiais, talões de cheque, ordens de mobilização para o exército. Uma pele seca e áspera que envolve a pessoa como uma mortalha.

"Então por que você não foi com ele ao cinema?"

"Hoje não tive vontade."

Ou seja — amanhã sim. Mas ele vai superar isso. Só precisa programar o dia de amanhã com bom senso. Para não acabar imobilizado, sozinho, à tarde. Vai treinar a evasão de um lugar fechado. Já tinha negligenciado por muito tempo seus treinos de Houdini. Mas precisava ter alguém com ele, para trancá-lo dentro.

"Então venha com a gente também", sugeriu Guid'on sem muita convicção.

"Eu odeio James Bond." Silêncio. Contenha-se, burro. "Pode me matar, mas não entendo por que de repente você quer assistir a todos esses filmes britânicos, com garotas de salão e essas besteiras sobre espiões e tudo."

"Pois saiba que toda a turma do —", baixou a voz e olhou cuidadosamente para os lados, "— do Serviço Geral de Segurança assiste a todos esses filmes britânicos como parte do treinamento deles. Foi Meni quem falou. Pode-se aprender muito com isso. Isso realmente desenvolve o raciocínio e os instintos."

Que sabe você sobre espiões, pensou Aharon com cansaço, sobre agir em segredo, com cautela, o tempo todo alerta, com o coração contraído de medo, fingir pertinência, cultivar aparências, ser abandonado, tudo sempre em território inimigo.

"Venha com a gente uma vez e você vai ver sozinho."

E também: a preocupação com essas pessoas que têm de classificar você rapidamente pela aparência: gerentes de cinema, por exemplo; uma enfermeira nova que vem trabalhar na escola; velhas míopes que falam com ele como se fosse um menininho; uma professora substituta que tinha transferido ele ontem, sem qualquer aviso prévio, de seu lugar na terceira fila para um lugar na primeira; alunos do primeiro e do segundo ano que olham para ele com clara expressão de que não estão entendendo quando veem ele andar com os meninos da classe dele, mas talvez seja só impressão; e professores de educação física rudes, assoberbados, nos dias de esporte para a escola toda; e o corvo fixo que come das latas de lixo, que não tem certeza se Aharon já está na idade em que já não é obrigado a atirar nele pedras;

ou vovó Lili que de repente sugeriu que lhe comprassem para o bar mitsvá um bom carro de bombeiros, talvez ela esteja um pouco confusa.

Continue calado. Morda as bochechas por dentro. "E além disso", mesmo assim a amargura descerrou-lhe os lábios, "não vão deixá-lo entrar. Eles ficam lá examinando as carteiras de identidade."

"Veremos", disse Guid'on, e não precisava dizer, nem disse no tom correto. Mas algo já se tornava sombrio no céu, e em volta deles, e Aharon pensou que forma delicada de dizer merda como se fosse pluma, e para que seus olhos secassem percorreu com o olhar todo o espaço à sua volta, olhou através da névoa vespertina para o pequeno vale deles, pousou os olhos na gigantesca e calejada rocha, no perene rio de esgoto que vinha serpenteando desde o condomínio, no gigantesco monte de ferro-velho com o Topolino enferrujado e quebrado e com a velha geladeira fedorenta... Do que ela tinha tanto medo, aquela Sophie Atias, no que poderia ele prejudicá-la, e alguma coisa amarga e pesada foi se afundando nele cada vez mais, e sem querer deixou escapar que amanhã pretendia entrar novamente no apartamento do terceiro andar, para verificar se ninguém tinha se instalado ali. Engoliu em seco, e perguntou a Guid'on se estaria disposto a ficar de tocaia enquanto ele entrava no apartamento.

Já tinha visto uma vez esse olhar no rosto de Guid'on: perto do lugar em que agora estavam sentados, no ritual em que foram recebidos nos escoteiros três anos atrás. Os veteranos quintanistas acenderam uma bela fogueira, encimada por tochas, e prepararam dísticos de fogo em troncos, que eram vistos de longe. Todos os pais vieram, e ficaram na beira do vale para ver a cerimônia, e os novos membros chegaram, vestindo uniformes cáqui muito bem passados. Após os discursos e as saudações os quintanistas formaram um círculo compacto em volta do fogo, as mãos fortemente entrelaçadas. E o chefe do grupo declarou que os jovens novatos teriam de romper a roda para merecerem ser aceitos como escoteiros, e o grupinho de Aharon riu excitadamente, pois sempre corria a lenda de que todo ano havia um menino que não conseguia entrar na roda, e ele ia para um "campo de imigrantes". *

Aharon, que estava na primeira leva dos invasores, lutou com um quintanista robusto, chutou-o com toda a sua força, conseguiu penetrar e sentou junto ao fogo. Ficou assim sentado por um momento, respirando aliviado, e sentiu de repente despertar dentro dele aquela sua força estranha, uma cócega prazerosa bem no fundo, que às vezes o faz extrapolar e fazer coisas que em geral não faz, mas às vezes também suscita dentro dele suas ideias mais maravilhosas, uma espécie de urgência para acrescentar mais uma orgulhosa linha num desenho magnífico que fez, ou de driblar mais um drible, vaidoso, supérfluo e perigoso diante do gol vazio, antes de marcar. Guid'on também já tinha conseguido romper a muralha, e estava sentado a seu lado, radiante e ofegante. Aharon olhou com muita atenção para as orelhas ardentes, pequenas e pontudas de Guid'on. E de Meni, seu irmão. E da mãe deles. Suas orelhas de família. As crianças riam de Guid'on por causa de suas orelhas, mas naquela noite, junto à fogueira, ao lado da altivez tranquila de Guid'on, Aharon olhava para elas como se só agora as estivesse vendo realmente, pela primeira vez, e a precisão de sua forma, e a sensação de leal pertinência que irradiavam em sua mudez, como um certificado genealógico feito de cartilagem, desses recebidos com merecimento e passados adiante com integridade. Com certeza os filhos de Guid'on também terão orelhas assim, não vai ter

---

* No sentido original, abarracamento ou conjunto de barracões que serviam de moradia provisória para novos emigrantes. (N. T.)

jeito, e Aharon sentiu de repente um obscuro reverbero de raiva, de apreensão; talvez a fumaça da fogueira sobre ele o estivesse asfixiando, e ele se mexeu no lugar, incomodado, ainda não muito ligado, um pouco sufocado, e em volta, o tempo todo, a algazarra dos que corriam e dos que bloqueavam, e os estalos do fogo, mas Aharon não estava ouvindo nada disso, se levantou, sem pensar no que estava fazendo, só sentia o latejar do pânico dentro dele; era algo que estava acontecendo com ele, que o fazia prestar atenção: pois existe uma trilha estreita que serpenteia e se esgueira entre as coisas visíveis, e só Aharon, sozinho, seguirá por ela; e das letras conhecidas podem-se sempre criar palavras novas, secretas; ele emergiu de dentro dele mesmo, febricitante: ficou de pé por um instante, pasmo e confuso, e as crianças sentadas começaram a fitá-lo com espanto. Talvez pensando que não se sentia bem, mas ele se sentia ótimo. Havia nisso uma declaração, mas ele não sabia de quê; e também um protesto, e ele não entendia contra o quê; e principalmente a fruição de uma nova possibilidade, que palpitava e rejubilava entre os fios de arame lá estendidos, hesitando e escapando; reconsiderando e voltando; e com isso há algo que pode se dissolver, amaciar, ficar escancarado e iluminado, sim, assim, é assim que ele quer, a movimentação livre de ir e vir através da muralha fortificada. E ele lembrou que seus pais estavam lá em cima, na orla do vale, entre todos os outros pais, a mãe e o pai dele, sérios mas certamente festejando, e esperando que ele não desse vexame, e um dia ele também vai estar lá assim, na beira de um vale como este, adulto, pesado e responsável e sabendo o que tem pela frente, e seu filho vai correr e conseguir entrar, não vai dar vexame, de geração em geração, numa longa e estreita fileira, sem desertores e sem traidores. Então, finalmente, saiu de onde estava. Isso era liberdade, aquela alegria que nele jorrou quando em um minuto rompeu o círculo de dentro para fora, os braços abanando de cada lado como se fosse um pequeno avião; liberdade mas também rejeição; pois foi logo derrotado, submetido ao rigor do ritual e à crueldade de seus zeladores, todos passaram a ser de repente guardiães do ritual, todos os outros que ele mesmo, em sua frivolidade, fundira num bloco só e lhes revelara sua missão e lhes dera um nome; talvez tenha sido então que a coisa realmente começara; e ele só tinha dez anos, a blusa xadrez ainda estava esticada no corpo de Guiora, e em casa se planejava chamar o fotógrafo do dispendioso Photo Gwirtz, abrindo mão da câmera-caixote de Shimek, cujas mãos tremem, e o pai e a mãe calculavam de noite os preços de diferentes cardápios; e exatamente então Aharon foi fazer o que fez, rompeu de dentro para fora a muralha dos quintanistas, só alguns passos entre os arbustos pilosos de cássia, parou ali, se virou na direção da muralha, e diante dos olhares espantados tornou a se lançar para dentro.

    Chocou-se contra a muralha e foi repelido. Porque os quintanistas, provocados e irritados, agora cerravam fileira juntando seus corpos, e o repeliam com gritos ritmados. Outros garotos, que tinham fracassado em suas investidas anteriores, aproveitaram o momento para penetrar facilmente na roda. Seguidamente, vez após vez, se jogou de encontro à muralha, e rapidamente ficou cansado e batido, não conseguindo mais planejar suas tentativas de invasão. As abundantes pancadas que tinha recebido já não doíam mais, só incomodavam, como se alguém lhe batesse o tempo todo no ombro tentando desviar sua atenção de algo. Quando parava para tomar ar, se curvando no escuro, olhava para os garotos que estavam dentro do círculo, junto ao fogo. Viu Guid'on e Tsachi conversando, o que têm eles para conversar agora, melhor que venham e façam alguma coisa para ajudá-lo. Já se arrependia de sua afoiteza, sempre fazia dessas bobagens, mas era principalmente o espírito de vingança deles que o penetrava como veneno; a rapidez com que todos tinham se aliado;

sua inveja impiedosa. Classista. Ele se atirou para dentro, e eles responderam com a solidez de seus corpos. Sem um pingo de ar, o suor entrando pelos seus olhos, se levantou mais uma vez e correu para dentro deles, toquem em mim, vejam como estou quente; hei hop, exclamaram todos juntos, era sua arma mais simples e eficiente, e o ponto fraco dele; tornou a cair e tornou a se levantar e a atacar, cego, a gritar, e eles, sem ter consciência disso, com o sexto sentido das massas, fizeram uso preciso exatamente daquela matéria-prima preciosa, joséfica, de exceção, que sempre tinha sido dele. Eles o sacrificaram em benefício da união deles.

Naquele momento Guid'on finalmente foi em sua direção e olhou para ele com um olhar esvaziante, e Aharon deteve por um momento sua corrida epiléptica para o círculo de corpos, chocado e magoado com aquela perversidade, pois Guid'on tinha se apressado, apressado demais, em se agarrar a uma fraqueza boba de Aharon para, sem compaixão, refutá-la, numa total omissão da coisa verdadeira. E agora sabia exatamente como era visto por Guid'on naquele momento: como um daqueles pilotos que morrem não em combate, mas quando estão fazendo a pirueta da vitória sobre a base aérea. E de uma só vez as pernas de Aharon fraquejaram, e tudo murchou em seus olhos, pois se até Guid'on se enganava assim com ele... — e numa desistência total se virou e desapareceu dentro da escuridão.

"Me diga um instante", disse Aharon com cansaço, procurando palavras que preenchessem o pesado silêncio, "como estão seus olhos?" Guid'on respondeu com uma delicadeza forçada que obrigado, ainda estão uma droga. Sente uma fraqueza no esquerdo, e enxerga um fiozinho retorcido na frente do olho o tempo todo, a mãe dele fica tentando convencê-lo a fazer um exame na *kupat cholim*, mas ele tem certeza de que isso passará por si só. Aharon disse logo que talvez fosse necessário tomar três pílulas dessas por semana, em vez de duas; Guid'on respondeu que apesar de tudo ele tem medo de uma quantidade dessas, tão grande, que poderia prejudicá-lo ao invés de ajudar. O que tem aqui para prejudicar, disse Aharon numa voz distante, com os lábios finos da mentira, minha avó e minha mãe tomam todo dia faz anos, e graças a isso não precisam usar óculos. Ele enfiou a mão no bolso traseiro das calças, vasculhou um pouco e tirou um papel vegetal, e dentro dele a pequena pílula amarelada, Guid'on já estendia a mão para recebê-la, e a momentânea hesitação de Aharon fez deslocar a bolha de nível que havia entre os dois, houve tempos em que não perceberia isso, tudo voltava àquela mesma questão ruim: ele estava aprendendo, sem querer, a língua da terra do exílio para onde fora degredado; e como que sem intenção acrescentou eles são bem canalhas lá, nos testes da Força Aérea, e sentiu interiormente o frio encolhimento dentro de Guid'on. Eu li que eles agora têm uns instrumentos, melhor nem saber, eles entram por dentro dos seus olhos e da sua alma. Ainda não tinha dado a pílula para Guid'on, e Guid'on ainda mantinha a mão estendida, mas fingia não ter notado a demora. Um arco áspero a se esfregar na corda daquela nova maldade. De repente Aharon voltou a cabeça para trás, assobiou para Gumi e disse "Vem, vem, cachorro bom" e fez cócegas sob o queixo do cão, e também naquele lugar na barriga que aciona as sacudidelas da perna, sentindo que Guid'on estava irritado, e que ele estava cheio disso até aqui, mas não dizia palavra porque precisava da pílula. *Purifiquing*, pensou Aharon com raiva. "Quem sabe você para com essas bobagens, Aharon", exclamou Guid'on de repente, "que idiotice é essa com o cachorro, que com certeza já virou presunto, você quer impressionar quem?!" Aharon olhou para ele por um instante e disse numa voz trêmula que ele tinha direito de fazer com Gumi o que quisesse; Guid'on, que tentava manter a calma, por causa das pílulas, disse que Aharon sabia muito bem que a mãe dele tinha posto Gumi para fora de casa já fazia dois anos, depois que o viu cobrindo a cadela de Botenero junto às latas de lixo, e Aharon insistiu e disse a Guid'on que ele continuaria a cuidar de Gumi do jeito dele até chegar o dia em que Gumi deveria morrer, dentro de mais ou menos doze anos, era uma coisa totalmente particular e que não incomodava ninguém; Guid'on olhou para ele e disse "Juro que às vezes não entendo você", e Aharon apertou os lábios querendo gritar e o que me diz de você e seu *kitbag* idiota, quem você quer impressionar quando põe ele nas costas como se fosse um batedor do exército, e para que exatamente seu amigo Tsachi comprou uma corrente de ouro para o pescoço e um canivete com seis lâminas, com o qual ele brinca o tempo todo, abrindo e fechando; ele não sabia que relação haveria entre seu oculto Gumi e o *kitbag* imbecil e o canivete; só sabia que ele mesmo não suportava manter objetos supérfluos durante muito tempo; que ele detestava coisas e objetos grudados em seu corpo: "*Ial'la*, pegue logo, pegue!", levantou subitamente a voz, deprimido por causa dessa situação, que não desejava de maneira alguma; se sentia como um doente que a cada minuto se depara com um novo e estranho sintoma de sua doença.

Guid'on engoliu no susto, sem água.

"Ouça", disse de repente, "eu... acho que não vou participar desta vez."

Aharon fitou-o longamente até perceber que Guid'on se referia à questão da observação e da tocaia. "Então você também me saiu um medroso, hein? Como Tsachi? Muito bonito." Disse isso como um ator dando por engano uma fala de outra peça, sem ter coragem para interromper.

"Poxa, você sabe muito bem que não é por medo." Calaram-se de novo, ensimesmados, como se ficassem sem forças entre uma frase e outra. Os adultos, refletiu Aharon debilmente, até que gostam de manter coisas junto ao corpo, uma carteira, por exemplo, ou canetas de todos os tipos, e documentos, e pastas, e moedas e colares e anéis e bolsas e chaveiros, e ultimamente eu tenho quebrado lápis demais, perdido canetas, ele passou uma mão irada diante do rosto, e ontem no jantar novamente tinha deixado cair um copo de vidro; e na classe tinha fechado uma porta sobre o próprio dedo; e isso dele hesitar e errar algumas vezes até conseguir enfiar um canudo numa garrafa, gostaria de saber se alguém já tinha percebido isso, e esta semana o pai lhe pediu para desatarraxar uma lâmpada queimada, e quando errou na direção ela estourou em sua mão.

"Estou pensando nisso agora", disse Guid'on, "estou pensando que desde os zero anos a gente já fazia essas operações. Em todas as férias você achava para nós um espião da vez, ou um tesouro enterrado, ou a gente trabalhava meses a fio tentando inventar um novo material, que ninguém havia ainda descoberto", ele começou a enumerar detalhadamente toda a lista com a intenção de ser rigoroso com Aharon, de chamá-lo à razão, talvez até diminuí-lo, mas contra sua vontade seu rosto e sua fala se suavizaram: "Ou você nos convencia de que esse coitado, o Kaminer, era um lobisomem..." Guid'on deu uma breve risada, e Aharon sorriu também: "E entramos na casa dele e achamos uma peruca de mulher", lembrou Guid'on. "Viu só? Uma mulher que talvez tenha sido trucidada!" "Sim, claro, e lá também tinha uma grande grosa de carpinteiro, e você conseguiu nos convencer de que era usada para afiar os dentes..." "E quanto ao calendário? Como é que você explica o calendário?" "Que calendário?" "Aquele com as marcas em vermelho no meio de cada mês, exatamente nos dias de lua cheia!" Guid'on balançou a cabeça e disse: "Ô Arik, Arik, que ideias você tinha então", e Aharon pensou agora também, tudo depende só de você. "E da última vez que estivemos na casa daquela dona, Edna Blum. Lembra?" Aharon fez que sim, calado. Se Guid'on soubesse que ele voltava lá pelo menos uma vez por semana, às vezes mais do que isso, ia pensar que tinha enlouquecido. "E você ainda tem a chave? Aquela chave-mestra?" Aharon imediatamente a tirou do bolso e mostrou a Guid'on. Fazia três anos que tinha comprado aquela chave de Eli ben-Zikri, que lhe havia ensinado os segredos dela e já naquela idade usava uns modelos grosseiros que deixavam Aharon agitado toda vez que deparava com uma fechadura nova. Em troca ele dera então a Eli a chave do abrigo antiaéreo do prédio, o abrigo estreito e comprido que servia de depósito para todos os pertences dos moradores para os quais não havia lugar nos abarrotados apartamentos. E desde então o abrigo ficou mais espaçoso, e os moradores transferiram para lá mais e mais objetos, e aconteceu o milagre de sempre haver mais lugar, e Aharon tremia de medo quando pensava nisso, e no que aconteceria se descobrissem.

"E quando ele voltou de repente da diálise, o Kaminer, e quase nos pegou?" "Sorte que eu mandei o Tsachi ficar observando", disse Aharon com orgulho: Aharon, que nunca tinha fracassado no planejamento de suas operações. "Você sempre deixou Tsachi do lado de fora", Guid'on lhe sorria, "hein, então, não é verdade?"

Ambos sorriram um sorriso sutil de parceria e proximidade. Por um momento houve uma breve trégua. "E quando você resolveu que Perets Atias era membro da Ku Klux Klan", gemeu alegremente Guid'on, esticando um pouco mais o fio da benevolência, e Aharon sentiu de repente que também Guid'on estava tentando escapar de cumprir sua tarefa. "E quando você resolvia que alguém na rua era um espião egípcio, e nós o seguíamos até que ele mesmo já começava a se achar suspeito..."

Aharon pigarreou, para afastar o néctar daquelas lembranças. "E quem é Igal Flusser?"

"Igal Flu... claro: vinte e sete anos de idade."

"E quatro."

"E quatro. Fugiu para o Egito para ser um espião contra Israel. Ele se apaixonou pela mulher de... *nu*... Altschuler, que já estava preso lá! Em que prisão?"

"Prisão de Abasia! E quem mais estava com eles na prisão?"

"Um minuto, não me diga... Victor Guershon de Pardes Chana. E Nissim Abussarur."

"Nada mau. E também Arnold Franck, e me diga o nome do interrogador egípcio."

"Ah... isso eu esqueci." Guid'on deu de ombros.

"Esqueceu? Coronel Shams, da contraespionagem do Egito."

"Certo. Shams... E você nos treinava para resistir aos interrogatórios e torturas dele... Você tinha mesmo mania de espiões e de traidores, você..."

"Ainda tenho, um pouco", Aharon deu uma risadinha, "e você lembra, não, o que eu queria dizer, ah, é que às vezes eu ainda fico pensando em quem era aquele jovem que diziam que parecia ser um *kibutznik*, que tinham visto numa cela separada?"

"E disseram que não dava pra acreditar que alguém com aquela aparência quisesse ser um espião contra nós."

"E de onde era esse... Shimon Kramer?"

"Só me lembrei agora", sorriu Guid'on, "que uma vez você resolveu nos deixar loucos com a ideia de que você mesmo talvez fosse um agente duplo, lembra?"

"Não. E Shimon Kramer era de Rishon leTsion. E ele também tinha cruzado a fronteira para Gaza, para se juntar ao serviço de inteligência egípcio."

"Poxa, o tempo todo você quis nos dar a impressão de que guardava algum segredo de espionagem... você desenhava marcas na terra, para sinalizar aos aviões, aos espiões...", um olhar estranho e agudo luziu por um instante nos olhos de Guid'on, e Aharon desviou bruscamente o rosto. "Você está enganado, os sinais eram de outra coisa", disse rápido, "inventei os sinais quando estávamos brigados, na colônia de férias da escola. Nossa grande briga na quinta série."

"É verdade!", bradou Guid'on, sabendo que tinha se enganado, se iludido, "tivemos uma briga, por causa de quê? E então pensamos que era o fim do mundo." Tinha sido o fim do mundo, mas quando fizeram as pazes a amizade dos dois virou outra coisa: de hábito da infância passou a ser uma opção veemente. Eles riram em silêncio. Riram até demais. Um suspiro de despedida soprava entre suas palavras. Aharon não sabia o que tinha mudado nos últimos minutos, mas por um momento ousou esperar que Guid'on tivesse pena dele.

"Sim, sim", lembrou Guid'on, passando a mão nos cabelos, "você criou um sistema, era complicado, você tinha sinais, eram sete sinais, lembra?"

"É mesmo?", perguntou Aharon cautelosamente. "Engraçado que eu não me lembro nada deles."

"Como não se lembra? Tinha o sinal da blusa, a blusa vermelha com o emblema da colônia de férias, e você determinou que se houvesse alguma emergência no meio da briga era para pendurá-la nas cordas junto com roupa lavada, atrás do edifício, e o outro iria na mesma hora para a rocha. Você fez de tudo para que a briga não durasse mais de uma semana."

"Sim? E o que mais teve?"

"Teve... cortar as folhas, as três folhas de baixo, à direita, na planta grande que fica na entrada da minha casa. O fícus. Este foi o primeiro sinal. E no segundo dia você tinha outro sinal... sim, deixar a torneira atrás do prédio pingando, e isso também seria sinal de emergência, de que alguma coisa tinha acontecido e o outro tinha de ir até a rocha, mesmo estando de mal. Logo após o descanso da tarde, você estipulou, às quatro horas em ponto."

"Olha só como eu não me lembro de nada", disse Aharon num tom contido.

"Claro! E marcar com um rabo as setas dos sinais antigos que a gente fazia pelos caminhos, você não se lembra?"

"Não. Me lembre, só pela diversão."

"E... encher de areia as frestas das sarjetas, não dá para acreditar que você não se lembra, você tem uma cabeça ótima para essas coisas."

"Estou começando a me lembrar de alguma coisa, mas com dificuldade", disse Aharon, tenso, ritmando as palavras. "Mas, me conta, não havia também outro sinal, um último sinal, que mesmo se eu estivesse no outro lado do mundo e você me enviasse ele eu teria de ir na mesma hora para a rocha?"

"Você está me matando, esquecendo tudo isso. Logo você? Ouça", ele riu. Com as feições contraídas Aharon olhava o movimento de seus lábios. "Combinamos que em caso de vida ou morte, se um precisasse do outro, subiria na rocha e faria sinal com um espelho, SOS, no teto do meu quarto, ou do seu."

"Interessante... e como era esse SOS, você ainda se lembra? Porque eu com certeza já esqueci."

Guid'on franziu o cenho. "É assim: três pontos, depois traço, traço, traço, e mais três pontos: um sinal rápido, depois lento, e de novo rápido. Morse eu nunca vou esquecer na vida."

"Parabéns", disse Aharon, se recostando um pouco e respirando profundamente. Algo em seu rosto como que se aquietara.

"*Uala*, cada ideia que você tinha..."

Agora fique calado. Contenha-se. "Pode crer que isso era melhor do que o seu James Bond", estragou.

"Bons tempos...", suspirou Guid'on e parou de rir. Aharon repetiu "bons tempos". De novo reinou o silêncio. Guid'on abriu um largo bocejo e por um longo momento Aharon olhou para dentro de sua boca aberta, por que Guid'on está abatido, o pai dele queria saber, por que anda tão cansado ultimamente, que ele feche logo essa boca, suplicou Aharon intimamente, feche logo. Em pânico, vasculhou seus pensamentos para resgatar de lá alguma coisa que o fizesse esquecer a ansiedade e a culpa, que alimentasse a tênue chama que tremulara entre os dois um minuto antes. O que vai dizer. Pois ele já sabe que no fim dessa conversa virá sobre ele o golpe. Em sua aflição, enfiou a mão no bolso, graças a Deus, pescou de lá aquela moeda. Guid'on olhou para ela. "Acho que é só uma moeda velha que alguém esfregou com uma pedra." "Mas quem sabe não é uma moeda rara?", disse Aharon. "Para mim é só uma moeda defeituosa. Peça a meu pai pra dar uma olhada. Ele tem uma coleção do mundo inteiro." "Uma coleção do mundo inteiro, eu tinha esquecido. Olha só como eu hoje estou esquecendo." Jogava com o tempo. Ainda reuniu forças para dizer que quem sabe, o que você acha, quem sabe é melhor dá-la como esmola a Morduch, e logo pôs na cara um frágil sorriso e disse que ele sabia que isso não era legal, enganar assim um cego, e Guid'on, que agora tratava de não olhar para ele, disse que de qualquer maneira Morduch não sabe o que dão para ele, e Aharon sussurrou ele não sabe mesmo. Ele agradece com uma bênção até por pregos e porcas, Guid'on reiterou o óbvio; sim, sim, até por pregos e porcas, ecoou Aharon distraidamente, debilmente, as terminações das frases curtas de Guid'on, como que para estendê-las um pouco, como se fossem carícias furtivas assim trocadas entre as palavras.

E elas ainda se estenderam, se ramificaram, escravizadas umas às outras, até que cessaram e silenciaram. A cabeça de Aharon pendeu entre os ombros revelando sua nuca estreita, e ele esperou, mas Guid'on ainda não disse nada. Aharon não tinha mais forças para esperar. Ele não compreendia como os dois tinham chegado a tal situação, com Guid'on tão distante dele e tão perigoso. Absorto, tocou no *kitbag* azul, alisou seu interior acolchoado, macio como o pelo de um filhote. Guid'on, surpreso, olhava para os dedos dele. Aharon recolheu a mão, num sobressalto.

"E logo agora, quando pode haver um espião de verdade, talvez até mesmo um assassino profissional, vocês tiram o corpo fora, muito bonito..." Não sabia com que propósito estava dizendo essas bobagens. Tentou fazer o tipo clássico do ofendido, mas sua voz soou muito chorosa e fina, e em seu rosto, que de repente parecia ter sumido dele mesmo, se desenharam por um instante linhas de profundidades estranhas, desfalecidas. Se Guid'on olhasse para ele agora, se olhasse só por um instante, poderia ver toda a profundeza de sua aflição. Mas Guid'on, com o egoísmo que talvez seja necessário às crianças para conseguirem se preservar de minuto em minuto, com o admirável anonimato no qual conseguem manter amizades longas e leais, com algum resquício de um instinto de conservação primevo, talvez dos tempos em que crianças morriam aos montões, evitou olhar para ele, e se salvou. Voltou o rosto para longe, se manteve delicado e íntegro. E Aharon soube que não lhe restava esperança.

"Tsachi diz que já está um pouco cansado dessas brincadeiras", Guid'on começou a fazer o que lhe fora incumbido, e acrescentou rapidamente, nobremente: "as imaginárias."

Porque poderia ter dito "de criança". Ou, pior do que tudo, "infantis". E Aharon, grato e humilhado ao mesmo tempo, sabia que Guid'on tinha se encarregado de fazer essa declaração para poupá-lo da rudeza com que Tsachi a faria.

"Eu inventei aventuras para vocês", disse Aharon baixinho, o lábio inferior a tremer.

"Aventuras é uma coisa muito legal...", se esquivou Guid'on; no silêncio que se seguiu Aharon enfiou a mão no bolso e tocou rapidamente em sua tira de cebola, que lhe revela toda escrita secreta e todo pensamento oculto, e imediatamente ouviu dentro dele o que Aharon estava pensando: "Mas agora estamos diante de uma aventura grande de verdade. A maior de todas". Largou a cebola como se tivesse se queimado.

"E nem das apresentações de Houdini você quer mais participar? É isso?" Melhor ouvir isso agora. Sem subterfúgios. Porque sempre tinha se sentido protegido pelo fato de ser Guid'on quem o trancava e amarrava as cordas em volta dele antes da apresentação.

"Apenas me explique", disse Aharon desesperançado, "para que eu entenda, pois talvez eu seja um pouco lento, então me explique devagar e com clareza, por que há dois anos e há um ano era permitido e era divertido entrar, digamos, nas casas dos outros, e agora de repente não? Quer me explicar o que foi que mudou?"

"Naquela época era diferente", Guid'on se esquivou de novo, e um sinal de alerta começou a piscar no limite da blindagem de sua contenção.

Diferente o quê, diferente como, meu Deus, faça com que este ano tenha lá um espião, só para provar para eles, para todos, só para, de uma vez só, pôr em ordem toda essa bagunça... E eis que agora Guid'on contrai a boca num gesto que encerra uma espécie de último pedido de desculpas, de tocar o coração, de um gladiador que é obrigado a matar seu irmão diante do público ávido de sangue, mas onde está a multidão, quem é essa multidão ausente, que os lança um contra o outro, e onde está o imperador; e Aharon levantou os olhos e viu como, no último momento, ainda borbulha no semblante de Aharon a bolha de seu amor, como se tentasse com todas as forças despertar Aharon, levante, levante, ele lhe sussurra através da redoma de vidro que recobre o adormecido Aharon, levante que estamos saindo todos para a grande excursão, e Aharon continua deitado e enrodilhado em si mesmo, exangue, quase desprovido de carne, se você é leal a mim então me imite no que for exigido, e Guid'on vai recuando para uma abertura iluminada, através da qual se desenha um veículo grande, possante e forte, um grande caminhão ou talvez um tanque de guerra, e sobre esse veículo dá para vislumbrar, entre os ofuscamentos, todos os ruidosos colegas de turma juntos, meninos e meninas, com mochilas e pacotes e bastões e cordas e pastas e canivetes nas mãos. Não, não, não posso ir agora, murmurou, e nos olhos dele a tristeza e um pedido de desculpas, compreendam, eu os deixo agora por muito tempo pelo visto, eu me metamorfoseio assim numa espécie de catástrofe particular minha. Eu *metamorfosing*. "Ouça-me um instante, Arik", foi exatamente o seu tato e a sua nobreza que provocaram a reação de Aharon, "para o seu bem, ouça-me, porque você precisa, precisa mesmo se controlar..."

"*Ial'la* você!", Aharon interrompeu-o rudemente, "*Ial'la* vocês todos! Vou entrar lá sozinho! Sozinho!" E ele se levantou e saiu correndo de lá, lançando só um grito até então sufocado no rosto espantado de Guid'on, correu de lá cegamente para o centro do vale escurecido, para dentro da gigantesca garganta, escura, dentro dela engasgando e gritando que ele continuaria para sempre, que ele entraria sim nas casas, que ele sim se evadiria de caixotes e malas e automóveis, que ele sobreviveria, que ele era eterno.

13.

Num agradável dia de inverno, numa manhã de sábado, Aharon subiu à Torá. Quando viu diante de si o rolo que era o Livro e as letras cheias de franjas, toda a sua tensão se desvaneceu, e cantou e entoou de todo coração "E um dos anjos voou para mim, em sua mão uma brasa, com tenazes a pegou do altar...". O pai ficou a seu lado, enrolado no *talit,* o rosto vermelho espocando de dentro dele mesmo, gaguejando atrás do dedo do rabino os versículos que lhe haviam cabido, e Aharon jubilava: "e tocou em minha boca, e disse eis que ele tocou em seus lábios, e seu pecado foi removido, e sua transgressão perdoada...". O pequeno rabino, cujos traços fisionômicos se concentravam e reduziam a um mínimo, não desviava dele o olhar. Talvez lembrando aquela pergunta, atrevida, sobre a justiça divina, com olhar suspeitoso, malvado e amargo, seguia um Aharon radiante, a dançar de braços abertos diante do pai sob a chuva de confeitos atirados do setor feminino, e Aharon, no ardor de sua alegria, foi de repente fustigado por esse olhar.

Depois a família voltou para casa, e já os esperavam na porta os dois pequenos religiosos que tinham vindo a pé do bairro ultraortodoxo de Meá Shearim trazendo com eles, num velho carrinho de bebê, uma panela gigantesca de *kuguel* enrolado em toalhas para se conservar quente. A mãe correu para a cozinha com Iochi, para cortar o *kuguel* e fazer os últimos arranjos no serviço, e Aharon subiu e sentou no peitoril da janela de seu quarto, um pé sobre o Fridman, olhando para a rua e sentindo espetá-lo, seguidamente, a lembrança do olhar furtivo, desimportante, do seu rabino. Quando viu o Volkswagen de Shimek e Itka, que vinham de Netania, desceu da janela e deitou de costas na cama.

Duas semanas antes do bar mitsvá a mãe levou um sapato dele ao sapateiro persa do mercado e deu-lhe instruções precisas, e assim mesmo o idiota fez sapatos grandes demais e Aharon teve de usar duas palmilhas. A mãe também comprou para ele meias novas e grossas, enrolou-as em seu punho e viu que eram grandes, mas para usar uma vez só elas sem dúvida serviriam. Aharon olhou então para a meia enrolada no punho e disse que tinha aprendido que o coração do homem tem o tamanho de seu punho. Ela lançou um olhar ao punho dele, arrancou dele a meia, *tfu*, você não deve acreditar em tudo que lhe ensinam lá. Quando calçou os sapatos se sentiu de repente mais alto, se curvou e viu que eles tinham um salto especial. A mãe se concentrava naquele instante numa sujeirinha que tinha acabado de descobrir na blusa dela, molhando-a com saliva e esfregando com força. Aharon ficou calado. Eis que ele também começava a trair a si mesmo, e se odiou por causa daquele silêncio.

Aos pares, alguns também com seus filhos, os familiares foram se reunindo. Iochi entrava de vez em quando, sorria para animá-lo e lhe trazia os presentes que chegavam como que por um sistema, assim disse ela. Ele ganhou *Mil personalidades* e *Uma resposta para cada pergunta*; o dicionário de línguas estrangeiras para o hebraico de Kapai Pines; dois jogos de marmitas militares, com prato e caneca; os seis tomos dos escritos de Churchill; e de Itka e Shimek o *Guinness Book*, em inglês, como tinham prometido a ele uma vez, quando ainda tinha interesse nesse livro. E o que vai fazer com ele agora. Da sala de visitas já vinha um grande burburinho, mas ele tinha decidido que ia ficar sozinho mais um pouco. Preparar-se. Sentia calor, na sufocante gravata-borboleta, no grosso suéter que a mãe tinha tricotado especialmente para ele, e no paletó de novo imigrante que lhe haviam comprado, com os ombros acolchoados; ela lhe arrancaria o couro, tira por tira, se ele tivesse a ousadia de despir alguma dessas peças antes que a última visita fosse embora. Ficou deitado na cama e folheou sem prazer o *Guinness Book*, exatamente igual ao de Guid'on, que ele já conhecia de cor, e graças ao qual, podia-se dizer, era um dos melhores da turma em inglês; agora tornava a ler sobre o camponês que criara um ganso com cinquenta e oito quilos, exatamente o mesmo peso de Dina Barzilai,* e leu sobre a árvore-anã que fora cultivada no Japão, e sobre Igor Makarenko, o homem mais alto do mundo, que morrera com vinte e três anos, porque pessoas desse tipo não vivem muito, e bocejou forte e acentuadamente, para que não houvesse qualquer dúvida. A campainha da porta soou e Aharon ouviu seus pais receberem alegremente Rudja e Loniu, pais de seu primo Omri, e logo depois deles Efraim e Gutcha, que tinham vindo de Tel Aviv. Por um momento ficou esperando, tenso, sim, não, sim, não, mas foi "sim". "Efraim!", exclamou a mãe de Aharon numa voz doce e contrita, "Juro que Guiora já deixou você há um tempão em Bab-el-Wad!"**

* Personagem de canção muito popular na época. (N. T.)
** Bab-el-Wad é um desfiladeiro na estrada que sobe para Jerusalém, e a alusão é de que Efraim já está, em estatura, abaixo do filho Guiora. (N. T.)

Arregaçou as mangas do paletó, do suéter e da camisa e olhou o relógio que vovó Lili comprara para ele, um Doxa pesado, grande, circundado por dois anéis metálicos que se podia mover. O sapateiro idiota do mercado acrescentara três buracos na pulseira de couro, e agora o relógio se ajeitava bem em seu pulso. A vovó Lili nem sabia que tinha comprado para ele esse presente caro com suas economias, que eram controladas pela mãe. E em homenagem ao bar mitsvá a mãe mandara estofar para ela o Purits, e usando o xale de Bukhara colorido amarrou-a nele, explicando para todo mundo que a avó poderia cair. A maioria dos visitantes viu então pela primeira vez como a avó havia declinado rapidamente, e a mãe se permitiu finalmente desabafar, descrevendo para Rudja e para Rivtcha o inferno pelo qual ela e o pai estavam passando, e como já não se aguentavam em pé, e pela primeira vez revelou, fora do círculo mais íntimo da família, que talvez não tivessem alternativa senão interná-la numa instituição, ou numa enfermaria de idosos de algum hospital, não no Hadassa, que lá eles não têm um pingo de responsabilidade, não, ela a internará no Bikur Cholim, nessa instituição ela tem pistolão, eles cuidarão muito bem dela, não vão desgrudar o olho dela nem de dia nem, principalmente, de noite. Aharon, em seu quarto, se ergueu sobre os cotovelos e prestou atenção, mas nenhum dos presentes se opôs à ideia de tirar a vovó Lili de casa. Até mesmo Iochi, que estava na cozinha e a mãe sabia que estava ouvindo, pois ela tudo ouve, até ela ficou calada, ela também já aceitava que a avó tinha que ir embora daqui, tinha desistido tão depressa, e nenhum dos que lá estavam de pé num círculo em torno do Purits perguntou se algum médico especialista alguma vez a examinara, se ela tinha passado por exames sérios, o próprio Aharon nunca tinha perguntado isso, sim, sim, ele também sabe muito bem para que os médicos precisam das pessoas, para cortá-las em pedaços e aprender estudando seus casos, e assim mesmo, no silêncio que se estabelecera lá em volta da avó, que estava sentada de cabeça baixa, estava fazendo muita falta a voz de alguém, uma voz refrescante, de menino, que perguntasse por que eles não tentam cuidar dela, curá-la, talvez haja medicamentos novos, talvez ela não seja tão velha assim, só tem sessenta anos, e nessa idade ainda dá para salvar a pessoa, mas só esse silêncio longo e pesado se instalara ali, e mesmo sem tocar na cebola ele ouviu que eles suspiravam e diziam consigo mesmos sim, sim, é assim mesmo, quando vem, vem, se aconteceu é porque pelo visto tinha de acontecer, isso vem do céu, isso vem de Deus, o que vale o serumano, hoje está aqui, amanhã ali.

E eis que tocam a campainha e entram Gamliel e Ruchale, a mãe não fala com Gamliel já faz uns vinte anos, desde que se casou com o pai, e a alegria se reacende, beijos e exclamações e protestos e gargalhadas, e assim se consuma a sentença da avó. Aharon, em seu quarto, deixou escapar de repente uma risada de espanto: é isso aí. Acabou. *Finita la commedia.* Virou de lado encolhendo os joelhos de encontro à barriga e contraiu os músculos abdominais com toda a força. Aos poucos se acalmou. Endireitou-se. Dentro do relógio que a avó lhe comprara havia mais dois pequenos relógios: quando se aperta um botão à esquerda abre-se um mostrador azul e então o relógio pode medir a profundidade submarina, que morra o mar junto com todo este verão, nem que o matem ele irá ficar com eles este ano, e quando se aperta o botão da direita pode-se ver a hora no Alasca e na América e na Rússia e qual é exatamente a situação no Japão. Tinha ganhado o relógio já fazia uma semana e desde então estava vivendo pela hora de Nova York, que é sete horas depois da nossa, e sete horas é muito tempo.

Ele já vai sair. Ouve como todos se amontoam lá e como estão alegres. Iochi traz mais um presente. Gamliel e Ruchale lhe trouxeram a *História da Europa* de Fisher, em três volumes, que compraram com desconto no Comitê de Trabalhadores ao qual pertencem. Um presente com a cara deles, disse a mãe mais tarde, à noite, quando anotavam o que cada um tinha dado, e eles já tinham em casa essa coleção, do bat mitsvá de Iochi, de qualquer maneira todos os livros vão direto para o *boidem*, para não encher o salão de poeira. Iochi se ajoelha a seu lado e acaricia seu cabelo molhado de suor. Tem o cuidado de não lhe penetrar na alma. Mas no próximo ano ela vai servir no exército, e ele ficará aqui sozinho. Na testa e nas faces dela de novo estão brotando o vermelho e o amarelo, a mãe já chamou a atenção dela para isso, é claro, como é que não tinha avisado de que a data caía exatamente na visita da tia, e agora ela vai estar assim para sempre nas fotos, e ela já sabe exatamente quais são os dias, não tem muita surpresa nessas coisas, vem como um relógio, e é preciso programar isso na vida. Iochi sopra os cabelos dele, tentando fazê-lo rir. Ela lhe deu um presente esplêndido: usou todas as suas economias e comprou para ele um violão Yamaha. Três anos depois que o primeiro, o simplezinho, rachou e as cordas arrebentaram, e os pais se recusaram a consertá-lo, ele tem de repente um violão novo e profissional. É realmente difícil entender: ele, que durante toda a sua vida participou de tudo quanto é concurso de perguntas e programa de sorteio de prêmios só para ganhar um Yamaha, ganhou um em seu bar mitsvá! Iochi segue seu olhar em direção ao estojo preto: "Toca pra mim?". "Depois. Quando eles forem embora." Eles riem forçado. Ele olha nos olhos dela. Como seu rosto mudou. Ela já teve um lindo rosto de menina, muito vivo. Era divertida. Hoje quase não se ouve sua voz em casa. Come, dorme, cala e engorda: herdou o apetite do pai e o estômago da mãe junto com a prisão de ventre.

"Contraia os músculos e saia, Ahara'le." "Não tenho forças para eles." "Diga, quem sabe você quer uma pequena massagem?" "Massagem? Agora?" "Tchik tchak, zás-trás, só para acalmar você um pouco." "Não. Não. Nada disso." Repelia a simples ideia de alguém tocar agora em seu corpo. "Ahara'le, o que é que tem? No fim você vai ter mesmo de sair." "Só mais um segundo. Não vá embora." "Todos lá gostam de você". "Sim." Calaram-se novamente. "Iochi." "Sim, querido." "O que foi que você me disse uma vez. Que você sabe viver nesta casa." "Não é importante." "É importante sim." "Agora não. Estão esperando você." "Iochi."

Ela olhou para seus olhos que lhe suplicavam ajuda. Desmanchou de novo seus cabelos. "Não é nada. É como, como vou lhe explicar", alisou entre os dedos uma mecha de cabelo e notou que estava um pouco menos louro do que antes, "é como no deserto, digamos, está bem assim?" "Está bem." "Sem sombra e no sol, um sol tremendo, que se infiltra em todo lugar." Calou-se, vendo diante dela raios abrasadores em forma de dedos, tateantes, se enfiando em todas as frestas de sua vida, abrindo cartas, folheando seu diário secreto, espiando por trás da porta quando ela está mergulhada numa conversa íntima com Zahava, a única amiga que tinha, e depois Zahava viajou para a América, e Iochi ficou só. E já não tentou achar uma nova amiga. Porque o *chamsin* exaure. "E no deserto, irmãozinho", ela murmura, desenhando pequenos círculos em seus cabelos, talvez ele seja jovem demais para ela lhe dizer essas coisas, mas talvez assim você o salve, dê-lhe um sinal, você lhe deve isso, porque você mesma o usou todos esses anos como uma isca. "Ai, Iochi!" "Perdão", ela solta o dedo da mecha que havia enrolado, é mentira, não é nada disso, eu sempre o amei, não tive inveja dele; talvez não invejasse, mas o usou como isca; besteira, ele sempre teve mais talento do que eu em tudo; é verdade, quando diziam ele é inteligente você dizia ele é um gênio; exatamente, nunca o invejei, os lábios de Iochi se mexem, ela se esquece dela mesma, como fazem os adultos, quando diziam para a mãe ele desenha bem, eu era a primeira a dizer que ele ainda seria um Picasso; uma isca, para desviar a atenção de você mesma; isso não é verdade. Você sempre se orgulhou dele; e quando ele tocava violão, lembra o que você dizia? Sim... que ele tinha uma luz... uma luz especial no olhar... dizia isso na presença da mãe... reconheça, reconheça, você também tem culpa; ela olhou para ele com tristeza, deitado na cama em suas roupas ridículas, mumificado nas vergonhosas teias da mãe. "Pois no deserto", disse baixinho, "no deserto as plantas crescem com cuidado, guardando-se do sol. Desenvolvem folhas pequeninas, dobradas, para que ele não as queime. Tudo é difícil no deserto." Ela se cala. Vê em seus olhos que ele não compreendeu. Talvez seja mesmo jovem demais.

"Iochi."

"Sim, Ahara'le."

"Olhe em meus olhos por um instante."

"Por quê?"

"Meu olhar é diferente? Alguma coisa mudou em meu olhar? Diga a verdade."

Ela nem pergunta do que ele está falando. Olha em seus olhos e se cala.

"Acho que uma vez eu já tive um olhar como o dos cães ou dos gatos. Um olhar inocente."

"A gente amadurece."

"Não, não é isso."

Ela se levantou para que ele não visse o seu rosto, simulando um sorriso. "Vou anotar isso no seu caderno." Remexeu a gaveta e tirou um caderno grosso, no qual, houve um tempo, anotava todas as gracinhas dele.

"Largue isso, quem sou eu, um garotinho?"

"À toa. Para a gente lembrar. Você um dia vai ler e se divertir."

Ele se levanta e se inclina por trás dela, e lê a última coisa que ela anotou: "21 de Shevat, 5722.* Ahara'le tem dez anos e um

---

* No calendário judaico, corresponde a 21 de fevereiro de 1961. (N. T.)

mês. Contou-nos uma história que ele inventou sobre o motivo de os bâmbis serem marrons. Uma vez, antigamente, os bâmbis eram coloridos como os pavões. E eis que o jovem bâmbi caminhava com os pais e todo o rebanho até chegar num pântano, e todo o rebanho deitou e chorou, porque não podiam passar. O bâmbi se adiantou e chamou a todos porque iria ensiná-los a pular sobre o pântano, sem se afogar, e os pais lhe imploraram que não fizesse isso, pois Deus o castigaria…".

"Chega! Basta!" Aharon fechou o caderno na cara dela. Seu rosto estava muito sério e pálido. "Não quero que você anote mais nada. Este era um caderno de criança. Acabou." Interiormente, ele estava pasmo: durante três anos não tinha dito nada que merecesse ser registrado? Há três anos ele está assim?

Iochi devolve o caderno a seu lugar. Fica diante dele, os braços pendentes. Lá fora cresce o burburinho, e já se ouvem vozes clamando que querem finalmente ver o noivo.

"Vou sair e dizer a eles que você já vem, certo?"

Sairá dentro de um minuto. Ele olha o relógio. Lá onde estamos, ainda é noite. Mais ou menos cinco horas da manhã. Ainda seria possível, pelo menos, telefonar para o dispendioso Photo Gwirtz e chamá-los na última hora. Que é que tem. Lá fora tudo já é uma mixórdia de gritos e risos. A maioria dos convidados veio de fora da cidade, de Netania, de Holon, de Tel Aviv, e parte deles já não via Aharon fazia dois anos, quase, desde o bar mitsvá de Guidi, filho de Chomek e Chassia. Ele então tinha onze anos. O que tinha feito nesses dois anos. Como tinha desperdiçado seu tempo. Ele fica olhando os quadrados no tapete, que, por causa da festa, tinham levado da sala para o seu quarto. Vichtig, é como os da casa o chamavam, porque o homem que tinha vendido o tapete não parava de falar sobre si próprio, e como. Dois anos, meu Deus. Se juntassem todos os centímetros e quilogramas que se acrescentaram às crianças de sua turma durante esse tempo daria para montar uma baleia. Ele dá uma risadinha: imagine que nenhuma dessas crianças passou por qualquer mudança, mas que na turma, entre as filas B e C, digamos, tem uma grande baleia, lisa e adiposa e respirando e inflando e crescendo de minuto a minuto. Ele volta a se enrodilhar sobre a cama. Praticando aquele truque do sumô. Fora, Dov, marido de Rivtcha, pergunta em sua voz grossa o que está havendo com o noivo, por que estão escondendo o garoto, e a mãe lhe grita da cozinha, em resposta, que coma por enquanto a língua que ela preparou, ela sabe o quanto ele aprecia a língua dela. Só de pensar nisso ele já está salivando, e solta um brado de alegria, e Aharon pensa em Lea'le, a filha mais velha de Dov e de Rivtcha, que ele nunca viu, está numa instituição desde que nasceu, e é proibido até mesmo perguntar como ela vai.

Subitamente batem na porta. Aparece a cabeça careca do tio Shimek, com as perigosas pintas marrons que o corpo dele está sempre refazendo. Aharon enfia depressa sua mão no bolso do paletó e toca na cebola, nova e fresca, que preparou para este dia. Agora Shimek o vê. Agora Shimek o observa de perto. Agora Shimek está pensando. Aharon esmaga a cebola com toda a força e baixa os olhos. Shimek está calado. Shimek está pensando secretamente, através da cebola: "Já faz dois anos que eu não vejo você, Aharontchik, e em meus pensamentos eu já fiz você crescer até o teto". Sim, sim, responde Aharon, ele sabe que estão esperando por ele, só vai terminar uma coisa aqui e depois irá comemorar com todos. "Quer que eu traga aqui alguma coisa para comer? Sua mãe, que Deus a abençoe, preparou uma comida — a *mechaie!*" E Shimek, com seus grossos lábios, beija três de seus dedos. Aharon diz que não precisa, sério, mas agora Rudja, a mulher de Loniu, se esgueira por trás de Shimek, pequena e ligeira como uma ratazana. "Eu não abro mão!", ela diz a Shimek com sua boca fibrosa e torta, "Viemos de Haifa!"

Shimek consegue assim mesmo fechar a porta, e Aharon ouve os dois cochichar do lado de fora. Através da cebola Rudja sussurra para Shimek que queria entrar como por acaso, para verificar se é verdade o que andam dizendo. E Shimek responde: "É muito mais grave do que pensei". O sumo da cebola esmagada escorre nos dedos. Rudja está dizendo agora que vai entrar só por um minuto, para verificar se mentalmente ele também é um inválido, e Shimek responde numa voz intencionalmente alta: "Não vai adiantar, Rodjinka, eu também tentei convencê-lo". Mas Rudja está decidida: "Deixe isso comigo", e entra no quarto de Aharon com todos os seus sorrisos tortos, ela bem que poderia ter deixado passar essa oportunidade de bicar minha vesícula, disse a mãe para o pai à noite, quando anotavam, ela gostaria de se enfiar dentro de meus intestinos também, a sanguessuga.

Rudja falou com ele em tom alegre, desconversando, e Aharon continuou meio deitado em sua cama, obrigado a responder com as palavras mais complicadas que conhecia. Quando viu o olhar dela cravado em sua perna fina, lisa, junto ao tornozelo, também foi obrigado a dizer "para meu pesar..." e esse "para meu pesar" ficou se contorcendo entre eles como o rabo que um lagarto solta para desviar a atenção do predador. Mesmo quando ela se admirou de sua inteligência e se convenceu de que ao menos mentalmente ele era normal, Aharon percebeu muito bem o que estava pensando. Era só o batom dela que estava sorrindo para ele. Ela farejou um pouco o ar e foi abrir a janela, você não está sufocando, Rona'le, não está sentindo calor?, e também disse que havia um leve cheiro de cebola, e sorriu de novo para ele, venha, Rona'le, todos estão esperando, vão pensar que você está zangado conosco ou coisa parecida, e você precisa ver o meu Omri, já faz dois anos que vocês não se encontram e vocês já foram tão bons amigos, até hoje temos fotos de vocês no Purim, quando os dois se fantasiaram juntos de coisa nenhuma, e quando penduramos em você as réstias de alho. Aharon olhou furtivamente para o relógio. Talvez em Nova York alguém já tenha conseguido inventar alguma coisa. Talvez no avião que se aproxima do litoral de nosso país haja um remédio novo.

Rudja agarrou a mão dele e o tirou do quarto com grande alarde. *Nu*, é claro, sibilou a mãe através da cebola, que todos vão festejar comigo em minha grande festa. No corredor ele ouviu Shimek arrumando todos os primos para uma foto de família e perguntando onde estava o noivo, o bar mitsvá. Aharon se desculpou com Rudja, entrou por um instante no toalete e urinou. Nada de novo lhe havia crescido ali. Shimek gritou a todos os primos que ficassem retos, sem se mexer, sem respirar, Aharon tentou imaginar como ficavam todos eles juntos, altos e fortes como árvores de uma floresta perene, ou como uma barreira que defende a cobrança de uma falta, os braços caídos ao longo do corpo, ele pôs um pedaço de papel na água com medo de puxar a descarga e provocar uma inundação. Alguém bateu à porta, impaciente. Ele saiu e cedeu o lugar à mãe, que rapidamente se apertou lá dentro junto com a vovó Lili. "Nem me pergunte o que ela me fez", esbravejou a mãe, contraindo o rosto sem olhar nos olhos dele, "um vexame desses na frente das visitas! *Nu*, entre logo, *mamtchu*!", e ela se trancou com a avó.

Aharon então inspirou profundamente e entrou na sala de visitas, dando logo de cara com Guiora, e imediatamente sentiu que se encolhia e se apequenava ainda mais, que o sangue lhe fugia, e que aquele ponto que queimava dentro da barriga, embaixo do coração, começava a piscar em vermelho. Depois se empertigou o mais que pôde, sabendo que todos só estavam olhando para ele e que sabiam de tudo, e tornou a afundar. Mas não tinha alternativa, pois já estava lá, à vista de todos. Pôs as mãos na cintura, e deixou-as cair; levou um pé à frente, e o recolheu; cruzou os braços no peito; só haviam passado quatro meses desde que estivera com Guiora no verão, e agora quase não o reconhecia. Sem erguer os olhos ficou diante dele e tentou entabular uma conversa com o gogó dele. Um gogó completo, que subia e descia como uma bomba aspirante e propiciava a Guiora a voz correta. Esforçou-se por se abstrair completamente de tios e tias e seus filhos, que ficaram de lado observando-o, e do súbito silêncio que se espalhara por toda a casa. Só agora lhe ocorreu por que sua mãe tinha se apressado tanto para se trancar no toalete com a avó. Guiora lhe perguntou se iria novamente à casa deles no verão, e Aharon olhou espantado para ele, lembrando como Guiora o provocara, e respondeu que este verão, para seu pesar, pelo visto estaria muito ocupado se preparando para a oitava série, mas enquanto falava soube, de repente, que Guiora já não o maltrataria como no verão passado; que toda aquela brutalidade tinha se desencadeado no momento de uma grande mudança, de uma troca de domínios, e Guiora já está além disso.

Como se não estivesse enxergando nada a sua volta, continuou a tagarelar com ele, esticando o tempo todo sua pequena e sufocante gravata-borboleta. Com extremo cuidado perguntou sobre um ou outro menino, lembrou como que de passagem a balsa que tinha afundado e tentou detectar se Guiora se sentia culpado ou constrangido, porque em algum lugar, bem no fundo de seu evanescente pensamento — não é verdade, é mentira, belas palavras — mil vezes já tinha pensado nisso e tentado evocar aquele momento, às vezes era só nisso que pensava durante uma aula inteira, e não estava convencido de que todo o seu grande infortúnio não tinha começado ali, nos minutos em que quase não tinha fluído oxigênio para o cérebro, e talvez tenham se criado uns edemas, uns engrossamentos; sim, vezes seguidas tornava a vislumbrar aqueles momentos, aquela agressividade assassina no rosto de Guiora, diante dele nas águas cinza-esverdeadas, e como tinha pisado sem piedade na cabeça de Aharon para salvar a si mesmo, como, dessa maneira, tinha sido capaz de num átimo fazer de Aharon seu inimigo, e quem sabe se não foi então, naquele momento, que Guiora começou a mudar, a ser o que é hoje, como se aquele momento fosse uma espécie de prova secreta para os dois, e Guiora tivesse se saído bem nela; mas Guiora quase não se lembrava, ou talvez estivesse fingindo, e Aharon, que se surpreendia com essa sua aptidão para esconder assim seus sentimentos, não conseguia largá-lo, e perguntou, como que casualmente, se ele se lembrava dos passeios deles pelas ruas de Tel Aviv, no *chamsin*. Guiora deu de ombros e disse *nu*, sim, bons tempos. Para concluir a conversa, que tinha se estendido além da vontade de ambos, Aharon apertou a mão de um surpreendido Guiora com aquela seriedade que tinha adotado ultimamente, como se já estivesse num distrito oculto e final da maturidade e não se devesse considerar seu aspecto físico, seu corpo, que, por causa da displicência de certos fatores menos importantes, por enquanto ainda não tinha chegado a completar um processo burocrático e insignificante.

Guiora foi embora no meio da festa, junto com seu pai, se apressando para chegar a tempo a uma atividade dos escoteiros em Tel Aviv. Tia Gutcha se ergueu na ponta dos pés para beijá-lo no rosto. Quando saiu, ela correu para contar que ele tinha uma namorada, que fica meia hora diante do espelho antes de sair de casa. Tia Rudja disse "E daí?" e contou num meio cochicho, e para que todos ouvissem, sobre o seu Omri e sua gata loura. E todas aquelas mulheres, gordas e farinhentas, como as via Aharon, soltavam risinhos em volta dela, como menininhas, como se bem no íntimo cada uma quisesse ser a gata loura de Omri, e Aharon, sentindo a lambida da brasa que tinha dentro dele, teve a sensação de que tudo isso tinha muito a ver com aquele maço de cartas, com as fotos, que ainda apareciam e desapareciam nos lugares secretos da casa, se é que ele ainda tinha vontade de ir procurá-las, e também certamente tinha ligação com aquele abraço, com aquele sorriso sórdido, e também com o jeito com que a mãe cutuca disfarçadamente o pai na rua, maliciosa, em ídiche, *Hostu guezen*? Você a viu? Viu bem? Num movimento brusco ele se virou para a janela e obedecendo ao próprio comando entrou em *pensing*, mergulhando em si mesmo, no passado isso já tinha sido como entrar numa feira ruidosa e multicolorida, pensamentos e ideias a saltar e desfilar diante dele, e agora o prazer reside em que tudo nele está quieto, silencioso e vazio, e ele pode se acalmar, descansar de verdade. Grudou a testa na vidraça e viu a vertente do vale, as crássulas e as ruínas. Quando se deslocava um pouco podia ver também a gruta em cujo fundo tinha escondido com Guid'on a pedra de basalto, nunca tinha conseguido explicar a Guid'on para que servia, e mesmo assim tinha insistido nela, pois mesmo depois de terem feito todos os pactos possíveis, engolido mensagens e bebido vinho e gravado troncos de árvores e cortado as mãos para misturar o sangue, Aharon ainda precisava de algo mais, inexplicável, que brilhasse como um mistério e uma maravilha no âmbito de sua camaradagem, gostaria de saber se ela ainda estava lá. Por alguns minutos ainda se abraçou a essa lembrança, mas já se sentia flutuar e subir rapidamente, expelido de lá contra sua vontade, pois estava claro — como tinha sido tolo — que o pai escondia as cartas das garotas não somente dele, mas também, como não tinha percebido antes, da mãe, claro, essa era a explicação de todo aquele segredo, todo aquele mistério, ele as escondia dela também, pois quando os amigos vêm jogar com eles *rummy* na noite de sexta-feira os pais têm cartas totalmente diferentes, Aharon sabe disso muito bem. Nas sextas-feiras ele está sempre em casa. Ele e Iochi. Como dois velhos, explode a mãe, como *Munish mit Zalman,* e ela implora a Iochi que pelo menos fique fechada no quarto com Aharon quando os amigos chegarem. Quem sabe não tenta até mesmo suborná-la com dinheiro, por que não, todas essas coisas tortuosas estão ligadas umas às outras por laços também tortuosos, e alguns meses atrás aconteceu um fato, ele e Iochi estavam fechados em seu quarto, deitados nas camas e fingindo ler livros, os pais na sala jogavam *rummy* apostando centavos e *shillings*, e falavam de seus filhos, e a mãe também, obviamente, não podia se conter e tinha de contar o quanto seus Aharon e Iochi eram populares em suas turmas, e como eram procurados, e como se divertiam, e as festas que frequentavam, e como, desde que recebemos o telefone, a todo instante liga um novo namorado de Iochi. Aharon e Iochi, deitados e petrificados, olhavam apalermados para seus livros, até que Iochi se levantou pulando da cama, o rosto pálido, fique de pé um instante, Aharon, deixa eu ver você. Examinou-o com um olhar de especialista, fechou energicamente o botão superior do paletó de seu pijama e penteou o cabelo dele fazendo num lado uma risca bem desenhada. Em seguida pôs o vestido grande que realçava seu bumbum e os óculos antigos, que já não usava há anos, e tudo isso ainda não foi suficiente, vasculhou o armário, achou lá o aparelho dentário, a ponte que tinha usado na infância para endireitar os dentes, enfiou-o na boca, e assim saiu junto com Aharon, direto para a mãe, na sala, e então, nessa mesma ocasião, como é que não tinha entendido antes, ele viu as cartas, comuns, coloridas, sem qualquer fotografia na parte de trás. Aguçou os olhos fitando a vidraça: então ele escondia os retratos da mãe também! E o que mais ele escondia? E quem ele é de verdade? Ouviu atrás dele Rudja cochichar alguma coisa ao grupo de mulheres, e a grande, rouca gargalhada que se seguiu. *Shreklich*, ainda ontem eles eram crianças, e se podia entrar com eles até nos toaletes femininos, e hoje já são homens completos, eu não me lembro, em nosso tempo, de isso acontecer tão prematuramente; nunca!, exclamou Rudja, nós na idade deles éramos ingênuas, não sabíamos nada da nossa vida; e eu, acrescentou Itka num sussurro maroto, até a noite do casamento, quando Hinda'le, que Deus a proteja, veio me dar uma lição completa de todo o *business*, e me assustou então terrivelmente, porque eu ainda pensava que as crianças vinham — baixou ainda mais a voz, e Aharon se fechou depressa no *pensing*, para que não chegasse até ele nem um sussurrozinho, e só ouviu a explosão de riso desenfreado; Rivtcha que sufocava de tanto rir quase derrubou a bacia azul com o veado e a corça perseguindo um ao outro e sujou o vestido na frente com uma gota de maionese de seu pequeno sanduíche triangular, Aharon já se encolhia para evitar os respingos, mas a mãe percebeu a tempo e, sem mesmo olhar, sua mão ágil balançou para trás e capturou o sanduíche no ar, vá correndo limpar com água e sabão, Rivtchu, e quando seu riso acalmou disse vocês todas são grandes sabichonas, têm a sorte de só terem meninos, mas eu tenho esse infortúnio que é uma filha adolescente, e não me perguntem o que é isso; mas pelo menos, consolou-a Tsipora, uma parente afastada que tinha três filhos, pelo menos você foi bem-sucedida, Hinda'le, porque tem uma filha e um filho, exatamente como tem de ser, de acordo com a lógica e também de acordo com a Torá; seus filhos, respondeu a mãe como de costume, vão levar para casa filhas prontas; que isso aconteça brevemente para você também, augurou Tsipora; *nu, nu*, disse a mãe abafando a voz, deixem por conta da minha Iochi, ela também não dorme de touca. E deu uma piscadela ostensiva, feia, que puxou para baixo metade de seu rosto. Sorte que Iochi naquele momento estava na cozinha.

Quando é que tudo isso vai enfim terminar. Já não lhe restavam forças, depois de tantas esquivas e tantos sorrisos falsos e murmúrios da cebola; tampouco depois do novo esforço, ao qual não se acostumara: pois agora, pela primeira vez, não só sentia mas também compreendia com a mente como era complicada toda conversa a dois, e como eram muitos os fios invisíveis esticados nos cantos de todo sorriso. Iochi veio da cozinha com mais uma bandeja de frango, quem sabe quantas galinhas morreram para o seu bar mitsvá, e a mãe se apressou a tirá-la da mão dela, mas Iochi não facilitou e as duas andaram juntas por um momento, segurando bem alto a bandeja, sorrindo para todos, e como não conseguiram resolver para onde ir, foram direto para ele, o dono da festa, coma um pouco de *pupiklech*, disse a mãe, estão bons; não, não, disse Iochi afavelmente, coma uma asinha; mas as minhas moelas saíram hoje como manteiga, a mãe tentou convencê-lo, o rosto radiante; as asinhas também estão magníficas, Iochi se curvava sobre ele; constrangido, se esquivou dos pedaços de frango que praticamente lhe roçavam o rosto; olhe como eles derretem na boca, esses *pupiklech*, insistia a mãe, empurrando Iochi com o ombro; você tem de experimentar as asinhas, Iochi cochichou na sua orelha em tom precipitado, como que tramando algo, e os vapores e aromas confundiam as duas, era como se fossem absorvidos em suas peles e voltassem, emanando delas em gotas de espesso molho; chega, já comi bastante, não quero mais! Recuou com raiva, por que de repente esse assédio das duas, e ainda por cima na frente de todos. Encostou-se na parede. Confuso e corado, os olhos giravam de um lado ao outro, até que, com muita decisão, se forçou a voltar a seus pensamentos, se sente bem pensando, isso o acalma, isso o enche de amor por todos aqui, onde estávamos, sim, que ele sempre tinha pensado que era só hipocrisia, essa falsa candura tão comum na família, mas exatamente hoje foi como se uma fina crosta tivesse sido removida de seus olhos, e ele via diante de si algo novo também, uma delicada camada de beleza e até mesmo de compaixão, porque aqui todo mundo conhece os segredos de todo mundo, cada um é um refém nas mãos dos outros, sujeito a seu perdão ou sua crueldade. Mas por que você tem pensamentos desse tipo. Pense em coisas da sua idade. Tudo acaba voltando a essa questão do seu problema. É só mais um sintoma dele. É como se você ganhasse alguma coisa. Mas você só perde e perde. Mas é preciso ter tanta sabedoria, e tanto cuidado, por exemplo, para dizer a alguém alguma coisa que não magoe, que não envergonhe, olhe só, por exemplo, a mãe falou antes sobre mulheres que tiveram a sorte de não ter filhas, mas, como por acaso, só disse isso quando Rivtcha, a mãe da pobre Lea'le, foi para a cozinha. Foi um pequeno ato de compaixão, sem dúvida, mas no ar também pairavam pequenas setas, frases que depois de lançadas ficaram em repouso por alguns momentos, e só então se partiram em minúsculos explosivos venenosos, e cumprimentos e elogios de fundo ambíguo, e também olhares que expressavam segredos partilhados, e palavras cuidadosamente contornadas, e mancomunação, ele agora percebia todas essas coisas, despertou para elas com admiração e simpatia. Ele mesmo, pelo visto, não seria hoje atingido por nenhum golpe do qual não pudesse se refazer.

Três primos vieram da varanda, olharam para ele e pararam, continuando a conversa, vá se juntar a eles, mas ainda são jovens demais e não conhecem, como ele, todas essas regras; vá participar da conversa, da discussão sobre o que é preferível na bicicleta, um freio de mão ou um freio contrapedal, ou a que distância pode chegar uma bala calibre vinte e dois. Mas Shimek iria então fotografá-lo junto com eles, eternizando o momento. Voltou o rosto para a janela e fingiu estar concentrado na paisagem. Endireite os ombros. Tente curtir. O tempo todo se guardando, o tempo todo tenso, armando táticas com os grandes, com os pequenos, com os grandes e os pequenos ao mesmo tempo, e só lhe faltava, por exemplo, que um dos rapazes prestasse atenção quando ele está falando com algum dos adultos, já sabe exatamente a impressão que passa nessa hora. E apesar disso, quando era obrigado a conversar com um deles, com um dos rapazes, o tempo todo tomava cuidado para só usar a linguagem normal que ele tinha antes, e sentia como era dissonante, tal qual um turista que tenta se enturmar com crianças, como um espião em território inimigo, lutando pela própria vida. Ele gemeu um riso distorcido diante da vidraça, e quanto à própria vida, dizia seu riso, quem sabe qual é a vida que ele terá. Virou-se e se afastou imediatamente da vidraça. A mão tocando, nervosa, em seu peito, em sua cintura. Quem é que sabe quanta vida existe, realmente, num corpo assim.

O pequenino tio Loniu, marido de Rudja, achou no toca-discos um disco de Leo Fuld e o pôs para tocar, pegou uma garrafa de vinho cheia, colocou-a sobre a testa e dançou ao ritmo da música. As mulheres se juntaram em torno dele e bateram palmas. Dov, marido de Rivtcha, no centro de um grupo de homens, com um grosso *pulke* na mão, contava suas piadas grosseiras. Rivtcha o advertiu que tomasse cuidado e falasse em voz baixa, as panelas pequenas também têm ouvidos, e olhava para Aharon com embaraço. Com o canto do olho ele acompanhava os homens que engoliam avidamente as piadas de Dov. Eram todos pesados de corpo, de aspecto cansado, como bestas de carga pacientes e amarguradas. Nunca antes Aharon tinha notado como suas feições eram marcantes, gravadas com dureza, estátuas de sofrimento e de experiências difíceis, mas de dentro delas emanava sempre um bafo morno de derrota e tédio. E um dia tiveram sua idade. Talvez no início também tivessem sua aparência. Ele nunca iria ter a aparência deles. A mãe, com uma afabilidade que não escondia a tensão, chamou o pai para ajudá-la a convencer *mamtchu* a ir deitar na cama de Iochi e se cobrir com a manta xadrez, ela de tão cansada já não sabe que está cansada, a *mamtchu*, mas o pai estava cativado por Dov da

Rivtcha, que contava sobre o coelho que voltou para os animais da selva e lhes disse que agora o leão sabia finalmente como é que se fazia aquela coisa. Um sorriso licencioso de expectativa se espraiava pelo rosto do pai. Seu lábio inferior, um pouco rachado no meio, se movia junto com os lábios de Dov. Aharon largou o copo de suco que tinha grudado em sua mão desde o início da festa e foi ajudar a mãe a arrastar a avó até seu quarto. Quando a porta se fechou atrás deles e eles a prenderam com o cobertor no colchão, a mãe disse com raiva que amanhã, ela jura, amanhã ela vai tirá-la de casa, que precisa dela aqui tanto quanto precisa de uma peste, que ele fosse ver o que ela tinha feito agora no toalete, desde que entrou na vida deles só arruinou todas as festas.

Aharon ficou mais um instante para olhar sua avó. Cheio de piedade acariciou seu rosto de porcelana, onde nunca tinha aparecido uma só ruga porque os tolos não envelhecem, e ela abriu por um momento os olhos turvos, tentando identificá-lo, como se quisesse lhe dizer algo, talvez não se lembre mais de onde saem as palavras. Talvez esteja muito agitada lá dentro dela, chorando e gritando e procurando uma maneira de sair. Era exatamente assim que parecia estar quando tinha vindo dar para ele aquela sua herança. O fio dourado. Pena que não guardou. Poderia mostrá-lo a ela e alegrá-la um pouco. Num impulso repentino, tolamente, pôs a mão em sua boca, talvez para indicar de onde saem as palavras, e seus lábios macios, admiravelmente flexíveis, se apoderaram de seu dedo. Foi só um efêmero momento, e ela sugou em sua boca o dedo dele, mamando nele com a intensidade desesperada de um bebê. Espantado, ele recolheu a mão.

Os lábios dela continuaram a tatear cegamente. O dedo estava úmido, uma constrangedora umidade de vida, e ele conseguiu ocultá-lo bem a tempo. A mãe tinha chegado e estava na porta, sentindo alguma coisa, sem compreender: "Você, larga de sua avó, ouviu? Você me ouviu?!", sussurrou irritada em sua orelha, "Você vai deixar a gente cuidar dela. Trate de fazer coisas da sua idade, ouviu?!". Foi expulso novamente para a sala, e ficou um instante parado, confuso e excitado. Alguém bateu no seu ombro com força e o assustou, antes que conseguisse enrijecer o músculo para camuflar sua pequenez. "Por que é que você é assim, *tsefloiguener*", exclamou o tio Loniu, que era, ele mesmo, pequeno e redondo como um botão. "O que é isso, Hinda'le", berrou, e todos ouviram, "você não está alimentando nosso bar mitsvá como precisa?" E alguns meses depois disso, essas palavras, ditas por Loniu, marcaram o início do fim dos saltos de Aharon da rocha no vale, pois ao lado da rocha, do fundo de seu peito começaram a se arrancar gemidos surdos de um choro insistente, que era mais como um minério bruto da alma do que uma explosão de lágrimas. Ele saltava e caía, se arranhando nos arbustos e se ferindo nas pedras, os olhos marejados de lágrimas, mas não conseguia fazer a coisa, e por isso tentou relembrar tudo que tinha lido nos últimos dois anos, toda a variedade de rostos, e invenções e ideias de seu infortúnio, mas sua mão sempre se curvava no último minuto, e escapava. E só no fim, quando suas forças estavam acabando, e ele se lembrava de que tinha apenas de ficar de pé e cair, ficar de pé e cair sobre a mão — e às vezes só tinha a impressão de que se levantava e ficava de pé —, lhe ocorreu de repente a lembrança daquele momento em seu bar mitsvá em que a sábia e ágil tia Rivtcha agarrou Loniu pelo braço e lhe disse baixinho o que você quer do menino, hoje deixe ele em paz, e Loniu se livrou da mão dela e disse: "É para isso que viemos aqui para Erets Israel, com o sol, as vitaminas e as laranjas?". E Rivtcha agarrou de novo o braço dele e disse baixinho, os lábios contraídos, larga dele, Loniu, *loz im nuch*, o que você está pensando, que alguém aqui está fazendo isso de propósito? E Loniu dobrou o braço e disse: "Na idade dele daqui a pouco ele já deve começar o paca paca!", olhando em volta com um largo sorriso. E Rivtcha aproximou seu rosto do dele para lançar suas fagulhas, como as mulheres da família sabem fazer, num fogo azul e devorador, acho que também na sua casa, Loniu, eu vi que os cabides no corredor são bem baixos, ela disse, mas ele de novo escapou dela, movido por algum desvario, e se pôs novamente diante de um Aharon totalmente paralisado, que mora, digamos, em Nova York, um Aharon que só leu sobre esse lamentável acontecimento na revista feminina *Laishá*, um Aharon preso a noite inteira num ataúde em Komi, lembrando com saudade o lindo bar mitsvá que tinham preparado para ele, e ele se pôs diante dele e lhe gritou em plena voz "Olhe e siga o exemplo de meu Omri! Olhe para ele! Uma usina de força! Uma usina de força!". E o torturado Aharon olhou nos olhos daquele homem pequeno, rechonchudo, e leu neles, de uma só vez, como o tio se vingava da natureza por intermédio de seu filho, e por um momento quase pôde sentir compaixão e compreensão diante daquele homem tolo, no qual tinham se rompido os grilhões das boas maneiras e das regras da família, e que finalmente tinha soltado seu grito através da massa de angústia e depressão que ficava entalada na garganta de todos, e esse foi o bendito momento; alguns meses mais tarde, a tristeza e a exclusão superaram sua mente implicante e irritante, e Aharon pulou com toda a convicção, e aterrissou como um pacote vazio aos pés da rocha gigantesca, e numa mistura de choque e alívio ouviu o osso de seu braço se partir.

14.

E mais um ano passou. E nada. Como a clara do ovo que a mãe mistura na massa em movimentos calculados, assim se misturavam os seus dias, se fundindo no tempo. Lá fora havia um inverno estranho: muito frio e cheio de tempestades de ventos cortantes, sem uma só gota de chuva. E já se falava em seca. Um inverno ártico, diziam no rádio, e Aharon estremecia.

Entardecer, ele está na cozinha, sentado no Faruk, descascando batatas para o *tscholent* do sábado. A janela da varanda bate o tempo todo com o vento. Às cinco já escurece, e todos se fecham em suas casas. Nos quartos se sente um cheiro agradável de querosene, e quando o silêncio é total dá para ouvir o velho aquecedor Fridman respirar. Mas, principalmente, dá para ouvir o pai gemer e suspirar prazerosamente. A mãe e Iochi, na sala, trabalham nas costas dele, a mãe embaixo e Iochi em cima, e no meio elas irão se encontrar. Sem a avó isso anda mais rápido. Ela sempre teimava em ajudar, enfiando os dedos em toda parte, rindo como uma menininha, de repente fazendo cócegas na axila do pobre pai, e às vezes — lembra Aharon, cortando depressa as batatas e se concentrando com todas as forças, pois ultimamente o acometem uns cricridos no ouvido —, quando estava especialmente de bom humor, se enfiava entre a mãe e Iochi, deitava de repente em cima dele, o rosto em suas costas, e lhe cantava dentro das costas uma canção em polonês, fitando a mãe com um olho maroto, e o pai a ouvia com as costas, e começava a se contorcer por causa das cócegas ou de um riso contido, talvez fosse uma das canções que a mãe tinha proibido a avó de cantar, talvez dos seus tempos de cabaré, uma espécie de cricrido agudo, contraído, como se fosse através de lábios apertados, e isso era para ele um sinal, já sabia, já tinha percebido quando isso lhe acontecia, esse cricrido, por exemplo — quando ele, usando alguma coisa, segurando algum objeto, quando seus dedos tocam um instrumento ou ferramenta, um corpo estranho, e quem sabe, talvez até mesmo pessoas, e logo vem o cricrido, como um circuito elétrico com as ligações erradas, como ts ts ts, muxoxos de alerta ou de zombaria feitos com os lábios contraídos, e imediatamente seus dedos perdem a força, se abrem devagar, ficam paralisados, como se ele não tivesse o direito, foi assim que ontem quebrou um copo durante a refeição, simplesmente escapou da sua mão, veio o cricrido e Aharon não largou o copo, o cricrido continuou, e os dedos começaram a tremer e enfraquecer e aconteceu, a mãe viu acontecer, ficou olhando para seus dedos, como eles tremiam, como se abriam devagar diante dos olhos dela, quem sabe ouviu o cricrido, e agora, com a faca, com os gemidos, e Meir'ke Blutreich já tem na axila, hoje ele teve a terceira prova, em plena luz, na aula de ginástica, e a terceira prova já é definitiva e oficial, e o cricrido insiste, se agita, saltita, atrás da orelha, do lado esquerdo, dentro, e Chanan Shveiki já fez jus, claramente, a um *guerguele*, é espantoso como apareceu nele depressa, só ontem Aharon percebeu pela primeira vez, mas já está claro que é definitivo e oficial, como se tivesse espocado lá da noite para o dia, mas mesmo assim, protocolarmente, como se diz, resolveu só confirmá-lo depois de mais duas verificações, com a diferença de um dia. Chega chega! Larga a faca, deixando-a cair. Graças a Deus. Um pouco de silêncio. E faz frio na cozinha. Que coisa, no prédio tem aquecimento central e um radiador em cada quarto, mas todos os vizinhos estão usando aquecedores portáteis já faz três anos, para se vingar de Pinkus, a divorciada que mora em cima de Botenero e não quer pagar o condomínio. Onde é que estávamos. Ele conta rapidamente nos dedos. Dezessete meninos da turma dele já têm pelo menos uma coisa. A lista das axilas é a mais longa. Mas o interessante é que alguns deles, Assa Kolodni, por exemplo, Chaim Saportas, por exemplo, têm a axila cheia, uma floresta, mas quase nada nas pernas, o que prova que lá também, onde essas coisas são estabelecidas, há todo tipo de métodos de ação. De modo que lá talvez também exista algo tipo, digamos, de flexibilidade, e talvez, por que não, talvez seja só bagunça, como nos grandes escritórios, como no Exército, no corpo de reservistas. Imagine só, só imagine que amanhã de manhã alguém vai pôr tudo em ordem por lá, e tudo terminará. Claro. Claro. Ele para. Presta atenção. Nada. Abençoado quem nos livrou dessa. Pega com cuidado a faca vermelha, para que a faca não sinta, para que Aharon não sinta. Mas é impossível trapacear. Aí vem de novo. Como através de lábios muito apertados. Não há limite para as ideias sobre infortúnios. Às vezes parecia que o cricrido falava com ele. Difícil entender o que diz. Ralha com ele, ou o ameaça. Olha cauteloso para a sala. O pai está lá deitado, todo o corpo se contorcendo de prazer sob as mãos dela e dela, e pela profundeza dos gemidos já dá para saber que o fim se aproxima, que já está chegando, himmmm, ele fica zumbindo para abafar o cricrido, ele tem um zumbido especial, interior, muito alto, que faz estremecer lá dentro toda a instalação, e então o cricrido também some por um momento. Himmm, sua voz fica mais aguda, como um chavelho perfurante, ele sente seus dentes zumbirem surdamente em sua boca, depressa, não deixar um só segundo de silêncio, e a mãe sempre se zangava quando o pai e Lili falavam polonês, que ela não entende, e antes de casar com ele tinha estabelecido essa condição, de que só era permitido falar hebraico, mas tem coisas que eu só posso dizer em polonês, uma vez o pai explodiu, na grande briga que tiveram depois do bat mitsvá de Iochi, é a minha língua e a dela, e tem coisas que não saem em hebraico! Mas você prometeu! Sacudiu um dedo diante dele, como advertência e repreensão, porque a avó tinha cantado no bat mitsvá uma de suas canções, e o pai se juntou a ela, de repente deu para ver que eram da mesma família, os olhos dos dois brilharam na mesma luz, e mesmo depois que a canção terminou continuaram a conversar em polonês, o que nunca tinham feito antes, se sentaram num canto e falaram em voz alta, um entrando nas palavras do outro, e a mãe passou perto deles vinte vezes, espumando de raiva, Aharon nunca tinha ouvido o pai falar assim com vovó Lili, nem falar assim com quem quer que fosse, com tal entusiasmo e sonoridade, e depois que os convidados foram embora aconteceu a briga, as paredes tremeram, ts ts ts sussurra a voz quase inaudível, serpentina, e Aharon logo retarda um pouco seus movimentos. Quase cortou um dedo.

 E nesse momento, quando o pai já se levantou do sofá bordô suspirando de prazer e vestiu calças curtas e a blusa caseira que por engano tinha sido tingida de anil, se ouviu alguém bater à porta. Uma batida tão fraca que no início pensaram que não era ninguém, talvez a janela da despensa estivesse batendo outra vez, talvez Sophie Atias tivesse fechado a porta do jeito que eles lá costumam fazer, e então houve mais uma batida, e depois uma pancada apressada, sobressaltada, assustada consigo mesma, e todos na casa correram para abrir e viram no umbral a vizinha Edna Blum, envolta e encolhida num gigantesco casaco, tentando sorrir com lábios trêmulos, azuis de frio. O coração de Aharon gelou na hora, é o meu fim, ela descobriu, deixei pistas, ela veio contar a eles. A faca das batatas ainda estava em sua mão. Edna Blum hesitou em entrar. Ainda pisando no capacho da entrada começou a falar. O pai, com a blusa caseira manchada, se aprumou de repente, e depois se encolheu, pediu desculpas por sua aparência, saiu para vestir outra blusa. Uma ruga de espanto se enviesou sobre o olho direito da mãe. Mas entre, srta. Blum, por que está aí parada na porta, como é que uma visita tão rara como a sua pode incomodar, toma uma xícara de café?

Edna entrou hesitante, cumprimentando, com pequenos acenos de cabeça, Iochi, o retrato redondo do avô, pai da mãe, que estava sobre o bufê, o lustre novo, e todo móvel e objeto que havia no cômodo. Aharon andava atrás dela. Como ia explicar. Com o que começar. Talvez fugir agora, quando eles não estão preparados. Talvez cair logo e desmaiar. O que se pode fazer com quem desmaia. Talvez cravar nela a faca, e depois nele mesmo, mas imediatamente recomeçou o cricrido, como a zombar dele, quem não sabe apertar e desapertar um parafuso, ou segurar um copo na mão, como é que vai conseguir de uma vez só anular o corpo inteiro, talvez no máximo consiga causar a si mesmo algum defeito novo, ridículo. Edna lançou um olhar admirado pela sala, com o Purits e o Matusalém remodelados, e o grande lustre, novo, eles tinham redecorado um pouco depois da avó, pelo visto era a primeira vez que ela via por dentro a casa de um vizinho, não costumava vir nem para reuniões do condomínio, e a mãe percebeu e mostrou-lhe a sala num largo gesto, até mais largo do que de costume, se desculpou pela desarrumação, tudo estava arrumado e brilhante como sempre, afinal era quinta-feira, no chão dela dava até para comer, e ela se orgulhava um pouco da pintura fresca, do bufê novo, que tinha um bar moderno para bebidas, quando se abria a porta uma luz suave se acendia nele por trás de uma cortina de veludo e as garrafas se refletiam nos espelhos, por que você não tira o casaco, srta. Blum, não não, estremeceu Edna Blum, se aconchegando ainda mais fundo em seu pesado casaco, olhando para o moderno bar com os olhos arregalados, mas talvez, Aharon compreendeu subitamente, talvez ela esteja admirada de que num bufê grande assim não haja nenhum livro.

    O pai voltou, vestindo a camisa xadrez azul e branco, penteado, o cabelo ainda úmido. A fisionomia da mãe permaneceu inalterada; Edna Blum se sentou graciosamente na ponta do sofá bordô apertando com força seus dedos cor-de-rosa, moveu a cabeça para cá e para lá deixando escapar uns guinchos e risinhos, como se mantivesse um diálogo interior agitado e embaraçoso, e só o rubor em seu rosto era testemunho dos pensamentos que ardiam dentro dela. O pai sentou diante dela no Matusalém, suas grandes mãos segurando com força as beiradas dos braços da poltrona. Veja, srta. Blum, disse ele inocuamente, tentando em vão esconder suas pernas grossas, eu, mesmo no inverno, em casa uso calças curtas; sorriu para ela um sorriso estúpido, eu por dentro sinto calor, sou como uma fornalha, no verão e no inverno. Edna fixou nele um olhar espantado, e ele se calou. A mãe pigarreou, e esperou. Novamente o silêncio os envolveu. Aharon tossia sem parar. Tinha agora essa espécie de tosse. A mãe olhou para ele irritada, de cada coisinha dele ela agora faz um caso, mas ele realmente tinha de tossir, e tossiu com vontade. Talvez estivesse doente. Talvez fosse morrer.

    Edna Blum se curvou, tocou, absorta, num limão que estava numa fruteira sobre a mesa, e retirou a mão, assustada, como que surpresa por ter cedido à avidez e evidenciado uma inacreditável falta de boas maneiras. Os da casa se mexeram em suas cadeiras; Aharon começou de novo com sua tosse seca, nervosa, introdução a uma terrível tempestade de tosse que dentro de um instante iria acometê-lo, com algum esforço talvez conseguisse cuspir uma gota de sangue. E com sangue ninguém discute. Mas ele sabia que não tinha a menor chance. Que eram seus últimos momentos com eles. Nenhuma explicação os faria compreender o que estivera fazendo na casa dela, e de qualquer maneira o tempo todo eles estavam se preparando intimamente para que alguém viesse logo lhes dar a terrível notícia sobre ele. E de repente as palavras lhe saíram da boca como borrifos, numa voz alta e tensa, e depois ela se fechou imediatamente em si mesma, se encolhendo toda, e Aharon parou de tossir, a boca ligeiramente entreaberta.

"Mas eu não... eu não sei... não...", o pai riu surpreso, "a senhorita precisa de um profissional de verdade, e eu sou só, tipo, um quebra-galhos, é isso", disse, embaraçado, e se calou. "Eu acho, sr. Kleinfeld, na verdade quase tenho certeza de que o senhor vai saber fazer isso satisfatoriamente", ela riu e deu uma piscadela, abaixando um pouco a nuca como um passarinho sacudindo gotas d'água, "e eu soube como o senhor consertou a eletricidade no casa do sr. Atias, e os canos na cozinha da sra. Botenero. Estou convencida de que o senhor fará isso bem, sr. Kleinfeld." "Mas eram trabalhos pequenos", sussurrou o pai cautelosamente, olhando para a mãe com o canto do olho, será que ela está percebendo o quanto ele se esforça para se livrar dessa proposta? Ela ainda não tinha devolvido o olhar, ainda considerava, os olhos se aprofundando na pele transparente, anêmica, de Edna Blum, em suas pálpebras que pareciam vermelhas e inchadas, em seus dentes — quarenta, decidiu a mãe, nem um dia menos —, em seus quadris tão estreitos, as mãos de seu Moshe poderiam circundá-los facilmente, um útero que não concebeu, seios que não amamentaram... "Moshe é um bom trabalhador, isso é certo", ela declarou calmamente, ponderando e estudando o caso, "no entanto, ele realmente não é um grande especialista naquilo que a senhora está propondo, e também acontece que no inverno ele sempre tem um pouco de dor nas costas, não sei o que lhe dizer, srta. Blum, talvez deva tentar procurar outra pessoa? Todo serumano é substituível, não?"

Aharon viu os olhos de Edna Blum se abrirem, brilhando. Ela moveu a cabeça num gesto tranquilo, incomum. "Não exatamente, sra. Kleinfeld, talvez nenhum ser humano tenha realmente um substituto." Com isso ela o conquistou, falando tão bonito e nobremente, mesmo numa conversa sobre algo tão simples e corriqueiro. Mas a mãe também tinha prestado atenção aos estranhos guinchos que saltitavam na voz de Edna Blum: acenou a cabeça numa negativa, e já não sorria.

"Eu pagarei generosamente", disse a visitante.

"Ainda não se está falando de dinheiro", balbuciou o pai.

"E quanto, por exemplo, a senhora está disposta a pagar, srta. Blum?", perguntou subitamente a mãe com frieza, seu olho de comerciante se estreitando, arrecadando.

"Até mesmo… cinquenta liras", deixou escapar Edna Blum, dando a perceber que ela mesma tinha se assustado com a quantia que propôs, e sacudiu a cabeça, num tremor de contradição. Manchas vermelhas se espalharam em seu pescoço. Ela se curvou. Dava para sentir, sem tocar nela, a umidade em seus dedos delicados, róseos, os mesmos que naquele dia tinham tocado o piano. O pai soltou um gemido, e a grande veia azul em seu pescoço pulsava com força. Com cinquenta liras pode-se fechar uma varanda para o inverno; pode-se começar a reformar a cozinha; pode-se comprar uma motoneta em segunda mão para ir trabalhar de manhã… A mãe se recostou e engoliu em seco. O pai murmurou algo consigo mesmo, isso é realmente demais, srta. Blum, mas ele também calou e se concentrou em seus dedos. A mãe ainda não dissera palavra. Suas pupilas se agitavam. Sua papada estremeceu de repente, uma tênue sombra, como um mangusto a se arrastar, passou sob seus lábios. Então é assim? Numa tempestade como esta, em que nenhum cachorro ousa sair, essa beldade resolve sair de sua casa quente e vir até aqui? De repente é tão urgente para ela? Edna Blum se torturava, contorcendo o pescoço, sob o olhar suspeitoso e impiedoso da mãe, esse olhar, pensou Iochi, essa apalpação. Com grande esforço Edna ergueu as pálpebras, feitas de um só fragmento de pele, e olhou dentro dos olhos da mãe, aguardando a sentença; para Aharon, ela e o pai pareciam estar esperando receber a bênção da mãe para algo dez vezes mais complicado e grave do que a derrubada de uma parede entre o quarto e a sala de Edna Blum.

"E quando é que a senhora pensa pagar?" Essa questão direta, grosseira, o chocou; de uma só vez ficou claro para ele que se tratava de algo não totalmente lícito, em que a polidez era supérflua, e ficou triste por Edna Blum, e por aquilo a que fora obrigada a se expor aqui, na casa dele. Porque tem pessoas que podem resistir bem a tal comportamento, ele sentia, e tem aquelas que lentamente se acostumam, mas Edna parecia tão vulnerável. Ele ficou surpreso quando ela logo se acomodou com aquela entonação da mãe; que não tivesse se levantado e saído, batendo a porta; somente seu longo e fino pescoço continuava a se contorcer penosamente, como se a cada momento estivesse engolindo as duras crostas de seu amor-próprio. "Se o sr. Kleinfeld concordar em fazer o trabalho, eu pago metade agora, imediatamente, e metade quando terminar", disse, usando a linguagem profissional que tinha aprendido em seu lugar de trabalho, o escritório de um tabelião chamado Lombroso, de cujo nome o simples pronunciar cem vezes por dia lhe causava nojo, como se de sua boca se projetasse o rabo preto, tremelicante, de um enorme peixe.

"O sr. Kleinfeld vai trabalhar em sua casa três horas por dia, na parte da tarde, até terminar o serviço", estipulou a mãe, "e eu, ou o menino, ou Iocheved vamos estar lá com ele, para ajudar." Edna Blum inclinou a cabeça, concordando. Em seu braço cor-de-rosa havia alguns braceletes que tintilavam o tempo todo e lhe causavam grande aflição. Ela estalou os dedos, e tentou escondê-los o quanto pôde: o coração de Aharon chamava por ela, uma e outra e outra vez, como um cuco de relógio.

Abriu então uma pequena carteira de couro vermelha que trazia consigo, lutando muito com o zíper, riu constrangida, corou, e tirou de dentro algumas cédulas. Por um instante ficou segurando o dinheiro, desamparada, e ao ver que a mãe não estendia a mão para pegá-lo depositou-o cuidadosamente numa ponta da mesa, de onde logo caiu.

"Você vai derrubar a parede dela, e nós vamos comprar um Fridman novo, o velho está cheirando mal, e vamos esquecer toda essa história. *Tfu* para ela", disse a mãe mais tarde, batendo energicamente as omeletes na frigideira, com raiva por ter cedido à tentação daquele dinheiro da húngara, vocês viram como ela anda, como um morto-vivo, e como fala, ti ti ti ti, sibilou a mãe, arremedando com um talento tão pequeno quanto malévolo as maneiras de garça hesitante de Edna Blum, mas nem mesmo esses respingos de fel lhe trouxeram sossego: sempre dizia que não tinha sido criada embaixo do fogão, mas dessa vez tinha pontadas no umbigo, e sentiu que tinha cometido um grande erro.

15.

Numa segunda-feira cinzenta, quente e seca o pai foi derrubar a parede que separava o quarto da sala de estar na casa de Edna Blum. O trabalho estava previsto para durar dois dias. Ele começou às quatro e meia da tarde, depois de voltar de seu emprego na seção de trabalhadores em padarias do Conselho de Trabalhadores de Jerusalém, e depois de comer bastante e fazer a sesta. Vestiu então sua camisa de brim azul da Angel, dos tempos em que trabalhava na padaria, e apanhou sua caixa de ferramentas, Aharon olhou bem, nenhuma Roxana esquecida caiu de lá, desceu ao quartinho da calefação do prédio, pôs no ombro a enorme escada que tinha feito com as próprias mãos em 1948, quando construíra para a mãe e para ele sua primeira casa, no bairro de Romema, e em passos pesados e medidos se dirigiu à entrada A, ao terceiro andar, ao apartamento dela. Atrás dele ia Iochi, os braços carregados de jornais velhos, para recolher os estilhaços que cairiam da parede; atrás dela Aharon, carregando com dificuldade a marreta do pai, eis que ele voltava à casa dela, e dessa vez — aberta e consentidamente, e talvez lá se atreva a fazer, bem ao lado da mãe e do pai, quem sabe; e nos calcanhares de Aharon, fechando a retaguarda, a mãe, vestindo sua bata marrom, soturna, irritadiça e desconfiada como uma ave no choco, o cabelo enrolado num sólido coque em sua nuca, sua bolsa marrom de tricô debaixo do braço e na mão uma grande garrafa térmica cheia de chá, porque, disse com língua ferina, dessa zinha você não vai aceitar nada para beber.

Edna Blum abriu a porta para eles festivamente, e Aharon prendeu a respiração ao vê-la. Para o trabalho ela tinha se vestido com total simplicidade, calças jeans e uma blusa dourada, um pouco esgarçada nas orlas, deslizando suavemente sobre seus seios pequenos; seu cabelo alourado, fino, emoldurava suas feições como um halo, seu rosto era afilado, aguçado, num equilíbrio tão etéreo e brilhante que sua instigante beleza parecia não ser senão uma doença; a mãe, o pai e Iochi não a olharam no rosto; fitavam seus pés descalços, longos e transparentes: os pés de um pássaro que não costuma pousar. Edna os fez entrar e convidou-os a sentar em suas poltronas brancas de couro, que rangeram assustadoramente. À sua frente, sobre a mesinha branca e baixa, havia pratinhos com fatias de torta que ela tinha comprado no Kravits, o ladrão, que põe três ovos onde são necessários oito, e o que você pensava, que essa *balebuste*, essa dona de casa fajuta iria ficar o dia inteiro na cozinha de avental em sua homenagem? E um jarro com um suco amarelado e transparente, e uma travessa de frutas tão linda — como uma das figuras naqueles grossos álbuns dela, que era difícil acreditar que não fosse real. A mãe — sua educada mãe, que nunca prova nada na casa de estranhos — estendeu a mão de repente, revolveu as frutas na travessa como se estivesse verificando a mercadoria na feira, arrancou de lá uma goiaba madura e nela cravou os dentes. Edna Blum se encolheu toda num sofrimento oculto, ofereceu à mãe um pratinho para as cascas, ou os restos, sussurrou, e a mãe, propositalmente, compreendeu de súbito Aharon, disse-lhe com uma boca cheia do sumo e da perfumada polpa da goiaba que ela comia goiabas sem deixar delas qualquer vestígio. Edna olhou para ela timidamente, num débil aceno de concordância. Depois ofereceu a Aharon e Iochi a caixa branca, cheia de "delícias turcas", doces cobertos com uma fina camada de açúcar refinado. "Isso eu trouxe de Esmirna", sussurrou, acrescentando, como numa confissão, "todo ano eu viajo a passeio no verão."

"Obrigada. Isso não é bom para os dentes deles", determinou a mãe, "e o sr. Kleinfeld já quer começar."

Edna Blum se encolhia cada vez mais. Pediu desculpas e explicou que queria marcar assim, com esse tom festivo, o início do trabalho, e a mãe lançou-lhe um olhar tal que ela logo se calou.

Primeiro o pai tirou os quadros da parede, encostando-os cuidadosamente em outra parede. São apenas reproduções, disse Edna modestamente, e a mãe soltou baixinho um feio assobio de admiração, que só chegou aos ouvidos de Iochi e de Aharon, essas são as bailarinas de Degas, e este é um Magritte, e esta é, claro, a cadeira de Van Gogh, e aqui algo de Dalí, e este é só um abstrato, e esta natureza-morta é de Renoir ou Gauguin; o pai os carregava, e Aharon não o ajudou, por causa do cricrido, só ficou sentado na poltrona de couro branca olhando os retângulos claros que tinham ficado nas paredes, e se lembrou de sua avó Lili, e de sua antiga trança, grossa, seca, enrolada num jornal, que tinha achado nas profundezas da lata de lixo; talvez manchas brancas assim fiquem no mundo durante algum tempo depois que as pessoas morrem.

O pai desmontou a estante preta. Respeitosamente recolheu de suas prateleiras as bolas de vidro com os flocos de neve, de cada país de seus passeios Edna tinha trazido uma bola dessas, que Aharon gostava de sacudir juntas toda vez que entrava aqui secretamente, ele fazia isso como uma espécie de ritual: um encanto melancólico, uma lassidão, como nas lendas, baixava nele quando via todos aqueles prisioneiros solitários, montanhistas, cisnes, palhaços, orquídeas, bailarinas, crianças, a se olharem uns aos outros dentro das bolhas de vidro em meio a silenciosas nevascas, e depois o pai removeu os grossos álbuns que Aharon não se cansava de folhear na ausência dela, neles também havia fotos e desenhos de homens e mulheres nus, mas estes sem grosseria, nem estranheza, nem depressão, e depois o pai carregou com muito cuidado, a língua espetada entre os dentes, o delicado prisma de vidro, e o vaso com seus compridos lábios estendidos como num beijo celestial contendo sempre-vivas secas, e a princesinha não moveu um dedo, deixou você fazer tudo sozinho, como se fosse seu escravo sudanês, mas a mãe não falava a verdade: Edna Blum recebia cada objeto das mãos do pai e o depositava no lugar que lhe havia destinado, e todos os presentes acompanharam atentos, a cada vez, o fugidio momento em que as pontas dos dedos finos dela tocavam os dedos do pai, que com todas as forças tentava não sentir esse estranho toque, essa espécie de carícia etérea, concentrando toda a sua atenção no trabalho, no trabalho. Só quando teve na mão a imagem entalhada do negro velho, todos viram que não conseguiu se conter, pois deslizou um dedo furtivo sobre seu rosto cinzelado, sensato e triste, seu nariz largo e achatado, seus lábios grossos; a mãe grunhiu desdenhosamente, e o pai se empertigou um pouco. Com o rosto sem expressão continuou a transportar as outras estatuetas, as esculturas de madeira negra que Edna trouxera de duas excursões ao Quênia; e a estatueta de um rapaz magro em profunda meditação; e formas insinuadas de curvas femininas esculpidas num tronco de madeira; quando Aharon ficava aqui sozinho, às vezes, de brincadeira, imitava suas posturas, deslizava os dedos sobre suas linhas arredondadas, cheias de vida. Sentia às vezes que seu grande segredo aqui não era o que fazia no banheiro dela, mas estar com aquele quadro e com os livros e esculturas dela. O prazer penetrava dentro dele: quem sabe fica por aqui, como uma de suas esculturas, e quando ela voltar à noite da aula de espanhol ou de arranjo floral tomará conta dele e lhe permitirá ficar com ela. De vez em quando o esculpirá, até que, nas mãos dela, ele esteja completo.

"Pronto, terminamos", disse finalmente Edna, ofegante, quando a parede ficou nua, e um tanto indecente.

O pai riu, e seus fortes dentes branquejaram para ela. "Toda moeda tem duas faces, srta. Blum, com certeza também tem quadros ou outras coisas do outro lado da parede, tenho razão ou não tenho razão?"

E Edna, com toda a certeza, não tinha imaginado tudo que iria acontecer aqui, na casa dela. Seu rosto se acinzentou, perdeu a vivacidade: ela tinha planejado derrubar uma parede, tinha tomado essa decisão com enorme esforço, teve de mobilizar toda a sua força interior para imaginar a marreta golpeando a parede de um lado, mas tal força não era suficiente para efetivamente arrebentar essa parede. E o imenso espaço que seria criado aqui. Agora lá estava com os braços caídos, a cabeça baixa.

"Srta. Blum", disse o pai com uma voz suave, nele incomum, "talvez a senhorita não tenha levado em consideração o que realmente vai haver aqui... demolir quer dizer sujeira, muito barulho e bagunça. Talvez seja melhor devolver tudo a seu lugar, dizer *shalom* numa boa, e não aconteceu nada, de verdade."

Ele tentava defendê-la; aquela mulher delgada, que se movia como um feto dentro do envoltório de sua pele; os dois estavam agora um diante do outro, e Aharon via agora como o pai tinha sido bonito um dia, antes de ficar pesadão com sua gordura e sua fisionomia fixa, e a mãe viu também, as palavras lhe fugiram da boca, pois já o tinha visto antes assim, seu coração se apertou, não sabia se continuava a olhar para ele agora, absorvendo essa visão, se abraçando a ela, ou se arrancava dele o olhar e perdia esse momento para sempre, ele era então muito jovem, alguns anos mais moço que ela, e quando o viu pela primeira vez em fins de 1946, em Jerusalém, ainda não era bonito, estava famélico, esquálido e confuso, mas sua testa era alta, e irradiava algo, uma ferocidade, uma liberdade, algum anseio de menino, de moleque generoso, ela o encontrou no meio da rua, eu recolhi da rua o pai de vocês, dormindo sobre uma porta arrancada de algum lugar, estava semimorto quando o encontrei; porque veio não se sabe como das estepes da Rússia para cá, sem amigos ou conhecidos e sem entender a língua, a mãe já era então uma velha solteirona, aos vinte e cinco anos de idade, órfã dos dois pais e cuidando de cinco irmãos e irmãs menores, e ela o recolheu e o levou para casa, ignorando bravamente as fofocas dos vizinhos e de alguns parentes, que até hoje não perdoa por isso, com Gamliel e Ruchale só fez as pazes no bar mitsvá de Aharon, e durante cinco meses inteiros com ardis e com ameaças impediu-o de sair de casa, de repente tudo isso lhe volta agora à lembrança, tudo torna a ganhar vida e exatamente aqui, na casa dessa aí, como uma fonte viva a romper as crostas do esquecimento e da dor e do cansaço dos anos, até mesmo o pulsar do amor que sentiu por ele vibra agora por um breve instante, e Hinda é sempre Hinda, Gutcha ria até as lágrimas quando contava a Iochi sobre aqueles tempos, não teve vergonha de lhe dizer que os ingleses estavam caçando espiões comunistas que se escondiam no país, e o seu pai, *nebech*, coitado, fazia tudo que ela dizia, lambuzava de mel o chão que ela pisava, e mais do que tudo ficava admirado de como ela cuidava de nós, os pequenos, éramos cinco pendurados no pescoço dela, cinco pintinhos, sem pai e sem mãe, só Hinda e Hinda, e víamos como ele a olhava quando nos dava de comer ou nos vestia ou nos ensinava a fazer o dever de casa, e então pensávamos que ele com certeza tinha saudades da mãe dele, bem, então ainda não conhecíamos a Lili, e só quando Lili chegou compreendemos que era o contrário, exatamente o fato de sua mãe ser tão rigorosa conosco, foi isso, acho, que lhe agradou, e então, *shreklich*, ele simplesmente começou a se comportar um pouco como criança, pela minha vida, é isso que você está ouvindo, Iochi'le, começou a regredir, a fazer dengos para a sua mãe, a irritá-la com a comida, a brincar conosco de esconder e de pegar, como uma criança grande, e houve até mesmo um momento, lembrou a mãe, quando voltei de um dia de trabalho duro limpando a casa dos ricaços de Rechavia — o que eu não fazia pelas fatias de pão e algumas azeitonas —, eu o vi rolando no chão com Gutcha e Rivtcha e Itka e Rudja e Issar, rindo como se não houvesse problemas no mundo, e senti um *zetz*, um golpe aqui, no coração, talvez eu o tivesse mimado demais e agora tinha de trazê-lo de volta depressa, e fazê-lo avançar, e desde então comecei a ser dura com ele e a lhe ensinar hebraico, e de noite, à luz de um lampião, Iochi, eu sentava com ele e lhe ensinava letras e palavras, então minha cabeça ainda era boa para essas coisas, éramos jovens, e não permitia que falasse polonês, para que não ficasse pensando no passado e perdesse tempo com reminiscências e saudades, se me dizia alguma coisa em polonês eu dizia o quê, e ele repetia, e repetia, até se dar por vencido, e como vocês ficaram juntos esse tempo todo sem se casar, Iochi perguntou baixinho, ansiosa, e o que você está pensando, Iochi'le, nem com um dedo ele tocou em mim, disse a mãe, e seus olhos expressavam orgulho, nem ele e certamente ninguém antes dele, não como as garotas de hoje que servem a compota antes do aperitivo, e eu não falou que ele não tentou, bem, ele é homem, mas esteja certa de que no casamento eu fui para ele como uma maçã na qual ele ia cravar o primeiro dente, mas outras comidas ele sim comeu na casa dela, contou Gutcha, e não pense que sua mãe era tão tranquila como é agora, ela tem

num dedinho só o que nenhum de nós tem na cabeça, ela sabia como segurar um homem, às vezes ela mesma não comia, mas dava para ele do bom e do melhor, e nós, os pequenos, também aproveitamos, que aproveitamos nada, endoidecemos, quem, na Jerusalém sitiada, poderia pensar em ovos frescos no café da manhã, quem tinha ouvido falar de frango, Iochi'le, imagine só, ela viajava até o *kibutz* Kiriat Anavim para fazer o cabelo de cinquenta garotas, tach tach tach, e recebia por isso um pobre frango que tinha morrido de fome, e os quitutes que ela fazia com ele, tostando-o no fogareiro, outras pessoas comiam malvas do campo, e sua mãe fazia para nós *kreplech* e *knishes* recheados de batata, e em volta todos quase morriam de fome, mas sua mãe, quando queria, nada poderia detê-la, e realmente, Iochi'le, observou a mãe, enquanto uma fina camada de prazer se estendia em seu rosto, se passaram talvez algumas semanas e seu pai começou a sarar, os buracos em suas bochechas se encheram...
Iochi olhou para ela com admiração e compaixão, sentada de braços cruzados na sala de Edna Blum, por um momento distraída, inundada daquelas lembranças que distribuía com grande avareza, e assim mesmo só em raros momentos de leniência, o que passou passou, quando me aposentar eu vai escrever um livro de memórias para contar tudo, e então hoho, hoho, Iochi, mas ainda não é a hora, e de qualquer maneira os filhos não querem pensar no que eram os pais deles antes de eles terem nascido, e por que ficaram do jeito que são agora, isso a gente sabe por quê, e ela ria toda vez que Iochi gritava que em casa não a compreendiam, que hoje em dia só os filhos têm isso, psicologia, os pais não têm, mas mesmo que ela não falasse muito Iochi sabia adivinhar, pela expressão do seu rosto, pelos fragmentos de histórias de Rivtcha, pelos risinhos de Gutcha, como lentamente o pai tinha começado a engordar, como do esqueleto surgiu um homem, ele mesmo se surpreendeu com o próprio aspecto, pois

quando começou a passar fome e a emagrecer no campo de trabalho, na taiga, só tinha uns dezoito anos, e só agora se via como um homem completo pela primeira vez, e você precisava vê-lo diante do espelho, Iochi'le, ria a roliça Gutcha, e como se penteava durante horas, e passava brilhantina no cabelo, sim, sim, este seu pai, e uma vez entrou lá em casa a solteira Chemda Kotlarsky, para pegar três colheres de farinha, era o que se pegava naquele tempo, e ela o viu, assim, seminu, consertando uma janela que tinha quebrado, e começou a sorrir um sorriso idiota e se esqueceu de sair, *nu*, e a sua mãe, Iochi, tirou do baú grande as joias do casamento de sua avó, que você não conheceu, as lindas e maravilhosas roupas do dote dela, e o relógio de ouro, e os broches de pura prata, e também um tapete de Bukhara que nós guardávamos enrolado, e foi, como se diz, à luta, e desapareceu de casa dias inteiros, onde você esteve, Hinda, e ela fica calada, não conta, só anos depois ouvi a história dela, e me senti mal, ela tinha ido para os becos e ruelas da cidade velha, naquele tempo os judeus já tinham medo de entrar lá, ainda mais uma mulher sozinha, e no mercado de Belém, imagine só, e na *kasbah* de Hebron, ela era uma doida, mas assim era ela, se entrava algo na cabeça dela ela não largava, e uma vez se enfeitou como uma miss de concurso, aonde você vai, Hinda, não responde, e foi à casa daquele merda, desculpe a expressão, professor Meizlish de Rechavia, e lhe ofereceu à venda o *sidur*, o livro de orações do pai para os *iamim noraim*, Rosh Hashaná e Iom Kipur, se eu tivesse sabido então eu a mataria, ela abriu mão de um *sidur* de Veneza pelo qual papai estaria disposto a morrer, só para você ver qual é a força do amor, e de cada um desses passeios ela voltava exausta e tremendo e toda amarela, e não dizia uma palavra, e logo arregaçava o vestido e começava a tirar de lá, Deus sabe de onde, o mercado inteiro, e então cobria as janelas com cobertores, e enfiava um pano encharcado de alho no buraco da fechadura da porta, para não despertar, Deus nos livre, a inveja dos vizinhos, ou um mau-olhado, pois nós morávamos lá em Kerem-Avraham uns dentro das almas dos outros, e ela começava a cozinhar, Iochi, e você precisava ver a luz que se acendia em seu rosto, quando seu pai ficava andando em torno dela, engolindo com os olhos a comida e também um pouco ela, coitado, ele tinha fome, e ela o alimentava direto da panela com uma colherinha, escolhendo para ele os pedaços mais gordos, deixando que ele lambesse o molho, isso mesmo que você está ouvindo, e que olhar lhe subia então aos olhos, como um animal agradecendo a quem o salvou, minha mãe lhe deu de comer da panela com uma colher? Imagine só, mas isso foi, é claro, até o casamento, pois cinco meses depois eles se casaram, e sua mãe conseguiu sessenta ovos, isso que você está ouvindo, ainda não tinha havido um bolo de casamento assim em Jerusalém, grandioso, e você devia ter visto a cara de todo mundo quando olharam para o bolo, e ainda mais quando olharam para seu pai, e Hinda passou a mão levemente em seu rosto coberto pelo véu, como os olhos deles se esbugalharam, como se estivessem vendo um milagre, uma maravilha, como se transformara meu pequeno refugiado, de tão mirrado que era, ganhara até um pequeno papo, e ela sorria para si mesma, circulando como uma rainha entre os espantados convidados, acompanhando discretamente os olhares que eram lançados ao pai, o coração radiante: ela via admiração e censura pelo grande desperdício que tomava forma na carne dele, seus olhos eram engolidos pelas montanhas de suas bem fornidas bochechas, e tudo isso em tempos de carência, quando os ourives enriqueciam de estreitar alianças, mas nem uma só mulher olhou de novo para ele de boca aberta. Nenhuma vizinha solteira engoliu em seco, com desejo, ao vê-lo, e se assim fizesse — a mãe sabia disso, condescendente — seria por causa de um apetite confuso, de uma gula que se enviesara por engano, e só ela,

Hinda, sabia como olhar dentro dele, resgatar da carne abundante sua beleza esquecida e sua masculinidade, como quem extrai um mineral precioso de uma rocha, mas agora, neste momento, ela tinha compreendido — e toda a sua alma estremeceu, o quê, eram como facas virando dentro de seu ventre — que Edna Blum também tinha enxergado *ele*, o belo e esquecido Moshe, e era para ele que ela sorria agora seu suave sorriso, e Iochi e a mãe e Aharon viram como seu sorriso penetrava e se dissolvia como azeite caro entre as crostas blindadas rinocerônticas que recobriam a alma dele. Seu rosto estava muito vermelho. A mãe ardia, ali onde estava, mas era tarde demais.

Os dois, Edna e o pai, saíram para o outro quarto, o quarto de Edna. Com um movimento de sobrancelha a mãe enviou Iochi atrás deles. Aharon ficou com ela. Queira muito ir para lá com o pai, mas não foi. Talvez por causa de sua lealdade para com a mãe, talvez porque lá, como dentro do mar, por exemplo, ele não possa estar junto com o pai; ficou sentado em silêncio, evitando os olhares fuzilantes dela, como é que você está sentado, endireite as costas, pare de esfregar o nariz, e agora o pai está lá, vendo pela primeira vez o seu quarto, o quadro com o touro, e lá também tem uma penteadeira, e uma minúscula pia que instalaram para ela num canto, sabe-se lá para quê, e, claro, tem a grande cama no meio, às vezes ousava deitar nela por um momento, uma cama excepcionalmente confortável, dizia a si mesmo como justificativa do que sentia quando estava nela, como se num instante tivesse sido arrebatado para um covil de sono, como se lá houvesse uma cratera macia e quente e prazerosa de sono, uma cama na qual se alguém passasse a mão essa mão adormeceria. Uma vez se descuidou e adormeceu lá, e só o sinal sonoro do noticiário em um dos apartamentos o despertou quinze minutos antes de Edna voltar, imagine se ela o encontrasse dormindo na cama dela.

Ouviu-se de lá um rangido, e um gemido e risinhos ofegantes, pelo visto estavam empurrando aquela cama para o meio do quarto. E digamos que o pai, por acaso, caia nela. Aharon riu consigo mesmo. O pai, esse gigante, deitado com braços e pernas abertos, adormecido para sempre naquela cama. E o quê, então. Então para ele, Aharon, não restaria alternativa e ele teria de derrubar a parede ele mesmo. Conteve o sorriso, para a mãe não se enervar, mas ela já não prestava atenção nele. Sentada e aprumada na poltrona branca amaldiçoava a si mesma, que, por ganância, caíra em tão miserável armadilha. Um quadro de feltro verde estava pendurado lá na parede, na cabeceira da cama, Aharon orientava o pai de longe, e nele estão pregados retratos nos quais se vê Edna Blum em lugares distantes, em terras estranhas e esquisitas; ela viaja uma vez por ano, e então ele tem um banheiro livre durante duas semanas, aqui ela usa, vaidosamente, um chapéu de palha, uma cobertura de cabeça cilíndrica em outro lugar, fotografada contra o fundo de um pagode japonês ou um totem africano, se escondendo travessa atrás de imensos óculos de sol numa praça cheia de pombos ruidosos, curvada para fora de um funicular sobre campinas verdes; no quadro de feltro também tinham sido pregados bilhetes de trens, cartões-postais coloridos, ingressos para museus, programas de espetáculos teatrais, recibos de três ou quatro hotéis, uma caixa de fósforos que em lugar da etiqueta exibia uma foto dela e de um homem de rosto escuro, de bigodes ligeiramente caídos. As fotos tinham sido tiradas em lugares distintos, mas nos olhos de Edna Blum havia uma só expressão, que Aharon viu somente hoje, pela primeira vez, quando ela abriu a porta para eles: o limiar de uma explosão da alma, de tanta felicidade.

Eles voltaram, os três, e Iochi também estava corada e evitando o olhar da mãe. "Podemos começar o trabalho", declarou o pai, os olhos cravados no chão.

"Mais um momento, por favor!", exclamou Edna Blum, saiu e voltou com uma câmera na mão. "Para a história", explicou à mãe, que quase sufocava.

Estava de novo muito excitada, cheia de pequenos trejeitos, e seus dedos tremiam. Pediu ao pai que segurasse a marreta e a erguesse bem alto. Ele ficava desarmado diante dela; ela olhou no visor da câmera e o viu, e o deixou assim por um momento, o que eu podia fazer, ofendê-la? Você viu como ela estava; e se ela lhe dissesse para miar como um gato, você ia miar para ela? Depois gritou em voz alta: "Berdi! Berdi!" ou algo parecido com isso, e o pai foi inundado de uma luz brilhante de magnésio, e por um átimo pareceu menor e mais contraído do que era, petrificado e assustado como um animal selvagem sendo caçado. Edna Blum disse baixinho "Agora, por favor", afundou na poltrona de couro branca, se encolheu toda, como se não tivesse ossos no corpo, e num gesto de bebê, desligada, começou a chupar o polegar, uma expressão sonhadora emergiu e tomou conta de seu rosto, como se já estivesse além dela mesma, como se sua acolhedora sala não estivesse cheia daquelas pessoas estranhas, caladas, com rostos iguais aos dos comedores de batatas.

16.

Os três sons se ouviram simultaneamente: o martelo bateu na parede, fendendo-a, e exatamente no mesmo instante, depois de semanas de seca, ecoou de repente no céu um trovão abafado, e entre os dois sons irrompeu cortante e se elevou o estranho grito de Edna Blum.

Aos quarenta anos de idade, ao fim de um aniversário triste, de olhos vermelhos, como um terrífico presente que estava dando a si mesma, decidira de repente derrubar uma parede em sua casa. O pai desfechou um segundo golpe e Edna gritou de novo. Isso queria dizer que não teria dinheiro suficiente para viajar para o exterior; queria dizer que talvez, exatamente porque ousara demolir aqui alguma coisa, ficaria neste apartamento para sempre; e num apartamento assim, com apenas uma sala grande e um quarto, uma criança não poderia crescer.

Ele golpeou mais e mais vezes, e ela gritava sem perceber, e a mão dela se agitava espasmodicamente junto ao corpo, quis que ele parasse um momento, tentou detê-lo, tentou respirar, mas não conseguiu manifestar sua reconsideração, o pai golpeava impiedosamente, e os três que estavam sentados na frente dela a fitavam com olhos assustados. A mãe fez um gesto hesitante com a mão, como a sinalizar ao pai que parasse, mas ele já estava imbuído de seu trabalho, ou fingiu que estava, surdo aos seus gritos de ganso selvagem, e somente quando a parede já estava devidamente despedaçada se virou lentamente para as mulheres e para Aharon. Enxugou o suor da testa com as costas da mão. Como eram belos todos os seus movimentos: desde que empunhou o martelo foi como se se conectasse a uma fonte de vitalidade e de harmonia; ele sorriu para Edna Blum e disse: "É isso aí". Ela inclinou a cabeça.

Trabalhou durante uma hora inteira, e só parou duas vezes: primeiro despiu sua blusa azul de trabalho, ficando de camiseta, depois, sem voltar o rosto para o público que o observava, despiu a camiseta também. O cheiro de seu suor encheu o cômodo, mas a mãe, e não Edna, foi quem afinal se levantou para abrir uma janela. Ainda lá, olhou para fora e viu alguns dos moradores do condomínio reunidos embaixo, na calçada, Perets e Sophie Atias com sua nova bebê, o casal Kaminer, Felix e Zlata Botenero segurando sua cadelinha nos braços, preocupados, todos com a cabeça erguida, como tentando ouvir uma notícia que tinha sumido no ar. Pxi! Quase cuspiu em cima deles. Eles pareciam peixes arredondando a boca nojenta à tona d'água, esperando comida. O pai percebeu a expressão em seu rosto e também foi até a janela, ocupando toda a sua abertura. Sorriu para os vizinhos, brandiu o martelo para o céu cinzento, inchado e tempestuoso, não se preocupem, camaradas, ele ria para os vizinhos lá embaixo, o martelo de três quilos desafiando barrigas de elefantes,* já vamos mostrar a eles umas boas trovoadas aqui,

---

* Provável referência a Eleazar, um dos irmãos macabeus, que enfrentou com seu martelo os elefantes dos sírios helênicos, no século II a.C. (N. T.)

lançou mais um olhar travesso, uma quarta parte de um Paul Newman a bruxulear, a janela se esvaziou, e o pai voltou a fazer o condomínio inteiro tremer.

Edna Blum continuou sentada em sua poltrona; uma de suas poltronas brancas de couro, lindas e virginais; só depois de trazê-las da loja para casa ousara se sentar nelas, e levou um choque ao ouvir o odioso rangido, o riso já conhecido do demônio materialista que a tortura. Seus olhos estavam semicerrados, os lábios entreabertos, como se estivesse enfurnada em algum lugar dentro dela mesma. De vez em quando, num débil aceno, sugeria à mãe ou a Aharon que provassem um dos petiscos que tinha preparado, mas para todos era evidente que era só um último e oco resquício de polidez e educação que movia sua mão nesse gesto.

E o pai golpeava como se fosse ele a marreta. Pesados fragmentos de pedra e cal despencavam a sua volta e se amontoavam a seus pés. Às vezes ele desaparecia numa nuvem de poeira branca e espessa, e tornava a aparecer, lentamente. Naquele dia bateu na parede centenas de vezes. Alternava o martelo de três quilos com um de cinco quilos, e em alguns momentos fazia a parede se arrepiar com talhadas de formão ou chave de parafusos. E cada golpe seu era compenetrado e preciso, honrando o material que atacava, valorizando o adversário com respeito e com zelo pelos rituais do combate. Dava para perceber claramente que a parede também, do seu jeito, reconhecia a força do pai; que de minuto a minuto ela se entregava a ele, contida mas dolorida, tomando consciência de sua desgraça com seus tijolos grosseiros, com os fios elétricos que corriam dentro dela, com os vergalhões de ferro enferrujados que iam nela se revelando. "É uma parede grossa", disse o pai quando parou um instante para respirar, "houve tempo em que se sabia construir como deve ser. Hoje em dia já não fazem paredes como esta." Deu umas batidinhas na parede como se dá no pescoço de um bom cavalo. Edna Blum estremeceu.

Cada golpe era um impacto para ela, como se fosse em suas entranhas. Só quando a demolição começou se deu conta do quanto havia introjetado esta casa dentro dela, nos treze anos em que nela morava; pois havia a Edna do quarto, a Edna da sala de estar, a Edna da cozinha, em cada um deles era diferente, e quando passava por cada um deles ocorria nela, ainda, depois de todos esses anos, uma pequena mudança, por ela passava outro espírito, outras limalhas iam aderir ao ímã; e havia coisas e pessoas determinadas nas quais só podia pensar neste ou naquele cômodo, e à luz de uma determinada luminária, amigável, e não sob outra luz, e, obviamente, cômodos que não tivessem uma torneira, ou seja, em que não houvesse qualquer possibilidade de neles correr água límpida, não lhe serviam tanto, por isso, assim que entrou aqui para morar, fez um investimento respeitável e mandou instalar torneiras e pequenas pias também num canto do vestíbulo, na varanda, e uma pia minúscula, ritual, foi instalada até mesmo num nicho de seu quarto; e havia seus quadros, suas reproduções, ela tinha prazer em pronunciar esta palavra como se fosse uma bala derretendo lentamente no céu da boca, tinha um original também, um desenho que comprara em Montmartre de um pintor barbudo e gigantesco — um mar tempestuoso e os restos de uma embarcação destroçada —, uma trança pendia de sua nuca e uma argola de ouro de sua orelha, e seus olhos a tinham perfurado, esse desenho a conduzia em seu descanso, para ela era difícil decidir se isso era realmente arte, e havia os livros, mesmo não tendo lido a maioria deles, a leitura é um ato sagrado, nem mesmo uns poucos, melhor esperar a tranquilidade absoluta, gostava de senti-los em volta dela como uma muralha contra o mundo lá fora, e havia a coleção de bolas de vidro com os flocos de neve para sacudir e sonhar, e a exposição de bonecas com trajes nacionais que trouxera de cada país que visitara, e sua mesa de trabalho adorável e toda adornada, sobre a qual, numa arrumação exemplar, estão todas as *National Geographic*, os cadernos de seu *projeto*, assim costumava, modestamente, denominá-lo para si mesma, e os tapetes, é claro, os vinte e um tapetes e alfombras e tapetinhos e esteiras, que se estendiam, um muito junto do outro, por todo o apartamento, um tapete pequeno de cada país que visitou, e ao andar descalça sobre eles estava passando com seus leves passos do México a Portugal, do Quênia à Finlândia, lã de camelo e lã de carneiro e couro de tigre e peles, como se andasse num colorido álbum de selos, e havia a Edna dos vinte e seis anos e a Edna dos trinta anos, e a Edna de uma amarga aventura de amor, com um homem casado que a enganara, você enganou a si mesma, e o período de desespero que veio depois disso, homens sem rosto que fizeram coisas com ela, ela era então como uma criança apavorada num trem-fantasma, e foi resgatada, e mergulhou em torpor, e sua solidão foi se petrificando, e como fora capaz um dia de passar por todas as etapas que levam dois estranhos, duas perplexidades, a passar do sublime ao animalesco, e só uma vez por ano, no exterior, ela cerrava seu olho interior, se sujeitando a esse grande milagre, em que corpos que vieram de terras tão distantes e diferentes se adaptavam tão bem um ao outro, colhia um amante efêmero para uma noite, só não permitia que lhe beijasse a boca, e uma vez também se apaixonou, em Lisboa, Portugal, e ela não dizia *Lissabon*, em hebraico, mas pronunciava "Lisboa" em português, como se fosse o verbo hebraico *lisboa*, "saciar-se", na penumbra de um clube para turistas ao qual ousara ir, um homem entre os outros homens ficou com você a noite inteira, e você o deixou louco a ponto de ele jurar para você que ia abandonar a mulher e todos os filhos, e você o convenceu a ser sensato, que menina corajosa e generosa você é, e havia a Edna dos estudos na universidade, a quem só faltou um trabalho de faculdade para se formar, e a Edna depois de operar um pequeno tumor no útero, e aquela que durante uma semana inteira mastigou na própria boca pedacinhos de massa para alimentar um passarinho implume que tinha caído do ninho e agonizava em suas mãos, e a Edna das excitações e das depressões, das solidões e do medo — aqui você chorou, aqui você lhe escreveu uma carta, aqui você ficou sentada a noite inteira e não teve coragem de as engolir, e olhe só, algumas pancadas de martelo pelas mãos de um homem e tudo se quebra, se amontoa, uma coisa dentro da outra, a parede dela, os cômodos de sua alma.

Às seis e meia da tarde a mãe exclamou "Basta!", rouca por causa da poeira e de suas imprecações em voz baixa, e como se durante todas as horas que tinham passado tivesse gritado essa mesma palavra. O pai ouviu. Sua nuca vermelha, brilhando de suor, se contraiu. Ele deu ainda alguns golpes. Por um momento pareceu que ia se rebelar. Que não ia querer parar. Ela moveu os lábios mas a voz não saiu. O pai reduziu o ritmo. Parou. Largou o martelo. Imediatamente sua figura original reapareceu, se apequenando, engrossando. Quando quis varrer os destroços da parede, a poeira e as crostas de cal, Edna acenou debilmente com a mão e meio desmaiada disse que não havia necessidade. Agora pode ir. Amanhã na mesma hora. O pai olhou para ela com espanto: no decorrer da última hora não voltara a cabeça e não vira a mudança na fisionomia dela. O rosto dele também estava diferente do de sempre, e Aharon não sabia dizer em quê, mas ele estava exatamente assim, o Moshe, quando construiu e consertou para mim a casa da propriedade Mantush em Romema.

"A escada eu deixo aqui", ele disse.

"Sim, pode ficar aqui em casa", sussurrou Edna.

"Amanhã virei de novo", disse, sem necessidade.

"Vou tomar conta dela", ela acrescentou lentamente, quase sem voz.

"E a chuva?", perguntou em voz alta demais, correndo para a janela enquanto massageava o braço direito.

Mas as nuvens ainda pendiam do céu, pesadas com a carga que continham. Muito longe e além delas, sobre as montanhas distantes, elevadas e rochosas, e ainda além, rolava e se aproximava o próprio inverno, galopando com todas as suas carruagens; um comandante sombrio, imperial, se apressando para chegar a uma remota província de onde irrompiam gritos de revolta. E uma caravana silenciosa, atônita, saiu da casa de Edna Blum para a tarde fria, a mãe à frente, atrás dela Iochi, e, atrás das duas, Aharon. O pai seguia por último, de cabeça baixa, como um touro sendo devolvido a seu cercado.

17.

O jantar transcorreu num silêncio insuportável. O pai comia, engolia e pedia mais, pelo visto o esforço lhe aumentara muito o apetite. E a mãe punha a comida no seu prato em movimentos cuidadosos e com recuos rápidos, como quem alimenta ávidas labaredas de fogo. Com um rosto inexpressivo olhava para ele, curvado sobre o prato, só se via sua fronte avermelhada, e sons de sorvo, ofego e deglutição se ouviam debaixo dela. Depois da refeição Aharon desceu para jogar fora o lixo, e no momento em que a mãe lhe passou a lata ele já sabia: pela expressão dela e pelo seu olhar para o lado, ele soube. Junto ao grande e enferrujado tanque de combustível para a calefação ele parou, se curvou no escuro, enfiou a mão dentro da lata. Com nojo remexeu o lixo úmido até encontrar: um papel de embrulho duro, enrolado e amarrado com barbante. Puxou-o para fora, abriu e olhou: era um par de sapatos, sapatos pretos, elegantes, com os saltos gastos. Cheirou-os rapidamente, mas não havia nem lembrança do cheiro de champanhe. Jogou o lixo fora e levou os sapatos para o seu esconderijo, no quarto da calefação. Escondeu-os junto com o vestido colorido de verão e a roupa de banho listrada, ao lado da grossa trança, já bolorenta.

A mãe e o pai tinham internado a avó fazia mais de um ano, logo após os vexames que ela tinha aprontado em seu bar mitsvá. Tampouco dessa vez ela facilitou as coisas, lutou com eles como uma fera, cuspiu e arranhou e xingou, mas agora já não encontrou palavras, só gritos e grunhidos de desespero, e a mãe, em silêncio, ajudou o pai a embarcá-la na ambulância. Depois, em casa, a mãe vestiu a bata marrom xadrez e carregou uma grande bolsa com sanduíches e vidrinhos de creme de leite, suco de tomate engarrafado e alguns tabletes de chocolate dos quais a avó gostava especialmente, embrulhou tudo em papel vegetal e náilon, prendeu com elásticos, escreveu em cada sanduíche o que ele continha e junto com Iochi e Aharon foi até o hospital.

A avó já estava na enfermaria, tinha recebido uma injeção de tranquilizante e tomado remédios para dopá-la, e estava tranquila. Olhou para os visitantes com olhos embaçados, e não os reconheceu. Sou eu, Aharon, ele lhe sussurrou com espanto e com o súbito frio do medo, olhe, sou eu, mas ela não se lembrou dele. E a mãe, que segurava seu lenço, pronta para chorar, conseguiu se dominar e logo começou a cuidar dela, limpando a secreção infecciosa de seus olhos, ajeitando o seu travesseiro, massageando seus pés inchados. Sem sentir repugnância, seus dedos percorreram a avó inteira, de cima a baixo, como as pernas de uma ágil aranha. Uma enfermeira com cara de má e rosto papuloso trouxe o jantar e tencionava dar-lhe de comer, mas a mãe, com um sorriso gentil, tirou de suas mãos a bandeja, lavou na pia as dentaduras da avó, com cuidado as pôs em sua boca, movendo um pouco sua mandíbula até que os dentes se encaixaram no lugar, e depois a soergueu na cama, segurou sua cabeça virando-a um pouco, e começou a levar colherinhas de iogurte até sua boca, colher após colher, com paciência e perseverança.

Diariamente a família ia ao hospital. Às vezes Aharon almoçava em casa sozinho, e depois corria para lá. Ao lado da cama da avó já encontrava a mãe e o pai, e, na maioria das vezes, Iochi também. A avó parecia pequena e perdida na grande cama. Quase não se mexia. Talvez nem mesmo percebesse toda a movimentação à sua volta, todos os esforços que faziam para lhe dar a sensação boa de estar em casa. Ela dispunha de um pequeno armário, e a mãe arrumou-o do jeito que ela conhecia: lá estava o roupão da avó, e o sabonete dela, e um copo para as dentaduras, e uma fronha de casa para seu travesseiro, e um guardanapo bordado, e seu pente favorito, e a bandagem elástica para as pernas inchadas, e um creme para as mãos e outro para o rosto, e uma garrafa térmica — tudo de que precisava, dava gosto olhar. Apreensivos, dedicados, os pais ficavam sentados em frente à cama, Iochi e Aharon a seu lado, e sem tirar os olhos da avó conversavam baixinho sobre assuntos cotidianos, sobre as últimas notícias no mundo, sobre a filha mais moça de um e meio centavo, que conseguiu ficar noiva do filho de um amigo que já tinha lá suas manias — e esconderam dele que o pai dela estava doente, pois doença de rim é hereditária —, e sobre o novo aparelho, o aparelho que, contava o pai, resolveria todos os problemas de pessoas como ele, que gostam de apostar na loteria esportiva, um apostador automático que escolhe sozinho a coluna um, dois ou a coluna do meio, ouçam o que lhes digo, dentro de cem anos tudo vai ser automático e não vão mais precisar de pessoas, todas serão substituídas e tudo será só robôs e robôs, e a mãe contou do novo departamento que fora aberto no supermercado do bairro, com tudo que é tipo de iguarias, salmão e caviar e queijos com mofo verde, dezessete liras por duzentos gramas, é um nojo só de olhar para eles, e mesmo assim eles transmitem uma sensação um tanto agradável, moderna, de cultura, de exterior. De vez em quando ela se levantava para ajeitar o travesseiro da avó, posicioná-la melhor, limpar seu nariz. E o fazia com total dedicação e zelo, sem confiar de verdade em mais ninguém, e já tinha havido alguns desentendimentos lá, no hospital, com as enfermeiras e também com Iochi, até que a mãe enfim cedeu a Iochi num ponto, pentear a avó, e Iochi lutou como uma leoa e não deixou a mãe cortar o cabelo da avó quando ele começou a crescer, e a tarefa do pai, além de sua presença tranquilizante, era erguê-la da cama em seus braços para que fosse possível arrumar o lençol ou enfiar sob seu corpo a comadre, e ao usar toda a sua força seu rosto ficava muito vermelho, ela ficou pesada como uma pedra, a *mamtchu*, ele exclamava, parece um pintinho, mas pesa uma tonelada, e Aharon, cuja missão era só cuidar para que o recalcitrante dedinho do pé dela, que insistia em trepar sobre seu vizinho, fosse devolvido a seu lugar, pensou que talvez isso acontecesse porque já quase não havia sopro de vida na avó, pois no sopro de vida existe pelo visto uma certa leveza, mas ao cabo de alguns instantes eles viam como o insidioso dedinho começava a se curvar e a se esgueirar e subir novamente.

Ele já conhecia todos os labirintos do hospital. Quando ia às quatro horas para a lanchonete passava também por outras enfermarias, espiava dentro dos quartos, passando como que por engano em corredores que ostentavam o letreiro "reservado à equipe", e jogava um jogo com as linhas das lajotas, no quarto andar as lajotas eram grandes, e ele ia lá uma vez por dia, passando com uma expressão indiferente pelas crianças, que vestiam aventais azuis, nem todas pareciam doentes, se uma delas se dirigia a ele tentando entabular conversa ele não respondia, era um turista, "ele não hebraico", caminhava entre elas até a extremidade da enfermaria, esperava um momento no corredor e refazia seu caminho de volta através delas, entre duas fileiras, se divertindo enquanto isso com um jogo contra ele mesmo — tomando muito cuidado para não pisar nas linhas quadradas das lajotas. Os médicos e as enfermeiras na enfermaria da avó já o conheciam. Todo dia ele verificava no quadro pendurado na parede quem era o médico responsável e a enfermeira daquele turno, e assumia com boa vontade pequenas tarefas e encargos, ajudando em tudo que lhe pediam, e quando viram que era confiável até permitiram que atendesse o telefone, ele levantava o fone e dizia: neurogeriatria, *shalom*. Para a festa de Purim prometeu organizar lá, voluntária e gratuitamente — Por que você está se oferecendo como voluntário, eles estão cheios de dinheiro, esses hospitais —, para doentes e médicos, um espetáculo Houdini nunca antes visto, esperou impaciente por ele, planejando-o dezenas de vezes em sua cabeça, há muito tempo não se apresentava em público e já se via evadindo lá de caixotes, caixas, armários fechados, na presença dos médicos e dos doentes, virão de todas as enfermarias, e agora, senhorrras e senhorrres, dirá o rigoroso diretor do hospital, o menino-maravilha, o Houdini israelense, vai nos apresentar seus truques de prender a respiração, e dois enfermeiros fortudos o trancarão num grande armário de medicamentos, desses que têm desenhados na frente uma caveira e dois ossos, e Aharon dentro, as mãos algemadas, quase sufocando, e um frêmito de apreensão percorre o público, ele só dispõe lá dentro de sessenta segundos de oxigênio, sussurra o diretor do hospital sob sua cartola preta, com dedos suados Aharon tira da bainha das calças a serra que surrupiou na aula de trabalhos manuais, corta a corrente das algemas, ainda trinta segundos, marca o diretor do hospital com o rosto cada vez mais sombrio de preocupação, e dentro, no escuro, Aharon quase sufoca no cheiro compacto de medicamentos, e procura se tranquilizar, é só um armário, apenas um armário de metal, e mesmo assim quanto sentimento de vingança e quanta perversidade ele exala para Aharon, da mesma forma que um vendedor muito educado pode ser perverso, e da mesma forma que um professor pode ser vingativo e ainda assim parecer íntegro, sinto muito, menino, recebi instruções, me mandaram ser um armário de ferro hermeticamente fechado, e debaixo da etiqueta das calças de veludo cotelê ele extrai sua chave-mestra, com muita serenidade, serenidade coisa nenhuma, só de pensar nisso ele já se cobre de suor, enfia a lendária chave no fecho das algemas, concentrado e focado como que num fio de cabelo, como lhe tinha ensinado Eli ben-Zikri, até tocar de repente ali, naquele pequeno ponto onde elas são obrigadas a gritar enfie agora, enfie, e ele ouve o leve estalo e logo tem as mãos livres, mais vinte segundos, sussurra o diretor lá fora, apreensivo, e desliza um dedo pelo comprido chicote que tem na mão, e o público é todo murmúrios como a espuma no mar, um público estranho, mas ele é sempre assim, estranho, e talvez haja no público aqueles que secretamente torcem para que Aharon fracasse desta vez, que fique trancado para sempre, e esses são os mais estranhos, e a alegria deles no fim, se ele conseguir sair, será a maior de todas, mesmo sem querer serão levados por uma onda de alegria, pois eles também serão salvos, mais do que os outros eles serão salvos, e ele revira o cinto das calças, que esgravata até achar seu prego de aço preto, e com dedos de artista, de virtuoso do violão ou de desenhista, o introduz na grande fechadura do armário, faltam cinco segundos, quatro, três, dois, e no último momento, quando realmente acaba o oxigênio, quando o diretor do hospital já corta o ar para o espocar do chicote, Aharon irrompe armário afora, e todo o público aplaude loucamente, que proeza, que medo, e por um instante ele lá está, piscando para a luz, confuso, todos gritam seu nome, o nome dele, no ritmo da salva de palmas, e sem esse nome eles estariam agora em silêncio, de boca aberta, as mãos paralisadas uma diante da outra, como estátuas, mas o nome dele em suas bocas os enche de vida, vai explicar uma coisa dessas a um Shalom Shaharbani, que o olha com desprezo quando se apresenta nas festas da turma, vai explicar a ele o que é surgir de repente, ficar ali à primeira luz, estimado e querido como um bebê, ouvindo como que pela primeira vez o nome que lhe foi dado, da boca deles, do sopro da respiração deles, e se sentir como alguém a quem foi permitido ir ver, na escuridão dos porões de uma fria casa de penhores, um diamante de estimação ali penhorado, mas Aharon não liga para os aplausos, sempre desdenhou desse amor barato e apressado da multidão, e num pulo ele desce do palco, os refletores tentam acompanhá-lo, tateando, procurando, o público se põe de pé para olhá-lo, ver quem ele procura, quem é essa velha numa cadeira de rodas, por que foi premiada assim, ainda é bonita, um rosto de fina porcelana, mas os olhos são vazios, e ele se curva sobre ela, as mãos nos braços da cadeira, para ver como aquela imensa emoção a reanima, como suas pálpebras batem, sou eu, vó, um dedo dela se ergue um pouco, trêmulo diante do rosto dele como a antena de um inseto, sou eu, olhe para mim e veja, os lábios dela se arredondam para envolver, como um caroço, o seu nome, pois ela tem de se lembrar, tem de pinçar daquele pântano escuro e maldito o ruflar de seu nome, resgatá-lo de lá, e daí que ela está confusa, ele se amargura intimamente, e daí que não reconhece nem o pai, o filho dela, o meu nome é proibido que ela esqueça, eu sou este e não ele, eu sou eu...

Até mesmo Cima, a enfermeira com cara de má e rosto papuloso, começou a simpatizar com Aharon, o elogia para a família, nunca viu um menino tão dedicado e esperto como ele, e bom, como ele é bom, não como outros meninos que têm nojo de doentes e de velhos, um menino como os de antigamente, ela disse, e Aharon percebeu que a mãe observava o rosto dela para aprender a imitá-la depois, em casa. Até os médicos falavam bem dele, ele gostava de acompanhá-los em sua ronda das cinco da tarde, antes do jantar. Ia discretamente atrás deles, esperava atrás das cortinas fechadas para os exames e tratamentos, de lá chegavam até ele, numa voz sussurrante e tranquila, as palavras compridas e estranhas com as quais eles descreviam as diferentes enfermidades, os nomes dos medicamentos, os métodos de tratamento, como a morte é grande e misteriosa, e como ela envia milhares de doenças, como finos e longos tentáculos, para colher as pessoas, e talvez cada doença seja diferente em alguma coisa da mesma doença em outra pessoa, quem é que sabe, talvez seja só por engano que os médicos chamam as duas pelo mesmo nome, e como é que se pode comparar e saber. Ele olhou furtivamente através da cortina, os médicos e enfermeiras estavam em volta de uma cama e falavam entre si, e Aharon só via os dedos do homem que estava deitado nela, gemendo numa voz entrecortada. Dedos compridos de homem, retorcidos, cobertos de manchas marrons, agarrados ao colchão com força e com desespero; talvez este homem nunca tenha ouvido falar da doença da qual vai morrer, viveu toda a sua vida despreocupado sem lhe ocorrer que em algum lugar tinha surgido uma nova doença, especialmente para ele, que lentamente começou a se deslocar no mundo e a procurá-lo, e Aharon já queria ir embora dali, não era bom ficar espiando assim, aqueles dedos o deixavam nervoso, ardentemente agarrados ao colchão como a mostrar que nunca concordariam em se separar dele, se recusando a reconhecer aquilo que até Aharon sabia, que uma semana antes era outra pessoa que estava deitada ali, e dentro de uma semana também esses dedos talvez já não estejam lá, e de repente se ouviu vindo da cama um gemido forte, os aventais dos médicos se moveram um pouco como bafejados por um vento, e o rosto do homem se soergueu num esforço supremo, entrando por um segundo em seu campo de visão, face de profeta esquelética e cava; uma face de animal; macaco-homem que tivera um estilhaço de revelação. E eis que os olhos ensandecidos acharam

Aharon em seu esconderijo, se abriram para ele junto com a boca desdentada, Aharon ficou petrificado, estava perdido, o homem o descobrira, ia denunciá-lo, agora todos saberão que sou eu, mas teve um lampejo frio, estranho, bobagem, o que é que eles podem descobrir, e num instante o rosto esquelético foi afastado para um lado e desapareceu. Só se ouviam, de novo, os gemidos. Aharon fechou a cortina e por um momento ali ficou, agitado, para logo escapar de lá, passando apressadamente pelos quartos de sua enfermaria, no íntimo irritado com os doentes deitados em suas camas a suspirar, a chamar as enfermeiras em vozes carregadas de reclamação, eles não conseguem entender que é a morte deles chegando, a morte festiva e terrível deles, e do que estão reclamando, de que o chinelo está apertado, de que hoje não serviram ovo quente no jantar, mas que tremor é esse em suas mãos, morte, morte, ele sussurra para si mesmo para ver se algo lhe acontece, se alguém de dentro dele vai espiar para ver quem está chamando, nada acontece, claro que não, e mesmo assim algo em seu interior estremece quando diz isso novamente, quando sussurra para si mesmo "morte" com a mão na boca, para que não vejam e não suspeitem dele, quem é que vai suspeitar, tudo isso está em sua cabeça, teve a impressão de que o rabino dele no bar mitsvá sentiu algo assim, e se você realmente fosse, digamos, um dos espiões que ela, a morte, manda para cá, para preparar lentamente as pessoas para o sofrimento. "Você aqui de novo?", assusta-o de repente um médico muito idoso, simpático, de voz entrecortada, esse que disse à família que hoje já é possível curar completamente a avó simplesmente drenando o sangramento em seu cérebro, "uma intervenção cirúrgica fácil", disse, mas os pais não estavam dispostos a confiar a avó às mãos deles. "Eu acho, moleque, que de tanto você ficar zanzando por aqui, Deus nos livre, você ainda vai ser um médico quando crescer." E as enfermeiras começaram a brincar com ele, perguntando o que realmente queria ser quando crescesse, a voz delas era capciosa, uma até acariciou a sua cabeça, e ele disse em seu tom corretivo, professoral: "Ainda estou em dúvida se vou ser operador de cérebro ou violonista clássico", esperando com isso ter definido as coisas precisamente como eram, mas quando se afastaram dele, admirados de sua inteligência que parecia tão adulta, sentiu com uma pontada de tristeza que talvez fosse preciso corrigir o engano deles de maneira mais detalhada, para que soubessem com exatidão, o que é que tem, eles estão acostumados com todo tipo de casos assim, é o trabalho deles, não é?

Ele tentou fazer Guid'on participar dessa sua nova experiência: uma vez no caminho de volta da escola descreveu para ele com todas as minúcias o sentimento tão especial que vivenciava junto à cama da avó, com toda a família reunida, e a satisfação, satisfação de verdade, que lhe proporcionava essa dedicação, a preocupação com os pequenos detalhes da alimentação dela, e os remédios dela e as roupas dela e até as evacuações dela, agora esse é o nome que dão a isso, e tudo o mais — o hospital todo e suas enfermarias, e os corredores, e os telefones entre enfermarias, e os quadros de escalação, tudo tão organizado, e tem seriedade e responsabilidade e uma ordem absoluta, dizia Aharon, sabendo que a ideia de ordem ia agradar Guid'on, e lá a gente tem a sensação de que tudo na vida e no hospital e também dentro do corpo foi planejado com lógica, como em aritmética, como nas fórmulas, e se a gente junta todos os pequenos detalhes daí resulta um grande quadro, de repente você começa a compreender do que é feita a vida, Guid'on o olhou meio de lado, ficou um instante calado, e depois disse que ele não era capaz de se ocupar horas e dias inteiros com coisas desse tipo, e Aharon observou com certa condescendência sim, claro, óbvio. E de repente disse para ele *Ial'la*, 'té mais, amanhã a gente se vê, estão me esperando lá, e se afastou de Guid'on com toda a facilidade, sem olhar para trás, quem é Guid'on. Quem é Tsachi. Que lhe importa essa primavera que irrompeu no mundo com seu calor, e a luz dourada que faz todos na turma parecerem meio embriagados por causa dela, e as garotas que começaram a usar os novos vestidos curtos, os míni, que deixam ver tudo, e Tsachi inventou um aparelho especial, um espelho preso com um elástico na sandália e você põe o pé juntinho da garota, para coisas assim até que ele tem cabeça, o Tsachi, as garotas ainda não descobriram, é um segredo dos meninos, eles chegam perto e se arrebentam de rir, pobres coitados, e ele agora estava numa plena e grandiosa aventura, num campo de batalha verdadeiro, onde se combatem o sofrimento e a doença e a morte, e ele, ombro a ombro com o pai e a mãe e Iochi, todos marchando juntos, numa só cadência, rostos decididos, graves, com a paciência inanimada do ferro.

Realmente, é difícil descrever com quanta dedicação eles cuidaram da avó, e como foram capazes de se adaptar às mudanças e dificuldades que ela causou: todas as horas livres eles passavam junto à cama dela, atentos a toda manifestação dela, sempre tentando adivinhar em sua mudez o que ela queria, virando-a de lado para evitar escaras, dando-lhe de beber em colherinhas durante horas, quando tinha ataques de soluço, e inventando mil e um truques para fazê-la engolir mais um bocadinho de ovo, mais um pequeno gole de chá... Sem um pingo de amargura ou reclamação eles rejeitavam qualquer outra coisa e se dedicavam a ela, mesmo sem se iludir por um momento sequer e sabendo exatamente o que a aguardava brevemente, se vier, que venha, isso vem do céu, é um milagre que esteja demorando tanto, mas faziam tudo com nobreza, e cada um de seus movimentos era correto e preciso, e Aharon sentia com orgulho que ele testemunhava um ritual complexo e meticuloso e muito antigo, em cujo desenrolar a vovó Lili era transferida do seio da família para os braços estendidos da morte.

Só uma vez teve a impressão de que o rigor desse ritual foi um pouco prejudicado: ele estava então sozinho com a mãe, em casa. De repente ela veio correndo até ele, o que houve, o que foi que eu fiz, e ela o atraiu para si e o abraçou com força, até quase romper os seus ossos. Era muito raro ela agir assim, estando ele saudável. Com os dedos trêmulos, segurou o seu queixo e levantou sua cabeça para ela. Viu então que seus olhos estavam quase marejados de lágrimas e se assustou, ela nunca permitia que a vissem chorando, e ela beijou seus lábios com força, mas não conseguiu se conter e começou um estranho discurso, que já sofremos bastante, *riboine shel oilem*, já pagamos bastante por tudo, com juros sobre juros, e tomara que tudo por que estamos passando agora com *mamtchu* sirva de expiação, e que a partir de agora, depois que isso terminar, tudo se ajeite, e tudo... Aharon apoiou o rosto na mão dela, assustado com a urgência que havia em sua voz, pois não era com ele que ela estava falando, ela segurava o rosto dele com dedos rígidos e o forçava para baixo como a repreendê-lo, como se aquilo fosse uma evidência judicial em um debate ou argumentação, e ele só queria se apequenar, por causa da tristeza e do clamor que havia em sua voz, e também estava um pouco amedrontado por terem subitamente permitido que ele, um menino, estivesse presente naquele processo sombrio, o mágico acerto de contas da família com o destino.

Eles também abriram mão de todo lazer. Deixaram de se encontrar com os poucos amigos que tinham, e o pai já não ia nas tardes de domingo à casa de Perets Atias para assistir com ele *Catch* na tevê libanesa, e Aharon tinha ficado aliviado por não mais exigirem que ele visse o cruel embate entre os gigantes, ainda por cima junto com Sophie Atias, que não parava de circular na frente dele com a bebezinha dela e de se gabar dela para ele.

Pararam também com o carteado com os amigos nas noites de sexta-feira, e a mãe confessou que fazia anos que não encontrava mais prazer nesses encontros, basta, ela disse, era bom no tempo em que éramos mais jovens, as cartas, e as piadas, e as risadas, mas também temos de respeitar a idade e o bom gosto, ela disse, e Aharon percebeu então que seus pais estavam mesmo envelhecendo, e em breve teriam quarenta e cinco anos. Até o noticiário no rádio deixaram de ouvir a cada hora, "O que pode ainda acontecer?", perguntava o pai com desdém e empáfia, e Aharon pensou consigo mesmo — a desvalorização, a desvalorização, mas já percebera que o que estava acontecendo aqui tomava o lugar de todas as outras coisas, e não só tomava seu lugar, mas as esmagava e anulava, era uma espécie de essência extremamente rica, a geleia real do mal.

Mas uma vez, talvez duas, quando estavam sentados em volta da cama dela concentrados no cálculo das horas que durava o efeito dos tranquilizantes, ou conversavam mais uma vez sobre os alimentos que a avó tinha ingerido naquele dia, sobre a frequência de suas evacuações depois que tinham começado a alimentá-la com papas, sobre a sexta-feira em que iriam aparar as unhas das mãos e dos pés dela, sobre uma nova pomada que a mãe tinha descoberto numa das vezes em que vasculhava a farmácia do romeno, e sobre o *araber* de Abu Gosh que ia pintar todo o apartamento, pois já havia manchas de umidade em todas as paredes, e aconteça o que acontecer breve virão pessoas para a *shiva*, uma vez, talvez duas, aconteceu que Aharon foi arrancado da inação em que caíra no meio das vozes e das palavras, ergueu os olhos para seu pai e sua mãe e viu, num sentimento de gratidão, a expressão séria em seus rostos, a gravidade com a qual abordavam seguidamente essas questões, em que sempre se embutia um suspiro quase silencioso, como uma elegia contínua, e ao lado deles Iochi, a dedicada Iochi, que gostava da avó talvez mais do que todos, mas como sempre quase não falava, só ficava ouvindo calada com um rosto inexpressivo, como se estivesse aprendendo aqui também algo de grande valor que lhe seria útil um dia, juntando dentro dela, como uma pesquisadora de tribos, exemplos daquele procedimento verbal deles, monocórdio, em tom de oração, sobre a enfermeira malvada que mudou para melhor, sobre os glóbulos brancos do sangue, sobre os formulários da previdência social que os prejudicam na questão de seus direitos, porque a avó às vezes ainda era continente, e uma ou duas vezes aconteceu que Aharon ergueu de repente os olhos e captou por um instante no rosto de Iochi uma sutil expressão que o deixou muito agitado — era o rosto de alguém sufocado pela raiva, arrepiado por dentro.

Subiu do quarto de calefação para sua casa como se carregasse um grande peso, apagando do rosto qualquer expressão para que a mãe nada percebesse. Já tinham passado sete meses desde sua última visita à avó, que fizera pouco antes de os pais terem se cansado: como se tivesse antecipado que isso ia acontecer com eles; ele se tornara sensível a esse tipo de coisa, e de uma só vez também se afastou de lá. Eles nem mesmo perceberam que estavam ficando cansados. Apenas começaram a reclamar, primeiro entre eles, depois também na frente dele e de Iochi, dizendo repetidamente, com tristeza, que não havia esperança, nem para cá nem para lá, disse a mãe, não dá para engolir e não dá para vomitar, e Aharon já sabia, e ficou calado. Depois começaram a explicar por telefone a Gutcha e a Rivtcha que a avó de qualquer maneira não sabia se estava viva ou morta. É um milagre que ainda esteja respirando. Se ela acorda, é só para tomar mais um soporífero. Verdade que ainda é relativamente jovem, mas quando isso vem, isso vem. Agarra você com as unhas e não larga mais. E para Pessach eles tinham feito uma pequena reforma, a casa já parecia uma ruína, pintaram e trocaram cortinas e tapetes, e compraram um bufê novo, primeiro tinham pensado em reformar o antigo mas o marceneiro achou nele um verme e a mãe, que estava certa de que esses vermes não vinham da casa, mas de um dos armários que estavam com o marceneiro e que pertenciam a outras pessoas, jurou que não o traria de volta, e também tinham comprado um lustre novo, e tudo isso a manteve ocupada algumas semanas, meses inteiros, de loja em loja, examinando e comparando, e hesitando durante a metade de cada noite, e nem sempre sobrava tempo para outras coisas. A mãe ainda ia de tempos em tempos dar de comer à avó, virá-la na cama e untar com pomada as escaras, mas quando voltava de lá nem sequer contava o que havia de novo, e ninguém perguntava. O que poderia haver de novo. Uma vez confessou a Iochi que durante os cuidados ela desabafava para a avó, para o corpo dela, como alguém que fala para uma sepultura, assim disse ela, talvez eu mesma precise agonizar para que você pelo menos uma vez também fale comigo assim, e Iochi ficou pensando, mas a mãe lentamente foi parando com isso também, afinal não era de ferro, e a avó parecia ter ficado coberta da poeira do esquecimento e do constrangimento, no início a mãe ainda tinha palpitações a cada toque do telefone, talvez fosse do hospital avisando que tinha acontecido, mas se acalmou nessas horas também, afinal a avó não estava na rua, estava internada onde tratavam dela muito bem, e às vezes se passava uma semana sem que alguém na casa dissesse "vovó".

O quartinho dela ficou vazio. Propuseram a Iochi mudar para lá, em breve ela teria de fazer os exames de conclusão do ensino médio, a mãe a mimava, e se você quer ser aceita na reserva acadêmica com boas notas, você precisa de conforto e de privacidade, e Iochi foi enfática, primeiro de tudo, quem foi que disse que ela quer ir para a reserva acadêmica, segundo de tudo, enquanto a vovó estiver viva ela não ousaria sequer pisar no quarto dela, e a mãe se calou imediatamente, de novo ostentava aquele olhar que Aharon vira uma vez em seus olhos, como se tivesse lembrado algo horrível que uma vez tinha feito, um pecado antigo, e o quartinho ficou mesmo vazio e fechado o tempo todo, só Aharon às vezes olhava para dentro dele, e assim descobriu um dia que a grande tapeçaria que a avó tinha bordado, aquela com os papagaios e os macacos e as tamareiras, tinha desaparecido. Por um momento ficou aflito e quis correr para a mãe e contar que tinha acontecido algo terrível, talvez tivesse entrado um ladrão na casa, mas logo lhe ocorreram as palavras que Iochi tinha dito uma vez, que ele ainda tinha de aprender como viver nesta casa, e se obrigou a se conter, não disse uma palavra a ninguém, e desde então começou a ficar atento a tudo, do jeito que ele sabia, e realmente, dois dias depois tinha desaparecido o prego no qual a tapeçaria ficava pendurada, e no dia seguinte alguém preencheu com pasta de dentes branca o buraco que havia ficado. Depois começaram a aparecer coisas na lata de lixo. Vestidos da avó, e sapatos, e prendedores de cabelo coloridos, e fitas de cabelo coloridas, e a trança dela. E Aharon juntava tudo em silêncio e escondia.

Agora estava devolvendo a lata vazia à despensa, e viu que a mãe o acompanhava com os olhos, observando seu rosto, Spiegler Spiegel Primo Bello Drucker Talbi Rosenthal e Young,* e assim conseguiu passar por ela sem deixar transparecer coisa alguma. O pai já estava na sala, deitado no bordô, no escuro, o rosto coberto com o jornal. Desde que Edna Blum viera encomendar o trabalho eles quase não se falavam. Aharon entrou em seu quarto. Sentada à escrivaninha, no pequeno círculo de luz, Iochi escrevia, lições ou cartas, logo iria saber.

"Iochi."

---

* Aharon escala um time de futebol de Israel. (N. T.)

"Estou ouvindo."

Pela voz dela eram cartas. Quando faz as lições ela fica satisfeita quando a interrompem. Melhor ficar calado. Mas se lembrou daqueles sapatos vexaminosos —

"Iochi."

Ela fica calada. Junto a seu cotovelo está o envelope marrom. Sinal de que está respondendo ao soldado dela. Ela tem seis ou sete amigos por correspondência que encontrou em jornais e reuniu durantes anos, e toda semana ela escreve para todos, e ele já conhece cada um pelos envelopes, tem um estudante com quem ela se corresponde desde o tempo do ginásio, e um é do *kibutz* Mizra, e um de Hakfar Haiarok, e um que estuda para ser marinheiro e envia cartas com o logo do navio *Shalom*, e um é religioso, e tem um tal de Aviatar, um rapaz israelense que vive na Austrália e é paralítico.

"Meu corajoso soldado, você não vai acreditar no que me aconteceu hoje...", diz Aharon como que sem intenção, e Iochi se vira imediatamente e crava nele um olhar de advertência. "Se você tocar em minhas cartas uma vez sequer!..." "A quem interessam suas cartas. De qualquer maneira você tranca elas. Diga, você não enjoa de escrever sete vezes a mesma coisa?"

"O que eu escrevo não é da sua conta."

"Só me responda isso e pronto."

"Quem foi que disse que eu escrevo para eles a mesma coisa?"

"Ouvi dizer que nos Estados Unidos inventaram um tipo de robô que pode copiar mil páginas em um segundo."

"Aharon!"

"Está bem, está bem, eu só falei. Pode escrever as suas cartas chatas. Só não se esqueça de mudar o nome em cada uma delas."

Deita-se em sua cama, vira de um lado para o outro, cruza as mãos sob a cabeça, tira do orifício no colchão um fio enrolado, coça o nariz, já faz algum tempo que está pensando em tentar mudar seu espirro, pois Guid'on espirra com um *atchizzz* bem sonoro, e ele com um *atchik*, mas nem espirrar ele consegue hoje. Agora o quê. Que horas são. Lá fora já está escuro como breu. Gostaria de saber se às vezes Edna Blum vai olhar a parede quebrada.

"Até que Iochi é um nome bonito. É como *ioich*. Como *lechi*. Como *titlachlechi*. Como..."

"Tome cuidado comigo."

"Está bem, está bem. Por que você fica nervosa assim. Só disse 'Iochi'. Uso minha boca como eu quiser."

Ela se vira para ele. "O que você quer? Qual é a sua comigo hoje?"

"*Ial'la*, você aí. Quem sabe você escreve uma carta para mim também. Assim pelo menos você vai perguntar como eu vou."

Deita-se de novo em sua cama. Já está bem cansado. Pelo visto só olhar o pai derrubando a parede já é cansativo. Poderia tranquilamente ir dormir agora, e acordar de manhã descansado.

"Aharon."

"Sim?", voltou rapidamente o rosto para ela.

"Por que esse susto? Eu só pensei uma coisa."

"Sobre mim?"

"Sobre nós. Como é que nós nunca brigamos de verdade. Eu não consigo me lembrar da gente ter alguma vez brigado de verdade. Não é mesmo?"

"Uma briga de ficar de mal por muito tempo? Com pancadas? Realmente não. Isso é considerado bom ou ruim?"

"Não sei. Porque em geral irmãos brigam. E nós, o tempo todo estamos juntos, até dividimos um quarto, e se eu me zango um pouquinho com você logo me arrependo. Você não acha isso estranho?"

"Eu não. Não importa, mas me diga, se aquela lá, Edna Blum, um dia se casar, ainda poderá ter filhos?"

"Não sei. Que pergunta é essa de repente?"

"Nada especial, até que idade se pode dar à luz?"

"Até trinta e cinco anos. Talvez trinta e nove. Uma vez eu li que no Egito uma mulher deu à luz com quarenta e sete."

"Quarenta e sete?"

"Sim, mas no Egito."

"E quantos anos você acha que aquela lá tem? Edna Blum?"

"Não sei e não me interessa. Mas antes de você falar eu tive uma ideia."

"De arranjar um casamento para ela com um desses para quem você escreve?"

"Boboca. Não; de por que é que nós dois não brigamos um com o outro."

"Quem sabe a gente procura um noivo para ela na seção de casamentos arranjados do jornal?"

"E agora já esqueci. Vê o que acontece quando você não para de falar?"

Silêncio. Como estão encolhidos os ombros dela. Ele tenta imaginá-la entrando de manhã na classe. Sentando num canto. E logo tudo fica claro para ele, não pode ser diferente, alguém acerta nela um elástico e ela ignora. Sente no coração um aperto de compaixão por ela. Como é que essas crianças não veem o quanto ela é especial. Como é que não se percebe em nenhuma delas o apego que ela tem à casa, à família. Se eles vissem, pensa Aharon, não haveria crueldade no mundo. Ele sente o ímpeto de lhe dar alguma coisa, um presente.

"Você viu o desenho que ela tem na porta do banheiro, um meio-touro e meio-homem?"

"Aharon, chega, você *menadjez*, está enchendo."

"E só uma das garotas do público se curva para acariciá-lo, Iochi, me diga um instante —"

"Só uma pergunta e basta, e não quero ouvir mais nada de você."

"O que vai ser da vovó?" Como é que essa pergunta foi parar em sua boca.

Virou-se para ele, surpresa. "Bons dias, Elias. Por que de repente você se lembrou de perguntar?"

"Por que a gente não vai visitá-la?"

Iochi refletiu um pouco. "Eu vou."

"Você? Mentirosa. Quando?"

"Estou com ela duas vezes por semana. Pelo menos. Direto da escola, e até de noite."

"E a mãe está sabendo?"

"Ninguém. E não se atreva!"

"E o que — e como ela está?"

"Como estava antes. Coitada."

"Ela ainda dorme o tempo todo?"

"Não."

"Acordou? Está desperta?"

"Ela não está mais tomando pílulas para dormir."

"Então... então como é que... mas ela tem de tomar!"

"Mas não toma. Está desperta. Fica deitada na cama dela. Vê o céu. Tem uma árvore em frente à janela. Ela fica olhando para ela." Iochi falava num tom calmo e suave. "Agora está toda desfolhada. Eu fico contando coisas para ela."

"E ela...", ah meu Deus, "ela já reconhece você?"

"Não. Mas acho que ela sente que sou eu. Ela fica segurando a minha mão."

"Me diga, posso ir com você também?"

"Venha. Este é um país livre."

"Eu vou mesmo."

"Você não está me assustando. Venha."

"Juro que eu vou."

"Você já disse isso."

Silêncio. Iochi volta a sua carta. Aharon curte essa incrível notícia. Iochi sim e os pais não? Uma onda se avoluma dentro dele. A partir de agora ele irá também. A partir de amanhã. Ou depois de amanhã, depois que o pai terminar na casa de Edna. Chega. Acabou o período de traição. Como é que ele pôde se comportar assim. Firmemente decidido, se levantou. Vasculhou sua pasta. É mesmo curioso como ele e Iochi nunca brigam. Quem é que tem força para isso. Acha o espelho redondo e vermelho. É isso que vai levar de presente para ela. Talvez ela esteja sim entendendo alguma coisa. Talvez sinta algo, apesar de tudo. Isso vai alegrá-la. Uma lembrança de Aharon. Para sua avozinha, mumificada em seus lençóis, olhando agora pela janela e vendo esta noite lá fora. Será que ela agora é como um animal, que sente coisas diferentes quando desce a escuridão. Segura o espelho diante da boca, prende a respiração, e o espelho continua límpido. É isso aí. Você foi pego, espião. Com toda a sua força e seu calor sopra seu hálito sobre o espelho, o vapor embaça seu rosto.

18.

Durante três dias o pai golpeou a grande parede de Edna Blum. Despedaçou e estilhaçou, e através dos buracos que abriu apareceram nervuras de ferro, e redes de ferro enferrujadas e esgarçadas, também um fino cano d'água, e o acolhedor quarto de Edna foi aparecendo às pessoas que estavam sentadas na sala. Às vezes o pai parava para descansar, massageava com certo alívio os músculos do braço e do ombro direitos, e ia até a janela. Só então essas pessoas percebiam que durante longos minutos tinham prendido a respiração. Começavam a relaxar, a pigarrear, a retomar um pouco de ar. O pai acendia um cigarro e o sugava em silêncio. Olhava o céu baixo e cinzento que parecia quase tocar o chão, cantarolando baixinho para o plátano totalmente desfolhado. Depois esmagava o cigarro em sua bota de camponês, e voltava a golpear a parede.

A mãe ia lá diariamente, levando sua bolsa marrom de tricô, depositava a seus pés os grossos novelos de lã e começava a cruzar o ar com seus movimentos bruscos. Não trocava uma só palavra com Edna, que se enrolava em sua poltrona todo dia das quatro às sete, perdida e ausente. O pai trabalhava com concentração e tenacidade, quem vai saber onde se escondiam essas forças o tempo todo, e lentamente seu corpo começou a se revelar em todo o seu esplendor: forte, sólido, pleno de excelente carne. Ainda era gordo e desajeitado, mas o olho de Edna, olho de escultora do curso de escultura na Casa do Povo, apreciava exatamente esse "ainda".

Ele talhava sem emitir uma sílaba sequer, a não ser os gemidos que soltava na cadência de seus golpes, um grunhir gutural cada vez mais presente à medida que prosseguia em sua dilapidação. Com o dinheiro de Edna tinha comprado cestas pretas de borracha, onde juntava os pedaços e destroços da parede. A cada meia hora carregava essas cestas nos ombros e despejava o conteúdo pela janela nos fundos do prédio, onde já se formara um monte.

Três dias. A parede se desfizera toda; e Edna quase não se movera de seu lugar, meio sentada meio deitada, abraçada àquele pânico sutil, primevo, que a penetrava, tocava, num prazer insuportavelmente agudo. É o pavor que sente o menino que se esconde sob o cobertor ouvindo os passos da mãe que o procura, mais um instante ela o salvará do nada. Uma poeira esbranquiçada pairava na casa mesmo depois das horas de trabalho, e um tênue odor do suor acre do pai era agora presença constante em suas narinas: bastava-lhe respirar para se lembrar dele. No segundo dia de trabalho, depois que ficou sozinha e preparou seu jantar, uma laranja descascada e uma fatia de pão integral com queijo magro, parou de repente: ergueu a cabeça com um sorriso ardiloso. Largou o pão. Rindo, corada, com um "Edna-você-ficou-louca", foi em passinhos miúdos até a sala vazia, recolheu a barra de um vestido imaginário e se sentou prazerosamente na poltrona. Logo a nuvem esbranquiçada iria se dispersar e ela veria aquele braço rijo, aqueles quadris esplêndidos.

Aharon também vinha todos os dias e ficava sentado em silêncio, a cabeça para trás, apoiada no encosto da poltrona de couro, acompanhando o pai com os olhos semicerrados. Às vezes virava preguiçosamente o rosto rolando a cabeça em cima do encosto, e olhava para sua mãe. Como tricotava. Com que energia e força. Seus cotovelos subiam e desciam. Em movimentos impetuosos. E na parede os buracos iam aumentando. Uma agradável fraqueza se diluía dentro dele nessa casa. Lentamente fazia com que os golpes do martelo na parede fossem as batidas de seu coração, e depois conseguia transformá-las em passos, passos de gigante, passos de um gigante dentro dele, e o gigante estava procurando, passo, bum, passo, bum, se dirige para cá, se dirige para lá, tateando, frustrado, e o próprio Aharon não intervém, ele não está aqui, desmaiou, está em outros mundos, só acompanha de fora os passos surdos, é capaz de ficar três horas sentado assim sem se mexer, ele, que tem bicho-carpinteiro, está mergulhado, encolhido dentro de si mesmo, sabendo exatamente qual é o seu aspecto quando está assim, *zibele*, uma caricatura, e de repente não lhe importa, como um náufrago numa ilha deserta que durante anos preservou sua dignidade e sua figura humana, e agora a salvação já surge no horizonte e ele tem o direito de fazer concessões a si mesmo. E é só quando Edna olha para ele que ele se apruma um pouco, infla o peito, mas ela está tão concentrada em si mesma, e ele de novo está livre para se deixar afundar, desfiando na mente pensamentos preguiçosos, quatro tampas do sabão em pó Or, lembrem-se de anotar em uma das tampas os nomes de quatro produtos da Shemen, dois pacotes de autêntico faláfel iemenita da Telma lhe darão o direito de participar do maravilhoso concurso de prêmios que incluem ternos de jérsei de duas peças e casacos de pele de carneiro e de couro, para colecionadores Arctic oferece chaveiros deslumbrantes, e amanhã, quinta-feira, o grande sorteio da loteria, cinquenta mil liras israelenses de uma só vez, e o bilhete dele está no bolso, ele nunca seria pego desprevenido num grandioso concurso de prêmios, se prepara com um mês de antecedência, um mês nada, seis semanas, no início de abril haverá um sorteio geral de todos os produtos Itshar, e ele "se enganou" de propósito e comprou na mercearia três garrafas de azeite pelos cupons vermelhos do sorteio, será que existe no país inteiro outro menino que entende disso tanto quanto ele, e de súbito Aharon ficou impaciente, se agitou na cadeira, como se o sorteio estivesse para começar aqui e agora, nesta sala, e num ímpeto se levantou, como ontem e anteontem, e perguntou educadamente, como que naturalmente, se podia usar o banheiro, "Sim, por favor", respondeu Edna hoje também, com a mesma abstração, sem olhar para ele, a mãe logo ergueu os olhos, que lhe importa, ela já tinha percebido que ele aqui não deixava escapar a oportunidade, e também tinha perguntado se ele estava cultivando rosas na casa dessa zinha, e que ela o esfolaria se ele fizesse isso lá outra vez, e hoje, antes de saírem para ir à casa de Edna, ela o mandou fazer no banheiro, e disse que ia ficar esperando, e que história é essa que não ouvi a descarga, perguntou quando ele saiu, eu não tinha nada para fazer, balbuciou, baixando os olhos, e a mãe estreitou nele o olhar e disse já faz algum tempo que isso acontece, não?, e ele disse não sei, me deixa, e sabia o que ela estava pensando, que ele tinha herdado as prisões de ventre dela, e pelo menos Iochi tinha ficado com o apetite do pai, mas depois de passar uma hora na casa de Edna não conseguia se conter, e Edna sussurrou sim, por favor, olhando para o pai, e Aharon passou pelos punhais que os olhos da mãe estavam lançando.

Esgueirou-se até o toalete pequeno, ruminando aquele "Sim, por favor", suave, se sentou lá balançando os pés para a frente e para trás, olhando sem ver a figura da garota inclinada acariciando o touro, só ela tem pena dele, todos os outros têm olhos frios, indiferentes, egípcios, e lentamente os olhos dele se fecham como se preparando para uma oração, e as pancadas ecoam em toda a sua volta, e o recinto treme e dentro de Aharon tudo treme. É impressionante o quanto o pai é forte. E lá fora os trovões, e já está chegando, e já já, *ototó*, e seu corpo vai relaxando, e ele presta atenção lá de dentro, de suas entranhas. Você já tem quatorze anos, martela em seus ouvidos o som da marreta na parede; quatorze anos e três semanas e dois dias, o som ecoa à sua volta; e ela diz você faz isso com a gente de propósito, e eu não acredito que seja verdade; Aharon estremece todo e inclina a cabeça diante da forte ressonância que o preenche; mas é preciso lutar, Aron'tchik, e é proibido desistir; lutar com todas as forças: sim, assim! Com todas as suas forças! Por um momento param as pancadas. Aharon se inclina para trás, se recostando e recuperando o fôlego. Silêncio. Ergue a cabeça e espera. A grande chave de parafusos agora substituiu a marreta, cavuca e esfarela delicadamente blocos de reboco; e que loucura é essa que o atacou agora, Aron'tchik, de você não querer comer nem frango nem carne vermelha, sussurra a nova voz, persuasiva, suavemente instigante, nunca tivemos antes, na família, uma coisa assim, como é que você vai crescer como deve, como vai armazenar força, Aron'tchik, Aron'ele, preste atenção no que digo, murmura a voz, suspira, talvez eu não saiba explicar isso tão bem, oxalá eu pudesse ajudar você; afinal você é meu filho, e eu também estou esperando o momento em que vamos caminhar juntos, ombro a ombro, pai e filho, como em *Morrer ou conquistar a montanha*; Aharon acena com a cabeça em concordância, emocionado: como o seu pai fala bonito; a casa estremece novamente com uma forte pancada; com força! Forte! Me ajude para que eu possa ajudar você! Aron'tchik!

De repente os golpes cessaram. Que pena. Foi quase. Silêncio. E um outro ruído surgiu e encheu o mundo inteiro: chuva.

Uma chuva torrencial, finalmente. Não um inverno ártico. Fica sentado mais um momento, chuva, chuva, que beleza, tudo agora está fluindo. Espera mais alguns segundos, olha como vão as coisas lá com ele, desiste, e mesmo assim — é um bom sinal. Chegou a primeira chuva! Levanta-se rapidamente, muito agitado, como se essa chuva tivesse vindo especialmente para ele. Sem medo puxa a corrente e dá a descarga, que abundância, que fluxo. Só lamenta não ter conseguido hoje também. Exatamente aqui, onde nunca teve problemas.

Na sala a mãe crava nele um olhar ardente, ela ouviu a água descer, que lhe importa, no corpo dele manda ele, e o pai estava na janela, meio corpo para fora, na chuva, urrando de prazer em plena voz. Quando voltou, seus cabelos cacheados estavam molhados, gotas de riso brilhavam em seus olhos, e todo ele era um moleque gigantesco, feliz. Coçou com as duas mãos sua cabeça netuniana, e logo voltou ao trabalho com energia redobrada, pulando sobre a parede como o Açougueiro Caucasiano de *Catch*, e Aharon correu para seu lugar e sentou, recostou a cabeça, e num instante, facilmente, conseguiu voltar para lá, para dentro, ouvindo as pulsações de seu sangue com as fortes pancadas, o som dos grandes passos, gigantescos, que o procuram, que buscam por ele, preocupados.

O pai ficou batendo durante uma hora inteira, sem descansar um minuto, e Aharon não abriu os olhos uma única vez. Às sete horas da noite a mãe ordenou "Basta!", mas o pai abanou a cabeça com rebeldia e continuou a bater, e a mãe gritou mais uma vez "Basta!". Aharon abriu preguiçosamente os olhos, se espantou ao ver que uma hora inteira tinha passado, onde estive todo esse tempo, e o pai saltou sobre a parede como se estivesse bêbado de chuva, talvez não tivesse ouvido ela gritar, mas mesmo quando ela gritou pela terceira vez não parou, todos já se aprumavam olhando para a mãe e para ele, ele era como uma mola gigantesca que tinha disparado, e os buracos na parede foram aumentando de número e de tamanho, e às vezes bastava uma só pancada para unir dois deles num só grande buraco, mas o pai retardava de propósito o último golpe como se sentisse nas costas a expectativa de Edna Blum, e já tinham se passado dez minutos, e ele não largava, Aharon continuou sentado e tenso, as pernas muito juntas e um sorriso excitado no rosto, este é o pai, este é meu pai, agora ele saiu, agora ele está inteiro, sem vergonha ou segredos, como o herói Sansão, como um leão que escapou, como um gigantesco gêiser que irrompeu de repente; e diante do monumento de silêncio da mãe, e dos olhos agonizantes de prazer de Edna, o pai lhes apresentou ali todos os seus variados estilos, como de uma cratera circense ele fez jorrar de dentro dele cavalos e elefantes, tochas tigres malabaristas palhaços, seu puro talento explodiu diante deles como um vulcão, o corpo como o grande pincel da alma, mas sem se envergonhar também revirou e revelou a seu público o remendo de palhaço nas costas de sua pele de virtuose; porque tudo isso era ele mesmo. Tudo estava agora a seu dispor, e sentia orgulho mesmo quando agia com desvario: havia golpes em que se lançava contra a parede com um furor de loucura; havia outros que desfechava de lado, numa firula vaidosa; a parede diante dele era às vezes um penhasco rochoso, às vezes uma mulher esquiva com uma centelha no olhar. Havia golpes de uma só mão desafiantes e quase sorridentes; havia deslizamentos do martelo ao longo da parede, como quem acaricia a cabeça de uma criança querida; e então, subitamente, havia investidas de quem procura libertar uma pessoa amada de uma rocha maldita. Olhe, pensava Aharon, olhe bem.

Quarenta e cinco minutos durou o espetáculo, o esplêndido bis concedido pelo pai. Edna Blum ficou sentada, inclinada para a frente, o olhar fixo, como se ela também estivesse olhando seu interior, vendo novas paisagens sendo sulcadas diante dela pela lâmina de um grande arado, por gigantesca hélice de navio. Nem mesmo o barulho a perturbava, ela, que sempre dormia com tufos de algodão a esvoaçar de suas orelhas; que aprendera há alguns anos com um suave estudante indiano em Londres os segredos da meditação tântrica, mas nunca ousara tentar esse mergulho aqui, no condomínio, por medo de que no clímax da concentração e do silêncio, quando a serpente Kundalini, que mora no chacra inferior, se erguesse sinuosa e chegasse através de todas as cinco mentes até o olho entre os dois olhos, ao lugar do acasalamento, nesse momento ela poderia ser sacudida por altos gritos de uma das varandas, ou pelo ruído da descarga de um dos banheiros vizinhos. Agora ela sabia que estava sentindo prazer e, por antecipação, saudades, não só do eco do pesado martelo em seu estômago, mas de tudo que o acompanhava: os odores daquele esforço, as gotas de suor, as frases curtas que tinham sido trocadas nos últimos três dias entre seus visitantes, os silêncios entre eles, que soavam como um zumbido ininterrupto de transmissões secretas, para ela ocultas; o pai, e o filho que o contemplava admirado; a mãe, e a menina adolescente, fornida, que de vez em quando lançava à mãe olhares impregnados de uma alegria maldosa e vingativa; como se enganara com eles, todo esse tempo! Recriminou-se, desapontada consigo mesma, sempre lhe pareceram tão insignificantes, comuns, com suas caras de ovelha, inexpressivas, você se enganou, se enganou, sua Edna criminosa, veja como ferve o ar em volta deles, e aprenda com isso uma lição para o futuro, talvez não só em relação a eles você tenha se enganado tanto, talvez tenha se enganado em geral, com tudo, sim, chore, chore, talvez você tenha estado muito perto de morrer, talvez quase tenha morrido, ela engoliu em seco e disse para si mesma aquela palavra terrível, estéril.

Em silenciosa gratidão, os olhos velados, inclinou a cabeça

para a mãe, mas esta evitou seu olhar. Voltou então para Aharon um olhar súplice, os olhos dele se abriram para ela, e o coração dela exultou por um momento, mas a mãe lançou ao filho um olhar duro, e ele, como um pintinho cuja mãe alerta para um perigo, fechou o rosto para não revelar o vivo brilho de seus olhos, mas suas faces ficaram vermelhas. Aqui tem uma pequena tribo, aqui tem leis rigorosas e até mesmo cruéis, ela se sentia derreter, uma cultura violenta e reprimida. Nunca sentira dentro dela um tremor assim, nem mesmo quando classificava as revistas da *National Geographic* por assunto e por países.

Quinze para as oito o pai brandiu o martelo pela última vez. Um pedaço de reboco que estava pendurado no teto caiu e se esfacelou. A parede tinha desaparecido. E na parede em frente apareceu o *Guernica*. O pai ficou de pé, martelo no ombro, olhando o grande quadro, como se só então o tivesse percebido. A mãe respirou profundamente. Dobrou cuidadosamente seu tricô. Edna Blum, frágil, os olhos baços, quase não se aprumava em sua poltrona empoeirada.

"*Shoin*", disse a mãe, "pague o que deve e vamos embora."

O pai, os ombros caídos, baixou o martelo. Hesitou antes de se virar para olhar no rosto as duas mulheres.

"Tenho uma proposta", disse Edna Blum com a voz tensa.

A mãe ficou rígida onde estava.

"Eu pagarei ao sr. Kleinfeld mais cinquenta liras para que derrube a outra parede também", e apontou debilmente para a outra parede do quarto. Sem olhar para a mãe depositou sobre a mesa um maço de notas dobradas, úmidas de seu suor. Nas últimas quatro horas as tinha segurado em segredo.

A mãe olhou para as notas marrons de cinco liras, com a figura do operário com seus braços erguidos, segurando uma picareta, que olhava para ela, jovem e poderoso, borbulhante de essências. "Srta. Blum", disse, o peito erguido, "estou cuspindo para seu dinheiro." Aharon nunca a vira tão vermelha. "A senhorita é um serumano perturbado, srta. Blum. A senhorita faz com que todos enxerguem o que tem na cabeça. E meu marido é um serumano digno, e em minha opinião a senhorita devia ir para um hospício para ser tratada." Os joelhos de Aharon começaram a tremer de tanta tensão. Nunca tinha ouvido a mãe falar assim com estranhos e lhes dizer na cara o que costumava dizer só pelas costas.

"Sessenta liras", disse Edna Blum, se dirigindo ao pai.
"Sobre o meu cadáver", disse a mãe, sem sair do lugar.
"Setenta."

A mãe soltou um breve gemido, que mais parecia um zurro. Diante de seus olhos saltaram um par de botas forradas de pele, um novo serviço de pratos no lugar daquele que tinham desde o casamento, que parecia ter sido comprado em Musrara,* um moderno ferro de passar a vapor, um colchão de espuma moderno, para substituir o de palha, um mármore novo para a cozinha no lugar do atual, que estava rachado…

"Seu dinheiro é impuro", disse com a voz entrecortada, sem desviar os olhos das notas úmidas, que pareciam ter ganhado vida e estar se espreguiçando dentro de suas dobras. "Eu cuspo nele", disse fracamente, e não cuspiu.

"Cem", disse Edna Blum com uma frieza espantosa.

"Só se Moshe estiver disposto a isso. Eu não", estrebuchou a mãe, e saiu arrasada, lágrimas de causticante humilhação escorrendo pelo seu rosto, e ainda era a mãe que preferia morrer a dar a alguém o prazer de vê-la chorar.

O pai reuniu suas ferramentas, lançou a Edna Blum um rápido olhar de agradecimento e de contida alegria, e saiu da casa, com Iochi atrás dele. Aharon ficou por mais um instante, um pou-

---

* Bairro de Jerusalém, originalmente bairro árabe fora dos muros da cidade. (N. T.)

co escondido entre o piano e a parede. Eis aí sua grande oportunidade de falar com ela em particular. E de confessar para ela. Como se sentia bem aqui. Na sua casa. Aqui eu me sinto em casa. E você também é legal, não ligue para o que lhe disseram. São só palavras. Mas ela não tomou conhecimento dele. Ficou de costas para ele e de repente começou a rir, um riso estrangulado, abafado. Aharon logo se curvou e se escondeu. Depois a voz dela se elevou e ela se dobrou em gemidos de prazer, em caretas de cócegas, como se esse riso estivesse massageando energicamente todos os escaninhos de sua alma. Seu cabelo alourado, fino, flutuava em torno de sua cabeça. Aharon não ousou se mexer. Por um momento não a reconheceu. Como se alguém estranho tivesse entrado em sua pele e a sacudisse. Aos poucos se acalmou, estendeu seu delgado dedo e apontou pensativa para a parede do quarto. E depois para outra parede. E mais uma, e mais, e lágrimas de riso desciam sem parar em suas faces brancas de poeira.

19.

A mãe anunciou que não poria mais os pés na casa de Edna Blum, e ficaria sem falar com o pai até que ele terminasse seu trabalho lá. À noite ele baixava do *boidem* o colchão fino de Gandhi que trouxera uma vez do serviço de reservistas, e dormia sobre ele na sala. Ela pediu a Iochi que a substituísse como observadora, mas Iochi tinha de se preparar para os exames prévios de conclusão, e a mãe a dispensou. Então eu vou, disse Aharon cautelosamente, e a mãe olhou para ele, não confiava nele, talvez pensasse que era muito pequeno, ou, por outro lado, talvez pensasse que ele estava ficando igualzinho ao pai. Se tivesse ousado perguntar naquele mesmo momento não ia se torturar dias e noites por causa daquele olhar, mas ela ao menos não o proibiu de ir, e já que ia, poderia também, sem dúvida, representar a família.

Quanto tempo leva a demolição de uma simples parede? A demolição de uma simples parede leva três ou quatro horas. Quanto tempo o pai de Aharon passou derrubando a segunda parede na casa de Edna Blum? O pai de Aharon passou cinco dias derrubando a segunda parede, meu Deus do céu, gritou a mãe sem emitir um som, deitada no bordô apertando uma toalha com gelo na cabeça, nesse tempo foi possível criar o céu a terra e as estrelas, e ainda acréscimos, e para quem ouvia de fora parecia que ele retardava cada golpe, buscando algum ponto vulnerável no recôndito da parede, depois do delicado centro nervoso da rede de fios elétricos e finos canos de água e nervuras de ferro, para que de uma só vez a parede desmoronasse diante dele numa resignada rendição. Todo dia, quando chegava, Edna Blum lhe servia numa bandeja um suco de laranja que ela mesma tinha espremido, um copo grande para ele e um copo pequeno para Aharon, ela ainda não é treinada como a mãe, pensava Aharon, ainda não sabe que precisa cobrir o copo com um pequeno pires de vidro para que as vitaminas não fujam antes da chegada do pai, mas o suco era tão gostoso quanto, era o suco dos sucos, o grande gogó do pai sacudia e tremia, e Aharon bebia a seu lado com calma e bons modos, para compensar a má impressão, "à saúde", sussurrava Edna com um sorriso que iluminava o seu rosto, tirava o copo da mão do pai, e seus dedos não tocavam os dele, mas um forte rubor assomava no rosto dele e no dela, e ele dizia perturbado *nu*, onde está o martelo, e Edna dizia está aqui, e ria com algum esforço, o tempo todo ele esperou por você. E imediatamente, ainda antes de tirar a camisa, o pai investia e desferia alguns golpes rápidos, talvez por estar constrangido, talvez para mostrar à parede quem é que manda aqui, até se acalmar um pouco e entrar em seu ritmo, e Edna afundava como que hipnotizada em sua poltrona.

  Cinco dias inteiros. Uma felicidade como nunca imaginara. Só é pena que a mulher dele tenha deixado de vir, pensou Edna, com toda a sinceridade; e apesar das estranhas ofensas que lhe fizera, e de sua grosseria, Edna lamentava a ausência dela e da garota: pois elas também eram necessárias aqui, para completar o quadro e o prazer que sentia; e simpatizava também com aquele menino calado, um tanto depressivo; tinha a leve impressão de que fazia tempo, anos atrás, eles tinham mais um filho, mais velho, mas talvez estivesse enganada; às vezes ele a olha com olhos que a fazem querer ir até ele e abraçá-lo, para consolá-lo. Mas algo nele não é normal, talvez tenha vermes: quando chega, quase que imediatamente, ele entra no banheiro e às vezes fica lá durante uma hora inteira, gostaria de saber o que... um sorriso de surpresa e de tramoia se desenha em seus lábios, que pensamentos sujos! Repreendeu a si mesma com um sorriso, mas, quem sabe, talvez seja isso mesmo, isso que se fala sobre os rapazinhos que chegam a essa idade? Espreguiçou-se, esticando os membros, no prazer sutil daquela surpresa, em minha casa? E riu novamente, com embaraço, com generosidade, que desfrute, tem bastante para todos, e mordiscou o lábio inferior com um leve espanto, só agora entendendo, no assomar de sua carne, o significado das ofensas que a mulher lhe lançou, que ainda ontem lhe pareceram tão inócuas, as insinuações de que Edna e o marido dela — explodiu num riso sufocado, excitado, que pensamento esquisito, que ideia maluca, suspeitar *isso* dela? Que ela e este homem?! Ou talvez tenha sido o garoto que a mãe, com seus instintos animais, tentou defender? Jogou o pescoço para trás naquele movimento brusco que adotara nos últimos dias, de liberdade e relaxamento, um movimento que se encadeava por sua coluna vertebral até a raiz, e apesar de tudo, só para não perder uma diversão oculta que parecia estar se armando, deixou para Aharon, na pequena cesta de jornais do banheiro, um pequeno presente, uma piscadela de amizade, nada que fosse vulgar ou grosseiro, Deus me livre, mas um livro de desenhos eróticos da Índia, intencionalmente ela o pôs no topo da pilha de jornais, e também o folheou um pouco antes de deixá-lo lá, durante anos não olhara para ele, havia lá uma figura da qual se lembrava, um príncipe e uma dama, um príncipe numa dama, tomando chá para prolongar o prazer.

E ele voltava de lá, do seu banheiro, cansado e um tanto apagado; ela o acompanhava com o canto do olho, toda atenta aos golpes da pesada marreta em suas paredes, via-o oscilar como que tomado de vertigem, como se andasse num convés de navio no meio de uma tempestade, se sentar com um suspiro num dos tapetes dela, já tinha percebido que ele preferia o belo tapete armênio a todos os outros, e cuidava de deixar para ele uma grande almofada, com um vistoso bordado de Bukhara, ele cambaleava para ela, como que totalmente sem forças. É quase assustador vê-lo tão debilitado assim, juntando os joelhos ao corpo e os olhos logo se fechando. E de vez em quando lançava para ele um olhar. Oh, a infinita capacidade de dormir que tem a juventude: no meio de um barulho terrível, com as pancadas do martelo e as tempestades lá fora, ele se dobra em volta de si mesmo e adormece como um filhote de gato. Em seu armário de roupa de cama ela encontrou um velho cobertor de lã impregnado de lembranças, que envolvera a pequena Nona, de três anos, na longa jornada de sua pátria até Erets Israel, e com este mesmo cobertor, com uma sacudida e *Ai li luli*, ela o cobria quando ele adormecia. Toda noite, quando acabava de trabalhar, o pai o acordava, sempre com o mesmo espanto, como é que você adormeceu aqui; não adormeci; que mentira é essa, veja como seus olhos estão vermelhos; mas eu estava acordado; você dormiu, você dormiu; e às vezes nem conseguia acordá-lo, sacudia-o com delicadeza, sacudia-o com força, e o menino nada. Então o pai o erguia suavemente pondo-o de pé, admirado de ver como seus braços pendiam, adormecidos, se ajoelhava diante dele e seu grande rosto, seu rosto de Gepetto, ficava sério, e sem esforço ele o levantava em seus braços, Edna, sobre o ombro do pai, punha em sua cabeça o gorro de lã, espere, está cobrindo os olhos, e ele sussurrava para ela *Shalom* e ela sussurrava para ele *Shalom*, para não acordar, e Aharon abria no caminho um olho e se comprimia contra o pai, arrepiado com o frio lá fora, com o uivo do negro vento, e juntos, os dois juntos, através da floresta, na noite, na carruagem, na tempestade, mas ontem aconteceu, tenha vergonha, Edna, que o pai e ela também esqueceram que ele estava lá, simplesmente se esqueceram dele, tão encolhido e espremido estava num canto da sala, Edna só o descobriu lá tarde da noite, quando ouviu Hinda gritando o nome dele na varanda, assustada, e se apressou a procurá-lo e ele realmente estava lá deitado, na casa dela, aconchegado e embolado no tapete dela, dormindo como que num esforço, suspirando, as mãos agarrando com força as beiradas do tapete, como se temesse cair dele no chão, a cabeça enfiada embaixo do cobertor dela, e por um momento, oi, deixe ele ficar aqui, esconda ele, como se fosse um de seus rebuscados bonccos de turista, como o boneco do soldado grego de chapéu vermelho e uma longa e negra franja, que se parece tanto com o gendarme em posição de sentido, bigodudo, ardente, diante do qual ela ficara na praça do palácio em Atenas, cravando nele os olhos durante três dias de *chamsin*, cinco horas por dia, até quase terminar o turno dele, para então ir embora e voltar no dia seguinte; para ele ser, digamos, um boneco de lembrança dessa reforma na casa, um suvenir, para que, ao olhar para ele você se lembre do que houve, e de como as paredes estremeceram aqui, e ela o acordou suavemente, e cuidadosamente vestiu-o com seu uniforme, o suéter grosso e verde, o casaco grande demais para ele e o gorro de lã, e assim, como um sonâmbulo, meio apoiado em seu ombro, sorrindo em seu sonho, ela o conduziu nas escadas e o levou até a porta da casa dele. E o depositou, dobrado em si mesmo, sobre o tapete da entrada, bateu à porta e fugiu.

    E em todos aqueles dias, pela manhã, o pai trabalhava como

de costume no Comitê de Trabalhadores, olhando o relógio quase a cada minuto, empurrando para o lado a pilha de odiosos papéis, pensando, pela primeira vez, que talvez tivesse errado quando concordara com Hinda, fazia seis ou sete anos, depois de sofrer o acidente e se queimar na padaria: pois no espaço de três dias, enquanto ainda jazia gemendo de dor no hospital, ela tinha tomado a iniciativa, mexido os pauzinhos, implorado, ameaçado, e quando recobrou os sentidos soube que o trabalho de que tanto gostava na padaria chegara ao fim, e que a mãe, com seus dez dedinhos, tinha feito dele um funcionário, com direito a pensão. De seus bons amigos da padaria ganhou um relógio de ouro que não usou um dia sequer. Subitamente chegava ao fim uma vida de vigílias noturnas, o pesado trabalho braçal que tanto amava, a cordial amizade com seus colegas de turno, o cheiro da massa sendo assada, os gorduchos e macios pãezinhos, o largo sorriso embaixo de um bigode coberto de farinha, a brasa de um cigarro brilhando na noite nos umbrais da porta da padaria, o direito de dormir a maior parte das horas do dia, escondido no escuro de seu cobertor dos raios ardentes e causticantes de pelo menos um sol... ah, bons tempos aqueles, e quem é ele hoje, um funcionariozinho de papel, que se indispõe toda segunda e quinta com seus antigos companheiros por questões de horas extras e direitos adquiridos. Impacientemente contava os minutos que faltavam para tornar a empunhar a marreta. Durante todas as horas de trabalho seus dedos tomados de saudades quebravam canetas e lápis como se fossem palitos. Era como a impaciência que antecede uma grande viagem: a monótona batida do martelo não submetia o seu espírito, pelo contrário, ele batia e sentia, com admiração, com cautela e em segredo, como algo se entalhava dentro dele, na espessura de sua carne, pela primeira vez em anos: um pequeno arredondamento da alma.

Todo dia às seis e meia ele largava seu martelo e sinalizando com o olhar pedia a Edna que ligasse o rádio. Ouvia Reuma Eldar noticiar as inundações, o transbordamento do rio Shikma, cujas águas cortavam o Neguev setentrional; Aharon, que estava sentado e encolhido sobre o tapete num canto, abria um olho embaçado e olhava para ele, por que tinha parado de bater, e Edna também olhava. Sua grande cabeça acenava pesadamente. Para Aharon ele parecia então estar decifrando transmissões secretas cujas palavras simples tinham sido codificadas e endereçadas somente a ele. Com Moishe no time, não desanime, pensou Aharon, mas que continue a trabalhar; a locutora relatou casos de automóveis que foram arrastados pelas torrentes dos rios, de plantações de cereais inundadas ao lado do *kibutz* Or ha-Ner — o pai apertou os lábios e se atirou sobre a parede, a cabeça de Aharon descaiu para o ombro...

E um dia Edna criou coragem e preparou para o pai um sanduíche gigantesco, com salame húngaro picante, e sem nada dizer o pôs junto ao copo de suco. Preparou para Aharon também um pãozinho com salame. O pai não disse uma palavra. Só as sobrancelhas se mexeram um pouco, e sua testa ficou corada. Aharon olhou para esse sanduíche, não, pensou, não, "Você não está com fome?", ela perguntou distraída, e olhou para o pai, não, não, a cabeça de Aharon rejeitava à direita e à esquerda este sanduíche, o gigante, com fatias de gordo salame, mas ela é vegetariana, seu coração gritava, desfalecido, e o pai na frente dele devorava o sanduíche com vontade, produzindo ruídos profundos, guturais, onde estão seus bons modos, onde está seu refinamento, sorte dele que a mãe não está aqui para ver, e se sentia apagar e desaparecer na companhia desses dois, porque ela, sua boca como que declamava junto com seu pai os sons e as mastigações, Aharon capengou até o banheiro, indisposto, choroso, eu não devia ter vindo aqui, sem que percebesse sua mão circundou o outro pulso e começou a apertar, mas não, chega, já acabamos com essas coisas, você jurou que ia parar com isso para sempre, afrouxou os dedos e olhou para a mancha branca que ficara em torno da articulação, eu não preciso vir aqui, qual é a graça de ver uma parede ser destruída, mas dentro dele já ecoavam as primeiras pancadas desferidas por seu pai, penetrando diretamente em sua circulação, subjugando-o, forte, forte, aperte seus olhos até as lágrimas, talvez conseguisse se livrar daquela massa, que era como um gigantesco punho cerrado em seu âmago, talvez um grande pistão batendo em cima, golpeando embaixo, irrompendo, arrombando, e o pai parecia ouvi-lo, quanta força tem ele hoje, o salame deu-lhe força, isso tudo é para o seu bem, ouça como ele está batendo lá, mais um pouco vai romper esse bulbo que você tem na barriga, faz quase duas semanas que ele está assim, uma nova provação, há um longo período ele não ficava assim durante tanto tempo, forte, forte, geme Aharon, os lábios apertados de dor, e lá, do outro lado da parede, Edna dá de comer ao pai mais e mais grossas fatias de salame temperado, serve-o na boca para alimentar a grande máquina de seu corpo, e ele abocanha da mão dela enquanto trabalha, golpeia e mastiga, bate e morde, cuidado, cuidado, e num instante em que ela não se cuida ávidas mandíbulas se fecham em seu dedo tão fino, róseo, envolvem sua pequena mão, seu braço, e ela não foge, o ombro, o pescoço, sugam e mastigam e roem e esmigalham aquele corpo pequeno...

    No dia seguinte Edna pediu licença ao senhor Lombroso e largou o trabalho por uma hora. Foi até Nachlaot e lá comprou numa pequena mercearia, abarrotada e olorosa, um vidrinho de *zchug*. O pai engoliu o salame temperado com ele e lhe sorriu com uma expressão de gratidão que fez o estômago dela se contrair e revirar. Dois dias depois, em vez de comer o sanduíche farelento na hora do almoço, foi até a feira de Machané-Iehudá e com as pernas trêmulas seguiu um raio de sol que entre as nuvens escuras de chuva lhe iluminava o caminho até o restaurante Hashipod. Veja como é encantadora essa beleza simples, primária, da feira, mas alguém dentro dela começou a rir, ora essa, Edna, você se lembra do curso de desenho *naïf* na Casa do Povo, Edna? Ela também zombou de si mesma. Hesitante, pediu uma porção do misto jerosolimita, e viu assustada o atendente jovem e moreno espalhar nacos avermelhados de carne sobre a chapa quente, cortar cebola bem fininho e salpicar com condimentos coloridos. Entrelaçou então os dedos com força, fechou os olhos e esperou.

Um prato repleto de cheirosos nacos de carne apareceu de repente bem embaixo de seu nariz. Edna respirou fundo, contraiu os ombros, e investiu. Com dedicação, comeu a porção de carne apimentada, e durante a refeição chamava a atenção de quem quer que passasse na rua da feira — com seu chapéu de palha colonial e com seus modos de turista que destila caridade para os locais com sua mera presença —, ela realmente percebeu isso; de repente era capaz de ver a si mesma de fora, e até que sem ódio; tire o chapéu, Edna, ótimo, espalhe um pouco o cabelo, sorria para esse menininho que olha para você. Seus ombros erguidos se descontraíram e baixaram. Seu traseiro contraído relaxou lentamente e se esparramou na cadeira redonda. O garçom se dirigiu a ela e perguntou se a senhora estava interessada em algo mais. Em sua voz pairava uma poeira de zombaria e ambiguidade, mas ela foi capaz de se conter diante dessa pontada em seu orgulho e de ver que o garçom era um homem jovem, cheio de vida e sorridente, e pensou, surpresa, que ele lhe lembrava um ou outro homem que conhecera em seus passeios na Espanha, na Itália ou na Grécia, e até mesmo aquele de Portugal, e como é que nunca lhe ocorrera que aqui também, tão perto, existem homens vibrantes assim. Começou a falar, rindo de si mesma aos ouvidos do jovem garçom, percebeu que ele lhe correspondia, e se orgulhou de ver como ele apreciava seu senso de humor popular, e como ela se expressava bem na língua dele, como se tivesse crescido e vivido aqui toda a sua vida, nessas mesmas ruelas. Pediu também batatas fritas e homus, e o garçom lhe mostrou, segurando seu pulso, como encurvar o pão árabe para pegar o homus, como o movimento de um pescador, assim ela sentiu, jogando sua rede em torno dos quadris dela. Um gorjeio de vitória soou em sua garganta: ela! Altaneira, tentou se imaginar a vesti-lo, o seu garçom, com um uniforme mais luxuoso, culotes, digamos, e um cinturão dourado, e talvez um chapéu alto com um penacho preto saindo dele, e uma bandoleira cheia de balas cruzando seu peito, às vezes um estranho demônio despertava dentro dela nas grandes cidades, demônio de sentinelas de palácios, de guardas da rainha, em cada uma de suas viagens cuidava de passar por cidades onde houvesse um rei, e às vezes se satisfazia com fortalezas, contanto que houvesse na entrada um sentinela, alto e magnífico, prisioneiro de sua guarda, e só o brilho de seus olhos, ardentes ou furiosos ou enlouquecidos à passagem dela, é testemunha de que está vivo, que é um homem vivente mas paralisado por cinco ou seis horas, em Estocolmo quatro, na Grécia cinco, e em pensamento esse garçom jovem e moreno está na entrada do palácio, na entrada do palácio dela, no qual talvez agora seja ela mesma a rainha, e sentiu as cócegas de um riso abafado, e jogou para trás seu longo pescoço, reverberando seu prazer até a raiz de sua espinha. O garçom sorriu para ela, mas com leve espanto. Ela o chamou, aproximou sua cabeça da cabeça cacheada dele e segredou no seu ouvido um pedido: poderia vender para ela, *ia chabibi*, a carne necessária para preparar uma porção exatamente igual àquela? Poderia lhe revelar, *ia eini*, o segredo daquele tempero original, o tempero correto? Deu-lhe uma piscadela marota, e sentiu os músculos da face se distenderem até a extremidade de sua mandíbula pontuda; ele lhe respondeu com uma piscadela hesitante, voltou rapidamente a seu sobrecarregado trabalho, observando algo a seu ajudante. Edna estava feliz. Lá fora caía uma chuva torrencial, espessa, e ela pensou na parede quebrada pela metade que a esperava em casa. Ondas de frio se condensavam na vidraça do restaurante, e Edna tirou o suéter, revelando seu pescoço róseo e fino, afofou levemente seu cabelo alourado, se viu refletida num automóvel que passava, levando no teto um espelho comprido, oi, as pequenas surpresas que a vida propicia, talvez estivesse precisando de um novo penteado, algo travesso, jovem, talvez um dia pinte seu cabelo de vermelho, mergulhou a ponta do pão árabe no pratinho com o picante *zchug*, sua língua ficou ardendo. Ela a abanou com a mão aberta, e se imaginou uma francesa dizendo *ulala*.

Ela assou para o pai os corações e os fígados e as moelas, e seu rosto queimava quando depôs diante dele o prato fumegante. "O senhor precisa ter força, sr. Kleinfeld", sussurrou, e seu embaraço lhe parecia agora natural e correto, pois talvez agora, ela pensou, com um atraso de vinte cinco anos, você finalmente está se tornando uma adolescente.

O quê? Não! Você está voltando outra vez àquela questão? Não era possível que uma mulher como ela, que estudou dois anos na universidade e conheceu o mundo, e foi ao teatro e se cercou de quadros e esculturas e livros dos artistas mais importantes — que isso não tenha acontecido com ela. Ela riu, oxalá, Edna, fosse possível lhe acontecer uma vez algo assim, realmente não lhe faria nenhum mal perder completamente a cabeça por cinco minutos, enlouquecer desse modo, como nos livros, se apaixonar por um burro. Mas não vai acontecer, você sabe disso. Então do que se trata, Edna? O que está havendo com você de repente? Ela riu; deixou escapar mais uma de suas novas risadas, tão descontraídas, em voz alta, que massageiam alguma partícula congelada no alto de seu cocuruto; que ideia mais tola,

Edna! Que alguém como você e alguém como ele... Eu poderia dispensá-lo de minha vida com um só movimento de meu dedinho, assim: Mas ela parou aí, *nu, nu, nu*, dedinho malvado.

A seus colegas de trabalho descreveu em tom de queixa a bagunça que era sua reforma, reclamando do incômodo da presença dos trabalhadores em sua casa; nunca a tinham ouvido falar tanto assim, alguns dos colegas chegaram a reclamar ao diretor que ela estava perturbando o trabalho, e ele a chamou a seu gabinete e perguntou preocupado se poderia ajudar em algo, e Edna riu, e disse oi, sr. Lombroso, sr. Lombroso, caro sr. Lombroso, se o senhor pudesse me ajudar a terminar de uma vez a reforma e me livrar desses trabalhadores... Mas quando tentou, como divertimento, imaginar lá um outro homem, cada outro homem que conhecia, marreta na mão, um contido rumor sufocando nos músculos de seu ventre, compreendeu de repente que aquilo que tanto a estremecia estava, pelo visto, nele. Só nele. E se assustou. E tentou recuar. O que houve conosco Edna, onde está nosso dedinho, e no dia seguinte preparou para ele um sanduíche de queijo amarelo da Ushi com pepino verde, e ele comeu com muita raiva, com ar de ofendido, e até o menino ficou acordado durante todo o tempo de trabalho, sentado e olhando para ela com os olhos arregalados, totalmente confuso, e naquele dia ele duplicou o número de seus golpes e os fez mais vigorosos, até ela perceber que ele ainda poderia terminar de derrubar a parede em dois dias.

Por isso preparou-lhe no dia seguinte um frango inteiro assado, sobre um acolchoado de azeitonas gregas que ela tinha comprado com o maneta da feira. Lá ela já começava a ser conhecida e estimada; piscavam para ela de todos os lados, com simpatia; *How do you do*, madame, lhe diziam, *if you want food very very* picante, *come to me*, lhe diziam; numa alegria desenfreada batiam em suas próprias e taurinas coxas quando ela piscava para eles de volta; todo o lado direito de seu rosto doía quando ela voltava de lá; o pai engoliu o frango e chupou seus ossos numa excitada gratidão, e Edna afundou em sua poltrona se entregando totalmente àquela dança lenta e prazerosa dos dois, o homem e a parede, que placidamente iam se despindo de todas as suas cascas. De vez em quando, depois de um belo golpe, o pai se virava para ela radiosamente, como se estivesse dedicando a ela uma obra modesta, e ela confirmava com um meneio da cabeça. Seus músculos poderosos, romanos, que ela esculpia nele, palpitavam e se inflavam para ela. E às vezes acontecia de olhar para ela de dentro de sua flexível dança, com um olhar especial, envergonhado mas também ousado, que parecia o beliscar de dois dedos vigorosos em sua espinha dorsal, extraindo-a infindavelmente de dentro dela pela nuca, como a espinha de um peixe, deixando em seu corpo apenas órgãos moles, carnosos, deslizando um para dentro do outro e se dissolvendo numa boca cósmica, profunda e sequiosa.

Lá fora se desencadeava uma tempestade, e a rua, apesar de ser ainda cedo, já estava quase escura. Durante longo tempo só se ouviu no apartamento o som das pancadas do martelo. No noticiário das seis e meia anunciaram inundações no Neguev, a região desértica no sul do país, e que dois soldados tinham se afogado no rio Shikma, que transbordara. O pai olhou para a janela, e seu rosto ensombreceu. Quando desferiu um golpe, muito excitado, o céu ribombou, e a luz enfraqueceu e apagou.

Edna correu para buscar uma vela e a acendeu, cobrindo a pequena chama com a mão. O pai batia, o rosto duro como pedra. Aharon, protegido pela escuridão, se esgueirou até o toalete e sentou na privada, os olhos fechados, todo ele dolorido. Ele precisa sair e dar o fora daqui. E o pai está batendo lá, e toda a casa treme, bum, pancada, bum, pancada, como uma poderosa máquina, pesada, insistente, martelos e pistões, prensas rolos compressores e pedais, subindo e descendo, batendo e golpeando, mas talvez ainda esteja faltando algo, sente Aharon nebulosamente dentro das ondas de sua dor, e ele visiona barras, contrapesos, braços de ferro, talvez para aumentar o fogo, talvez a chama não seja suficiente no recinto das caldeiras, e ele se dobra de dor, amassa a si mesmo, comprime com as mãos de cima a baixo, empurra da frente, da cintura para dentro, o que vai ser, a dor vai rompê-lo, aperta com os punhos os dois olhos, as duas pupilas, fagulhas escapam, seus anjinhos de luz, faz deles estrelas brilhantes, escolhe entre eles três estrelas que se chocam numa centelha, ele já está treinado para descobrir anúncios de estrelas fulgurando em cada folha de jornal, mil prêmios! Seis envelopes vazios, um passeio marítimo grátis! Um pacote de sopa em pó, uma máquina de tricô Amfisel De luxe, e Dê à barba um xeque-mate com Diplomat, até mesmo nesse concurso ele conseguiu se enfiar, não ganhou um relógio de ouro, nem um passeio no barco de fundo de vidro em Eilat no *Você é fina como Sabrina*, nem o prêmio menor, ele rouba três liras da carteira dela toda semana, e de novo a dor aumentou, que será que ele tem lá, como era mesmo aquela história que não dá para acreditar, do livro *Trezentos casos espantosos*, de um menino que tinha muita dor de barriga, quem sabe não ia dar à luz alguma coisa, talvez seja a isso que leva uma doença como a dele, aos catorze anos dar à luz uma criatura como ele, talvez afinal deva contar a alguém, a Iochi por exemplo, porque isso não é mais somente um *chendale*, um defeito, um dodói, isso começa a ser um verdadeiro problema, hoje já faz exatamente duas semanas, e de novo sua mão lhe pregou uma peça e começou a sufocar o outro braço, interrompendo a circulação, e ele a arrancou com repugnância, acabou, acabamos com isso para sempre, se recostou esvaído, suado.

Um relâmpago cortou o negro céu. Depois dele troou o

trovão, e logo lhes respondeu o pai, golpeando e quebrando; e Aharon estava ausente, dormindo, desmaiado, e dentro de seu corpo ia o pesado gigante, tateando um caminho, talvez o gigante de cujo jardim as crianças fugiram, e ele correu atrás delas, chorando, crianças, crianças, voltem para o meu jardim, cada vez mais trôpego em seus pesados sapatos, batendo com as mãos na cabeça, e de repente o que ele vê largado ali embaixo da árvore nua, desfolhada, um pequeno volume, um pacote dobrado, e é um menino, o que corria atrás e não conseguiu fugir, um menino desmaiado, entregue a sua compaixão, e o gigante se inclina e delicadamente o ergue nos braços, mas Aharon desperta subitamente, se apruma, preste bem atenção, as pancadas, as batidas do martelo, estão diferentes, diferentes como, é difícil explicar, mas Aharon já conhece todas as modalidades, e agora é algo novo, talvez por causa da tempestade de hoje, ainda não tinha havido um dia assim neste inverno, talvez por causa do frango que ela lhe preparou hoje, e como ele o triturou e moeu, enfiando na boca com as mãos, o devorou como um tigre, preste bem atenção, alguma coisa na cadência, na rapidez, na força, ele se inclinou um pouco e escutou, e de repente estremeceu, se arrepiou, como se alguém tivesse tocado no seu ombro enquanto dormia, sacudido e sussurrado levante-se depressa, está começando, e agora já estava inteiramente desperto, se vestiu rápido e correu para lá, Edna estava afundada em sua poltrona, chupando um dedo, os olhos se arredondando de admiração, como uma menina ouvindo uma história, pensou Aharon, indo para seu lugar junto à parede, lutando com o peso sobre as pálpebras, não vou adormecer, se enrolando no cobertor que o esperava, tentando se aquecer com ele, por que vim, eu tinha resolvido não vir mais, isso atrapalha o trabalho do pai, e por quanto tempo dá para olhar como se derrubam paredes, mas ouça, ele ouve, as pancadas, sim, os gemidos, sim sim, as pancadas, os gemidos, as pancadas, e a cabeça de Aharon pende para um lado, como se um hipnotizador invisível estalasse um dedo junto a sua orelha, não está dormindo, só cochilando um pouco, reunindo forças para voltar daqui, para voltar. Agora Edna percebeu, o que há com esse menino, apaga e adormece, é estranho, é um pouco, até mesmo, preocupante, como se o dia inteiro se controlasse para não dormir, e só aqui na casa dela, em cima do tapete, com esse barulho, ele cai imediatamente no sono. As batidas do martelo do pai ficam mais fortes, mais exigentes, em mim, em mim, grita para ela o martelo, agora preste atenção só em mim, mas a visão de Aharon adormecido a perturba, esse sono febricitante, o que pode estar abatendo ele a esse ponto, e por que exatamente aqui, na casa dela, como se viesse aqui só para isso, para fazer aqui sonoterapia, uma operação com anestesia geral... Mas o martelo, escute, os gemidos, as pancadas, o martelo, os gemidos, preste atenção, não é como de costume, é sobressaltado, é urgente, está em fuga e pedindo abrigo. Ela se empertigou em sua cadeira, inclinou a cabeça como um passarinho assustado, e o martelo do pai gritou por ela, abriu caminho até ela: ora ele o batia com desespero, como um homem preso numa tempestade clamando por ajuda com batidas telegráficas; ora como um prisioneiro tentando saber se havia um vizinho na cela ao lado, e ela acenou com a cabeça energicamente, sim, há, e então percorreu-a um leve tremor, como que uma gota de libido nela destilada, e Aharon em seu sono também soltou um profundo suspiro de espanto, o ouvido dela se fez suave e aberto, não pode ser, mas sim é, sim, é dirigido a ela, é para ela enviado, sinais ocultos, escrita misteriosa, uma carta clandestina, uma história sufocada, e ela está toda tensa e atenta, os olhos fechados, e sua pele de lagartixa, fina e pulsante, se arrepia lentamente dos pés à cabeça.

20.

Uma vez, no fim de um dia de trabalho no campo de prisioneiros de Komi, se dirigiu a ele um homem desconhecido que trabalhava atrás dele, na fileira dos que lidavam com machados. Pediu para conversar com ele à noite, fora do barracão em que moravam. Ele ficou um tanto temeroso, mas o homem era baixo e magro, um *fertl*, e o pai sabia que poderia sobrepujá-lo, caso fosse necessário.

Chamava-se Molotchenko, e era membro da Orca, a gangue de criminosos do campo. Eram cruéis como feras, e os únicos que ousavam tentar fugir pelas estepes geladas. Sempre que alguns deles escapavam, levavam também com eles alguns prisioneiros políticos selecionados, sortudos, e essa era, o pai rabiscou na parede com um riso amargo, a única esperança que um "político" tinha de sair vivo do campo. Molotchenko revelou ao pai que mais um grupo da Orca ia fugir na noite seguinte, e que ele fora escolhido para ir com eles. Tinham-no escolhido por causa de sua robustez, para que pudesse carregar para eles os mantimentos necessários a uma jornada como aquela. Um grande temor acometeu o pai, mas logo decidiu se juntar aos fugitivos. Já passara em Komi dois invernos, e sabia que morreria no terceiro. E também sabia que se não aproveitasse uma oportunidade como aquela iria agonizar a cada dia novamente só pela ideia de não ter fugido. Assim era eu então, pontificou o pai arqueando os músculos das costas, eu era como ferro, assim: apalpe.

Eles saíram numa noite de lua. Grandes nuvens negras se juntavam agora em volta da janela, suas faces infladas e raivosas a cobrir bocas pequenas e infantis, que se abriam ansiosas para o apartamento. A chama da vela estremeceu. A Orca tinha subornado com generosidade os guardas do campo de Komi, e eles não interferiram em sua fuga. De qualquer maneira, não acreditavam que alguém sobrevivesse na taiga. Ao cabo de algumas horas de marcha acelerada à luz gelada do luar, Molotchenko torceu o pé e não pôde continuar andando. Os membros da Orca confabularam entre si em voz baixa. Os três prisioneiros políticos ficaram de lado, separados um do outro, tomados de obscuro temor. Por fim o líder do grupo, um assassino lituano, decidiu abandonar Molotchenko e seguir andando. Ninguém se opôs, e o grupo retomou seu caminho. Mas percorrida uma distância não muito grande o pai se afastou em segredo dos caminhantes e voltou até o ferido, o que eu podia fazer, era aquele sentimento de compaixão pelos animais.

Molotchenko caiu no choro, estremecido de gratidão, e se agarrou a ele com unhas de aço. Os lobos da taiga já o tinham farejado e estavam por perto, na escuridão. O pai o carregou nos ombros e cuidou dele por muitos dias. Numa manhã, depois de não terem comido nada durante quase uma semana, o pai fez um corte no próprio braço com uma faca e permitiu que o homem lambesse um pouco de seu sangue. Molotchenko sugou do braço do pai, olhando para ele como um grande lactante abandonado, com uma expressão de animal agradecido, e quando acabou revelou que a Orca levava com ela os "políticos" para que servissem de alimento na jornada. Ele caiu aos pés do pai, pediu seu perdão por tê-lo atraído para o grupo, porque, justificou, até então não o conhecia como agora.

Agora a marreta golpeava cadenciada e pesadamente, mas só com dificuldade superando o rumor da chuva e da tempestade. Na mistura de sons dava para imaginar o ressoar de uma grande caravana, cansada, se movendo à distância. Durante semanas e talvez meses, quem sabe, quem contou, o pai e Molotchenko vaguearam pela taiga. Perderam a direção, e os uivos dos lobos que os seguiam, expectantes, quase os enlouqueciam. Uma vez depararam com um esqueleto totalmente descarnado de um homem, tendo ao lado um chapéu de prisioneiro político. Molotchenko se benzeu e olhou temeroso para o pai. A marreta batia, pesada e surda, com longos intervalos entre as batidas, como um canhão distante em salvas de luto. Ao alcance da vista só havia florestas de pináceas e estepes de gelo. Eles andavam e capengavam, às tontas, em círculos recorrentes, afundando na neve até os joelhos. A natureza, indiferente, se divertia com eles na imensa concha de sua mão, e os apavorava a sensação de que mesmo se uma tragédia não os atingisse eles sumiriam, minúsculos, nesses espaços infindáveis. Sem Molotchenko, disse o pai, há muito tempo eu já estaria estendido na neve, aguardando o anjo da morte.

Ai, Molotchenko, o pai desfechou uma pancadinha ligeira, com um toque de apaziguamento, mas Edna já se contraía toda diante do que lia nos músculos ondeantes de suas costas, Molotchenko era um ladrãozinho, uma sardinha de Odessa. Eles o pegaram lá quando roubava uma remessa de lampiões de rua, imagine só, e o mandaram para o "Hotel Komi" por toda a vida. O pai riu sozinho, vislumbrou Molotchenko se desenhando na parede a sua frente, esboçado em algumas linhas apressadas e rudimentares, um homem disforme mas cheio de vida, risonho, falastrão, sim sim, murmurou o pai, confirmando com a cabeça, ele era exatamente assim.

 E ele contava histórias fantásticas, o Molotchenko, e expelia pensamentos filosóficos ocos e vazios, e inventava anedotas grosseiras, e zombava do pai, e o irritava, e o adulava, e o desafiava, e, principalmente, cultivou com muito esforço um certo acervo de sentimentos humanitários no coração do gelo. Os dois aprenderam a caçar pássaros com uma rede que tinham preparado, e os comiam em carne viva, belos pássaros, srta. Blum, com cores fortes, um canto bonito, era uma pena comê-los, e uma vez eles tinham lutado durante horas com uma matilha de ousados cães selvagens pela carcaça de um cervo. Rebanhos de belos cavalos selvagens, pequenos e lindos de ver, rabiscavam o horizonte galopando com leveza, em batidas ritmadas de martelo, se desenhando para Edna como um fino bordado na orla do amplo vestido de gelo. À noite os dois subiam em árvores para dormir, se amarrando com uma corda ao tronco, e dormiam como dois enforcados vivos. Uma noite o pai despertou, o corpo ardendo em febre, e viu que a taiga toda embranquecida com o brilho da lua estava cheia de lobos, sentados sobre seus traseiros e olhando para ele pacientemente como homens fantasiados, com olhos frios e indiferentes, talvez até como os membros sem rosto de todos os milhares de comitês secretos que condenam pessoas como ele a morrer na taiga e na Sibéria, ao pleno arbítrio do gelo, e ele começou a lhes implorar que o poupassem, pois era um ser humano como eles e queria viver, nem mesmo tinha amado de verdade uma mulher, mas então despertou de seu lamento, compreendeu que delirava de febre, e se calou. A verdade é que eu tinha medo dele, de Molotchenko, mais do que tinha medo dos lobos, e se ele soubesse que eu fraquejava acabaria logo comigo, o que a senhorita acha.

Após infindáveis dias de peregrinação, chegaram pela primeira vez a uma fronteira humana, uma minúscula aldeia. Edna Blum tirou o dedo da boca e ouviu com toda a atenção. O peito do pai lentamente se ampliou e inflou como um fole, e Aharon abriu um olho para ver: as nuvens nas margens da janela começaram a reconsiderar, como se tivessem percebido um oculto sinal de alerta, se avolumaram novamente e cuspiram para dentro, tentando apagar alguma chama proibida, esfriar; por três dias inteiros o pai e Molotchenko ficaram à espreita e observaram as casas: constataram que era uma aldeia de mujiques, pobres e ignorantes, que se sustentavam do cultivo de beterraba e do roubo de árvores, que transportavam pelo rio próximo. O pai agora perfurava a parede, de costas para a sala, encolhendo os ombros, a nuca enfiada entre eles, como tentando se esconder de uma voz poderosa que o buscava: todo o condomínio gemia e murmurava como um navio cortando geleiras, e o plátano nu rangia lá fora como se fosse um mastro; o pai e o ladrão de lampiões perceberam que na última cabana da aldeia estava presa uma mulher jovem. O marido trabalhava fora da aldeia, e sem qualquer motivo a proibira de sair. Uma velha camponesa lhe levava duas vezes por dia um prato com uma papa fumegante, que passava por uma pequena abertura nos fundos da cabana. Os dois homens devoraram com os olhos o braço delgado que se estendia através da abertura em todo seu comprimento para pegar o prato. Ir até ele, cogitou de repente Edna, enxugar o suor de sua testa, ou simplesmente buscar para ele um copo de água. Sem qualquer segunda intenção. Só para lhe mostrar que tem mais alguém vivo na sala.

Na noite seguinte o pai se pôs de quatro na terra fria, e o magro Molotchenko subiu nele e se esgueirou para dentro. Suas costas estreitas deslizaram pela abertura. O pai ouviu o grito sufocado de espanto da mulher. Depois uma pancada forte e uma imprecação. E depois o silêncio e respirações prolongadas e um choro fundo e perplexo. E silêncio. E o som de um choro baixinho. O pai ficou sentado na escuridão, à sombra da cabana, procurando não pensar em nada. Ao cabo de longos minutos rolou de dentro da cabana um pequeno e prazeroso som de uma gaita. Lento e tímido no início, crescendo e abrindo como uma flor — Aharon agora se sentou de olhos abertos, chega, preciso ir embora, tenho lições para fazer, por que fiquei plantado aqui. Seu pai se mantinha de pé com dificuldade, apoiado com o meio do peito no cabo da marreta cravada na parede. O suor escorria pelo seu rosto. Antes da aurora Molotchenko bateu-lhe no ombro, o acordando e apressando-o a voltar para a floresta. Tinha na mão um quarto de salame e uma batata inteira, e um ovo de galinha. Nos lábios se espraiava um sorriso orgulhoso. Ele pôs os dedos embaixo do nariz do pai. O pai cheirou, e de repente se arrepiou todo, agarrou esses dedos e lambeu e sugou, e inconscientemente suas pernas começaram a levá-lo de volta à cabana: Molotchenko teve de golpeá-lo na cabeça para fazê-lo desistir. Essa é a verdade, srta. Blum, e me perdoe por eu ter precisado lhe contar isso também.

 Molotchenko falava excitadamente, explicando que a porta da cabana estava fechada com uma tranca, e a chave ficava com o *kulak*. Que a abertura era muito estreita, e que era impossível arrebentá-la e alargá-la para o pai. Mas dentro, ele disse, tem comida fresca e comida desidratada, que os sustentaria durante muitos dias, e a fêmea, ai, a fêmea, e desenhou com as mãos duas ondas que se aproximavam se arredondando e depois se afastavam, como se acariciasse um violão. O pai se arrastava atrás dele, mil vezes insistiu e perguntou ao ladrão de lampiões se não haveria meio de ele também entrar na cabana. A taiga de novo lhe parecia uma prisão gigantesca onde sua juventude iria sucumbir.

Seu pomo de adão subia e descia, como se estivesse tragando para dentro dele a amarga lembrança. Depois voltou a golpear. Edna ficou ouvindo, mas agora as batidas do martelo pareciam ocas, esquivas. Exatamente agora ele interrompe a história! Exatamente neste momento? Com o rosto contraído, pálido, ela se levantou de sua poltrona. Andou para lá e para cá, quase pisando em Aharon, quase indo até o pai, mas recuou, andou tropegamente para trás até se ver sentada ao piano, e de repente, mesmo sem limpá-lo da poeira, começou a tocar nervosamente, assustada, em pânico, nele procurando algo, folheando músicas. Aharon olhou para ela admirado: uma música estranha, muito fina, uma espécie de melodia despretensiosa, lenta, inesperadamente se desdobrando em coloraturas, inesperadamente se elevando num canto arrebatado. Aharon já a tinha ouvido antes. O pai também parou por um instante. Sua cabeça pesada, sólida, começou a balançar, e tentou acompanhar com os lábios aquela breve música que se evadia, tentou persegui-la, um pouco surpreso de ela ter respingado assim, tão pequena, da espessura maciça do piano, e de repente a sentiu bem diante do rosto, a pairar, em travessos e flexíveis requebros, e ele estendeu uma língua comprida e a capturou, e a trouxe aos lábios, sorriu quando ela se fez de dengosa sobre eles, como se tivesse sido assobiada por eles, e ele brandiu seu martelo no ritmo e tornou a bater, assobiando sem som o assobio que deixa a mãe irritada, e até acompanhou o ritmo batendo com o pé. E Edna sorriu consigo mesma, devagar fechou o piano, já não precisava dele agora, já encontramos o que tínhamos esquecido...

Eles voltaram lá na noite seguinte também. E novamente a mesma coisa: dentro, Molotchenko faz amor com a moça. O pai se ajoelha do lado de fora e cola a orelha na parede da cabana para captar algum gemido, um vestígio menor do prazer. Molotchenko, ao voltar, o sustenta com palavras. Como ela sorri, essa fêmea; que delícia é a pele da parte interna da coxa; como é macio e abundante seu cabelo; e é como a cor de um violino à luz da lamparina... O pai ouve e engole em seco. Molotchenko lhe oferece as pontas dos dedos e lhe diz, preocupado: Lembre-se, sem morder, só cheirar.

Mas numa noite... agora o pai golpeava com delicadeza e o coração radiante, e Aharon se levantou de súbito, afastando de si o cobertor, para que ela me cobre com cobertores, o que estou fazendo aqui dia após dia, como é que a minha cabeça ainda não explodiu com essas pancadas, quanto tempo dá para ficar olhando como se derruba uma parede, e ele começou a andar com cuidado, com medo de que o detivessem com um grito, e com o repicar de um martelo gigantesco que se cravaria em suas costas o obrigariam a ficar aqui e a ouvir, e assim, na ponta dos pés, foi até a porta, onde ficou um momento zonzo, a mão na maçaneta, talvez eu tenha me levantado depressa demais, já vai passar, mais um pouco e estarei lá fora, juro que não volto mais aqui, para este tédio.

... numa noite o pai teve a impressão de que a mulher idosa na cabana vizinha olhava para eles de sua janela. Ele não ficou para esperar Molotchenko ao lado da cabana da moça, e voltou para a floresta, para o esconderijo. O ladrão de lampiões voltou de madrugada, e não parou de tagarelar e de se gabar. Um ódio vingativo, desconhecido, estremeceu o coração do pai. Uma antiga e tartamuda humilhação. Ele nada disse a Molotchenko quanto a sua suspeita. O entusiasmado amante contou de um gorro de lã colorido que a fêmea tinha começado a tricotar para ele; do quadro com um santo pendurado sobre a cama, que toda noite ela virava piedosamente para a parede; de seus lábios inflados de tocar a gaita — algo na expressão do pai perturbou a tranquilidade de Molotchenko, e ele por um momento falou mais devagar, mas não conseguiu parar completamente, e seus seios, disse, e ergueu a mão enquanto falava, macios, tépidos, que se moviam junto ao rosto dele exalando um sopro lácteo; o pai não desviou dele os olhos, espantado com o ódio assassino que lhe tomara o coração, o ódio do amargurado pelo arrogante, o ódio de Caim por Abel.

 E na noite seguinte, na noite seguinte eu fiquei de quatro junto à cabana, como se nada tivesse acontecido, eu já tinha olhos nas costas, e Molotchenko subiu em mim e hop, pulou pela abertura para dentro, e eu arremeti como um tigre e corri e corri na outra direção, eu era como um animal naquele tempo, srta. Edna, para o bem e para o mal eu era como um animal, foi graças a isso que consegui sair do gelo, ele agora batia com todo o seu corpo, colado à parede com o peito, com a cintura, Aharon abriu num ímpeto a porta e fugiu de lá, descendo os degraus de quatro em quatro, correndo para casa, na chuva, no escuro, direto para a cama com roupa e tudo, o cobertor cobrindo a cabeça, mergulhando logo no exercício da tática secreta do sumô, e eu, srta. Blum, Edna, fugi de lá na outra direção e corri assim talvez a metade da noite, até que por fim deixei de ouvir o latido dos cães e os gritos das pessoas, só a fumaça que subia da cabana eu ainda vi, subindo ao céu, durante toda a noite, e eu nem a conhecia, só o cheiro dela.

 Com toda a sua força se lançou contra a parede. Um último bloco de pedra estava incrustado entre os tijolos e ele brandiu contra ele o martelo. Mais um raio relampejou através do céu, mas uma certa lassidão vazia se infiltrou entre as gotas de chuva, como se nesse momento se partisse a espinha dorsal do inverno. O pai bramiu em plena voz, e lançou mais um golpe na pedra. E mais um: Edna se deitara ao comprido, de olhos fechados mas mesmo assim tudo vendo, sentindo como se revolvia de suas profundezas uma força violenta e impiedosa, tal como ela nunca conhecera na vida, e seu pequeno corpo estremeceu e se agitou;

uma centelha faiscou e voou para fora, para o céu negro, o relâmpago na janela se ergueu e cuspiu seu fogo, mas a chuva foi diminuindo. O pai investiu novamente, e não parou; o que restava da parede desmoronou. O relâmpago fervilhou com raiva, recuou e bateu em retirada. Por um instante houve silêncio. Depois as nuvens começaram a se afastar, a diminuir, e ganharam altura, onde se reuniram num irado balbucio de velhos.

E então uma janela se abriu. Acenderam-se os lampiões da rua. Uma luz suave brilhou pela casa adentro. O pai fraquejou e desabou sentado, sem forças. Com esforço ergueu a cabeça procurando Edna, e se surpreendeu ao vê-la sentada ao pé do piano, as mãos enlaçando os joelhos. Seus olhos o acariciavam com compaixão. E ele lhe sorriu à guisa de desculpas, como se acordasse de um sonho, e pensou que ela parecia tão jovem e frágil, como se não fosse muito mais velha do que seu Aharon.

"Terminamos com esta parede", disse por fim numa voz grave.

Ela se levantou e cambaleou, e caiu novamente. Entrelaçou os dedos com toda a força, até que pararam de tremer. O pai veio e ficou diante dela, os braços caídos, esperando ela falar. Quando olhou para ela viu seu sorriso envergonhado, a centelha travessa e sonhadora em seus olhos, seu dedo apontando a parede da cozinha.

"Hinda vai querer o dinheiro", ele disse. Era a primeira vez que mencionava a mãe, e a maneira como o fez encheu Edna de felicidade, como se os dois já estivessem conspirando contra ela.

Ela pensou por um instante. O funcionário da agência bancária dela, um homem pequeno com trejeitos de homem grande que vivia tentando algo com ela, já a prevenira: o fundo de investimentos com o qual ela financiava seus passeios de verão, ele advertiu, não rendera muito este ano; ela estremeceu, temerosa, mas pensou nele e nos seus movimentos de cintura, e algo nela, um ginete selvagem, ergueu sua voz diante dos espantados óculos do funcionário; uma rebeldia nova, uma alegria na pequena calamidade. "Cento e vinte", ela disse numa voz salpicada de centelhas.

"Não, não", disse o pai de Aharon, "é muito dinheiro. É uma parede pequena."

"Mas complicada. Com certeza passam por ela muitos fios de eletricidade", ela riu.

"Desculpe por perguntar, mas de onde a senhorita tira tanto dinheiro, srta. Blum?"

Sorriu um pequeno sorriso, enigmático, feminino, do tipo que ela sempre ridicularizava. O sorriso deu certo. Ela sorriu novamente.

"Hoje já ficou tarde", disse o pai. Olhou pela janela, e viu que as nuvens negras se afastavam e dispersavam, se chocando e engolindo umas às outras com a ira mordaz dos derrotados. Pesou o martelo em sua mão e o agitou um pouco em frente à janela. "Hoje já não vai dar para começar o trabalho", disse, "vamos começar amanhã, se for conveniente para a senhorita."

"Amanhã é sexta-feira", respondeu, ainda sorrindo, "e meu nome é Edna."

Olhou para ela absorto, como se lembrando de algo distante, impossível, por um longo momento cravou nela uns olhos selvagens, uma fera flexível, amarela, a bater com a cauda, e Edna viu para seu espanto como até suas pupilas ofegavam. Ele era um gigante ao se postar diante dela, e a cintura dela era tão delgada, e suas coxas tão estreitas, e na parede de concreto que leva a sua porta alguém escrevera, um moleque maldoso, talvez até mesmo Tsachi Smitanka, um verso nojento sobre a vontade que tinha e sobre elefante e galinha, e a grosseria desse verso assomou de súbito e se interpôs entre eles. Então o pai se virou, brandiu o martelo e desfechou um poderoso golpe na parede da cozinha, e Aharon estremeceu dormindo em sua cama, e o martelo lá ficou incrustado como um machado durante todo o sábado, e não parou nem por um instante de tremular e de espalhar à sua volta círculos e mais círculos de vibração.

21.

A mãe estava na cozinha preparando o jantar. Enquanto as mãos faziam os movimentos rotineiros, uma parelha de cavalos experientes nos quais o cocheiro confia, ela meditava sobre sua vida, que se complicara tão de repente por culpa dessa *iguenmiguen*; e sobre seu tolo marido, Moshe, que como todos os homens perde a cabeça quando sente o cheiro de carne fresca. Ela fez o cálculo e concluiu que já durava três semanas essa farsa que lhe suga todas as forças, e só de pensar em todas as outras coisas que ela não consegue fazer por causa disso, quando trocou pela última vez os papéis que forram as prateleiras do armário da cozinha, quando trocou pela última vez a naftalina no armário da roupa de cama, quando sentou com Aharon para uma conversa decente, ele estava se apagando a olhos vistos, como uma vela, o que vai ser dele, é de cortar o coração, dorme dias inteiros como um velho, porque ele também está perturbado com tudo isso, todo o... ela busca um termo adequado, mas um cheiro novo, estranho, lhe chega ao nariz, interfere na linha de seu pensamento, e ela volta a se concentrar na panela, mexendo devagar.

Quem acreditaria que isso ia acontecer conosco, suspira, nós, que sempre fomos um exemplo. Sua língua prova da sopa, automaticamente. Seus dedos jogam um punhado de sal, mexem sem alegria. Nos últimos dias até mesmo deixara de se preocupar com Edna Blum. Se nada aconteceu ainda entre ela e Moshe — já não vai acontecer: sentimentos e paixões são como frutas, sussurrou-lhe seu reflexo na panela que ela mexia, se não são colhidas a tempo apodrecem na árvore. Novamente chegou-lhe o sopro de um cheiro tênue, um cheiro novo, às narinas, e as mãos despertaram para mexer com mais energia, e depois que esse *flok* terminar finalmente, e depois de Moshe voltar para casa com o rabo entre as pernas... acrescentou alho socado, uma colher de gordura, começou a descascar legumes para uma outra sopa, ele agora era vegetariano, além de todos os *chendalech* que ele já tem. A comida dela não era boa o bastante para ele. *Feinschmeker*. Tem mais pena das galinhas do que dela, que se mata para cozinhar para ele. Mas então a insinuação daquele cheiro em suas narinas aumentou muito, e imediatamente ela despertou de suas divagações.

A mãe morava fazia quinze anos no cinzento condomínio no bairro dos trabalhadores, e reconhecia de olhos fechados os cardápios dos almoços e todos os doces e bolos de todas as donas de casa que moravam ali, e era capaz de distinguir dentro do fervilhante novelo e da espiral de cheiros cada fio de aroma que subia de cada uma das cozinhas; e uma vez já lhe acontecera tamanho vexame, não soube onde ia se enterrar, quando pediu a Ester Kaminer, que morava no outro bloco, a receita do bolo de gergelim que ela tinha feito no dia anterior — antes que Kaminer tivesse lhe falado dele.

E dá para imaginar o que sentia agora, como uma faca se revirando em seu estômago, quando sem qualquer aviso novos desfiles se infiltraram nas caravanas de cheiro conhecidas que passavam enfadonhas por suas narinas, uma nova cadência nômade e insolente, o som dos passos de condimentos estranhos com a determinação de um invasor atrevido. Incendiada pela lembrança de seu desastre, a mãe não conseguiu se conter, saiu da cozinha, pegou um guarda-chuva, vestiu o pesado *khrushchev* e saiu de casa. Desceu agilmente até o jardim enlameado e maltratado em frente ao prédio e olhou à direita e à esquerda, tateando. Não achou. Uma chuva cinzenta, insistente, caía já fazia alguns dias. Ergueu o nariz para cima, fechou o guarda-chuva, para que não bloqueasse a passagem, e, tensa, começou a andar com o nariz apontando para a frente, e o *goider* engrolava como um sapo, até que subitamente, na entrada que dava para os fundos do prédio, aflorou-lhe o nariz um botão de fortes aromas, e se partiu em fagulhas desordenadas de cheiros numa oferta exuberante, e seu coração já previa dissabores.

Era quase meio-dia. As crianças ainda não tinham voltado da escola. A chuva caía sobre ela, vertical e monótona. Os dias das grandes inundações haviam passado, e isso queria dizer que algo se rompera neste inverno ainda antes de ele ter chegado a seu clímax, e agora águas ralas pingavam do céu. Ela subiu rapidamente no alto monte de entulho de parede que se formara sob a janela de Edna Blum, e abriu suas narinas. E então, de pé sobre o monte de destroços, a lápide viva de sua desgraça, o nariz projetado para o céu, o cheiro inconfundível a atingiu e fez seu corpo tremer — não só os vapores da cocção e o espicaçar do tempero, mas também o tênue aroma, capilar, do suor da mulher que se mesclara àquela comida, e a mãe o conhecia muito bem, lembrava muito bem daqueles dias distantes, pois não haverá na comida um aroma como este a não ser que a cozinheira cozinhe também a si mesma e pulverize dentro das panelas o almíscar secreto de seu desejo. Desceu cambaleante do entulho, uma galinha expulsa de seu monte de lixo, e caminhou para casa com o coração despedaçado.

Ficou de pé na cozinha, de avental, apoiada no mármore, cuja face manchada, rachada, se configurara ao longo dos anos como o espelho fiel, nada lisonjeiro, de sua vida. Furtiva e meticulosamente cheirou novamente aquele aroma novo, e se apavorou: não era somente mais um aroma, diferente: já era uma outra língua. Farejou como um animal, e proibiu a si mesma de chorar, para não diluir o aroma em seu nariz. Mais do que tudo a humilhava o fato de o pai nunca ter demonstrado, nem sinalizado, que os pratos dela não o satisfaziam, ou que ele era capaz de apreciar outra comida; lembrou de repente, e o estômago se contraiu de dor, que fazia alguns dias o cheiro de suas flatulências não era o de sempre; de fato, pensou ofendida, agora lhe parecia que pela primeira vez desde que se conheceram ele tenta escondê-los dela, e não os espalha sonoramente por toda parte. Fungou novamente, ergueu as narinas e as fez vibrar um pouco, como a reunir os vagantes aromas. E assim, se apoiando no mármore com os dois punhos cerrados, a mãe começou a aprender a língua das receitas de seu infortúnio. Voltou pesadamente à cocção de sua *iuch mit lokshn*, aos macarrões pálidos, macerados, que flutuavam na sopa aguada que Moshe tanto aprecia. *Tfu!* Ela quase cuspiu dentro dela sua verde bile. Depois se sentou em Moishe Grunim, cruzou os braços no peito e contemplou o vazio. Só quando ouviu a tosse nervosa de Aharon, antes de abrir a porta, despertou de seu transe, deprimida por descobrir que pela primeira vez desde que era uma meninota, ainda uma franguinha, tinha se sentado na cozinha no meio do trabalho.

Aharon se esgueirou para seu quarto e deitou em sua cama de olhos abertos, massageando e apertando com as duas mãos sua barriga inchada, dolorida. A chuva passava em frente à janela. Opaca, incolor e insípida. Já faz bastante tempo que chove assim, pensou Aharon, olhando para os pingos, mas era diferente no início, o tempo todo inundações e enchentes, e a árvore em frente ao prédio, o plátano, uma vez quase se partiu, o quê, todo o prédio rangia. Ele bocejou, fechou os olhos. Talvez tire uma soneca ainda antes da comida. Antes da sesta, entre as duas e as quatro. Ou da que vai das quatro às sete. Realmente, espertos são os adultos, que inventaram a sesta. Tempos atrás isso o deixava louco, ir descansar logo depois da comida, quando tinha um mundo inteiro lá fora. Agora está muito mais tranquilo. De qualquer maneira não há muito o que fazer agora, é um período assim, morto, como o sono dos ursos, e não vale a pena sair nessa chuva, nessa torrente, como uma cortina cinzenta e densa o tempo todo, chuva de enfraquecer. Mas o pai tinha sumido do outro lado dessa cortina.

Vários dias haviam se passado desde que Aharon estivera pela última vez no apartamento de Edna Blum. De lá também não se ouviam mais trovões com tanta frequência. Agora o pai trabalhava com uma furadeira, com um martelo pequeno, com um formão, suas ferramentas de trabalho haviam diminuído de tamanho. Às vezes parecia que durante longo intervalo não estava trabalhando, mas, talvez, só estivesse sentado no chão, todo mergulhado em si mesmo, atento e surpreso. Os transeuntes o viam às vezes como que entalhado na janela cinzenta, olhando a chuva morna e sonolenta, de repente despertando, passando a mão raivosa nos olhos, como se tivesse descoberto no último momento um golpe tramado contra ele, e voltava a golpear, mas depois de instantes tornava a se abater e a relaxar. Uma ou duas vezes por dia a janela dos fundos se abria, a cabeça cacheada e branca de poeira olhava para fora, e ele jogava o entulho da parede para baixo, para o montinho que ia crescendo. Ontem à tarde, quando Aharon voltava das latas de lixo, viu o pai assim, na janela. O pai olhou para ele cansado, como que coberto com as teias do sono, olhando sem ver, conhecendo sem reconhecer. Aharon ficou parado, as mãos estendidas, enfiado em seu grande casaco, com as mangas mais compridas que seus braços, a barriga um pouco estufada, a pequena gravidez que tinha se formado ali, expondo-se todo, oferecido. Um caso da medicina, um fato concreto. Por um momento se abriram os olhos do pai. Uma centelha de decepção baixou sobre eles. Já faz três semanas que estou assim, Aharon pensou para ele, com todas as forças, você não tem ideia de como isso dói. O pai abanou a cabeça numa negativa, como se não acreditasse. E talvez só tivesse sacudido a poeira do cabelo, pois logo voltou para dentro, a janela se fechou, e de novo desceu aquela cortina rala de água gotejante, e de repente as pancadas dentro do apartamento voltaram a ser ouvidas, fazia muito tempo não se ouviam dessas, assustadas, nervosas, como quem bate às portas de um trem que começou a andar, e Aharon correu para seu esconderijo no jardim da WIZO, talvez agora, até que enfim; olhou enojado para a pequena barriga, inchada, que tinha crescido nele, chamando o pai do fundo do coração, incentivando-o, mais forte, mais um pouco e conseguimos, mas logo sentiu que não era isso, sentiu, sem traduzir em palavras, que o pai já estava longe demais, andando em círculos no coração das estepes brancas, a cabeça enterrada nos ombros, e ele avança mais e mais dentro desse inverno, e Aharon, que estava ajoelhado, se levantou e se arrastou cansado para casa, mergulhou em seu cobertor, protegido da luz, esquece o pai que sumiu, que já se afastou para além das tempestades, dos relâmpagos e dos trovões que havia no início, além de todas aquelas representações infantis de um inverno-para-principiantes, daquela coisa simplória, mas quem vai lhe explicar que ele se extraviou, que está rodando o tempo todo em volta dele mesmo, como uma mula gigantesca, cega, que faz girar um moinho, desenhando no gelo círculos congelados, e ele não ouve, o pai, batendo pesadamente, sem alma, sem ter nos olhos uma centelha de luz, aparentemente tentando com toda a sua capacidade, ao detonar a parede, irromper no lugar onde este inverno nasceu, no lugar onde não é dia nem noite, e lá, no alto de uma rocha árida, brilha em terrível solidão uma bola azulada, marmórea, parecendo um ovo, o coração de geada do inverno, do qual os ventos extraem o primeiro frio, e que ele quer porque quer estourar, para dele tirar tépidos pintinhos...

    Da cozinha vem o retinir de pratos e talheres. A mãe está pondo a mesa para a refeição. Logo vai chamá-lo para comer. Como é que vai conseguir levar algo à boca. Que espaço lhe restou para comida. Vira sobre um lado, se dobra todo. Já faz alguns dias que sequer ousa deitar de bruços. Se fosse mais gente, se tivesse forças, se levantaria e faria alguma coisa, amanhã tem prova de aritmética, tem uma lição de Bíblia para fazer, pelo menos daria uma arrumada na bagunça de sua gaveta. Já não consegue achar nada nela, a não ser rolhas e etiquetas e recortes de jornal e rótulos de garrafas e palitos de picolés com todas as letras e volantes da loteria esportiva, quem ia acreditar que tem tantos concursos assim, e ele tinha jurado que todo dia ia fazer pelo menos uma coisa, responderia a um teste, ou completaria um slogan, ou uma palavra cruzada, ou acharia sete diferenças entre duas figuras, isso pelo menos ele tinha de fazer, pois o que mais ele faz além disso, dorme, espera. Desperdiça a sua vida. E ele suspira. Uma vez, anos atrás, já gostou do verão. Depois começou a preferir o inverno. As cores esmaecidas e distantes, o morno hálito que se condensa e deixa um cheiro na abertura de seu gorro de lã; no inverno as roupas são grossas e por isso de alguma forma fazem ele parecer um pouco maior. Mas este inverno está sendo muito difícil para ele. E a chuva engana um pouco: parece nada, mas assim mesmo o frio penetra e congela. No rádio todo dia tem notícias de animais que congelam nas fazendas. Safras inteiras se cobrem de geada. E Aharon sente frio também. Como se nele não circulasse sangue suficiente. Ele se enfurna nele mesmo. Acabaram-se as forças. *Finita la commedia.*

"O que houve com você", Iochi entrou, voltando da escola, jogando sua pasta. Imediatamente ele levanta o joelho. Para que percebam que há um corpo debaixo do cobertor. "Abra a janela, como é que você não sente como está sufocante." Por que é que todos vão sempre abrir logo a janela quando ele está no quarto. "Mas está frio lá fora", e ela cede. Deita na cama, esfregando as têmporas, em contidos resfôlegos de raiva represada, de confronto com dificuldades. Quem é que sabe o que está havendo com ela e seus colegas de turma. Como é que eles a tratam. Ela nunca conversa com ele sobre isso. Não cita nomes. Não diz se tem inveja de meninas que já têm namorados. Nem às festas de turma ela vai. Talvez ela seja na turma dela como Shalom Shaharbani é na turma dele. Calada. Sem se destacar. Sabendo exatamente do que é feita a vida. Mas antes ela costumava partilhar com ele seus pensamentos. Conversavam à noite, antes de adormecerem. Houve tempo em que os dois gostavam de entrar no armário de roupa de cama dos pais, deixar só uma fresta estreita para o ar entrar, e Iochi lhe contava histórias que inventava, que imaginação ela já teve, ele não se lembra do que ela contava, mas se lembra da voz tranquila e prolongada com que falava, e o cheiro que exalava então, quando estava sentada diante dele no baú, um cheiro penetrante e especial, um cheiro de menina, que ia aumentando à medida que a história se aproximava de seu clímax, pelo cheiro ele sabia, e se excitava, e faz tempo, quantas coisas tinham acontecido "faz tempo", faz tempo eles tinham um código, quem chegasse por último da escola perguntava: eme-e-zê? Significando: A mãe está zangada? E o que há com aquela amiga que ela tinha, Zahava, Aharon pensa com esforço, sem muito interesse, como a cumprir uma velha obrigação: quem é Iochi para ele agora. Quando começaram a se separar um do outro. Pois até algumas semanas atrás havia uma ligação entre eles. Até mesmo amor. Será que chegaram ao fim seus belos anos de irmão e irmã. E talvez ela afinal se case com um homem rico, gordo e grande mas delicado e sensível, e faça em sua casa um quarto especial para Aharon. Seria a única condição dela para casar com aquele homem, que na verdade ela não ama. Os filhos dela brincariam com ele. Um deles seria muito parecido com ele, e eles seriam amigos de corpo e alma, mas ele morreria jovem. Os outros, um filho e uma filha, seriam um pouco mais travessos e levados, e mais crescidos. Eles o jogariam de um lado para outro, como se fosse uma bola. Eles tomariam dele todo o seu equipamento Houdini e o aprisionariam num grande jarro de conservas e ficariam de fora a observá-lo, grudando o nariz no vidro, e por sorte Iochi iria entrar no último minuto e salvá-lo deles. Quando o pai e a mãe viessem visitar, uma vez por ano, ela iria trazer Aharon e fazê-lo sentar a sua direita. Todos se sentariam então em cadeiras luxuosas. Aharon e Iochi conversariam entre eles numa linguagem bela e delicada, em palavras finas e frágeis. O comerciante, marido dela, os contemplaria com um sorriso cheio de satisfação, mas sem entender muita coisa. Os pais ficariam sentados, cinzentos e envergonhados, segurando constrangidos seus garfos, sem saber se é permitido comer o frango com as mãos.

"Quem sabe você quer uma massagem?"

"Massagem?", ele deixa escapar uma risada, "por que isso, de repente?"

"Por nada, vai relaxar você. Você parece estar congelado."

"Não. Que história é essa de massagem?" Ele se encolhe ainda mais. Ri. Crava um olhar fixo no teto.

"Espere aqui um pouco. Enquanto isso tire todas essas camadas." Ela se levanta com uma energia exaltada, vai até o banheiro. Seus lábios se projetam para a frente. Ele tem medo desses humores guerreiros dela. Foi exatamente assim que ela uma vez o levou até a sala, para humilhar a mãe na frente de seus amigos de carteado. Ele fica deitado sem se mover. Um pouco assustado. Suas mãos agarram, sem ele perceber, a barra de seu suéter. Na cozinha gavetas são abertas. Pratos e talheres tilintam. A mãe está zangada. Melhor não se mexer. Se apequenar e esperar. Logo essa coisa vai terminar. Quanto tempo leva para se demolir uma casa.

Iochi voltou com uma toalha na mão. Algodão. Um vidro de álcool setenta graus. "Você não tirou nada?", bradou. "Comece a se despir." O que ela quer dele. E ela, enérgica, ativa, se irrita. "Tire, tire. Ultimamente descuidaram um pouco de você por aqui. Cada um está enterrado bem fundo em seus próprios problemas, hein? Com quantas camadas você se cobre? Como é que chega ar ao seu corpo embaixo dessa armadura toda." Ela o livra à força do suéter, da blusa, do *leibale*, da camiseta. Ele fica com frio. Ele se cobre. Toma cuidado para ela não ver a barriga ridícula que nele se desenvolveu. "Que vergonha é essa de sua irmã", de repente ela ri um riso nervoso, aborrecido, fazendo-lhe cócegas nas axilas, Atchi, Atchi, Atchi! * Os olhos dela brilham, não de alegria. Ela travesseia com determinação. Numa animação desenfreada. Talvez tenha lhe acontecido algo, é o pensamento que vem à sua cabeça, talvez alguém tenha feito alguma coisa com ela, talvez a tenham ofendido. "Deite direito. *Nu*, deite de uma vez!" Ele está deitado, se vira, o rosto para baixo. A barriga está cheia e pressiona. Quem ouviu falar de uma desgraça assim. Quanto tempo dá para ficar assim e não explodir. Iochi se inclina para um lado de seu corpo semidespido. Um aroma fresco de limões chega a suas narinas. Sem abrir os olhos ele sabe que ela agora está passando nas mãos o creme que Shimek lhe trouxe de Paris. Com limão também dá para escrever um texto invisível. Agora todos os seus músculos se contraem na expectativa do

---

* Redução de Arontchik, ou seja, "Aharonzinho". (N. T.)

toque dela. Em seu corpo, repentino. "Para quê, chega, Iochi, eu não preci..." "Shhhh! O mundo inteiro pode ouvir você." A mão dela está em suas costas. Junto a sua coluna vertebral. Uma mão fresca, lisa, untada de creme. Lentamente se aquecendo em sua pele. Arredondando suavemente em pequenos círculos, para abrandar a frieza. Seu rosto se comprime fortemente no travesseiro. "As suas costas são uma só e imensa contração muscular", ela murmura. O dedo dele perscruta com força a beira do colchão, encontra lá o orifício, toca as pontas das emaranhadas fibras, alga marinha argelina espiralada, diz a etiqueta, que força ela tem nas mãos, seus dez dedos o comprimem, constrangem e amassam, talvez ela simplesmente esteja com saudades de fazer massagem, já faz quase um mês que não fazem no pai depois da básica, mas nas costas do pai dá para extrapolar de verdade. "Você está ronronando como um gato satisfeito", ela sussurra em sua orelha, rindo. "Não percebi." Por que ela também sussurra? Por que os dois sussurram? No colchão, embaixo de seu rosto aparvalhado de impotência e espanto, murmuram as espirais de ervas ocultas, raízes encaracoladas que se enrolam umas nas outras, seu dedo esgravata o rasgão aberto. Agora se ouvem apenas os gemidos dela. Quem acreditaria que ela tem tanta força. Explode de tanta força que tem por dentro. Talvez ela também precise ir demolir umas paredes. Com esforço ele abre um olho na panqueca que é seu rosto, vê o pé gorducho dela achatado junto à cama, seu pé róseo, inflado, aspirando todo o mistério de sua estranheza, um pé assim a gente pode até, juro, até comer, cravar nele os dentes. Iochi, num ímpeto, se senta agora em seu traseiro, mas até que não dói nem incomoda demais, apenas o que resta de seu entendimento se esvai dele num último gemido assobiado, e o colchão range e suspira cadenciadamente sob ele, e a respiração dela está em sua orelha, forte e silenciosa como a dele, e os dedos dela e as mãos dela estão em suas costas e seus ombros e sua cintura, enrolando, massageando, rolando pela sua carne como um rolo abrindo a massa, fatiando-o em todo o seu comprimento e toda a sua largura, ativando-o, uma faca cai em algum lugar, longe, mas ela não para, aumenta a cadência, tenta imprimir nele um ritmo de espaços selvagens, adiante, adiante, para além de seu limite, esfregando nele seu creme de limão, esmagando nele o reconhecimento que ele refuta, ainda antes de ouvir, basta, Iochi, basta, o que está havendo aqui, um minuto atrás ele estava deitado *sonhanding*, e de repente, eis que agora vai lhe escapar na cama, como quando era bebê, tomara, finalmente, nem que seja na cama, contanto que se livre logo disso, e subitamente ele se contrai num desconhecido arrepio de mel que começou a descer de sua nuca, pela espinha dorsal, uma força que se transfunde em seu pescoço, em seus ombros, e a metade superior de seu corpo se aprumа lentamente por si só, banhada em ácido suor, liso e impetuoso ele se eleva do colchão como o ventre brilhoso e escuro de um monstro abissal, em que despontam milhares de papilas, olhos a brilhar de repente, está vindo, está vindo, de onde está vindo, isso é bom, é maravilhoso, só não fazer sujeira aqui, e diante de seu olhar enevoado e obtuso se desenha súbito uma figura, cuidado, já está perdido, é a figura da sua mãe, um fulgor enviesado brilha nos olhos da mãe dele, um fulgor elétrico que logo mergulha, para dentro, na profundeza do poço que é a pupila negra do olho dela, e sua boca está contraída, e a toalha da cozinha que ela tem na mão golpeia o ar acima dele, um golpe em Iochi, outro em suas costas ardentes, o que há com vocês, os dois ficaram loucos, já não me basta meu *umglick*, vocês ainda se engalfinham assim como se tivessem cinco anos, e Iochi protege o rosto com as mãos, berra e cospe nela como um gato, você vai ver, vou antecipar meu alistamento; você não vai antecipar, *bubale*, você já está inscrita na reserva acadêmica, e eles não vão aceitar; você vai ver, eu vou me alistar e declarar que sou uma soldada sem família, e não voltarei a esta casa nem por um dia sequer; quem é que precisa que você volte, besta bruta, vá e viva por conta de seu exército; e Iochi logo cobre a orelha direita com a mão, e a mãe se interrompe, num guincho desesperançado, sufocado, vamos ver quantos dias eles vão aguentar você lá no exército, quando descobrirem quanto você come; mas os assobios dela são na orelha esquerda, pensa de repente Aharon; você vai ver que eu vou me casar com um curdo, você vai ver quem é que eu vou trazer para casa; quem é que vai querer você, ainda não vi nem mesmo os curdos se entusiasmarem tanto assim com você; e Aharon enterra o rosto em seu travesseiro, que conserva o calor de sua infância, e também aquele sussurro, o tremor que o acometeu há um instante e foi truncado assim, no meio de sua espinha dorsal, e recuou no murmúrio do fervilhar que esfriava, que coisa enorme tinha sido aquela que agarrou com uma mão temerosa todas as criaturas de suas costas e quase conseguiu espremer de dentro dele algo, romper todas as fronteiras, e se esvaiu, se esvaiu.

A mãe abre a janela com um safanão, vocês fizeram o quarto feder com essa loucura de vocês, ela balbucia com raiva contida, toda tensa de preocupação, surpresa de que Aharon não a esteja entendendo, só a percebendo, o que são vocês, crianças pequenas fazendo estripulia e se batendo desse jeito. Expulsa Iochi do quarto mandando-a pôr a mesa, se curva sobre Aharon, quem começou, ela pergunta baixinho, diga a verdade, quem começou. E Aharon, confuso, perplexo, dá como um possesso a resposta que ela está exigindo: Foi ela quem começou. E até solta um grito: Ela. Ela começou. Por um momento a mãe fica ali, sobre ele, olhe o que essa aí fez com você, assassina, que fuzuê ela fez de suas costas, por que você não me chamou logo, sorte eu ter ouvido, deite um pouco, eu vi um grande com uma ponta amarela. Deite.

Enterra o rosto no travesseiro. Já não está aqui. Já não tem forças para toda essa agitação. Ele chora baixinho pelo mal que Iochi lhe causou, e não consegue se lembrar do que era, mas assim mesmo um sofrimento superficial e enganador e barato lhe aperta a garganta, uma bala de dor se dissolvendo apressadamente para amenizar o absinto de seu dilacerado coração.

A mãe força a pele dos dois lados do ponto negro. As beiradas de seu roupão roçam sua pele distendida. Ele espera pela dor aguda, pelo espocar e o espirro. Suas costas se curvam com força, que venha de uma vez, que voe logo de dentro dele, que doa e saia logo, mas de repente ela recua. Afasta-se zangada de suas costelas salientes, de seu corpo mirrado, frustrante. *Nu*, vista-se de uma vez. Agora não tenho tempo para você. Por que está me olhando assim. Olhe para si mesmo, por que você não toma um banho. Dá para sentir o cheiro daqui. E olhe o que você fez com o colchão! Olhe! Ela se precipita com os dedos estendidos, luta para enfiar de volta as espirais que escaparam para fora, você está dando à noite uma festa dançante aqui no colchão? De onde é que vamos tirar para comprar um colchão novo toda segunda e quinta-feira? Agarra com força as beiradas do pano que se rasgou, e empurra mais e mais as espirais encaracoladas que tramam contra ela e se enrolam com força para cima, saindo entre seus dedos, que vão para o inferno, junto com você e com sua irmã, olhe o estado do seu quarto, olhe como você fede, coitadinha da sua futura mulher, me diz uma coisa, que história é essa de ficar deitado assim durante o dia, isso aqui não é hotel.

"Estou cansado."

"Isso se vê. Em sua idade você devia…" Ela procura palavras. "Você devia sugar o mundo! Até que ele escorra de você!" Que mundo virado, ela pensa, o pai dele virou de repente um bode, e este aqui — pão dormido.

Anda para lá e para cá no pequeno quarto. Em movimentos

rápidos e desordenados bate com a toalha na mesa dele. Limpa a poeira. Sua mão sobe e desce sem muita vontade. Aharon sente pena dela. Quase sem querer ele se vira sobre um dos flancos, espera que ela finalmente perceba seu ouvido atento.

"Hoje de manhã eu vi esse garoto, o Tsachi." Ela fala numa voz dura e contida. Dobra com raiva uma blusa de Iochi, no exército já vão fazer dela gente, lá não tem empregados; ainda não percebeu a orelha voltada para ela. "Esse Tsachi, olhe para você e olhe para ele." Aharon fica calado. Há meses que não troca uma só palavra com Tsachi. Nem na escola, nem no condomínio. E nesse tempo Tsachi montou para si uma lambreta, usando peças de reposição que comprou ou arranjou. Ou talvez até mesmo as tenha roubado. Chezkel, seu irmão, disse que o mataria se o pegasse andando nela antes de completar dezesseis anos, mas quando Chezkel não está — Tsachi anda, e como anda. Uma vez passou por ele na rua, à tarde, com sua lambreta, e tinha uma menina grudada nele na garupa, talvez Dorit Alush, pois as pernas dela curvadas em torno da lambreta lhe lembraram as pernas dos mergulhadores que o pai dela vende na feira, "esse aí já deixou você em Bab-el-Wad há muito tempo". Aharon não diz uma palavra. Ele a perdoa por antecipação, por tudo que vai lhe dizer. Sabe o quanto tudo isso a faz sofrer. Pelo menos que ela saiba que Aharon é leal a ela. Talvez no início estivesse um pouco confuso. As marteladas o deixavam louco. Agora elas só lhe causam tédio. No momento em que o pai começa a bater, Aharon adormece. Já não vai nem mesmo dar uma olhada na casa daquela zinha. Até o fim será leal a ela, à mãe, em coisas que ela não poderia nem imaginar. Nem dez coronéis Shams poderão demovê-lo disso. "Eu o vi junto com sua mãe, Malka, ela já chega só aos ombros dele. Olha para ele de baixo para cima, parecem um casal." Um lampejo de outro tipo de ciúme na voz dela: ciúme de mãe. De novo ele faz destacar sua orelha na direção dela. Um presente de reconciliação e modesta declaração de sua lealdade. E ela lá está diante dele, zombando dele, as mãos estendidas em desânimo, mas súbito, finalmente, ela é apanhada. "O que você tem aí. Você reuniu uma exposição inteira aí no *boidem*." Ele se concentra nos olhos dela. Vê seu olhar embaçado. A fisionomia dura como metal quando ela se esquece dele e se volta toda para o amarelo das orelhas dele. Mas pelo menos neste momento ela não está pensando nas próprias mazelas. Neste momento ele dedica seu tempo a estudá-la e testá-la: primeiro ela limpa um dedo nos outros dedos. Movimentos rápidos de esfregação, como os de uma mosca antes de comer. "Sente direito um instante. Deixe eu tirar para você."

Ela o põe sentado. Inclina a cabeça dele. Enfia o dedo com precisão e cavuca sua orelha. O dedo se encurva lá dentro. Fala como para si mesma, esse Tsachi deixou você em Bab-el-Wad, que corpo ele ganhou, hoho, que modo de andar, já é um homem, um minuto, pare de se mexer o tempo todo; ele se abandona ao dedo que esgravata dentro dele. Mas através desse dedo ele se passa furtivamente para ela, para aquele coração sempre derramado para ele, como uma uva gigantesca, espocando o tempo todo em seus sumos vermelhos e pretos, com este coração ela o abraçava então, quando era pequeno, antes de essas coisas começarem a acontecer com ele. E quando pensa nele, na mesma hora sente também o que está entalado na garganta dela, a estátua de sal* entalada lá, represando e separando com rigor seu coração bondoso daquilo que ela diz. Hoje está mais amarga do que nunca. Talvez algo novo tenha acontecido. Ela não se acalma. Despeja o que lhe oprime a alma, não para ele, ele percebe, mas talvez para a sujeira, sua velha inimiga, sua conhecida, sua

---

* Referência à passagem bíblica na qual a mulher de Lot se transforma numa estátua de sal. (N. T.)

aliada ao contrário. "O que você guardou aí? Há quanto tempo você está juntando aí dentro toda essa imundície? Catorze anos de idade, e eu tenho de limpá-lo. Onde já se viu. Me dá a outra."

Vira a cabeça, obediente. Acompanha o que ela faz. Ela sequer se dá conta. Cavuca, balbucia. Com que voz ficou o menino. Behh! Como um boi! Quando ele falava comigo minha barriga tremia! Me explique, só me explique para eu saber, como é que você o tempo todo fala pi-pi-pi e a voz dele já mudou. E agora você me resolveu ser um vegetariano. Como se não lhe bastasse o dote que já lhe coube. Olhe para suas pernas, as duas juntas mal dão uma só. Como é que você quer crescer com alface e cenoura. Enxuga o dedo no avental de canguru em movimentos circulares. Examina sua colheita. De repente percebe o olhar dele, penetrante, científico. Levanta-se rapidamente. Com ofendida desconfiança esconde o avental atrás das costas. "Você, trate de se cuidar melhor, Helen Keller."

22.

Cinco dias intermitentes durou a liquidação das paredes da cozinha e do corredor. No meio-tempo Edna foi visitar seus pais em Bat-Iam, e lá, para espanto da velha mãe, pediu que lhe ensinasse as maravilhas da culinária húngara. Sentou-se ao lado dela na mercearia estreita e escura, anotou cada palavra que ela dizia, acrescentou algumas observações eventuais da encanecida mãe, provérbios singulares impregnados de sabedoria e de sofrimento, brincou com o pai como nunca tinha feito antes, e à noite foram os três a um restaurante. Eles não lhe fizeram perguntas e não a pressionaram. Talvez já tivessem percebido nela algo, e em sua generosidade quiseram tornar agradável para ela aquele momento. Edna os fitava com olhos amorosos, assimilando sua pequenez, as teias de proximidade que se teciam entre eles e ela, as migalhas de bom humor que eles haviam preservado. Durante trinta e sete anos, desde que chegaram ao país, passaram seus dias nas profundezas estreitas e compridas de sua mercearia, e era só assim que ela sempre pensava neles — se apertando um no outro como ovelhas ao serem chutadas. Agora, sem que a instigassem, começou a lhes contar coisas que nunca contara: que há oito anos tivera uma aventura amorosa com um homem em Portugal, tocador de banjo numa pequena boate, e que tinham passado uma noite que pareceu um ano inteiro, e ele pensara em abandonar tudo para casar com ela, um boboca entusiasmado como ele só. De tanto amor exigiu que ela lhe deixasse de lembrança um anel, aquele anel, o vermelho, que vocês me deram quando eu tinha dezoito anos, e agora ela tinha um pequeno diamante em Portugal... Deu de ombros num movimento delicado de desculpas e de esperteza, e eles balançaram a cabeça em silêncio, os rostos voltados para a toalha de plástico que cobria a mesa. Desde então ela lhe envia cartões-postais algumas vezes por ano, no início escrevia em inglês, por ter saudades, ela riu, não saudades dele, mas dela mesma quando esteve com ele, e talvez também, só compreendia isso agora, enquanto falava, por ter vontade de afugentar algo dela mesma para lugares mais bonitos. Depois contou dos anos que passara na universidade, e de suas decepções lá, esquisito nunca ter partilhado essas coisas com eles, e eles prestavam atenção no que ela não lhes dizia também, nos homens que não encontrara, nos laços que não estreitara, lá entre os outros ela se sentia como aquele rato do campo, e como sabiam todos declamar palavras de alto nível, aqueles jovens e impolutos homens e mulheres, mas quando Edna uma vez precisou de doações de sangue para uma pequena cirurgia, nenhum deles se ofereceu para derramar uma gota sequer de seu precioso sangue, e só o pai, só você pegou três ônibus e veio de Bat-Iam para me doar de seu sangue... Sua mão tateou sobre o encerado quadriculado em vermelho e branco e segurou a pequena e tortuosa mão dele, um torrão seco, encarquilhado, cujo interior era macio e morno. Depois que se recompôs um pouco do choro, seus pais começaram a evocar lembranças do tempo em que era uma menininha, e a fizeram reviver coisas que esquecera, que não ousava recordar, e a longa viagem de navio e de trem, e todos os países que vira, um ano inteiro de viagem, e era exatamente viajando que se sentiam tão bem, nunca fora tão bom estarem juntos quanto naquela viagem interminável, eles quase tinham medo de chegar, de voltar à realidade, e como estava feliz no mar, a princesa do navio, *Nona del Mar*, assim o capitão a chamava, e na Itália um cantor de rua se apaixonou por ela, e cantou para ela durante uma hora inteira, ela diante dele, com três anos de idade, num largo chapéu de palha, uma belezinha de cabelos dourados, e em Atenas um guarda montado num cavalo preto e brilhante a levou num galope, e o cavalo disparou, e só por milagre o guarda conseguiu refreá-lo... Uma luz suave banhava a pequena mesa, e os comensais trocavam entre si essas prendas invisíveis. Uma vez por semana eles vão ao cinema; mas por que nunca me contaram, ela se surpreendeu, e eles não souberam o que responder: por nada, não sabíamos como contar, e como explicar, e você com certeza ia rir de nós, de dois velhos que de repente saem para se divertir, e ainda mais para ver esses filmes, podia até pensar... Quais, que filmes, ela lhes implorou; ah, disseram com descaso, filmes que com certeza você não aprecia, filmes simples, filmes para gente como nós; mas digam, digam, continuou insistindo, sentindo que algo estava para surgir; com um leve tom de justificativa eles citaram dois ou três; mas eu também!, ela exclamou, lacrimejante, eu também! Então, exatamente então entre todos os momentos e todos os anos, todas as divisórias caíram, sim, ela também ouve no rádio, duas vezes por semana, a *Família Simchon*, tem comida, tem comida, chegou o correio, chegou o correio, Naava está em casa, Naava está em casa, declamaram os três baixinho, sim, ela também faz o teste bobo dos símbolos do jornal *Iediot*, isso ajuda tanto a passar o sábado... E no fim da noite, que viera tão tardia, estavam abraçados os três, envoltos em seus casacos na pequena casa dos pais, sussurrando e palpitando com um sentimento estremecido, a felicidade ao mesmo tempo do encontro e da despedida.

E a mãe tampouco ficou de braços cruzados. Verdade, para ela foi muito mais difícil, porque tinha de reaprender do início algo que já lhe rendera glória e tranquilidade. Claro que não se rebaixou a ponto de ir comprar um livro de receitas, e evidentemente não havia mulher no mundo de quem estaria disposta a aprender procedimentos culinários, pshi! Mas todas as suas forças e sentidos estavam agora mobilizados em insidiosas operações de espionagem: lembranças tempestuosas, remotas, a inundavam quando saía em jornadas de prospecção e compras em mercados distantes, em pequenas lojas, em bairros nos quais nunca pusera os pés, onde não encontraria nenhum dos nossos. Em sua esperteza, afinal não foi criada debaixo do fogão, não mudou em essência seu estilo de cozinhar, não de uma vez só; apenas começou a diluir em sua canja, cuidadosamente, com mão de artista, Kurt Zangwil, uma pitada de açafrão, um pouco de caril indiano, primeiro em quantidades reduzidas, como gotas de um perfume caro, depois com ousadia crescente, com impetuosa plenitude, sentindo uma espécie de gratidão por aquela zinha que despertara nela o ardor daquela corrida, o fervilhar do sangue... Gradativamente, mas sem recuo ou refugo, diversificou os monótonos almoços: já não usava somente as mãos para realizar a tarefa, tinha voltado aos primeiros tempos em que cozinhava para seu refugiado esquelético na pequena casa em Kerem-Avraham, e agora se dedicava de corpo e alma ao trabalho de cozinhar; acrescentou vegetais cozidos à porção de frango, aprendeu a rechear folhas de uva com arroz apimentado, a rechear couve, berinjela e pimentão, e até tomate. Com mãos ágeis acrescentava fatias de pepino e de um pimentão vermelho e adocicado à porção de frango, só para ficar bonito. Afinal não somos bichos, e com muito discernimento aplicou grande parte do dinheiro que o pai tinha ganhado de Edna na compra de alimentos variados e caros. Os pratos de repente ficaram cheios de vida e de cores. Neles se refletia e se apresentava todo o mercado. O inverno agonizante grudava seu rosto branco nas vidraças, e seus grandes olhos se extinguiam.

E é uma hora de almoço pesada e cinzenta. Aharon tenta engolir e não consegue. Realmente não consegue. A comida não passa pela garganta. Não pode, não deve pôr mais nada para dentro. Não tem lugar. Através das pálpebras abaixadas ele olha para o pai. Vê como seus maxilares esmagam e trituram com vagar e com força. Nada resistirá a esses dois. Tragam-lhes carne — vão triturar. Tragam plástico, lata, um automóvel velho, tudo será lá engolido. Disfarçadamente ele conta nos dedos: já faz vinte e cinco dias que seu pai e sua mãe pararam de falar um com o outro. Nas manhãs ela já não canta nem mesmo *Boker bá la'avodá*. De novo você está olhando para mim; não olhei para você; comece a comer em vez de ficar sentado assim, sonhando de boca aberta; não estava sonhando; você sonha e enquanto isso todos... o resto da frase se perde num balbucio opaco, amargo. Mergulha irritada a colher de pau na panela do purê e torna a encher, calada, o prato do pai. O pai olha para o prato, suspira, engole em seco, e empunha novamente o garfo. Devagar ele vai liquidando tudo que ela lhe empurrou, sem deixar uma migalha. A questão é se o pai vai aceitar o segundo reforço que a mãe certamente lhe oferecerá quando terminar. Pois dentro de duas horas ele vai comer uma refeição gigantesca na casa da zinha também. E a mãe sabe disso. Todo o condomínio sabe. E assim mesmo ela o empanturra. Cinco para as duas. Essa é a hora exata em que o pai comeu o frango. Aqui seu interesse é científico. Iochi come em silêncio, e seu rosto macio, rechonchudo, está quase enfiado no prato. Aharon a tem observado também, como ela trava uma guerra desesperada com seu apetite, que herdou do pai. A mão dela, como que por si só, se estende para a cesta do pão, mas é chamada de volta. Mais algumas mastigadas na carne que já tem na boca, e de novo aquela mão rasteja até a cesta. Na próxima vez, a terceira, ela vai se dar por vencida. Ele mastiga e revira várias vezes a papa que tem na boca: se a engolir, com certeza vai explodir pelos lados. Cada migalha que ele engole agora se junta em sua barriga àquela massa viscosa e grudenta que lá vira e revira dentro dele sem parar. A mão de Iochi agarra de repente uma fatia de pão e a leva à boca — eu estava certo —, que devora a fatia com repulsa. Todos comem em silêncio. Aharon cavuca com o garfo a comida à sua frente. Verifica se ela não escondeu ali pedacinhos de carne desfiada. Como tinha feito em sua sopa de legumes. Ele não comerá jamais alguma coisa que esteve viva. Mastiga com a cabeça abaixada, para não ter de ver os restos de ossos e asas e peles nos pratos deles. Põe diante de si a garrafa de sifão, para que ela esconda dele o prato da mãe, vira furtivamente o grande saleiro do hotel Ondas do Kineret e o coloca sobre a tábua do pão para bloquear a visão de uma parte do prato do pai. Mastiga bem devagar o pão e o purê, até quase não poder distinguir o que é pão e o que é purê, cria depósitos de comida dentro da boca. Vinte e cinco dias. E Guiora disse que um homem precisa pelo menos duas vezes por semana, senão, explode. Os maxilares do pai sobem e descem. Sobem e descem. E dentro da barriga de Aharon revira toda a comida do último mês. Ele a sente revirar: como que dentro do tambor giratório da máquina de lavar. Aí estão os tomates, e aí está o purê, e aí estão as berinjelas. Olha aí o arroz e olha aí o pão e olha aí as bananas com creme de leite, que ele foi obrigado a comer anteontem. Iochi pede que ele lhe passe o *borscht*. "Com muito prazer", diz Aharon. E Iochi o fita um instante com um olhar vago, sorri, e lhe diz, o rosto inexpressivo: "Agradeço sensibilizada".

Calam-se. Comem. Aqueles maxilares vão se inflando o tempo todo. A mãe pega na panela mais uma colher de pau cheia de purê e, em silêncio, põe no prato do pai. O prato que acabou de se esvaziar. Aharon prende a respiração. O pai olha para o novo montículo. Os vapores do purê se transformam em gotas de suor em suas faces e em seu queixo. Ele inala ar com toda a força e solta um gemido profundo. Migalhas de pão rolam sobre a mesa em todas as direções. Os dedos de Aharon se agarram à beirada da mesa. O pai afrouxa o cinto e seu corpo se derrama pela casa. Aharon diz rapidamente: "Passe-me o pão". Iochi esboça um tênue sorriso: "É o pão de fibra que o senhor deseja?". Aharon ri: "Por gentileza". Olha em volta sorrindo. Mas a mãe está enterrada em seu prato, e o pai está vermelho. De repente Aharon se dá conta: talvez o pai pense que estamos rindo dele. Que estamos passando ele para trás com este linguajar mais sofisticado. Que nada. Pois Aharon realmente gosta de usar palavras assim quando fica pensando, como se estivesse na casa deles, dos nobres que o haviam encontrado ainda bebê. Talvez, em casa, comece a falar assim com Iochi. Ela sabe brincar com essas coisas. Afinal, passou toda a vida dela lendo livros e escrevendo cartas. Aharon quer lhe dizer mais uma coisa, mas antes examina a situação a sua frente: o pai já se esqueceu dele; olha desanimado para o prato abarrotado que tem diante de si, pega distraído uma fatia grossa, a sopesa na mão, cavuca um pedacinho de massa esbranquiçada, retira-o com a ponta do dedo: em seu tempo, quando trabalhava na padaria, pão era pão. Cada migalha era assada até o fim. Ele esmaga a pobre migalha de massa e a lança, fazendo-a descrever um arco, dentro da pia. Depois se curva novamente sobre seu prato, esgravata nele sem vontade, tira o osso de um *pulke* e o chupa ruidosamente. Aharon espera que o olhar do pai fique todo vidrado no *pulke*, e diz para Iochi à meia-voz: "Está a seu gosto?", mas logo recua, enche a boca de purê, pão, pepino azedo, tudo, contanto que não erga os olhos. Porque o osso congelou na mão do pai. Iochi também esconde o rosto em seu prato. Algo enorme corre dentro dele, o prazer de uma lembrança nebulosa, um palpitar tênue entre os mais tênues, filiforme, minúsculo, se espraia em seu sangue, quando o meticuloso Aharon vai nadando, passando e abrindo caminho à frente, para uma possibilidade em um milhão, para o fulgor do encontro e a centelha viva, o pai atrás dele, obscuro, sombrio, se movendo com todo o seu corpo, e a gordura e a carne ficam entaladas na entrada — pach!

A mãe se levanta depressa para pegar alguma coisa na geladeira, um estranho rubor nas faces, mas Aharon deu uma olhada e viu que ela se controla para não sorrir. Ela está do lado dele. Compreende que ele é leal a ela. Agora ele se sente um pouco como um *matador*, estocando e fugindo, e lindas mulheres de branco o aplaudem. Comem. Calam. E de repente o pai diz, com a boca cheia: "Me passa esse troço do sal".

Sem pensar Aharon deixa escapar: "O saleiro".

Silêncio terrível. Dá para ouvir o gotejar fraco da chuva. Diante dele o pai começa a inflar e se agigantar. "O que foi que você disse?"

Aharon fica calado. Pálido. Foi pego. De uma vez só desaparece o fino palpitar dentro dele, esvai-se o breve prazer.

"Repita o que você disse agora."

"Toma, pai, pega logo." Sua mão permanece estendida. O saleiro está virado em sua mão. Não ousa revirá-lo. Um filete fino escorre dele.

"Diga-me, como se chama isso?"

"Isso... saleiro."

"Agora me ouça, intelectualoide: abra suas orelhas e ouça bem: de hoje em diante isso se chama 'o troço do sal'. Você ouviu?"

"Está bem. Toma."

"Não. Antes repita comigo: o troço do sal."

"Pai, pega." Sua voz é fina demais, chorosa. A vergonha de Joselito. Seu rosto já se contorce e surgem as lágrimas. O filete de sal se espalha na mesa. A mãe se cala. Iochi se cala.

"Diga 'o troço do sal' ou juro que baixo o cinto com o ferro."

"Diga logo!", berra a mãe, que até este momento tinha ficado junto à pia, contente com a saia justa do pai. "Diga logo e tudo se acalma, meu Deus!"

Aharon tenta. Ele realmente tenta, e não consegue. Não sai. Seus lábios se contraem e tremem. Liberte-me, senhor leão, e um dia eu lhe retribuirei o favor; mas como é que um rato como você vai poder ajudar o rei dos animais; tenho um plano: vou ganhar na loteria, na loteria esportiva, você não vai ter de trabalhar duro no Conselho de Trabalhadores, vou salvar nossa casa, a luz voltará para nós. Iochi olha para ele com comiseração. Tem a boca cheia. O pai se avoluma diante dele, o rosto crescendo cada vez mais.

"*Nu*, releve isso, Moshe", grita a mãe, jogando o osso de *pulke* que tinha na mão, "dane-se toda a comida que preparei, o que você quer do menino? Coma e fique quieto!"

"Que ele não ria de mim! Está pensando o quê, que na minha casa ele vai rir de mim? Já não come da nossa comida, não é bastante boa para ele! Falar ele fala como uma mulherzinha! Ta-ta-ta! Olha para nós de cima para baixo como um, isso aí, como um *revizor*, um... auditor, e eu ainda tenho de ouvir calado? Diga agora mesmo 'o troço do sal'!"

"*Nu*, diga para ele 'o troço do sal', tudo se acalma e vamos comer!", grita a mãe, e Aharon olha longamente para ela, tem mesmo pena da mãe, ela se mata o dia inteiro na cozinha para que ele coma e cresça e seja normal. Ele tapa as orelhas por dentro e *afunding*, e eles logo estão falando uma língua que ele não entende, são pessoas de um lugar distante, e ele dedica toda a sua vida a estar aqui com eles, a ajudá-los em sua vida difícil e extenuante, a lhes trazer um pouco de luz; veja como seus rostos se distorcem para ele quando lhe contam emocionados sobre uma tragédia terrível por que passaram, alguém malvado e odioso os tinha maltratado, saleiro, pensou consigo Aharon, saleiro, *saleiro, reino,* * ele rejubila de repente: que palavra bonita: *reino,* mas enquanto isso, pelo visto, tem coisas acontecendo, um imperador cruel capturou seus pais, ameaça executá-los se Aharon não comer este pedacinho de asa que se debate em sua boca, que o rejeita; sua cabeça oscila de lado a lado. Os lábios se comprimem. Uma mão pesada, vermelha e peluda aperta os dois lados de seu rosto, como que abrindo à força a boca de um cão, enfia a asinha cozida entre seus dentes. Talvez finalmente isso arranque, por engano, aquele dente de leite. E seus pobres pais estão ali ao lado, amarrados a colunas, sabendo de seu juramento e de suas promessas, e em sua nobreza não exigem dele que faça uma coisa dessas. Os olhos se embaçam nas lágrimas. Só por vocês, ele sussurra, e sente a carne macia ser empurrada entre os dentes, e ele a morde, um frango que um dia esteve vivo, e ele o mastiga, e engole, e no tambor que revira em sua barriga ele agora também pode enxergar uma carne amarelada, e não se preocupem, heroicamente tranquiliza seus pais que choram enquanto os soldados do imperador soltam suas cordas, só meus lábios eles estão conspurcando, só meu corpo, mas que me importa meu corpo, o essencial em mim continua puro. Restou um saleiro, restou um *reino,* e Aharon, a asinha enfiada na boca, saliente, empinada, voa mesmo prisioneiro, num fulgor de luz,

---

* As palavras "saleiro" e "reino" têm quase a mesma pronúncia em hebraico: *mimlachá* e *mamlachá,* e na escrita diferem apenas pela consoante que registra o som *ch* (como o *j* em espanhol). (N. T.)

no esplendor de sua palavra nobre e bela, agarrado a ela como ao dorso de um cavalo alado.

Todos voltaram a mastigar em silêncio. Ofegantes. Aharon engoliu. Mas ele não se traiu. Não disse "o troço do sal". O pai tornou a sentar em sua cadeira, grunhindo de raiva. Olha para seu prato abarrotado. O pé de Iochi tocou o joelho de Aharon, num sinal de encorajamento. Os garfos arranhavam os pratos. Numa voz cheia de insinuações, encharcada de lágrimas, a mãe se dirigiu ao pai e perguntou se ele queria mais, hoje o frango lhe saiu tão bem. Ele ergueu o rosto com muito esforço, olhou-a como em estado de choque. Lentamente voltou o olhar para o relógio na parede. Sua cabeça e seu pescoço curto tornaram a se cravar entre os ombros. Fechou os olhos e assentiu.

23.

As duas paredes da cozinha; a parede do corredor; o pequeno *boidem* por cima do banheiro; a parede que separava a cozinha da despensa; metade da parede que separava o vestíbulo da sala... Os vizinhos, que tinham se especializado um pouco em decifrar os humores do pai pela sua escrita cuneiforme na parede, sentiram logo a mudança, pois após um longo período de enfraquecimento e lassidão o pai voltara a ser ele mesmo, e uma nova energia se forjava em seus braços: ele golpeava as paredes, e ainda esmagava, com fúria e retaliação, também os blocos que caíam no chão, esmigalhando-os e triturando-os até virarem poeira. Ele destruiu o banheiro, e arrancou um a um os delicados ladrilhos, e enquanto isso também foram quebrados a pia e o pequeno armário de roupa suja, e o belo e ornamentado espelho, no qual Edna costumava contemplar seu corpo saído do banho. Era difícil para ele trabalhar com cuidado e conter sua exuberância. Seus músculos de ferreiro se contorciam em suas costas e seus ombros, rasgavam sua camisa azul de trabalho e despontavam de dentro dela. Quando um dia precisou de escoras de madeira Edna apontou para a pilha de portas encostadas uma na outra, e o pai, sem dizer palavra, serrou duas delas. Nos dias seguintes trabalhou principalmente em cima da escada gigante, quebrando o teto do corredor, que servia de fundo para o grande *boidem*, indiferente à chuva estranha que se derramava em sua cabeça e seus braços, os cartões-postais coloridos, e mapas de terras distantes, e cadernos de universidade, e cadernos de escola, e livros de recordação cheios de franjas, e uma coleção de etiquetas douradas, adesivos e "prêmios", e vestidos de menina, e bonecas quebradas, e sapatinhos vermelhos, e um ursinho de pelúcia que ainda guardava um leve cheiro de urina, e dezenas de pequenas fotografias em preto e branco que como ondas de flechas disparadas ao mesmo tempo se precipitavam sobre ele de quando em quando, espetando sua nuca e suas costas. Não prestava atenção. Três horas por dia tremiam as paredes no condomínio inteiro, de Botenero a Smitanka, de Kaminer a Shtrachnov, e o reboco despencava nas casas deles também, e os móveis deles saltitavam sobre as lajotas para cá e para lá, era uma lástima olhar para eles, eram como grous num jardim zoológico a ouvir de cima o bater das asas de seus colegas em migração, e a poeira que se desprendia do apartamento demolido descia e cobria a grama agonizante, se depositava na roupa pendurada para secar nas varandas, mas nenhum dos vizinhos ousou reclamar diretamente com o pai, não lhes faltavam aborrecimentos, ele parecia um animal selvagem, coitada da Hinda, ela é mesmo de ferro se continua a aturá-lo.

E em um daqueles dias aconteceu subitamente uma tragédia no condomínio, e a senhora Ester Kaminer, mulher de Avigdor Kaminer, não acordou de seu sono: tinha ido dormir saudável e não se levantou mais. Todos os vizinhos, menos o pai e Edna Blum, estavam na calçada, cabisbaixos, quando seu pequeno corpo era posto na ambulância. Era a primeira morte no prédio desde que fora construído, quinze anos antes. Avigdor Kaminer lá estava de braços caídos, um pouco encurvado em sua extremidade, e todos o olhavam com muita pena, quem vai cuidar dele agora, quem vai mantê-lo vivo. Pois ela lutava por ele como uma tigresa. A mãe, que gostava um pouco de Ester Kaminer, voltou para casa sentindo de repente que estava envelhecendo. Quem pode resistir a golpes assim. Recuperou-se, rangendo os dentes, e fez uma torta e um bolo de gergelim, para que o pobre Kaminer tenha o que servir às visitas na *shivá*, tem que se explicar tudo para ele, como se fosse um bebê, nem um copo de chá ele sabe preparar, quanto mais lavar e passar roupa. Ela soltou um profundo suspiro, se lembrando, numa raiva contida, de *mamtchu*, exatamente dela, quem sabe não tem ligação uma coisa com a outra, a pobre Ester Kaminer com *mamtchu*, que se agarra à vida como um animal, muito além dos limites do bom gosto, tem pessoas que não sabem quando chegou sua hora, pensou num protesto, derretendo a margarina e vendo-a se dissolver na frigideira, e de novo, o coração a palpitar, pensou na vovó Lili, que, em sua sobrevivência, como que põe uma rolha no oculto duto da morte, interferindo em toda a ordem mundial.

Mas os outros vizinhos culpam intimamente o pai e Edna Blum, ele — por causa de seu baticum, que talvez tenha abalado a instalação de Ester Kaminer, já que qualquer serumano saudável pode muito bem explodir com essas batidas dia após dia, e ela — por causa da tendência ao refreamento, à contenção, que pelo visto tinha afetado o pai, e por intermédio dele — isso é um fato — todo o prédio. Uma vizinha, a divorciada Pinkus, de rosto bexiguento e que não paga o condomínio, uma vez não se conteve, e quando Edna passou por ela na escada, pálida, debilitada, as pontas de seu novo corte de cabelo espalhadas como labaredas em sua testa, começou a lhe gritar que parasse logo com aquela tortura, que *desse* logo para ele, em nome de Deus, um certo diamante precioso que lhe cresce por lá, e se não era capaz de acalmar o homem, que o passasse para outras, mais talentosas; Edna olhou calada para a mulher histérica, uma tontura de fraqueza a acometeu e ela se agarrou ao corrimão. Oxalá ele ousasse, pensou consigo mesma, se arrancando perplexa do rosto contorcido de Pinkus e subindo pesadamente para seu apartamento, por que ele não ousa, do que tem medo. Seus pensamentos eram densos e difusos, e lhe enchiam a cabeça. Do que tem medo. Um fio de sangue pingava escada acima atrás dela, vindo da pesada cesta que carregava, a refeição dele de amanhã. Junto à porta de Atias parou para respirar. Talvez ele esteja com vergonha dela. O que tem para se envergonhar dela. E sob a cama dela, já faz uma semana, tem uma carta fechada, assinada pelo sr. Lombroso; o funcionário de sua agência bancária lhe anunciou com uma expressão grave, e uma oculta e sádica alegria, que sua conta fora fechada. E borbulhas tênues, vermelhas, levantadas pelos homens da eletricidade e do gás pairam em todos os cantos da casa e aderem às portas, mas também dá para cozinhar num fogareiro antigo, e quando o dinheiro para o querosene acabar ela pode serrar portas e cadeiras, e pode fazer uma fogueira no meio da sala, e quando acabar o querosene ela pode jogar na fogueira os exemplares da *National Geographic*, classificados e catalogados por assunto, todo o esplendor de seu modesto projeto, e seus livros com suas páginas grandes, esses que parecem ter nascido para serem queimados, e suas esculturas, e as bonecas que trouxe do mundo inteiro. Começou novamente a subir, arrastando os pés com dificuldade, se sentindo esvaziar, como é que tudo se complicou assim, acorde, salve-se, mas para onde ele desaparece quando começa a bater desse jeito, como se ela já não existisse para ele, ele se afasta para dentro da parede, se esquece dela totalmente, totalmente, ela ri alto, como se ela fosse uma garrafa que ele estilhaça no casco de seu navio, e sai navegando. Apoia-se em sua porta, olha para suas pernas finas, onde apareceram feridas estranhas. Talvez de fome. Mas comida já não a satisfaz.

E uma noite o telefone tocou na casa de Aharon. A mãe atendeu, ficou ouvindo por um momento, *riboine-shel-oilem*, e ficou muito pálida. Depois mandou Aharon ir buscar o pai na casa daquela lá, e afundou agitada no Purits. Mãe, quem era, o que disseram, o que aconteceu, mas um dedo dela se mexeu, apontando trêmulo para ele, vá de uma vez, mesmo se estiver no meio do *Kol Nidrei* traga ele aqui.

Subiu devagar os degraus do bloco A, que estremecia todo a sua volta com as pancadas no terceiro andar. Pisava com cuidado, as pernas um pouco abertas, agora todo movimento era doloroso. Cada passo provocava ondas naquela massa que tinha na barriga. Parou em frente à porta fechada e tossiu, como de costume, para anunciar sua presença, e depois bateu cautelosamente. Bateu de novo, um pouco mais forte, afinal não dá para ouvir nada com esse barulho. Tossiu de novo, tocou a campainha, mas não ouviu som algum. Talvez a eletricidade esteja desligada. Que fazer agora, voltar para casa é impossível, abrir é impossível. Até que por fim tomou coragem, fechou os olhos e abriu uma estreita fresta, e ele sabia, ele tinha certeza de que quando abrisse os olhos veria seu pai de pé, os braços caídos até o chão, o mesmo riso indecifrável, obscuro, espraiado em seu rosto, algum mecanismo automático sofisticado fazendo soar as batidas do martelo. Mas viu apenas uma nuvem de poeira esbranquiçada pendurada a sua frente como uma cortina, e através dela viu com dificuldade as costas nuas do pai, o pai dele, golpeando a parede do banheiro lá longe, na extremidade do apartamento.

Não é aqui, pensou, e recuou, e pela primeira vez na vida irrompeu de dentro dele em voz alta uma imprecação, cheia de ódio, dirigida a seu pai.

As paredes tinham virado entulho. Tijolos despontavam como ossos também nas paredes que ainda restavam de pé. No teto rastejavam longas rachaduras, e o chão estava coberto com uma camada de cal e poeira e pedaços de jornal, e rolos de fio elétrico e restos de comida. Quatro ou cinco portas arrancadas estavam apoiadas em uma das paredes, uma sobre a outra, como a confabular em silêncio. Só ao cabo de alguns momentos Aharon se lembrou de que não estava vendo a dona da casa.

Quando passou os olhos uma segunda vez sobre os escombros ele a descobriu: dobrada sobre si mesma, como que desfalecida, deitada em uma de suas poltronas rasgadas, envolta num cobertor fino. Seu rosto estava empoeirado e branco como a máscara da morte, o alto da cabeça flamejava em vermelho.

Ele caminhou alguns passos. Depois, ao ver aquela destruição, acometeu-o uma fraqueza e ele se deixou cair e sentou, oculto pelo piano cada vez mais branco. As paredes externas, e algumas colunas de sustentação, ainda estavam de pé, e mesmo assim parecia que o apartamento estava aberto a todos os ventos do céu; como é que vai ser no próximo inverno. Ele estremeceu, todo encolhido. Logo será primavera, pensou, quem é que sabe se este ano vai ter primavera, o inverno pode se prolongar o tempo todo, girar em círculos em torno de si mesmo... As violentas pancadas começavam agora a penetrar em sua barriga e em sua cabeça, e ele abriu caminho até elas, por um momento com as pálpebras pesando, caídas, mas tinha uma missão aqui, tinha sido enviado para fazer algo, acorde, mova a mão ou o pé, mostre que está vivo, mas antes se acalmar um pouco, descansar desse trajeto, se permitir um pouco, talvez, assim mesmo, agora, no último momento, quem sabe, ele está todo contraído, como um punho cerrado, de cima a baixo; e se apoiou na parede, se entregou às pancadas, a seus ecos surdos dentro dele, e logo percebeu que não era isso, as batidas são mesmo fortes, mas só fortes e não como deveriam ser, sem um pingo de alma, talvez o pai realmente não consiga mais do que isso, que pena, que pena, e ele fechou os olhos, escorregando lentamente, apoiado na parede, descansando um instante, onde estávamos, no sábado o Hapoel Jerusalém joga com o Hapoel Haifa e ele marcou a coluna dois, e agora se arrepende de ter traído sua cidade, devia ter marcado pelo menos coluna do meio. E o jornal de amanhã vai publicar os ganhadores do concurso da margarina Blue Band, ele tinha enviado dez embalagens, está quase cochilando, organizando mentalmente as tarefas da próxima semana, vai ter de surrupiar novamente da carteira dela três liras e comprar um bilhete de loteria, como é que ainda não ganhou nem o prêmio menor, ou se ao menos encontrasse finalmente o Valiant branco placa 327933 que foi roubado em Jerusalém, ou a grande cadela pastor-alemão com coleira marrom chamada Zohar, uma bela recompensa está prometida diretamente a quem achar, isso também seria suficiente para ele, e no jornal *Maariv* estava escrito que a Coca-Cola vai começar a produzir este ano em Israel também, talvez faça um concurso para lhe dar um nome em hebraico, Bacbucola, Bacbucuco, mas talvez não precise esperar até lá, talvez ganhe na loteria antes disso, ou na loteria esportiva, ou até mesmo em Ache as Sete Diferenças, já está bem perto, ele sente nos ossos que já está perto, talvez até mesmo neste momento esteja chegando uma das cartas dele, ou os cartões-postais dele, ou as tampinhas marcadas, ou os palitos de picolé, chegando à redação, ou à empresa, ou à fábrica, e o diretor abre o envelope, olha, lê, e seu rosto se abre num sorriso, e seu dente de ouro brilha de alegria, e ele se levanta, agita os braços reunindo todos os trabalhadores, todos deixam suas grandes máquinas com seus braços que sobem e descem e gemem e batem, temos um ganhador, grita o diretor cheio de felicidade, e de tanto entusiasmo pula em cima de sua cartola preta, amassando-a: Finalmente alguém enviou uma resposta correta! Vocês não vão acreditar! Um clarão voou desta carta direto para a pergunta que fizemos! Fomos todos salvos! Um em um milhão! E os trabalhadores, as vozes em coro num canto retumbante, voltam a suas linhas de produção, as máquinas de repente estremecem, um novo fogo se acende nas chaminés, fagulhas dardejam dos pistões cinzentos, uma chuva de fogos de artifício coloridos irrompe deles para as alturas, Aharon estremece, parece que ouviu um grito junto à orelha, abriu os olhos, olhou em volta, o pai ainda desferia seus golpes, batida e gemido, batida e gemido, mas Aharon já não acreditava, e sentiu que deixara escapar uma grande e estranha oportunidade.

Mas tinha sido realmente um grito. A mãe o chamava lá de baixo. Ele tinha esquecido completamente sua missão. Como poderia interromper o ímpeto do pai. A mãe berrou novamente seu nome. Que coisa tão importante lhe teriam comunicado. Como ficou pálida, tão branca quanto esta parede, pondo a mão crispada sobre o coração. De repente ele se aprumou, num susto: talvez a avó tenha morrido.

Deixou escapar um pequeno suspiro de pesar: sua avó. Como... mas se... não pode ser... Porém logo se controlou, é assim que é, quando isso vem, vem, é do céu, o que vale o ser humano, hoje aqui, amanhã ali, balbuciou como se fosse uma prece, e começou a sentir dentro dele algo desagradável, frio, você também não fez nada por ela; não é verdade, fui visitá-la muitas vezes; claro: no início, quando era emocionante, festivo; e eu juntei do lixo todas as roupas e sapatos e a trança dela, e guardei no quarto da calefação; traidor, você a abandonou, você nem pediu a Iochi que o levasse lá; mas eu pensei em ir, até preparei um presente para ela, um espelhinho; claro, para presentes você é o maior, também sabe escrever excelentes dedicatórias, só quando precisa fazer alguma coisa você não é melhor do que ninguém aqui, traidor, traidor; balbuciava mais ou menos assim, mas tanto o acusador quanto o defensor eram falsos, ocos, e na verdade o que Aharon estava pensando era que na *shivá* veria seu pai com barba pela primeira vez.

De repente se ouviram batidas fortes. O pai se deteve, prestou atenção às nuvens e quis responder a elas, como sempre, de novo dispersá-las para todos os lados. Mas as batidas não vinham do céu, e sim da porta. Ele se virou para trás, espantado, e enxugou o suor da testa. Seus olhos estavam cheios de uma espuma sanguinolenta. Viu então Aharon e nem ficou surpreso.

"Aharon!", clamava a mãe lá fora, "diga a ele que saia imediatamente!"

Aharon olhou para o pai interrogativamente.

"Aharon, eu sei que você está aí! Diga a ele que saia e venha já já para casa! Porque aí eu não entro nem morta!"

O pai olhou para Edna Blum, mas ela, aparentemente, já não percebia o que se passava à sua volta, estava sentada com os olhos fortemente cerrados, e a cabeça continuava a balançar para a frente e para trás, como que no ritmo do martelo. Ele se aproximou de Aharon. O que você quer de mim agora. Aharon deu de ombros. O pai grunhiu novamente. No apartamento de Edna Blum sua voz soou rangente e áspera, como se não a usasse há muito tempo. Olhou com impaciência para o triângulo de tijolos expostos que o aguardava na extremidade da parede despedaçada. Depois ordenou a Aharon que pusesse o martelo dentro da banheira, se virou e saiu. Aharon pegou a pesada ferramenta. Alguma coisa se mexeu em seu interior, dentro da cabeça, como um débil cricrido. Como é que o pai consegue levantar uma coisa dessas. Edna Blum tinha despertado de sua imobilidade e olhava para ele, esperando para ver o que faria. Ele olhou em volta, embaraçado: esbarrou nas portas arrancadas, apoiadas uma sobre a outra como um gigantesco baralho de cartas; saiu então de onde estava e andou pesadamente em direção ao banheiro destruído, evitando os montinhos de tijolos e de poeira, passando com cuidado sobre um pedaço de quadro empoeirado, onde só se via uma mão piedosa estendida para as orlas rasgadas do papel. Edna se levantou lentamente e ficou de pé, para poder olhar melhor para ele. Sua cabeça tingida de vermelho agora balançava devagar para a direita e para a esquerda. Um golpe só, pensou Aharon, lutando com o peso do martelo e com o cricrido zombeteiro que tinha ficado mais forte. O pai vai ficar contente se eu terminar o trabalho para ele, disse para si mesmo enquanto tentava brandi-lo sobre a cabeça. Nts, nts, nts. Mas a mãe, pensou. Então depositou pesadamente o martelo na banheira quebrada. Edna não parava de lhe acenar com a cabeça, e mesmo quando saiu e passou por ela de olhos baixos a cabeça dela continuava obedecendo a seu metrônomo oculto. Em casa ele recebeu a notícia da boca da mãe.

24.

Quando a mãe soube que o pai ia arrancar também as lajotas de Edna Blum, avisou-lhe que pretendia voltar a fiscalizar o trabalho. Mais uma vez se organizou aquele desfile deprimente do primeiro para o segundo bloco, e a mãe marchava à frente, engalanada e altiva, vestida com o turquesa liso; tinha excluído definitivamente a túnica marrom da primeira visita, porque era severa demais, quase de martírio; ela experimentou, mas logo desistiu do jérsei xadrez, que era certamente mais discreto, mas deixava entrever sua dura angulosidade, que ela agora preferia ocultar; o verde-garrafa também foi vetado, porque lhe parecia alegre e leve demais para as circunstâncias; escolheu o turquesa liso, que também é discreto e respeitável, mas seu corte é suave, realça o busto e desce em pequenas ondas por suas coxas plenas, permitindo imaginar como as crianças se agarravam antigamente à barra de sua saia; assim ela marchava, a bolsa marrom de tricô embaixo do braço, o queixo pontudo ereto à la Ben Gurion.

Edna Blum abriu a porta e recuou ao vê-la, num movimento de animal doente. A mãe lançou um único olhar aos montes de escombros, e a cor fugiu de seu rosto. Só agora percebia a enormidade daquela catástrofe. Uma destruição dessas, um exagero desses, exigia vingança. Clamava por um sacrifício expiatório. De uma vez só compreendeu que já não era uma questão particular entre três pessoas, mas havia aqui um grande combate, primevo, entre o caos e a boa ordem; entre a cultura e a loucura. Em movimentos enérgicos, com o rosto fundido em cobre, entrou na casa pisando sobre seus destroços, sentou-se majestosamente em uma das poltronas de couro rasgadas e cruzou os braços no peito.

"Comece", disse ao pai.

Edna Blum, com uma expressão vazia, não mudou a rotina do cerimonial. Trouxe da cozinha, numa grande bandeja, o segundo almoço do pai. Ele olhava alternadamente para ela e para a mãe. Uma hora e quarenta minutos antes tinha comido em casa um belo prato de moelas de frango que boiavam num molho espesso, comido uma sopa de legumes à moda marroquina, comido uma fornida coxa de peru mergulhada em caril e enfeitada com anéis de cebola levemente tostados tendo ao lado uma grande porção de arroz; só a mãe sabia que ficaram faltando os pinhões, mas o desgraçado do maneta da loja de temperos do mercado tinha pedido por eles um preço tão absurdo, que morra sufocado; e como sobremesa, compota de maçã ralada, da qual tinha coado todas as cascas. A mãe olhou para a portentosa refeição que Edna Blum servia agora, e quase teve uma convulsão. O pai puxou sua cadeira de sempre, e ao mesmo tempo em que cravava na mãe um olhar de rebeldia reprimida, começou a comer.

Engoliu uma primeira porção de berinjelas cozidas em molho de tomate na qual brilhavam como pérolas alvos dentes de alho. Tomou uma sopa cremosa de cebolas, em que flutuavam quebradiças lascas de torradas; se lançou também a uma língua de cordeiro, prato que preferia a todos os outros, temperada à moda húngara, tendo ao lado dois altos montículos de arroz com pinhões.

Comeu em silêncio, os gigantescos maxilares se dedicando pressurosos e com muito propósito a um e a outro prato. A mãe olhava para ele com um novo olhar de participação e de admiração. Na verdade, nem por um minuto acreditara que houvesse amor entre ele e aquela lá, nem mesmo acreditava que houvesse amor em geral, o que é o amor, dissera a Iochi naquela sua única confidência na noite da grande queimadura, é só um momento ou dois na vida e todo o resto é só tolerância com as maluquices do outro. Agora sabia valorizar a dimensão mais terrena do sacrifício dele. Edna trouxe a sobremesa, compota de frutas secas e um copo de suco de laranja e uma barra de chocolate Splendid, e o pai comeu, limpou os lábios com um alvo guardanapo de pano, elegantemente enfiado numa argola de madeira, e depois limpou os dentes com um palito fino, escondendo discretamente a boca com a mão, ele já se esqueceu completamente de onde é que eu o tirei, o pai de vocês, como se na casa da mãe dele servissem em porcelana Rosenthal, e depois que arrotou profundamente e se apressou a se desculpar, voltou ao trabalho.

Ele foi arrancar as lajotas no que tinha sido o vestíbulo de Edna Blum, com a ajuda de um pequeno martelo e um formão, batendo nelas e quebrando-as como se fossem cascas de ovo, e o trabalho avançava arrastado, transmitindo um sentimento de aniquilação total: nos dias de demolição das paredes ainda parecia, como que num consolo, que algo crescia e se alargava, como um grande pulmão voltado para o espaço aberto, como gravidez brotando de repente dentro da pedra; mas o arrancar das lajotas, que uma vez tiveram a cobri-las tapetes vistosos — Edna os tinha vendido a um *alte zachen*, para pagar à mãe e para comprar a comida que oferecia em sacrifício ao pai —, e a visão do cimento nu e caloso que agora se revelava, e os vergalhões de ferro enferrujados, e principalmente a areia fina que se estendia embaixo provocavam uma sensação fria e depressiva. O pai martelava, revirava e arrancava lentamente, e Edna Blum ficava sentada com a boca aberta, balançando a cabeça para a frente e para trás e assobiando monotonamente uma melodia.

Com uma fisionomia grave a mãe tirou de sua bolsa a lã e as agulhas e começou a tricotar com rapidez, e não parou um minuto sequer durante todos os dias em que o pai trabalhou ali, interceptando tudo que pairava a sua volta e trazendo para seus finos fios de lã, que iam se atando e amarrando uns aos outros e se transformando rapidamente num suéter cinza, grosso e compacto; mesmo quando as nuvens de poeira que se erguiam de todos os lados a sufocavam, não se permitia tossir. Só agora, aparentemente, começava a compreender o quanto tinha sido atingida por sua rival, a que ponto esta tinha conseguido desnudar aquilo que tinha se esforçado tanto para encobrir durante dezenove anos de casamento.

No dia seguinte, antes do almoço, quando a mãe tirou os edredons de penas para arejar nos peitoris das janelas, antes de empacotá-los e guardá-los, viu dois carregadores musculosos carregando nas costas um piano Bechsmeister preto e empoeirado. Alguns vizinhos estavam lá, na calçada, olhando em silêncio. Sophie e Perets Atias, Felix e Zlata Botenero, Avigdor Kaminer, que desde a morte da mulher parecia mais disposto e empertigado, até tinha começado a pintar o cabelo. Quando perceberam a mãe, desviaram os olhos dela com animosidade: sabiam que Edna Blum estava vendendo o piano por causa da ganância dela. Mas por todos eles também perpassava outra ideia, de que aquele instrumento caro estava sendo vendido porque já não havia lugar para ele no pequeno apartamento.

Era o único piano no prédio, e talvez em toda a rua. E apesar de que nos últimos anos Edna só tivesse tocado uma ou duas vezes, alguns dos vizinhos se lembravam dos dias em que chegara, quando nas horas vespertinas Edna dedilhava nele prelúdios de Chopin. A mãe, que recuara por um momento daqueles olhares perfurantes, voltou logo à janela com muita determinação, batendo os edredons com estudada indiferença. Mas foi então que veio também a tristeza. Parou o que estava fazendo, e até enrolou o pano que tinha na mão, como quem tira respeitosamente o chapéu diante de um féretro que passa na rua. Ela também, naqueles dias distantes, relaxava um pouco seu trabalho na cozinha, enxugava a mão num paninho e se deixava abraçar pela saudade. Quando a picape dos carregadores seguiu seu caminho, todos baixaram a cabeça, e uma tristeza depressiva arrepiou o condomínio.

E no meio de todas essas coisas apareceu a avó, que voltou de surpresa. Durante longos meses ficara deitada, imóvel, em sua cama de hospital, até que o velho médico, que havia um ano se oferecera para tratar dela a seu modo, uma noite se dirigiu a Iochi, que estava sentada ao lado dela; fazia muito tempo ele vinha acompanhando como ela cuidava da avó. Mostrou para ela anotações e radiografias, isso é um crime, disse baixinho em sua voz entrecortada, e esperou sua resposta, mas os olhos azuis, infantis dela ficaram cravados no chão. Como ele é infeliz, pensou Iochi, com essa sua voz estranha que o trai a todo instante. Sua avó ainda pode viver, sussurrou novamente, ele não se parece nada com um desses que querem cortar as pessoas em pedaços em benefício de seu diploma. Iochi disse que precisava de algum tempo para pensar na proposta dele, e realmente pensou durante alguns dias, não contou a ninguém e nada deu a perceber, e por fim disse a ele que era fraca demais para resolver uma coisa dessas. Como poderia ela decidir uma questão de vida ou morte. Que ele mesmo decidisse e que fizesse o melhor. E ele já no dia seguinte levou a avó para a sala de cirurgia e realizou o procedimento, uma pequena ação de drenagem que eliminou o manto de nevoeiro que havia sobre seu cérebro, e em uma semana a vovó Lili se recuperou, abriu um olho, se sentou e sorriu, e, quando lhe mostraram, se lembrou de como se anda.

Isso foi algo maravilhoso, mas também terrível. A avó voltou para casa, e a família não tinha coragem de erguer para ela os olhos — um pouco por causa da vergonha deles por a terem abandonado assim, o quê, como um cão a tinham deixado lá, deitada e sozinha, e também por causa da vergonha dela, por terem visto a avó em sua miséria e terem feito com seu corpo o que queriam. A mãe, que tremia ao pensar nas coisas que dissera ao ouvido da avó quando estava doente, agora não conseguia sequer olhar para ela. Toda a raiva ela despejou sobre o pai, com a acusação de que ele, com sua leviandade, com seu tamborejar selvagem, abalara os fundamentos da ordem e da lógica, até os mortos são capazes de ressuscitar com os seus buns, ela investiu, e logo mordeu, com medo, as juntas de seus dedos, lançando olhares furtivos a Aharon, e os três sabiam muito bem o que a mãe não ousava deixar escapar de seus lábios: a pavorosa confusão que pelo visto tinha ocorrido nas contas da família com o destino; os envelopes tinham sido trocados.

A avó voltou para casa de táxi. O pai foi buscá-la no hospital, e em sua homenagem se enfiou no único terno que tinha, a fatiota de gala do seu casamento. E tratou de não respirar, para que o paletó não arrebentasse em seu peitoral de barril. A mãe serviu café e bolo, que tinha solado, e todos ficaram sentados e imóveis, tendo o cuidado de não dizer palavra. A avó olhava para eles com seu único olho que enxergava, e seu novo olhar, enviesado, parecia de repente zombeteiro e penetrante. Seu olho passeou em volta, se deteve no bufê novo, nas paredes recém-pintadas, você se lembra, *mamtchu*, que as manchas de umidade já tinham chegado ao teto, sussurrou a mãe em voz trêmula, e que ainda no seu tempo tivemos aquele vazamento da pia do Botenero, lá em cima? Um sorriso amargo, muito tênue, se esboçou por um átimo nos lábios da avó. A mãe pensava nas coisas que, em sua estupidez, disse no seu ouvido quando lá estava deitada e inconsciente, e se torturava por ter tido aquela tentação de dar um crédito de confiança, mesmo a uma moribunda. A avó continuava calada, e eles sequer sabiam se ela era capaz de falar. Todo o lado esquerdo de seu corpo estava paralisado, mas seu rosto quase não ganhara rugas durante aquele período, como se só tivesse sido afastada para ficar esperando num quarto lateral, fora do âmbito de influência do tempo e longe de sua mão belicosa. Uma de suas pálpebras estava caída e cobria o olho, e vista de lado ela parecia uma cigana, uma vidente, matreira. O pai começou a estalar os dedos, e ela se virou para ele numa rapidez espantosa. Ele congelou sob o seu olhar. Em silêncio ela examinou a nova fortaleza do corpo dele, sua solidez maciça, e imediatamente, como se alguém lhe tivesse soprado algo no ouvido, ela soube a história toda. Sem dúvida alguma ela soube. Devagar voltou o rosto para a mãe e cravou nela um longo olhar bíblico, impregnado da essência de uma vingança antiga, que ninguém, além da mãe, saberia entender corretamente.

Depois olhou para Iochi. Seu olhar desnudou-a e desbastou nela, como num relevo, a acridez de sua juventude. Iochi se debateu sob esse olhar. A mãe murmurou com um sorriso de estímulo: "Esta é Iochi, *mamtchu*, você se lembra da Iochi. Muito breve ela vai terminar a escola. Dentro em pouco será uma estudante na reserva acadêmica! Talvez seja uma doutora, uma médica!". Iochi nem discutiu. Os olhos da avó se iluminaram de repente. Talvez tivesse se lembrado de algo, de um dos momentos das muitas horas em que Iochi cuidara dela. Sorriu para ela. Iochi chorava baixinho, sem enxugar os olhos. A mãe lhe estendeu um lenço, mas Iochi não foi ao encontro da mão estendida.

As lágrimas brotavam de dentro dela e escorriam pelo rosto, pingando na cadeira e no Vichtig, e a mãe olhava com espanto para essas gotas, sua mão empurrava mais e mais o lenço para o rosto de Iochi, chega, *nu*, chega, daqui a pouco você vai fazer uma inundação aqui, *nu*, enxugue de uma vez, é uma alegria ter a avó de volta, e Aharon olhou para as pequenas gotas, talvez Iochi não pare de chorar nunca mais, vai chorar e chorar, as lágrimas dela vão cair como um chuveiro fininho no chão, depois vão virar uma corrente, uma grande língua d'água que vai se arrastar pelo chão, tateando, indo atrás da mãe...

Então a avó voltou o olhar para Aharon. Uma expressão de surpresa se desenhou no rosto dela, a boca se contorceu numa indagação. O pai, a mãe e Iochi inclinaram a cabeça. Parecia que ela tentava pronunciar o nome dele. Todos olharam para ela admirados, esperançosos. Meu Deus do céu, meu Deus do céu. Os dedos de Aharon transpiravam. Ele se lembrou do fio dourado que ela lhe trouxera uma vez. Talvez agora, pensou, neste momento, ela vai me dar finalmente o verdadeiro presente, de lá. Vovó Lili sacudiu um pouco a cabeça, lutando com o esquecimento, com o cansaço. Seu rosto se anuviou com o esforço e com uma ponta de raiva. Aharon afundou em sua cadeira.

Naquele dia o pai não foi trabalhar na casa de Edna Blum. Talvez tivesse realmente acreditado naquilo de que a mãe o culpara, e se assustado um pouco consigo mesmo. Depois que puseram a avó na cama, no quartinho dela, ele andou na ponta dos pés, desorientado entre os quartos, e Aharon tratou de evitá-lo. O apartamento inteiro, os quartos, o corredor, as ombreiras das portas, os móveis, tudo parecia muito pequeno em torno do pai, e Aharon pensou nos dias que haviam passado, e sabia que agora só um milagre poderia salvar a casa, e tomara que aconteça alguma coisa, boa ou ruim, mas que aconteça de uma vez, porque daqui a pouco ele vai explodir: a comida que ele ingere em porções diminutas fica entalada na parte superior da barriga, quem é que sabe por quanto tempo o coração dele ainda vai poder se mexer lá, dentro desse mingau espesso, e realmente, nos últimos dias parecia que o coração batia mais devagar, pesado, talvez a comida esteja penetrando nas artérias também, enchendo os compartimentos do coração, as pequenas reentrâncias, e Aharon enxerga tudo com clareza, os pequenos *boidems*, os sótãos do corpo, bolsões de carne espocando, cheios de comida digerida, líquida, e o coração luta, palpita com dificuldade, regurgita esse mingau, e à noite Aharon não consegue adormecer, revira de um lado para o outro, o tempo todo soltando pequenos arrotos, ardentes, com cheiro de ovo estragado, e depois que o pescoço também estiver cheio, e o papo sair para fora, tudo vai começar a se comprimir em cima, no rosto, e o rosto dele vai inchar, ele então vai parecer um debiloide, e depois vai chegar no cérebro, e então ele vai realmente explodir. Vai emporcalhar a casa inteira.

Ao anoitecer, quando a mãe foi até a farmácia do romeno para comprar os remédios da avó, Aharon desceu até o quarto de calefação e trouxe de lá o vestido multicor, e os sapatos pretos, e o maiô, e a grossa trança, e todas as outras coisas. Aproximou-se cuidadosamente da avó que estava sentada em seu quartinho, na cama, aprumada e rígida. Sorriu para ela, mostrou-lhe tudo que tinha nas mãos. Nem uma centelha de reconhecimento se acendeu nela. Ele se curvou com esforço e calçou-lhe os sapatos nos pés contorcidos, e depois enfiou em seus cabelos todos os arcos que ela tinha. Como os sete arcos coloridos e belos que aparecem de uma vez só depois da chuva. Ela não se mexeu. Deixou que ele fizesse com ela o que quisesse. Depois ele a fez levantar, e com muito esforço vestiu sobre a camisola o vestido multicor. Por quê, para quê, ele não sabia, apenas sentia que isso era necessário e adequado, e que Iochi ficaria orgulhosa dele. Quando acabou, foi embora dali para seu quarto e deitou na cama. Às sete e dez a mãe voltou da farmácia e foi para o quartinho da avó. Aharon ouviu-a soltar um grito curto, assustado, e logo depois ela se fechou em seu quarto, apagou a luz e não saiu de lá até a manhã seguinte.

Nesse dia não teve jantar.

Por três dias mais, três horas por dia, a mãe se sentou na poltrona empoeirada e rasgada na sala de Edna Blum. Ainda não falava com o pai uma só palavra supérflua, mas agora o tratava com respeito e um pouco de preocupação, como quem assiste ao vergar terrivelmente lento de uma árvore gigante. Durante o trabalho, erguia o pequeno martelo com um grande esforço, e às vezes se passavam muitos minutos em que ficava sentado sem se mexer no piso quebrado, tentando lembrar para que tinha ido ali. Então a mãe levantava a cabeça de seu tricô e o via em sua mudez. Mas não ousava despertá-lo para a realidade nem com seu discreto ressonar. Nas noites, quando dormia no Gandhi, na sala, ele gemia gemidos tais que o leite azedava nas garrafas, e dia após dia a mãe tinha de alargar suas roupas, para dar lugar aos músculos que se avolumavam e à esplêndida cidadela de seu corpo, cortando em tiras suas mangas e acrescentando imensos remendos de pano a suas calças, sem resultado.

E um dia não vieram pinhões espargidos no arroz, e as agulhas de tricô da mãe ficaram por um momento mais lentas. Edna trouxe a bandeja e ficou ali de pé, embaraçada e constrangida. E depois, no dia seguinte, veio uma asa de galinha em vez da língua de cordeiro amaciada. O pai acabou de comer e palitou os dentes, mas sua outra mão desleixou de cobrir a boca, um breve arroto escapou de lá, e o rosto de Edna Blum se acinzentou. Talvez naquele momento, pela primeira vez, uma voz interior lhe dizia num sussurro que ela tinha sido enganada. Que de alguma forma obscura, por alguma lógica matrimonial tortuosa, tanto o homem quanto a mulher tinham se utilizado dela para fortalecer o vínculo de um com o outro. Que eles, talvez inconscientemente, tinham feito dela uma oferenda sacrificial em benefício de sua relação de casal. Ela riu um riso curto, assustado. O pai e a mãe olharam para ela num só olhar.

E no dia seguinte, era uma quinta-feira, o pai ergueu os olhos por cima de uma magra coxinha e olhou pensativo dentro dos olhos da mãe. Ela devolveu o olhar, e leu nos olhos dele o que leu. Quando Edna saiu para buscar a sobremesa, fazia dois dias que estava servindo pêssegos aguados de uma lata de conservas, a mãe disse para o pai: "Estarei em casa, Moshe, na básica". Só isso, e saiu.

O pai esperou por Edna Blum. Enquanto não voltava, ele se levantou e andou um pouco entre os destroços, chutando distraído fragmentos de tijolos, pisando de leve em camadas de poeira. Nos galhos do plátano começavam a despontar os primeiros brotos. Um sol tépido fazia cócegas nas mais recônditas frestas da tarde. Na calçada em frente ao condomínio estava Aharon, suas mirradas costas um pouco encurvadas, as pernas abertas num estranho e ridículo exagero, olhando para o vale. Uma dor súbita sulcou o coração do pai. Como o lampejo de um pesadelo que vem ferir a memória no meio do dia: por um momento se lembrou do movimento de seu braço ao demolir a primeira parede. O estranho inverno, no qual vagueara sozinho durante longas semanas. Tentou lembrar o que é que estava procurando tanto. Encolheu os ombros num movimento de vacilação e de impotente tristeza: que mais poderia fazer.

Edna voltou da cozinha e seus olhos procuraram a mãe. Por um instante uma centelha se acendeu neles, mas ela logo compreendeu que aquilo não era senão o sinal de sua derrota definitiva. O pai tirou da mão dela o pratinho redondo, e seus dedos tocaram os dela. Nada aconteceu. Exceto que Edna começou a se petrificar lentamente, ali de pé. Ela sentia como a pedra ia se fundindo em seus pés, subindo até os joelhos, as coxas, seu púbis árido, que a pedra preencheu e envolveu. Ainda teve tempo de pensar em como o sr. Kleinfeld teria agora de entalhar com delicadeza e cuidado para livrá-la do envoltório de pedra marmórea que tinha se tecido sobre seus seios solitários, mas já estavam empedrados seu coração, seus lábios, seu cérebro, e ela não ouviu quando ele explicou numa voz ponderada, mas quase apressada, que isso já tinha se prolongado tempo demais, srta. Blum, e tudo se complicou um pouco além do esperado, quem poderia pensar que as coisas iam acabar desse jeito, e eu não vou cobrar pelo piso do corredor, e foi uma honra para mim conhecer a senhorita, mas agora eu realmente tenho de ir.

25.

A porta do banheiro se abriu, e todos na casa, cada um em seu lugar, ficaram atentos. Houve um momento de silêncio. Depois se ouviu a voz um tanto rouca, lenta: "Aaahh, como isso é bom".

Com o rosto corado e brilhando todo, exalando cheiro de sabonete, o pai arrastou os tamancos pretos de plástico e se deitou de bruços no bordô. A metade superior do corpo desnuda, uma toalha na cintura. A mãe, que tinha ficado esperando no quarto, contorcendo as mãos diante do espelho, tomou uma inspiração profunda para fortalecer o coração e falou a bênção dos redimidos. Depois pediu a Iochi que trouxesse *mamtchu* para ajudar, e foi buscar o creme para massagem.

Para Aharon é difícil se concentrar enquanto descasca batatas. Ele pega cada uma na mão e a sopesa. Cada uma tem sua cara própria, cara de pessoas estranhas, retorcidas, infelizes, e tem uma hora em que a faca se introduz nelas, e então ele sente algo, uma pequena contração. Lenta e cuidadosamente ele *desaparecing*. Mas ali também penetram os gemidos do pai, lá da sala. Nos últimos tempos tem sido difícil o *desaparecing*. Contanto que ele não perca essa aptidão. O problema é que não tem mais para onde. Todo o interior dele está cheio, superlotado. Atrás dos olhos ele está repleto. O interior dos pulmões já se impregnou de toda essa porcaria. A respiração dele está fedendo disso. Os pensamentos dele já saem untados com isso. Tudo pressiona, arde, num grande enjoo. E aquele lá fica gemendo. Uhhhhhh, uhhhhhh, gemidos assim não se ouviam por aqui já há algum tempo. Com todas as forças Aharon se fecha para os gemidos. Pela porta da cozinha ele vê a mão do pai caindo do sofá e seus dedos grossos, cabeludos. Nts, nts, nts, diz o cricrido em sua cabeça, falando com ele em sua voz filtrada e compacta, através dos lábios crispados da glândula, preste atenção em como você corta, perceba como seus dedos estão fracos, você vai ver como já já eles vão se abrir lentamente e a faca vai cair. Aharon cerra os lábios com força e corta com rapidez. A pequena faca, vermelha, a *mezinik*, a estrela das facas dela, fica perto demais de seus dedos, e como sempre — meia batata também se vai junto com a casca. Todas lhe saem *zibelech*, aos pedacinhos. Nts, nts, nts, não adianta você continuar teimando, não adianta você lutar comigo. Você não tem mesmo a menor chance. Porque tudo no mundo sou eu. E não há nada no mundo que não seja eu. Eu sou os objetos e eu sou as pessoas que os usam. Eu sou ferro e borracha e madeira e vidro e carne. Eu sou engrenagens e alavancas e molas e músculos e correias. Eu sou as facas que cortam. Eu sou todos os botões e parafusos que se precisa saber ligar e desligar, abrir e fechar na direção certa, na primeira tentativa. Eu sou braçadeiras para apertar, e cadarços de sapatos para atar, e rolhas e tampinhas para abrir, e cordões de persiana para puxar. Sou todas as senhas secretas e testes ocultos. Com raiva ele afasta os olhos da pequena faca, que de repente saltita ágil e alegremente como se tivesse ganhado vida. Crava seu olhar longe dali, digamos naqueles dedos largados lá na sala. Que sorte a do pai por ter as narinas grandes também. A mãe abre a boca e alerta Iochi e a avó para que atentem para um especialmente insidioso, que se esconde num emaranhado de pelos no ombro do pai. Eu sou quem castiga com um prato que se quebra e a lâmpada que estoura na mão e o copo que se estilhaça quando se brinda com força demais. E com o suéter que se veste ao contrário. E com os botões que se abotoam errado. E com a porta que se fecha no dedo. E *mezinik* o tempo todo parece querer cortá-lo. Nem mesmo tenta esconder: o tempo todo avança, como por acaso, para o dedo dele. Ele para e olha para os dedos das mãos. Suas pequenas mãos, rosadas, que sempre lhe pareciam ser como que um órgão interno que se revelara, e não em seu benefício. Houve um tempo em que tocou violão. Depois o violão se estragou, já ouvimos, já ouvimos, e Iochi lhe comprou um novo e ele não consegue tirá-lo do estojo preto, mas só precisa experimentar e ter coragem, ver o que lhe restou nos dedos e no sentimento. Uma vez lhe tinham prometido que quando crescesse ia aprender a tocar com um professor de verdade. Depois começaram a dizer que de qualquer maneira ele não tinha talento para a música, Mozart você não é, disse a mãe, e até que sorrindo, então o que sim ele era. O que sim ele é. Foi-se o prodígio, ficou o menino. Porque houve tempo em que ele tinha aptidão para uma série de coisas. Até consertou por puro instinto a torradeira que a mãe já queria jogar fora. Houve tempo em que o pai permitia que na sexta-feira ele enchesse o cálice de vinho para a bênção, e agora sua mão treme e ele derrama tudo. Ele pensa nisso com muito cuidado, com uma fração de pensamento, como que andando sobre gelo fino e quebradiço. Ele sabe muito bem como seu cérebro lhe prega peças, e se aproveita dele contra ele mesmo. Como ele o tranca por cima e por baixo. Cadeados sobre cadeados. Tomara pudesse se lembrar de como fazia tudo isso, e sem pensar.

Na sala, as mulheres continuavam a limpar o corpo do pai. As carnes de todas se parecem, ele pensa, como se de um mesmo pedaço tivessem cortado todas elas. Até a avó agora se parece um pouco com elas. Não no aspecto, mas na expressão do rosto enquanto trabalha no corpo do pai. Já não precisa se preocupar se ela vai cantar aquelas canções para as costas dele; e agora Aharon se lembra de como o rosto dele ficou roxo durante aquela briga, quando a mãe gritou: Você prometeu, você prometeu, como o gogó vermelho dele subiu, e depois de um instante muito longo e apavorante começou a descer devagar, com força, e Aharon olhava hipnotizado para ele, que empurrava para baixo, para dentro, o polonês dele, a língua dele e da vovó Lili, e até quando os dois estavam em casa sozinhos, sem a mãe, já não tinham coragem de falar polonês, ficavam sentados quietos, por que você aceitou isso dela, Aharon fica de repente excitado e algo nele vai se juntando, acumulando, por que você desistiu.

Ele se levanta, abre uma torneira para lavar o dedo cortado. Essa torneira não fecha direito. Tem um pequeno vazamento. Ele chupa o sangue da ferida. Até o dia de seu casamento isso vai passar. Vai passar coisa nenhuma. Casamento coisa nenhuma. O que está havendo com ele, que põe à prova cada palavra boba. Que a tudo que se diz contrapõe o seu problema. Pelo menos nas últimas semanas quase não pensou em si mesmo. Onde você esteve e o que fez. Nada de importante. Sumiu. Hibernou, dormiu o sono do inverno. Assistiu de noite, em sonho, a um espetáculo inteiro, só para adultos. Mas como é que permitiram que assistisse, por que permitiram. Corta com rapidez e com força. Não pode ser, talvez quisessem que ele assistisse. Como assim. Mas era um fato. Fizeram tudo bem na sua frente. Não esconderam nada. Desde o primeiro momento e até agora, quando o pai voltou. Um quarto de cada batata despenca debaixo da faca. Um sulco horizontal de raivoso espanto se abre entre suas sobrancelhas. Eles queriam que ele visse tudo. Obrigaram-no a olhar. Como em *Catch*, com os gigantescos contendores que se agarravam e se engalfinhavam sem piedade. Olhe e aprenda como se deve bater. Ele olha para a mão agora vazia. Pedaços da batata se espalham a seus pés. Você está enfiando besteiras na sua cabeça. Simplesmente derrubaram uma casa, e todo o resto está só na sua cabeça. Mas o que será agora de Edna. Talvez seja preciso comunicar a alguém. Talvez aos pais dela. Mas eu não sei falar húngaro. E uma onda de assustada vergonha cresceu nele, como se o tivessem deixado entre todos aqueles escombros, e ele quase se levantou, em seu sufoco e em sua confusão, quase correu para eles lá na sala para que o abraçassem. Mas não correu. Não saiu do lugar. Só se encolheu mais um pouco se dobrando, e sentiu todo o significado de não ter corrido para eles. Como, de repente, um menino já não corre da cozinha para a sala quando se assusta com alguma coisa, e talvez nunca mais venha a correr, nem buscar abrigo neles, como poderia jamais tocar no corpo deles, na carne deles, e aí está de volta aquela voz compacta, cricrilante, eu sou único, ela lhe diz, e tudo é único, e não há outra lei senão a minha lei: não há duas maneiras de unir fios elétricos um no outro. E nesta casa de sua camisa só pode entrar este botão. E deve-se abrir uma torneira logo na primeira tentativa, e só nesta direção. É assim que é e não há outra forma de ser. Você não pode errar nem se confundir. E já faz muito tempo que estou de olho em você.

 A mãe abriu o tubo de creme e começou a fazer a massagem no pai. As costas dele são tão grandes que Iochi e a avó podem se encarregar de uma parte delas. A avó põe suas mãos sobre elas, e a mãe a fita com os olhos úmidos. É um milagre. É um verdadeiro milagre. *E Aharon está precisando.* Exatamente agora ele sente que está chegando. Examina-se com surpresa, numa tênue esperança, já teve sensações como esta nas últimas semanas. Às vezes, enquanto dormia, sentia que estava vindo. Mas assim que sentia — logo ia embora. Seu cérebro aparentemente empurrava isso logo para trás. Talvez agora também seja rebate falso. Com certeza é. Agora não é. Ele se apruma em seu lugar, tenso. Atento ao que se passa dentro dele. Realmente: há um leve latejamento. E alguma coisa sendo mexida, longe e fundo e sinuosamente, e uma massa borrachuda parece derreter em sua extremidade, e uma gota vai engrossando lá, que inferno, se espanta Aharon, logo agora, logo agora que ele está preso aqui na cozinha, e isso, lá, vai ficando mais forte, se mexendo e revolvendo, cresce de repente, e volta a recuar, fica como um sussurro que se arredonda, mas pelo menos fica, que estranho, exatamente quando as batidas lá fora acabaram isso lhe vem, por que você não planejou isso antes, *golem*, por que exatamente agora, quando é mil vezes mais complicado sair de casa, correr bem rápido com as pernas juntas, e dá medo correr até o vale ou ir para o esconderijo no jardim da WIZO, e também precisa achar um novo lugar em vez da Edna.

O pai geme gemidos guturais, profundos. Dá para ouvir como seu corpo todo se liberta e se deixa fluir, e Aharon reúne todas as suas forças, se debatendo sobre o tamborete, e como uma onda longínqua que se aproxima lá vem a dor, pode sentir quando ela começa, está chegando, se agache, se encolha, aaau, seus ombros e suas costas estão contraídos a ponto de doerem, essa onda já passamos, e ele já sente mais uma, de longe, quem sabe entra lá e faz aqui mesmo, em casa, isso realmente ajuda, essa ideia, ela segura um pouco, não pense nisso agora, que diabo, coisas desse tipo dá para planejar na vida! Seu rosto está pálido, pequenas gotas de suor surgem em sua testa. Espia cautelosamente: a mãe está passando lá nas costas mais uma tonelada de creme. O tubo de creme se abre exatamente na mesma direção em que se abre uma torneira. E uma colherinha de mel deve ser girada depressa até parar de pingar. Você não acreditaria que os objetos são capazes de rir, ahn? O quê? Um riso baixinho, sibilante, como os risinhos de Michael Karni quando ele cochicha com Rina Fichman, ssssi, você está de gozação com a gente, pode crer. E a chave na fechadura tem de ser girada assim, e não assim. Como a tampa da pasta de dentes. Sssssi. E como a tampa do creme de massagem. E como um parafuso. E como a primavera vem sempre depois do inverno. E como a cria do burro é sempre um burrico, para que cresça para ser um burro. E elas lá ocupadas com as coisas delas. Apalpando e amassando e suspirando. As caras das três mulheres já estão completamente inexpressivas. Agora elas realmente se parecem uma com a outra; diferentes, mas parecidas; não naquilo que há nelas: naquilo que não há. E cada uma massageia e amacia uma parte diferente dele. Separada e isolada das outras. Elas massageiam e amassam com força, quase com crueldade. E dá para ver que ele sente dor, mas não diz palavra: aceita tudo em silêncio. Veja: elas o rolam entre seus dedos como se fosse massa de farinha, desmontam-no de cima a baixo. Fazem-no dissolver completamente. E ele só ousa gemer. Concorda com elas em tudo. Releva. Contanto que os dedos delas não se embaracem na floresta que ele tem nas costas, e elas tentem livrá-los sem conseguir, e se assustem e gritem e puxem com força arrancando pelos junto com a pele. Um anel convulsivo de dor se apertou em torno dele de uma só vez. Revolveu-se dentro dele, aspirando-o para dentro, num redemoinho profundo. Aharon inteiro foi sugado para dentro dele, se entregando a ele, se deixando seduzir por ele. Só conseguiu escapar com um restinho de força, sentado, apoiado na parede, suado, os olhos voltando a enxergar. O que está havendo com ele. Logo agora lhe vem essa cagada. Quanto tempo poderá segurar. Levanta-se num ímpeto e fecha com toda a força a torneira que pinga. Mas uma gota ainda foi crescendo, e ele olha para ela apavorado. Não olhe. Sente-se. Curve-se para a frente. Não! Ao contrário! Levante-se. Fique ereto. Mãos para cima. Respire fundo. Encoste o rosto no frio da geladeira. Shh. Acalme-se. Shh. Em que estávamos pensando? Não importa quando, em que estávamos pensando, sim, naquele menino do livro *Por incrível que pareça: trezentos casos espantosos e inacreditáveis*, que como eu também tinha terríveis dores de barriga, quase morreu disso, e quando o operaram os médicos acharam dentro dele o feto não desenvolvido do gêmeo dele. Que ideias loucas se escondem atrás desses problemas... E é preciso gravar na memória que Chanan Shviki já tem um bigode bem visível. Hoje veio a terceira prova, em plena luz, e o que encontramos em Guidi Kaplan, encontramos espinhas na testa, não, isso foi em Assa Kolodni, você está se confundindo, onde está sua cabeça, você até que tinha uma cabeça boa, e pelo menos Guid'on ainda se mantém bastante puro. Verdade que com o gogó e aquela voz dele parece que já está perdido, mas todo o resto conseguimos segurar nele por enquanto. Aharon vai voltando sorrateiramente, em movimentos cautelosos, se senta no tamborete, pega a faca, ssssi. Assim como bebês de um ano começam a andar. Assim como os dentes de leite caem aos cinco anos. Assim como os meninos sempre ficam mais altos que os pais. Todos, todos avançam em linha reta e passam em linha reta de um ponto a outro. De uma fase a outra. Qual o sentido dessa vitória no caso de Guid'on, talvez Guid'on ainda esteja um pouquinho puro, mas a maneira como ele trata Aharon, todas as suas irritações com ele, e como fica envergonhado quando Aharon fala na presença de outras crianças. Palavras de professor, ele diz, fala como no rádio, ele diz, esse Guid'on que sempre, toda a vida dele — só quando estava sozinho com Aharon falava como gente, e na hora em que se juntavam ao grupinho começava logo a fazer discursos, e Aharon nunca, nem uma vez sequer lhe fez qualquer observação quanto a isso, o que restou de sua amizade com ele, pensa Aharon com tristeza, é como se eu só me interessasse e zelasse pelo corpo dele o tempo todo, e todo o resto eu perdi. E nós pegamos espiões muito rapidamente, diz a voz compacta, nós os submetemos a testes secretos e ardilosos: o teste de enfiar o canudo na garrafa logo na primeira tentativa, por exemplo. Ssssi. E para muito breve, uma semana depois de Pessach, tinham marcado para Aharon um exame na *kupat cholim*, a fim de saber a razão de seu permanente cansaço. Algumas vezes ele quase adormeceu nas aulas, e só lhe falta que achem alguma coisa no exame de sangue, indícios, ou sedimentos ou seja lá o que for. Num impulso ele se levanta, sufocado, quer sair de lá. Para onde. Você está preso aqui em casa. Os quatro lá na sala perceberam seu movimento, ergueram a cabeça, olharam para ele num único olhar, e ele recuou, engolido pela cozinha, sente-se, você ainda não descascou nem metade das batatas. Houve tempo em que o ritmo dele, *nu*, já ouvimos isso, afinal o que ele quer de Guid'on, conservá-lo por mais algum tempo em uma espécie de bolha tranquila e isolada, *present continuous*, e se levanta outra vez, e quase sai, está começando de novo, o que aconteceu de repente que isso está vindo, eu devia ficar contente por estar vindo, e tornou a sentar todo tenso e agitado, o que está acontecendo com ele, é como um pequeno terremoto dentro dele, se revirando, de cima a baixo tudo está em erupção, e se mistura e muda de forma, uma grande pirâmide se revira lentamente em suas tripas, aguçada, e digamos que ele estivesse disposto a aceitar ser portador de algum problema. Digamos. Ainda não está cedendo tão depressa, mas digamos que fosse um pouco — um pouco manco, OK? Ser manco, dá para entender. Tem pessoas mancas. Alguém sofre uma pancada, ou até já nasce assim, com uma perna mais curta. Manca. A perna se desloca um pouco, como se tivesse um parafuso quebrado. Mas manqueira é uma coisa evidente. É como um aparelho que deu defeito. Não é uma maldição interna. Não é como se tudo se apagasse e morresse por dentro. Por exemplo: as espinhas no rosto de Biniumin. E ele tenta se imaginar mancando, e logo, como se alguém dentro dele tivesse lhe preparado uma lista longa e bem organizada, se vê capengando nas escadas, nos passeios, no futebol, nos patins, na bicicleta, nas danças, chega, chega, escolhe com que perna descer do ônibus para ninguém perceber, se dirige ao bebedouro quando começa a briga de galo, se esquiva no Dia da Independência da guarda de honra que fica rigidamente em posição de sentido junto à lista dos alunos e funcionários da escola que caíram nas guerras, basta, se rende, sacode a cabeça com raiva, cansaço, talvez ser um menino cego, ou surdo, ou muito gordo, ou gago, ou ter uma queimadura no rosto, parem, me deixem em paz, mas enquanto isso lá dentro, o que acontece com ele lá dentro, na barriga, em que estávamos pensando, não estávamos, como uma vez, no lago Kineret, numa casa árabe, era de um oleiro, foi no passeio anual da escola mais bonito que houve, eles haviam adormecido e despertado juntos à beira do lago, um grande amontoado de crianças, e no meio do dia viram como o oleiro recolhia os blocos de argila e deles fazia jarros, longos e finos, ou curtos e grossos, o material é que decide, disse o oleiro, e permitiu que eles acariciassem, seus dedos acariciaram a argila, e o material decidiu, e do grande e feio bloco se ergueu e arredondou o jarro, molhado, liso, se curvando, um jarro grande e bonito, com seus lábios abertos, *não olhe para dentro deles!* O pai geme prazerosamente e pede que lhe cocem ali, em cima, perto daquela coisa, *nu*, das costas. Coluna vertebral, coluna vertebral, murmura Aharon, repreendendo-o. Nem mesmo palavras simples assim ele conhece, o seu pai. A mãe e Iochi começam agora a massageá-lo cada uma numa extremidade das costas para se encontrarem no meio, e o pai se divide em dois de tanto prazer. E o que vai acontecer se o pai tentar dizer palavras realmente complicadas: hipopótamo, por exemplo, ou aquela do livro de ciências — hipotálamo. Ou coisas mais simples: pirilampo, por exemplo. Será que aquela língua grossa conseguirá pronunciar uma palavra dessas? Ou vai empacar nos grossos lábios dele, ou, Deus me livre, vai se enrolar e ficar presa para sempre em volta dela mesma: piriblblblpff! Se pudesse, Aharon pularia agora pela janela da cozinha e correria até o jardim da WIZO para cagar lá, no escuro, mas o peitoril da janela está cheio de vidrinhos. Pepinos em conserva e pimentões em conserva e couve em conserva e *gamba* em conserva, e azeitonas e cebolinhas, e até cenoura, ela faz conservas de tudo isso, toda verdura e todo legume fresco correm perigo com ela.

Corta com rapidez, em movimentos secos, pequenos, trata de não se mexer. Só as pontas dos dedos se movimentam. E elas, lá fora, amassam e massageiam de cima a baixo. Dá para derreter só de pensar nisso. Nunca lhe tinham feito uma massagem tão demorada. Daqui não dá para ver todo o corpo dele, talvez haja partes desmontadas, esperando ao lado para serem remontadas, mas desta vez do jeito que elas determinarem e decidirem. E movendo a cabeça um pouquinho para trás dá para ver, por exemplo, só um pedaço do ombro, e os dedos dela, se detendo sobre os músculos, examinando, coçando um pouco com a unha, talvez tentando constatar se eram de verdade, e eis que de novo ela dá uma leve coçadinha, redonda, hei, isso não é massagem coisa nenhuma, agora os dedos dela fazem um pouco de cócegas, Atsi, Atsi, Atsi! E o pai se dobra, se contorce de tanto riso, e a mãe lhe faz cócegas também ao longo do braço, empurrando sem querer Iochi e a avó para um lado, se permite sorrir um pouco, é a primeira vez em semanas que ela sorri assim, e também a boca do pai, que está espremida contra o bordô, sorri, um sorriso um tanto achatado, é possível se enganar facilmente e pensar que isso é choro, mas a questão é se essa boca é de todo capaz de pronunciar uma palavra delicada, como "fio", e Aharon imagina um fio fino, esticado, brilhando ao sol, gotas de seiva melífluas pingando em todo o seu comprimento, e o fio estremece, como uma corda de instrumento que ainda tem nela encerrada a melodia, um instante antes de emitir o som, fi-o, Aharon pronuncia bem devagar, delicadamente, muito concentrado, fi-o, como se ele mesmo se estendesse, se esticasse de dentro dele, de sua vísceras, como uma corda, fina, a vibrar, mas também etérea, nebulosa, como o halo das pessoas nos negativos dele, e pode passar suavemente através de qualquer fresta, e se enfiar como que pelo buraco de uma agulha. E ele ergue o rosto para cima, os olhos se fecham, e os lábios como as bordas de um jarro se distendem quando pronuncia "fi-o", como o cicio de uma leve brisa, delicada mas cortante, e sorri para si mesmo, porque o pai com certeza iria empacar na abertura, como um nó na extremidade do fio, não poderia passar. Ele ri baixinho: o Aharon filiforme passa, passa, e o pai entala no fim com toda a sua cara, e seu corpo e todos os cravos pretos dele — pachhhh! E Aharon já está todo dentro, está lá sozinho, e dentro tudo é delicado e quase transparente, e lá tudo é leve como se fosse desenhado, leve e límpido, e uma luz emana das coisas lá, luz de pirilampos, porque em cada coisa tem uma pequena luz, até dentro da palha de aço tem um cintilar oculto, ou num cacho de uvas pretas com seu brilho escuro, ou numa gota de sangue na ponta do dedo, que parece ser densa e opaca, mas ela também, se se diz seu nome com intenção e devoção, *gota de sangue*, de dentro dela fulgura para você lentamente uma luz de farol distante, e tem palavras que se você souber pronunciá-las de uma forma especial, não como quem as usa de passagem, sem prestar atenção, mas como quem as chama pelo nome, logo elas voltam para você o rosto delas, seu recôndito cor-de-rosa, elas se curvam para você, e elas são suas, suas, farão tudo que você quiser, badalo, por exemplo, que ele rola na língua admirado, como se fosse a primeira vez que a pronuncia, badallllo, ou colmeia, ou leoa, e guitarra, e lenda, e brasa, e melodia, e brilho, e centelha, e veludo, as palavras se derretem em sua língua, se desnudando lentamente de todos os seus invólucros materiais, públicos, até restar de repente uma leve queimadura, um resquício vermelho e esbraseado, e um quente fulgor se espalha, esmaece devagar dentro da boca, eis que toca seus lábios, e sua culpa vai embora, e seu pecado será perdoado.

Ele empurra um pouco para a frente o tamborete estofado em vermelho, o qual a mãe resolveu que era parecido com Faruk e seu tarbuche, e com cuidado, para que ele não lhe fuja, se inclina e olha para a sala: as três trabalham sobre o pai como garças nas costas de um búfalo. A avó já está se cansando. Mesmo depois da operação, diminuiu muito a força que mantém sua lucidez. A mãe a faz sentar agora no Frantchuski, para que descanse. Cheira rapidamente atrás dela para saber se ela fez. A avó fica sentada, e seus olhos estão cobertos por uma película. Que não nos morra aqui em casa. E aí está a mãe falando em voz baixa, quanto tempo será possível manter ela assim em casa. E se a avó fizer agora no meio da sala, ele pensa, eles são capazes de matá-la, ainda mais depois da básica, quando tudo está limpo e brilhante. E ainda mais num dia festivo como este, em que o pai voltou. A mãe simplesmente vai acabar com ela aqui mesmo. Todo o corpo dele está encolhido e duro. Só lhe restam os lábios, e ele os arredonda devagar, até que neles assoma e deles irrompe o assobio, o assobio secreto, ultrasônico, esse que só as fêmeas ouvem, e então elas vêm a você e fazem tudo o que você quiser. Mas por que de repente está testando isso. Com elas. Só de brincadeira. Pois não acredita nisso. Já quando Guiora lhe contou essa história, ele não acreditou. Arredonda os lábios. Concentra-se. Esquece todo o resto. Aquilo que vai crescendo em suas partes baixas feias e congestionadas. Com seus lábios ele tece a teia.

As três mulheres se empertigaram de repente, como se alguém lhes tivesse feito cócegas no rosto. Como se alguém as tivesse chamado baixinho pelo nome. Até a avó despertou. Só o pai não se moveu e nada percebeu. Grosso e surdo continuou deitado de bruços, a barriga espremida no sofá. Aharon parou imediatamente, assustado, e elas retomaram sua tarefa, seus movimentos rotineiros. Aharon voltou novamente para elas seus lábios, o feitiço de sua boca, e teceu com muita objetividade e precisão sua teia silenciosa e poderosa. Como que em transe as três mulheres se viraram para trás, se alongando e arrastando como gotas pendentes da torneira, segurando como sonâmbulas os três espanadores coloridos, e enquanto o pai se erguia sobre os cotovelos num amargo queixume, exigindo saber o que estava havendo, elas cercaram Aharon aos risinhos e tapinhas carinhosos, acariciando seu rosto com as nuvens de penas, fazendo cosquinhas em todos os recônditos de suas costas encurvadas, e elas mesmas se deleitam, se contorcem com os espasmos de uma cócega interior, num riso rendido, esmagado, enquanto ele sussurra leoa e colmeia e guitarra e lenda, e cada palavra encurva para ele seu ventre liso, e de dentro dela fulge uma luz avermelhada, e no âmago desse fulgor esbraseado freme para ele uma espécie de língua minúscula, em forma de badalo, ansiando pela língua dele, flexível, musculosa, sua língua livre, seu pequeno torrão de carne do qual, assim como de um punhado de crina de cavalo, se extrai a música do violino, e Aharon agora tonteia numa mistura de êxtase e de enlevo, e logo depois, um atordoado minuto depois, com um obscuro sentimento de vergonha, de aviltamento primevo e fétido a cercá-lo, ele escorrega lentamente do tamborete para o chão, e com estranha fleuma passa a *mezinik* novamente pelo corte que tem em seu dedo médio, olha para o tímido fluxo, e em seu estômago há um vazio maravilhoso, um vazio do qual ele não mais se lembrava, um vazio de outra pessoa. Mas uma sensação prazerosa esquecida e insuportavelmente aguda atravessou-o todo nesse minuto efêmero, longo como a eternidade, que nele fluía e fluía; como se tivesse parido a si mesmo, pequeno e querido e nu e malcheiroso; como se tivesse se livrado de um ônus terrível, um segredo obscuro e opressivo, não seu, tinha sido obrigado a guardá-lo dentro dele. Calmamente ele foi se deitando até pousar o rosto no chão. O fedor vai tomando aos poucos toda a cozinha. Convulsão em suas calças. O sangue pinga junto a seu olho aberto e ele o contempla. Como o sangue de outra pessoa ele desaparece no sulco entre lajotas. E na verdade — tudo é de outra pessoa. Aharon é tão leve. Flutua e flutuará. Nada lhe pesa em sua alma infinita. Ele será refinado. Ele será curado. Não há dúvida: de agora em diante tudo vai mudar. É preciso admitir a verdade: essa luta o enfraqueceu. Não só o que aconteceu nas últimas semanas. Isso já esquecemos. Mas esses três anos inteiros, que foram desperdiçados. Ele também enfraqueceu mentalmente. Esquece coisas. Não pensa com rapidez, como antes. Tem dificuldade em se concentrar. Nas provas está escrevendo besteira. Como se aquela coisa lá dentro se avolumasse e engordasse o tempo todo. Pressionando todo o resto. Apertando e amassando. E no passado ele já teve fama de animador de auditório. E, realmente, como sabia fazer rir, como sabia imitar quem ele quisesse. E agora, pelo visto, até sua central do humor se extinguiu. Agora Aharon é cinzento e tedioso. Enquanto isso outras crianças crescem, e ele, ele o quê, ele fica fazendo suas listas de gogós e axilas e pernas e espinhas e suores. Mas a mãe está percebendo algo. De repente ela fica tensa. A testa dela se franze de espanto. Ele será redimido. Isso é evidente, não há alternativa. Ele se lembrará novamente de tudo que perdeu. E ela faz uma pergunta em ídiche a Iochi, você não está sentindo um cheiro, Iochi'le, e Iochi fareja o ar e responde que não. Porque se ela me fez aqui em cima do Frantchuski, juro que amanhã de manhã eu levo ela para a triagem do hospital e deixo ela lá, nem mil médicos vão conseguir devolvê-la para cá, e Aharon nem precisa levar a mão a seu pedaço de cebola para ouvir: Desde que ela entrou em nossa vida ela consegue acabar com todas as minhas alegrias. Mas Aharon ficará bem. Ele vai mudar. Vai aprender de novo a tocar, vai tocar o violão novo dele, vai tocar uma flauta de ouro, e a melodia vai atrair crianças que irão atrás dele, em sua cabeça porão uma coroa de príncipe, e ele vai contar histórias, decifrar sonhos, saciar os famintos, vai capturar em globos transparentes o halo que emana das coisas do mundo. A mãe corre para a avó e à força a faz se levantar; num movimento impetuoso empurra o nariz para baixo, atrás da avó, onde fica enfiado por um instante. E a cada halo desses Aharon dará um nome, um nome secreto, e os nomes ele prenderá num fio fino de ouro, ele mesmo será o fio, e filtrará das coisas a alma delas, e a ocultará entre seus lábios... A mãe se apruma novamente. Desorientada e embaraçada torna a sentar a avó no Frantchuski, e suas narinas vagueiam em todas as direções com surpresa, tateiam, cruzam o ar, chegam à cozinha, voltam à avó, tornam a buscar a cozinha, avançam, palpitam, juntas se abrem lentamente em duplo espanto, sem acreditar, horrorizadas, e um lampejo fustiga seu rosto com um pavor pagão.

26.

Mas eis que, apesar de tudo, na primavera ele se apaixonou. Uma tarde, quando passava pelo jardim da WIZO, viu Tsachi Smitanka e Dorit Alush sentados num banco e se agarrando. Imediatamente, antes que o percebessem, se agachou num lado do caminho e correu assim, agachado, ao longo da cerca viva, até que encontrou uma abertura e saiu de lá. Voltou para casa e ficou sentado na penumbra de seu quarto, quieto e sem pensar. À força se arrancou de lá para o jantar. A mãe se levantou e de repente colou os lábios em sua testa, por um momento pensou que ela queria beijá-lo, por ter pressentido, coração de mãe, aquilo por que estava passando, e fechou os olhos desamparado e quase cindido em todo o seu comprimento pela suavidade dos lábios em sua testa, demorados, palpitantes, apertando com força, fazia muito tempo que ela não o beijava, ele nunca imaginou que desejaria isso tanto assim, não, febre ele não tem, disse a mãe secamente e voltou a se sentar, então por que ele está assim, resmungou seu pai com contida raiva, assim como, perguntou Aharon baixinho, assim como um imbecil, disse sua mãe, como alguém que sentaram em cima da cara dele. Ele suspira, dá de ombros e vê diante de si a perna morena e comprida de Dorit Alush se mexendo convulsamente de cima a baixo numa contração de dor ou de prazer, quem vai saber com quantas surpresas como essa ainda vai deparar em toda essa Feira Negra que o aguarda. O pai se calou, e a mãe se calou também. Aharon se levantou da mesa e disse que ele realmente não estava se sentindo bem, vestiu o pijama, deitou na cama e com toda a sua força tentou adormecer, afundar bem fundo, abaixo do pensamento e da lembrança, e aparentemente conseguiu, porque numa só noite, com a força alquímica do desespero, a única arma que ainda lhe restava, brotou nele pela manhã seu primeiro amor.

Aliza Lieber; Miri Tamri; Rina Fichman; ébrio de excitação, circulava entre elas, cumprindo uma missão secreta, em busca de uma amada. Ariela Biletski; Osnat Berlin; Tami Lerner; garotas do dia a dia de repente apareceram iluminadas de dentro, olhando para ele, enviesadamente, com seus envergonhados rostos de girassol; Ruti Tsukerman; Chani Altschuler; Chani Hirsh; Orna Agami; ele as amava, apesar dos defeitos que encontrava nelas, e depois por causa desses pequenos defeitos, que lhe pareciam marcas secretas, sinais a ele endereçados; Ruchama Taub; Guila Salgui; até mesmo a gorda Noomi Feingold durante dez dias, até ele saber que o irmãozinho dela tinha seis dedos no pé esquerdo; e ele amava garotas inteiras, mas também partes de garotas; se apaixonava por uma face bonita, por um pescoço, por certo gesto da mão, pelo som de um riso, se abstraindo do que vinha junto, do que era mais complicado e grosseiro; pela pequena Varda Kopler ele se apaixonou durante uma semana de fantasias e de sombrio ciúme do soldado com quem ela se correspondia, só porque percebeu de repente que ela pronunciava a letra *shin* assobiando. E depois descobriu a covinha de Malka Shalein, e a minúscula depressão que a vacina tinha deixado no braço gorducho e bonito de Adina Ringel, e ficou comovido ao perceber que em toda garota que olhava mais fundo descobria logo algo que merecia seu eterno amor, toda a sua devoção, e ele andava como um mensageiro exultante com o segredo do qual é portador, assim se apresentando a elas em seu trajeto silencioso: Esti Parsits; Aviva Castelnuevo; Nira Vered... O sapatinho de cristal se cobria de suor.

Iaeli Kadmi era um ano mais moça que ele, estava na sétima série, e fazia alguns anos costumava voltar da escola com a turma da rua dele. Era pequenina, tímida e magra, só as bochechas eram gorduchas, e mais do que seu rosto ou sua voz, ele conhecia a cabeleira negra que balançava em volta de sua cabeça. Desde que tinha nove anos ela vinha com eles, e eles se acostumaram com seu silêncio, com seu andar discreto atrás deles. Quase nunca lhe dirigiam a palavra, e nem mesmo se preocupavam em esconder dela os segredos; ela era a como-é-mesmo-o-nome-dela Iaeli, de quem eles tomavam conta quando atravessavam a rua Beit-Hakerem, e que calada se separava deles na rua Bialik.

Mas na tarde daquele dia Aharon foi com Iochi à aula de balé dela, no vale de Matslevá, onde fora construída uma nova ala do Museu de Israel, e Aharon se interessava pelas detonações que os operários faziam todo dia às cinco horas, o ar todo estremecia em volta e dentro dele, e quando ela foi vestir a roupa de balé ele ficou olhando as meninas mais jovens, que estavam prestes a terminar sua aula, e entre elas viu de repente Iaeli dançando. Vestia uma roupa de balé preta, bem justa, e suas pernas e braços agora não pareciam magros, e sim esguios, e se moviam como os floreios de um lápis aguçado, e sua imensa cabeleira, que sempre parecera um pouco esquisita, pesada e exagerada para aquele corpo pequeno, agora, enquanto dançava, estava envolta em esplendor e seriedade. Confuso, ele deu um passo para trás, ficou junto à porta do estúdio, os olhos cravados nela. Rina Nikova, a veterana professora de balé, bateu palmas, e ele se assustou, pensou que ia apontar para ele. Tentou assumir uma fisionomia de indiferença, mas esta se dissolveu com o calor que crescia de dentro dele e como que se liquefazia em seu rosto. Rina Nikova interrompeu a dança, explicou algo às garotas em seu carregado sotaque russo. Iaeli não olhou para ele. A música recomeçou, as garotas exercitaram o *arabesque*, e Aharon devorava o belo rosto de Iaeli, desenhado num traço agudo e tenso; e sua expressão muito concentrada quando ela fez o *pas de chat*; e sua pele delicada; e a linha altiva, ambiciosa, de seu nariz; e seus olhos amendoados e um pouco enviesados, que é difícil dizer se são castanhos como os dele, ou verdes, ou talvez castanho-esverdeados; e seu sorriso leve, tranquilo, que esvoaçava em seus lábios vermelhos, o inferior um pouco túmido e saliente. Aharon sentiu o coração bater com força, o que estava acontecendo, uma grande luz, e Iaeli dançava diante dele em toda a sua leveza, tão livre — tão livre, e essas duas palavras o atingiram como o ruflar de um par de asas, e num átimo ele soube que com certeza ela também era vegetariana como ele fora uma vez, e soube também que dessa vez iria lutar por seu vegetarianismo, por ela, e o mais maravilhoso de tudo foi que, com a força de um olhar e um pulsar do coração, Iaeli lhe foi revelada, lançando faíscas, como uma centelha viva, de dentro da negra concha do estranho, do sem-propósito.

Iochi voltou, vestindo sua roupa de dança, se movendo pesadamente. Já então era impossível não perceber que ela estava simplesmente gorda, e Rina Nikova só não a afastara das aulas porque, de qualquer maneira, ela estava às vésperas do serviço militar. Suas pernas eram grossas demais, e seu traseiro transbordava para fora da roupa. Mais ou menos dois anos antes, apesar de ter as pernas lisas como as de vovó Lili, tinha começado a arrancar pelos usando cera, para que eles crescessem e ela pudesse arrancá-los como fazem todas as garotas. Agora, quando passava lentamente por ele, ele viu os pontinhos pretos em suas pernas, e por um instante se encheu de raiva dela, até mesmo de ódio, mas que culpa ela tinha, coitada, tudo vinha do apetite do pai e das prisões de ventre da mãe, e assim mesmo ficou irritado quando ela se enfiou na terceira fila das novas dançarinas, uma pomba entre pardais.

Rina Nikova bateu palmas com força, três vezes. A aula acabou, declarou ela, e o enxame das meninas mais novas zumbiu em direção aos vestiários; Aharon recuou e se encostou na parede, corado de vergonha e de excitação, entontecido com os cheiros de suor e de gatinhos recém-paridos, e um perfume de laranja. Um par de pernas parou diante de seus olhos cravados no chão, pernas que uma vez foram consideradas magras, ossudas, e agora eram decididamente esguias, curvilíneas, e por uma fração de segundo ergueu os olhos para os olhos dela, o coração palpitando em seus joelhos, e o olhar dela em seus olhos era suave, mas também velado, e divertido, e seguro de si: Eu percebi que você estava olhando para mim, dizia o olhar dela, o tempo todo dancei para você, você acreditaria que essa era eu?

No dia seguinte, quando voltavam juntos da escola, não ousou trocar olhares com ela. Tsachi e Guid'on, como sempre, andavam à frente do ruidoso grupo e discutiam entre si, e Aharon ao lado, um pouco mais atrás, os ouvia com os ouvidos dela. Só então começou a compreender o quanto ela pudera conhecê-los, todos eles, e o quanto os absorvera dentro dela, e ficou cismando no que ela pensaria dele e do problema dele. Tsachi contou uma piada que tinha lido no livro completo de piadas sobre Eshkol, e Guid'on ficou chateado e disse que as piadas que atingem o governo e o moral deviam ser censuradas, e Chanan Shveiki gritou para ele parar com esse discurso e deixar Tsachi contar mais uma. Aharon estremeceu ouvindo as grosserias e vulgaridades deles, e não sabia o que fazer para preservar Iaeli em sua ingenuidade, e quando Tsachi, como fazia todos os dias, aprontou para o cego Morduch jogando na latinha um parafuso em vez de uma moeda, Aharon recuou e ficou alguns passos afastado, para demonstrar seu protesto e sua vergonha. E todo esse tempo Iaeli ficou em seu lugar fixo no grupo, na rabeira, a grande pasta pesando nas suas costas, a cabeça um pouco encurvada sob a coroa de seus cabelos, ele olhou furtivamente para ela, mesmo imóvel ela está dançando, mesmo fora da aula de Rina Nikova, e quem foi bobo de pensar que ela só se deixava arrastar atrás deles; grudou os olhos no frescor de suas pernas, tinha um arranhão avermelhado bem junto à fivela da sandália, e ele quase explodiu de tanto amor. Quando o grupo entrou no supermercado quase ousou, pela primeira vez, ficar para trás e atravessar sozinho a porta automática, sentia que agora poderia enfrentar isso, que agora, de minuto em minuto, ele crescia e se enchia por dentro, e assim mesmo hesitou, talvez não fosse ainda a hora, e ardilosamente se juntou a uma mulher jovem que entrava com um bebê, e correu para alcançar a turma. O tempo todo espreitava uma oportunidade de dizer a ela alguma coisa. Criar alguma ligação. Quando atravessaram a rua Beit-Hakerem se demorou um pouco, e quando ela passou por ele falou secamente, quase agressivo: "Cuidado com o carro", e viu seu pescoço enrubescer.

 O amor fez com que ele ficasse mais suave e alegre. De repente se lembrou do quanto, na verdade, ele sabia se alegrar. De manhã, antes de se vestir, punha as mãos sob a cabeça, e durante vários minutos olhava para o céu azul, sentindo estar voltando de uma longa jornada. Então, cheio de entusiasmo e energia pulava da cama para um novo dia. Uma tarde, quando um espinho se cravou em seu dedo e a mãe esquentava no fogão uma agulha para esterilizá-la, quase começou a chorar, a garganta estrangulada, e a mãe pensou que era de medo e zombou dele, e ele só estava inundado até os olhos de felicidade, porque se preocupam com ele e o amam tanto. De uma só vez parou com todos os experimentos secretos, os esqueceu, os apagou. Quando uma vez achou num compartimento da pasta alguns tocos de cigarro, jogou-os fora com o coração leve. Como se estivessem lá por engano. Esqueceu-se de tudo que era antes. Até mesmo do último inverno, esse estranho inverno de sua hibernação, de seu sono de urso. Uma página nova. Página nova. Quando o mandavam comprar algo na mercearia se oferecia para ir até o centro comercial, que ficava mais longe, para passar pela casa dela e aspirar furtivamente o aroma das flores da madressilva. Havia um ponto dentro de sua barriga, mais ou menos abaixo do coração, que pulsava como um beliscão, como uma queimadura de saudade, quando pensava em Iaeli, e em um dos recreios aceitou entrar num jogo de futebol da turma dele, e mostrou a eles como joga um verdadeiro campeão, e se deliciou com suas próprias jogadas, com sua corrida, até marcou um gol, e todos lá suspiraram, que grande talento a gente está desperdiçando aqui, que grande bobagem é essa, que alguém como Arik Kleinfeld tenha resolvido pendurar as chuteiras, como encontrar um jeito de convencê-lo a voltar a treinar com a seleção para o campeonato das oitavas séries no fim do ano. Ele deixou o campo exultante e corado, foi até o bebedouro, e viu com o canto do olho que ela também se afastara de um grupo de garotas e viera beber. Toda a sua coragem o abandonou. Curvou-se, em pânico, e bebeu da torneira, e de repente viu sua copiosa cabeleira, seus cachos negros baixando no bebedouro a sua frente, e ele fechou os olhos e sugou a água em grandes goles, até se lembrar da superfície cada vez mais baixa do lago Kineret.

 Eles olharam um para o outro, e Aharon, todo vermelho, falou: "Vi você na Rina Nikova". O lábio inferior dela, carnudo, se arredondou em sua direção, e as pérolas de seus dentes brilharam para ele. Ele não podia entender que ela estivesse tão tranquila, mais tranquila do que ele. Numa voz serena ela disse: "Eu quero ser bailarina". "Eu uma vez já toquei violão", disse Aharon, todo trêmulo. "E parou." Ela não estava perguntando. Ela sabia. Talvez estivesse até censurando, ou acusando. Ela sabe tudo sobre ele. Não vale a pena tentar se mostrar melhor do que é. Eis-me aqui diante de você. Ajude-me. Você com certeza viu o que está se passando comigo. Ainda bem que não preciso dizer isso com palavras. Mas estou começando a sarar. Ainda é segredo, Iaeli, mas já posso sentir isso. Tudo está se abrindo em mim. E você sabe graças a quem? "Algum dia eu ainda vou tocar", Aharon reuniu forças para responder, "no meu bar mitsvá ganhei um violão novo. Vou começar dentro em breve." Iaeli sorriu para ele. Ela acreditava nele. O encanto ia funcionar. As mãos de ambos repousavam no bebedouro e se pareciam uma com a outra, e Aharon, que conhecia exatamente o aspecto de suas mãos, não as retirou, com toda a sua força não as recolheu, que ela saiba tudo sobre ele, a ela ele não vai enganar e dela não vai esconder nada, para que desde o primeiro momento se estabeleçam entre os dois parâmetros de retidão e sinceridade absolutas, a ponto de doer. "Meu nome é Aharon", disse bobamente, mas não era nenhuma bobagem: ele realmente lhe apresentara seu nome, seu nome no qual tudo estava contido. Ela sorriu. Novamente projetou para a frente seu carnudo lábio inferior, como se piscasse com cumplicidade, com simpatia. O bedel tocou a campainha.

 E assim foi no dia seguinte. E no seguinte. Uma teia fina e transparente. O grupo marcha para casa com seu burburinho costumeiro, gritos e risos e xingamentos e provocações, e cada palavra se torna um sinal cochichado, um pombo-correio a arrulhar, você ouviu?, isso te lembra alguma coisa?, o que sabem eles, esses estranhos, grosseiros, que ficaram de fora.

E enquanto isso, sem querer, sem perceber, também Guid'on de quando em vez retarda seus passos, se detém por um momento até Aharon alcançá-lo, e até conversa com Aharon, há meses não falava com ele tão de perto, ainda por cima junto de todos, e Tsachi Smitanka lança um olhar de surpresa e se cala, seu rosto se retrai por um instante, ensombrecendo e anuviando, como se tivessem cortado a raiz de sua vivacidade, e seus olhos pequenos e negros parecem ter sido absorvidos na aridez de seu rosto, e ele bate com toda a força na nuca do alto e meio flácido Michael Karni, como vão as coisas, girafa, como está o tempo aí em cima, e acontece uma ligeira troca de sopapos, mas Guid'on nem percebe, Guid'on está falando com Aharon, e olha curioso para o rosto de Aharon, investigando-o, obrigando Aharon a fazer manobras complexas para atrair por um momento os olhos dela, mas esse segredo é também um tempero, ela está certa, ela finalmente, e Aharon sente que agora ele tem a recompensa por ter se guardado puro durante todo aquele difícil período, não se vulgarizou, nem em palavras nem em atitudes, nem uma só vez foi tentado a se esfregar, sabia de antemão como iria se sentir se fizesse algo alheio à pureza e a sua verdadeira vontade, a vontade dele, e até naqueles dias de uma ansiedade tão grande a ponto de enlouquecer, sabia intimamente o quanto iria se odiar se cedesse por fraqueza àquela rede metálica e cruel, à qual certas outras pessoas se submetem com trabalhos forçados, metodicamente e sem alegria, vendendo a si mesmas com luxúria e humilhação, guardando em troca como recibo estampilhas desbotadas com gosto de cola; mas não ele: ele não se submeteu. Não profanou. Não se conspurcou. E por isso agora, como que retornando dos mortos voltava sua alegria, uma missiva que vinha de sua infância e se perdera e circulara por tanto tempo por labirintos, por escritórios, pela arbitrariedade do sistema. Cuidado! Por um instante parece sentir uma leve e insidiosa frieza; como se um pequeno olho, cruel, um olho de ciclope furioso, se abrisse lentamente dentro de sua cabeça, no centro de um sólido bloco, acima de um contraído par de lábios de carne, procurando por ele. Que história é essa de se alegrarem assim. Quem restou aqui para se alegrar. Num instante — como Eli Cohen, o espião israelense que destruiu os documentos antes que os sírios chegassem até ele — afastou Iaeli de seus pensamentos. E deu mais um passo, um passo ousado, exagerado. Um breve lampejo: um fragmento filtrado de pensamento tinha sido disparado daqui para algum lugar longínquo. Uma leve ardência no fundo de seu estômago; exatamente naquele seu lugar interior, naquele lugar que ardia quando pensava no seu problema, exatamente ali começava agora sua felicidade, mão na boca, é um segredo militar, Aharon não deixará que nada atinja esse amor: ele vai lutar. Hoho, agora vai lutar, e como.

"Imagine só...", ele diz numa voz alta demais a Guid'on, que se esforça por alcançá-lo (imagine só o quê? Começou a dizer isso à toa, para afastar o perigo, imagine só, por exemplo), "... que no mundo tem pessoas para as quais a gente pode, digamos, vender espinhas, durante algum tempo? O que você acha?" Guid'on riu, "Você e suas ideias", e se virou para Michael Karni que tinha se aproximado deles para se proteger com Guid'on da agressiva mão de Tsachi, e lhe disse: "As ideias de Kleinfeld!". Primeiro elogio numa imensidão de tempo. "Não, é sério, Guid'on: digamos que fosse possível transferir para a guarda dessas pessoas as espinhas e as dores, mesmo que fosse por uma semana apenas. Se você tem de ir para a excursão anual e tem, por exemplo, um braço quebrado, você vai a uma pessoa dessas e lhe transfere o seu braço por uma semana..." Guid'on riu de novo, e deu um tapinha no ombro de Aharon, que se emocionou, espiando e constatando que ela tinha ouvido, e principalmente — que tinha visto a mão de Guid'on tocar seu ombro, como se fechava um círculo entre um corpo e outro, e não veio nenhum cricrido, e era como, por exemplo, naquela questão simples da física sobre o corpo A e o corpo B, dois corpos ao acaso, e no entanto um desses corpos é o dele, de Aharon, seu corpo particular, e agora, aparentemente, ele é tão radioso, tão aberto e permeável, que outro menino, um determinado corpo A, pode simplesmente estender a mão assim, tocar nele, dar um tapinha. E já não é mais possível conter essa felicidade, e ele com toda a força deu um salto, agitando as mãos e dizendo com a voz e o sotaque de Shmuel Rodenski, o ator, *habinian omêid o ló omêid?* * E Guid'on, que todo esse tempo tinha prestado muita atenção nele, respondeu imediatamente numa voz fina e de galhofa, imitando sem muito talento Shmulik Segal: "Fuks! Esta noite explodiram o prédio da Histadrut!". E se Guid'on, o circunspecto e refinado Guid'on, supostamente estava dando permissão, todo o grupo começou a se divertir à grande, passando como um vendaval pelos caminhos do Jardim dos Vinte, assustando um grupo de crianças de jardim de infância, derrubando dos galhos vagens de alfarrobas; Chanan Shviki e Meir'ke Blutreich se puseram junto ao grande monumento comemorativo do jardim, com uma garrafa vazia em uma das mãos e com um suéter enrolado fazendo as vezes de uma bola de futebol, e todos logo adivinharam e gritaram para eles a plenos pulmões, em ruidoso coro, "A turma chama isso de cerveja preta!".** E Iaeli contemplava tudo isso com sua expressão tranquila, um sorriso muito tênue a pairar no canto da boca, como que adivinhando graças a quem se acendera aquela flama, e quem era a incógnita cuja simples presença silenciosa lançara ao mar esse exultante barco, mas nisso é proibido pensar,

---

* "O edifício está ou não de pé?", com a pronúncia peculiar *omêid*, em vez de *omêd*. (N. T.)
** Provável referência a um anúncio de cerveja na TV. (N. T.)

não dentro da cabeça, não sob a montanha de gordura compacta e o olho malvado e sonolento do ciclope, só uma centelha vermelha assobiava, ardia, lampejava na profundeza do estômago, debaixo do coração, e lá talvez isso vingue por si mesmo, sem ajuda, sem pensamento, em leves pontadas, com alegria, com naturalidade, exatamente no lugar em que Aharon sente uma ardência quando come omelete frita no óleo, sem entrar em detalhes, e agora olhem lá, olhem lá, como Chanan Shveiki fica pulando em cima do banco da praça representando seu número de sempre, o *Aonde ir esta noite*, que já vamos ouvir em casa quando chegarmos à sopa, "Ela não é respeitável e sim pesada*! No lugar em que ela fica, os justos não vão ficar, simplesmente não vai ter lugar! E ela é tão pesada, essa moça —", Chanan o humorista infla as bochechas e estufa a barriga, Aharon murmura junto com ele, junto com todos, em coro, e espera que sua voz mude de repente, por favor, Deus, faça que aconteça, já está tão próximo, já está *ototó*, "se você visse a parte do corpo sobre a qual ela senta —", não pensar, não querer tanto assim, Vissoker, Spiegl, Spiegler, Rosenthal, Milovan, Tsirich,** se o aroma dos laranjais o faz sonhar, se à noite você se embriaga com o luar, ser livre, aventureiro, natural, ser um pouco irresponsável no que faz, "— cada assento não é um simples assento, e sim —", "— um assento do plenário!", urraram todos para Chanan, e Aharon urrou com eles, e ao lado Guid'on olhava furtivamente para ele, perturbado, se afastando e voltando para ele em leves ondulações, sentindo inconscientemente o brilho secreto de um fino veio de ouro no coração de uma mina em ruínas.

---

* Jogo de palavras entre *kvudá* e *kvedá*. (N. T.)
** Aharon recita a formação de um time de futebol. (N. T.)

27.

Guid'on e Aharon são amigos novamente. Ele repete isso para si mesmo de todas as maneiras e em todos os tons: Ouça! Eles são amigos novamente! Ou (como que de passagem): E aqueles, como é mesmo o nome deles, aqueles dois que sempre estavam juntos, e que durante algum tempo nem tanto, pois é, eles estão juntos novamente. Ele ri consigo mesmo de felicidade. Eles corriam um para o outro numa corrida sem fim, como nos filmes, de braços abertos, braços que querem dizer "quem virá a mim", as bocas redondas como nos desenhos de crianças, como se não tivessem se visto diariamente nos últimos dois anos, como se não tivessem mantido entre eles, mesmo quando tinham se afastado tanto, o pacto de silêncio quanto àquela pílula dourada, que Aharon dava a Guid'on uma ou duas vezes por semana, e que Guid'on pegava e engolia sem água, e tomara não tivesse engolido, mas agora os dois se encontravam como dois viajantes que voltaram de cantos recônditos do mundo e esvaziam seus caixotes um diante do outro: claro que Guid'on falava mais, porque Aharon não tinha o que contar. Mas assim mesmo Guid'on estava contente:

contava de seus pupilos no movimento juvenil, e dos treinamentos de seu irmão Meni na esquadrilha dos Fuga-Magister, e sobre a nova turma de amigos de Meni, e sobre a lambreta que Tsachi tinha montado sozinho com peças de ferro-velho. Aharon apenas balançava a cabeça e ouvia com toda a atenção, e de novo Guid'on contava sobre aquela amiga de Meni, do *kibutz* Beit-Zera, que dormia na casa deles, no quarto dele e de Meni, e contou sobre a Gadna-do-ar,* e que depois do feriado do Dia da Independência vão permitir que eles atirem com o fuzil tcheco, e como Meni o expulsa do quarto quando ela vai dormir lá, e Aharon prestava atenção e calava. Caminhavam juntos, passeando descontraídos pelas ruas do bairro, e Guid'on contou, como que de passagem, sobre um novo par de namorados que tinha se formado no grupo do movimento juvenil, e como ele tinha resolvido ter uma conversa séria e abrir uma discussão sobre essa questão de namoro, que prejudica o ambiente de grupo. A quem olhasse de fora, o rosto de Aharon não denotava qualquer reação. Guid'on lembrou, com certo esforço, o caso de Anat Fish, que acabou viajando com seu namorado mais velho, Moishe Zik, para Eilat, e dormiu com ele no mesmo saco de dormir, mas esse tipo de conversa não era comum em Guid'on, e Aharon sentiu que Guid'on estava andando em círculos, como a pedir-lhe ajuda, mas não compreendeu o que era. E ficou calado. Guid'on se calou também, e bocejou. Por um instante pareceu que aquele novo fio de proximidade se esgarçava, tudo escurecia e afundava, mas bastava que Aharon pensasse em Iaeli, contraísse os músculos da barriga de forma a que excitassem aquele lugar novo que tinha se formado nele, exatamente debaixo do coração, atenção, há orelhas coladas no muro, não entre em detalhes, e Guid'on

---

* Gadna é o movimento juvenil de preparação para o serviço no Exército e a Gadna-do-ar, especificamente, para a Força Aérea. (N. T.)

já voltava para ele, cheio de vitalidade e transbordando sinais de proximidade, tagarelando sobre uma garota da turma paralela à deles, que saíra dos acampamentos para novos imigrantes e agora era liberada e festeira, e Aharon pensou intimamente que apesar de todo aquele tempo que passara, Guid'on também ainda não se barbeava, fazia mais de um ano que tinha a mesma penugem em cima dos lábios, só as sobrancelhas tinham ficado mais espessas e se aproximado uma da outra, mais um pouco e se juntariam acima do nariz, e então Guid'on teria um aspecto ainda mais sério e grave, mas até lá ainda falta muito tempo, e só a voz dele mudou completamente, bem, isso já é coisa antiga, a isso já nos acostumamos, quando Aharon às vezes lhe telefonava — durante o tempo em que estiveram afastados — e desligava logo, nem sempre sabia quem tinha atendido, Guid'on ou Meni ou o pai deles, e junto com a nova voz ele também tinha adotado uma nova maneira de falar, indiferente, sem qualquer entonação ou sinalização de um sorriso na voz, e sem pontos de interrogação no fim das perguntas, e havia é claro a questão da estatura, ele já era uma cabeça mais alto que Aharon, ou quase, mas talvez isso estacione aí por algum tempo, e se olharmos para isso de forma mais objetiva, ele na verdade não é mais alto do que Aharon tanto assim, é só a segurança dele, e como que um pouco mais de ossos no rosto, e seu jeito de andar de caubói indiferente, com as pernas abertas, e seria possível, tomara que não, que as pílulas estivessem fazendo efeito, mas não, seu coração encolheu, elas com certeza já perderam a validade há muito tempo, não fazem nenhum efeito, bom ou mau, e tem mais uma explicação, mas é só uma suposição, mas assim mesmo Aharon a menciona para si mesmo, no maior dos segredos, numa língua que ele sequer conhece, a de que talvez, afinal, no fundo do coração, Guid'on esteja, sim, esperando por ele. E numa eclosão de entusiasmo Aharon propôs que fossem no dia seguinte à passagem de

Mandelbaum, na Cidade Velha, ver o comboio de guardas voltando, após as duas semanas do turno, do enclave do monte Scopus, ele sempre lia no jornal as descrições do medo e da tensão que reinavam na passagem pelo território inimigo da Jordânia, e como os guardas ficavam espiando pelas estreitas aberturas dos blindados até chegarem a nosso território e nossas forças, mas Guid'on, como se não o tivesse ouvido, voltou teimosa e insistentemente a falar de Tsachi Smitanka, já ouvimos, já ouvimos que ele montou a lambreta dele, Aharon já sabia isso antes, pois toda sexta-feira a nova patota de Tsachi se reunia, garotos de outros bairros, babacas como ele, com suas lambretas e motos e jaquetas de couro, todos os vizinhos enlouquecem com o barulho, e só o pai de Aharon diz que se divirtam um pouco, o que é que tem, mais três anos e todos eles irão para o exército, e às vezes, quando o barulho se torna insuportável, o pai desce até eles de camiseta e calças curtas, hei, caras, o que é que há, vocês já estão nos enchendo a cabeça, mas eles o conhecem e não têm medo, cercam-no como se fossem seus filhotes, pedem que os ajude, e ele os ensina a regular um carburador, como trocar velas, e no fim sai dirigindo numa volta de teste, com o dono da moto na garupa abraçando-o pela cintura. E o pai rasga a rua como um moleque e ri em voz alta, e isso sem mencionar que a primeira volta em sua lambreta ilegal Tsachi tinha cedido ao pai, Aharon espiava atrás da cortina e viu a expressão de Tsachi naquele momento, como o pai olhava para ele e como ele olhava para o pai, como um menino retardado que finalmente conseguiu trazer um boletim com boas notas, e Guid'on disse, aliás, e ele ficou sabendo disso de fonte muito confiável, que era o próprio Tsachi, que Tsachi tinha feito com ela, com Dorit Alush, a pilantra, uma coisa que se chama "entre as pernas". Ele falou isso depressa, desviando o olhar, bradando em silêncio a Aharon que dissesse logo alguma coisa, que desanuviasse o ambiente ruim que aquelas palavras tinham criado, as quais, ou outras parecidas, jamais tinham sido ditas entre eles. E Aharon ficou calado e não respondeu, então era a isso que Guid'on, em seus círculos, queria o tempo todo chegar, e eis que é novamente Guid'on quem quebra os delicados pactos de silêncio, quem trai, trai o tempo todo e esgarça até um ponto perigoso os delicados tecidos da amizade entre eles, ele ganhou uma tal força, por dentro ele crescia e se expandia, e Guid'on sentiu imediatamente que Aharon tinha ficado reticente e distante, e tentou consertar o que tinha estragado, e disse com calor que em sua opinião caras da idade deles ainda não estavam maduros para amar de verdade, e que ele mesmo tinha jurado não se apaixonar por nenhuma garota até terminar o curso de piloto, e aí vai casar com a primeira namorada que tiver, não uma dessas que dão facilmente, como a namorada de Meni, não, Guid'on se virou para Aharon e seu rosto ardia de convicção interior, era de novo seu rosto íntegro, sincero, ele jurou para Aharon que não mancharia aquilo que era o mais sagrado de tudo, e disse que amizade com uma garota — sim, claro, sem dúvida, mas nada que fosse sujo e cheio de intenções, Aharon concordou com toda a sua força, sinalizando a Guid'on que ele estava no caminho certo, e Guid'on acompanhou com vivacidade e atenção os olhares de Aharon, que o orientavam, e disse devagar, como a ler e decifrar um comunicado secreto escrito nas profundezas do amigo, que oxalá pudesse convencer seus colegas no movimento a adotar o décimo mandamento do Hashomer Hatzair,* que estipula a preservação da pureza sexual,

---

* Organização juvenil sionista de esquerda, de âmbito internacional, baseada numa ética corporal e comportamental (similar à dos escoteiros), e que tem como objetivo levar seus membros a uma vida nos *kibutzim* do próprio movimento. (N. T.)

e Aharon quase gritou que ele também era assim, ele jura, seus olhos brilharam, estremecidos, e Guid'on olhou dentro deles e para sua própria surpresa disse que era visível como a pequena, como se chama, Iaeli, tinha amadurecido nos últimos tempos.

Imediatamente Aharon virou o rosto e olhou para longe, se sentindo como um aluno que incomoda seu colega de carteira tentando copiar dele, mas como se tratava de Guid'on, Guid'on o seu amigo, com esforço trouxe o rosto de volta e perguntou debilmente se Guid'on realmente achava isso, e Guid'on disse claro, você não percebeu, para mim ela, de alguma maneira, não parece ser uma qualquer, fica quieta, fica quieta, mas sorri para si mesma, discreta, só é uma pena que ela vai para os Tsofim, um movimento burguês e não obreiro, mas ainda está numa idade em que se pode influenciá-la. Aharon não pôde mais conter tudo aquilo que sentia: com ardor, começou a confessar a Guid'on o seu amor por ela, a troca de olhares secretos entre eles, a conversa cheia de intenções ocultas que tinham tido junto aos bebedouros. Descreveu para Guid'on as noites em que fica acordado na cama, e a vê dançando a sua frente. Os bilhetes com o nome dela que ele enfia em seus sanduíches da merenda e engole nos recreios, bem perto dela, e como entrou na enfermaria com um pretexto qualquer e surrupiou o esquema dos dentes dela, que ele guarda num lugar secreto, e olhe as flores de madressilva do arbusto ao lado da casa dela, aqui com ele, embrulhadas em seu lenço.

Guid'on deu um tapa no joelho e riu muito, e Aharon também irrompeu num riso largo, prolongado, e, admirado, prestou atenção no próprio riso, e eles correram juntos, ofegantes, ardentes, até a rocha deles no vale, se sentaram, rindo até as lágrimas, que riso aquele, nada a ver com o riso que ele consegue extrair das suas glândulas nas axilas, aquela espécie de sujo respingo artificial escorrendo da boca, e Guid'on estava com os olhos totalmente grudados em seus olhos, as pupilas inquietas, tateando atrás do brilho daquele veio fino e dourado, descreva mais, conte mais, e Aharon, embriagado e nobre e generoso, perdulário como são os naturalmente poderosos, contou sobre ela, e descreveu seu rosto quando dançava para ele, como de repente resplandeceu dentro de sua roupa negra, e como ela estica a perna ao máximo, e como ela é toda livre, e como e como, e enquanto falava sentia com prazer as agulhadas naquele lugar novo dele, dela, bem lá no sul, como se diz no exército, o novelo secreto que comprime já fazia alguns dias aquele lugar pequeno, minúsculo, que ele criou ali, cuidado! Pois o pequeno e malvado olho do ciclope investiga sem descanso, pois um solitário vento de extermínio sopra e congela tudo, e lá embaixo, onde ele está, um mundo novo, pequenino, um mundo redondo e pleno flutua dentro dele, dentro de seu corpo, uma bolha transparente, recém-surgida, e lá tem uma menininha dançando, mal pisando nas pontas de suas sapatilhas, ainda não está completamente lá, ainda se esvaece a cada instante, talvez ele já tenha exagerado um pouco com pensamentos explícitos demais, talvez já tenha estremecido sob a espessa pálpebra de gordura o olho sonolento e desconfiado do ciclope, que parece entalhado na rocha, investigando cada lampejo de luz suspeito, buscando como um radar ondas de calor e de felicidade, tudo bobagem, tudo conversa fiada, e ele contou a Guid'on o que já era permitido revelar, entalhando nos lábios dele a proeminência dos lábios dela bem em cima do queixo, a curvatura do pequeno músculo na panturrilha, o encantador espaço entre o dedão do pé e o outro dedo... Aos poucos os olhos de Guid'on se arregalavam e se fixavam entre os lábios de Aharon, de onde vinham e jorravam as palavras, as primeiras palavras de amor que pronunciava em voz alta, palavras tão impregnadas das coisas que descreviam, e os lábios de Guid'on sentiram também o gosto da pele dela, a curvatura de suas faces, a doçura de seus lábios propositalmente infantis, o inferior um pouco grosso e sorridente. Por instantes pareceu que Guid'on tentou considerar, se defender, comparar — por mesquinhez ou por temer algo — aquela descrição com a menina que conhecia, mas gradualmente parou com esse movimento pendular, esqueceu a menininha de pernas magras, afastou completamente tudo que havia atrás de seus olhos verdes nos quais agora só Aharon se refletia, uma figura diminuta se movendo e agindo energicamente, e o próprio Aharon exultou ao descobrir como essas palavras, que saem fluentemente de dentro dele, não só descrevem tão bem Iaeli, mas até mesmo a embelezam e elevam, e a visionam como ela muito em breve se tornará, livrando-a de um ou dois senões que ainda tem, aquele sorriso altivo que pode ser indício de uma autoconfiança exagerada, ou uma certa linha de obstinação e ambição a perturbar seu nariz, e até mesmo seu maravilhoso lábio inferior, que às vezes, de um certo ângulo, parece grosso demais, material demais para uma menina como ela; esses ele benevolamente escondeu de Guid'on, descartou de sua língua como um maestro que empunha a batuta, e já tinha o direito de amar Iaeli até o fim daquele futuro róseo ao qual chegariam os dois.

Por fim se calou, rouco e ofegante, surpreso de ver que em volta deles já quase anoitecera. Os olhos de Guid'on ainda se fixaram por um instante nos lábios dele, um fio de saliva a escorrer dos próprios lábios entreabertos, e Aharon se lembrou nebulosamente de outra boca, assim aberta e espantada, e de um fio de saliva assim, e dentro dele sentiu uma cócega de orgulho por olharem para ele desse jeito, ele e suas palavras tinham feito isso, e aquele fio de saliva não inspirava nojo, de maneira alguma, pois fora ele, Aharon, e suas palavras que o haviam provocado, e o rosto de Guid'on diante dele voltara a ser o rosto de menino que era, se despindo de toda a sua nova dureza e rudeza.

"Ouça", disse enfim Guid'on baixinho, tão baixinho que parecia sua antiga e melodiosa voz, "se você está tão a fim dela, o que você acha de amanhã a gente acompanhar ela até a casa dela?"

"Nós dois?", os olhos de Aharon brilharam. "Você topa?"

Mas no dia seguinte, já nos primeiros momentos em que se juntaram a ela em seu caminho para casa, irrompeu uma briga boba e desnecessária entre ela e Guid'on. E assim, em vez de conversarem, como esperava Aharon e como imaginara dezenas de vezes, sobre a própria Iaeli, sobre os pais dela e as amigas dela e o balé e os planos dela de ser bailarina e os planos dele de tocar violão, Guid'on começou a fazer um discurso, como sempre, criticando o mundo inteiro, e não olhou uma só vez para Iaeli. Ela andava em silêncio, como sempre, e, se estava sensibilizada por dois garotos terem largado sua turma para vir com ela, não demonstrou. Só seu pescoço se ruborizou um pouco, mas não na tonalidade que Aharon lembrava e guardava, e sim com um róseo mais berrante, em cujo centro ardia uma vermelhidão estranha, vulgar.

"Toda a espinha dorsal do nosso grupo vai ruir!", concluiu Guid'on sua diatribe e franziu o nariz com irritação.

"Você está exagerando um pouco", disse Iaeli calmamente, e Aharon admirou o som tranquilo e seguro da voz dela, "pois se o seu grupo é forte e autoconfiante ele precisa permitir que as pessoas que o compõem experimentem outras coisas."

Aharon se rejubilou intimamente: muito bem!

"Outras coisas!", Guid'on quase teve um ataque, ergueu os braços e continuou sem olhar para Iaeli, "a que outras coisas você se refere? O que eles querem é nas noites de sábado se sentar no meio-fio e assobiar para as garotas que passam!"

"É direito deles. Não está escrito em lugar algum que nas noites de sábado é obrigatório ficar sentado numa barraca, ou na

sede do movimento, discutindo sobre quem abandona o país."
Aharon riu consigo mesmo um riso sádico. Ela tinha respondido
à altura.

"Muito bonito! Muito bonito!", exclamou Guid'on, numa voz
um tanto entrecortada, "daqui a pouco você vai me dizer que você
também pretende sair dos Tsofim e ficar completamente livre!"

"Eu não", respondeu Iaeli, olhando-o com dureza, "mas eu
posso perfeitamente entender a vontade de outros que queiram
experimentar algo novo."

"Pfff! Algo novo! Imitação dos americanos! Esta é exatamente a consequência da falta de valores e da falta de ideais de nossa
juventude hoje em dia!", gritou Guid'on, e a gola de sua blusa
estremecia. Tensamente, Aharon esperou a resposta de Iaeli. Sua
cabeleira negra estava carregada de eletricidade e respiração, ele
quase podia ouvi-la, não fosse a agitação que ambos causavam.
Em vez de responder, Iaeli começou a sorrir um sorriso discreto,
silencioso, e Aharon imitou-a inconscientemente.

"E você fica rindo", Guid'on se dirigiu a ele com uma raiva
contida, com aquele seu tom de suposta indiferença, "do que você ri, do quê. Quem sabe você nos deixa participar do que está
pensando, em vez de sorrir o tempo todo por baixo do bigode."

Não tinha a intenção de ofender. Eles sempre falavam assim
no grupo. Mas Aharon se abateu.

"Eu... eu não tenho... ainda não pensei sobre isso."

Boboca. Tapado. Tinha de inventar algo. Agora ela vai pensar que ele é um desses que não têm ideias estabelecidas e consolidadas. Que não têm seriedade. Ele realmente não sabia o
que pensar sobre esse assunto, e no princípio, quando todos mal
tinham começado a frequentar movimentos juvenis, tinha tentado por algumas semanas frequentar os acampamentos de imigrantes, mas desistiu. Não conseguia suportar todas aquelas cerimônias, formar fileiras e correntes, e os rituais deles e os hinos

deles. E faziam tudo juntos, como robôs, e ele o tempo todo ficava rindo e perturbando, até que o afastaram. E agora era tarde demais para ingressar em algum movimento. Agora tudo já estava determinado, fechado, decidido, e de qualquer maneira todos sabem que ele — que ele o quê? O que está havendo com ele? Ele precisa começar a se preparar para seu despertar, que se aproxima o tempo todo em passos gigantescos, e como é que não sabe responder a perguntas bobas como essa? E como aconteceu de eles discutirem essas coisas? Porque ele tinha planejado isso de outro jeito, totalmente de outro jeito. E agora, olhe para você, parece um babaca, um paralítico. Mas mesmo enquanto censurava a si mesmo não conseguiu abrir a boca, não só por ter ficado emocionado de terem ousado acompanhá-la, mas por causa de outra coisa, espantosa, que está acontecendo aqui, por causa, por exemplo, do jeito como Iaeli está falando, de como está respondendo a Guid'on, e fica a pergunta de como deve Aharon conduzir seu amor, como ir atrás dela, quando Iaeli avança tão depressa, quando é que ela teve tempo para burilar assim suas ideias e seu discurso, e quando ela discute assim seu lábio inferior se projeta para a frente a todo instante, belicosamente, desafiadoramente, eles discutem como se fossem adultos, pensou com tristeza, pelo visto por terem treinado nos debates e nas conversas que têm nos movimentos a que pertencem, enquanto ele ficava sonhando seus sonhos ou jogando com Pelé e com Gumi, ou perseguindo espiões.

Ele se torturava. Com que segurança eles falavam! Com um prazer de veteranos e experientes, que conhecem muito bem todas as regras da negociação. Mas por que é tão difícil para ele se obrigar a se expressar assim, com tais palavras, valores, princípios, deveres individuais, pertinências... "Eu, pessoalmente, acho —", dizia Guid'on, aguçando diante dela sua maturidade, "que você não está percebendo nada do que acontece numa sociedade individualista e isolacionista como essa, sociedade de liberados, sem uma estrutura externa e sem relação com valores."

"Você sabe dançar, Guid'on?"

O modo como pronunciou o nome dele. O simples fato de ter pronunciado o nome dele. Aharon sabia que teria de superar a si mesmo e participar dessa conversa falsa.

"Não é preciso saber dançar dança de salão", disse Guid'on, "para saber o que se passa por lá."

"Talvez você devesse experimentar uma vez e dançar você mesmo, e vai descobrir que não é tão terrível assim."

Uma pequena figura dançava no coração de seu mundo redondo e pequeno, avançando e recuando nas pontas dos pés. Um brilho maldoso sorriu no olho aparentemente sonolento do ciclope. Tudo afundava, afundava.

"Eu sei muito bem o que é essa curtição de dançar", disse Guid'on, mais cuidadoso em sua postura.

"Eu gosto de dançar balé, e assim mesmo sou capaz de sair do sério com as músicas dos Beatles."

Oi, não, pensou Aharon, agora Guid'on vai começar tudo de novo.

"Que graças a Deus o Ministério da Educação não permitiu que viessem para este país!"

"E eu, pelo contrário, lamentei muito isso!"

"Claro! Você iria com toda a macacada dar gritinhos e desmaiar!"

"E também iria ficar me arranhando no rosto! E depois iria para casa e riria de mim mesma, mas contente de ter estado lá, pois quando mais a gente vai poder sair do sério assim? Quando a gente tiver quarenta anos?"

"Claro! E a você não importa o que a juventude de fora vai pensar de nossa juventude, que perde todos os freios por causa de quatro *beatniks!*"

Ela sorriu com desdém. Como gritam um com o outro, pensou Aharon com uma ponta de satisfação. Se apenas conseguisse parar de se calar assim. Ele tem de enfiar o pé na água. Mais cinco passos e começará. Quando a gente chegar àquele cipreste. Depois da curva. Vezes seguidas engoliu em seco, moveu os lábios, se calou. Como falar. Com que começar. As coisas que tinha em seu interior tinham se tornado nos últimos tempos, em sua solidão, pelo visto, tão íntimas, expressas numa gramática tão particular e tortuosa; como seria possível pô-las para fora, expô-las à luz. Ele pigarreou, ensaiou um balbucio, se exercitou em silêncio, interiormente, danças de salão, Beatles, juventude dourada, mas repeliu tudo isso e parou ainda antes de chegar aos ouvidos deles. O que vai ser. Andava ao lado deles de cabeça baixa, empurrando raivosamente com a língua seu recalcitrante dente de leite. Não falava com eles e não ouvia o que diziam, atento apenas à garota na ponta dos pés em sua roupa de dança preta, ininterruptamente redimida por ele a ter escolhido, e a escolhia outra e outra vez, mas e quanto à Iaeli do lado de fora, e quanto a Guid'on do lado de fora, e quem é realmente este Aharon, do lado de fora, que caminha ao lado deles, movendo como sempre as mãos e os pés e a cabeça, e como é que eles não olham e não veem dentro dele, e como é que eles não percebem o que se passa com ele. Agitado e excitado ele se deixava arrastar atrás deles, ele vai ganhar na loteria esportiva e aprender a tocar na Academia de Música, vai tocar para Iaeli em seu violão, ela vai dançar acompanhando sua música, seus dedos dedilharam o ar, e Guid'on também estará lá, é claro, ele vai introduzir Guid'on em seu novo lugar, o pequeno Guid'on, com seus olhos verdes lampejando de curiosidade, e com sua vozinha fina, alerta, e com seu caloroso sorriso para Aharon, uma vez tinham firmado um pacto eterno na gruta, balbuciou Aharon intimamente, para se lembrar de seu Guid'on interior, e apesar disso se pergunta que preço deve pagar para estar agora com eles, lá fora, nessa falsificação, qual o castigo para um ato de traição como este. Seus lábios se moveram, seu rosto se enrugou em expressões de cólera e de protesto, se sobre ele se fecharem estepes geladas, áridas, como poderá sair, e o que será se alguma vez conseguir sair, quem vai ficar dentro, quem será abandonado lá para sempre, mas é ele mesmo, ele mesmo será abandonado, e como um papagaio seus lábios repetiam as palavras de Guid'on, geração do transístor, geração do iê-iê-iê, e o que tem isso a ver com as coisas que existem dentro dele, e talvez, quem sabe, ele já não tenha vida ou existência em outro lugar, do lado de fora, me esperem, gritou, por que estão correndo assim, por que aceleraram o passo, em seus ouvidos mesmo uma simples fala de sua boca se ouvia como uma má tradução, não fiel a si mesma. Apertou os lábios e correu atrás deles.

"Não vejo nenhum mal nisso", Iaeli respondia a Guid'on pacientemente, que paciência ela tem com ele, por que ela não lhe dá logo um cala-boca e começa a dizer o que tem a dizer com a mesma voz suave, "Quero ser bailarina"; "Eu tocava violão"; "E parou"; "É verdade, mas vou continuar"; "Eu sei, acredito em você"; "Para mim é um pouco difícil explicar tudo a você"; "Não precisa, Aharon, eu compreendo você mesmo sem explicações"; assim ela tinha lhe falado em todos os dias anteriores. Assim ela tinha cintilado para ele naquele lugar embaixo do coração, talvez devesse lhe atribuir um nome secreto para confundir o inimigo, o lugar que belisca depois de uma omelete frita no óleo e depois de uma longa corrida, "Não acho que uma juventude cheia de princípios, como você a chama, só pode vestir blusas brancas ou azuis e calças cáqui, e sandálias de estilo bíblico. O que diz você, Kleinfeld?". O que ele diz. Novamente tinha sido surpreendido sonhando. Com dificuldade prestava atenção neles. Por que estão tão esquentados um com o outro. Como é que ela o chamou?

"Kleinfeld sempre fica entediado quando se fala de valores", sibilou Guid'on.

"Isso não quer dizer que ele seja menos ético do que você", respondeu Iaeli, e seu olhar faiscou para Aharon e se refratou em fulgores dentro de seu coração.

"Mas eu continuo achando que existe um certo egoísmo nessa atitude de não pensar em valores", disse Guid'on com o mesmo tom de animosidade, mordente, e Aharon olhou para ele e lhe sorriu um sorriso torto e hesitante, para demonstrar que não guardava rancor. Por um instante alguma coisa se desenhou na sua mente, uma tênue impressão interior, na qual viu a si mesmo como um homem velho, talvez moribundo, de cujo leito de morte se aproximava um casal jovem e constrangido para pedir sua bênção e seu perdão. "Eu até que quero, sim, ouvir o que sua alteza tem a dizer!", espumou Guid'on, e seu rosto de repente ficou vermelho e estranho, e Aharon reuniu todas as suas forças e disse baixinho a verdade, que em sua opinião ainda não entendemos exatamente o que são valores e ideais, nós só declamamos palavras grandiosas que ouvimos dos adultos, assim falou ele num tom tranquilo e sincero, com toda a franqueza ele não sabia que valores são esses de que todos falam, na casa dele nunca foram citados, e assim mesmo os pais dele eram pessoas bastante íntegras, não roubavam um tostão de ninguém, para não serem pegos, só do imposto de renda, mas isso é quase uma obrigação, e também isso de que se acham alguma coisa na rua ficam quietos e põem no bolso, e tem a história da ficha telefônica do pai amarrada num fio, e com isso ele economizou muito dinheiro, ou essa de eles mandarem ele abrir a porta para Perets Atias e a mulher, quando eles vêm fazer uma visita, e mentir para eles dizendo que não estão em casa, mas fora isso eles são retos e honestos, não fazem mal a ninguém e só querem que os deixem em paz, o que são realmente esses valores, pensava agora Aharon consigo mesmo, e como é que se educa um menino para que tenha valores, e se, por exemplo, a advertência de sua mãe para que não contasse às pessoas tudo que acontece aqui em casa também fosse considerada como parte de valores e de educação, e talvez isso de que eles não contam sobre o problema dele para um médico estranho possa ser considerado na categoria dos valores, e se é possível que Guid'on perceba valores melhor do que ele. "Eu penso", acrescentou baixinho, "que só quando formos adultos — e, assim, maduros — vamos poder compreender por nós mesmos o que são esses valores."

"Concordo com isso totalmente", Iaeli proclamou a Guid'on, e a discussão morreu de imediato. O tempo todo Aharon oscilava entre as diversas expressões do rosto dela: quando falava com ele era suave, fluente e equilibrada, mas quando se defrontava com Guid'on o clarão da batalha luzia em seus olhos amendoados, e quando Guid'on se inflamava contra ela, a sombra de um sorriso passava às vezes no canto de seus lábios, e aquele rubor ardente de desafio se acendia em seu pescoço.

Eles a acompanharam até sua casa, e em frente a ela ainda ficaram um bom tempo conversando, ou seja — os dois de novo se enfrentaram sem parar, se provocando, se alfinetando e se reconciliando, e Aharon gravava no coração todos os movimentos dela e seu jeito de falar e seus sorrisos, para alimentar a Iaeli dele, para provê-la de mais e mais vida, até que a mãe dela saiu de casa e perguntou com um leve sorriso, exatamente igual ao sorriso tranquilo de Iaeli, se eles queriam entrar na casa, ou se pretendiam ficar lá fora até a vinda do Messias, e só então se despediram dela e foram embora.

Caminhavam calados. Guid'on pensativo, Aharon excitado e também feliz: todas as suas dúvidas tinham se dissipado no sorriso que ela lhe dirigira antes de entrar em casa. Uma arrebatada tempestade de raios se desenrolara, junto ao arbusto de madressilvas, entre os três pares de olhos, e Aharon sabia que tinha vencido, que fizera jus ao último olhar de seus olhos amendoados. Ela era dele. Ela era dele. Por dentro e por fora ela era dele. E este Guid'on, realmente precisam ensinar a ele como se comportar com uma garota. Aharon colheu uma flor amarela de madressilva no caminho, e aspirou bem fundo seu perfume. É preciso saber amar, pensou estremecido, é preciso amar para saber o que é a vida. O amor vence a morte. Palavras torneadas, puras, rolavam em seu interior, e ele pensou que devia anotar para si todos aqueles sentimentos, num diário pessoal, para poder lembrá-los para sempre: e precisava estar aberto ao amor e à dor do amor, pensou. Mas sua mãe iria espiar no diário e descobrir. E estar pronto a pagar o preço mais terrível de todos: morrer pela santidade do amor. Talvez devesse escrever em código, e assim ocultar dela. Olhou rapidamente para Guid'on, e viu que estava ensimesmado, o rosto um pouco corado e os lábios se movendo como que a conversar consigo mesmo. Aharon sorriu em seu íntimo: até quando só está consigo mesmo ele faz discursos, esse Guid'on.

"Por que você briga tanto com ela", disse Aharon com ar superior e condescendente, "que lhe importa se ela pensa diferente de você?"

"Eu brigo com ela?", Guid'on se assustou, "o quê, você teve a impressão de que eu briguei com ela?"

Aharon riu. Deu um tapinha no ombro de Guid'on. Guid'on corou ainda mais, olhou para Aharon com olhos faiscantes. "Ouça, machão, vamos convidá-la para um cinema?"

"Iaeli?"

"Sim, o que é que tem? Vamos todos juntos. Vai ser divertido."

"Ver que filme?", perguntou Aharon. "Porque tem filmes que são proibidos."

"Você escolhe."

Eis aí, Guid'on tinha compreendido logo.

"Eu vi que está passando A *cabana do pai Tomás* no Semadar."

"O que você quiser. Até mesmo esse aí."

"E vamos pagar juntos pela entrada dela?"

"Meio a meio."

"Ela com certeza não vai concordar que a gente pague por ela."

"Sim", disse Guid'on, sorrindo, "ela tem princípios, essa aí."

"E como vamos dizer isso a ela. Você tem coragem de fazer o convite?"

Guid'on se deteve, chutando o asfalto. Deu de ombros.

"Você convida", disse por fim, "você sabe como convencer a Iaeli."

"Eu? Que sei eu? Você."

"Não, você."

"Não, você."

Lá ficaram, um cutucando o outro, dando palmadinhas um no braço do outro, e Aharon até deu com o punho levemente na articulação do braço de Guid'on, como vira fazerem em Tel Aviv, e Guid'on devolveu um soco cauteloso e riu; e Aharon se alegrou muito exatamente com esse embaraço de Guid'on, e com seus punhos ainda bastante fracos, ele ainda não é o Abu-Ali que ele pensa que já é, e as pastas dos dois estavam na calçada, no meio deles, uma apoiada na outra, parecendo um casal de cães que ardilosamente tinham conseguido ser os casamenteiros de seus donos.

"O que você acha", Guid'on perguntou rindo, "ela já usa 'ésse'?"

"Não sei." Num instante ele esfriou, irritado e incomodado com a grosseria daquela pergunta. Curvou-se e recolheu sua pasta. Guid'on apanhou a dele, sem perceber que o rosto do colega se fechara. Como poderia perceber. Porque já tinha traído, em coisas mínimas, nos detalhes, porque é preciso pagar um certo preço para estar lá fora, e é preciso sacrificar alguma coisa para ser capaz de dizer uma frase como essa, numa voz como essa, sobre Iaeli.

"Porque eu não vi nenhuma risca de alça na blusa dela", explicou Guid'on.

28.

Quanto tempo eles ficaram juntos? Cinco semanas. Talvez seis. Depende de até quando se conta, se até antes do acampamento de trabalho,* ou incluindo o acampamento, e foi nesse tempo que Guid'on e ele confiaram a Iaeli todo o tesouro de sua infância, todas as histórias e planos e segredos, e às vezes Aharon sentia que eles estavam transmitindo a ela coisas que ainda não estavam prontas para serem transmitidas, mas mesmo assim decidiu, quanto a isso, confiar em Guid'on, na segurança, no discernimento e na sensibilidade dele, talvez Guid'on sentisse mais claramente do que ele o que se podia contar a ela e o que não, por onde exatamente passavam as fronteiras entre as pessoas, e Guid'on contou muita coisa. Quase sem deixar nada de fora. E da maneira como contou, daria para pensar que tudo tinha sido só de brincadeira, que nada tinha sido sério, e ele também

---

* Programa, geralmente nas férias, em que jovens israelenses passam dias juntos num acampamento em algum *kibutz*, parte do tempo trabalhando, parte do tempo em atividades sociais, esportivas, culturais etc. (N. T.)

se gabou um pouco às custas de Aharon, até mentiu às vezes, e Aharon nada disse, para não envergonhá-lo.

Toda quinta-feira os dois garotos a acompanhavam, como uma escolta fiel, à aula de balé no vale de Matslevá, e a esperavam do lado de fora. Uma vez passou por eles Rina Nikova, baixinha, de rosto enrugado, e ela parou de repente: "Vocês estão sempre com ela, os dois, não é?", perguntou com seu carregado sotaque russo. Os garotos fizeram que sim. Rina Nikova deslizou seu olhar inteligente por eles e por Iaeli. Nessa avaliação, um brilho divertido luziu em seus olhos. Seus lábios cobertos de um vivo batom sorriram para Iaeli, e Iaeli curvou a cabeça num movimento que Aharon não conhecia: como de fingida modéstia. A veterana professora quis acrescentar algo, talvez alguma antiga lembrança lhe tivesse ocorrido, mas voltou atrás e se afastou deles, e por um momento Aharon teve uma sensação incômoda, de que coisas como essa já tinham existido antes, e aquela relação não era única no gênero nem a primeira de sua espécie; como se o desfecho já fosse conhecido.

Depois, ao voltarem da aula de balé, a mãe de Iaeli os convidava a entrar e tomar alguma bebida quente. Iaeli tinha três irmãs mais velhas do que ela, muito parecidas com ela, e assim Aharon podia desfrutar, por entre as pálpebras baixadas, da visão daqueles verdadeiros marcos de estrada, a mãe e as irmãs, Iaeli multiplicada por quatro, que o aguardavam à margem dos anos ainda por vir.

A mãe de Iaeli também era bonita. Pequena como Iaeli, sorridente e direta como ela, às vezes até direta demais. Sem qualquer constrangimento vinha e sentava numa postura oriental sobre o tapete no quarto de Iaeli, e conversava com os três. Era professora de Bíblia, mas falava a língua dos jovens, não como os pais dele. Ele ficava chocado toda vez que ela falava palavras de gíria em árabe, *sachtein* e *maalish*, e uma vez disse um palavrão, 'ssemak, e Aharon não soube onde se enterrar. Iaeli a chamava pelo nome, Atara, e elas usavam as mesmas roupas, e sem vergonha nenhuma se abraçavam e estreitavam uma na outra, e o que era mais estranho, e também tocante, ele constatou que ela sabia corar: quando falava de suas lembranças do período de treinamento agrícola, e quando contava sobre os tempos das ações clandestinas, dos voluntários, dos *mishtamtim*, e, é claro — quando recordava seus antigos amores, e também quando os obrigou a ouvir todos os três discos da *Flauta mágica*, e alegre e saltitante fazia as partes de Papagueno e Papaguena, o rosto a se inflamar. Às vezes também brilhavam em seus olhos lágrimas de alegria ou de saudade, nem tentava escondê-las, e Aharon se espantou quando compreendeu que ela e seus pais tinham a mesma idade, e resolveu lhes perguntar o que faziam eles nos dias anteriores ao estabelecimento do Estado, quando a mãe de Iaeli participava em combates frente a frente com o inimigo, nas operações militares. Guid'on disse que tinha inveja dela e da geração dela, que viveram épocas tão decisivas e grandiosas, e ela coçou a cabeça dele, que não falasse bobagens, e tomara que a geração dele já não precise enfrentar tempos como aqueles, decisivos e grandiosos. Aharon sabia instintivamente que a opinião dela influenciaria muito a escolha de Iaeli, e se esforçou muito para demonstrar a ela o quanto ele era digno da filha, arrumado e limpo e honesto, e responsável, e vindo de uma boa família, e o tempo todo sentiu que ela não gostava dele. Guid'on lhe era muito mais simpático, mesmo quando punha os pés sobre a mesa e arremedava sotaques, coisas que nunca tinha feito antes; até permitiu que ela lhe ensinasse a dançar corretamente a *debka*, e ela pulava junto com ele na sala, rindo e se divertindo com ele, os pés descalços, jovens e alegres, e Aharon curvava a cabeça olhando para as próprias mãos e se concentrando nelas, com que leveza ela saltita, nada aqui lhe pesa na alma, e de vez em quando a contemplava através dos cílios cerrados, dançando e lançando em seus olhos os segredos de um mundo inteiro que tinha sido vedado a ele, e sua alma ficou contrita quando ele pensou que também Iaeli e Guid'on teriam um dia lembranças como essas, dessa alegria, graças à infância deles, aos acampamentos, às excursões, às danças, até mesmo às discussões bobas deles, e ele — ele o quê, será como seus pais. Um escapista. *Aharoning*.

Uma vez por semana os três iam ao cinema, os garotos dividiam entre si a entrada de Iaeli, e ela sentava entre os dois. Depois a convidavam para um faláfel ou um *schwarma*, e ela dava conta de uma porção inteira e logo depois ainda estava pronta para devorar mais uma, e eles compravam para ela sementes de abóbora na travessa Bahari, e pelo canto dos olhos viam as prostitutas e seus clientes, mas não diziam palavra sobre isso. Por fim iam para a rua Allenby e compravam para ela sorvete americano e também um doce chamado Crembo e chocolate em rama. Ela tinha um enorme apetite, principalmente para doces, e principalmente para chocolate e açúcar cândi, e Aharon pensou com tristeza que isso poderia estragar seus alvos dentes. Quando iam de ônibus para casa, para o bairro, ficavam de pé durante todo o percurso, para que nenhum deles fosse o preterido num banco de dois lugares. Em tudo que faziam tomavam o cuidado, sem dizer nada, de manter um equilíbrio e uma equidade absolutos: num dia em que Guid'on estivesse doente, Aharon evitava acompanhar Iaeli até em casa, para não romper o tríplice pacto; nas noites de sábado, quando o grupo do movimento juvenil de Guid'on passava pelo grupo do "barracão" de Iaeli, os dois se ignoravam, um ao outro, e não por lealdade a seus próprios movimentos. Aharon estaria então em sua cama, fingindo ler, se torturando, sabendo que mesmo podendo ter a maior confiança nos dois, até mesmo longe deles, os dois estavam juntos num lugar onde ele mesmo não estava. Quando ele e Guid'on estavam sozinhos, não paravam de falar sobre ela. Ela agora preenchia todo o seu mundo, e eles a levavam entre eles com cuidado e com admiração, como duas pessoas a carregar um berço. A cada dia que passava ela lhes parecia mais adulta e mais inteligente. Às vezes — mais adulta do que eles. Eles viravam e reviravam as coisas aparentemente simples que ela lhes dizia, e nelas encontravam significados ocultos e profundos, comentavam com muita seriedade as comidas de que ela mais gostava, suas preferências em matéria de filmes, atores de cinema e cantores. Eles compraram para ela um livro de Esther Kell, e antes de lhe dar leram-no juntos em voz alta, se aprofundando nele, e sentiram como juntos se tornavam mais adultos e maduros. Toda quinta-feira liam na revista feminina *La-ishá* o horóscopo dela, e cada um dos dois verificava furtiva mas atentamente qual era a previsão para ele e o amigo, no que dizia respeito à vida amorosa, e com Iaeli ouviam toda semana a parada de sucessos e enviavam cartões em nome dela, para que fosse sorteada, e como Iaeli tinha uma assinatura do *Maariv para os jovens* eles o compravam também e logo o devoravam todo, para que tivessem sobre o que conversar com ela, para estarem mais com ela, mais e mais.

Só uma coisa perturbava a felicidade de Aharon: as discussões e provocações entre Guid'on e Iaeli. Esses dois conseguiam fazer um ao outro perder a cabeça, e quem sabe o que poderia acontecer não fosse Aharon, que diluía isso um pouco com sua mudez, com seus olhares, com sua aparência séria. Quase toda afirmação de caráter público ou nacional feita por Iaeli fazia logo Guid'on pular, e todas as promessas que ele tinha feito a Aharon quanto a isso eram esquecidas no momento em que ela respondia aos discursos dele com uma frase sorridente, mas incrédula e cética. Até mesmo no dia do aniversário de Guid'on, quando os três foram juntos ao Café Naava e bebiam sentados no ameno jardim, começaram a brigar. Isso começou — que diferença faz como começou, cada vez eles tinham um motivo diferente, Guid'on estava falando, parece, sobre os musicais de teatro de baixa qualidade que, infelizmente para ele, estavam ficando populares no país, e Iaeli disse ser louca por eles, e tomara um dia possa dançar num musical com cenários e grande elenco, e depois que terminaram de se irritar um com o outro por causa disso, se calaram um pouco, ficaram sentados ofegantes, insuflados, cada um olhando para o outro lado, e cinco minutos depois estavam de novo envolvidos numa esquentada briga, Aharon não percebeu como tinha começado, só ouviu Guid'on proclamar que o uniforme único obrigatório na escola era, na opinião dele, a maneira mais saudável de incutir no aluno a sensação de pertinência e identificação com o todo. Iaeli espichou os lábios e deixou escapar um "pfff!" desagradável: ela se sentia uma prisioneira naquelas roupas de bom-menino-de-jerusalém, e aí Aharon parou de ouvir, enjoado deles, olhou para o céu azul, o céu vespertino de Jerusalém, esperou pacientemente que esses dois se acalmassem, tentou pensar em como iam comemorar o aniversário de Iaeli dentro de duas semanas, ela e Guid'on tinham o mesmo signo, e como, no próximo inverno, os três festejariam seu próprio aniversário, e ficou mexendo no copo alto que tinha diante de si, irritado com Guid'on, que tinha pedido um café de coador, pois Aharon sabia que Guid'on não gostava de café, como é que se pode aturar o gosto de café, para que toda essa mentira com café e com cerveja clara ou vinho ou cigarros, pois é claro que ninguém vai gostar de ter esses sabores na boca, mesmo quando ele tiver oitenta anos de idade não vai participar com eles nessa representação, e por que Iaeli pediu um *tchico* descafeinado mas com gosto de café, e ele despertou de seus pensamentos quando percebeu de repente que o ambiente em volta pegava fogo, "Eu mesma não vou me maquiar", Iaeli fervia de excitação, "mas se uma garota não muito bonita quiser dar uma ajuda à natureza, por que não?". "Cara pintada — caráter fajuto!", espumou Guid'on, "e veja só durante quanto tempo você tem de raspar todas as camadas até chegar à garota verdadeira!", seu rosto estava pálido, e ele o aproximou do dela furiosamente, seus olhos verdes brilharam de repente numa cor viva, e sua voz tremeu um pouco. "O senhor fala por experiência própria, sr. Guid'on?" Fez-se silêncio. Aharon despertou e pensou que devia dizer agora alguma coisa, agora mesmo, para aliviar o ambiente, para afastar um pouco o rosto de Guid'on do de Iaeli, e percebeu algo anormal no rosto dela, os olhos dela eram como ondas tempestuosas, vagalhões escuros marrons e verdes espumavam e recuavam em seus olhos, e Guid'on não afasta seu rosto do rosto dela, e seus olhos se aprofundam nos dela, e com que força e ardor e dureza ele crava seus olhos fundo nos olhos dela, e as ondas como que se desfazem e se desnudam em seu furor, e a mesma sombra estranha desfalece nos olhos dela, se dissolve, cede e esvaece, e um brilho estranho vem cobri-los, como os olhos de um gato, e Aharon não entendeu o que era isso, e o que devia dizer para acalmá-los, e apesar de achar que o tempo todo tinha prestado atenção a tudo que diziam, afinal, como de costume, estava fora, ou melhor — dentro, mergulhado na acalentada lembrança de, bem, essa é uma lembrança conhecida, mas vamos lá assim mesmo, de como se sentia naquele momento, em que Iaeli saiu do casulo como uma borboleta viva na aula de balé, e da ideia de que quando nos apaixonamos por alguém estamos salvando um pouco esse alguém da morte, e é claro que também o apaixonado se salva, "E o que diz você, Kleinfeld, quem sabe já podemos ouvir sua opinião?", perguntou Iaeli, desviando com esforço seu rosto do rosto de Guid'on, e havia um tom de fria impaciência na voz dela, "talvez você possa nos dizer de uma vez o que realmente pensa, em vez de ficar mexendo essa colher no milk-shake como um doido?".

Ele parou imediatamente. Olhou um instante para sua mão, que ainda se agitava. Depois olhou para Iaeli, sorriu como a se desculpar, desamparado. O rosto dela diante do seu. O rosto dela, lindo em sua ira, a ruga de determinação em seu nariz se realçando num átimo e parecendo quase massacrante. E seus olhos, que agora estavam completamente verdes, nunca tinham estado tão verdes e ousados, de onde ela tirou essa cor, e Aharon os fitava, tentando entender alguma coisa, corrigir algum engano, afundando e mergulhando em si mesmo, desaparecendo por um instante, e de repente irrompeu de si mesmo com uma força que não sabia ter, de vida ou de morte, numa torrente de palavras, de afirmações, "Eu gostaria de poder resolver por mim mesmo com que idade vou morrer! Vocês entendem? Eu quero morrer com trinta anos, exatamente! No meu trigésimo aniversário! Jovem e forte, e sem todas essas doenças da velhice!". Cale-se, cale-se, você está cometendo um erro, olhe a cara dos dois e se cale, "Suicidar-me por decisão própria! No apogeu da vida! E acreditem que aquele que o fizer será o mais feliz de todos, pois ele vai sentir mais do que todos como o fim se aproxima, e então tudo em sua vida se fará mais forte e concentrado, sem tédio, sem desperdícios inúteis...", sua voz se esvaiu. Ele se encolheu, balbuciando. Por que não calei minha boca. Fez-se um silêncio oco. Pessoas sentadas em outras mesas também olhavam para ele, e naquele silêncio ia tomando vulto o erro que tinha cometido, erro de alguém que ainda não compreendia totalmente os códigos das leis da sociedade e do bom gosto numa conversa. Alguém que não sabia avaliar por onde passa exatamente a fronteira que separa as pessoas, que é uma divisória entre ele e aqueles que têm um conteúdo aparentemente diverso do conteúdo dele, aqueles que não querem de maneira alguma expor essa interioridade, escancará-la. Alguém assim ainda é um menino. Ele se sentiu envergonhado e humilhado, odiando a traição que tinha cometido contra si mesmo, por ter assim imposto a outros algo que eles não queriam aceitar. "Kleinfeld e sua filosofia", disse Guid'on, lançando um rápido olhar às pessoas sentadas às mesas em volta, e os três riram um riso forçado, e Aharon pensou que tudo estava perdido, era tudo ilusão, ele não estava a salvo, ainda não estava a salvo. Inconscientemente até apertou com os dedos um dos punhos e começou a estrangular ali enquanto contava mentalmente, mas logo interrompeu, chega, acabei com essas coisas! Elas já eram! Mesmo assim, em algum lugar, no escuro, num lugar distante, um corpo grande e sombrio se movia. Movimentava-se um pouco como dentro d'água.

Para o décimo terceiro aniversário de Iaeli ele teve uma estrondosa ideia, supra-aharônica, de assar para ela um pão doce trançado e gigantesco, com a figura dela. Guid'on ficou entusiasmado, e admitiu que fazia anos não ouvia de Aharon uma ideia tão bombástica. Essas palavras, que lhe soaram tão agradavelmente, Aharon guardou num determinado lugar, redondo e transparente, como um minúsculo globo terrestre que tudo contém, e onde em certas noites ele pode se alegrar muito, e onde uma nebulosa muito tênue, com faces de pêssego e olhos castanhos de amêndoa, um pouco enviesados, se torna por instantes concreta e real, mas leve a mão à boca.

Eles pediram ao pai de Aharon que os ajudasse, e só lhe contaram que o pão doce se destinava a uma garota da turma deles que gostava muito de doces. Nem mesmo seu nome eles revelaram. O pai riu, deu um tapinha amistoso no ombro de Aharon, dava para ver que estava muito contente, e disse: "Se Moishe vem, solução tem", e foi bom tê-lo procurado, com sua experiência de dez anos na padaria Angel, afinal nem sempre foi um funcionariozinho empunhando um lápis no Conselho de Trabalhadores, já foi, até o acidente, um trabalhador de verdade, as costas encurvadas sob o peso de sacos de farinha, trabalhando como um demônio a noite toda. Um verdadeiro stakhanovista.

E assim, durante duas horas febricitantes, salpicadas de farinha, os três confiscaram para si a cozinha. Avisaram a Iochi e à mãe que estava proibida a entrada de mulheres, e mergulharam no trabalho de preparar e assar o pão. O pai, assobiando, misturou a farinha com ovos e margarina e água, e mostrou como se amassa e rola a mistura até virar massa. Como sempre, exagerou nas quantidades, e a mesa da cozinha ficou coberta de tenras bolas de massa, sinuosamente sulcadas. O pai untou bem a forma com margarina, e enquanto se deliciava com os movimentos das próprias mãos os garotos esculpiam numa bola de massa bem macia o rosto de Iaeli, com suas bochechas redondas de aparência saudável, seu nariz pequeno e decidido, os lábios sorridentes e divertidos, o inferior um tanto destacado, se projetando em sutil provocação, oi, os lábios desafiadores de Iaeli, e depois espetaram na massa duas amêndoas, e Aharon olhou, balançou negativamente a cabeça, enviesou-as um pouco e sorriu: Iaeli estava olhando para eles. Quase parecida com ela mesma.

Então esculpiram seu pescoço, longo e fino. Aharon se enterneceu todo ao senti-lo rolar em suas mãos, tão frágil, frágil demais para carregar tal felicidade. Em momentos assim a alma de Aharon se tornava tão ampla e profunda que ele ficava certo de que breve, muito breve, essa amplitude e essa profundidade se estenderiam ainda além, preenchendo todos os lugares. Seu amor, mesmo nos momentos em que o fazia sofrer, o fortalecia também, e sua capacidade de amar não era menor que a dos outros: este céu ninguém poderá ocultar dele. O pai começou a rir, e disse que agora eles tinham de apontar os tanques para o sul e investir sobre partes mais interessantes, e Aharon, que sempre tinha ideias poderosas e cheias de inspiração, mas se envolvia menos na maneira de concretizá-las e em sua complicada materialização, agora começava a ter um novo pensamento, à luz dessa proposta.

O pai não percebeu a hesitação dele. Perguntou se nessa senhorita já tinham surgido os *tsitskes*, e se eram assim, ou assado. Ou talvez desse outro tipo. Sua mão esculpia rapidamente bolas de massa bem redondas, bojudas, aconchegava-as na palma da mão e amassava: Assim, talvez? Como peras? Como toranjas? Hein? O quê? Seus dedos arredondavam e se afundavam na massa, e seu rosto brilhava de suor. Aharon cravou seu olhar na mesa, e o pai disse num tom divertido, conciliatório: "Por que vocês ficaram corados, camaradas? Se você faz uma escultura ela tem de ser exatamente fiel! Natural!". Guid'on finalmente disse que ela não tinha, quer dizer, ainda não tinha nada, e o pai encolheu os ombros e disse: "*Platfus?*". E bateu com força com a mão aberta nas bolas de massa, achatando-as. "Não é tão terrível", disse em tom de consolo, beliscando com os dedos para formar graciosos mamilos infantis, "vão crescer. Até Sophia Loren um dia foi uma tábua." Agora trabalhavam calados. Aharon fez um braço, Guid'on o outro. Aharon deu forma a seu lindo punho, e quase caiu na tentação de nele deslizar a língua, para modelá-lo. De vez em quando seu olhar saltava, sem querer, para as bolas de massa achatadas em cima da mesa. O pai tomou dele e de Guid'on os dois braços e, com a língua presa entre os dentes, juntou-os ao corpo com precisão. Na palma de sua mão brilhava a queimadura vermelho-amarelada, que sempre parecia ser recente, uma lembrança do acidente, quando por engano enfiou a mão no grande forno da padaria e a carne grudou no metal. Ele pegou uma faca com a qual raspou e alisou a junção dos braços com os ombros. Depois examinou satisfeito sua obra, e Aharon se lembrou dos tempos em que o pai se levantava para ir trabalhar às duas horas da manhã, antes de a mãe ter feito dele um funcionário com estabilidade e pensão. Que silenciosa sequência de perambulações acontecia então na casa! Aharon, que na época tinha quatro ou cinco anos de idade, se esgueirava imediatamente para ocupar o lugar que tinha ficado vago na cama de casal, ao lado da mãe; Iochi, de olhos fechados, passava para a cama de Aharon, cujo colchão era mais grosso e acolhedor; a avó, que tinha saído de seu quartinho, pequena e confusa, sonambulava dormindo para a cama vazia e quente de Iochi, se enrolava toda em si mesma chupando o polegar, e adormecia. O pai ficava de pé junto à porta, vestindo seu macacão azul, olhando com saudade esse redemoinho silencioso, as fímbrias oscilantes e estufadas dos roupões, os cobertores de penas subindo e descendo nas respirações, os balbucios das mulheres adormecidas, ficava ali mais um instante, empunhando a maçaneta fria, termômetro de seu exílio, se recusando a se apartar daquela casa que imediatamente se fechava atrás dele como uma cicatriz instantânea, que vá de uma vez, que se vá, pensava Aharon, e sem esperar a batida da porta se derramava na gigantesca e quente concavidade, se colava furtiva e confusamente no corpo da mãe que ressonava levemente, e ela, dormindo, aproximava dele um traseiro flexível e morno, e ele — um Jacó agitado, a receber com um coração palpitante e exultante de um Isaac cego a bênção que era destinada a Esaú, se apertava contra ela mais e mais, com todas as forças, e da porta se ouvia um *shalom* infeliz, numa voz baixa e arrancada do peito, que vá logo embora, e uma breve onda de frio arrepiava por um momento os que ficavam.

A cozinha, cuja porta tinha sido fechada para a enfurecida mãe, já estava quente e cheia de vapores, e eles falavam muito pouco. Aharon modelou na massa a perna dela. Com devoção deu forma a seu pequeno joelho, ainda infantil, e depois deslizou sobre seu tornozelo até torná-lo fino e bem torneado. De quando em quando percebia o olhar perscrutador de Guid'on cravado nele, e então desfazia depressa a expressão que subia de dentro dele para se estampar em seu rosto. O pai, com suas duas mãos, tirou deles as pernas e riu: estavam tão diferentes uma da outra!

"Você gosta delas gordinhas, hein?", disse, cutucando Guid'on, "com muita carne, hein? O quê? Muito bom! Com alguma coisa pra agarrar!" E Aharon não prestou atenção. Estava checando, e viu que Guid'on tinha se esquecido de fazer o espaço entre o dedão do pé e os outros dedos, e pensou que Guid'on não sabia amar como ele. Não se comprometia até o fim.

"Agora só o traseiro e terminamos", disse o pai, e se virou para o forno.

Aharon olhou para Guid'on e os dois se ruborizaram. Depois, para que nenhum dos dois se antecipasse ao outro, pegaram ao mesmo tempo dois pequenos blocos de massa e começaram a alisá-los. Aharon teve a impressão de que a massa se curvava sob seus dedos. O rosto de Guid'on estava atraído pela massa em sua mão, e seus olhos um pouco nublados. Aharon esculpiu uma nádega na forma de meia maçã, e a pousou calado sobre a mesa, retirando logo a mão. Guid'on pôs a dele. O pai riu outra vez: "Vocês estão fazendo a mesma garota?".

Disse depois: "Fechem os olhos por um instante, porque agora vai ser proibido para menores de dezesseis anos". Ele pôs as duas nádegas na forma untada, colou nelas o par de pernas e as abriu um pouco, se curvou sobre aquelas pernas expostas, parecendo rãs, concentrado e sério, e com sua grande unha, amarelada e curva, riscou um ousado sulco entre elas.

"*Shoin, guemacht*! E vamos cobrir muito bem isso tudo, para que não se veja nada desta madame de vocês!" E ele espargiu o gergelim e as passas com mão generosa, como se semeasse. Aharon acompanhou o esvoaçar de sua mão. O corpo macio se cobriu aos poucos.

Então, num largo gesto, gesto de homem, o pai enfiou o pão doce trançado dentro do forno. Rapidamente de lá se espalhou o cheiro fresco, embriagador, da assadura do pão.

29.

"E aí, Aron'tchik', já podemos mandar fazer o terno?"
No jantar começaram a atazaná-lo. O pai o tinha visto com Iaeli e Guid'on junto à rocha deles. Alguém contou à mãe que vira os três no cinema. Os rostos do pai e da mãe resplandeciam: como se num só instante a casa tivesse se libertado da cinzenta tristeza que os acontecimentos do último ano tinham nela insuflado; o pai pôs o rosto na frente de Aharon e perguntou, numa voz entrecortada de riso, o que fazia o *mechiten*, pai da jovem madame, e a mãe disse, pensativa, que o sobrenome de Iaeli — Kadmi — lhe cheirava, *epess*, a nome novo, adaptado para o hebraico, talvez encobrindo outra coisa. Ela lhe perguntou como era a casa deles por dentro, quando fora a última vez que tinham feito uma reforma lá, qual era o tamanho da geladeira, e se a mãe de Iaeli era aquela Kadmi que dizem ter comprado na América uma peruca tão moderna, parecendo tão verdadeira que dava até para levá-la ao cabeleireiro, porque às vezes, explicava seriamente, os olhos brilhando numa advertência, às vezes se compra uma peruca assim para deixar as vizinhas doidas, e às

vezes para esconder a queda de cabelo, e um problema como a queda de cabelo pode certamente ser hereditário, concluiu, apertando os lábios decididamente, como quem acaba de cumprir sua obrigação. "N*u*, chega, chega, mãezinha", disse o pai, censurando, "ainda não chegou a hora de falar dos cabelos dela e da queda de cabelos dela, o principal, Aharon, é que você precisa convidar sua gata pra vir aqui em casa, para a gente conhecer ela e examinar de perto." O rosto da mãe adquiriu a expressão daquele riso que Aharon detestava, seu riso feminino, turvo, o pai perguntou mais uma vez como ela se chamava, a sua belezoca, e Aharon ficou vermelho e enfiou a cabeça entre os ombros, com medo de que, depois dele, eles repetissem o nome dela com a boca cheia de comida, "Então coma, coma mais!", insistiu com ele a mãe, fazendo crescer um monte de purê esbranquiçado no prato dele, "agora chegou a sua hora! Agora você realmente tem de começar a abocanhar sua presa!". E o pai cortou com a faca grande, a assassina, uma fatia de pão de *kümmel* grossa, maciça, e a pôs na mão dele. "Oi, Aron'tchik", exclamou, "você não tem ideia do quanto estou contente!" Eles realmente exultavam. De repente pareciam gentis e radiantes e jovens. Seu pai passou do prato dele para o de Aharon uma papa de feijão marrom: "Coma *fassulia*! Já que você não vai se encontrar com ela esta noite! Ahn?". E seus pais riram muito, o tempo todo explodiam em ruidosas risadas, olhando um para o outro com um olhar desconhecido, novo e fresco, e quando a mãe repartiu o frango sua mão pousou por um instante na mão do pai. "Pegue mais um *pulke*!", exclamou, passando do próprio prato para o de Aharon uma coxa de galinha, "esta é a sua hora, de recuperar o que você perdeu! Coma! Não segure na boca! Coma!" Eles enxameavam em torno dele, acumulando em seu prato as melhores partes, as mãos se movendo rapidamente em volta, para cá e para lá, desenhando ao se cruzarem sinais de descaso bem no rosto de Iochi, que mastigava em silêncio; e Aharon — que também tinha desviado os olhos para não vê-la, se fez de desentendido, e contra a sua vontade invadiu-o uma sensação nova de orgulho, como se ele, ele e não outro, tivesse conseguido com um só impulso abrir uma grande janela, na qual toda a família tinha antes grudado o rosto com grande impaciência, e um sopro de ar rico e fresco tivesse entrado. Por um momento se deixou levar por esse sentimento prazeroso, mas viu a inclinação da cabeça de Iochi, e o rosto de sua mãe, tragando com sofreguidão aquele novo sopro de ar, e a lembrança de seus sapatos de bar mitsvá veio-lhe à mente, aqueles sapatos que o faziam mais alto. Seus ombros caíram. Seus olhos procuraram os de Iochi, e sua língua abriu caminho entre os armazéns que tinha na boca para tocar em seu dente de leite. O pai e a mãe mastigavam e falavam sem parar, e ele já não os ouvia. A mãe até se esqueceu de dar de comer à avó com a colherinha, e a avó ficou sentada diante de seu prato com o frango desfiado, um fio de saliva escorrendo sobre o babador que ela usava sobre o peito. Aharon tinha a boca cheia, e não era capaz de engolir nada. Passava seus armazéns de bochecha para bochecha, sem parar, mordiscava sua fatia de pão, arrancando nervosamente dela, uma após outra, as sementes negras de *kümmel*, dispondo-as à sua frente no formato da ponta de uma flecha, no formato de um bando de cegonhas, de agora em diante comeria todo dia *halawa* e purê também, em benefício de sua fortaleza, para defender melhor aquele seu lugar, e aquela que dançava lá, e além disso pelo menos sete quadradinhos de chocolate todo dia, não é bom para os dentes mas fortaleceria o seu Guid'on interior, o Guid'on do passado, e ele tornou a checar com todo o cuidado a pequena lista que tinha preparado, a lista dos açúcares da amizade e dos amidos da pertinácia e dos carboidratos da lealdade, todos os seus elementos básicos de nutrição, e sorriu intimamente, há duas semanas apenas ele não tinha nada lá, só mais um lugar desconhecido em seu corpo, e agora o sentia viver e palpitar tanto, e ele só acordou quando Iochi empurrou de repente da frente dela o prato da compota e foi até a pia para cuspir, ichs, que gosto, o que é que você pôs aí. A mãe olhou para ela com raiva, provou na ponta da colher e seu rosto se anuviou, não aconteceu nada, disse, parece que eu troquei os pratos, se você me ajudasse a servir e não ficasse de pernas para cima como uma princesa isso não teria acontecido, murmurou, toda vermelha, e passaram a compota com os remédios esmigalhados para a avó, agora fique sentada aí e coma sua *compot*, não aconteceu nada, por que é que você ficou inchada aí desse jeito, e Aharon olhou em volta apreensivo, de novo sonhava, tinha a impressão de que tinham lhe perguntado algo, que tinham lhe apresentado definitivamente uma exigência que dizia respeito ao futuro, o seu futuro. Em apuros, balançou a cabeça, o que querem de sua vida, olhou para a mesa a sua frente, descobriu surpreso a pontiaguda cabeça de flecha feita de *kümmel*, desmanchou-a de uma só vez, espalhou as sementes, sacudindo as que se grudavam em seus dedos, só lhe faltava que o pai visse o que estava fazendo com um pão tão bom.

 Mas nem o pai nem a mãe se deram conta daquilo, tão alegres estavam, eles engoliam a compota em longos e ruidosos sorvos, como ele gosta de contemplar Iaeli quando ela bebe num copo de vidro, e então ele vê sua linda boca duplicada dentro da bebida, mas os lábios deles se moviam a sua frente, todos os seus sorrisos e caretas pareciam como de prisioneiros em cuja cela foi atirado um prisioneiro novo, que tenta aparentar não pertencer àquele lugar. Até as palavras que eles pronunciavam se desvirtuavam em suas bocas: belas palavras como "prazer" e "amor"; ele não vai repetir essas palavras com sua própria boca durante um dia inteiro. Um dia só, não, sete dias inteiros. Até que elas se limpem de tudo que grudou nelas. Seu rosto se enfiava cada vez mais no prato, "Só uma coisa ainda não entendi", disse seu pai, alargando o cinto, num instante se espalhando e enchendo toda a sala, "você volta com ela da escola junto com Guid'on. Você vai com ela pro *uádi* com Guid'on. Pro cinema — novamente com Guid'on. No fim ele também vai ficar com vocês para segurar a vela!".

Ele irrompeu num riso ruidoso, cheio, mas nos olhos da mãe de Aharon brilhou alguma coisa estreita, metálica. "Se você esperar muito, ele ainda vai tirar de você sua belezoca", ela disse num tom destituído de humor. "Nessas coisas, Aharon, não tem amigos e não tem favores! Quem for forte e o primeiro — esse é o que fica, e o que for delicadinho — come titica!" Ela lançou um olhar agudo ao pai de Aharon. Fez-se silêncio, e uma lembrança opressiva encheu subitamente o recinto, como se tivesse se projetado das paredes e do chão.

"Ouça o que eu digo, Aharon", sua mãe voltou a falar, advertindo-o expressamente, elevando e aguçando a voz, como que se esforçando para cortar o silêncio em pedacinhos. "Nessas coisas, quem espera como um *lemele* acaba com a boca aberta, assim: Béééé!" A foice de carne em sua boca se contorcia na frente dele. "Você entende o que eu estou dizendo?" Durante todo esse tempo, apressadamente, dava de comer à avó, a mão subindo e descendo da tigela de compota, a cada três movimentos recolhendo um pouco debaixo dos lábios da avó. Iochi não conseguia mais se conter.

"E você não me venha franzir o nariz, sra. Aliza Mizrachi!", a mãe explodiu, "já vimos como você é uma especialista nesses assuntos! Só me mostre onde eles estão, todos os seus namorados. Onde? Nos envelopes? Debaixo dos selos? Vamos ver!" "*Shá*, basta, *ima'le*. Agora deixe ela em paz!" Naqueles dias, quando Iochi se preparava para seus exames de conclusão do ensino médio, o pai a defendia e tratava com respeito. Também se levantava no meio da noite, ia silenciosamente até a cozinha, acariciava a cabeça que tinha pousado adormecida sobre os cadernos, preparava café para ela, um grosso sanduíche, calado para não desviar sua atenção, e saía na ponta dos pés. "Não me venha fazer aqui um parlamento!", bradou a mãe, "com o marido dela ela poderá fazer o que quiser. Não comigo."

Aharon enterrou o rosto no prato e mastigou a pasta massuda que tinha na boca. Essas batatas entram em mim, parte vai sair na merda e parte vai ficar e já vai ser eu, então de fato estou comendo agora a mim mesmo antes que vire eu de verdade, e é esquisito pensar que toda batata que existe no mundo pode no fim ser parte de mim, e da mesma forma todo pepino ou ovo pode no fim ser parte de mim, de Aharon Kleinfeld, e na mesma medida pode ser também parte de qualquer outra pessoa, e ainda não sei o que de meu é só meu e não recebi de ninguém e não vou dá-lo a ninguém, mesmo se quiser, e não poderá viver dentro de ninguém mais a não ser eu, e quando eu souber que coisa é essa juro que vou guardá-la comigo com toda a força, pois as outras coisas vão ser tiradas de mim, eu já sei, ou eu vou ter de abrir mão delas, e talvez elas nem sejam minhas de verdade, mas a coisa que é só minha eu vou guardar até a morte; ele não queria ouvir a mãe e suas alusões repelentes, e a urgência que soava em sua voz, como se todo o seu destino, toda a sua salvação ou sua tragédia dependessem de sua capacidade de fazer jus a Iaeli, de conquistar Iaeli, como é que se pode conquistar alguém que se quer amar, como é que se pode conquistar alguém que se ama exatamente por ser livre e tão autêntica. Ele mastigava e enfiava na boca mais e mais, contanto que não tivesse de olhar para ela agora, com suas asserções, sua papeira, e jurou consigo mesmo que nunca teria ciúme de Guid'on por causa de Iaeli, e isso era a coisa mais bonita na amizade dos três, o fato de que de maneira não explícita tinha se criado entre eles uma partilha honesta e especial, e cada um dos dois recebia para si uma Iaeli inteira, e assim mesmo — uma Iaeli diferente, pois Guid'on conhece a Iaeli que todos conhecem, a Iaeli mais pública, enquanto Aharon ama a outra Iaeli, a Iaeli que ela gostaria de ser, e ninguém a conhece como ele, ele a conhece no mais fundo de seu ser.

Não, ele não tinha ciúme de Guid'on, talvez só porque na verdade não sabia quem lhe proporcionava felicidade maior — Guid'on, graças a quem é tão fácil para ele se aproximar e se fazer conhecer a Iaeli, ou Iaeli, graças à qual Guid'on tinha voltado a se abrir para ele. E quem sabe sua maior felicidade não é a soma das duas coisas? Olhou disfarçadamente para a soturna Iochi, toda encolhida, ela agora com certeza vai odiá-lo por causa de Iaeli, mas Iochi lançou para ele um olhar furtivo de encorajamento, e seu coração se encheu de gratidão e empatia por ela: não ceda a eles, irmãozinho, lhe dizia o olhar dela, nem nosso pai nem nossa mãe tiveram uma só dessas suas duas felicidades. Eles não sabem nada. Eles não sabem a quarta parte do que você já sabe. Talvez seja essa a razão de eles fazerem isso com você.

Mas sua mãe, com sua língua ferina, o instigava sem parar, e quem ouvisse suas palavras, visse seu semblante afiado, poderia pensar que era ela quem estava competindo com Guid'on. "Pegue esse dinheiro, pegue!", enfiava de repente na mão dele quando saía para ir ao cinema, "e se aquele lá comprar para ela faláfel, trate de comprar *schwarma*! Não faça economia! Eu pago!" E quando voltava dos programas vespertinos, ela o esperava em seu roupão noturno, eriçada como um pássaro belicoso, o interrogava quanto aos mínimos detalhes, e o que ela tinha dito e o que aquele lá tinha dito, se a situação já tinha sido resolvida, se ela já tinha dito algo que pudesse sinalizar qual era sua decisão. Entrelaçava os dedos com força. Seus lábios balbuciavam junto com os dele suas breves respostas. Às vezes, enquanto ela o mergulhava em todo esse fel — descrevendo com estranha paixão a rasteira que ele era capaz de levar se não ficasse em guarda, se deixasse Guid'on se engraçar com Iaeli bem debaixo do nariz — ele tinha uma estranha sensação, a suspeita, de que ela sentia um tortuoso prazer em espicaçá-lo, em manter a orelha dele grudada na terra, a terra dela. "E quando você está com ela, com sua belezoca", ela o advertia, faíscas voando de seus olhos, "de maneira nenhuma demonstre que você a quer! De jeito nenhum nenhum! Ou ela vai logo começar a humilhar você!", e apertava os olhos até eles virarem uma fenda estreita, sua voz se tornava grave e solene, impregnada de antigas poeiras: "E não seja com ela um *fertsale*, um coitadinho como você sempre é! Não deixe que ela veja logo tudo que você está pensando. Não se venda assim tão barato, quase de graça. Brinque um pouco com ela. Mulheres gostam de homens assim, saiba você!". Aharon pensou na ingênua Iaeli, no rubor que uma vez tinha surgido em seu pescoço, e quase começou a rir.

"E não ria assim, figurão", ela se zangou com ele, "pode acreditar que já faz tempo que sua belezoca não é mais uma ovelhinha ingênua, se ela sabe jogar assim com vocês dois e pôr os dois para rodar em torno do dedinho dela, ouça o que eu digo, Aharon, ela já sabe muito bem de onde nascem as pernas."

Piedosamente ela balançou a cabeça, e novamente se tornou evidente aquela surpreendente contradição entre essa expressão piedosa e seus traços fisionômicos, que apesar de tudo eram belos e vibrantes, quase desafiadores. Aharon se deixou enredar um instante nesse labirinto enganoso, depois deu de ombros, e quis ir embora dali.

"Aonde exatamente você vai, endireite as costas." Ela baixou a voz. "Vai se encontrar com ela?"

"Me deixe. Pensei em ir até o quarto da vovó. Ler o jornal para ela."

"A vovó! Que história é essa de ir ver a avó? Um babaca com quatorze anos e meio vai curtir com a avó! E o que ela entende do que você lê para ela todo dia? Por que você não vai ver a sua belezinha?"

"Porque... porque Guid'on não está em casa agora."

Ela riu às gargalhadas: "Santa ingenuidade! E quem sabe, por acaso, ele está com ela agora? Quem sabe ele está com ela na casa dela, no quarto dela, os dois sentados na cama e rindo deste boboca?".

"Ele não."

"E se ele sim, com certeza ele vai correr para lhe contar, não é? Vá, vá ver sua gata, agarre-a e fuja! Você tem dinheiro?"

"Mas a avó —"

"Deixe a avó de uma vez! O que é que você vai ganhar com a avó? A avó já terminou a carreira dela! E pode crer que ela não esperaria por você meio minuto se tivesse uma oportunidade!" Enfiou à força uma nota de uma lira na mão que a rejeitava: "Vá lá chupar sua vida muito bem chupada, porque, senão, alguém vai chupar por você!".

O rosto dele se estreitou como as narinas de um camelo na tempestade. Por mais um momento ela tentou fazê-lo sair, chegando a empurrá-lo com a mão, depois o deixou. Que fizesse o que queria fazer. Ela, graças a Deus, já não era responsável por ele. Ela já tinha se arranjado muito bem na vida. Seus dedos amarrotavam o pano de prato. Foi embora, deixando-o só. Ele não irá. Ele não irá. Saiu para a varanda, olhou em volta. Não viu crianças na rua. Um jornal *Maariv* da véspera estava jogado lá. Aharon folheou até encontrar os anúncios fúnebres. Escolheu o "Avraham Kadishman z'l foi remido de seu sofrimento". Brincou um pouco de anagrama com as letras, raiva, vara, mina, mar, manha; formou mais cinco palavras novas, fresquinhas, e passou para Pessia Sterenburg, tntsv'a,* mas logo enjoou, à noite terminaria. Foi para seu quarto, sentou no peitoril da janela, um pé sobre o Fridman. Abriu sua caixa de negativos e olhou. Havia meses não acrescentava nada à coleção. Percorreu com o olhar os pedaços escuros de celuloide, procurando em cada figura sua tênue aura. E tem homens de tribos selvagens que não permitem ser fotografados, acreditando que a foto rouba um pedaço deles mesmos. Talvez ele peça a Shimek que lhe envie algum negativo de uma foto dele, Aharon. Seria interessante vê-lo. Ele já sabe de cor o aspecto de sua aura. Redonda e flexível e emitindo uma luz suave, alaranjada. Quantas bobagens ela tinha falado, a mãe dele. Guid'on e Iaeli, realmente. E nos últimos dias até que as brigas deles diminuíram, graças a Deus. Dá para andar entre eles sem ficar surdo. Na verdade, se não fosse Aharon, que finalmente abrira a boca, teria se instalado entre eles um silêncio total. O que é que ela entende disso? Deu um pulo, pegou sua bola de futebol e desceu. A rua, em frente ao condomínio, estava vazia. Brincou aqui. Brincou ali. Junto ao tronco decepado da figueira percebeu algo e parou. Apertou a bola contra o peito e se aproximou: uma folha. Uma folha verde e minúscula brotava direto do tronco. Seus olhos se ergueram por si mesmos para as persianas dela, que estavam cerradas. Onde estaria agora. Rodeou o tronco. Inclinou-se e tocou nele com cuidado. Todo o inverno passado emergiu dentro dele. Uma das vizinhas, talvez até mesmo sua mãe, tinha telefonado aos pais de Edna e comunicado que eles tinham de vir buscá-la. E todo o condomínio ficou então atrás das persianas fechadas vendo-a caminhar de cabeça baixa, como que petrificada, entre seus pequenos pais. Um táxi especial

---

* *z'l* é abreviação de *zichronó livrachá*, "de abençoada memória"; *tnatsevah*, de *tihié nafshólá tsrurá bitsror hachaim*, "que sua alma esteja enfeixada no feixe na vida". (N. T.)

os esperava, e Edna desapareceu dentro dele. Agora o pai dela vai se virar e brandir os punhos na direção das persianas, agora ele rogará uma praga terrível e ela vai se realizar, mas o pai dela não se virou e não rogou praga, os três entraram em silêncio no táxi e se foram para sempre, talvez para a casa deles, ou talvez a tenham levado para alguma instituição, eu a traí também, então ele deu um salto para trás e partiu rapidamente para um ataque fulminante ao longo de metade da rua, diante do clamor das arquibancadas, e logo se deteve. Basta. Ele já não precisa de todo esse faz de conta. Graças a Iaeli ele agora está na vida real. De novo lançou um olhar cauteloso às persianas baixadas do terceiro andar. Graças a Iaeli tinha deixado nas últimas semanas de sentir o vazio daquela casa selada. E o que nela tinha ficado aprisionado para sempre, e que não parava de adejar lá e de se chocar contra as paredes. Desviou o olhar e correu dali, saltitando com amarga leveza numa perna só, graças a Iaeli tinha sido salvo de todo tipo de potencialidades ruins do futuro. Mas onde se esconderam todas as crianças. Estranho. Chamou por Guid'on *à* meia-voz. Silêncio. Talvez deva dar um pulo até a mercearia no centro comercial. Talvez a mãe precise de algo. De azeite, talvez. Ontem ela estranhou que a garrafa tivesse acabado tão depressa. Era ele, que agora comia tudo com azeite. De repente se viu correndo escada acima, na entrada C. Passou na ponta dos pés pela porta de Tsachi. Subiu ao segundo andar. Colou a orelha na porta de Guid'on. Chamou por ele com o coração, sem emitir som. Súbito se ouviu lá dentro o som de vozes que brigavam, e ele recuou. Mira, a mãe de Guid'on, gritava lá: "O que você está fazendo com a gente? De onde vem essa alegria de destruir tudo?". E o pai de Guid'on respondeu naquele seu tom gentil e maldoso: "Mas eu só estou pensando em sua felicidade, querida. O que é mais caro para mim do que a sua felicidade?". Houve um silêncio, e a mãe de Guid'on disse numa voz sufocada e chorosa: "Não vá. Eu lhe imploro. Não me deixe aqui sozinha com ele. Você está me empurrando para isso, por quê, por quê". E o pai de Guid'on respondeu numa voz divertida e fria: "Um novo amor vai fazer milagres na pele de seu rosto, minha cara". Aharon fugiu de lá, agitado e tomado de obscura aversão. Tudo que eles tocam, os adultos, é infecto. Sentou-se nos degraus atrás dos prédios e enfiou a cabeça entre as pernas. Ele não vai ser assim. Jamais. O amor dele será sempre puro. É assim que ele ama Iaeli agora, e assim a amará até o dia de sua morte. E tomara que morra antes dela, para não precisar viver no mundo um dia sequer sem Iaeli. Por um instante tentou imaginar um mundo assim, não preenchido inteiramente por Iaeli, como a própria respiração. Sua mão esquerda se fechou no punho de sua mão direita para cortar a circulação, mas logo percebeu o que fizera, repreendeu a si mesmo e parou. Com isso já terminamos. Disso, graças a Deus, nos livramos. Agora ele tem Iaeli. Sua vida não tem sentido sem Iaeli. Ele sabe que é perigoso ser tão dependente de uma coisa. Mas talvez seja só por causa disso que ele sabe amar assim. Um amor de tudo ou nada. O tempo todo sua mão deslizava para a articulação para estrangulá-la. Por que ela o atazana tanto, a sua mãe. Por que ela é assim. O que é que ela sabe sobre ele e sobre Guid'on e sobre camaradagem. Como se pode explicar a ela, por exemplo, que Aharon escreveu um poema para Iaeli, um poema à beleza e ao amor tal como nenhum outro jamais escrito, escreveu com o sangue do coração, e de maneira alguma ele vai dar o poema para ela, para Iaeli, nem mesmo vai lhe revelar qualquer indício de sua existência, porque Guid'on não sabe escrever poemas. Mas e se ela estiver com a razão. Talvez ele seja realmente ingênuo demais. Talvez em coisas tão cruciais como essa, biológicas, atue um instinto muito forte, que nele ainda não começou, e só por isso ele ainda se mantém íntegro. Ingênuo. Com repugnância tirou do bolso a nota que ela lhe havia dado. Ordenou a si mesmo que a enterrasse. A voz dela dentro dele tentou negociar, estridente, cricrilando em sua cabeça. Para enfrentá-la Aharon contraiu os músculos da barriga, Iaeli, pensou, Iaeli, e com dedos teimosos cavou e enterrou e cobriu com terra. Ótimo. Foi como que uma oferenda, mas ele não se sentiu purificado. Ao contrário. Ela realmente consegue fazê-lo se sentir repulsivo a seus próprios olhos. Onde Guid'on pode estar zanzando todo esse tempo. Um nicho cheio de teias de aranha faiscou entre os galhos do rosmarinho. Alguns insetos mortos se balançavam lá. Jogou um graveto seco nas teias. Mas não viu a aranha. Talvez não haja aqui nenhuma aranha. Não vai procurá-la sozinho. Prefere morrer a ir. Ele ama sua Iaeli e confia nela. E aí está, isso também é importante: graças a esse amor ele tem certeza de que gosta de garotas. Quer dizer, de mulheres. Porque às vezes ele se alarmava com um pensamento terrível, de que talvez, entre as outras ideias e armações de sua tragédia corporal, ele pudesse começar a gostar de meninos. Quer dizer, de homens. Porque tem casos assim. Tem pessoas que de repente, quando tinham sua idade, receberam uma ordem dessas lá de dentro, de alguma glândula, e vai discutir e implorar. Porque o que é lá de dentro também é um pouco de fora, como se sabe, e ele é como as batatas que estavam jogadas em algum campo distante, como pepinos e alface e cebola, estranho e sem pertencer a ninguém. Que horas já são. Como é que ninguém chegou ainda. Guid'on, Guid'on, e veja, agora, quando já é cem por cento garantido que ele vai crescer para ser normal, isso já podia realmente começar.

 Uma borboleta cega, enfraquecida, uma espécie de mariposa noturna marrom-acinzentada, pousou numa folha perto dele. Aharon estendeu a mão e capturou a borboleta facilmente, e sem parar para pensar ele a pôs sobre uma teia. As asas se agitavam, num movimento débil, quase imperceptível. Num átimo a aranha estava lá. Grande, de longas patas. Aharon deixou escapar um gemido de pânico: mas para as folhas secas que ele atirou na teia a aranha não tinha ido! Ficou contrito, tentando se justificar, que culpa tenho eu se a borboleta está viva e se mexe e atraiu a aranha? Bem diante de seus olhos a aranha já estava encasulando a borboleta. Rápidas, meticulosas e metódicas, suas teias transparentes envolveram o corpo fraco e apavorado, e Aharon não procurou um graveto, ou um raminho, para interromper o processo. Não procurou deter a aranha. Só ficou ali sentado, contemplando o pequeno assassinato, pelo qual era o responsável, todo alvoroçado, como é que você não intervém nisso; mas se a borboleta não tivesse se comportado assim, a aranha não a teria percebido; é assim, não é? Assim, vivo; maluco, cruel, você já não é mais você, bata na aranha com um graveto e ela vai fugir e largar a borboleta; a aranha nem toca nela, só a envolve de longe em suas teias; o que você fez, veja como você também está ficando desse jeito; desse jeito como; colaborando, ajudando a morte.

Num instante tudo acabou. A borboleta se esvaiu sozinha. Toda a sua força só lhe foi suficiente para mover sua antena uma única e última vez, num pedido de misericórdia ou numa advertência diante do chocado Aharon, e depois parou. A aranha estava sobre ela. Tranquila, sombria. Só as teias respiravam. Aharon estremeceu. Abraçou a si mesmo e tentou se acalmar. Como é que tinha acontecido algo assim com ele. Sim, mas e se eles estão de enganação lá. E se já estão rindo lá desse boboca. De repente ouviu alguém se aproximar em rápidos passos. Uma mão lhe tocou o ombro. O rosto de Guid'on em cima dele, grave, fechado, desesperançado.

"O que há de novo, Kleinfeld."

"Nada. Estou sentado aqui."

"Eu fui buscar você em casa. Venha, vamos até ela."

Ele se levantou. Ficou de pé diante de Guid'on. Disse, como que a transbordar: "Ouça, ouça...".

"O que houve? Fale de uma vez."

"Venha, antes... antes vamos fazer uma coisa." Nem ele mesmo sabia do que estava falando.

"O quê, fazer o quê."

"Eu preciso que você me ajude com uma coisa." Que pelo menos ele saiba dizer isso corretamente. "Ouça, o meu dente —"

"Que dente."

Riu, como se desculpando: "Ainda tenho um dente de leite".

"Jura. Ainda ficou um?" Guid'on estava tão surpreso que, por engano, disse isso com entonação de pergunta.

"Sim. Um. O último. Eu quero tirar. Agora. O meu pai me disse como."

"Por que agora?"

"Porque sim. Porque, porque ele está balançando." Porque você esperou por mim. Porque sabemos ser amigos. Porque nunca seremos como nossos pais. "A gente pega um fio forte, amarra no dente, prende a outra ponta do fio numa porta e bate a porta."

"Isso é o que seu pai disse pra você."

"É assim que se fazia quando ele era menino, na Polônia. Você tem coragem de fazer?"

"Eu... sim. Mas talvez... isso com certeza vai doer."

"Já está quase caindo."

Correram juntos, calados, sérios, até o centro comercial, até a loja Tsadok — Materiais de Construção, onde compraram três metros de fio fino de náilon.

"Na minha casa não dá", disse Guid'on precipitadamente.

"Na minha também não. E no abrigo antiaéreo?"

"E se vier alguém."

Para o inferno. Não vamos perder esse impulso. Onde estão suas ideias. Venham, ideias, invenções. *Ial'la.* "Para onde você está correndo." "Venha, venha comigo."

Chegaram ofegantes ao pátio do ferro-velho, no vale. Durante todo o percurso Aharon empurrava a língua com força sobre o dente. Para abalá-lo um pouco. Para que pelo menos um fio de raiz comece a se soltar, até chegarem. E o dente, muito branco e pequeno, encravado como sempre. Todos em volta já estavam grandes, dentes permanentes, dentes de carne, e não de leite,* só este é uma miniatura, Guid'on não olhava para ele. Tinha ficado inquieto. Já por três vezes tinha perguntado se isso não era perigoso. Aharon ardia de excitação. Que não lhe venha de repente um ataque de medo. Ah, meu Deus, o pacto eterno que vamos celebrar, mas quando amarrou o fio numa maçaneta do Topolino esta se desfez em sua mão numa poeira enferrujada. O mesmo aconteceu com a outra. Guid'on olhava preocupado na direção do condomínio. Já tinha dito que Iaeli com certeza estava esperando. Aharon olhou em volta desanimado: Espere um instante. Que cretinos nós dois somos; Eu lhe proporia, disse Guid'on hesitantemente, que largasse disso. Mas Aharon abriu com força a velha geladeira, recuando ante o fedor com que ela o bafejou. Cheiro de podridão. Fazia anos que estava fechada assim. Olhou para dentro: uma geladeira tão pequena. Filhote de geladeira. Hoje já não se acham dessas, tão pobrezinhas. Amarrou a ponta do fio na pesada maçaneta de ferro. Imagine, disse rindo para Guid'on, fazer um Houdini numa geladeira assim. Só falta isso, disse Guid'on, avaliando-o com estranheza. Só estava brincando, disse Aharon. Terminou de amarrar. Afastou-se alguns passos. Teve vergonha de pedir a Guid'on que amarrasse o dente em sua boca. Amarrou sozinho. Apertou o fio junto à raiz, e já sentiu o gosto de uma gota de sangue. Vai doer muito. Vai arran-

---

* As leis dietéticas judaicas proíbem a ingestão simultânea de laticínios e de carne e exigem que se separem os utensílios usados nos dois tipos de alimento, daí a distinção jocosa entre "dentes de leite" e "dentes de carne" (os definitivos, separados dos "de leite"). (N. T.)

car de uma só vez. Tudo pode estremecer em seu rosto. Mas esta era a hora exata. E este é exatamente o amigo. Um passo cuidadoso para trás. O fio pousava esticado em seu lábio inferior. Agora feche a porta de uma só vez, exclamou sobre seu lábio dobrado, pressionado pelo fio. Você tem certeza de que está tudo bem; Sim, sim, *ial'la*, feche a porta e acabou; Você tem certeza de que ele já está balançando o suficiente; Sim, claro, por que você se assustou de repente; Guid'on passou um dedo cauteloso sobre o fio. Concentrou-se no nó junto à maçaneta. Súbito se fez sensato, protegendo Aharon, mas não como amigo: como um adulto que protege um menino. Não importa. É proibido permitir que um só mau pensamento se infiltre. É preciso querer isso de todo o coração. Acreditar nisso e se devotar a isso. Haverá um instante de dor terrível. Como a queimadura quando se marca um bezerro novo para juntá-lo ao rebanho. "Atenção", disse Guid'on, e estendeu o braço para a porta aberta da geladeira, "Prontos, preparar —", Guid'on fechou os olhos. Aharon também. Sua cabeça estava um pouco esticada para cima. A de Guid'on, curvada e fortemente apertada contra o peito. Ouviu-se uma forte pancada. Uma faca esbraseada cortou ao comprido o lábio de Aharon. Alguma coisa partiu sua mandíbula. Um jorro de sangue. Isso talvez seja bom. Talvez seja bom. Ele caiu pesadamente, surpreso, se dobrando todo, até se deitar, por enquanto sem nada sentir, logo virá a dor, por que ainda não veio, de onde ela vem, de que distância ela vem, que venha; e por um longo momento Aharon pairou, se elevando lentamente, e se espalhando, esvoaçando, todo ele a pender de um fio de cabelo, sendo sugado para dentro, para trás, mais um instante e não estará mais lá, e não tem força para se ajudar, nem tentou resistir, como que resignado, e até sentindo palpitar nele uma ponta de curiosidade, de saber o que era isso, como é isso quando chega, e lentamente, como num sonho, adivinhou que isso era uma criatura intricada, como um trabalho de bordado, ou uma treliça fina e forte, pousada bem no fundo de seu ser, se revelando e se ocultando num movimento de ondas compactas, alguma coisa que era feita exatamente *dela*, de sua mãe, não de seu rosto, sua voz ou seus olhares, e ainda assim é ela mesma, e quando ele cai dentro disso, isso se fecha em torno dele, o envolve como num desmaio, como uma roupa enfeitiçada que se dissolve dentro da pele e se consome num mudo sussurro, não de todo desagradável, na verdade já conhecido dele, *a morte é que é o correto*, todo o resto é só engano, não exulte com essa pechincha, pois ela não é somente sua, ponha-a no bolso e se cale. Quando a dor o atingiu de uma só vez quase sentiu alívio. Ainda estava vivo.

Guid'on corria em volta dele assustado, gritava seu nome, fugia, voltava, se aproximava dele cuidadosamente, acusando-o aos gritos: "Você me enganou! Enganou! Ele não estava balançando!". E Aharon, com a boca cheia de sangue, em seu sofrimento e com o que restava de sua lucidez, balançou negativamente a cabeça pousada na terra, não doeu nada, e estava sim balançando. Claro que estava. De repente teve medo de ficar assim estendido na terra vendo Guid'on de pé e ereto acima dele. Mesmo enfraquecido, conseguiu erguer o corpo para ficar sentado. Sua mandíbula parecia insuportavelmente grande e pesada, e alguma coisa perfurava insistentemente suas têmporas, entrando na orelha. Guid'on se ajoelhou a seu lado, se desculpando, com raiva de si mesmo, pedindo perdão sem parar. Aharon enxugou a boca com a mão. Havia sangue por toda parte. Tocou com a língua na ferida. Nenhum dente novo crescia lá ainda. Estava vazia. Um espaço vazio. E diante dele, na porta da geladeira, a balançar na ponta do fio, seu pequeno e lácteo dente. Nada tinha acontecido no mundo. Só o arrancar de um dente. Durante quatorze anos e meio esteve em sua boca. Agora pendia lá fora, balançando num fio.

30.

"Você vai ser o homem. Me conduza!"

Assim lhe ordenou a mãe, e tomou suas duas resistentes mãos e as plantou na carne de seus quadris, de ambos os lados, sorrindo para ele: "Conduza! Conduza!". Ele sentiu o hálito dela em seu rosto, e seu corpo se enrijeceu. "Tente ficar mais tranquilo! Liberte-se!", ela exclamou, ofegante, movimentando os dois ao som do disco do *Lago dos cisnes*, que uma vez Iochi tinha usado em seus exercícios de balé. "Você não está conduzindo! Um, dois, três! Você está deixando eu conduzir!" Iochi estava sentada no bordô, os braços cruzados no peito, olhando os dois com uma fisionomia inexpressiva, e Aharon teve uma sensação desagradável, como se ela já visse o presente como um tempo passado, o que a fazia se liberar dele e descartá-lo. "*Nu*, tente de novo", disse a mãe com um suspiro, enxugando a testa, "você tem de mostrar para sua gata que você sabe, dois, três, como agir com garotas, t-três, senão o seu colega, ouça o que eu digo, vai cair em cima dela, bem debaixo do seu nariz!"

Ele contraiu os músculos dos braços, tentando não ver as

rebeldes gotas de suor que brilhavam sobre os lábios dela. Houve tempo em que gostava de aspirar o odor de seu hálito, como se com isso estivesse cheirando algum segredo sobre ele mesmo, antes de descobri-lo, "E não gire a cabeça o tempo todo como uma torneira de irrigação", lá do fundo mais fundo, do próprio centro dela, como é que ela não se envergonha de soprar o ar que vem de lá em cima dele, "Aquele lá com certeza já dança, não é?", é assim que ela se refere a Guid'on desde que soube que ele e Aharon eram parceiros na relação com Iaeli. Aharon disse que Guid'on não dançava. Pelo menos não dança de salão. "Ainda não estamos nas danças de salão", a mãe gracejou se dirigindo a Iochi, por cima do ombro dele, "é só uma valsa. Espere só, quando chegarmos aos salões!" Iochi dobrou as pernas debaixo dela, olhando para os dois com aquele olhar casual, neutro, que tinha adotado; restavam poucos meses até seu alistamento, e ela o aguardava com impaciente expectativa. Assim dissera a Aharon, como o maior dos segredos: com impaciente expectativa, acentuando cada letra; para estar cercada por pessoas completamente estranhas; pessoas que não saberão interpretar cada gesto e cada silêncio e cada suspiro dela, e não se utilizarão deles contra ela por meios tão tortuosos. Mas por que de repente você fala em exército, se assustou Aharon, você está inscrita na reserva acadêmica; para a reserva, aonde ela quer que eu vá, eu não vou mesmo, ela pode se arrebentar que eu não vou; Mas eles inscreveram você, inscreveram você, cacarejou Aharon, sem entender em nome de quem estava tão ofendido; Sim, mas um passarinho me contou, disse Iochi calmamente, que talvez eu não tenha passado no exame de conclusão, na prova de comunicação e expressão. Comunicação e expressão? Você não passou em comunicação e expressão? Talvez, por acaso, não tenha sido um bom dia em comunicação e expressão, ela lhe sorriu um sorriso frio, e ele a imaginou assumindo uma expressão de bobeira para a examinadora, não se preocupe, irmãozinho, estalou os dedos diante de seus olhos agitados, depois do exército eu vou corrigir isso facilmente, mas nem uma palavra a Morgenstern, só falta isso!

Quando ela falava assim ele se assustava com aquele ódio dela, e Iochi percebeu isso em seu rosto, e como que para magoá-lo acrescentou que só uma coisa a preocupava: não conseguir se controlar e explodir com a mãe antes da mobilização. Aí toda a porcaria que tinha dentro dela voaria na explosão e grudaria em tudo, nas paredes, nos móveis, nos tapetes e nas louças; toda a minha força eu aplico agora nisso, ela disse, agora este é o exame de conclusão mais importante para mim, não se deixar vencer pela raiva, não permitir que ela tenha tão facilmente esse alívio, numa grande briga, não não não... Esticou seu pescoço curto num movimento cheio de desprezo, desagradável, vulgar, isso ela não vai tirar de mim em toda a vida dela, sufocou um riso contraído, e ele se surpreendeu ao ver também nos olhos dela aquela chama azul; eu não... gaguejou, eu não creio que você precise ter tanta raiva dela; ela gorgolejou um riso amargo, por um momento se destacou de dentro dela seu papo macio, uma bolsa abarrotada de ruminações de ressentimento e humilhação; e você ainda a defende, o homem piedoso de sua geração, depois de tudo que ela lhe fez você ainda a defende; e o que tem de mais no que ela fez, ele balbuciou, ela só quer o meu bem, acredite em mim, em toda casa tem problemas; ouça-me irmãozinho, ela disse, aproximando muito seu rosto do dele, preste atenção e ouça o que lhe diz Iocheved a profetisa: que virá um dia e você vai odiá-la, a sua mãe, um ódio tão negro que você fará todo o possível para se afastar dela, irá até o fim do mundo, vai viver no Saara, contanto que não esteja junto dela. Calou-se por um instante, seu rosto se revestiu de uma fina teia de arrependimento, de comiseração, olhando através dele como se já o estivesse vendo se afastar, despertou, riu consigo mesma, e a coisa mais terrível que vai acontecer a ela então, disse baixinho, como que para si mesma, é que a ela só restarei eu; não, disse Aharon em tom renitente, forçado, eu não vou odiá-la, ela é minha mãe, o que quer que ela faça, não vou odiá-la; mas preste atenção, disse Iochi numa voz mais tranquila e fria, preste atenção porque vai chegar uma hora em que não odiá-la vai começar a ser para você uma questão de honra. Hinda se livrou das mãos de Aharon: "Você de novo está deixando eu conduzir! Com que você está sonhando? É assim que você quer se tornar um homem?".

Tentaram mais uma vez. Ele pousou discretamente sua mão suada no ombro dela, e ela a agarrou, e num movimento senhorial, carnal, grudou-a em seu quadril. "É assim que você tem de segurar! Com força! Para que sua gata sinta que é a mão de um homem que está segurando nela! Senão, psssst ela vai fugir de você!" E quase involuntariamente, como num soluço, emergiu de dentro dela um leve sorriso de lembrança de algo, um degradado sorriso interior, que parecia ter sido mergulhado num escuro sumo abissal, e o hálito que ela soprava sobre ele vinha de lá, daquele mesmo lugar, e Aharon se controlou com todas as forças para não virar o rosto. Ele a segurou com mais força e a conduziu energicamente três passos à esquerda, dois à direita, "Não como um robô, dois, três", ela disse, o peito se inflando em sua respiração, "faça isso com sentimento, com elegância, me leve de um lugar a outro como se fosse manteiga, aumente um pouco, Iochi".

Só estava faltando isso, pensou Iochi, curvada sobre a vitrola e acompanhando com o canto do olho a vovó Lili, que entrava na sala com pernas trêmulas, buscando às apalpadelas, em sua semicegueira, a fonte dos sons que a tinham despertado de seu sono e a atraído até ali. Surpresa, ela percorreu com seu único olho o que estava acontecendo. Depois se virou para trás, a barra de seu robe, comprido demais para ela, se arrastando no chão.

Iochi correu até ela. Segurou seu braço. Num instante quase a tirou da sala para devolvê-la a seu quarto, e no instante seguinte mudou de ideia, e com delicadeza, o rosto sem expressão, levou-a até o Purits. Sentou-a nele. Ajeitou sua roupa, alisou seu cabelo grisalho que já estava um pouco comprido, fazia bastante tempo que Iochi não deixava que a mãe lhe cortasse o cabelo, talvez até ainda conseguisse um dia fazer uma trança, sente aqui conosco, *saftuli*, sussurrou consigo mesma, para abafar os sussurros da mãe dentro dela, observe você também.

A mãe compreendeu logo. "Me segure com mais força!", berrou para Aharon, que tinha relaxado um momento, sonhando, "não como um *golem*! Não com essa displicência!"

Ele se assustou com esse grito súbito. Obedientemente a conduziu, se esforçando para satisfazer sua vontade, mas algo dentro dele não se conciliava, estava em constante conflito. Esqueça você mesmo, pensou, esqueça tudo, por um instante abra mão de você mesmo, não seja responsável pelo que faz, e ele relaxou os membros, os ombros e braços e músculos das pernas doloridos, empedernidos, você está vendo que é possível, se você quer você pode. Deixou as pálpebras caírem um pouco, afrouxou o aperto de seus dedos, agora está ótimo, um sobressalto envergonhado percorreu todo o seu corpo, da ponta dos pés ao alto da cabeça, algo dele se dissolveu e fluiu, como o dedilhar das cordas de uma harpa, estou dançando de verdade, e num pulsar de espanto e prazer sentiu como, diante dele, sua mãe no mesmo instante era arrebatada de seus braços e absorvida, ela também, para dentro da dança, como um peixe deslizando na água, e seus olhos pestanejavam, e sua cabeça se inclinou para trás como se alguém a tivesse agarrado pelos cabelos com um punho possessivo, e suas mãos, tateando, escalaram os braços dele até se agarrarem com força em seus ombros, e ela riu um riso fugaz, como no meio do sono, e ergueu bem alto a mão dele e passou dançando por baixo dela, a barra de seu vestido esvoaçando até revelar suas pernas e a orla de sua combinação, e suas duas axilas se abriram e piscaram para ele com seus pelos encaracolados, ele olhou para ela retraído e desamparado, e os lábios dela se curvavam mais e mais, Aharon se apressou a agarrar-lhe as mãos, puxando, exagerando, perdendo o ritmo, tropeçando nos pés dela... Lenta e tristemente ela se deu conta, voltando a seu normal, até seu olhar costumeiro inundar suas pupilas. Num exausto movimento de cabeça ela olhou para ele. "Você simplesmente não sabe como se deixar libertar", sussurrou, sem interromper aquela dança desajeitada com ele, e ele não entendeu por que ela estava sussurrando, "e este é o seu problema, você se refreia e fica congelado, e nenhuma garota vai olhar para você desse jeito." Experimentado e perito na complexa gramática da voz dela e suas expressões, ele olhou logo sobre o ombro dela e viu a avó olhando para eles com a cabeça inclinada, e seus pés já começaram a se confundir entre os passos da mãe e a dar vexame. A avó se aprumou um pouco na poltrona e seu rosto se moveu acompanhando os dois, como que tentando ouvir melhor. Que sorte para a mãe, pensou Iochi, que a avó não pode abrir a boca. "Dance! Movimente suas pernas! Tapado!" Sua mãe se irritava aos sussurros, segurando-o, sacudindo-o, e ele se lembrou do fio de saliva escorrendo entre os lábios do homem que uma vez tinha visto Lili dançar, e de novo perdeu o ritmo e não era mais uma dança: ele saltitava, confuso, anguloso, e sua mãe, com suas duas mãos, o tempo todo o fazia girar, de modo a se esquivar do olhar da avó; mas, apesar de seu esforço e de seus truques, os olhares se encontravam a cada instante, os olhos de Lili, de Hinda e de Iochi. Três espadas retinindo. Uma fagulha voou do olho bom da avó: uma dupla centelha zombeteira, uma para o canhestro e desajeitado Aharon, outra para Hinda, que tinha dado à luz um filho como aquele, e arruinado seu futuro. "E ouça o que eu digo, Aharon", resmungou a mãe de repente com amargura, ele sempre se contraía quando ela começava assim, "quem for um zé-ninguém aos quinze anos de idade vai ficar sozinho o resto da vida. Ouça o que eu digo!" Iochi mordeu sua bochecha por dentro; a mãe envolvia com seus dedos a mão de Aharon e aproximava do rosto dele seu próprio rosto, subitamente belicoso: estava de novo insuportavelmente parecida com ela mesma. Exalando de dentro dela aquele comercialismo escancarado que fazia com que qualquer coisa em que pusesse os olhos parecesse barata, coisa de atacadista, "Porque as festas, Aron, isso é o prin-ci-pal na idade de vocês!", aproximou a boca do rosto dele, e aquele mesmo bafio de regateio soprou sobre ele, amargurando-o, como se estivesse nu num leilão qualquer, "porque lá são garotas e danças e abraços e amassos, é uma amassíada! Saiba você!" Oi, meu Deus do céu, se ela ao menos pudesse, com a força de toda a sua experiência e sabedoria, fazê-lo atravessar esse rio, para que ele fosse ele mesmo durante esses anos decisivos. "E pode acreditar em mim, nessas questões não existe piedade! Ou você está dentro ou você está fora! E quando digo fora, isso quer dizer fora mesmo!"

O que ela quer dele. Até onde vai persegui-lo. Andava ao lado de Guid'on e de Iaeli em seu caminho de volta da escola. Hoje é a vez de Guid'on carregar a pasta dela. Sorte, porque hoje ela teve aula de geografia, e o Atlas de Braver junto com o Paporisch eram muitos pesados para ele. Os dois o seguiam um de cada lado, em silêncio, e Aharon lhes contava que tinha resolvido estudar esperanto quando crescesse, e ajudar a difundir essa língua no mundo, para que o mundo falasse uma só língua e cada um entendesse o outro imediatamente e sem qualquer dificuldade, e não houvesse segredos na sociedade. Os dois ouviam e concordavam, e ele exultou e, em seu entusiasmo, contou-lhes mais uma ideia sua, que tinha resolvido escrever uma carta ao secretário da ONU, propondo que o esperanto fosse escrito não com as letras comuns, mas em braille, para que todos lessem exatamente da mesma maneira, e não houvesse qualquer discriminação contra aqueles que não podiam ler a escrita normal. Iaeli disse que era uma boa ideia. Ou melhor, uma ideia-bomba, de verdade. Guid'on disse sim, sim, esse Arik sempre tem ideias que ninguém mais tem. Aharon ficou vermelho e caminhou entre eles cheio de si, ruminando discretamente o elogio. Quando está com eles ele percebe como tudo que sua mãe diz sobre Iaeli e Guid'on não passa de pura bobagem. E nos últimos tempos os dois tinham parado completamente de discutir e de brigar entre si. Tinham se acalmado. Dá até para perceber que eles dedicam mais tempo a Aharon, cheios de boa vontade para com ele, sorrindo para ele, fazendo dele o centro das atenções. Agora também, andavam devagar a seu lado, pensativos, cada um olhando numa direção, tocando nas cascas das árvores. Aharon sentia que mais um pouco, se essa tranquilidade continuar, poderá começar a desfazer aquele novelo emaranhado que tem dentro dele, puxar calmamente a ponta do fio e contar tudo para eles, para que saibam em que inferno viveu até pouco tempo atrás. Dá até medo de pensar em como é mesmo pouco tempo, quão pouco é o que o separa daquele período tão ruim. Mais um pouco. Quando chegarem ao próximo cipreste. Perto daquele carro, uma Sussita. Hoje à tarde.

 Pararam em frente à casa dela. Amassaram um pouco de folhas de madressilva. Guid'on e Iaeli ficaram calados. Guid'on fitava longamente as pontas de seus sapatos. Aharon disse que se aqui houvesse pena de morte com certeza enforcariam Menashe Anwar, foram três da família Haras, como é que alguém vai e assassina de repente três pessoas, mas Guid'on e Iaeli silenciavam, não estavam sabendo disso, e Aharon também se calou por um momento, pobres vítimas assassinadas, viveram quietas a vida toda sem saber que em algum lugar tinha nascido uma pessoa assim, Menashe Anwar, e que ele vivia e crescia e estudava na escola e na verdade tudo isso era uma preparação para a morte delas, mas ele não quis mergulhar em pensamentos deprimentes e contou dos novos chaveiros especiais que a companhia Delek de combustíveis estava distribuindo em homenagem ao Dia da Independência, chaveiros no formato do avião Mirage, o pai dele tinha juntado uma grande coleção artística de chaveiros de todas as companhias e supermercados, e ultimamente, depois de Edna Blum, estava se dedicando a esse hobby seriamente, tinha até comprado ganchos vermelhos de plástico para pendurá-los na parede da sala, numa pequena exposição, e a mãe até que tinha incentivado, de todas as loucuras dele, ela disse sorrindo, esta é mais bem-sucedida, e até permitiu que ele estragasse com seus ganchos as paredes e a pintura nova, e ele se dedicava a isso todo dia depois do trabalho, e trocava exemplares com Perets Atias e Felix Botenero, mas Guid'on e Iaeli continuaram calados, por que ficam mudos assim, por que parecem tão tristes, e decidiu que, se estavam assim, ele se calaria também, que é que tem, ele era ótimo na mudez. Mudez era o terreno dele. Ha ha. Mas depois de um minuto não conseguiu mais aguentar aquilo, não era mudez apenas, mas um silêncio profundo, era melhor quando eles discutiam, sobre o que vai falar, o que vai dizer agora, que gostaria de saber exatamente quando vai morrer, isso ele já tinha dito para eles uma vez e eles tinham ficado perplexos, e até zombaram dele um pouco, mas não se importava que rissem dele por um instante, contanto que se quebre este silêncio e que eles voltem para ele, "Quando eu morrer", começou a dizer em voz baixa, e os dois imediatamente olharam para ele, "quero que minha morte seja demorada e prolongada". Eles o fitaram sem compreender. "Sim, sim, é sério, não riam", nem tinham rido, "pensei muito sobre isso: quero conhecer muito bem minha morte. Morrer lentamente. Essa é a coisa mais importante na vida, não é? É verdade ou não é? Estou falando sério", de novo olhavam para os lados. Cale-se agora. Preste atenção, algo está acontecendo aqui. "Porque em geral, quando chega a nossa hora de morrer estamos ou velhos demais ou doentes demais, e desperdiçamos isso, não estou brincando, e sempre nas horas mais importantes da vida estamos mergulhados demais nos aspectos pequenos e não importantes de tudo que acontece, e não compreendemos e não prestamos atenção no principal", começou a falar com rapidez, com certo pânico, as palavras trepando umas nas outras, "e é assim quando acabamos de nascer e somos pequenos demais para compreender o que é isso de nascer e o que é a nossa vida, e também é assim em nossa idade, quando nem sempre compreendemos exatamente o que está acontecendo conosco, e obviamente quando ficamos velhos e completamente confusos, e por isso eu quero estar no máximo de meus sentidos e capacidade na hora de morrer, e conhecer minha morte como uma espécie de curtição, sim, sim, sério: como a curtição mais profunda que existe!" Basta. Não tinha mais palavras para preencher essa mudez, sua língua vasculhou assustada o espaço vazio do dente arrancado, traidor, vendendo a si mesmo, toda vez disposto a pagar mais caro para receber em troca algo mais barato, e ele baixou a cabeça e esperou pelo que viria. Guid'on exclamou de repente, com impaciência: "Ouça, Kleinfeld, esse acampamento, *nu*, nós tínhamos de sair para esse acampamento no Carmel antes do Dia da Independência...". Aharon imediatamente prestou atenção.

"Mas afinal, por causa da recessão econômica, e a situação nos *kibutzim*, mudaram tudo. Todos os movimentos vão sair juntos. É uma decisão dos órgãos superiores, não nossa, você entendeu?"

Ele não entendeu. Vagarosamente pediu a Guid'on que lhe explicasse.

"Vai ser assim, todos os movimentos vão para o vale de Izreel, e lá vão nos distribuir pelos *kibutzim*. Onde seremos uma força de trabalho auxiliar para os agricultores." Guid'on ergueu os olhos por um instante e os baixou. "Porque tem uma recessão. Só por causa disso. Vamos para trabalhar, não para nos divertir."

Aharon olhou para Iaeli, mas ela estava mergulhada na flor de madressilva que tinha na mão. Chupando-a, com muita concentração. Não tenha medo, disse para si mesmo com muita calma, numa voz madura, experiente, vá compreendendo devagar. Lá dentro já começava a agitação: pretextos, explicações; que motivos poderiam levá-los a desistir desse acampamento; como convencê-los a não ir; como fazer com que tudo isso seja só um sonho. Desceu com calma a seu lugar secreto, aonde vai quando se concentra de verdade, e onde pode se encolher todo. Talvez valha a pena fortificar ainda mais esse lugar, pensou, pois é possível que esteja chegando o momento em que será posto à prova. Uma menininha numa malha preta dançava ali, e quando Aharon chegou e se sentou a seu lado, sombrio e cansado, ela olhou para ele e sorriu. Pêssegos, pensou gravemente, pelo menos dois pêssegos por dia para as faces dela. E talvez também sorvete de chocolate-pistache, marrom e verde, para conservar os olhos dela. Desta vez ele vai lutar. Por ela lutará com todas as forças. Até a morte. Esta, nem mesmo Guid'on, do lado de fora, poderá tomar. A pequena menina fez para ele o *pas de chat*. Ele sorriu para ela com cansaço. Ainda não pode falar com ela como seria digno dela e dele. Para isso são necessárias palavras puras, e as dele ainda não estão prontas. Pediu uma coisa a ela apenas com o olhar: ela girou lentamente, e de dentro de sua doce concentração interior fez subir, para ele, uma onda rosada em seu pescoço.

"O que Guid'on está querendo dizer é que todos os movimentos vão sair juntos por uma semana. Mais ou menos. Isso é tudo. Mas a gente quis que você soubesse por nós."

A gente. Deteve nela o olhar, cada vez mais fraco, ausente. Ela se desvencilhou desse olhar com uma ponta de raiva. "Eu disse a Guid'on que a gente tinha de falar sobre isso e acabar de uma vez."

"Sim?", ainda não compreendia completamente. "Quando?" Iaeli olhou para ele. "Quando o quê?"

"Quando vocês falaram?"

"Ah, não é essa a questão", gesticulou com impaciência, numa reprimenda, "a questão é que você vai ficar aqui, e a gente não quer que você tenha todo tipo de ideias bobas."

"Eu vou ficar aqui? E onde... vocês?"

"Você não ouviu? O que está havendo com você? Os escoteiros e o movimento, e os acampamentos de imigrantes, todos vão sair juntos."

Voltou o rosto pesadamente de Guid'on para Iaeli e dela para ele. Algo dentro dele rangia e gemia. Devagar, como um mastodôntico submarino, sua tragédia voltou a emergir da escuridão.

"E a gente só queria que você soubesse que entre nós tudo continuará a ser como antes", disse Iaeli, e sua voz já parecia mais suave, e ela riu um pouco. "Você pode imaginar que já faz uma semana que a gente está hesitando, sem saber como lhe contar?"

Aharon se arrastou para trás até que seu pé esbarrou na baixa mureta de pedras, e depois se viu sentado sobre ela. Como tinha sido idiota ao se sentir feliz. Ele nunca aprende.

"No primeiro dia a gente vai dormir em Kaduri, junto ao monte Tabor, e depois vão nos distribuir entre os *kibutzim*", Iaeli continuou a falar, os olhos brilhando. "Ouça, Arik", interrompeu-a Guid'on, preocupado, mais experimentado do que ela nos diferentes silêncios de Aharon, "entre nós três tem de haver confiança absoluta, e o principal é não deixarmos que nada de fora intervenha entre nós, para mim isso é o mais importante, Arik."

Ele está me subornando com esse "Arik". Tudo que sua mãe tinha dito estava se confirmando. Alguma coisa, um pálido fulgor de luz, afundava e afundava dentro dele, sem fim, como num poço sem fundo. Atiraram no pássaro, pensou. Acabou, pensou, e sentiu adejar sobre a cabeça a sombra da rede fria e metálica das profecias de sua mãe, desabando com estardalhaço sobre seu sonho. Ela tinha razão. Sim, pelo visto ela tinha vencido. Mas talvez o mais doloroso era que não somente ele tinha sido vencido.

"Ouça, Arik", as pontas dos sapatinhos dela diante dos sapatos dele. Ela nunca o chamara de Arik. "Se você insistir quanto a isso, estou disposta a ficar aqui. Falamos sobre isso também. Guid'on é obrigado a ir, porque ele está na direção, mas eu posso ficar."

Ele balançou a cabeça, atento apenas ao tom de proximidade que soava no modo como os dois tinham costurado seus planos sem ele. "Não, não", ele disse, reunindo todas as suas forças, "vai, vão vocês dois." Ele era na verdade o velho agonizante, dando sua bênção ao casal pecador.

"E você vai nos prometer que não vai ficar se mordendo aqui? Porque a gente já conhece você um pouco."

Ele sorriu um sorriso torto. Agora já podia de novo afinar sua garganta acima do sólido bloco que o sufocava. "Podem ir, podem ir. Por que vocês fazem disso uma coisa tão complicada. Por quanto tempo vai ser isso."

"Nada", disse Guid'on num ímpeto, "mais ou menos oito dias. Talvez um pouquinho mais. Desde antes do Dia da Independência até alguns dias depois"; "Mas e a escola?", perguntou num desalento; "Ah, besteira, eles deixam a gente perder aulas, porque é trabalho. Ouça, nós vamos lá pra dar duro, não fique pensando."

E ela disse uma semana, pensou Aharon, e eles vão ficar em Kaduri, o nome do lugar que a mãe dela mencionou algumas vezes, onde tem festas noturnas e todo mundo fica em volta da fogueira. E lá roubam galinhas. E de noite tem chuveiros mistos. "Podem ir, podem ir."

"Eu falei pra você!", exclamou Iaeli se dirigindo a Guid'on, batendo no ombro dele, seu lábio inferior se projetando, túmido, excitado, "eu disse que você estava simplesmente fazendo disso um bicho de sete cabeças!"

Seus dedos tatearam e se curvaram para dentro das frestas entre as pedras da mureta. Que venha uma serpente. Oito dias. Se Guid'on me trair, pensou e calou, e deixou escapar numa voz estrangulada: "Vai ficar tudo bem". O tempo todo sua língua por si mesma se escondia no espaço vazio de seu dente. O tempo todo seu coração amargava. Eles uma vez tinham estudado um conto no qual uma mulher desperdiçava todos os seus anos e sua juventude para pagar por um colar de pérolas que tinha perdido, para no fim descobrir que o colar era falso. De repente sentiu a mão dela palpitando para dentro da sua. Guid'on desviou o olhar. Aharon apertou com força aquela pequena mão, num pedido de compaixão. Mas ela já tinha se libertado da mão dele.

E como ela sabe jogar com vocês dois e fazê-los girar na ponta do dedinho dela, pensou Aharon, e a amou muito, mais do que nunca.

"Por que ficamos tristes assim?", Iaeli tentou animar, "olhem com que caras de *pita* vocês estão! E ainda temos alguns dias até a excursão."

"O acampamento", corrigiram Guid'on e Aharon num sussurro, cada um para si mesmo.

Eles se despediram dela e subiram a ladeira em curva da rua Hechalutz. Em volta estava tudo quieto. Os dois também não falaram. Guid'on voltou por mais um instante e colheu um grande galho, quase metade da madressilva, e o segurou nas mãos, passando-o diante do rosto e dos olhos como se fosse um grande e compacto leque, e de uma só vez começou a falar, falou sem parar e discursou numa voz forçada, abanando o rosto com o grande galho coberto de folhas. De repente parou, abaixou seu leque, se revelando a Aharon, e disse em sua outra voz, amigavelmente, que esperava que Aharon lhe desse duas ou três pílulas para os olhos, para ele tomar lá, no acampamento de trabalho, e Aharon pensou — qual o sentido disso. Fazia muito tempo já suspeitava de que ele jogava fora essas pílulas, e só fingia tomá-las, talvez fosse melhor assim, e assim mesmo sabia que ele daria as pílulas, que jeito. Guid'on voltou a discursar, e disse que em sua opinião o acampamento conjunto de todos os movimentos juvenis era o clímax da concretização do ideal sionista pioneiro. Aharon ficou mastigando a frase, tão genérica e ambígua, e não conseguiu compreender o significado dessas palavras. O tempo todo tentava convencer a si mesmo de que podia confiar em Guid'on. Que em Guid'on se podia confiar com todo o coração. E que sua mãe seria desmentida. O jeito como as coisas eram no mundo seria desmentido. Que graças a esse desmentido seria removido um feitiço que dominava o mundo inteiro, e também para ele, Aharon, viria a redenção. Idiota, boçal, ele logo zombou, estavam rindo desse bobo, e no mesmo alento teve raiva de si mesmo e pensou veementemente que, mesmo que perdesse tudo, ainda haveria uma coisa que já era impossível tirar dele, o amor a que tinha feito jus naquelas poucas semanas já seria impossível profanar. Não? Impossível? Criança, criança. Ele caminhava com pés fundidos em metal, quase não percebeu que Guid'on tinha se separado dele. Ele se aproximou da entrada do seu bloco com passos cada vez menores. Ela com certeza está em casa, pensou deprimido, já está me esperando com a comida. Só de olhar para mim ela vai saber de tudo. Saiu silenciosamente pela passagem traseira para a faixa de asfalto atrás do prédio. Sentou-se nos degraus tortuosos, cobertos de folhas secas. Bateu com a mão espalmada na protuberância em seu joelho e viu a perna dar um salto para cima. Seus lábios se moviam rapidamente. Falava consigo mesmo, detalhando planos: tinha perdido muito tempo nos últimos meses. Tinha de começar tudo de novo. E era preciso ser mais ousado. Ser mais cruel consigo mesmo. Onde estão todas as suas ideias, mas de onde vai tirar forças para passar cada minuto dessas duas semanas que estão por vir. Como riram de você. Basta. Chega de ter pena de si mesmo. Cerrou a boca com força, registrou na memória que tinha de procurar tocos de cigarro. Enxugou o suor da testa com o dorso da mão. Esse gesto é do pai. Pelo menos alguma coisa afinal ele lhe passou, pensou zombeteiro. Bateu de novo na protuberância do joelho. A perna saltou. Não é a minha vontade que ela faz. É um reflexo. Não é o cérebro que quer, mas é Aharon que a aciona com a mão, como quem faz funcionar um aparelho. Com a palma da mão ficou dando batidas ritmadas na protuberância do joelho. Ela deu um salto. Ela deu um salto. O cérebro deve estar danado da vida porque não tem como fazê-la parar de se mexer. Bateu de novo, rindo em voz alta. Com todo o seu desprezo. Para que ele ouvisse e soubesse como Aharon estava rindo dele. A arma dos fracos, mas pelo menos era alguma coisa. Uma pequena vingança por tudo que ele o faz sofrer. Dava batidas curtas. Precisas e odientas. Sentiu como dentro dele, em suas vísceras, a bolha transparente se enchia de vida, o sangue circulava quente nas fibras da membrana que a envolvia; dentro dela, sussurros e movimento, como num posto de comando secreto que desperta para a batalha. Rebelião, rebelião, suspirava Aharon por dentro, batendo e se obrigando a se inclinar para ver melhor, os olhos bem abertos: já não restava qualquer resquício de zombaria no movimento da perna que saltava para cima e para baixo. Bateu de novo, e uma leve náusea, distante, começou a incomodá-lo, mas a náusea é pelo visto a arma interna dele, do cérebro, contra ele, para atemorizá-lo e reprimi-lo, para que não enfie o nariz em lugar proibido, para que não revele por engano algum segredo, e de novo bateu e bateu, a mão se movimentando para cima e para baixo como um maestro regendo a orquestra, como um comandante, como o soldadinho de chumbo fiel a seu amor. A perna, dentro da calça, saltava seguidamente, um pouco torta, desviando um pouco para um lado, só agora percebia que ela se jogava assim, saltando e saltando e recuando em seus movimentos, voltando atrás, para a distância, para a profundeza, para a nebulosidade, a palma da mão, a protuberância do joelho, o salto, não parou, porque sua perna, em seu salto, em seu movimento de boneco, no rigor militar de uma perna de pau, começou a confiar um segredo, a reconhecer o que ela realmente era, ele batia e batia, só não desistir agora por causa da náusea, porque dá nojo, dá um pouco de nojo ver a perna dele assim, a mão se erguia e descia, a perna pulava e tremia, abortos de pensamentos estranhos, forjados, lhe passaram na mente, como se o movimento da perna acionasse o carretel de um filme de celuloide enlouquecido, e dentro do azul luminoso do dia imaginou sombras obscuras, de contornos indefinidos, nas quais dava para enxergar formas como se enxergam formas nas nuvens, talvez sombras de negros acorrentados uns aos outros numa caravana, manquejando pesadamente, e eis ali um homem chicoteando um escravo, como na *Cabana do pai Tomás*, e viu um homem vestido em andrajos, doente, estendido na rua de uma terra estranha, e uma multidão indiferente que passa por ele, de repente para, solta um único brado, bate uma só continência num único gesto, e continua a marchar, e quando a multidão passa aparecem de repente, num campo distante, alguns homens e mulheres adultos, talvez semideuses, talvez apenas saudáveis camponeses, festejando, se divertindo com alguma coisa, ele batia e batia, talvez maltratando, quem, algum ser vivo desconhecido, pequeno e parecendo completamente esfolado, despojado de sua pele, e em seus rostos se derrama um riso imbecil e cruel, e suas orelhas se encompridam e encompridam de tanto prazer que não cabe mais em seus corpos, ele geme no silêncio, pare com isso, pare com isso agora, no entanto não para, mais, saber mais, a palma da mão está doendo, a saliência no joelho ficou vermelha, ele batia e batia, todo aguçado num medo não identificado, acabe com isso, pare, e o tempo todo, todo o tempo da sua prolongada tragédia, sempre o acompanhava, como um halo consolador, essa esperança dos longos corredores, esse recôndito anseio dos túneis subterrâneos, de que ele vai emergir de lá completamente diferente, de que talvez, em algum lugar, no escuro, na confusão, lhe acontecerá um milagre, uma mão invisível substituirá a mala que tem na mão estendendo-lhe outra, modificará num rápido rabisco o texto secreto de sua missão, e quando Aharon alcançar a luz vai encontrar seu novo eu, sim, sim, Aharon batia com toda a convicção na protuberância do joelho, talvez seja tudo um sonho, talvez ele só esteja aprisionado por uma noite, ao longo de um só túnel subterrâneo, e de repente, como um cego de quem o famoso cirurgião retira as vendas e a quem entrega um espelho, olhe, eis aí o seu rosto, rosto de gente, como o de todos, foi isso que sempre esperou que acontecesse, isso o mantinha lúcido, e agora, ele batia e golpeava, agora com clareza e com impotente mágoa ele começa a compreender que isso não era somente o preâmbulo, que a noite é pelo visto o seu dia, e não há alvíssaras esperando por ele no pergaminho que contém sua sentença e que se desenrola sob seus pés, e aquele mesmo corpo odiado, e aquela mesma carne estranha, também sairiam com ele do túnel, ele mesmo e não aquele pedaço de vida compacto e exultante que uma vez ele tinha sido, para dentro do qual esperava voltar e ser e se unir até o fim, até não pensar, até ser finalmente uma só carne; e durante todos esses momentos não parava de bater, trinta e quarenta batidas, a perna já era só uma fatia de carne e de osso, bateu cinquenta, setenta, e ela toda vez saltava, ela não tinha vontade própria, ela não era ele, isso ficava mais evidente de minuto em minuto, era um membro postiço, todo o corpo era postiço, o verdadeiro Aharon vai obrigá-lo a reconhecer isso, a partir de agora ele vai investir toda a sua alma nessa rebelião, novas ideias, invenções, crueldade para a vida e para a morte, fiasco! chorava o Aharon interior e não parava de bater, e por trás dos olhos cegos pelo suor, por trás do tremor dos convulsionados e descontrolados músculos de seu rosto, imaginou ver como, com o movimento de sua perna ia se revelando uma espécie de nuvem sombria, muito tênue, um leve sopro de derrota e de solidão, e assim bateu ainda mais, com brutalidade, como um brado de angústia, como a maltratar um refém do odiado inimigo, um ser amado que o traiu, e ela começou a se desnudar de todos os seus fingimentos, se submetendo lentamente, começou a reconhecer uma coisa terrível — que ela desde sempre, desde os primórdios do tempo e talvez até antes disso, nunca tinha sido dele, então de quem, ele batia nela sem nada sentir na palma da mão ou no joelho, folhas secas e uma poeira cinzenta se misturavam a seus pés, então de quem? De outra pessoa? Ela subiu e desceu e, sem alternativa, lhe respondeu que não, então de outra criatura? Diga, diga! Sim, sim, de outra criatura. De quem, de quem. Não se lembra exatamente. E antes disso? O que você era antes disso? Antes disso, antes disso, o que era antes disso, talvez, parece que, sim, pode ser que ela tinha sido a morte daquela outra criatura. Ele suspirou. E antes disso, o que você era antes disso? Antes era de outra, e mais outra, e mais, a sua morte, a sua morte. Falava ocamente, fazendo saltar para ele suas respostas monocórdias: e mais, e mais, e mais, sua morte, sua morte. De repente ele parou. De uma só vez. Um longo suspiro se arrancou de dentro dele, seu corpo se deixou cair. O que estava havendo com ele. Alguém poderia vê-lo assim. Assim como. Assim, descontrolado. Olhou cautelosamente para sua perna, ali largada e se estendendo até um degrau mais baixo. Levantou-se logo, se apoiando na outra perna. Não queria ficar sozinho. Sozinho com ela. De novo deixou escapar um risinho de espanto. Queria muito que alguém o chamasse, gritasse para ele, e até que o punisse com algum castigo terrível, desses com que se punem crianças levadas ou bobocas, até mesmo um castigo injusto, que pudesse deixá-las amarguradas a ponto de fazê-las chorar um choro amargo e ofendido, e assim se afastarem, trôpegas e chorosas, para a espessura do sono, até finalmente adormecerem envoltas na doçura da autocomplacência, dedo na boca, abraçando um cãozinho de pelúcia, assim defendidas pelos talismãs da infância... Subiu cansado os degraus que levavam à sua casa, tentando neutralizar com a mão as linhas do rosto, sua mãe saberá imediatamente que eles vão sair juntos para o acampamento, coisas desse tipo ela sente direto nos ossos. Parou diante da porta, tossiu a sua tosse, se preparando para se esquivar dos olhos dela, daquele olhar que compreende tudo, imediatamente, sem compaixão.

31.

No fim das contas, levou uma semana inteira para que ela descobrisse o que tinha acontecido. Ela não teve tempo de se ocupar com ele, por causa dos preparativos para a festa do Dia da Independência. Já fazia quase um ano que ela e o pai tinham parado de jogar *rummy* nas noites de sábado, mas este ano era a vez deles de fazer a festa, e ela não quis que os amigos pensassem que eles tinham deixado de jogar só para não terem de recebê-los este ano. Aharon ficou louco com todas essas maquinações dela, que amigos são esses os de vocês, exclamou, quando ela disse que faria uma festa tão grandiosa que os olhos lhes saltariam das órbitas; que amizade é essa, que vocês o tempo todo só escondem tudo deles, e só querem que eles tenham inveja, e não lhes contam nada do que é realmente importante para vocês, ele gritava e batia com o pé, e ela o olhou de soslaio, admirada de vê-lo assim, na sua idade não é grande coisa ser bons amigos e bilu-bilu, ela lhe explicou, mas vamos ver você e seus amigos quando tiverem a nossa idade, vamos ver como vocês vão ser, o que você vai poder contar para eles e o que não, e ela nem se deteve para discutir com ele ou zombar dele de verdade, tão ocupada estava com os preparativos, cozinhando e assando e preparando listas, e só depois algo despertou nela, dois dias antes de eles saírem para o acampamento de trabalho, e mesmo então só suspeitou e perguntou meio de lado o que estava acontecendo que ele não estava com aquele lá, hoje não estou com vontade, estou um pouco cansado, corremos mil metros na ginástica, ela pregou nele um olhar estranho e penetrante, ainda não disse nada, e no dia seguinte entrou no quarto dele quando ele estava sentado no peitoril da janela olhando para fora e totalmente concentrado, se exercitando com toda a energia nas táticas do sumô, que também refreavam as lágrimas, e ela caiu sobre ele com raiva, por que você está aqui sozinho como uma pedra e não vai ficar com ele, já que ultimamente nem uma faca consegue passar entre vocês dois, e ele contou alguma outra mentira, mas já sabia que o cérebro dela estava trabalhando, e no dia seguinte, quando eles efetivamente já não estavam mais, tinham ido embora, o abandonado, ela logo percebeu, Aharon estava deitado em sua cama, olhando para o teto, e ela entrou de repente, começou a andar em volta dele, calada como ela sabe ficar, de um jeito que dá para ouvir tudo que está ardendo nela, e ele ficou deitado e esperando pacientemente, talvez você possa me dizer, por favor, onde está aquele lá, esse amigo seu, disse finalmente com os lábios pregados, para não deixar escapar tudo de uma vez, porque vocês estavam o tempo todo um no *tuches* do outro, e agora onde está você e onde está ele, me responda, e Aharon respirou fundo e lhe contou numa voz serena como se fosse nada, como se depois do almoço não tivesse fervido na frigideira meio copo de azeite e bebido tudo, queimado e malcheiroso, até a última gota, para sentir de novo a verdadeira Iaeli naquele ponto em sua barriga. Mas por quanto tempo eles viajaram, ela sussurrou, e seus lábios ficaram brancos e seu rosto foi se anuviando diante dele, como se sobre eles se espalhasse uma cinza fina de derrota e de luto, por cinco ou seis dias, ele respondeu quase sem voz, e viu como, como o desmoronar de uma avalanche de pedras, ela recebia o golpe direto no coração, tudo isso é por amor e preocupação, ele pensou, e levantou as mãos acima da cabeça, mas ela nem sequer tinha pensado em bater nele, só cambaleou e recuou desarvorada, olhando para ele com os olhos arregalados, como se só agora enxergasse nele algo que até este momento tinha se recusado a acreditar que existia, que era possível, e depois se fechou no quarto dela, e quando o pai voltou do trabalho ela logo o chamou para lá, e lá ficaram juntos mais uma hora inteira, e quando saíram não olharam para ele, e desde então, durante dois dias ela zanza como uma doida, é com dificuldade que cuida dos preparativos para a festa, e já aconteceu duas vezes que ao entrar em casa, mesmo tendo tossido com força antes de abrir a porta, encontrou ela e o pai abraçados num canto da cozinha, e logo percebeu que era algo diferente e novo, que não era normal, eles estavam colados e agarrados um ao outro com toda a força, de cima a baixo, e ele já soube que seria melhor para ele não estar ao alcance do olhar deles naqueles dias.

 Às cinco horas da tarde Aharon jogava com Pelé no estreito asfalto nos fundos do prédio, e no gol da seleção do resto do mundo estava agora o lendário George Banks, a única barreira a separar Aharon da brilhante taça sobre a mesa do presidente de Comitê Olímpico. Pelé até que não estava num bom dia: talvez o campo de dimensões reduzidas não lhe permitisse explorar todo o seu potencial, especialmente em avançadas rápidas ao longo da lateral do campo, como se ele, Aharon, estivesse acostumado a jogar nos gramados verdes de Wembley e do Rio. Mesmo assim, quando foi convidado a participar do jogo do século exatamente aqui, nesse campo aparentemente modesto, com toda a renda destinada à Ilenshilpolio, Aharon não hesitou um segundo, que fossem todos para mil infernos. Ele se sentou nos degraus e cerrou fortemente os lábios, e, quando isso não adiantou, se curvou e abraçou a bola com força contra a barriga, até ela afundar inteira. Ficou assim sentado alguns minutos, até superar aquela onda. Uma bola de futebol oficial. Feita de couro, com uma câmara quase nova e do lado de fora as assinaturas desbotadas de todos os jogadores do Hapoel Jerusalém. Seu pai conhecia pessoalmente os jogadores, graças a seu emprego no Comitê de Trabalhadores. Todo sábado havia dois ingressos reservados para eles na bilheteria. Tsachi também vinha com eles, e ficava do lado de fora até o intervalo, depois entrava de graça e se juntava a eles. Como berravam todos a uma só voz quando Ben Rimodj fazia um gol. Como xingavam a mãe do juiz, naquele ar impregnado de cheiro de suor, enquanto de sob as arquibancadas exalava um odor ácido de urina, e a grande massa de torcedores se levantava excitada e se acalmava alternadamente, gritando o juiz é filho da puta, o juiz é filho da puta, e Aharon também se erguia e abaixava junto com eles, dizendo consigo mesmo "o país é filho da luta, por um triz é milho e araruta", pois que culpa tinha a mãe do juiz, e ao lado de Aharon o pai, queimado de sol e suado, o grande saco com sementes de girassol entre as pernas, cuspindo as cascas, berrando com toda a força, e logo dando uma piscadela para Aharon e Tsachi, não estou levando isso a sério, garotada, é só diversão, hein? o quê? E agora tudo aqui está quieto. Silêncio absoluto. Como se todo o condomínio estivesse vazio. Como se a cidade inteira tivesse se esvaziado. As crianças tinham ido embora. Viajaram. Viera alguém tocando uma flauta que só as crianças dessa idade eram capazes de ouvir. De novo, sem se dar conta, bateu nervosamente na protuberância em seu joelho. Gostaria de saber o que o pai fazia com o segundo ingresso desde que tinha deixado de ir aos jogos com ele. Sobre isso também não se fala nada em casa. Tudo se passa em silêncio. Bateu novamente no joelho, e num ímpeto investiu com a bola pela esquerda, arrastando atrás dele toda a surpreendida defesa do resto do mundo, a bola colada nos pés, fundidos os dois num único impulso, sem olhar para trás, pois estão correndo atrás dele, tentando alcançá-lo, agora só vê à sua volta rostos irados e temerosos, todos o evitando, até mesmo Iochi desaparece o dia inteiro e só volta tarde da noite, quando já estão todos na cama, onde é que ela pode ter estado, ele sabe que ela não tem amigo ou amiga para tantas horas, com certeza anda pelas ruas, contando os minutos até seu ingresso no exército dentro de meio ano, e o que é que ele vai fazer na véspera do Dia da Independência, onde estará e para onde irá, houve tempo em que ia até o Centro com Guid'on e os colegas de turma, depois deixou de ir, não conseguia suportar o ajuntamento e o barulho e a grosseria das pessoas naquela noite, ficava em casa com Iochi e jogavam palavras cruzadas, o coração quase a explodir, e este ano os três tinham planejado ir juntos, ele e Guid'on e Iaeli, aos palcos de recreação e de dança, e agora, por causa da festa dos pais, nem em casa ele vai poder ficar, precisa arranjar antecipadamente um lugar, um esconderijo, se pudesse faria algo junto com Iochi, mas onde está Iochi e onde está ele, tudo está se desfazendo, pulverizando, e ontem à noite teve esse sonho, que é melhor não — num movimento brusco ele deu meia-volta, é um imbecil quem se permite adormecer com pensamentos tristes, e pulou com leveza sobre as pernas estendidas que tentavam interromper sua corrida, girou sobre si mesmo como um dançarino, e o público berrou entusiasmado nas arquibancadas, e Aharon movia seu corpo com graciosa agilidade, fosse ou não necessário, para enfeitar um pouco esse tédio, para desenhar um bigodinho na cara do mundo, contornou a pilha de tijolos e cal e cacos de cerâmica que já estava lá fazia dois meses, trocou passes rasteiros com o bujão de gás dos Atias, perdeu a bola, recuperou o controle, zombou dos atacantes do adversário, o tempo todo ouvindo atrás dele o som do trincar de caninos furiosos, piruetando na grama como um raio, chegou à posição de finalizar e chutou para o gol com um tiro de canhota em curva, mas um pouco forte e alto demais, talvez por estar com sapatos não apropriados, pretextos, e enquanto isso, enquanto o técnico, sir Alf Ramsey, reúne os jogadores para dar instruções, Aharon faz embaixadas quicando a bola com sua famosa esquerda, todo concentrado nos movimentos automáticos do pé, tac-tac, bonita palavra essa, quicar, qui-car, e tem mais uma coisa, um problema que ele não entende, mas quanto a essa questão não tem a quem perguntar, é a questão da raiva, a raiva que eles têm dele, quica a bola facilmente, com precisão, ele é bom nisso, chegou a deter o recorde da escola em embaixadas seguidas, trinta e sete, incluindo quicadas com o ombro e a cabeça, e agora também estava conseguindo graças à palavra "quicar", que saltita dentro dele como um pequeno grilo, pits, pits, a raiva deles, as reclamações e as críticas que lhe faziam, e também, um pouco, o ódio que tinham dele; ele precisa agora da bola dele, forte, colada à barriga com toda a força, se dobrar em volta dela, mas ele não vai ceder e não vai quebrar aqui aos olhos de um milhão de espectadores, mas por que eles têm essa raiva dele, essa é a questão relevante, e de quem você quer que tenhamos raiva, *chuchem*, quem você quer que culpemos, sim sim, além disso eu na verdade já sei: cada um por si, como num navio que está sempre afundando, que afunda eternamente, mas vocês são amorosos, vocês são uma família amorosa, não são como os *frenkim* ou os *goim*, os gentios e os *arabers*, que não se importam que os filhos deles fiquem brincando na rua entre os carros e sejam atropelados, vocês protegem e cuidam, cuidam o tempo todo, agasalhe-se bem e feche o botão de cima, coma mais, e mil olhos no meio da rua, e não fale com estranhos, então como é que vocês são assim. Assim o quê? Desistem logo. Não lutam por mim. E logo, com medo, porque essas palavras tinham soado dentro dele claramente, ele arremeteu, conseguiu driblar; e quando conseguiu também enfiar a bola nas redes do adversário exultou num grande e exagerado júbilo, e até caiu de joelhos e fez escondido um verdadeiro sinal da cruz, como fazem os jogadores *goim*, que lhe importa, em que somos melhores do que os *goim*, mas aconteceu que Pelé cada vez mais perdia gols, e Aharon registrou para si mesmo que não era um bom dia dele, do diamante negro.

E muito lentamente — ele já conhecia o processo, quando o coração se contrai ainda antes que a cabeça perceba o quê e como — a resposta foi se tornando clara dentro dele, de que talvez também haja no cérebro algo como, digamos, um centro de futebol, e talvez esse centro também esteja começando a enfraquecer e a se fechar nele por alguma razão, e ele se examinou novamente com uma palpitante frieza, e realmente observou que parecia ter havido uma queda de desempenho no mecanismo do centro de triangulações, e fez alguns testes de tabelinha com os bujões de gás de Atias e de Kaminer, e descobriu que, realmente, nem sempre ele adivinhava o ângulo no qual a bola voltaria para ele, e ficou um tanto admirado de que no meio dessa batalha seu cérebro ainda encontrasse tempo para perturbá-lo com essas bobagens, e foi se sentar nos degraus, ocultando da multidão de espectadores a fraqueza temporária que o acometera.

Sentou-se, e se tranquilizou. Bateu nervosamente na protuberância do joelho. Um simples pedaço de carne obtuso. *Ial'la*, levantar, jogar mais uma partida, uma partida corretiva, mas já não tinha forças. Estou no banco, no segundo time. Cinco e meia já. A essa hora, lá com eles, com certeza já terminaram de trabalhar na horta, ou no campo, ou no celeiro. Ou no silo. Ou na aradura, ou na colheita de frutas, ou na de cereais, ou na de uvas. Nunca conseguia se lembrar qual era a época de cada uma delas. Agora estão indo juntos tomar uma ducha no chuveiro misto, e Aharon também está com eles, vai até o instrutor e mostra para ele com toda a seriedade a ferida profunda na perna, devido à qual não poderá molhar o corpo durante todo o acampamento, nem no chuveiro misto, nem na piscina e nem mesmo na torre d'água. E há outros caminhos para isso, por exemplo, a terrível alergia que ele tem ao cloro da água dos chuveiros, toda a sua pele se enche de erupções, e poderia também fraturar de novo o braço, como fizemos no ano passado para não viajar para Tel Aviv, e aí vai Aharon pelos caminhos do *kibutz* com seu braço engessado, pois apesar dessa difícil lesão ele não quis abrir mão de sair junto com todo o grupo, e seu gesso está coberto de desenhos coloridos e de coisas escritas, exatamente como na última vez em que quebrou o braço, um quadro regressivo com os dias que faltavam para tirar o gesso, mensagens de incentivo, autógrafos desbotados de colegas, difíceis de identificar, tudo escrito e desenhado tortuosamente, não é fácil desenhar e escrever e assinar com a mão esquerda sobre a direita, e depois da ducha nós vamos comer, vocês não têm ideia do que nos servem aqui, em casa vocês não permitiriam, mas aqui somos mimados, pepinos com sua casca, com todas as vitaminas e gosto de terra, e de noite roubamos galinhas do galinheiro, talvez até peguemos um pombo bem gordo e lhe decepemos a cabeça, e lhe encapemos a cabaça, e lhe encaçapemos a couraça, num só movimento eles decepam, eles são capazes disso, já são capazes, não lhes aparece no sonho uma borboleta presa e sufocada em teias pegajosas, estendendo acusadoramente para eles suas antenas, ele batia sem parar na protuberância do joelho, a pobre carne a pular hop hop, e se, por exemplo, jogamos a luz da lanterna diretamente nos olhos, a pupila se contrai imediatamente, três segundos no relógio, isso também é um reflexo, isso também Aharon pode fazer voluntariamente contrariando o corpo, pupila, também é uma palavra, o pai de Guid'on tem uma lanterna assim, que ele usa em sua coleção de moedas, ele tocou assustado no bolso traseiro, a moeda ainda estava lá, aquela moeda ou aquele moeda, em hebraico não está claro se moeda é masculino ou feminino, já faz dois anos que está com ele, não consegue se livrar dela, e a perna salta sozinha, sobe e desce, o que vai acontecer quando eles voltarem do acampamento de trabalho e virem o *chendale* que vai ficar de tanta pancada que ele dá para provocar reflexo. A esta hora eles com certeza já estão no refeitório, lá tem self-service, e um encarregado da lojinha, e um que cuida da limpeza e da ordem nos exteriores do lugar, e um que cuida das vacas e do estábulo, e eles usam botas de camponeses e bigodes, e lá tem dormitórios mistos, e eles fumam juntos no escuro para que os instrutores não vejam, e de noite saem do sério, e um pinta o outro enquanto este dorme, mas isso depois de ficarem em volta da fogueira, comendo e bebendo e cantando, e depois de mergulharem nus na piscina, ele não pode pular nenhuma etapa desses pensamentos.

Ele correu. Atravessou o jardim da WIZO, subiu a rua Hechalutz, a rua Bialik, chegou até a pequena casa dela cercada de árvores, passou entre varais repletos de roupas e lençóis cujo frescor lhe roçava o rosto, deslizando em suas faces, penetrando dentro delas, e eles o conduziram entre eles, passando-o gentilmente de um a outro, como que tentando afastá-lo de lá, para que isso, menino, vá para casa, aqui não tem ninguém para você. Ofegante e abatido ele ia passando, até que emergiu de entre eles e por um instante olhou assustado para trás, para a floresta de roupas que balançava com todas as mangas enfunadas ao vento. Grudou seu rosto ardente na janela. Através da persiana abaixada espiou o quartinho dela. Estava escuro. Não havia lá nenhuma Iaeli. Mas ele conhece esse quarto até de olhos fechados.

Lá fica a cama, e aqui a cômoda, e o armário e a escrivaninha dela. Lá na prateleira a sua coleção de bonecas, do tempo em que era pequena. Ele riu baixinho. E lá em cima — a caixa de papelão onde ela guarda a coleção de lãs coloridas, as penugens dela, Aharon, com devoção, tinha desfiado para ela um pouco da lã de seus suéteres, do laranja com as estrelas, do marrom com os quadrados, do *abadaiet* do bar mitsvá, e sua mãe percebeu, quando trocava as bolinhas de naftalina, que os suéteres não estavam milimetricamente no lugar certo, armou uma tocaia e surpreendeu-o em pleno ato, e ia arrancar tiras e mais tiras da pele dele se o pegasse tirando mais um só fio de lã, ela usa a mesma lã já faz muitos anos, e não é nenhum Rothschild, é uma *balebuste*, desfazendo e tricotando de novo ano após ano, e ele, com risco de vida, tirou mais fios, até mesmo do verde, o mais novo que tinha, aquele com os grandes triângulos, tirou os fios e levou de presente para Iaeli, para serem depositados na caixa dela como uma penugem, como um ninho aconchegante, envolto numa vertigem de cores suaves; e em sua imaginação ele via, através da persiana arriada, a escrivaninha bagunçada dela, com a mancha de tinta em forma de maçã, o pedaço do jornal *Maariv para a juventude* que ela tinha recortado e pendurado bem em frente: "É preciso amar. É preciso amar esse fogo alaranjado chamado amor. É preciso amar o frêmito dos lábios que dizem: 'amor'. É preciso olhar para as coisas pequenas, como um sorriso em lábios macios. Como um olhar sonhador. Como uma pequenina lágrima que oculta dentro dela uma dor silenciosa e amarga". Leu através da persiana baixada, com os lábios trêmulos: "É preciso querer caminhar sobre esta terra, buscar os segredos escondidos no mistério da noite. Olhar fundo nos olhos da moça. Estar pronto para sentir o calor do amor, mesmo que queime até doer. É preciso tudo — um grande sacrifício. Um sangue forte a bradar. Lágrimas que foram espremidas de sentimentos sagrados...". Ele sempre tinha ficado perturbado com esse trecho, escrito por uma autora juvenil chamada Tsiona Kapach, de Ashkelon, e a ideia de que um trecho como esse estivesse pendurado bem diante dos olhos da sua ingênua Iaeli lhe tirava o sossego, talvez Iaeli ainda não estivesse pronta para um amor assim, ardente, e poderia ser tentada pelas belas palavras dessa garota a algo vulgar e não verdadeiro, e o amor não é só um jogo, é uma questão de vida ou morte, pode-se salvar toda uma vida com a ajuda do amor, e para Iaeli pode ser que essas coisas ainda sejam leves, superficiais, sem representar um compromisso até o fim, como acontecia com ele, tomara ele também pudesse aprender um pouco dessa sabedoria da leveza. Recuou da janela, a cabeça se enredou em algo, se assustou e olhou: de novo as roupas penduradas. Mas agora elas estavam imóveis. Mangas e colarinhos pendiam frouxos. Os lençóis pareciam velas murchas. Passou por elas de olhos fechados, se deixou perder dentro delas, de onde essa Tsiona Kapach foi tirar palavras tão certeiras. Afastou com as mãos camisas, toalhas, fronhas brancas, rodou e zanzou e se perdeu numa floresta de fantasmas, fazendo baixar àquele seu lugar os segredos e o sacrifício e as lágrimas, palavras como essas ele tem de purificar dentro dele antes de dizê-las em voz alta, frivolamente; e enquanto isso também saboreava secretamente o nome da moça estranha, Tsiona Kapach, um nome que não é dos nossos, pensou surpreso, mas quem é que é dos nossos, talvez eu mesmo não seja mais dos nossos, e lhe veio num lampejo a imagem de um miserável barraco de zinco, crianças descalças chafurdando na lama e um pai bêbado, e lá, num canto do barraco, à luz de uma lamparina, está sentada uma garota magrinha, de rosto sério e delicado atrás de grandes óculos, escrevendo escondida seus pensamentos secretos, e seu pai se lança sobre ela para espancá-la, vá trabalhar e ganhar dinheiro, e a mãe chora porque Tsiona não sabe cozinhar nem costurar, tem duas mãos esquerdas, quem é que vai casar com ela, menina esquisita, uma vergonha para a família, e Tsiona ergue os olhos súplices, desesperados, de onde virá ajuda, será que tem alguém no mundo capaz de compreendê-la e à sua solidão. Ele queria ter coragem para lhe escrever uma carta. Ela o entenderia. Ele lhe contaria tudo, sem introduções supérfluas e sem rodeios. Ela leria sua carta de noite, à luz da lamparina de querosene, e viria ao encontro dele, deixando sua vida. Ela ficaria com ele. Sim. Ela não o deixaria assim. Assustou-se. Por causa da traição. Voltou a sussurrar Iaeli, até sentir de novo o murmúrio esbraseado se espraiando em tépidos círculos dentro dele. Estendeu a mão. Foi tateando de olhos fechados ao longo de todo o varal. Num movimento ágil recolheu algo. Enfiou no bolso. Fugiu dali. Correu enquanto teve fôlego. Na esquina da alameda parou. Enfiou-se entre os arbustos. Curvou-se. Tirou do bolso. A meia dela. A fina meia de lã, verde e vermelha. Cheirou: um cheiro bom de roupa lavada. Aspirou a pleno pulmão. Bem. Bem. Tudo ficará bem. Depois envolveu o punho com a meia e se surpreendeu: como é pequeno o coração dela! Como resistirá esse coração a quem quiser conquistá-lo? Correr, clamar por socorro, ir agora mesmo para o monte Tabor, resgatar Iaeli de lá numa ousada operação noturna. Mas já sabia que ele mesmo era fraco demais, já não era como tinha sido, então o que sim ele é, então quem é ele, quem é o gêmeo verdadeiro e quem é o que dele se apossou com astúcia, pois às vezes, quando urina, ele cobre a cabeça e o rosto com uma toalha, e através dela ouve o jato de urina com um outro som, mais profundo, como se não fosse dele, o que é isso, quem está urinando de dentro dele. Enfiou a meia no bolso, correu sem saber para onde, correu para cá, correu para lá, banhado em suor, de repente estava dentro do movimentado centro comercial, assumindo o aspecto tranquilo de um menino que vai às compras. Mas logo foi percebido. Era o único menino ali. Ele e Biniumin, filho do barbeiro, encostado na entrada do salão do pai e olhando para ele com interesse. E Aharon andou rapidamente. Como se soubesse aonde estava indo. Endireite as costas para que não pensem que além de todo o resto você também é corcunda. Agora Biniumin vai bater nele. Agora, que ele é uma cabeça inteira mais alto que Aharon, vai se vingar da surra que levou no passado. Mas Biniumin não tinha a menor intenção de bater nele. Só olhava para ele e sinalizava com os olhos para lá, para lá, para onde? Para lá. Mas não tem nada lá. Lá só tem o cego Morduch. Sentado, se balançando. Aharon virou o rosto e se afastou, a cabeça erguida. O cavalo de Mosko, o vendedor de gelo, voltou a cabeça em sua direção e o olhou dentro dos olhos. Aharon tentou se conter, resistir, mas seus dedos se enfiaram mais e mais em seu bolso, tocaram a tira podre de cebola: no *moshav* Aderet tinha nascido um bezerro com duas cabeças, dizia-lhe o cavalo de Mosko através da cebola e mostrou os dentes num riso selvagem. Aharon recuou e se afastou dele ainda mais, caminhando em frente sem olhar. Alguém ligou um alto-falante na praça, silvos e assobios encheram o ar. Um trecho de música irrompeu de repente e silenciou. *Lanetsach zechor na et shmoteinu.** Eram os preparativos para o dia da recordação dos que morreram na Guerra de Independência. E lá está Morduch novamente. Exatamente no mesmo lugar. Balbuciando por cima de sua lata enferrujada. Uma lata de carne em conserva Richard Levy que sempre se leva nas excursões anuais. Mas como é que ele veio parar de novo em Morduch, se estava indo na direção oposta. Virou-se rapidamente e caminhou com expressão preocupada atrás de dois garotos altos da sétima série, e um deles, que lhe pareceu ser Moishe Zik, aquele

---

* "Lembre-se eternamente de nossos nomes", trecho da canção "Bab-el-Wad". (N. T.)

da Anat Fish, disse em voz alta: "Então, em resumo, os animais viram que assim não podia ser, e resolveram enviar novamente o coelho, para explicar ao leão como é que ele tinha que fazer", e Aharon parou imediatamente onde estava. Gente demais por aqui. Avançou mais alguns passos. Ficou parado em frente ao novo supermercado. Exatamente agora ninguém estava entrando. E ela está lá com aquela cara inocente, como se fosse só de vidro. Desafiando-o a passar por ela. Entrar por ela. Vamos ver se você é homem, ela lhe diz em sua língua de vidro. Olhou em volta. Não havia ninguém em vias de entrar no supermercado. Ninguém para vir salvá-lo dela. Já não tinha alternativa. Foi em sua direção em passinhos miúdos, sabendo que toda a praça estava olhando para ele e rindo. Agora tinha de ganhar tempo: se curvou para amarrar o sapato. Uma mulher idosa se aproximava lentamente. Graças a Deus. Esperou por ela ainda curvado, acompanhando-a com o canto do olho, e no momento certo se levantou e pisou junto com ela no tapete de borracha. A porta automática se abriu, mas para os dois ao mesmo tempo, e Aharon ouviu distintamente o odiento sibilar ssssi... passou rapidamente entre as prateleiras carregadas. Um tanto aéreo, percorreu as bancadas de frutas e legumes, tão coloridas e exuberantes, e agora precisa de algum modo sair daqui. Sair através dela. E ninguém além dele estava querendo sair. Postou-se em frente à banca de jornais, tocaiando a porta com o canto do olho. O advogado de Menashe Anwar vai alegar que na hora do assassinato seu cliente estava sem controle sobre si mesmo. Que país é esse: você pode assassinar, roubar, você pode ser um espião, e basta você dizer que é maluco e já está desculpado por tudo. Preste atenção, corra! Lançou-se para a frente na hora certa, quando um rapaz, carregado de sacolas, se dispunha a sair. Aharon caminhou rapidamente a seu lado. As mãos nos bolsos. Como se fosse um garoto que sai do supermercado. Mas o rapaz parou. Cuidado! O rapaz parou! Uma funcionária o chamou de um dos caixas, acenando com um papel, e ele parou. Aharon ficou sozinho diante da porta de vidro automática, que detecta as pessoas, o corpo das pessoas. É impossível enganá-la. Ela é cruel e precisa e irredutível como uma balança na enfermaria, tem raios invisíveis que atravessam você para ver se é um corpo verdadeiro, ou não. Recuou. Curvou-se novamente para amarrar o sapato. Toda a praça já lambia os beiços. Meu Deus, faça com que entre alguém aí em frente. Nem que seja um cachorro. Não veio ninguém. Aharon se aprumou, pôs o pé sobre o tapete de borracha. Sentiu que flutuava, que não conseguia fincar pé. Fazer peso. Enfiou a cabeça entre os ombros. Avançou.

Claro que ela se abriu para ele. O que você pensava, biruta, que ela não ia abrir. O que há com você, me diga, o que há com você. Cansado, sem força para resistir, ergueu os olhos, logo se deparando com o olhar de Biniumin. Biniumin que não falava, só apontava a direção para Aharon, para lá, o que ele quer da minha vida, para lá, e Aharon seguiu obedientemente, pôs a mão no bolso, o que poderia jogar na lata do mendigo que tilinte como metal, tem uma velha lâmina de barbear do pai, oculta sob a sola do sapato, e tem o pedaço de serra que roubou da aula de trabalhos manuais, guardado na enorme bainha de sua calça, a mãe fica lá com a boca cheia de alfinetes, encurtando para ele, disfarçando para ele, de modo que ninguém perceba, e todos os preguinhos e o prego preto de aço que tem sempre escondidos, todo o equipamento que traz sempre com ele, para o caso de aparecer casualmente uma apresentação de Houdini, já faz um ano e meio que não, mas aonde estávamos indo? O que queríamos aqui? E Biniumin, sim, sim, nós vimos, nós vimos, estendeu diante dele sua perna curta num gesto de repulsa e sinalização, para lá, para lá, e o cego Morduch também se calou, ergueu sua grande e ossuda cabeça ao longo da qual se enredam veias tortuosas, procurou algo no ar, apalpou, abriu sua enorme boca revelando a Aharon seus dentes podres, carcomidos; mas é claro! Finalmente Aharon compreendeu! Que degenerado ele é de não ter percebido antes, realmente seu cérebro já devia ter vergonha, e ele arrancou do bolso de trás aquela moeda com a face apagada, cuja gélida frieza não se esvaíra nem por um minuto durante todo aquele tempo, desde que Aharon a obtivera, e com um sentimento pesado mas convicto de resignação, deixou-a cair de seus dedos na latinha enferrujada que o mendigo tinha na mão.

Por um instante teve a impressão de que toda a praça se imobilizara. Seu coração bateu uma vez, numa longa pulsação, como se alguém fizesse soar um gongo imenso para anunciar a entrada majestosa de um convidado misterioso, sem rosto e sem nome, e que todos conhecem muito bem. Aharon fechou os olhos, se esticando todo. Quando os abriu, viu que tudo parecia novamente tranquilo. Ninguém, pelo visto, se dera conta do que acontecera. Olhou de novo para os lados: pessoas passavam com suas sacolas e suas pastas. Faziam compras para o feriado, com pressa de chegar em casa. Carros passavam, buzinando sem qualquer critério. Acalme-se. Tudo está em sua cabeça. É você mesmo quem se tortura assim. É melhor você assumir o controle da sua cachola e começar a planejar o que vai fazer amanhã à noite, onde vai se esconder, como vai matar o tempo, olhe: tudo está como de costume, só o mendigo olhava para Aharon com seus olhos vazios e assentia seguidas vezes com sua cabeça tendinosa, e as mãos agora se moviam com rapidez, para todos os lados, e Biniumin também estava assim, balançando sozinho na porta da barbearia, como se rezasse, como se ambos tecessem juntos uma laçada oculta cada um de um lado da praça. Ele fugiu. Enquanto teve fôlego ele fugiu deles, passando entre as árvores com suas copas inclinadas na pequena alameda, para casa, para casa, subiu com dificuldade os degraus, parou junto à porta, fez ouvir aquela sua tosse, mas quando abriu e entrou eles estavam de novo abraçados e colados um no outro, com toda a força grudados, e agora ele já tinha a certeza de que isso era uma coisa completamente nova, não era uma coisa qualquer, nem meio sorriso forçado aflorou neles, o lampejo de um sonho de uma das últimas noites lhe surgiu por um instante, estilhaços que não se juntavam, dois animais se perseguindo, um ao outro, suavemente, e com seus movimentos criavam uma espécie de completude, um círculo vertiginoso e completo, mas para sua sorte seu sono é muito profundo, olha de dentro do sono e vê as costas de Iochi, que finge dormir, ela também está com medo, aqui estão acontecendo coisas que nunca tinham acontecido, que bom que ele não acorda facilmente, que dentro do sono ele se encolhe e se dobra em torno de si mesmo num movimento imperceptível, e ainda dentro do sono pode continuar seus exercícios, também pode estancar o fluir do medo ao longo do corpo, e também contar as respirações deles e reunir dados científicos, pois aqui tudo é predeterminado, tudo é um mecanismo organizado, alguém persegue, alguém é perseguido, eles giram em volta ofegantes, num movimento circular completo, e depois, de uma só vez, tudo se romperá em estilhaços, mas no último segundo acaba não se rompendo, uma ágil mão vai se movimentar e agarrar no último segundo; e então finalmente eles perceberam sua presença ao lado deles na cozinha, se separaram lentamente, olharam para ele com hostilidade, mas por que essa raiva dele, ele sufocava por dentro, e ainda o culpam, como se ele fosse o responsável por isso, como se alguém pudesse ser o responsável por isso, e ela diz que ele já passou da idade do sorvete, das bobagens dentro do suco, e assim mesmo — quem sabe, em matéria de zombarias ela é uma especialista, isso sim, se ela ao menos lhe dissesse o que fazer, mas ela se cala. Até para o médico eles têm vergonha de reconhecer que na casa deles aconteceu uma coisa dessas. Eles o odeiam como se ele os tivesse traído, introduzindo na casa uma peste como essa, que não consta da Torá, e tivesse estragado tudo, aquela vida tranquila e normal que todo mundo tem, até Iochi está se afastando. Pois ele sente que entre os dois já não é mais como era. Ele agora tinha uma aguda sensibilidade para aqueles que se afastavam. Para aqueles cujo olhar ficava diferente. E ele sabe exatamente o que ela pensa em seu íntimo: que se um dia ela tiver um noivo, terão de esconder Aharon dele, para que ele não fique preocupado com os caracteres hereditários da família. Ele não tem dúvida de que ela pensa assim. Mesmo se ela ainda gosta um pouco dele, mesmo se ela se envergonha por pensar assim, é assim que ela pensa. Assim ela foi acostumada a pensar. Mas como pode enfrentar sozinho toda essa biologia, maldita seja, e ele implora àquela lá no cérebro, a glândula dele, chega, você se divertiu, fez suas estripulias, brincou durante três anos, captamos o conceito, agora faça alguma coisa, me dê alguma coisa, não seja assim avarenta, você só precisa pingar uma pequena gota daqui para ali, só um pinguinho precisa passar de um lugar para outro, uma distância de meio milímetro talvez, e tudo vai mudar, o mundo inteiro vai mudar, e ele reza para ela há pelo menos um ano e meio, já não tem por que esconder, e já não tem forças para esconder, há um ano e meio ele põe *tefilin* em segredo, à noite, embaixo do cobertor, só para ela, recita para ela um trecho de sua *haftará*: "Eis que isso toca seus lábios, e sua transgressão será removida e seu pecado será expiado"; porque talvez realmente tenha cometido um pecado e era preciso expiá-lo. Mas em que tinha pecado. Se ele é tão puro. O mais puro que há aqui nesta casa. Nem mesmo evacuar ele evacua aqui já faz anos, por medo de não puxar a correntinha da descarga com a força exata e causar de novo uma inundação. Nem se esfregar, ele se esfrega. Quem é que vai ter vontade disso quando não tem força nem para passar de um minuto para o outro. Mas talvez ele realmente seja culpado de algo. Talvez então, quando derrubou Biniumin a pancadas e passou sobre ele dizendo "você não vai crescer". E talvez tenha pecado em suas fantasias. Quando pensa às vezes que não é filho deles de verdade, mas, digamos, filho de nobres ou de reis. De pessoas na Inglaterra ou na Suécia. Longilíneos e esguios, bem-vestidos e falando baixinho em inglês, e usam óculos de armação dourada e tocam piano, porque às vezes ele tem a sensação de que em outra casa isso não lhe aconteceria, que isso era uma coisa daqui, da casa deles, aonde tudo vem se depositar sobre a alma e a sufoca, mas por mais que ele reze para ela e lhe implore ela não lhe responde, por mais que ele bata com a cabeça no chão para fazer estremecer algo lá dentro — não responde, não responde, balbucia Aharon, percorrendo ruas repletas de gente, cheias de barulhos e gritos, alto-falantes berrando canções, um cheiro de queimado no ar depois dos fogos de artifício, e como o céu escuro irrompeu em todas as cores, e que dor lhe causava a saudade de Iaeli naquele momento, e as pessoas esbarravam nele, ei, menino, olhe para onde vai, o ritmo dele não combinava com o dos outros, atrapalhava todo mundo, alguém desafinava ao acordeão "do cano irrompe um chuveiro de alegria, canos, as artérias do deserto", *kiluach*, uma bonita palavra, mas chuveiros mistos... e tem também *kiluach* no sentido de jorro, jorro de sangue, e com muito cuidado ele retira a palavra *kiluach* daquela confusão ruidosa, a descasca delicadamente, a sopra para dentro de si mesmo de trás para diante, *chaulik, chaulik, chaulik*, sete vezes, com muita concentração, com a boca fechada, para que nesse momento não o penetre a menor partícula de tudo que é infecto lá fora, desses ruídos e vozes, e do cheiro de fumaça e das multidões, e assim, com muita pureza, ele remove a cobertura de poeira e suor de *kiluach*, a casca manipulada e ressecada, todos os sons estridentes, desnecessários, desafinados, ele a esconde bem dentro dele, no novo centro, checa rapidamente todas as palavras que insidiosamente já levou para lá nos últimos dias: flexível, solidão, corça, recôndito, sacrifício, lágrimas, palavras que ele captura arremetendo dentro da imensa corrente, infinita, indo o tempo todo ao encontro delas, e agora *kiluach*, durante sete dias lhe é proibido pronunciá-la em voz alta, até ficar totalmente purificada, e será toda dele. Será particular. Vai passando entre as pessoas, pesadamente, se sente tolhido, comprimido, olhem esse aí andando e falando sozinho, alguém lhe deu um conhaque, menino? *Chaulik, chaulik*, está sendo difícil se concentrar, neutralizar as intervenções de fora. Se se calassem por um instante, poderia organizar seus pensamentos e então continuar a caminhar pelas ruas sem se perturbar tanto, se deliciar com a música e com a alegria das comemorações, se ao menos pudesse arrancar da cabeça aquele zumbido monocórdio, aquela ideia fixa que se repete cansativamente dentro dele, a de que ela não responde, indiferente a ele, não responde, e é difícil para ele manter o ritmo da caminhada entre as pessoas, talvez haja um lugar onde se ensina caminhada coletiva,* onde estava você quando ensinaram, quando ele para os outros avançam, quando eles param ele esbarra neles, e já faz quase uma hora que eles resolvem por ele para onde ele vai, e ele vai sendo empurrado e pressionado contra a vontade, como dentro de um intestino, até se encontrar finalmente junto a um palco bem alto, no meio de uma comemoração ruidosa, interminável, e logo a multidão se fecha sobre ele novamente, se agrupando em torno dele por todos os lados. Ele virou o rosto e tentou escapulir de lá, mas o público parecia ter se solidificado em volta, uma muralha fortifi-

---

* Alusão aos grupos de canto coletivo, populares em Israel, nos quais se ensinam canções populares. (N. T.)

cada de carne. Não achou uma brecha sequer para atravessar. Um grupo de dança com roupas multicolores dançava uma *hora* sobre o palco, enquanto embaixo, ao pé do palco, um grupinho de jovens, sem vergonha nenhuma, dançava *twist* no ritmo da *hora*; a turma da dança de salão, ele ergueu a cabeça com cansaço, lá tem sempre alegria, curtição, é uma turma legal, ele balbuciava em voz alta, para despistar quem fosse necessário despistar, e enquanto isso seguia com um olho semicerrado de especialista o viajante escondido no meio deles, ele identifica logo seu inimigo, e com o rosto contraído contava gogós e costeletas com cachinhos, e bigodes ralos e seios, não era nada simples, eles se movimentam o tempo todo, realmente estavam se divertindo com os novos brinquedinhos deles, mas isso não é de vocês, bobocas! Vocês estão se vendendo barato! Mas talvez seja deles, sim, talvez seja ele o único a não compreender e a não se permitir um minuto sequer de ilusão, um minuto para se esquecer de si mesmo; e talvez elas caminhem juntas, as coisas e a curtição delas. Se ao menos conseguisse vencer a si mesmo, contornar a si mesmo, se esquecer de si mesmo por cinco minutos, talvez isso seja tudo de que precisa, cinco minutos em que seu cérebro se distraia e não o deixe entregue a isso, cinco minutos vazios, já ouvimos, já ouvimos, e o que será então? De repente você vai ser como eles. Hein? O quê? Ficou parado, balbuciando com os lábios e trocando de pés, bloqueado pelos corpos que o cercavam e que sobre ele exalavam seu sopro, como que enfeitiçado olhou para os sapatos dos rapazes que dançavam à sua frente, a mão direita apertando e estrangulando o punho esquerdo, e já começando a contar os segundos numa cadência moderada e precisa, tão grandes lhe pareceram aqueles sapatos. Enormes. Sapatos destinados a conter ossos pesados e muito desenvolvidos, como as mandíbulas das feras primevas, e uma palavra passou ao sabor da tempestuosa torrente, dentro de Aharon ou fora dele, juventude, ele a sentiu imediatamente, uma linda palavra, então pule para pescá-la, não tenho forças, pule logo e a traga, ordenou a si mesmo, mergulhou sem vontade, a cabeça curvada até o peito, tire-a daí, *neurim*, juventude, fervilhante, alegre, dançante, ruidosa, primaveril, mensageira, *miruen, miruen*, murmurava sem vontade, por um momento algo dentro dele destilava fel, mas ele tinha jurado o juramento dos médicos; sim, mas não era capaz de fazer tudo sozinho; sim, mas ele tem obrigações e compromissos: mas são tantas as palavras que se aglomeram nos portões do hospital secreto que criou para si em algum lugar, no cerrado, na selva. *Miruen*. O tempo todo as palavras fluem à sua frente, das pessoas do rádio dos jornais dos cartazes das canções da cebola. *Miruen*. Ele tem a obrigação de aceitá-la e de cuidar dela, define-se Aharon, que já contou mentalmente vinte e cinco segundos, no trigésimo é que geralmente isso começa, com a sensação de calor e de frio na mão sufocada e nas pontas dos dedos. Experimentou novamente escapar de dentro do anel de carne estrangulada, tentando com toda a força e não conseguindo sair do lugar, aqui nem mesmo Houdini vai ajudá-lo, vira a cabeça com dificuldade e vê por um momento seu rosto refletido numa vitrine, um rosto pequeno, branco, como uma mancha branca na multidão, como uma ausência, Iaeli, onde está você, o que está fazendo agora. Trinta e um trinta e dois, já pode sentir como o sangue esbarra em pânico contra a barreira de seus dedos que circundam o pulso, pobre sangue, confuso sangue, Aharon o está deixando louco estes dias, e já trinta e sete, trinta e oito, trinta e nove, e o pior de tudo é, como sempre, o enjoo: em todos os seus experimentos — o corpo se utiliza dele como último recurso. Mas Aharon se exercita o tempo todo para enfrentá-lo também, enfia o dedo bem fundo na garganta durante todo um segundo, e depois quase dois, que lhe importa, o dedo não é ele, e o enjoo e a ânsia de vômito e o vômito tampouco são ele,

ele é apesar deles, ele é não obstante eles, quarenta e três agora, não desistir, uma vez pelo menos ele não pode ceder ao enjoo, tem de ir para além dele, pois existe alguma coisa mais adiante, não é somente o corpo que o provoca, agora ele o revira em ondas e ondas, mas talvez além dele, talvez embaixo dele, no fundo do pântano alguém esteja preso, capturado numa bolha, golpeando-a com a cabeça, e ele lhe grita que não pare, que seja um *matador* e um *partisan* até o fim, mas já vai vomitar, ou desmaiar, já lhe está subindo lá de baixo, cinquenta e um, não se renda, agora é o corpo contra a alma, não se renda, mas ele se rende. Como sempre, ele se rende. Sua mão solta o pulso. Mais um instante e com certeza ia vomitar. Que pena, que pena. Espinhos espetam sua mão. Que pena. Ficou como que entorpecido entre os corpos vigorosos que o sustentavam, coberto de suor frio bem no meio de um quente bafio, se recompondo lentamente da tontura: mesmo assim tinha conseguido fazer doer e se vingar um pouco. Mas quando sua visão clareou, o que é isso, o que está acontecendo, ele estava aqui o tempo todo e só agora descobria no meio do grupo que dançava algumas caras conhecidas, como não percebeu antes, como é possível, pois ele estava aqui, aqui eles dançavam, e agora ele os reconhece, e antes não. Estranho. Como se tivessem armado para ele: pois ele estava exatamente aqui já há quase quinze minutos, e essa garota bonita, como é que de repente ela passa a ser Anat Fish? Ele dá de ombros, desiste de compreender: eis aí a bela Anat Fish, dançando descalça no asfalto. Cravou nela o olhar, tentando não olhar para os outros em volta dela, Anat Fish, vestindo calças de *stretch* pretas, que os garotos da turma chamam de calças me come, e quando se olha bem para ela, dá para ver que realmente alguma coisa nela se perdeu, desbotou, sabe-se lá o quê, talvez por causa do que se fala dela e daquele cara dela, com quem ela viajou para Eilat, sim, sim, já ouvimos, e talvez o encanto dela tenha diminuído um pouco desde que Dudu Lifschitz não está mais aqui para cultuá-la assim, e olha aí também Adina Ringel, e Aliza Lieber, toda a turma de salão, que não foram para o acampamento de trabalho, e olha lá, *Ial'la*, Michael Karni, o que está fazendo aqui, ele não é da turma de salão nem de nenhum movimento juvenil, ele é *parve*, e ele também está dançando, juro que está dançando dança de salão, pela primeira vez, e dança com muito atrevimento ao lado de Anat Fish, surrupiando da dança dela, como um mendigo faminto, mas esse aí pelo menos teve a ousadia, olhe para ele e aprenda como ele já fabrica em sua glândula essa substância graças à qual se pode, por um instante, mergulhar em autoesquecimento e autoengano e ilusão, olhe, Aharon se obrigou a olhar diretamente para Michael Karni o molenga, o viscoso, que mexia seus membros em todas as direções em movimentos amplos, olhe e aprenda como é isso, e ele lá ficou a olhar, mirrado e ressequido por dentro, e aquilo estava acontecendo diante de seus olhos, e Michael Karni exibia abertamente seu corpo, sacudindo-o, ora com temerosa alegria, ora com uma violência estranha, como numa rebelião reprimida contra quem o tinha aviltado com esse corpo, dançava para a frente e para trás como se todo ele não fosse senão um pranto contido que explode e volta a sufocar, olhe e veja e aprenda como a partir do momento em que se faz essa proclamação — espere! Pois Michael se voltou, no meio de sua dança desengonçada, para Aliza Lieber, a ruiva, e convidou-a para dançar com ele, e ela recusou, claro que ia recusar, olhe para ele e olhe para ela, mas ele não desistiu, e Aharon sabia o quanto era proibido desistir nessa hora, nem por um instante poderia se permitir parar de dançar, e Michael andou cuidadosamente, como quem conduz um sonâmbulo na beira de um telhado, na direção de Rina Fichman, que estava lá com algumas garotas, Miri Tamri e Esti Parsits e Osnat Berlin e Varda Kopler, que é isso, metade da turma está aqui, e Rina vestia uma saia curta e justa de gata, nunca a tinha visto assim, se a visse na rua e não a conhecesse, ia pensar — que pedaço, se a mãe a visse daria uma cutucada no flanco do pai e diria *Hostu guezen?* Você viu? E sorriria aquele seu sorriso, e veja que Rina e Michael Karni já há alguns anos sentam um ao lado do outro na classe, e estão sempre trocando bilhetinhos... balbuciou Aharon como se recitasse uma história que envelheceu com o tempo, e dando risadinhas como dois bananas... *miruen, miruen,* e Michael se aproximou da jeitosa Rina Fichman, meio andando meio dançando, como quem leva uma vela com uma fina e trêmula chama no meio de um vento de tempestade, tocou timidamente em sua mão e lhe disse algo, não foi possível ouvir o quê, tudo em volta eram gritos e sons de canto e de risadas, tudo era a multidão, e dentro da multidão Rina Fichman lançou um olhar surpreso a Michael Karni, e sorriu alegremente para ele, e começou a mover diante dele seu pequeno corpo flexível, e essa palavra, *gamish,* flexível, também está dentro de Aharon em quarentena, para ser purificada, amanhã será a vez dela, durante sete dias teve o cuidado de não pronunciá-la em voz alta, e amanhã ele vai devolvê-la à natureza, amanhã já poderá usá-la, em voz alta, de forma pura, dentro daquele seu lugar, em suas conversas silenciosas com Iaeli e Guid'on, e o exausto médico interrompeu por um instante o que fazia, tirou seu chapéu de cortiça e enxugou o suor da testa, e logo voltou a seu dedicado e fanático trabalho, e nem por um instante desgrudou o olhar do rosto de Michael que de repente se tornara radiante, palavras como *rikud,* dança, riso, prazer, jeitosa, e ele se obrigou a continuar olhando para dentro desse segredo, para o momento da eclosão milagrosa, o momento da borboleta, a voar diante de seus olhos, tão próxima dele, enquanto ia se tecendo um fio fino e brilhante entre Michael e Rina, mas como é que metade da turma está aqui, quando foi que combinaram, talvez no quadro de avisos tinha um aviso que ele não leu, e o tempo todo tinha medo de repentinamente dar de cara com Iochi, tinha a intuição de que ela estava por perto, de que ela também perambulava pelas ruas como ele, fugindo da festa dos pais. Olhou de novo, como que hipnotizado, para os sapatos que saltitavam à sua frente, os sapatos grandes dos garotos, sapatos repletos de energias, eles têm pelo visto essa coisa que se chama *massa*, explicou para si mesmo, e neles ela talvez seja muito densa, sim, e os ossos deles são mais pesados. Cheios de tutano, realmente pode ser isso, e através dos sapatos deles ele adivinhou os pés, os ossos compactos, impregnados de minérios de ferro e de terra fértil, mas então isso significa que eles também, talvez, *existem* mais do que ele, quem sabe, quem é que vai adivinhar, e assim mesmo, sim, assim ele presume, pelo visto essa era a solução, pensou com frieza, eles, pelo visto, existem mais, mas o que isso quer dizer, e o que é que eles sentem e ele não? Lá entre eles é como o quê? Como um músculo contraído como aço no centro da barriga? E o sangue dentro deles, será que ele flui vigoroso e ruidoso o tempo todo quase irrompendo para fora do corpo? Como uma garrafa de espumante que se sacode forte antes de abrir? Talvez, talvez, pode ser, e ele se tranquiliza com uma fria ruminação científica, mas a questão é: do que eles abriram mão para isso? Ahn? O quê? Sim! Ele quase fala em voz alta, abraçando chorosamente uma consoladora esperança, turva, nebulosa, de que quem foi agraciado com essa misteriosa lei da corporalidade, o estatuto da carne, já entrou no caminho da escravidão e da aridez e da mesmice, passo a passo, sem desvios e sem atalhos, até seu fim, que é a morte. E logo riu consigo mesmo enojado, e pressionando sua axila extraiu um riso de glândula, abafado, corra, corra, Corraldo, quem é você para se gabar assim, o que está pensando, que vai se salvar por não ser um deles? Mas você está afundando, cada vez mais. Está afundando muito mais do que eles. Olhe só o seu aspecto. Como o de um morto-vivo. Veja como todos olham para você. Enfiou a cabeça ainda mais entre os ombros, balbuciou *miruen, shimag, dukir,* ele é o dr. Schweitzer na selva, é o dr. Doolittle, que conhece a língua das palavras. Sair daqui. Depressa, respirar.

    Arrancou-se de lá, nadando na multidão como num pântano, caindo de repente numa rua lateral, quase deserta, e três meninos menores do que ele o assediaram durante alguns momentos, batendo em sua cabeça com martelos de plástico e gritando *Djindji,* mas ele não se virou para trás para não se envolver numa briga, rindo consigo mesmo do engano que haviam cometido ao pensar que ele era da mesma idade que eles. Dois molecotes magros e altos pegaram no seu braço e tentaram puxá-lo para apostar em cartas que haviam disposto na calçada, aposte uma lira e leve dez, com a gente todo mundo ganha. Fugiu deles, inalando com repulsa o cheiro de vinho que exalava de suas bocas. Andou depressa, se fechando aos ruidosos sons de música que rolavam entre os altos prédios, expirando com toda a força o cheiro de carne assada que pairava no ar, para que não o infectassem por dentro, que horas são, talvez eles estejam agora em volta da fogueira, batatas na brasa presas em arame, depois apagar a fogueira ao estilo do *Palmach,* a mão toca na face e deixa uma marca de fuligem, cheiro de fumaça nos cabelos dela, o som discreto de seu riso, tire meus cabelos da minha boca, Guid'on, minhas mãos estão sujas de cinza. Um homem idoso, magro e esguio e sem rosto se destacou da sombra de uma das casas e se aproximou de Aharon, estendendo a mão para ele e dizendo em voz fanhosa eu já estava pensando que você não viria, Simo não lhe disse para vir à dez. Aharon se deteve, olhou para ele sem entender, todo arrepiado, como se já tivesse ouvido alguma vez uma voz assim, e de repente sentiu uma longa mão pousar em sua nuca, fria, pólvica, e um risinho divertido junto a sua orelha, venha, vamos passear um pouco, Simo me disse que você é um novato. Ele se virou como um raio e cravou os dentes naquela mão escorregadia, mordendo com toda a força, sentindo na boca uns dedos longos e como os dentes penetravam na pele e na carne, e não parou, carne de gente, mordia com fúria assassina, para matar, exterminar para sempre, mas quando sentiu o gosto de sangue cuspiu em pânico, correu de lá enquanto teve fôlego, o corpo todo tremendo, deixando para trás um homem espantado, sem rosto, ajoelhado no meio da rua, gemendo de dor, e Aharon corria sem parar, cuspindo até a última gota toda a saliva que lhe vinha à boca, talvez o cara tivesse alguma doença contagiosa, quem vai saber qual, talvez quisesse incorporá-lo a um bando de ladrões, já não sabia onde estava, de todos os becos perseguiam-no os sons dos estridentes alto-falantes. As ruas não tinham nome, as casas não tinham número, tremia tanto que suas mãos se agitavam espasmodicamente, tomara que aconteça um milagre e Iochi apareça vindo a seu encontro no beco e abra os braços para ele: Quem virá a mim.

Por fim se viu numa rua cheia de gente. Respirou aliviado e parou. Lâmpadas coloridas jogavam vermelho e amarelo nos rostos das pessoas que se movimentavam por todos os lados, falando e cantando. Na luz, olhou o relógio. Ainda faltavam seis a sete horas para que pudesse voltar para casa. Sentou-se na calçada, exausto. As pessoas tropeçavam nele, pisavam nele, xingavam-no com raiva. Pousou a cabeça entre as mãos. Entre as pernas dos que passavam viu um grupo de rapazes e moças dançando e rindo. Examinou-os com mil olhos: desta vez não conhecia nenhum deles, mas que importância tinha isso. Quando eles dançam são todos a mesma coisa. Com que furor eles dançam. Com que energia. Buscou o par mais bonito. Olhou para eles, engoliu-os com os olhos, fascinado. Por longos momentos os absorveu dentro de si. Sua respiração voltou ao normal. Relaxou um pouco sobre a calçada. Combalido, assim mesmo não deixou de examiná-los sob todos os critérios. Sem concessões. Pigarreou. Aprumou-se um pouco. Escolheu mais alguns pares. Jurou ser honesto consigo mesmo. Reconhecer a verdade, mesmo se ela doer. Mas por mais que experimentasse, não viu neles uma alegria verdadeira. Só sentiu muito, em suas risadas excitadas, a avidez no esforço de serem semelhantes um ao outro em tudo, de tomar consciência de uma coisa que Aharon — como um surdo olhando para os rostos das pessoas num concerto — só adivinhava em seus movimentos e estremecimentos, e eles queriam se submeter logo a essa coisa, se dedicar inteiramente a ela, com gritos de suposta alegria, sem reflexão ou conhecimento, antes que os botões do medo eclodissem em seu coração que subitamente compreendia, estremecido.

Assim ficou contemplando seus membros flexíveis, lépidos, seus rostos nus e os segredos neles estampados numa escrita grosseira. Algumas crianças que o haviam notado lá, sentado e com lábios balbuciantes, apontavam para ele. Alguém entornou uma garrafa com um resto de suco em sua cabeça, e as gotas escorreram, uma a uma, em seu colarinho. Ele ignorou. Ignorou sem qualquer dificuldade. Que lhe importa ficar molhado ali. Eis aí, se cansaram dele e foram embora. Sentia-se até aliviado naquele momento, como se de repente uma mão intencionalmente cruel e tirana o tivesse largado. Estendeu as pernas e se recostou. Por um momento tinha desaparecido a dor. E o terrível peso no coração. Assim, por acaso, sem explicação, um curto período de férias. Quem sabe o que teria de pagar por isso.

E eis que nessa trégua, com a mesma instantaneidade que há entre a pancada e a dor, com a aguda sensibilidade de um velho de catorze anos e meio de idade, teve o lampejo de que eles também, os que dançavam diante dele, todos os que dançavam, eram infelizes como ele. Que todo aquele que tem um corpo é defeituoso. Que até mesmo esse prazer ao qual eles se entregam, e essa alegria do cio, restarão dentro deles como coisas infantis, lúdicas, não profundas, não realmente deles, Aharon sentia isso sem palavras, numa célula escura e hermética do embrião de sua mente: e eles vão ter apenas uma espécie de magnífico prêmio de consolação, e assim mesmo estranho, eternamente estranho e insosso, desses que é preciso se apressar para usufruir dele, para consumi-lo em pânico, com vergonhosa avidez, no escuro, com um ligeiro toque de uma pré-consciência da derrota; assim, como uma carta assinada, que eles passarão adiante...

Mais tarde, às onze horas, ou à meia-noite, começou a voltar do centro da cidade para o bairro dos trabalhadores. Caminhava devagar, fazendo o tempo todo seus pequenos experimentos, acrescentando a eles, sem alternativa, o calo que lhe nascera no pé, medindo os latejos de dor, quanto tempo eles levavam para chegar ao cérebro, se eles se misturavam como se fossem ecos uns dos outros, às vezes saltando numa perna só e contando os passos até o músculo da coxa começar a tremer, fixando o olhar diretamente nos ofuscantes lampiões da rua, observando o efeito da luz nas pupilas, que ligação tem uma coisa com a outra, talvez tenha sim ligação, talvez de repente tire de uma coisa uma conclusão sobre outra coisa, talvez as pupilas lhe tragam alguma inspiração. Repassou seguidamente todos os dados de que dispunha, pois era preciso juntar tudo com bom senso para decifrar a charada, desmontá-la em partes e construir algo novo, saudável, vivo, gostaria de saber o que eles estão fazendo agora, talvez tenham declarado lá que meia-noite é a hora da beijação geral, talvez já estejam há muito tempo além disso, talvez já estejam se beijando com a língua dentro. Arrancou um fio de seu cabelo. Três segundos se passaram até a dor. Interessante: de manhã foram cinco.

Quando finalmente chegou em casa ouviu som de risos e

de música. Aproximou-se cautelosamente, espionou e viu na varanda Menachem e Aliza Bergman, e Iossele e Chana Shtuck, e eles riam às gargalhadas de alguma coisa, ou talvez de alguém, certamente não dele, tem palavras como *acharon*, e *karon*, que têm som parecido com o de seu nome; mas a voz deles tinha aquele tom que ele conhecia, e Aharon, treinado, recuou para a sombra, e de lá percebeu que eles tinham passado de repente para uma linguagem codificada, Iossele Shtuck acendeu um cigarro e nos lábios de Aliza Bergman se viu de repente um batom vermelho. Talvez tivessem percebido algo. Quem sabe até quando vai durar essa festa. Ele caminhou um pouco pelo bairro. E se subir as escadas, tocar a campainha, dizer a todos *shalom*, passar entre eles e ir para seu quarto, dizendo que a turma tinha resolvido se separar até as quatro da manhã para depois ir descansada ver o raiar do sol, mas, constrangido, foi embora e se afastou de lá. Quem sabe vai dar um passeio em volta do bairro. Quem sabe se aventura a ir visitar o hospital em que a avó esteve internada. Agora é o turno da noite. Pode se oferecer como voluntário para trocar lençóis, por exemplo. Porque a festa pode se prolongar até de manhã, e quando saiu de casa nem sequer perguntaram aonde estava indo. Que idiota tinha sido de não levar com ele a chave-mestra. Poderia entrar tranquilamente no abrigo antibomba e tirar uma soneca. Ou na casa de Edna Blum, pensou com espanto, se arrepiando e fugindo de lá, do apartamento dela, um quadrado vazio que se abrira no condomínio, e ele apressou os passos olhando para trás, como se algo pudesse se destacar daquele lugar, se arrancar de lá e pairar atrás dele, cair sobre ele e, como se fosse uma caixa, aprisioná-lo dentro dele, e assim caminhou numa meia corrida até sair completamente de sua rua, e só então ousou desacelerar, quando já lhe faltava o fôlego e começava a ter pontadas nos flancos, e andou sem destino, se abraçando por causa do frio, e pensou novamente em Iaeli, mas estava tão cansado que seu ciúme e suas mágoas não se fizeram sentir. Talvez este seja um momento adequado para começar a se despedir dela. Seja realista, ela não é para você. E até evocou na memória uma imagem nada bonita dela, quando saiu do forno inchada e massuda, inflada, e por um momento foi possível ver como iria ser um dia. Ela não é para você. Você precisa de uma garota com outras qualidades. Uma que seja mais, mais o quê, mais triste, pensou. Cautelosamente pronunciou em voz alta Iaeli, Iaeli, e nada. Só uma dor surda, longínqua, o percorreu, e, assim, continuou com aquilo, tomando o cuidado de permanecer semiadormecido na hora da cirurgia, e tentou resolver de maneira lógica quem seria sua amada depois de Iaeli, e porque agora se sentia tão ponderado e sensato, começou descartando toda a mulher que jamais poderia ser sua amada, sua mãe, por exemplo, e Iochi, e a avó Lili e Gutcha e Rivtcha e Itka, e depois de descartar todas as mulheres da família passou para aquelas que já não poderiam ser sua amada por causa da idade, Golda Meir e Beba Idelsohn, e Anda Amir-Pinkerfeld, e Henrietta Szold, continue, e também se lembrou de todas as mulheres internadas em hospitais ou hospícios, como a Lea'le da Rivtcha, eis aí, está vendo, tem uma multidão de mulheres que não vão poder ser sua amada, e uma a mais ou a menos como Iaeli não vai fazer diferença, e o que dizer dos milhões de mulheres da China e do Japão que ele nem conhece e nunca vai conhecer, e o que dizer das árabes, que ele tirou da lista por serem inimigas e malcheirosas, e por fim chegou à conclusão de que a amada dele pelo visto terá que ser do povo judeu e terá de viver em Israel, só assim poderão se encontrar, e caminhava semiadormecido pelas ruas escuras, entre os ciprestes que se inclinavam sobre ele, e descartou todas as curdas e as marroquinas e as turcas, de qualquer maneira ela não vai deixar que ele leve uma dessas para dentro de casa, e ele no momento não tem forças para enfrentá-la, e após uma breve consideração decidiu descartar também as búlgaras, hesitou um pouco com as romenas, ela sempre o advertia de que os romenos são quase dos nossos, mas não de verdade, e que eles sempre tentam elevar sua posição se casando conosco, ela priorizava uma complicada liga de *ashkenazim* e de *frenkim*, por fim ele repassou e classificou entre as meninas que conhecia aquelas que considerava adequadas, examinando e descartando uma a uma, por exemplo, Rina Fichman podia certamente ser compatível, mas agora pelo visto ela já estava ocupada, e Noomi Feingold talvez seja mesmo a mais adequada, mas tinha aquele irmão dela, e por fim, enquanto ele desce capengando a rua estreita que leva ao condomínio — eles com certeza já terminaram e foram embora — pensou que a única que realmente serviria para ser sua amada era mesmo Iaeli, e essa ideia provocou nele subitamente uma dor aguda, como se tivessem arrancado um curativo de uma ferida aberta e úmida, e aquele velho balbucio voltou a rascar dentro dele, não responde, ela não responde, já tinha esquecido quem era essa que não responde, e estava de novo diante do condomínio, em frente ao vulto cinzento retangular, onde a comemoração continuava com toda a sua intensidade e todo o seu barulho, agora para onde, talvez descer até o vale, talvez se atrever a ir no escuro até a gruta dele e de Guid'on e se esconder lá até que a festa acabe. Caminhou devagar pela rua lateral que levava até o vale, se encolhendo e grudando nas cercas quando os faróis de um carro iluminavam a rua adjacente, mas quando chegou à extremidade da rua, à margem do vale, deparou com uma escuridão absoluta, foi tomado de medo e não teve coragem para continuar. Sentou-se numa pedra, apoiou a cabeça nas mãos e dormitou. A todo momento acordava assustado, onde estou, estou me martirizando, batia na protuberância do joelho, arrancava um fio de cabelo, murmurava baixinho que isso era uma guerra, uma guerra de vida ou morte, e caía de novo numa sonolência intermitente, já sem força, e a própria vida, se é que vai vivê-la, se é que sua tragédia não tem reservada dentro dela uma morte prematura, imatura, essa vida pelo visto exigirá dele uma tensão e um malabarismo permanentes, sem um pingo de orgulho, e o que vale uma vida assim. Mas que alternativa você tem, e ele suspirou um suspiro amargo, acalme-se, você no momento está um pouco histérico, está exagerando um pouco, tem muitas crianças na sua idade que ainda não começaram a crescer, isso pode começar com você a qualquer momento. Talvez já esteja a caminho. Mas e as medições, ele argumentou contra ele mesmo, porque ele se mede toda manhã, pois de manhã as cartilagens entre as vértebras ainda não foram friccionadas e a diferença é de mais ou menos três milímetros a seu favor, e de acordo com as marcas que seu pai tinha feito um dia na ombreira da porta, toda vez que entrava ou saía do quarto Aharon sabia que sua altura era exatamente a mesma de quando tinha dez anos e meio, não tinha acrescentado nem um centímetro, nem um grama, então para que as medições, e como era boba essa discussão, ele não precisava das medições para saber o que estava acontecendo com ele, ele já sabia muito bem, pelas frias batidas do coração, pela sua gramática mais interior, sua fórmula, seu código, que isso não era só um retardo temporário, não, isso já era, Deus me livre, a coisa em si mesma, que assim como Aharon era um pouco de exceção antes de começar seu dissabor, assim era de exceção agora também, as coisas vinham do mesmo lugar, e nesse aspecto havia na tragédia uma lógica obscura e tortuosa mas muito clara para Aharon: era a tragédia *dele*, da qual fora talhado, como se só tivessem pintado de preto as letras de seu nome.

 Um carro se aproximava de lá lentamente com luzes baixas, parou muito perto, e duas pessoas dentro dele começaram a se agarrar e a gemer, e Aharon parecia não acordar, dormindo enregelado, como uma pedra, contando as respirações deles, em geral até noventa e um isso acaba, às vezes noventa e cinco, não mais, ele já os conhece, são todos a mesma coisa, pelo visto são capazes de mudar só em pequenas coisas. Uma perna nua e longa de mulher se estendeu e projetou de repente pela janela aberta, mas nas questões importantes eles não têm alternativa, quando isso vem, vem, e os agarra nas unhas e não larga, e já está em setenta e cinco, e umas costas corpulentas sobem e descem, por que sempre esses gemidos, talvez isso fique indo e voltando entre eles, até ser absorvido, e logo virão os *krechtsim*, noventa e um, noventa e dois, o que é isso, talvez algum problema, alguma demora burocrática por lá, noventa e nove já, cem, e continuou contando com espanto, olhos arregalados para ver a perna nua, bronzeada, as unhas pintadas de vermelho, que começou de repente a tremer, cento e trinta e sete já, e aí vêm *os krechtsim*, graças a Deus, talvez o erro tenha sido dele, talvez de tão cansado que estava ele contou mais depressa do que contava em casa, um, dois, três quatro gemidos misturados, agora ela vai sussurrar para ele pedindo que saia, e cinco e seis, o que é isso, ela tem de gritar para ele que saia, *arois*, já faz algumas noites que isso se repete, e o corpo dele se grudará ao dela com toda a força, sem querer ir embora, e ela o empurrará e gritará num sussurro que toda a casa ouve *arois, arois*, cuidado, saia, arroz, arroz, o soldado vaia, depois, depois, coitada da saia, mas aquela lá no carro não está empurrando, não grita saia, e os dois ofegam e gemem, sobem e descem como um grande êmbolo, e a perna nua treme e se agita na janela do carro, e os longos artelhos se distendem, distendem, daqui a pouco vão chegar até aqui, talvez ela não esteja ouvindo, mas o mundo inteiro já está ouvindo, Aharon conta admirado os gemidos dele, sete e oito e nove, talvez um dia possa se utilizar desses detalhes também, talvez um dia tenha a resposta para esta questão que o incomoda há tanto tempo —

desde que viu uma espécie de mica amarelada dentro de um certo lenço: em que momento exato eles vão decidir expelir a semente deles, e ele se apruma de repente, agitado, se é que são eles que decidem! Se é que alguma coisa aí depende de uma decisão! Que idiota você é! E começou a bater na protuberância do joelho, a outra mão ele enfiou entre os dentes, mordeu com força, para não gemer, vendo a escuridão rodeá-lo, circundá-lo, e dois grandes animais se perseguiam, cada um tendo na boca a cauda do outro, correndo velozmente em círculos, que precisão e coordenação são aqui necessárias, que harmonia absoluta entre eles, para não se romperem em estilhaços, pois eles quase se romperam, e no último segundo vai surgir uma mão ligeira, num movimento preciso e tenso, e sempre responsável, e sempre atenta, e vai agarrar no ar, no último momento mesmo, mas e se uma vez ela não chegar a tempo para agarrar, e se tudo se despedaçar no chão em milhares de estilhaços, e talvez isso já tenha acontecido.

Levantou-se subitamente, ficou de pé, esquecendo que eles poderiam vê-lo. Correu rápido, o coração disparado, na direção do Jardim dos Vinte. Mas lá também havia sussurros e gemidos e estalidos de lábios, para onde fugir agora, onde poderia descansar um pouco, compreender esse medo que envolve seu coração, até quando eles vão ficar dançando lá, de novo caminhou tropegamente até o condomínio, batendo com as duas mãos nas têmporas para aquietá-las lá, calma, isso não é nada, não pode ser, está tudo dentro da sua cabeça, já de longe ouviu a música, a mãe dele também dançava, com quem ela está dançando, de quem é a mão que está segurando ela, que punho senhorial a faz deslizar dentro do ritmo como um peixe na água, alô alô ele sussurra para ela de seu esconderijo, o que vocês estão fazendo aí, o que fizeram, vocês já têm um filho e uma filha, como estipula a Torá e o bom senso, não é verdade? Mas ela não responde, não responde, balbucia Aharon consigo mesmo, recuando de lá, faminto e sonâmbulo, ruas cansadas se fechando atrás dele, por mais que tentasse convencê-la, não respondia, e por que essa raiva que ela tinha dele, por que o ódio, pois ele tentou de tudo nesses três anos, sentava durante horas diante de uma torneira aberta regulada para pingar uma vez por segundo, talvez isso tivesse alguma influência sobre ela, e juntava na rua tocos de cigarro que fumava escondido no abrigo do prédio, inalando e expirando pelo nariz, para que a fumaça penetrasse nele, e então ele espirrava de repente um estrepitoso espirro interior que o fazia estremecer, e ele ia a lugares onde construíam prédios, e abria a boca e se abria todo quando os operários explodiam as rochas berrando antes seu grito de alerta "barud!", e surrupiou uma vez o grande ímã do laboratório da escola e durante a noite inteira o manteve sob o travesseiro, sabia que isso poderia lhe causar um dano terrível, pois tudo que ele tinha de bom poderia se mexer junto com o que tinha de mau e fazer uma completa bagunça, que remédio ele tinha, e nada tinha acontecido, é de enlouquecer que uma coisa tão próxima possa ser tão distante e estranha, uma montanha pequena e gorda com um olho pequeno semiaberto em seu centro, e um par de lábios finos e contraídos, e calos duros e secos colados nele, o centro da memória e o centro do riso e o centro das palavras e o centro do esporte, e talvez também do amor e o centro da felicidade, tudo grudado nela, só dependendo dela, vamos machucar essa montanha, vamos machucar essa glândula, o Hitler, alfinetes cravados nas veias da mão e do pé, gelo na grande artéria do pescoço, você não vai receber sangue, não vai receber ar, vamos montar em torno de você um cerco completo, com as duas mãos ele aperta a garganta durante trinta segundos, quarenta segundos, quarenta e cinco segundos, círculos negros esvoaçam dentro da cabeça, pássaros escuros, acorda, sua besta, anda pela casa por longo tempo com a pálpebra dobrada para cima; entram grãos de poeira. Infecção. Pus. Esfrega dentro do nariz um pingo de acetona do vidrinho de manicure dela. Grita assustado quando começa a corrosiva ardência. Não desiste, como poderia desistir, é uma questão de vida ou morte.

E assim se passaram sete dias depois do Dia da Independência e eles ainda não tinham voltado do acampamento, onde estarão, enfia no nariz ferido pequenos objetos: um pedacinho de massa de pão contendo fermento "cavalo de Troia", com o nome proibido de Deus escrito num pedaço de papel, como fez o *golem* do *maharal* de Praga, e nada. Por favor. Levante-se, acorde, dê sinal de vida, diga que um dia tudo vai ficar bem comigo. Mesmo que seja dentro de dez anos, mas que no fim fique tudo bem. Escreve com o dedo na areia, no ar, não se importa de que estejam olhando, cartas suplicantes para ela, explicando, apelando para a lógica dela, e ela o quê, silencia, o ignora. Que alternativa ele tinha, se sentou e escreveu pela primeira vez uma terrível ameaça, recortando as letras dos anúncios fúnebres do jornal, Nem eu nem você vamos tê-la, sua mão tremia quando dobrou o papel até fazer dele uma bolinha que introduziu bem fundo, empurrando com um fósforo, pelo menos dez vezes ela foi devolvida com um espirro, até que conseguiu empurrá-la além do ponto dos espirros, e já faz três dias que ela se arrasta para cima, a carta, levada por um mensageiro, ou uma nebulosa mensageira, ou um menino mensageiro, todo branco, alvíssimo, pequeno, erguendo a mão, e dentro da mão uma carta, avançando e subindo pelas cavernas sinuosas do nariz, pelos nichos tortuosos, adiante, adiante, Aharon para Aharon, onde está você agora, câmbio; Aharon para Aharon, ainda longe dela, câmbio; e assim nos dias e nas noites em que anda na rua, quando dorme, na hora do jantar, quando está *concentranding*, em suas vísceras tem uma brasa ardente, e uma menina que dança para si mesma, e um menininho de olhos verdes e orelhas pequenas e eriçadas com seriedade e responsabilidade, e Aharon também está com eles, três amigos, três que são um só, confabulando baixinho sobre como devem agir para salvar esse um, e enquanto isso o mensageiro nebuloso atravessa a área branca, a do complexo de ossos da testa, continuando seu caminho para cima, por andaimes feitos de ossos e canos e fios, de repente parando, com medo: diante dele, no meio de um mar preto e vermelho de sangue frio, semicoagulado, flutuava solitário um grande ovo, marmóreo, ou uma espécie de coral amarelado e pálido, todo sulcado e árido, envolto numa capa de gelo, Aharon para Aharon, como vou atravessar o mar, câmbio; Aharon para Aharon, no cais o espera um barco de papel, e ele não tem nome, câmbio; um menino nebuloso lá no barco feito de papel dobrado rema silenciosamente com um só remo, para não fazer barulho, para não despertar o pequeno e permanente olho ciclópico no coração da montanha redonda e gorda na altura do coral, o mar é espesso, suas correntes são lentas e preguiçosas, e eis o coral em frente ao barco, e quando ele se aproxima pode ver que é amarelo, massudo, quase não dá para sentir o movimento de sua respiração, e os três que são um só aguardam a notícia alvissareira, dizendo baixinho as palavras mais bonitas e puras que existem no mundo, suas cabeças se aproximando e se fundindo uma dentro da outra, nunca mais irão se separar, têm uma só língua, ondas circulares de calidez se irradiam delas para sua barriga, para suas pernas, e em ninhos forrados de tutano colorido estão as palavras doentes e fracas, piando com seus bicos vermelhos abertos para Aharon o redentor, hoje chegaram aqui saudade e perambulações e garça e diamante e diadema e outono e solidão e véu roxo e bem-amada e Jerusalém e ouro, todas que conseguiu extrair ouvindo a parada de sucessos, excelente fonte de palavras, no meio havia novas, Nasser, Kasser, Basser, Iasser, e de tarde iria devolver à natureza cordeiro e crepúsculo e trem e meia-noite e despedida na praia da bela canção de Mati e Fleta, por isso ele tem pressa em lhe fornecer uma ração para o caminho, três cubinhos de açúcar-amizade e uma colher de geleia real, e ele tira a tampa de um vidro de creme de leite e lambe apressadamente a cremosa película no lado de dentro, a mãe está atrás dele mas não diz uma palavra, vê que ele abre sozinho e sem permissão a geladeira dela, olha e se cala, que não se atreva a lhe dizer uma só palavra. Vai até a pia. Abre a torneira. Gira ainda mais. Até o fim. Os olhos dela lhe perfuram a nuca. Não fecha. Sai dali a passos decididos, a torneira jorrando, respingos de água o atingem, também junto à despensa. Na banheira também tem uma torneira. E no toalete tem um Niágara. A água chega de muito longe até nossas torneiras, de fontes e de abissos, e a eletricidade chega a nossa casa de cachoeiras distantes, redemoinhos e torrentes, e para o gás que cozinha o *ioich mit lokshn*, tem de cavar fundo na terra, e no começo havia o caos, ele passa o dedo na torneira do gás, sente uma perfuratriz imensa escavando no mar, na terra, ouve um assobio fino, prolongado, e um forte cheiro a lhe subir no nariz, e o espírito de Deus paira sobre o abismo, ele sai lentamente da cozinha, diante do rosto impassível dela, e a torrente de água é poderosa, e o mensageiro que rema no barco de papel já chegou secretamente à ilha de coral, massuda, já amarrou seu barco num arbusto seco, ressecado pela ferrugem, Aharon para Aharon, cheguei à praia, já estou indo para ela, câmbio; Aharon para Aharon, o que você está vendo aí, câmbio; silêncio. Só o som de uma respiração tomada de surpresa irrompe do aparelho de comunicação. Aharon para Aharon, repito minha pergunta: o que você está vendo aí, como é aí, conte, conte, câmbio; e silêncio, e um menino nebuloso e suave, todo branco, debilitado, se move com cuidado, se curva sobre a terra fria coberta por uma camada fina de poeira ou de geada seca, ressecada, avança cautelosamente por terreno batido, por crateras cinzentas e amareladas, em forma de lua, Aharon para Aharon, você não vai acreditar como é terrível aqui, câmbio; Aharon para Aharon, estou ouvindo, câmbio. E o menininho se arrasta, passa pelas gretas, pelas fendas, com uma carta negra na mão erguida, arbustos secos a arranhar seu rosto e a se desfazer imediatamente ao seu toque, tudo aqui era cheio de vida, os arbustos floresciam em abundância, quatro rios corriam aqui, azuis e límpidos, ele tinha ideias e invenções, as crianças faziam o que brotava dele, onde estou eu agora e onde as crianças, pensava Aharon deitado em sua cama olhando para o teto, já não há crianças, as crianças se foram, a cidade se esvaziou de todas as crianças, já faz nove dias que não há crianças, elas foram preencher as fileiras vazias na colheita de frutos, ou na de cereais, ou na de uvas, ou na aradura, e nas noites elas se reúnem em volta da fogueira e cantam com acordeão, e só tem uma questão importante, todo o resto já não tem mesmo importância, e é se Guid'on, assim mesmo, ainda é leal a ele, se ainda está esperando por ele, e o mensageiro avança em silêncio, os olhos arregalados, toca com a mão enlutada e perplexa em todas as lembranças e imagens e pensamentos e risos que se tornavam cinzentos e murchos, frutas encarquilhadas, todo o Aharon amaldiçoado e petrificado por causa dela, que paira assim sobre a vida dele para sufocá-lo, de repente a brasa em sua barriga incandesce, brilha, uma luz vermelha se espraia dentro dele, aquece suas vísceras, estremece e desce até suas pernas, uma ideia, uma ideia, ele tem uma ideia, poxa, aí está, fomos salvos, em seu novo lugar ele já fabrica ideias novas, Aharon para Aharon, comunicado urgente: apanhe lá tudo que puder, positivo?, câmbio. Aharon para Aharon, não compreendi, repita, câmbio; Aharon para Aharon, junte tudo, tudo que estiver lá, tudo que me pertence, tudo que for possível, pegue e tire e traga de lá para cá imediatamente e sem perguntas, vamos tirar tudo de lá, vamos sair de lá, fim; ele se levantou logo da cama, confuso e perplexo, como não tinha pensado nisso antes, e agora é preciso ajudar a si mesmo, mobilizar imediatamente todas as forças, ele convoca dentro de si uma mobilização geral de reservistas, de voluntários, da defesa civil, decreta estado de emergência, sobre as janelas já se estenderam na vertical e na horizontal faixas pretas de papel adesivo, o pai e a mãe trabalharam ontem em todas as janelas e ele só ficou deitado vendo como o céu também se recortava em quadrados e mais quadrados, é assim que os prisioneiros veem o mundo, mas ele vai fugir, vai escapar da cela, romperá o sítio, o bloqueio diário, o torneio hilário, o bobeio bibário, corre de novo para a cozinha, todas as torneiras já estão fechadas, a mãe está diante da geladeira aberta, olha para dentro, segura nas mãos duas garrafas cheias de leite, avalia seu peso, de repente o percebe, se vira para ele, solta um grito de susto e de culpa, uma expressão desconhecida se desenha por um momento em seu rosto, Aharon crava nela os olhos, vê como que a dobra de uma camada muito antiga, fica paralisado e chocado diante dela, quem é essa, quem é essa, enfia a mão no bolso, e sua mãe recua, como se ele fosse sacar dali uma faca, procurando e não encontrando, mas até mesmo sem a cebola ele já compreendeu, já faiscava diante dele, à mesma profundidade daquela inamovível camada de culpa dela, um fragmento de seu antagonismo e sua vingança contra ele, tudo por sua causa, ela diz através da cebola, você nos trouxe tudo isso, culpe apenas a si mesmo pelo que aconteceu a mim e a seu pai, e ele recuou da expressão de seus olhos de fera, recuou mais e mais, abanando as mãos por trás para não esbarrar em nada, algum utensílio poderia cair, vejamos agora quão ágil é a mão que agarra no ar. Chocou-se com a parede, parou, vá embora daqui, fala numa voz estranha e se aproxima dela, vá embora daqui imediatamente, e ela recua, mas sem olhar para ele, sim, de repente ele percebe: que ela não olha diretamente para ele. Ou talvez sim, agora ela olhou, o que quer dizer isso, anda para trás tateando, Aharon Aharon volte a si, ela balbucia baixinho, a voz dela, ela agora tem medo dele, que fale mais, Aharon, eu lhe peço, tem medo mas também se preocupa com ele, preste atenção e veja o que aconteceu com você nos últimos tempos, se pelo menos continuasse a olhar para ele, mas de novo ela evita seu olhar, é um fato, o que fazer para que ela olhe para ele, como vai fazer para que ela crave nele um olhar profundo e demorado, e então ele poderá se acalmar completamente e perdoá-la, como poderá estremecê-la completamente, *If you want to be a brother*, ele se dirige a ela mas gritando consigo mesmo, quase em voz alta, e não ousa, como é que ela não consegue adivinhar sozinha do que ele tem medo, como uma vez, quando era pequeno, antes de essas coisas começarem para ele, quando o coração dela ainda era imenso e fremia por ele, ele sonhou uma noite um sonho terrível sobre ela, e durante toda a manhã seguinte não conseguia olhar para ela tal seu arrependimento e seu medo, e ela percebeu, e como, e o puxou pela mão e se sentou a seu lado no banheiro, e lhe disse você sonhou alguma coisa, e ele fez que sim com a cabeça, você sonhou uma coisa ruim? Sim, e ela ergueu o queixo dele com a mão e olhou dentro dele, para dentro dos olhos, e como se fosse uma pequena bola ela rolou dentro dele, e como uma tempestade ela o varreu, nas grutas, nas gretas, e voltou a subir e a sair de lá, e se sentou diante dele como antes, só um pouco de ofego nos olhos, você sonhou que eu tinha morrido, *tfu, tfu, tfu*, e agora está tudo bem e eu o perdoo, e ele se esparramou então no pescoço dela e chorou até se desatarem todos os nós que tinha na alma, como ela sabia salvá-lo, como lhe era fácil salvá-lo, mas veja só, mesmo agora ela tenta, os olhos dela se fixam nele, seus lábios de repente tremem, buscando na boca palavras que o salvem, se você não voltar vão interná-lo num hospício, Aharon, ela lhe sussurra piedosamente, e ele sente na garganta dela, ou na dele, o doloroso espigão ali cravado, a ponta do corpo sólido, a estátua de sal de todas as lágrimas que ela engoliu e secou, lá vão fazer você entrar em banheiras de gelo; ele sabe: este é um discurso de amor; ele ouve somente a sua voz, trêmula no topo de uma grande onda de choro, vão lhe dar choques elétricos lá, Aharon, só ele e ela entendem essa língua, e sem a estátua de lágrimas petrificadas que contém, e bloqueia, e fiscaliza, Aharon e ela num instante iam afundar, o tempo todo, a vida toda, num só grito ininterrupto, num vagido de recém-nascido quando se corta seu cordão umbilical, e eu lhe sugiro que você volte numa boa, que domine a si mesmo enquanto ainda é possível, mas por que agora ela não está olhando, de quem ela está se defendendo ao não encará-lo, e agora outra vez sim, é de enlouquecer, olha direto dentro dele, apertando contra o peito as duas garrafas de leite, e pode ser que eu também tenha cometido erros, ela sussurra, e agora todos nós aqui em casa estamos um pouco tensos, e toda a história da mobilização de Iochi, e toda a situação, e afinal você também não é tão fácil, e talvez você seja realmente um menino especial como todos dizem que é, sua inteligência e seus talentos, bate na madeira, e talvez nós não sejamos sábios e instruídos o bastante para entender tudo que acontece com você, Aharon, e não lemos livros e não estudamos na universidade, você acha que eu não penso nisso o tempo todo, e seu pai não teve ele mesmo um pai e ele talvez não saiba o que é ser um pai e às vezes comete erros, e eu também cresci sem pais durante a maior parte da vida, mas nós nos esforçamos, e por que agora ela mais uma vez não está olhando, ela se lembrou e virou a cabeça, e você sabe muito bem que só queremos o seu bem, mesmo quando ficamos zangados, o que mais temos no mundo a não ser você e Iochi, que ela diga isso novamente, que lhe jure pela Torá, e a sério, e agora os dois olhos estão bem em cima dele, grandes e cheios, engolindo-o por dentro, então o que é o certo, qual é a verdade, que diga logo, que diga explicitamente se ela sim ou ela não, e tudo nele vai passar e se acalmar, e continua a olhar para ele, absorvendo-o todo dentro dela, e suas mãos se erguem em sua direção para abraçá-lo, e ele também, de uma vez só, se deixa ruir na direção dela, desmorona e se desmonta, e só na última fração de segundo, antes de desaparecer na poderosa torrente, seus braços se destacaram do corpo, voaram sozinhos para a frente, e com toda a força ele bateu nas duas garrafas, ele sabia que ela ia agarrá-las, ele tinha de fazer isso antes da conciliação definitiva, o olhar dela já era uma garantia de que ela as pegaria agilmente, para que ele precisa disso, e continuou e soltou um urro e bateu nela com os braços estendidos e com olhos cegos de humilhação e de raiva, dela, dele mesmo, e o leite escorreu dela, pingando de todo o corpo, leite e cacos de vidro, e ele a empurrou, a repeliu, para fora, vá embora daqui, puta, cuspindo e gritando atrás dela, e volta à cozinha, come direto da geladeira queijo, creme de leite, mistura com halva, enfia na boca com as duas mãos, é bom para as fortificações, para as defesas do lugar novo, para ampliá-lo, muito trabalho o aguarda, Aharon para Aharon, o que você achou, câmbio.

32.

Um olho malvado de ciclope. Um olho de ciclope imóvel. Aberto só pela metade. E um menino pequeno, branco, silencioso, escava com os dedos na terra morta, escava depressa, olha temeroso sobre seu ombro para o pequeno e imóvel olho de ciclope, quem sabe ele o está enxergando, quem sabe está tramando contra ele, quebra as unhas entre torrões petrificados, e um vento solitário uiva à distância, lamentoso, e um menino pequeno e branco como um leproso, um menino indistinto, um menino dentro do frasco de formol, durante três ou quatro anos bate com a cabeça nas paredes de vidro, vê nebulosamente à sua frente o frasco de seu vizinho, talvez seja só o reflexo de sua imagem, como uma mácula, uma ausência, como um feto humano esfumaçado a se desmanchar, ele também, em massas entorpecidas, mas Aharon não, Aharon vai lutar, fazer uma vida nova, um lugar novo e vivo, vai sair, fugir do exílio que tem no cérebro, mas as pálpebras do feto vizinho se movem, estremecem suas pálpebras de girino, coladas, que cobrem um tênue sorriso, zombeteiro, Aharon para Aharon, depressa depressa, pela sua vida, se apresse, câmbio;

e no outro quarto, atrás da porta fechada, sua mãe assoa com toda a força o nariz. Está com medo dele e não ousa sair. Mesmo agora não se ouve dela choro algum. Ele lembra que negligenciou totalmente sua série de experiências com lágrimas, qual a influência de uma pitada de sal no canto do olho, a que distância exata da oliveira lá no vale o olho dele começa a lacrimejar, Aharon para Aharon, achei uma coisa, câmbio; pois os lábios de coral pulam de repente sobre as unhas quebradas: você não vai arrancar! Por um instante a bolha esbraseada em suas vísceras se inflama. Frascos de formol flutuam perdidos no espaço escuro, emitindo uma luz avermelhada. Fetos mortos suspiram de dentro de sua morte. Cordões umbilicais pálidos, a se dissolverem, se movem fracamente, buscando algo que se grude neles para sugar, Aharon para Aharon, o que você achou, faça logo o relatório, câmbio; um menino leproso corre entre fossos e canais, entre montículos compactos e enraivecidos, entre cri-cris clétricos que o perseguem tentando alcançá-lo, dentro de suas mãos refulge lentamente uma luz diamântica, farólica, a lembrança que despertou, de como ele se perdia quando era pequeno, sempre que tinha uma oportunidade ele se perdia deles, na feira e na praia e à toa na rua, largava por um instante a quente mão dela e parava para olhar alguma coisa, e de repente já não estava vendo a mãe, havia uma cortina de pessoas estranhas entre ele e ela, ela tinha sido arrastada dele, e logo a ouvia gritar seu nome em desespero, súplice, ficava parado a ouvir como chamava seu nome com todo o sentimento materno que tinha, como que de dentro de uma concha interna, oculta dentro dela. Nunca seu nome soou a seus ouvidos tão claro, como sendo dele, quanto naqueles momentos, ele não ficava com medo, não se assustava de verdade, nem mesmo naquela famosa vez em Tel Aviv, quando realmente tinha se perdido dela e alguém o levou até um guarda, e o guarda lhe acariciou a cabeça, comprou para ele uma garrafa de refrigerante de laranja e o levou a uma delegacia, e lá todos os guardas se preocuparam com ele e cuidaram dele e riram com ele, e exatamente na hora certa a mãe chegou junto com o pai e os dois correram para ele e chamaram seu nome com uma voz muito especial, um gemido animal, e o abraçaram com todo o corpo, e ele riu e chorou com eles, e lá no coração já sabia que na primeira oportunidade ia se perder novamente, mas desde então eles o vigiaram com mil olhos, não o perderam e não o acharam, e se ele se perdesse agora poderia ouvir no rádio a sua descrição, e saberia exatamente como ele lhes parece por fora, pois essa descrição é científica, sem concessões, ela descreve você como se fosse uma porta automática; Aharon para Aharon, carregue o barco e volte para procurar, câmbio; Aharon para Aharon, você levou tudo que estava aqui? Inclusive coisas ruins? Câmbio; reflete um instante. Hesita. Para que eu preciso tê-las comigo? Por que estragar meu lugar novo também? Para mim já é bastante ruim sem isso. Mas Aharon para Aharon: pegue tudo. Tudo que conseguir salvar. Não deixe nada aí. Um êxodo geral. Fim.

    Desce até os fundos do prédio. Logo vai escurecer, e está esfriando. Gostaria de saber se ela levou um suéter para o acampamento. O que vai acontecer se ela disser a Guid'on que está com frio. Anda com cuidado, nas sombras, para não ser percebido. Avigdor Kaminer, com toda a sua estatura, desce para jogar o lixo fora, um rádio transistor colado na orelha, que programa estão transmitindo agora que ele não é capaz de se separar dele nem mesmo no lixo. Hei, Aharon, cumprimenta Avigdor Kaminer, que antigamente chamavam, ele e sua mulher, de centavo e meio, só que o meio morreu, o que acha você que vai acontecer com todas essas coisas, que coisas pergunta Aharon de má vontade, não querendo entrar agora em conversas do lado de fora, *nu*, toda essa especulação que está havendo nas notícias, com o estreito de Tiran, Shmiran, sei lá, Aharon ergue para ele um olhar surpreso, sorrindo cautelosamente. Quem sabe, talvez Kaminer entenda alguma coisa, graças a sua falecida mulher. Ele responde lentamente, como se fosse um espião pronunciando sua senha de identificação a seu aliado em território inimigo: Tiran Shmiran Firan Liran? Mas Kaminer já não estava ouvindo, e se afastava dele, sacudindo a cabeça com espanto. É preciso ter muito cuidado. Tinha sido um grande erro. Ainda poderiam prendê-lo. Caminha ao lado da cerca, chama "Guid'on" à meia-voz. Quem vai saber realmente por que não voltaram de lá. A sorte deles é que não estão perdendo aulas, porque quase não se está estudando. Todos os professores homens estão ausentes. Juntaram as turmas. As turmas da sétima série saíram como voluntários nas entregas do correio. As da sexta série ajudam a encher sacos com areia. Todos estão muito ocupados. O mundo inteiro parece ocupado e preocupado. A turma dele desapareceu de todo, se dispersou. Às vezes, quando ele chega de manhã, dá uma olhada e vê que a sala está vazia. As cadeiras viradas sobre as carteiras. No quadro restaram algumas frases com exemplos de exceções em gramática. Ele experimenta várias cadeiras, para ver a classe dos ângulos diferentes dos outros alunos. Senta aqui. Senta ali. Checa possibilidades: Guid'on, é claro, mas também Michael Karni, e Tsachi, e Eli ben-Zikri. Até mesmo Dudu Lifschitz. Um mapa grande e amarrotado do Oriente Médio está pendurado na parede, e quase não se pode enxergar nele Erets Israel, de tão pequena que é. Como se tivesse encolhido ainda mais, talvez por causa da recessão, talvez por causa de todo o Egito e a Síria e a Jordânia e o Líbano, inflados em volta dela. Só de olhar o mapa já fica sufocante. Ele toca nele com certo retraimento, passa dedos pasmos por suas rachaduras e dobras: é como uma pele. Sai correndo, para que não o vejam e não lhe façam perguntas. No quadro de avisos da escola está pregado um bilhete da semana anterior. Oitava série 3, a turma dele, deve se encontrar amanhã em frente ao supermercado para ir cavar trincheiras. Ficou perturbado: para que estão cavando trincheiras?

Ouviu gritos e correu para a parte da frente do prédio, para a entrada. E viu que alguns dos vizinhos tinham se reunido ao lado do abrigo, que estava aberto. O pai estava entre eles, gritando a plenos pulmões: ele tinha descido para inspecionar o abrigo e verificar se estava em condições de uso, e o que ele vê? Tinham roubado tudo! Vejam vocês mesmos! E nós guardávamos aqui metade da casa! Cadeiras, e o bufê antigo e colchões! Os vizinhos, perplexos, olhavam lá dentro, eles também tinham usado o abrigo como depósito durante todos aqueles anos. Malka Smitanka começou a chorar, ela tinha lá uma cama dobrável e dois colchões. Todos ficaram nervosos. Perets Atias descobriu que a bicicleta de seu filho tinha desaparecido, e a divorciada Pinkus deu um grito, o meu caríssimo cobertor de penas que eu cobri com náilon e guardei aqui num caixote sumiu, era herança de minha mãe. O pai ficou muito vermelho, e disse que só podia ser obra de um morador do condomínio, que tinha a chave, e começou a olhar para as pessoas, se eu pudesse pegar esse traidor eu decepava as mãos e os pés dele. *Sha, sha*, acalme-se, disse a mãe, que tinha descido para saber o motivo dos gritos, já tinha trocado o vestido sujo de leite, e Aharon viu que seus olhos estavam afundados nas órbitas e que seu rosto estava branco. Num movimento silencioso ele se escondeu atrás das costas de Felix Botenero, que também tinha um rádio transistor grudado na orelha, quem vai saber o que estão transmitindo lá. O que vão lhe adiantar os gritos e os nervos, Moshe, disse ela numa voz cansada e sem vida. Olhe como fomos rapados, disse o pai, nos deixaram como bumbum de bebê. A mãe viu Aharon. Como se não tivesse visto. Atraída pelos gritos chegou Mira Strashnov, a mãe de Guid'on. Dedi, o subinquilino, também estava com ela, olhando para ela com tristes olhos de cão, onde está Guid'on, por que ele não volta, talvez ela tenha recebido uma carta dele, se Guid'on estivesse aqui tudo seria diferente. Mira ficou lá por um momento, olhando para os excitados vizinhos, mas era visível que estava muito concentrada nela mesma, e logo depois ela foi embora. Seu inquilino se arrastou atrás dela. A mãe e Zlata Botenero trocaram olhares. Malka Smitanka exclamou de repente, numa voz suave e íntima, Mira, e saiu apressadamente atrás dela.

Os homens não perceberam. Só Aharon olhava e via. Como quem está do lado de fora da cena: as mulheres. Os homens. O pai tinha se acalmado e conversava com Atias, você vai ver o que nós vamos fazer com eles, vamos dar neles de um jeito que eles vão aprender com quantos paus se faz uma canoa. Pode ser, disse Atias, gostaria de acreditar nisso. Que história é essa de você não acreditar, se enfezou o pai. Ouça o que digo, Atias, ouça e lembre-se disso, que Moshe Kleinfeld espera que ele também, tomara, o anão, Chussi,* se junte a eles, e então vamos mostrar pra ele quem é o macho aqui. Claro, claro, balbuciou Atias, cujo bigode fino parecia cinzento, e parecia ter se encolhido um pouco, mas coisas como essas, sr. Moshe, você sabe como elas começam e nunca sabe como elas terminam; e isso que nos fecharam os estreitos, disse Botenero baixinho e Atias e Pinkus concordaram em silêncio, Aharon via como estavam todos com medo, e também sentia sua garganta sufocar, como se alguém a tivesse agarrado e começado a apertar; somente Sophie Atias com sua filhinha no colo parecia tomada de um espírito de combate, e enquanto o pai falava ela balançava a cabeça e olhava para ele com os olhos brilhando. Vocês não se preocupem, o pai bateu com força no ombro de Atias, para isso temos um exército forte e temos Moshe Dayan, e você vai ver como fazemos salsicha deles, exatamente

---

* Alusão ao rei Hussein, da Jordânia, que hesitava em se juntar ao Egito e à Síria, o que acabou fazendo ao eclodir a Guerra dos Seis Dias, em junho de 1967. (N. T.)

como na canção no rádio, *Paamaim kvar chiká-á-á*, cantou o pai numa voz grossa, *Vehicnasnu ló dfiká-á-à'*,* respondeu Atias debilmente, Aharon viu que até o pirralho do Atias, que choramingava pela bicicleta que tinham roubado dele — nem alcançava ainda os pedais — também declamava com os lábios, junto com eles, de onde todos eles conhecem isso, *al hamaim mechiká-á-á, mikmokaim mikoká-á-á*, foi para casa e deitou em sua cama, preocupado, pigarreando com a garganta irritada, é difícil respirar neste país, olhando para a cama vazia de Iochi, já faz cinco dias que ela não está em casa, Aharon para Aharon, o que você está vendo, câmbio; Aharon para Aharon, tenho os primeiros dias de Iaeli, mas talvez agora você não tenha forças para isso, câmbio; Aharon para Aharon, tudo, tudo. O ruim junto com o bom. Os olhos dela e os lábios, o sorriso dela, e como ela dançava para mim na primeira aula de balé, e o cheiro de suor em suas axilas depois que corremos no vale e ela levantou os braços, e o espaço entre os dedos do pé, e como, quando chegou realmente o verão, ela começou a se vestir na última moda da minissaia, eu achei que era terrivelmente curta, quase revelava tudo, mas por outro lado era bom que ela estivesse na moda como todas as garotas, agora é o momento dela, e ele se enrodilha todo, se contrai no sumô, para conter um pouco a dor que como um vagalhão invade todo o seu corpo, transfira tudo, tire de lá, o ruim com o bom, como o ar que se respira, tudo que conseguir salvar, vamos criar para nós um lugar completamente novo, você vai ver que conseguiremos, um lugar fresco e puro e natural, e que não seja meu inimigo, e que saiba fazer o que é preciso, e veja, passou, essa onda passou.

* Trecho de uma canção famosa dos dias de tensão que precederam a Guerra dos Seis Dias, resposta à observação de Nasser, presidente do Egito, de que "estava esperando por Rabin" (chefe do Estado-Maior do exército israelense). A primeira estrofe dizia: "Nasser espera por Rabin, ah ah ah, que espere e não se mova, pois com certeza vamos chegar". (N. T.)

Ficou assim deitado até anoitecer. Não se levantou nem para o jantar. De qualquer forma, tudo de que precisa está perto dele, no quarto, em lugares secretos. Um vidrinho de geleia real, e chocolate, fatias de *chalá*, o pão dos sábados, uma garrafa com vinho sacramental, um pêssego sem nenhum machucado ou parte podre. Amanhã vai roubar da despensa algumas batatas também, para o amido da resiliência. Acalmou-se. Ouviu a mãe pôr a avó *na* cama e cobri-la com o cobertor xadrez. Depois reinou o silêncio. Onde será que Iochi está agora. Na véspera de ir embora ela lhe deu um beijo de despedida, e depois lhe sussurrou de surpresa no ouvido que o cabelo dele estava quase totalmente castanho. Que história é essa de castanho, eu sou louro, disse fracamente, e ela lhe trouxe um espelho para que olhasse. Ele não soube se devia se alegrar ou se decepcionar: castanho. Talvez seja até bom. Talvez seja um bom sinal. Talvez ele deixe de ser tão especial. Da varanda vinha um cheiro de cigarro. O pai tinha voltado a fumar como uma locomotiva. A mãe lhe grita que pare de empestar a casa. Naqueles dias ela não permitia que ele acendesse perto dela um cigarro sequer. De repente, uma ciosa guardiã. Guardiã de quê, o que tem ela para guardar. Está tudo na cabeça dela. Controle-se. E depois do cigarro ele vai tomar banho, e depois ela contará para ele o que aconteceu hoje na cozinha com o leite. Ela não vai contar. Ela terá medo até de pronunciar essas coisas em voz alta. Ele continua deitado, sufocando uma após outra as articulações das mãos e dos pés, contando mentalmente, avaliando os resultados, depois põe o travesseiro sobre o rosto e com ambas as mãos estrangula a grande artéria do pescoço. No último segundo ele se salva. Respira a plenos pulmões. Olha no relógio. Nesse caso também o resultado é compatível com o que ele já sabia antes. Tudo tão previsível e predeterminado. Seria de esperar que ele já soubesse, do lado de fora, acionar tudo. Toda essa máquina idiota. E assim mesmo sempre resta um pouco de mistério. E, realmente, ele não consegue. E se a solução definitivamente não estiver no corpo. Talvez esteja em outra coisa. Como, por exemplo, na alma. Mas o que é isso exatamente, essa alma. Talvez seja como está escrito na Torá, que Deus soprou dentro do pó, pode ser; e digamos que, por um instante, Deus tenha ficado sem ar? Aharon consegue rir um riso de verdade: faz desfilar em sua mente algumas pessoas que talvez tenham sido criadas nesse momento. Ri. Não é um riso bom. Ordena aos dedos que se enfiem nas axilas. Aperta lá as glândulas do riso, riam, desgraçadas. Sim, mas talvez tenha acontecido com Deus o acidente contrário, que ele tenha uma vez soprado forte demais, e tudo em volta esvoaçou no ar, carne e ossos e pó, e desde então não conseguem se grudar de novo, só uma parte conseguiu, com dificuldade, se juntar e ficou sendo fundamentalmente uma alma grande, desnuda, convulsiva, a gritar por socorro, como uma rósea tartaruga interior sem a sua carapaça. Lembrou-se então do grande quadro pendurado no quarto de Edna: todos aqueles corpos despedaçados, retorcidos, de dentro deles irrompendo com toda a força uma grande e misteriosa alma. Aharon se virou na cama e suspirou. Mas essa alma não era outro senão ele mesmo. Era ele. E este era o lugar interior dele. Sua essência. Agora ele a sentia muito bem: a partir das pontadas que sente por dentro pode perceber uma pequena chama ardendo lá e irradiando luz e calor, sua barriga e suas pernas estão quentes e cheias de vida, e lá, bem fundo, está a sua Iaeli, e lá está o pequeno Guid'on, e Aharon, sim, nele a alma era aquilo que ele tinha sido um dia, era a sua infância, e de madrugada, quando acordar gelado e desolado, tudo acabando e escapando de dentro dele, pegará no nicho oculto debaixo do colchão alguns cubinhos de açúcar-amizade e de proteínas-coragem e se salvará no último segundo, mas quem realmente compreende essa questão do corpo e da alma, ele se pergunta desesperançado, e fica se espetando ritmadamente na barriga com um grampo que arrancou de uma revista, examina a leve irritação na pele, os pontinhos avermelhados na pele que se rompe lentamente até a gota de sangue, e não são forças equivalentes, não é justo, porque no caso dele a alma sempre é muito mais dependente do corpo, sempre suplicando e se humilhando diante dele para que lhe responda, que se relacione com ela, e o corpo se lixando para ela. E talvez o corpo tenha razão. Talvez nem exista alma?, pensa Aharon de repente, e algo dentro dele se apaga por um momento: e se ele errou ao longo de todo o percurso? Pois quem viu alguma vez uma alma? Talvez em Winston Churchill e em Albert Schweitzer e em Ben Gurion exista uma alma. Bem, eles são realmente gigantes do espírito, mas quanto aos outros? No pai dele, será que existe? E na mãe? E o que dizer da avó, que é uma morta-viva? E se abrirem neles, e nele mesmo, o corpo e procurarem no coração e no cérebro e em toda parte, vão encontrar algo? Talvez nada? Talvez nem mesmo alguns desesperados arranhões por dentro? Mas é imperativo haver uma alma. Tem de haver. Sim? Quem disse? Ninguém disse, eu só espero, eu preciso. Se há, então me explique você, gênio da geração, como é que uma alma se liga ao corpo? E como se separa dele? E como é que ela se enfeixa no feixe da vida,* e como se livra dos sofrimentos? Hein? O quê? *Ial'la*, em frente, você, Kleinfeld e sua filosofia, durma, durma.

Como é feia a boca dos adultos, pensa Aharon, se aproximando silenciosamente deles, se detendo e olhando: estão dormindo. Um sono acorcundado, calejado, um sono adulto rixento, um sono que mais parece trabalho pesado. Deitam afastados um do outro, e a perna inchada da mãe fica para fora do cober-

---

* Alusão a um trecho de uma oração pelos mortos, no qual se augura que a alma do falecido se torne parte do feixe da vida eterna. (N. T.)

tor. Seus lábios às vezes se movem, como se falasse com alguém. Reclamando. Com o que estará sonhando? Talvez nos sonhos ela tenha outros filhos? Talvez lá ela já tenha outra pessoa? Entre ela e o pai o espaço na cama não é pequeno. Aharon se deixa atrair e se aproxima, está bem em frente ao rosto dela. Planta-se lá, com toda a sua força e todo o seu medo. Para que ela o veja enquanto dorme. Para que ele entre em seus sonhos. Em seu sangue. Como uma maldição.

Mas quando de repente ela suspira, ele se assusta e foge. Para um instante no corredor. Olha de novo. Volta. A luzinha laranja do *boiler* cria neles sombras estranhas. A boca do pai está aberta, largada. Roncos fortes, rascantes, saem de dentro dela. Essa boca, salivosa, vermelha, que se retorce dos dois lados quando cercada de creme de barbear, como um animalzinho a sangrar na neve, uma isca na armadilha preparada para outros animais. Todas as suas obturações podem ser vistas agora. Aharon não tem uma só obturação. *Incóluming*. Aproxima-se mais. Um tênue medo da morte passa por ele diante de seus corpos adormecidos. Talvez seja preciso gritar. Despertá-los já. Mas o pai lhe quebraria os ossos por causa disso. E a boca dele. Como se mexe lentamente o tempo todo. Movimenta-se com estranha flexibilidade, como se falasse a Aharon sem emitir som, venha até mim, menino, venha a mim meu querido, entre, entre e acabemos com tudo isso, só vai doer um instante e pronto... Aharon recuou em pânico: não fosse o mau cheiro que exalava de lá ele realmente esqueceria a si mesmo e se deixaria engolir todo. Afasta-se um passo. De onde está, ao pé da cama, seus rostos parecem ainda mais estranhos. Suas rugas, a grande verruga sob o queixo da mãe, a bochecha do pai espremida no travesseiro. Um fio fino de saliva escorria ali, os ossos da face agora se destacavam de suas carnes. Ele se inclina com muito cuidado e cheira: depois do banho os pés do pai sempre têm um cheiro diferente. Um cheiro de limpeza, um cheiro primevo. Aharon para Aharon: Agora! Depressa! Câmbio. Aproxima o rosto ainda mais e inala. Um cheiro quente e bom. É exatamente o que estava procurando aqui, sem saber! Só para isso, pelo visto, é que acordou e veio até aqui! E eis que o pai, em seu benefício, também muda de posição. Agora está deitado de costas de pernas abertas, os pés são compridos e arredondados nas pontas, como dois grandes pães. Aharon cheira timidamente. Aspira para dentro dele. Os dedos dos pés são frescos e arejados, como pequenos pãezinhos. Aharon se lembra desse cheiro ainda do tempo em que era muito pequeno. Quer dizer — muito jovem. Mas o olho ciclópico está fechado e sonolento. Agora ele cheira com vontade. Cai de joelhos ao pé da cama deles. E um vento frio cortante negro vagueia pelas estepes áridas, vento é masculino ou feminino? E um menino sofrido, desesperado, se esgueira por esses desertos, e o olho ciclópico viu, e o olho ciclópico, *oftseluchis*, só para irritá-lo, rola lentamente embaixo da imensa pálpebra de gordura, cuidado! O pai geme um pouco em seu sono. O cobertor escorrega um pouco, revelando aquela cicatriz, pálida, uma espécie de interrupção, arrebatada de sua enorme corporalidade, talvez de noite ela se abra, se escancare, venha a mim, menino, e um menininho se ajoelha temeroso, escava torrões de terra, fios de tecido sanguíneo, retalhos de carne dormente, corre entre fossos e canais, entre montículos palpitantes. Em suas mãos brilha lentamente uma luz diamântica, farólica, o olho ciclópico se mexe. O vulcão extinto se abre numa fenda estreita. Talvez seja um sádico sorriso. E o menino sobe num barco de papel sem nome, depressa, nas artérias, nas veias, Aharon para Aharon, estou acelerando as batidas do coração para você, câmbio; e o coração palpita, e o barco, dentro dele o menino com a memória, com a lembrança do cheiro dos pés do pai, flutua e passa por aurícula e ventrículo, e o coração se expande e contrai, bate e palpita, assim ainda vai enfartar um dia, e os apressados sopros de suas expirações acariciam os pés do pai, o cheiro dos pés agora ficou um pouco mais forte, mais definido. Cheiro de infância. E talvez o pai verdadeiro, o oculto, comece nos pés e daí para baixo? Talvez esse que cresceu para cima seja outro homem, estranho, que só às vezes é um amigo, e na maioria das vezes um inimigo; que nem sequer olha mais para Aharon. Que, desiludido, já desistiu de Aharon. Ele chega ofegante ao lugar secreto, o novo cérebro que fez para si lá embaixo, cai em seu limiar, estende sua mão e lhe entrega esse cheiro. Agora volte para cima para buscar mais coisas. Não há tempo. O tempo é muito curto, e estão nos fechando as passagens, nos sufocando, corra, traga mais, para poder respirar traga mais, agora é vida ou morte. Um momento, descansar.

E Aharon, com todo o seu ser, se abraça a esse cheiro antigo e bom. Se fosse possível criar tudo de novo a partir desse cheiro. O pai suspira um pouco e se mexe prazerosamente, ainda de costas, como um gato gigante, e Aharon cheira e aspira com toda a força diante dos pés nus, e no centro do cobertor começa a se elevar um montinho estranho, e Aharon suga para dentro de si, retém dentro de si, o cheiro do pai, o cheiro das raízes do pai. Mas de repente, fuja, ele está perdido, como uma lua vulcânica e vermelha a cabeça do pai emerge por trás de seus pés.

33.

E num dos últimos dias do mês Guid'on voltou de seu acampamento, onde tinha ficado quase duas semanas, e na noite antes de seu retorno Aharon sabia que no dia seguinte ele ia voltar, teve essa sensação, teve a intuição, e ele se demorou no banho e lavou os cabelos e tentou pentear suas sobrancelhas de modo a se juntarem acima do nariz, e se olhou no espelho dentro dos olhos, e se fez, sem enunciá-la, a única pergunta importante, se Guid'on tinha se mantido leal ou não, fora isso não restava nada a ser respondido, até a Iaeli exterior tinha se esvaecido um pouco, e Aharon reconheceu consigo mesmo, sem grande mágoa, que já não era importante se Iaeli continuava leal a ele, o que importava era Guid'on, e se Guid'on afinal tinha esperado por ele, isso era tudo, o resto não era necessário.

Foi dormir cedo e seu sono foi tranquilo e profundo pela primeira vez em semanas, e na manhã seguinte vestiu roupas limpas e foi para a escola, mas foi pelos fundos, e entre os prédios avistou Guid'on caminhando ereto, e viu como estava bronzeado, como seu caminhar tinha ficado mais enérgico e até mesmo mais altivo, mas o que significava isso, isso ainda não significava nada.

No Jardim dos Vinte se juntaram a Guid'on Meir'ke Blutreich e Chanan e Avi Sasson, e Guid'on caminhava no centro, falando e agitando as mãos, e todos prestavam atenção, Aharon arranhou a testa nos galhos das árvores, mesmo de longe sabia que Guid'on discursava sobre a guerra, só isso lhes interessa agora, que aconteça logo e pronto, e também adivinhava o que ele dizia, que tinham de dar uma surra nesses árabes de uma vez por todas, porque ele o conhecia bem e sabia que ainda hoje Guid'on ia se apresentar como voluntário para algum tipo de ação, no Escudo Vermelho de David, ou enchendo sacos de areia, o principal era que até mesmo nesse longo acampamento Guid'on não tinha mudado muito no aspecto físico, só a penugem do bigode parecia de longe um pouco mais escura e densa, e as sobrancelhas quase já se juntavam completamente, mas assim mesmo não de todo, e talvez, afinal, ele tenha tomado todo dia uma pílula, e o coração de Aharon se contraiu de culpa.

Seguiu Guid'on de longe até o portão da escola, hesitando em se revelar, em ir até ele e falar com ele como se nada tivesse acontecido, e o que teria realmente acontecido?, e se, Deus me livre, aconteceu alguma coisa, não é ele, Aharon, quem deve se sentir culpado, e então haverá uma resposta clara a um milhão de perguntas, e não será preciso perguntar nada, nem esperar nada, mas afinal não se aproximou de Guid'on e não se deixou ver, só correu atrás dele escondido, de árvore em árvore, de poste em poste, e sentiu que talvez algo em Guid'on tenha sim mudado, difícil dizer o quê, parece mais sólido, mais seguro de si, até mesmo altivo, difícil dizer o quê. Diante do portão da escola Guid'on se deteve e se virou para trás, por um instante seus olhos denotaram preocupação, como se procurasse alguém, sim, alguém lhe fazia falta, e alguma corda esticada até o limite da dor arrebentou em Aharon com um grito, ele quase pulou de seu esconderijo para se revelar a ele, se Guid'on realmente estava esperando por ele, estaria lá. Mas no último momento passou por ele um quase inaudível sussurro, talvez não seja você quem Guid'on está esperando, e logo congelou onde estava, esperando Guid'on desaparecer dentro da escola, e depois, em passadas confusas e desarticuladas, tirando do bolso cubinhos de açúcar-amizade e jogando na boca um atrás do outro, ao diabo os dentes, se virou e voltou para casa, e do grande fícus à margem do caminho que leva à entrada do prédio de Guid'on colheu no lado direito as três folhas mais baixas, perdão, perdão, perdão, elas pensavam que este era só mais um dia comum e estavam despreocupadas e alegres e verdes ao sol, e de repente veio alguém de fora e as colheu sem nenhuma explicação, por quê, assim, não mais, e depois foi para sua casa, para sua cama, trabalhou um pouco com suas glândulas do riso, só para constar no protocolo, que fique registrado que manteve o tempo todo o bom humor, e depois cobriu o dedo médio de cada mão com um pequeno saco de celofane e comparou os mecanismos do suor, à toa, para quê, para nada, ele só fica rodando em círculos em torno de si mesmo, se decompondo em fatores, e agora precisa de algo novo, fresco, que queime por dentro, e para isso não tem forças, sozinho não consegue, e gostaria de saber se Guid'on já tinha chegado e já tinha visto. E às quatro horas da tarde, nem um segundo antes disso, foi até a rocha deles no vale e esperou até as sete, andando em largos círculos em volta dela, mas Guid'on não desceu até lá, talvez tivesse entrado em casa pela porta traseira e não viu as folhas, primeira tentativa.

E na manhã seguinte, com a ajuda de duas pedras, Aharon abriu o registro da pequena torneira atrás do prédio, e a regulou para ela pingar um pouco mas também fazer aquele sopro oco que dá para ouvir de longe, e às quatro da tarde desceu novamente até a rocha, e de novo caminhou para cá e para lá, chegando até o pátio do ferro-velho, mas ninguém veio, talvez algum vizinho tenha se irritado com o barulho e fechado o registro antes de Guid'on voltar para casa, segunda tentativa.

 E no terceiro dia Aharon trouxe um pouco de areia do jardim da WIZO e encheu as cavidades nas três tampas do esgoto atrás do prédio, e derramou água até se formar uma pasta espessa de lama, depois esfregou as mãos, satisfeito. O tempo todo sentia um leve e estranho cheiro pairando no ar à sua volta, olhou a sola do sapato e viu que não tinha pisado em nada, mas o cheiro continuava, talvez do esgoto. Ficou em cima da tampa redonda de concreto e riu consigo mesmo, um riso de verdade, quantas e quantas horas tinham estado aqui jogando Go, quantos milhares de caroços de damasco haviam circulado entre ele, Guid'on e Tsachi, vamos ver se dessa vez Guid'on vai perceber; quando resolvi criar os sinais, eu devia ter feito uns maiores, pois quando a gente é criança — a gente logo vê essas coisas, e quando a gente cresce os olhos são diferentes, e a gente não anda com a cabeça baixa, procurando algo; e afinal, se Guid'on não enxergar os sinais, isso em si já é uma resposta, ele não vai precisar me dizer mais nada. E às quatro horas da tarde em ponto Aharon desceu até o vale, lá cochilou um pouco ao sol cálido, deitado em sua prateleira na rocha, sentindo como ao calor do sol despertavam dentro dele Iaeli e Guid'on, desprovidos de rosto, mas cada um deles presente, e dos dois juntos se elevava uma vibração clara, como de duas cordas, e ele tentou tocá-los como se toca uma corda, de modo a que se juntassem dentro dele, sentiu-os se entrelaçarem, e quando abriu a boca fez soar a voz deles em sua própria voz. Quando acordou já eram cinco e meia, nos últimos meses sua capacidade de dormir tinha se desenvolvido, pelo menos isso, e ele foi até o pátio do ferro-velho, examinou e fez cálculos, abriu e fechou pelo menos vinte vezes, concluiu que o problema era que a lingueta da fechadura entrava fundo demais em seu receptáculo, e seria muito difícil, do lado de dentro, separar a lingueta do pino que se fechava sobre ela, e também tinha o problema da iluminação, pois se um prego ou uma fina haste de ferro caísse dos dedos suados no fundo, ele não os encontraria no escuro, nem poderia acender um fósforo, pois não haveria oxigênio suficiente para os dois, talvez precisasse de antemão deixar lá dentro uma pequena lanterna, presa com esparadrapo no fundo do compartimento do congelador, e enquanto isso já eram sete horas e Aharon subiu para casa, não estava decepcionado de verdade, nem um pouco, só uma leve tristeza começava a corroê-lo, tristeza de despedida, mas talvez Guid'on não tivesse passado por trás do prédio e visto a lama que cobria as aberturas na tampa do bueiro.

Na manhã seguinte pegou uma pedra de giz e seguiu as setas desenhadas a giz na calçada, no princípio tinha pensado que ele mesmo teria de desenhar as setas, mas tinha se esquecido de que em cada geração tem gente que brinca com esses sinais de orientação, e ele só teve de acrescentar na haste de cada seta duas linhas transversais, e curtiu isso como se estivesse participando da brincadeira, por um instante chegou a pensar em seguir as setas além do terreno do condomínio, mas sua curiosidade acabou, e afinal que lhe importa onde está o tesouro deles. Naquela tarde ele se sentou dentro da pequena geladeira, e viu que o compartimento do congelador o obrigava a trabalhar com a cabeça inclinada até o peito, era uma dificuldade inesperada. Saiu, fechou a porta e tentou enfiar a mão entre as borrachas que vedavam a geladeira em toda a sua extensão, mas a borracha cedia com dificuldade e voltava a se fechar em torno de seus dedos com um ruído úmido, verminoso, e Aharon pensou que seria preciso untá-la com alguma coisa, passar óleo talvez, e imediatamente teve uma ideia melhor, trazer o grande abridor de latas com a roda dentada para fazê-la girar e rolar por dentro e ao longo das borrachas de vedação, assim como se abre a tampa de uma lata, mas de dentro da lata. E ele deu uma batidinha no próprio ombro e disse que era uma ideia-bomba, dessas ideias do Kleinfeld, mas ainda restava o problema da lingueta da fechadura: tentou enfiar na cavidade o iemenita escuro, o *mezinik* entre as chaves de fenda do pai, e viu que até mesmo ele, que era fino, não conseguia se infiltrar entre a lingueta e seu receptáculo. Que fazer. Ficou ali por um momento, pensando, as pernas penduradas, sem alcançar o chão, nos ônibus ele está treinado para localizar logo ao primeiro olhar os bancos que ficam em cima da roda e que por isso são mais altos, e depois se assustou quando o forte som de uma sirene cortou o ar, talvez já tenha começado a guerra deles, e a sirene foi logo interrompida, recomeçou e de novo foi interrompida, pelo visto é um teste, mas o som agudo, penetrante e lamentoso o deixou nervoso, saltou com raiva da geladeira e fechou a porta com toda a força; a pequena geladeira balançou um instante, como se estivesse digerindo alguém dentro dela.

No jantar o silêncio foi total. Todos se concentraram em seus pratos. Junto à porta estava uma mochila preparada para o serviço de reservistas do exército, e Aharon pensou como ia ser se o pai também tivesse de ir e ele ficasse sozinho com a mãe. A avó tossiu e cuspiu um pouco de frango desfiado na mesa, e a mãe bateu nas costas dela com muita força, força demais. Por um momento todos pararam de mastigar, a avó se engasgou, e Aharon pensou que seria agora. Mas ela se refez. Ainda não tinha chegado sua hora. Quem quer mais purê, perguntou a mãe numa voz cansada. O pai queria, ela se levantou para buscar, e Aharon viu que ela andava de um jeito esquisito, pesado, as pernas um pouco abertas, pare com isso, ela está andando exatamente como sempre andou, e logo pediu mais, mais purê, muito purê, disse em voz alta demais. Ela torceu um pouco o nariz, que lhe importa ela, também não olhava diretamente para ele, quer dizer, olhava, mas de lado. Devorou sofregamente o amido da resiliência, e pediu um segundo reforço. A cadeira de Iochi continuava vazia, e cada um deles, até mesmo a avó, olhava a todo instante para ela. Alguns dias antes, exatamente nessa hora, no meio do jantar, Iochi tinha aberto a boca de repente para anunciar que os esforços e a insistência dela nos últimos dois meses finalmente tinham dado resultado, e o oficial responsável pelo exército na cidade concordara em antecipar sua mobilização, e com um sorriso de vitória e de vingança lhes contou que todo dia ficava sentada em protesto diante do escritório dele, da manhã à noite, durante três semanas inteiras, até que ele cedeu e concordou em alistá-la seis meses antes do tempo, e Aharon, cuja comida ficara insossa e massuda em sua boca, lhe disse, sem falar, o que a mãe imediatamente lhe disse falando, aqui é tão ruim para você que você está fugindo para o exército, e Iochi não respondeu, se calou, e todos se calaram junto com ela, mergulhavam a colher na sopa e engoliam, mergulhavam e engoliam, e a mãe suspirou profundamente, estava muito perto de chorar ao lado de Iochi, e se conteve, talvez também lamentasse a perda da reserva acadêmica que ela tanto queria para a filha, e ele viu como Iochi erguia o olhar e observava toda a cena com firmeza e energia, como se quisesse autenticá-la com um grande carimbo, gravar em sua memória, para abominação eterna, a pequena cozinha com a estreita mesa de fórmica e os ladrilhos com adesivos de rosas sobre os quais a mãe aplica para secar papel-manteiga e plásticos, e a própria mãe e o pai e a avó e ele, tudo ela transforma, com a força de seu olhar, em passado, lembranças, e depois disso ainda houve dias de depressão tão funda que até Aharon já esperava que Iochi se fosse de uma vez, e na manhã do terceiro dia o pai a levou para o alistamento e ela sumiu, como se tivesse cortado com uma faca sua ligação com a casa, e só ontem, tarde da noite, tinha telefonado, acordaram Aharon e o fizeram correr de pijama para falar com ela, ele estava sonolento, ouviu uma voz jubilosa, radiante, e não sabia quem era. Iochi lhe contou que por causa da situação, atuação, flutuação, pontuação, tinha sido transferida para uma unidade de combate. Ela falava depressa, não disse o nome dele, não disse irmãozinho, e quando perguntou como ele ia, ele percebeu que ela não queria saber.

Ficou deitado na cama, planejando o dia seguinte, tentando adivinhar o que Guid'on estava pensando agora, digamos que até agora não tenha visto os sinais que lhe deixou, pode ser, talvez esteja muito concentrado nos preparativos dele, mas por que não veio até a casa de Aharon depois do acampamento, do que tem medo, o que tem para esconder, tudo que ele precisa é dizer uma só palavra, leal ou não, e tudo ficará claro e terminado, pois Aharon não vai lhe fazer nada, ele só precisa daquela pequena resposta, e depois dela Guid'on estará livre dele para sempre, pois se for sim, se Guid'on se manteve leal e esperou, então Aharon começará imediatamente a ser redimido. Quanto a isso ele não tem qualquer dúvida. Como a Bela Adormecida, que ficou esperando um único beijo; como na cerimônia do Dia da Independência, quando se pede ao primeiro-ministro que dê a ordem para o início do desfile. E com ele, tudo já está preparado. Uma só palavra, e tudo terá início com poderoso ímpeto.

Da varanda, chega até ele o cheiro do cigarro do pai. Dez vezes por dia o pai telefona para a unidade dele na polícia do exército, para ouvir que ainda não estão precisando dele, e está quase estourando de impaciência. Da sala de estar se ouve um balbucio. A mãe. Algo havia naquele tom, uma dobra de segredo e ocultação, Aharon se levantou imediatamente, estava sempre pronto, andou pelo corredor na ponta dos pés e espiou. Mas, aparentemente, dessa vez tinha se enganado: lá não havia nada de novo. A mãe tinha sentado a avó no Purits, a poltrona com os braços altos, o braço direito da avó ela estendeu à frente, ajeitou um pouco até ficar no ângulo que ela queria, e o esquerdo, o paralisado, apoiou num pequeno suporte que tinha feito com dois volumes das obras de Churchill. Olhou para elas, tentando lembrar o que o despertara assim. Na varanda se via o vulto das costas largas do pai, acima dele uma pequena coluna de fumaça. A mãe enrolava o pacote de lã nas mãos estendidas da vovó Lili, agora tente se lembrar, *mamtchu*, ela dizia num murmúrio tão baixo que era difícil ouvir, aquele cara, seu irmão Leibe'le, que você contou que tinha morrido nas mãos dos alemães, você se lembra? Faça com a cabeça sim ou não, você disse que ele não era muito normal da cabeça, você se lembra do que ele tinha? Ele era o quê? Faça com a cabeça. Ele era, talvez, mudo? Ele não falava? Ele caía? Se a resposta é sim — faça com a cabeça, ele teve paralisia infantil? Era um anão? Enquanto isso começou a enrolar num novelo o fio de lã que envolvia, num duplo pacote, as mãos da avó, sua boca continuando a murmurar febril e entrecortadamente perguntas que Aharon já quase não ouvia, ele tinha os cinco dedos dos pés e das mãos, ele era como se diz... branco, albino? Ele era maluco? Seus olhos estavam cravados no fio de lã que nas mãos dela se enrolavam para formar um novelo, e a mãe trabalhava com rapidez, suas perguntas já eram só um balbucio monótono, depois só os lábios se moviam, e por fim silenciou num silêncio estranho, parecia que ela ainda estava perguntando, mas agora não em palavras, suas mãos se agitavam à direita e à esquerda, puxando, apanhando e enrolando, seu pequeno rosto foi se fechando à medida que se deixava levar por aquele movimento ritmado, repetido, e Aharon olhou para o fio verde que era esticado e enrolado, ele conhecia essa cor, era do seu suéter, hei!, era o suéter verde com os grandes triângulos que ela tinha tricotado para ele no último inverno, que ainda servia nele, o que ela está fazendo, os olhos dela vitrificaram rapidamente, tinham agora um brilho estranho, metálico, Aharon deu um passo à frente, mesmo se ficar agora bem diante dela ela não vai percebê-lo, ela estava se esvaziando dela mesma, só o seu corpo fazia o trabalho, agora, ele tem de ir agora até ela e lhe gritar por quê, como é que se faz uma coisa dessas, o suéter ainda estava bom, mas não disse nada, só olhou e viu seus olhos gelados por cima da lã verde, a língua a despontar entre os lábios, pequena, aguda, muito cor-de-rosa; a respiração dela se tornou rápida e sibilante. Suas mãos se moviam sem parar como as peças de um tear. Teve a impressão de que se alguém de fora não detivesse a mãe ela continuaria assim para sempre. A avó estava sentada diante dela sem enxergá-la, talvez ainda fique nesse estado durante anos, talvez a morte a tenha esquecido, talvez já esteja morta, talvez isto aqui seja a morte, e quando o fio de lã acabar a avó vai começar a se desfiar também, e depois dela o Purits, e o tapete Vichtig, e o *fauteil* Matusalém, e o bordô e o bufê e os papéis de parede e as paredes, tudo vai se desfiar em todo o seu comprimento, não vai morrer, vai se desfiar num único e longo fio. Mas nesse momento a ponta do fio verde passou entre os dedos da mãe. Por mais alguns segundos os dedos da mãe se agitaram no vazio. Depois seus ombros caíram. Seu rosto se apagou. Ela suspirou.

    No dia seguinte Aharon saiu para a escola com a pasta, um sanduíche e uma maçã, e se escondeu um pouco no jardim da WIZO até ver a mãe sair de casa para fazer compras, e imediatamente voltou para casa. Foi verificar se a avó estava respirando embaixo do cobertor xadrez bem apertado sobre ela, foi urinar e sentiu cheiro de vômito, alguém tinha vomitado ali, talvez só tenha tido dor de estômago, talvez o arenque de ontem estivesse estragado, tudo isso está em sua cabeça torta, eles já são velhos, na idade deles eles já não podem, mas e aquela mulher do Egito da história que Iochi contou. Subiu depressa numa cadeira e começou a fuçar nas prateleiras superiores de seu armário de roupas. Esqueceu logo para que tinha subido na cadeira e o que estava procurando, e começou a tatear, a abrir e a olhar dentro de cada uma de suas roupas que ali estavam dobradas, calças curtas e compridas, camisas de flanela xadrez e blusas de malha e pijamas, de um ano antes e de dez anos antes, e até roupas do tempo em que era um bebê, aqui em casa não se joga nada fora, com estas calças ele venceu o campeonato de embaixadas quando tinha dez anos, nestas tem uma mancha de sangue que não sai, foi com elas que ele experimentou o que sente um cego ao andar de bicicleta, e esta blusa de Trumpeldor* com a manga cortada por causa do gesso, e eis aqui seu pijama de quando tinha cinco anos e dormiu pela primeira vez na casa de Guid'on, e aí está o que estava procurando, a blusa vermelha da colônia de férias de verão da escola, quando teve a grande briga com Guid'on; Aharon era então o capitão da seleção de vôlei e escolhia os jogadores, e escolheu Guid'on por último, não com má intenção, não porque Guid'on jogava mal, foi para salvar Guid'on no último momento, como quando os árabes tinham conquistado Jerusalém e o coronel Shams, valorizando o profissionalismo de Aharon, permitiu que ele escolhesse os cinco que lhe eram mais próximos para serem os que iam sobreviver, e Aharon passou entre as fileiras dos que ansiavam por sua escolha, e quis prolongar um pouco a tensão de Guid'on e com isso aumentar a alegria do alívio e a felicidade que viriam depois, como José se revelando no último momento a Benjamim e seus irmãos, e assim começou a grande briga entre eles, que durou um mês, o

---

* Trumpeldor foi um imigrante russo que participou na defesa de Tel Chai contra os ataques árabes e lá morreu, em 1920. Perdera um braço na guerra russo-japonesa de 1905, daí a alusão. (N. T.)

pior mês na vida dos dois, e então Aharon estabeleceu o método dos sinais, para que ambos tivessem a certeza de que nenhuma briga entre eles duraria mais de uma semana, e ele fez tudo que podia para arrumar a bagunça que tinha feito na parte de cima do armário, seria interessante saber quanto tempo vai levar para ela perceber, depois lavou a blusa com água e foi pendurá-la ostensivamente no varal do condomínio, na parte traseira do prédio, só um cego não a veria lá, e voltou para casa.

Sentou-se à escrivaninha, procurou um pouco nas gavetas, começou a escrever uma carta para Iochi, desejando que ela estivesse se sentindo bem e se cuidando, em casa tudo estava em ordem, nenhuma novidade, sua cama está esperando por ela, e pensou onde estariam todos os amigos por correspondência dela, com certeza estavam todos servindo no exército, e num movimento casual, como se não fosse dele, abriu a gaveta dela, e sopesou a caixa trancada que continha todas as cartas, a chave ela tinha levado com ela para o exército, e quando fechou a gaveta viu uma folha saindo da caixa, metade do lado de fora, não se conteve, puxou-a com delicadeza e leu uma lista estranha, os nomes deles, dos amigos com quem se correspondia, e junto a cada nome estavam escritas, numa letrinha miúda, observações genéricas — apaixonada por um amigo que morreu, poetisa, papai-pernilongo, sempre mergulhada em fantasias, desportista, menina adotada, tem vinte e cinco anos de idade, tentativa de suicídio, romântica doente de câncer; e junto a um só nome, o daquele garoto da Austrália, o aleijado, estava escrito claramente: A verdade. Aharon virou e revirou o papel sem entender nada, e sem forças para meditar sobre aquilo. Rabiscou rapidamente mais algumas linhas para Iochi, manter alto o moral, o povo todo é exército.

Foi até a rocha às quatro em ponto, sentou e esperou pacientemente, ninguém descia naquele caminho até o vale, mas talvez Guid'on estivesse se preparando em casa para esse encontro, se preparar para o quê, só precisa dizer se ele ainda é sim ou já não é mais, mesmo sem falar, que acene com a cabeça, tudo ficará claro. Repassou mentalmente todos os sinais que tinha feito até hoje, talvez tivesse pulado um por engano e por isso Guid'on teria se confundido, mas não, todos tinham sido feitos na ordem certa. Desde as folhas mais baixas do fícus até a blusa vermelha. Interessante, como teve imaginação para preparar todos esses sinais, e naquela época não tinha do que ter medo, pelo contrário.

Levantou-se da rocha, se esticou todo, como que entediado, caminhou para cá, caminhou para lá, pensando naquela lista de Iochi. Um dia, quando isso terminar, terá tempo para começar a meditar sobre tudo, sobre Iochi também, e também sobre coisas históricas, como os fenícios, e sobre as inovações científicas, como as missões no espaço, também sobre invenções, e animais, também sobre as vidas de Thomas Edison e de Abraham Lincoln, que sempre o haviam interessado, mas para as quais não tinha tido tempo nos últimos anos, também sobre Louis Pasteur, e a descoberta de terras, e sobre a aventura do *Kon Tiki*, e sobre os ciganos e os astecas, e sobre balões e sobre zepelins, o mundo está cheio de conhecimento, e de novo se viu diante da sua geladeira e se sentou nela, e percebeu que quando estava dentro dela ele sentia menos o cheiro ruim que vinha dele mesmo, de sua respiração, e simulou o truque, sem fechar a porta de verdade, e depois procurou e achou uma caixa de papelão e dentro dela depositou todo o seu material de salvamento, e o fixou em uma das prateleiras, e com o iemenita escuro ele desparafusou, abre-se um parafuso para o lado direito, as duas pequenas prateleiras laterais onde se põem os ovos e a margarina e os vidros de creme de leite e de raiz-forte e de maionese, para não esbarrar nelas com os cotovelos; de qualquer maneira só ia poder mexer a mão esquerda, e com ela teria de desamarrar o cadarço do sapato direito e tirar de baixo da palmilha a lima de unhas da mãe, que era a ferramenta mais fina que tinha encontrado para enfiar por dentro entre a lingueta e o pino de ferro. Ele a deixou cair de propósito dos dedos, como se estivessem suados, e, de olhos fechados, tateou atrás dela no chão da geladeira, levando dez segundos a mais para achá-la, ele disporia no máximo de sessenta segundos lá dentro até começar a perder a lucidez. Tentou mais e mais vezes, aprendendo a manter a fleuma para ouvir o som da lima ao cair e por ele localizá-la imediatamente. Depois voltou à rocha e esperou até as sete horas em ponto, e pensou que amanhã se completariam três semanas desde a noite do Dia da Independência, desde que se despedira de Guid'on, uma verdadeira espera, esmera, esfera, tapera, talvez Guid'on tenha se esquecido totalmente dele, ele tem agora outros assuntos com que se ocupar, é um período no qual é fácil se esquecer de um menino, na escola também não estão especialmente abalados com o desaparecimento de Aharon já há duas semanas, nem em casa perceberam. A noite caiu sobre ele de uma só vez, e sentiu frio, subiu voando para casa, aparecendo no meio do jantar deles, não tinham esperado e tinham começado sem ele. Sentou-se em sua cadeira, mastigando sem apetite. O pai contou que hoje também tinham dito para ele na unidade que esperasse com paciência, que primeiro eles mobilizam os mais jovens, como se eu fosse algum velho, comentou irritado, eu ainda posso ensinar a todos eles de onde crescem as pernas, e engoliu numa mordida só uma enorme fatia de pão, ouça uma coisa engraçada que eu ouvi no trabalho, *ima'le*, que no programa da *Voz do Cairo* em hebraico eles disseram que vão nos vencer em todas as *chaziot*, em vez de em todas as *chazitot*,* e ele irrompeu num riso salpicado de partículas de saliva e de pão, seu lábio inferior, um pou-

---

* Trocadilho entre "sutiã" (*chaziot*) e "frentes" (*chazitot*). (N. T.)

co fendido, se projetando para fora, a mãe olhou para ele com um rosto inexpressivo, vocês são todos a mesma coisa, ela disse, árabes, judeus, são todos a mesma coisa. O mesmo material.

    Ela se levantou com um suspiro e levou a avó para a cama, arrastando pesadamente os pés. Voltou depois de alguns minutos, olhou rapidamente para Aharon, que continuava sentado à mesa, sozinho, sem mesmo tentar esconder dela as manchas roxas e azuis em seus braços. Ela tirou a mesa. Foi preparar um bolo para enviar a Iochi. Trabalhou ao lado dele em silêncio. Demonstrando um cansaço maior do que o habitual. Quando não conseguiu suportar mais o silêncio, ligou o rádio transistor. A direção da loteria esportiva informava que devido à saída de muitos jogadores para o serviço nacional no exército, os jogos da rodada estavam cancelados, assim como a loteria. Os apostadores poderiam receber seu dinheiro de volta nos mesmos postos em que tinham... desligou o aparelho zangada. Aharon estava chocado. Como é que cancelavam assim toda uma rodada, como é que tinham a coragem de cancelar uma rodada. Abanou a cabeça de um lado a outro, furioso: Isso não se faz, isso não se faz.

    Quando quebrou o primeiro ovo a mãe deixou escapar um leve gemido e seu rosto ficou muito pálido. Aharon olhou para ela e não se mexeu. Ela pôs uma mão assustada sobre o ventre. Tirou devagar o avental do canguru e o pendurou no gancho. Aharon não se levantou e não perguntou o que tinha acontecido com ela. Só a viu ir tropegamente, em passos muito pequenos, até sua cama. Ele ficou na cozinha, agora só. Pôs a mão na boca e no nariz e cheirou aquele cheiro ruim, e sabia que vinha de dentro, do seu cérebro, que estava com uma metade já mofada, breve os pensamentos e as palavras que passarem por lá vão sair doentes, com manchas brancas no meio, torcidos na ponta como um cigarro esmagado. Ligou nervosamente o transistor, ouviu que a firma Helena Rubinstein anunciava às mulheres de

Israel que estava fazendo todos os esforços possíveis para continuar produzindo. Mesmo nestes tempos de emergência é nossa obrigação e sua obrigação manter a tranquilidade e uma aparência agradável e atraente. Use maquiagem. Mostre-se bonita para ele, que está saindo para servir à nação. O *kibutz* Or ha-Ner informa que o casamento de nossos filhos, marcado para o dia... desligou o transistor. Daqui a pouco irá dormir. Reunir forças para amanhã. Procurou um copo limpo para beber *água*. Não achou. Bebeu de um copo sujo. Viu na pia o ovo com a grande mancha de sangue no centro. De novo sentiu um grande cansaço, e tornou a sentar. Teve a impressão de ter visto o pai ajoelhado ao lado da cama, abraçando a mãe, a cabeça aninhada em seu corpo. Vezes seguidas ficou balbuciando consigo mesmo como é que eles cancelam assim um rodada inteira, o que poderia acontecer se os jogadores tirassem uma licença de um dia, por algumas horas, da mobilização nacional, em vez de se divertirem lá com esses da Helena Rubinstein. Deu um soco na mão com toda a força.

E o que pode ser esse fedor que sai de dentro de você, disse a mãe de repente, numa nova voz, alta e inexpressiva, quando veio acordá-lo na manhã seguinte, abrindo a persiana com raiva, com grosseria, logo voltando até ele para examiná-lo à luz do dia, já faz alguns dias que ela está percebendo isso em você, ela diz. Note que ela está encarando você diretamente, que ela não tem mais medo de você. Ele logo se encolhe todo e enfia o rosto no travesseiro, o que houve com ela, o que mudou nela. Ela se inclinou sobre ele e começou a farejá-lo desconfiadamente, dos pés até em cima, do mesmo jeito que cheira a avó atrás, e de repente seus olhos se apertaram com espanto, Aharon para Aharon, fuja, câmbio, grande perigo, câmbio; já viu uma vez em seu rosto uma expressão assim, um lampejo de uma espécie de pavor sensorial, quando ele se borrou na cozinha, depois da básica. Com força ela o virou na cama, afastou as mãos dele que tentavam defendê-lo, farejou com força bem junto a seu rosto, depois partiu para seu nariz. Maluco, o que você fez lá dentro do nariz, *meshiguener*, não chega que também sem isso você já é o que é, e você ainda tem de acrescentar um *chendale*, para que o cego que não pode ver o que você é possa também cheirar? E o médico no pronto-socorro disse que não era preciso se preocupar, que um cheiro assim aparece sempre que algo penetra por engano no duto nasal, talvez Aharon se lembre se por acaso alguma migalha entrou lá. Aharon só balançou a cabeça e ficou calado, Aharon para Aharon, fuja, tente se salvar, fim. Em volta, em todos os quartos o movimento era grande. Preparavam macas, empacotavam ataduras, faziam a contagem do estoque de medicamentos. Com o canto do olho Aharon viu dois colegas da sétima série que ele conhecia andando por lá com ares de importância, em jalecos brancos. Todos pareciam estar ocupados, como que se apressando para um encontro importante, mesmo as crianças tinham no rosto essa expressão. Agora é questão de um ou dois dias para a coisa começar, murmurou o médico, empunhando uma pinça fina e a enfiando no nariz de Aharon, escarafunchando aqui e ali, ah, aí está, pegamos o bicho, ho ho, como entrou fundo, mas está saindo, vamos obrigá-lo a sair, não mexa a cabeça agora, talvez doa por um instante, e cuidadosamente ele arrancou a massa malcheirosa, agitou-a no ar, e então desapareceu seu sorriso vitorioso, examinou de perto a grande massa, mais negra que a cor das letras impressas, na sua idade, enfiar uma coisa dessas no nariz, tsk tsk tsk, isso é coisa de criança de três anos de idade, não de um rapaz de dez. Baixou o silêncio. A mãe ficou gelada. Agora, agora conte para ele, agora revele tudo ao médico, e o médico dirá o que é preciso fazer. Esta é a última oportunidade. E pode ser que a solução seja muito simples. Um choque elétrico ou algo assim. Um instante de sofrimento e se acaba com tudo. Agora, ainda antes da guerra, porque depois quem é que vai lhe dar atenção. Ele tem doze anos, balbuciou sua mãe, envergonhada. Aharon olhou surpreso para ela. Ela não tinha corrigido, de verdade, a avaliação do médico. E diante dele, na pinça, a carta que nunca chegaria. Aharon para Aharon, o que vai acontecer agora, câmbio. Encolhe-se todo para dentro. Que direito ele tem de reclamar dela. Pois ele também está aqui e se cala. Assim como ficou calado quando ela lhe trouxe os sapatos com os saltos especiais, mais altos, para o bar mitsvá. Ficou calado e odiando a si mesmo por esse silêncio e por sua traição a si mesmo. Doze e meio, balbuciou fracamente a mãe, enterrando mais e mais a cabeça entre os ombros, a vergonha a lhe escurecer o rosto.

E o dia seguinte foi o último dia. Às quatro horas Aharon desceu até o vale, vestindo calças limpas e uma blusa passada, o cabelo umedecido e penteado. Saiu de casa sem se despedir de ninguém, para que a visão deles não o detivesse nem lhe despertasse alguma coisa. Levava consigo todo o equipamento. Lembrou-se até de levar o grande abridor, escondendo-o nas calças. Quando chegou à rocha, escalou-a até seu ponto mais elevado, e com o espelho vermelho e redondo dirigiu os raios de sol até a janela aberta de Guid'on, com três sinais curtos e três longos e novamente três curtos. Fez isso três vezes, suas mãos tremiam um pouco, mas teve o cuidado de manter o ritmo e os tempos entre os sinais, e depois se sentou na rocha, sentiu fraqueza, se dobrou todo na prateleira de Guid'on, tentando fazer parar o que sentia, que era seu próprio desaparecimento, e pelo visto adormeceu, esperando muito que alguém tocasse em seu ombro e lhe dissesse você me chamou, mas às cinco em ponto acordou sozinho, se levantou pesadamente e sinalizou três vezes, dirigindo o espelho para o teto do quarto de Guid'on, talvez na primeira vez ele estivesse dormindo e não tivesse visto, e logo depois suas pernas se dobraram e ele caiu da rocha e ficou deitado aos pés dela, uma vez já teve essa sensação oca de alheamento, exatamente neste lugar, quando quebrou o braço aqui, estava então desvairado pelo desespero, muito mais do que agora, agora era quase nada, agora já era quase como depois de tudo acabado. Ficou então pulando para cima e para baixo durante talvez meia hora. Talvez uma hora. Esperando um momento em que o cérebro *oftseluchis*, de propósito para irritá-lo, não estivesse prestando atenção. Um momento em que se esquecesse de dar a ordem para dobrar o braço. Repassou então na memória todos os infortúnios por que tinha passado, Guiora, que tinha tentado afogá-lo para se salvar, e as roupas de Guiora muito grandes para ele, e os olhares que se fixavam nele em todos os lugares, e as humilhações explícitas e implícitas, e nada disso adiantou, até que veio o tio Loniu, pequeno e redondo como uma bola, que se pôs diante dele no bar mitsvá e lhe disse academia de ginástica, academia de ginástica, e de repente se ouviu a pequena explosão, surda, e se espalhou nele uma dor que Aharon jamais tinha sentido na vida, e com ela também o pensamento de que ele tinha feito aquilo, de que ele tinha feito uma coisa daquelas, e não mais o mandariam para Tel Aviv, e então começou a ter medo.

  Olhou novamente o relógio e viu que tinha passado quase uma hora. Estranho como o tempo agora passa rápido, e já tinha de sinalizar pela última vez. Com o que lhe restava de forças subiu até o topo da rocha e se esforçou para ficar ereto, agora as pernas também tremiam, e sinalizou o sos pela última vez, quem sabe da vez anterior Guid'on estava deitado de bruços e não viu a escrita de luz acima dele, se tivesse visto teria vindo, ele mesmo tinha dito a Aharon não fazia muito tempo que essa era uma chamada que não se podia recusar, ninguém podia deixar de atender a essa chamada. Mesmo que ela fosse enviada numa situação de briga das mais sérias. Até quando formos adultos, até mesmo se formos para terras distantes e esquecermos nosso país e nossa pátria e um dia estivermos deitados em nossa nova casa, até mesmo num palácio, e de repente aparecerem diante de nós no teto esses brilhos, três pontos, três traços, três pontos, vamos nos levantar imediatamente, sem demorar um minuto, sem nos despedir de ninguém, empacotar nossas coisas e viajar até mesmo por duas semanas de navio ou de avião, para voltar a tempo, bem no último segundo, para salvar o outro. Assim juramos.

Apoiou-se fracamente na base da rocha, tentando se endireitar, assumir uma expressão amena. Por que se mostrar abatido e repulsivo. Tenta se reanimar com os raios do sol, que começa a se pôr. Vamos fazer de conta que está em Komi, afundado até os joelhos no gelo, com saudade deste momento junto à rocha, mas já não tinha forças para Komi, como se Komi e a taiga tivessem se desbotado um pouco, encolhido, Aharon para Aharon, achei mais uma coisa, câmbio; Aharon para Aharon, quase esqueci que você ainda está aí, câmbio; eu quase não estou mais lá, quase não estou mais, já é o fim, não é?, câmbio; Aharon para Aharon, o que você achou, câmbio; achei, achei bem no fundo, debaixo da poeira, das cinzas, mais uma coisa, talvez você queira levar com você, um presente, talvez isso ajude, talvez seja suficiente para você lá, como uma latinha de *óleo*, * eis aí, foi quando ela trouxe uma vez uma carpa para o *shabat*, ela sempre trazia uma carpa para o *shabat*, mas essa era uma carpa especial, você fez dela uma carpa especial, e ela vinha nadando até você na banheira, abrindo e fechando a boca, gorda e sólida e brilhando em suas escamas, você sentado na beirada da banheira olhando para ela, e ela lhe parecia um pouco imbecil com seu corpo musculoso e gordo e com aquela boca que abria e fechava sem parar como se

---

* Referência à latinha de óleo que milagrosamente foi suficiente para manter o fogo aceso durante oito dias no templo, libertado dos sírios helênicos na Guerra dos Macabeus, em 165 a.C. (N. T.)

fosse um brinquedo, nadando de uma extremidade da banheira para a outra e voltando, e de repente você se levantou, sim, agora me lembro, correu para o armário dela, trepou numa cadeira e abriu a sua caixa de joias, onde havia colares e pulseiras e anéis e broches, até encontrar o que estava procurando, uma conta brilhante, vermelha, que tinha caído de um colar antigo, uma conta faiscante, eu estava certo de que era um diamante, e você correu com ele até a banheira, com a mão para cima, como se conduzisse uma tocha, um diamante a brilhar em sua mão, você agarrou a carpa com toda a força, ela tentou deslizar e escapar de você mas você a segurou com toda a força, e como ela se agitou batendo com a cauda e lutando com você, e você lhe enfiou o diamante na boca, empurrando-o para dentro com o dedo, e ela olhou para você perplexa e enfurecida, mas o diamante já estava em seu estômago, e você passou o dia inteiro todo inflado de orgulho por esse seu majestoso segredo, tenho um peixe com um diamante dentro dele, e você esperou que a mãe a abrisse na sexta-feira e o encontrasse e fizesse um pedido, e tudo que ela pedisse se realizaria imediatamente, bem, no fim isso não terminou como eu tinha pensado, nunca nada termina como a gente pensa, sim, nunca mesmo, principalmente quando você é um menino é melhor não acreditar em encantamentos para não se decepcionar, mas eis aí, apesar de tudo, no caminho entre o condomínio e o vale estou vendo Guid'on vindo até mim, bem a tempo, bem no último momento, vem descendo naquele seu andar, as pernas um pouco abertas, talvez eu esteja sonhando, Aharon para Aharon, talvez eu esteja sonhando, sim, talvez eu esteja sonhando.

Ahlan, Kleinfeld, como vão as coisas.
Shalom Guid'on.
Por que você está encolhido assim.
O quê, você viu meu sinal?
Não. Afaste-se um pouco. Deixe eu sentar no meu lugar.

34.

... E esta será uma história sobre um menino comum, como nós, um menino da nossa idade, estou planejando isso há muito tempo, anotando ideias para isso, sim, num caderno, sim, comprei um especialmente, setenta páginas, o tempo todo eu anoto ideias, e pode até ser que disso me saia um filme, e realmente vai ser sobre um menino como nós, mais ou menos da nossa idade, não posso revelar tudo, por enquanto ainda é um segredo, e com certeza vai ter espionagem também, e talvez alguma coisa de circo ou de Houdini, como entretenimento, ainda não escrevi tudo, leva tempo planejar algo assim, mas a verdade é que — mentiras espocavam na língua dele como espinhas ardentes — esse menino por acaso também se chamava Guid'on, e toda a história terá a ver com aviões, ele será louco por aviões, esse Guid'on, e talvez ele queira ser piloto de combate, ainda não escrevi tudo isso, e não consegui planejar exatamente como fazer para que um menino voe, porque se um dia quiserem, digamos, fazer disso um filme de verdade, não ria, então ele vai ter de voar num avião de verdade, não, meu caro, comigo não vão entrar dublês no filme, pode esquecer, comigo não é como com o seu James Bond, comigo é tudo autêntico desde o início do filme até quando o avião dele cai, quando ele se fere na perna, a perna, a perna; Aharon passou rapidamente a língua pelos lábios, e olhou novamente para a perna nua de Guid'on, que se estendia à sua frente na prateleira da rocha deles, por um instante lhe faltaram as palavras. Inalou ar com a boca aberta, como é que foi se envolver com uma mentira assim, ele pretendia fazer a Guid'on uma única pergunta, a única pergunta, até mesmo sem mencionar o nome dela, pois não era ela o principal, e sim Guid'on e sua lealdade, é isso que pode salvar, mas de repente tudo se complicou totalmente, e quando Guid'on foi até ele e lhe estendeu uma mão solidária e o ajudou a se levantar, Aharon pensou — é um sim, ele esperou, e seu coração quase parou de felicidade e de alívio, Guid'on até lhe bateu no ombro afetuosamente, e Aharon perguntou numa voz sufocada como vai você e como vão as coisas, se lembrando com atraso de endurecer os músculos do ombro descarnado, e Guid'on disse ouça, hoje ou amanhã a coisa vai começar, e Aharon perguntou surpreso o que vai começar, e Guid'on nem prestou atenção na pergunta, e numa voz tranquila e solene contou que seu irmão, Meni, tinha revelado no maior dos segredos a senha que daria o sinal a nossas forças, e olhou para os lados com receio de que alguém estivesse ligado neles, se você jurar ficar calado como um túmulo eu revelo a você também, Aharon suspirou por dentro, a pedra de basalto, houve tempo em que Guid'on não precisava pedir uma coisa dessas, e por que ele está me contando sobre essa senha, o que me interessa isso agora, por que ele me suborna com segredos sem importância, que me diga apenas se ele sim ou se ele não, e Guid'on disse com uma expressão séria e compenetrada — *Sadin adom*. Que lençol vermelho, perguntou Aharon debilmente, afundando, perdido, então é não. Ele não, lençol vermelho, isso é não. E Guid'on riu, a senha, o que você pensou, boboca, na minha opinião é uma senha-bomba, "lençol vermelho", como quando a gente mostra um lençol vermelho ao touro, e pode acreditar em mim, com a gente, eles vão acabar como o touro na arena. Aharon abanou negativamente a cabeça, não sabia sobre o que Guid'on estava falando. Todas aquelas palavras se juntavam para formar o quê: você sim ou você não? E Guid'on disse por que a gente está parado aqui, e se guindou à prateleira dele em cima da rocha, tentando em vão, em seu nicho, dobrar as pernas compridas, até que desistiu, deixou-as pender um pouco para fora e se estendeu de costas, e Aharon respirou aliviado, Guid'on estava falando de uma outra coisa, só sobre a guerra. E exatamente naquele momento, quando Aharon pensou que teria uma possibilidade, percebeu num relance uma sombra escura, encaracolada, nova, onde a perna de Guid'on se juntava à virilha. Aqui, na parte superior da perna, por que você se assusta, só estou lhe mostrando onde estará a ferida, ninguém está tocando em você, só imagine que será uma ferida séria, de um estilhaço de obus antiaéreo, e durante metade do filme a perna estará enfaixada, talvez até mesmo engessada, mas como é que ele vai ficar engessado no deserto, que idiota que eu sou, olhe só, vou mudar isso logo, e ele tira a caneta do bolso da blusa, e faz com dedos trêmulos e um semblante sério um pequeno rabisco na palma da mão. Guid'on olhava para ele com o rosto inexpressivo. Era impossível saber o que estava pensando. Talvez tivesse se lembrado como uma vez, há muito tempo, Aharon tinha grandes e loucas ideias que depois se concretizavam. Só era preciso acreditar nelas. Não: nelas não. Em Aharon. No ardor que dele emanava. Guid'on só calava e não demonstrava nada. Nisso ele já era verdadeiramente um adulto, e Aharon de novo não sabia interpretar as expressões em seu rosto, e só esperava uma coisa, agora nem mesmo a resposta em palavras, se sim ou se não, agora lhe bastaria que Guid'on demonstrasse de maneira clara, não precipitada, se com ele já era sim ou ainda era não, só estava pedindo isso, que Guid'on agora fosse seu amigo verdadeiro, até o fim, e exatamente agora que estamos sentados aqui me veio uma ideia-bomba, de que talvez seja você o ator protagonista, sim, você, por que não, sim, no filme, mas para isso talvez tenham de lhe pôr uma atadura e gesso e toda essa tralha até em cima, até aqui, aonde você vai, fique, espere um minuto, homem; homem, já estou falando como eles, enganando como eles e falando como eles; me dê um segundo para lhe explicar isso, onde estávamos? Sim, e a coisa se desenrola assim, ele sai para uma missão de resgate no deserto do Neguev, e de repente está sob fogo antiaéreo dos egípcios, ou ainda melhor — ouça — é o melhor amigo dele, ou então fazemos que seja só o irmão dele, que também é piloto, e esse irmão cai em território do Egito, e seu irmão menor, esse Guid'on, sai para resgatá-lo, pois nenhum outro piloto está disposto a se arriscar assim, *nu*, o que você acha.

Ele tomou alento e sondou febrilmente o rosto fechado de Guid'on, assustado por Guid'on ter deixado que ele se complicasse até o fim com suas mentiras, e apesar disso cavucava dentro de si mesmo em busca de palavras novas que pudesse apresentar a ele, afinal as palavras não são o principal, mas Guid'on ficou sentado diante dele com os lábios apertados, esperando para ver o que aconteceria. Por que neste momento ele não está falando ou discursando. Por que agora este silêncio absoluto. Ele vai se calar também, se calar como um homem, mas esse menino, esse Guid'on, tem mesmo um talento nato para a aviação, ele sempre construía aeromodelos e cursou a Gadna aeronáutica, e quando o comandante começou a perguntar se tinha algum voluntário para penetrar em território egípcio e enfrentar o fogo antiaéreo para salvar o piloto que caíra em território inimigo, e bastaria que Guid'on dissesse algo ou sinalizasse com um leve movimento que já estava cheio dessa mentira tão transparente, tão miserável, e tudo acabaria num instante, e Aharon riria num tom exagerado e anunciaria que tudo era só uma birutice, só uma bobagem para aliviar essa tensão do estado de alerta, ele sempre mantinha em aberto uma possibilidade de retirada, todos esses anos ele tinha conseguido salvaguardar muito bem sua dignidade, para que estranhos não percebessem como ele já estava corroído por dentro, mas Guid'on não falou, não facilitou as coisas para ele, obrigou-o a avançar mais e mais, até um lugar do qual se fazia quase impossível recuar com riso, com piada, só ficava sentado diante dele com as pernas juntas, olhando para ele com olhos frios, científicos, e então tem no filme esse pedaço em que ele encontra o irmão, o piloto, num oásis, e os dois se banham nus, claro que nus, como é que iam se banhar? De roupa? Que bebê você é. Só por trás. Claro. Vai querer que o câmera feche os olhos também? De quem você vai ter vergonha se tirar as calças por quinze segundos? Dos garotos da turma? Cuidado, ele pensou, Guid'on está só perguntando. Ele faz uma cara de quem está colaborando com você, mas não está. Já é um estranho. Totalmente deles. E Guid'on olhava para Aharon com uma expressão que pretendia parecer tranquila, ingênua, não tremer agora, sabia que estava caindo mais e mais na armadilha de Guid'on, e sabia também que não tinha alternativa, que agora era questão de vida ou morte como nunca tinha sido antes, e só por causa da ínfima possibilidade de que ainda restava em algum lugar uma migalha do verdadeiro Guid'on, que concordaria em ficar junto com ele neste momento, que lhe importa o que vão dizer na turma, você pode imaginar como eles vão ter inveja de você por ter um papel no filme. Guid'on finge que presta atenção. Dá para ver que ele está pensando em como vai contar amanhã para todos que Aharon enlouqueceu totalmente, como se uma coisa dessas pudesse acontecer em nossa família, mas se você insiste em ser contra tirar a roupa, a gente pode limitar o filme a maiores de dezesseis, mas então saiba que nós também seremos proibidos de assistir ao filme, e talvez nos digam para fechar os olhos só nesse pedaço, na sessão festiva com o primeiro-ministro e o presidente e o comandante das forças armadas, do que você está rindo assim, claro que eles irão. Agora Guid'on ri até as lágrimas. Enxuga os olhos ululando, batendo com a mão na coxa. Agora era o momento para recuar. Dizer que era tudo conversa fiada, armei para você. *Salamtak*. Mas não tem forças para falar desse jeito. Não tem forças para recuar. Ele tem de ver mais uma vez. Em plena luz e com os próprios olhos. Ver como uma coisa assim acontece com um corpo que ele conhecia tão bem, quase como o corpo dele mesmo. E como foi que acreditou durante todos esses anos que Guid'on estava esperando por ele. Que seria um amigo até o fim. E agora, o que restou daquele Guid'on, agora Guid'on caminha e se movimenta e fala como se já não tivesse medo de nada neste mundo; mesmo se o jogarem na China ele logo saberá como se comportar lá com as pessoas. Inclinou a cabeça: realmente, o que restou de seu Guid'on. Até mesmo dentro de Aharon já quase desapareceu o Guid'on interior, o antigo, o leal. Ele vai ter de acabar com um tablete inteiro de chocolate por dia, vinte e quatro quadradinhos de açúcar-amizade, para preservar nele a lembrança do outro. E de perto dá para ver que Guid'on parou de tomar as pílulas: de perto dá para ver que de uma vez só ele deu um grande salto de amadurecimento, que músculos ele agora tem nos braços, e que veias fortes e salientes no dorso das mãos, e como engrossou sua voz, e como se projeta o *guerguele*, como se o Valium de cinco miligramas duas vezes por semana fosse aquilo que estava segurando ele o tempo todo, e você ainda discute comigo porque vão ver um pouco do seu bumbum, quando estou lhe falando de uma sessão solene e prêmios e fotos nos jornais, você me faz rir, Guid'on, você não pode achar que vou escolher um ator sem verificar antes se ele é adequado para o papel. De repente as orelhas de Guid'on se arrepiaram um pouco. Não era um bom sinal. As orelhas de Guid'on, a responsabilidade, a sinceridade, o sentimento familiar. Eu vi você, por que você está rindo como uma criança, mas isso foi há muito tempo. De novo ele está rindo! Por que você ri. Não estou dizendo isso agora como amigo. Esqueça que somos amigos: estou falando profissionalmente. Sabe o quê? Não mostre. Não me faça favores. *Malish*. Não faz mal. Esqueça tudo isso. Vamos para casa. Ou melhor, vá sozinho. Quero ficar aqui um pouco mais. Planejar a filmagem. Que importância tem o seu bumbum.

Guid'on não se levantou e não se mexeu. Continuou sentado, olhando para Aharon com aguçada curiosidade. Como quem espera a continuação prometida de um espetáculo, e apesar disso também um pouco tenso e inquieto e um tanto cruel. Aharon se encolheu sob esse olhar, no qual por um momento se destacavam também todas as linhas malvadas, perversas, do pai de Guid'on: sim, Guid'on utilizava todas as ferramentas de que dispunha. Ele as manejava admiravelmente bem. Ele estava maduro. Aharon se calou, vencido. Lá de cima, do condomínio, se ouviu o som rouco da buzina. A lambreta tinha chegado, Tsachi Smitanka, pensou Aharon de má vontade, Tsachi Smitanka. Já fomos amigos. Pedaços inteiros da minha vida viraram mofo esbranquiçado. O que você disse? Não disse nada? Então você concorda ou não concorda? Você, sim ou não? Vamos ver num instante se isso é adequado ou não. Claro que estou falando sério. Eu pareço estar brincando ou o quê.

E eis que, nesse momento, Guid'on mudou de ideia. Ou fingiu que mudou de ideia. Como seria possível saber naquela hora. Ninguém poderia imaginar. Ninguém planejou. Aconteceu por si mesmo. Graças a Deus, disse Aharon, bendito Aquele que nos fez viver e chegar a este momento. Vá para trás da rocha e tire a roupa, e eu dou uma espiada por um segundo. Ninguém passa por aqui. E já vai escurecer. Vamos lá, Guid'on, finge que você virou um bebê.

Guid'on desceu lentamente da rocha, ficou junto a Aharon, olhando-o de lado. Pensou um pouco, e depois se aprumou, se virou e foi tranquilamente para trás da rocha. Por favor, por favor, implorava Aharon em seu íntimo. Que importa a vergonha e o vexame. O principal é que veremos se isso realmente aconteceu ou não. E depois — que morra o mundo. Que o mundo morra.

Guid'on saiu de trás da rocha e olhou para Aharon com um olhar novo, desconhecido: desafiador e depreciativo; depois, com simplicidade, se virou para ir embora. Estava vestido. Não tinha tirado as calças. O tempo todo estivera rindo de Aharon. Por um instante Aharon ficou paralisado onde estava, e depois se lançou sobre ele. Guid'on começou a correr, corria com leveza, sem esforço. A distância entre eles se manteve igual o tempo todo, mesmo enquanto Aharon punha os bofes para fora.

Correu atrás dele ao longo do vale, surpreso de ver como Guid'on o mantinha em seus calcanhares, como se estivesse se divertindo com aquela perseguição e só quisesse deixar Aharon exausto e lhe mostrar quão pouco lhe permitiriam suas forças e suas pernas curtas. Durante alguns minutos se movimentaram assim, em silêncio, e a distância entre eles não diminuiu em nada, correram em volta do campo de futebol deles, passando pela gruta, pelo pátio do ferro-velho, e voltaram num grande círculo até a rocha, e de repente Guid'on parou de correr, se virou de frente para Aharon, e Aharon também parou, ofegante e vermelho, olhos desvairados. Uma expressão dúbia assomou no rosto de Guid'on: ele não parecia nada masculino nesse momento, mas tampouco feminino. Como se não tivesse pressa em se definir entre os dois, e sentisse prazer com seu direito de escolha, com a demora e a ponderação com que essa escolha se formava e cristalizava naquele mesmo momento. Então, num movimento lento e estranho, abaixou suas calças curtas. Por um rápido instante desnudou para Aharon aquela espessa sombra encaracolada, de cortar o coração. Duas vezes, em plena luz, pensou Aharon. Nos olhos de Guid'on havia maldade e sadismo, e o alívio de quem já se redimira, e por um instante se poderia suspeitar de que bem no íntimo estava querendo desde o início dar aquele espetáculo, que ele tinha a impura necessidade de se envolver naquilo que o cérebro de Aharon secretava. Ele de novo se virou para ir embora dali, dessa vez nem mesmo correu, mas Aharon se atirou sobre ele com um grito amargo, e o segurou.

Lutaram por longos minutos, ofegando e roncando e bufando, sem dizer palavra, e sem conseguir parar. Guid'on era mais corpulento, mas os gritos e as cusparadas de gato de Aharon o imobilizavam e ele não conseguia reagir. E já não reconhecia aquele pequeno animal, unhas e dentes e boca espumante, que cavava e rasgava em sua carne e lançava em seu rosto o hálito de um cadáver, e parecia querer irromper dentro de sua pele e se fundir com algo dentro dele. Guid'on se agarrava com toda a força a suas calças curtas, para as quais Aharon lutava por abrir caminho. Estava perdendo as forças, e uma desistência lassa, quase sonambúlica, se dissolvia lentamente em seus membros. Impotente, Guid'on olhou o rosto daquela criatura suada, vidrada em sua loucura, que o escavava e arranhava com dedos encurvados e distorcidos, e vasculhava seu rosto e esgravatava em seu corpo e parecia lutar pela vida, e de repente eclodiu nele um choro infantil, assustado, e ele apelou com uma voz fina e súplice em nome da antiga estima de Aharon, não usando seu sobrenome, nem "Arik", mas aquele termo doce das professoras do jardim de infância, *neshume*, mas Aharon não respondeu, talvez já não estivesse ouvindo, sem piedade desnudou com suas garras o choroso rapaz, abaixou com força até os joelhos suas calças e sua cueca. Olhou. Examinou. Sua cabeça começou a balançar pesadamente. Seus olhos se ensombreceram aos poucos. Guid'on estava estendido no chão, ferido e violado por aquele olhar. Aharon se levantou e saiu de cima dele, dando-lhe as costas, a cabeça baixa, e Guid'on se vestiu gemendo fininho, lançando a Aharon olhares de medo. Depois começou a recuar em pequenos passos, até finalmente começar a correr de volta para o condomínio.

Aharon ficou parado assim, encolhido em si mesmo, mais alguns minutos. Depois, em passos hesitantes, doentios, começou a andar para dentro do vale escuro, orientando o olhar para a mancha clara na pele da treva, um brilho muito tênue. Lentamente foi se afastando do condomínio, do ruído da rua, do tilintar das panelas, dos gritos das crianças, até que chegou e desabou no chão, se apoiando na geladeira. Devagar, como que tentando se lembrar de algo, passou um dedo por todo o seu corpo, da ponta do pé até os ombros e o pescoço. Isolado e desligado de qualquer sentimento percorreu interrogativamente, sem animosidade, sua carne, investigando como que pela primeira vez a geografia daquele pedaço de inferno. Depois se levantou e ficou de pé, puxou a maçaneta fria da porta da geladeira, abriu e sorveu o bafio para dentro dele. Sentou-se na prateleira de baixo, as pernas penduradas, olhou para o céu pontilhado de estrelas. Em volta o silêncio era absoluto. Nem mesmo os ruídos do condomínio chegavam lá. Teve a sensação de que lá, no escuro, além do círculo de luz formado pelas casas, todo o país estava contraído, inclinando a cabeça à espera de um tiro, de uma grande investida. Como saber quem vencerá e quem será derrotado. E muita gente vai morrer. Tentou pensar nas pessoas que ele conhecia e que poderiam ser atingidas. O pai dele, por exemplo, e Iochi, que estava em algum lugar, e repassou na lembrança os demais familiares, próximos e afastados, e outras pessoas que conhecia, professores e vizinhos, e irmãos mais velhos de seus amigos, e jogadores de futebol mobilizados. Estava um pouco preocupado com Meni, o piloto. Lamentou que aquela sua ideia de imprimir os rostos deles na rocha não tivesse dado resultado. Porque se alguma coisa acontecer a alguém, Deus me livre, pelo menos ficaria a lembrança. Lentamente foi se livrando daquela sensação sombria que parecia um pântano em sua alma. Sua lucidez voltou como as alfinetadas do sangue que volta a circular num membro dormente.

Dispôs então a seu lado o papelão com seus instrumentos de trabalho: da sola rachada do sapato tirou a lima de unhas e a lâmina de barbear enferrujada, revirou o cós da calça e sacou de lá o prego grande. Depois foi buscar na bainha a serra quebrada e a caixa de fósforos plana que Shimek tinha ganhado no avião, mas depois de breve reflexão jogou-a fora. Para deixar um rastro que levasse a ele. Passou a mão pelas costas e arrancou de lá o emplastro permanente, de mentira, e colheu nos dedos o afiado prego de aço, que brilhava em seu pretume. Fechou os olhos e passou os dedos delicadamente sobre tudo isso, para saber identificar sua posição no escuro. O tempo todo uma voz lhe perguntava, sem parar, como se fosse uma criança, se era isso mesmo. Não acreditava que ia fazer isso.

Quando tudo estava pronto recolheu as pernas, e num movimento lento e calculado, como numa apresentação de verdade, dobrou-as debaixo do corpo, primeiro a esquerda e depois a direita, e pôs a mão direita sobre a coxa. Pensou que se tivesse êxito, claro que terá êxito, seria sua operação Houdini mais ousada, e exatamente agora não tinha público, e ele não precisa de público: se apresenta para ele mesmo. E se conseguir, claro que conseguirá, e se sair, claro que sairá, não contará a ninguém, a ninguém no mundo. Nem mesmo a Iochi. Talvez depois de vinte anos resolva que já pode contar. Mas por vinte anos ficará calado. As pessoas mais próximas a ele não saberão: vinte anos a partir de agora.

 E quando pensou essas palavras, vinte anos a partir de agora, sentiu de repente uma dor forte dentro da cabeça, como um choque elétrico, como se alguma coisa tivesse feito um contato errado, e esfregou os olhos com força, até que a dor amainou, continuou a pressionar suas pupilas, e viu se formarem faíscas que se ampliaram lentamente até formarem uma grande mancha de luz, toda a sua cabeça se encheu de repente da luz do alvor, e ele se dobrou em dois, espantado, e apertou seus olhos contra as articulações dos dedos, viu as faíscas que já conhecia, e passou por elas, e continuou a pressionar até ver também os pequenos anjos de luz, e passou por eles também, e se castigou ainda mais, pois sentia que ia chegar logo a algo novo, e realmente os olhos começaram a se encher por dentro, alguma coisa grande, brilhante, clareou e subiu, como uma explosão distante e muito moderada e luminosa, como antes do raiar do sol, e por baixo de seus punhos cerrados se arredondou um sorriso admirado, estava passando um filme dentro de seus olhos, e apesar da dor, e apesar das lágrimas que começavam a embaçar a visão e a rolar por seus braços, não parou, e pensou que nunca, em todos os seus experimentos, tinha tentado obter de seu corpo um momento como este, uma dádiva.

 Depois, quando não pode mais aguentar, alivia a pressão sobre os olhos, suportando em silêncio a dor da constatação, enxuga as lágrimas e vê como o mundo conhecido volta lentamente a se compor. Ouviu então que o chamavam pelo nome. Sua mãe tinha saído para a varanda e o chamava. Seu pai saiu e também chamou por ele. Por que de repente os dois estão me chamando. Talvez tenham sentido alguma coisa. Talvez Guid'on tenha ido alertá-los. Seu difícil nome pairava no espaço do vale, e parecia não chegar até ele. Dava para senti-lo, como um manto escuro, pesado, adejando lentamente diante dele, estalando no ar o seu nome não amado, sombrio, ressoando no o.

As vozes do pai e da mãe se elevavam com cansaço e tristeza, se misturando com as ralas neblinas, se dissolvendo nelas, de lá se filtrando para ele em sua pureza. Um suspiro destilado em profunda melancolia. Uma elegia. Ele ajeitou as pernas na prateleira. Curvou a cabeça sobre o peito embaixo do compartimento do congelador. Pousou os cinco dedos da mão esquerda em seus instrumentos de Houdini.

Outubro, 1990

Glossário

acharon — Em hebraico, "último".
alte zachen — Em iídiche, "brechó".
bacbucola, bacbucuco — Bacbuc, ou bakbuk. Em hebraico, significa "garrafa".
balebuste — Em ídiche, "modesta dona de casa".
bar mitsvá — Em hebraico, maturidade religiosa, assumida por meninos aos treze anos; a respectiva cerimônia; o menino que a assume.
bat mitsvá — Em hebraico, o correspondente feminino do bar mitsvá, aos doze anos de idade.
boidem — Em ídiche, "sótão", espaço no forro, entre o teto e o telhado, onde se guardam coisas.
bubale — Em ídiche, "boneca".
chaim — Em hebraico, "vida".
chamsin — Hebraico e árabe. Vento quente e seco que vem do deserto.
chendale — Em ídiche, "dodói".
chendalech — Em ídiche, "dengos".

chuchem — Em ídiche, "espertinho", corruptela do hebraico "chacham", esperto, sábio.

dervaksener — Em ídiche, "adulto formado".

dio! — Interjeição com a qual se incitava uma cavalgadura a começar a andar, ou a andar mais depressa.

djindji — Em hebraico, "ruivo", mas também com sentido de "esquentado", "temperamental", como se esses fossem atributos de pessoas ruivas, com conotação entre derrisória e jocosa.

feinschmeker — Em ídiche, "gourmet".

frenkim — Do espanhol, "francos". Usado em ídiche como termo pejorativo para se referir a judeus sefaraditas, oriundos do Norte da África ou de países do Oriente Médio.

gamba — Do italiano, espécie de pimentão adocicado, vermelho.

goider — Em ídiche, "papo".

grush vachetse — O menino deve estar usando um apelido corrente entre eles para o casal. Em hebraico, "grush" é a moeda divisionária da lira, à época a moeda de Israel, e chetsi é "meio".

guerguele — Em ídiche, "pescoço", "garganta de ave"; "gogó". Metaforicamente, "avidez", "sofreguidão".

guestorbn — Em ídiche, "morreu", "falecido".

haftará — Em hebraico, capítulo do livro dos profetas que se lê após a leitura do trecho semanal do Pentateuco. Muitas vezes um bar mitsvá é encarregado de ler a *haftará* da semana.

Haolam ha-zé — Em hebraico, *Este Mundo*, revista israelense de temas às vezes escandalosos.

hochshtaplers — Em alemão, farsantes ambiciosos.

ial'la — Intejeição de origem árabe, "venham logo", "vamos embora daqui".

iguenmiguen — Gíria que se refere, pejorativamente, com sons da língua húngara, a imigrantes húngaros em Israel (*iguen*, em húngaro, significa "sim").

imale — Mamãezinha, flexão típica ídiche aplicada à palavra hebraica *ima*, "mãe".
iuch mit lokshn — Em ídiche, canja com macarrão.
iuch — Em ídiche, canja de galinha.
jidovsky — Em russo, "judeu", alusão ao *jid*.
karon — Em hebraico, "vagão".
kartofale — Em ídiche, batatudo.
kartoflech — Em ídiche, batatinhas.
kein-ein-hore — Pronúncia em ídiche de expressão hebraica correspondente a "isola" ("sem olho-grande"). *Ein hore* é corruptela de *ain-hará*.
kiluach — Em hebraico, "chuveiro".
kinderlech — Em ídiche, "crianças".
kishelech — Em ídiche, "almofadas".
kitbag — Saco de lona, geralmente de uso militar, para guardar roupa, utensílios etc. Sempre referido em inglês.
kleizmers — Em ídiche, músicos de conjunto musical popular (violinos, acordeão, clarinete etc.) que geralmente tocavam em casamentos, festas de barmitsvá etc. Do hebraico, "klei zemer", instrumentos de música.
Kol Nidrei — Em hebraico, a oração que abre o Iom Kipur, uma das mais importantes da liturgia judaica.
krechtsim — Em ídiche, "suspiros".
kreplech — Em ídiche, "pasteizinhos cozidos".
kuguel — Em alemão, bolo de macarrão.
Kupat Cholim — Em hebraico, sistema de saúde da Histadrut, o sindicato geral de trabalhadores de Israel.
lemele — Em ídiche, carneirinho.
matador — O autor usa aqui o termo espanhol, referindo-se ao matador nas touradas.
mechiten — Em ídiche, "consogro", corruptela do hebraico *mechutan*.

mekisht-zich — Em ídiche, "beija-beija".
mezinik — Em ídiche, "caçula".
nazirês — Seria a língua fictícia (inventada por Grossman) dos nazireus, segundo a Bíblia os ascetas que se dedicavam ao serviço divino e se privavam de quase tudo.
Palmach — Sigla do hebraico *Plugot machatz*, grupos de choque, organização militar subterrânea dos tempos da luta pela independência durante o mandato inglês, formado principalmente por membros de *kibutzim* e militantes da esquerda. Diz-se que apagavam as fogueiras urinando nelas.
parve — Em ídiche, "neutro", alimento que não contém nem carne nem laticínio, e por isso pode-se comer, dentro das leis dietéticas judaicas.
Pessach — Em hebraico, a Páscoa judaica, festa em honra à libertação da escravidão no Egito e à formação do povo judeu.
platfus — Em ídiche, "pé chato".
pulke — Em ídiche, "coxinha de galinha".
pupiklech — Em ídiche, a parte traseira da galinha.
riboine-shel-oilem — Em ídiche, corruptela de *Ribono shel olam*, "meu Deus do céu".
sadin adom — Em hebraico, lençol vermelho, senha que deu início às operações da Guerra dos Seis Dias (1967).
saftuli — Em árabe, "vovozinha".
shreklich – Em ídiche, "terrível".
Shavuot — Em hebraico, "semanas". Uma das três festas (ocorre sete semanas depois do Pessach) nas quais os judeus iam ao Templo de Jerusalém para comemorar o recebimento da Torá. Além disso, era um festival agrícola das primícias, a colheita de frutos. Corresponde ao Pentecostes cristão.
shivá — Em hebraico, período de sete dias do luto judaico no qual os parentes mais próximos do falecido ficam "sentados" em casa e recebem visitas para as orações litúrgicas que são ali conduzidas.

shoin — Em ídiche, "já", "pronto".
shoin, guemacht! — Em ídiche, "Pronto, está acabado!".
shveiguer — Em ídiche, sogra.
shlachta e das ieketes — Referências pejorativas do alemão às mulheres "da nobreza polonesa" (*shlachta*) e de origem alemã (*ieketes*).
Sidur — Hebraico. A personagem menciona *sidur*, o livro de orações para dias úteis e *shabat*, quando o livro de orações para Rosh Hashaná e Iom Kipur é na verdade o *machzor*.
tefilin — Em hebraico, paramento duplo que os homens vestem para fazer as orações diurnas (menos no sábado e nas festas); um na cabeça, outro no braço esquerdo.
Tishá be-Av — Em hebraico, o dia nove do mês de Av, dia religioso de luto e jejum, data da destruição do primeiro e depois do segundo Templo de Jerusalém.
titlachlechi — Em hebraico, "você vai se sujar".
tschulent — Em ídiche, "guisado de feijão", prato que, segundo costume ainda em uso, fica em fogo brando durante o *shabat*, quando é proibido cozinhar.
tsitskes — Em ídiche, "peitinhos".
tsop — Em russo, "trança".
tuches — Em ídiche, "bumbum", corruptela do hebraico *tachat*.
tzofim — Em hebraico, "escoteiros".
ungaze — Na rua.
umglick — Em ídiche, "minha desgraça".
vichtig — Em ídiche, "importante".
zibelech — Em ídiche, "coisinha minúscula", "cebolinha".
zchug — Espécie de condimento muito picante.

ESTA OBRA FOI COMPOSTA PELO GRUPO DE CRIAÇÃO EM ELECTRA
E IMPRESSA PELA RR DONNELLEY EM OFSETE
SOBRE PAPEL PÓLEN SOFT DA SUZANO PAPEL E CELULOSE
PARA A EDITORA SCHWARCZ EM JANEIRO DE 2015

A marca FSC® é a garantia de que a madeira utilizada na fabricação do papel deste livro provém de florestas que foram gerenciadas de maneira ambientalmente correta, socialmente justa e economicamente viável, além de outras fontes de origem controlada.